VOLTAIRE

Roger Peyrefitte

VOLTAIRE

SA JEUNESSE ET SON TEMPS

1

Albin Michel

IL A ÉTÉ TIRÉ DE CET OUVRAGE

Quatre-vingts exemplaires sur vergé blanc chiffon, filigrané,
des Papeteries Royales Van Gelder Zonen, de Hollande
dont soixante-dix exemplaires numérotés de 1 à 70,
et dix exemplaires, hors commerce, numérotés de I à X.

IL A ÉTÉ TIRÉ ÉGALEMENT :

Dix exemplaires sur vergé blanc chiffon de Hollande
numérotés de C.F. 1 à C.F. 10
réservés à la Librairie « Coulet et Faure ».

LE TOUT CONSTITUANT L'ÉDITION ORIGINALE

EXEMPLAIRE HC

22, rue Huyghens, 75014 Paris.

ISBN 2-226-02548-0

1

Le baptême de François-Marie

Le lundi 22 novembre 1694, à Paris, sur la fin de la matinée, deux carrosses, attelés de quatre chevaux, arrêtèrent devant l'église Saint-André-des-Arts, ou des Arcs, ou des Ars (« de ceux qui sont brûlés »), dans le faubourg Saint-Germain. Les carrosses étaient sans armoiries et les valets sans livrée ; le train annonçait la riche bourgeoisie. Des gamins, qui jouaient sur la place de l'église, devant l'hôtel de Thou, s'attroupèrent : un valet leur jeta quelques menues monnaies pour les disperser en leur criant : « Joyeux baptême ! », cri auquel ils firent un large écho. On rabattit le marchepied des carrosses ; les portières s'ouvrirent. Descendaient Me François Arouet, conseiller du roi, ancien notaire au Châtelet, et son épouse, demoiselle Marie-Marguerite Daumart, ou d'Aumart, ou d'Aumart de Mauléon. Une nourrice à coiffe poitevine tenait dans ses bras leur fils, né la veille, François-Marie, enveloppé de langes et de dentelles, sur une tavaïolle brodée. Les deux autres enfants des Arouet l'accompagnaient : Armand, âgé de neuf ans, et sa sœur Marguerite-Catherine, âgée de huit. Suivaient le parrain, l'abbé François de Castagner ou Castagnère de Châteauneuf, abbé commendataire de Varenne, et la marraine, dame Marie Parent, femme de messire Nicolas-Symphorien Daumart, écuyer, oncle des jeunes Arouet.

L'abbé de Châteauneuf avait sur lui le reflet de la cour, — son frère aîné, le marquis, était ambassadeur à Constantinople. L'abbé avait aussi le reflet des Muses, car il préparait de longue main un livre relatif à la musique des Anciens. Il était, de plus, familier de la société épicurienne et lettrée du Temple, réunie sous les auspices du grand prieur de Vendôme qui, à l'égal de son frère aîné le duc, gouverneur de Provence, avait hérité le courage et la sodomie effrénée de son grand-père, César de Bourbon, le premier Vendôme, fils d'Henri IV et de Gabrielle d'Estrées. Si l'abbé avait enfin un reflet de Vénus, c'était pour des mœurs orthodoxes. Quinquagénaire au teint fleuri, il était l'amant de la fameuse Ninon de Lenclos qui, à soixante-dix-huit ans, faisait encore des conquêtes. Selon la médisance, il était aussi l'amant de Mme Arouet et n'en était pas le seul : le sieur de Rochebrune, mousquetaire et chansonnier, auteur d'une cantate d'*Orphée*, mise en musique par Clérambault, disputait à Châteauneuf la paternité du nouveau-né, mais n'avait pu lui disputer la qualité de parrain. Mécontent, il s'abstenait de venir au baptême. L'ancien notaire, épanoui, avait l'air de ne se poser à ce sujet aucune question. La naissance de son second fils avait été en péril, sa femme ayant fait une chute, à la veille d'accoucher. Le garçon était si frêle qu'on avait d'abord songé à le faire ondoyer, car on se demandait s'il vivrait. C'est ce qui était arrivé à son frère Armand, ondoyé à la maison et baptisé quinze jours après à Saint-Germain-le-Vieil, les Arouet demeurant, à cette époque, rue de la Calandre. François-Marie semblait encore plus chétif. « L'enfant n'a pas grosse mine », avait écrit à sa famille un cousin du Poitou, Pierre Bailly, qui habitait Paris. L'abbé de Châteauneuf, en insistant pour que le baptême fût effectué sans retard et dans les formes, en espérait une vertu roborative pour son filleul. Son épicurisme ne l'empêchait pas de croire à la puissance des sacrements.

Le curé de Saint-André-des-Arts, l'abbé Bouché, revêtu du surplis et d'une étole violette, accueillit le cortège près de l'entrée. Quatre enfants de chœur l'entouraient, l'un chargé d'une salière, l'autre de l'huile des catéchumènes, le troisième de la burette d'eau bénite et le quatrième du saint chrême. « Est-ce un garçon que vous présentez à l'Église, ou une fille ? demanda le curé à l'ancien notaire... Cet enfant est-il né sur cette paroisse ?... » Les Arouet habitaient rue Guénégaud. Le curé s'adressa ensuite au parrain et à la marraine : « En vous admettant à répondre pour lui, l'Église veut que nous vous avertissions de l'excellence des fonctions que vous avez à remplir et des obligations que vous contractez. Vous devenez comme les père et mère de cet enfant dans l'ordre du salut : c'est en cette qualité que vous lui donnez des noms qui lui rappelleront qu'il est l'enfant des saints et qui lui assureront des protecteurs dans le ciel. » Ses prénoms étaient, le premier, celui de son père et de son parrain, le second, celui de sa marraine et de sa mère.

Le prêtre souffla ensuite doucement sur le visage de François-Marie, que l'on avait développé de ses dentelles, et dit en latin : « Sors de lui, esprit immonde, et laisse place au Saint-Esprit Paraclet. » Puis il fit le signe de la croix sur le front et la poitrine de l'enfant, symbole des préceptes que lui inculquerait le baptême et des mœurs qui feraient de lui « le temple de Dieu ». Il lui imposa les mains pour demander au Seigneur de rompre sur lui « le nœud de Satan ». Il bénit le sel, image de la sagesse, et exorcisa les grains qu'il introduisit dans la bouche du nouveau-né, dont les cris attendrirent les assistants. Après avoir récité d'autres prières et l'avoir couvert de son étole, il marcha vers le baptistère, pendant que tous récitaient à haute voix le Credo. L'abbé de Châteauneuf, si indulgent pour l'œuvre de chair, admirait l'Église qui en considère même le fruit légitime comme impur et qui, en l'espèce, purifiait probablement le fruit d'un adultère.

Le prêtre tourna le dos aux fonts baptismaux pour prononcer un nouvel exorcisme. Il mouilla d'un peu de salive le bout de son doigt et en toucha les oreilles et les narines de l'enfant qu'il interrogea, en latin, la réponse étant dite par l'abbé : « François-Marie, renonces-tu à Satan ? — J'y renonce. — Et à toutes ses œuvres ? — J'y renonce. — Et à toutes ses pompes ? — J'y renonce. »

Tandis que le curé oignait, avec l'huile des catéchumènes, la poitrine et la nuque de son plus jeune paroissien, l'abbé imaginait quelles seraient « les pompes » et les « œuvres » de son filleul. Il ne le voyait pas dans le notariat. Il espérait faire de lui un de ces abbés libertins et poètes de la cour du Temple, tels que l'abbé de Chaulieu ou l'abbé Servien, sans lui souhaiter les mœurs de ce dernier, sodomite aussi célèbre que les Vendôme. François-Marie ferait peut-être des comédies comme Palaprat, secrétaire des commandements du grand prieur, qui écrivait en collaboration avec l'abbé de Brueys et obtenait au théâtre des succès mérités, — *le Grondeur* en était le plus récent. L'abbé cherchait d'autres présages dans les magnifiques monuments funéraires de Saint-André-des-Arts. Il y avait là le tombeau de Jacques de Thou, le grand magistrat et homme d'État, auteur d'une *Histoire* célèbre, — François-Marie serait historien ; le tombeau du chancelier Pierre Séguier qui avait empêché l'Inquisition de s'établir en

France et qui avait été l'un des fondateurs de l'Académie française (elle se réunit d'abord en son hôtel), — François-Marie, même s'il ne devenait ni homme d'État, ni magistrat, serait l'ennemi des préjugés et serait peut-être académicien ; le tombeau du chirurgien Ambroise Paré annonçait que François-Marie disséquerait la pensée. Mais le plus remarquable de ces monuments, celui du prince de Conti, par Nicolas Coustou, promettait au filleul de l'abbé l'amitié des grands seigneurs, auxquels son esprit le rendrait agréable. Du reste, ils avaient été nombreux dans le tabellionage du père. En tout cas, ni celui-ci ni l'abbé ne voyaient dans François-Marie, non plus que dans le fils aîné, un futur tanneur, ce qui avait été, pendant plusieurs générations, le métier des Arouet, à Saint-Loup-sur-Thouet, en Poitou. Il ne serait pas non plus marchand drapier, comme l'avait été son arrière-grand-père, le premier à s'installer à Paris, rue Saint-Denis, à l'enseigne de *l'Aigle royale.*

Cependant, le curé, ayant essuyé avec de l'ouate son pouce et les parties du corps de l'enfant qu'il avait huilées, quitta l'étole violette, prit une étole blanche et pénétra dans le baptistère. Il invita le parrain à déclarer, au nom de François-Marie, sa croyance en Dieu le Père, en Jésus-Christ et au Saint-Esprit. Alors, tandis que le parrain et la marraine tenaient ensemble l'enfant au-dessus du bassin de marbre, le prêtre lui versa trois fois sur le front un peu d'eau de la burette, et dit, chaque fois, en faisant le signe de la croix avec cette eau, la formule : « François-Marie, je te baptise au nom du Père et du Fils et du Saint-Esprit. » Les pouces humectés de saint chrême, il en traça encore, sur le haut de la tête, le signe de la croix, récita une prière, s'essuya le pouce, essuya la tête de l'enfant, lui imposa un linge blanc et dit : « Reçois ce vêtement candide pour que tu le portes, immaculé, devant le tribunal de Notre-Seigneur Jésus-Christ, et que tu aies la vie éternelle. » Enfin, il remit un cierge allumé à l'abbé de Châteauneuf, en adressant ces mots à François-Marie : « Reçois cette lampe ardente et garde, irréprochablement, ton baptême... pour que tu vives dans les siècles des siècles. Ainsi soit-il. »

La cérémonie était terminée. Me Arouet offrit au curé une bourse de louis. Hors de l'église, les valets jetèrent encore des poignées de sols aux marmots qui attendaient ce supplément et qui, derechef, acclamèrent le nouveau-né.

L'ancien notaire avait cédé aux instances de l'abbé de Châteauneuf pour précipiter ce baptême d'un enfant dont les jours paraissaient en danger ; mais il regrettait de n'avoir pas eu le loisir d'y inviter les personnes de qualité avec lesquelles l'avait lié sa charge. Il avait résigné le notariat, depuis deux ans, pour postuler une place de payeur des épices et receveur des amendes à la chambre des comptes ; mais beaucoup de ceux qui avaient été ses clients, venaient encore lui demander conseil.

Certes, le parrain et la marraine de François-Marie étaient honorables ; mais ceux du fils aîné avaient été le duc de Richelieu et la duchesse de Saint-Simon, ce qui était autre chose. Afin de se rattraper et aussi de se conserver les protecteurs nécessaires pour la place qu'il ambitionnait, Me Arouet, à la mi-décembre, commanda violons, marionnettes et rafraîchissements et invita les plus huppées de ses connaissances à venir fêter son second fils. La santé de celui-ci s'était raffermie et les parents ne voulaient pas différer plus longtemps cette manifestation de leur joie et de leur fortune.

Dans leur maison de la rue Guénégaud, comme dans leur précédente, rue de la Calandre, leur salon était orné de beaux meubles en laque de Chine, en écaille et en marqueterie, avec leurs deux portraits par Largillière, le peintre à la mode. Il y avait même un portrait de la duchesse de Sully, l'une des « très hautes et très puissantes dames » qui avaient confié naguère leurs intérêts à Me Arouet, comme la duchesse du Lude, la duchesse de Villeroy et la marquise de Villars. L'ex-notaire avait, en outre, dans son cabinet, un tableau représentant *la Naissance de Jupiter* et un autre, *la Naissance de Vénus,* des tapisseries à sujets religieux ; ailleurs, des verdures, une marine, des trumeaux de glace, une *Vierge à l'enfant.* La partie sérieuse de ce décor était due à Me Arouet, la partie frivole à sa femme. Les deux époux avaient, outre cette maison, un immeuble rue Saint-Denis et un autre rue Maubuée. Leur bourgeoisie se parait d'armoiries qu'ils ne prodiguaient pas : les Arouet étaient seigneurs du Pas-de-Cygne et de La Motte-aux-Fées. Ils portaient d'or à trois flammes de gueules, — leur nom dérivait du mot poitevin « arouer », qui signifiait « brûler », — et François, père de François-Marie, écartelait désormais ses armes avec celles des Daumart, — d'azur à la tour d'argent. On ne voyait ces blasons que sur la vaisselle plate.

Me Arouet avait assez de bon goût et de prudence pour ne pas prétendre à la noblesse, afin de ne pas déplaire aux grands seigneurs qu'il avait servis. La famille de sa femme avait eu des accointances aussi flatteuses : le second mari de Catherine, sœur aînée de Marie-Marguerite, était Pierre Ouvrelœil, écuyer, seigneur d'Artinville, dont le père avait été intendant du maréchal duc de Villeroy. Parfaite maîtresse de maison, Mme Arouet avait une beauté, une vivacité et un esprit qui resserraient autour d'elle les relations professionnelles de son mari. Elle était aidée par une amie logée sous son toit, Mlle Bessières, qui avait coiffé sainte Catherine et qui s'affectionnait déjà à François-Marie, le héros du jour.

Lorsque la nourrice apporta l'enfant qui riait aux anges, l'abbé de Châteauneuf déclara que le sacrement l'avait bel et bien sauvé. « Et pourtant, ajouta le parrain, il criait comme un damné quand on lui mit des grains de sel sur la langue. » M. de Rochebrune, le mousquetaire et chansonnier, qui avait ses raisons pour ne pas bouder davantage cette naissance, se scandalisa d'entendre comparer à un réprouvé un enfant que l'on baptise. Malgré ses chansons, il ne faisait pas partie de la société du Temple.

La duchesse de Saint-Simon, veuve depuis l'an dernier, était venue avec son fils, deuxième duc de ce nom, âgé de dix-neuf ans. Il croyait racheter la petitesse de sa taille par un orgueil prodigieux ; mais il ne morguait pas Me Arouet, qu'il voyait pour des questions de succession relatives à sa mère. Présenté au roi deux ans auparavant, il avait confié au notaire que, tout jeune qu'il était, il commençait à écrire ses *Mémoires*. Le duc de Richelieu, général des galères, parrain d'Armand Arouet, n'avait pu manquer cette assemblée : son second mariage ne lui avait pas encore donné d'héritier et il craignait de voir disparaître le nom que son oncle le cardinal avait illustré. M. de Nicolaï, premier président de la chambre des comptes, — et le cinquième de son nom à remplir une telle charge — semblait, par sa présence, montrer à Me Arouet que cette chambre s'ouvrirait bientôt pour lui.

Figurait aussi parmi les invités le premier président du Parlement de Paris, Achille de Harlay, — troisième premier président de ce nom et de ce prénom, — on l'appelait Achille III de Harlay. Si le président de Nicolaï était de mœurs irréprochables, ce n'était certes pas le cas du premier président du Parlement : il se ruinait pour son mignon, le marquis de Polastron, âgé de dix-huit ans. Il payait cher sa victoire sur la comtesse de Randan, qui avait été la maîtresse du jeune marquis. L'abbé de Châteauneuf avait fredonné un jour chez les Arouet, sur l'air des *Ennuyeux*, une chanson inspirée par cette aventure, mais dont Rochebrune n'était pas l'auteur, — une de ces chansons qui formaient la chronique scandaleuse de la cour et de la ville : « Les bardaches sont à présent — Une marchandise si chère — Que notre premier président — ... En a vendu Le Mesnil, — Qui de Beaumont sera suivi. » C'étaient les deux terres et châteaux des Harlay, et Achille III avait le titre de comte de Beaumont. Une autre chanson disait de lui, sur l'air de *Lère la, lère lanlère*: « ... Il débauche les fils aux pères, — Lère la, lère lanlère, — Lère la, lère lanla. » Un de ses proches était l'archevêque de Paris, François de Harlay de Champvallon, qui avait prononcé l'oraison funèbre d'Anne d'Autriche, mère de Louis XIV, et célébré le mariage secret du roi avec Mme de Maintenon. La maîtresse officielle de l'archevêque était la duchesse de Lesdiguières. Elle lui était d'autant plus attachée qu'elle était obligée de se soigner avec lui de la vérole. En effet, précédemment archevêque de Rouen, il avait été infecté par sa maîtresse normande, la comtesse de Gouville, et l'archevêque avait infecté la duchesse. Cela provoquait la joie maligne d'Achille III. Une chanson célébrait l'événement, sur l'air *les Bergers dans leurs amours*: « Les méchants disent aujourd'hui — Que l'archevêque a mal au vit. — Ils disent tous vrai, — Car il a poivré — La duchesse de Lesdiguières. — Son pauvre con mène à présent — Une vie bien austère, lan la, — Une vie bien austère, lanlère. »

Jean-François Le Fèvre de Caumartin, abbé de Buzay, arriva avec son demi-frère, Caumartin, marquis de Saint-Ange, surintendant des Finances et conseiller d'État, l'un et l'autre clients de l'ancien notaire. L'abbé avait, l'avant-veille, 13 décembre, en qualité de directeur, reçu à l'Académie française l'évêque de Noyon, François de Clermont-Tonnerre, et sa réponse au remerciement de l'évêque avait provoqué un scandale, nouveau dans les fastes académiques. C'est Louis XIV qui, pour complaire à la maîtresse de l'évêque, la duchesse de Vitry, avait demandé en sa faveur la place que laissait libre la mort de Barbier d'Aucour. Comme cette duchesse couchait précédemment avec ses valets, le roi savait gré à l'évêque de Noyon de l'avoir réformée. Se doutant que la réception au Louvre serait plaisante, il avait engagé plusieurs courtisans à y assister. « Je serai seul à Versailles », avait-il dit à l'évêque. L'abbé de Caumartin n'avait pas besoin d'être encouragé à se moquer de ce prélat, dont la vanité nobiliaire prêtait à rire : on disait que, dans la galerie de son évêché, il exposait deux grands tableaux généalogiques, intitulés *Descente de la Très Auguste Maison de Clermont-Tonnerre des Empereurs d'Orient* et *Descente de la Très Auguste Maison de Clermont-Tonnerre des Empereurs d'Occident.* Il faisait écrire par le président Cousin l'*Histoire des saints de la Très Auguste Maison de Tonnerre et de Clermont.* Il avait d'abord prétendu que, dans son remerciement à l'Académie, il ne nommerait pas son prédécesseur, parce qu'il avait pour principe de ne jamais louer un roturier, — la particule de Barbier d'Aucour était de pure fantaisie. Néanmoins, il avait consenti à se plier à l'usage. En lui répondant, l'abbé de Caumartin avait couvert l'évêque d'éloges grotesques. Celui-ci lui en témoigna sa gratitude, sans se douter qu'on le faisait le plastron de la cour et de la ville. Les Caumartin s'attendaient que quelqu'un lui ouvrirait les yeux. Le premier président de Harlay rappela une aventure arrivée au nouvel académicien, un jour qu'il revenait de Versailles. Pressé dans ses nécessités, M. de Noyon avait fait arrêter son carrosse pour se soulager derrière un buisson, le dos à la route. Un cocher de passage s'amusa à lui allonger, comme par hasard, un grand coup de fouet sur les fesses. L'évêque, se retournant furieux, ses braies à la main, lui cria qu'il l'excommuniait et il prétendit dénoncer l'attentat au conseil d'État.

Ce qui était remarquable, mais qui n'était pas sans exemple à l'Académie française, c'est que l'abbé de Caumartin, qui y était entré cette année à vingt-six ans, n'avait publié aucun livre.

Un troisième abbé, Gédoyn, ornait le salon des Arouet. A la différence de Barbier d'Aucour qui avait un nom d'apparence nobiliaire, cet abbé, plus jeune d'un an que son confrère Caumartin, était, avec un nom sans particule, d'une ancienne noblesse. Dans son bas âge, on l'avait cru mort, à la suite d'une longue maladie, et il avait même été mis en terre : on l'avait sauvé de justesse. Entré au noviciat des jésuites à dix-sept ans, il venait de quitter la société de Jésus pour rester simple prêtre. L'abbé de Châteauneuf l'avait mené chez Ninon de Lenclos, dont l'abbé Gédoyn était parent, sans avoir pu la fréquenter lorsqu'il était jésuite. Follement épris d'elle, il aspirait à supplanter l'abbé de Châteauneuf. Ce dernier avait la bonne grâce de ne pas être jaloux d'un rival de vingt-sept ans, pour une maîtresse presque octogénaire. Ninon avait promis à l'abbé Gédoyn de se donner à lui le jour de ses quatre-vingts ans. « Je n'ai que deux ans à attendre », disait-il avec concupiscence.

Enfin, il y eut un quatrième abbé à cette fête : l'abbé Augustin

Servien, fils du fameux Abel Servien, marquis de Sablé, lequel avait été ambassadeur, surintendant des finances et membre de l'Académie française. Cet abbé aux mœurs grecques venait en ami et en voisin : il habitait sur la paroisse de Saint-André-des-Arts.

Après que le montreur de marionnettes eut diverti les invités de l'ancien notaire par une imitation du théâtre des Pygmées, le spectacle de Marais, on pria Mme Arouet, qui avait une belle voix, de chanter quelque chose. Elle choisit un air d'un des derniers opéras de Lulli, *Phaéton*: « Heureux temps, — Où les cœurs seront contents... »

2

François-Marie chez les jésuites, au collège Louis-le-Grand

Mme Arouet mourut en 1701. L'ancien notaire obtint cette même année l'enregistrement de sa charge de payeur et de receveur à la chambre des comptes, — il l'exerçait, en réalité, depuis cinq ans : il avait versé deux cent quarante mille livres « pour la sûreté de sa commission ». Son fils aîné, Armand, était en pension au séminaire de Saint-Magloire, chez les oratoriens, dans le quartier Saint-Séverin, séminaire où La Fontaine avait passé sa vingtième année et où Massillon avait prêché. La sœur habitait avec son père, quand elle n'allait pas séjourner à un couvent de Villeneuve-le-Roi, où sa tante maternelle, Madeleine Daumart, était professe.

La maison des Arouet, située maintenant rue de Jérusalem, à l'angle de la rue de Nazareth, dans la cour vieille du Palais, en face de la Sainte-Chapelle, était la demeure, assez vaste et à deux étages, qu'occupaient d'ordinaire les payeurs des épices et receveurs des amendes. Elle était, d'ailleurs, proche de l'hôtel où le premier président du Parlement exerçait ses fonctions. Le salon, divisé en arcades, avait un plafond à voussures. Les tapisseries de l'Ancien et du Nouveau Testament y étaient en valeur. Deux tables de marbre, dont l'une peinte de fleurs, un trictrac, quatre toiles (*la Chaste Suzanne,* une architecture et deux paysages), s'ajoutaient à la décoration précédente, comme une preuve que la fortune de l'ex-notaire ne cessait de s'étoffer. Au rez-de-chaussée, la cuisine, l'office et deux chambres de domestiques ; au premier étage, le bureau-cabinet, — où continuait de trôner le portrait de la duchesse de Sully, — le salon et la chambre de Me Arouet ; au second, les chambres des enfants et celle de la nourrice. Dans une remise extérieure, étaient deux berlines et l'écurie.

Me Arouet avait désormais pour vis-à-vis l'abbé Gédoyn, tout récemment nommé chanoine de la Sainte-Chapelle et qui avait couronné sa flamme avec Ninon de Lenclos. Il introduisit chez le payeur des épices son collègue Jacques Boileau, chanoine, lui aussi, de la Sainte-Chapelle, frère aîné de Nicolas Boileau-Despréaux. Par les deux chanoines, l'ancien notaire et ses enfants connurent l'illustre auteur de l'*Art poétique* et du *Lutrin*, des *Épîtres* et des *Satires*, membre de l'Académie française, à laquelle avait également appartenu son autre frère aîné, Gilles, doué de la même verve satirique et contrôleur de l'argenterie du roi. Nicolas était paré, aux yeux de François-Marie, de l'auréole de la gloire. C'est, en quelque sorte, dans ses vers qu'il apprit à lire. Tout enfant, il avait accompagné une fois son père et sa mère à Auteuil, où le poète avait une maison et un jardin, rue des Garennes, que François-Marie jugea fort vilains. Mais tout ce qu'il y avait d'hommes et de femmes d'esprit, s'y précipitait. Le législateur du Parnasse y jouait aux quilles avec les enfants de Racine, qui venait de décéder. A Paris, il habitait au cloître Notre-Dame, chez l'abbé Lenoir ; mais il passait ses journées chez ses neveux Dongois, qui avaient une maison cour du Palais et en mettaient un appartement à sa disposition. Son frère le chanoine était célèbre par un *Traité sur l'abus des nudités de gorge*, un *Traité des empêchements dirimants du mariage* et une *Histoire des flagellants*, écrite en latin, dont il existait une traduction française. Mlle Bessières, n'étant pas plus bégueule que l'avait été Mme Arouet et qui faisait désormais les honneurs de la maison de l'ancien notaire, discutait hardiment de ces sujets avec les deux chanoines, quand ce n'était pas avec l'abbé de Châteauneuf. François-Marie, que l'on surnommait Zozo, s'instruisait près d'elle et de ses visiteurs, en se divertissant. Elle le stupéfiait parce qu'elle ne se nourrissait que de deux ou trois biscuits, « comme un perroquet », disait-il.

L'abbé de Châteauneuf procurait à son filleul d'autres nourritures. Trois ans après la naissance de ce dernier, il avait joué un rôle considérable en allant préparer, à Varsovie, l'élection du prince de Conti comme roi de Pologne. Mais ce projet fut manqué, faute d'être appuyé des dix millions de livres que l'abbé de Polignac, ambassadeur de France, avait promis aux nobles polonais. Les deux abbés, à leur retour, furent momentanément exilés. Dès qu'il revit François-Marie, Châteauneuf lui fit substituer à la lecture de Boileau celle de *la Moïsade*, poème impie d'un certain Lourdet, que l'on attribuait parfois à Jean-Baptiste Rousseau. L'abbé fut enchanté lorsque l'enfant le lui récita par cœur : « ... L'esprit humain veut des preuves plus claires — Que les lieux communs d'un curé, — Ce fatras obscur de mystères — Qu'on débite au peuple effaré... — En vain je cherche et j'en enrage — Les pas d'une divinité. » C'était la religion des abbés du Temple.

A la rentrée de 1704, François-Marie approchant de sa dixième année, Me Arouet décida de le mettre au collège, mais non avec l'aîné. Les deux garçons différaient de goûts et de caractère : Armand était sombre, François-Marie enjoué. On choisit pour lui Louis-le-Grand, l'ancien collège de Clermont, rue Saint-Jacques, — les jésuites l'avaient débaptisé depuis la visite que leur avait faite Louis XIV, venu assister à la représentation d'une tragédie. Ce collège, le plus fameux de Paris, avait absorbé celui de Marmoutiers et celui du Mans : il comptait trois mille élèves, avec cinq cents internes. On y trouvait les fils des plus grandes familles, attachées à la cour, et ceux des familles distinguées, habitant la province, aussi bien que ceux de la haute bourgeoisie parisienne. C'était là, selon la renommée, que l'on se formait le mieux au savoir, à la discipline et aux bonnes mœurs.

Le changement était notable pour le nouvel interne François-Marie Arouet : les douceurs de la maison et de Mlle Bessières étaient finies. A cinq heures du matin, lever, prière, toilette. A six heures, étude, sous la direction d'un préfet. A sept heures, on se présentait devant lui pour les devoirs et les leçons. A huit heures, le petit déjeuner ; puis les cours, avec les régents. A dix heures, la messe. A onze heures, le dîner, « assaisonné de silence et de lecture », disait le *Ratio Studiorum.* Récréation jusqu'à une heure ; ensuite, étude, « pendant laquelle les préfets doivent prendre soin que les valets peignent exactement les enfants ». Récitation des leçons. Deux heures et demie de cours. Souper à six heures ; récréation jusqu'à sept heures et quart. Répétition, où les préfets corrigent les devoirs et font étudier un texte. (Le samedi, la répétition est remplacée par le catéchisme.) A huit heures et quart, prière. Coucher et lecture spirituelle. A neuf heures, extinction des feux. Mais François-Marie s'aperçut très vite que, malgré la surveillance, les feux de tout le monde ne s'éteignaient pas. Quoique innocent de fait, il ne l'était pas d'esprit.

Une autre chose l'avait frappé. Il était habitué à rencontrer chez lui de jeunes nobles qu'amenaient leurs parents pour la suite des affaires notariales de son père. A Louis-le-Grand, il vit soudain ce que c'était que d'être du monde de la cour. Les professeurs ne donnaient aux élèves que leurs noms et non pas leurs titres ; de même, la camaraderie supprimait quelque peu les distances, mais elles apparaissaient brusquement lorsque les jeunes garçons titrés, qui arrivaient ou qui partaient en chaises armoriées, étaient appelés par leurs laquais, au seuil des cours : « M. le duc de Luynes !... », « M. le duc de Brissac !... », « M. le duc de Fronsac !... », « M. le prince d'Espinoy !... », « M. le marquis d'Harcourt !... », « M. le marquis de Gesvres !... », « M. le marquis de Boufflers !... », « M. le comte de Caylus !... », « M. le chevalier de Bavière ! » Ce dernier compensait la minceur de son titre par la grandeur de son nom : il intéressait ses professeurs et ses camarades parce qu'il était demi-frère de la défunte dauphine et fils naturel, légitimé, de l'Électeur de Bavière, ce qui faisait penser aux fils naturels et légitimés de Louis XIV, le duc du Maine et le comte de Toulouse, sans parler de ses nombreuses filles légitimées. Du reste, les noms de certains jeunes seigneurs déroutaient par rapport à ceux de leurs pères, leurs maisons ayant divers titres à se distribuer : le duc de Fronsac, né deux ans après François-Marie, était le fils du duc de Richelieu... En revanche, il n'y avait guère de différence dans les tenues des élèves, car les riches bourgeois se piquaient d'imiter l'élégance des gens de cour et même de la dépasser : leurs fils avaient une épée, comme les jeunes nobles. A l'entrée, chacun déposait son arme dans une salle et y attachait une fiche, où son nom était inscrit. Un jeton semblable était remis au censeur. Mais il y avait entre les élèves une autre différence que celle des équipages et des laquais : alors que le commun des internes était logé soit dans des dortoirs, soit dans des chambres à plusieurs, les privilégiés avaient des chambres particulières et même un service personnel.

Plusieurs de ces élèves avaient, en outre, une sorte d'auréole pour leurs camarades : ils figuraient déjà dans le *Calendrier de la cour,* au titre des charges dont ils avaient la survivance, de leur père ou d'un membre de leur famille qui en étaient revêtus. Brissac était grand panetier ; Boufflers, gouverneur et lieutenant général de Flandre... comme Molière enfant avait eu la survivance de tapissier du roi, charge détenue par son père.

François-Marie n'était pas de taille à frayer encore avec ceux qui arboraient les plus grands noms : le seul qu'il pût prétendre connaître, était le duc de Fronsac, puisque le duc de Richelieu avait été parrain de son frère Armand. Fronsac était, du reste, celui qui attirait le mieux les regards par sa joliesse, comme par son prestige : lui, il avait eu pour parrain Louis XIV et pour marraine la duchesse de Bourgogne. Les autres amis du jeune Arouet furent deux Normands, Le Cornier de Cideville et Hérault de Fontaine-l'Abbé, un Bourguignon, Fyot de La Marche, fils d'un président au parlement de Dijon, et trois Parisiens, Lefèvre de La Faluère de Genonville et les deux fils du lieutenant général de police, René-Louis et Marc-Pierre Voyer de Paulmy d'Argenson.

Sous l'égide du père recteur Le Picard, — le recteur changeait tous les trois ans, — les professeurs étaient aussi remarquables par leur science que par l'art d'enseigner. Leur doyen était le père Lejay ou Le Jay, qui avait écrit des tragédies latines et un traité illustré : *Le Triomphe de la Religion sous Louis le Grand.* Les écoliers jouaient ses pièces, ce qui était un moyen de les familiariser avec le latin. Encore y avait-il, venues du dehors, les tragédies, latines et françaises, du père jésuite du Cerceau, précepteur du duc d'Albret. François-Marie, tout apprenti qu'il était, eut un rôle dans son *Filius prodigus* et dans son *Enfant prodigue,* qui était la même pièce, traduite par l'auteur. A Louis-le-Grand, le père Porée cultivait aussi la tragédie, mais en français. Avec *Brutus, Hermenigilde* et *Sophonisbe,* il ne se prétendait pas l'émule de Corneille ni de Racine.

Les bons pères aimaient à rappeler que, si Jean Racine avait commencé ses études au collège de Beauvais, qui n'était pas de leur ordre, et les avait poursuivies à Port-Royal, dont ils avaient été les destructeurs, en revanche, Pierre Corneille avait été l'élève de leur collège de Rouen et Molière, en rhétorique, de ce collège Louis-le-Grand, comme Dancourt, son successeur au théâtre comique : ce dernier avait eu pour professeur le père de La Rue, dont on représentait parfois la tragédie latine *Cyrus restitutus* et qui était maintenant confesseur de la dauphine et du duc de Berry. Les jésuites regrettaient que Dancourt fût également comédien, à l'exemple de Molière, métier qui le destinait à être excommunié, sauf repentir final. Les élèves savouraient sa réplique au père de La Rue, le félicitant pour ses premières pièces, mais déplorant de le voir sur la scène de la Comédie-Française : « Mon père, je suis comédien du roi ; vous êtes comédien du pape. Il n'y a pas tant de marge entre votre état et le mien. »

Le père de Tournemine, — nommé le plus souvent le père

Tournemine, — avait inspiré aux élèves ce distique : « C'est notre père Tournemine, — Qui croit tout ce qu'il imagine. » Ayant, depuis peu, à diriger le *Journal* et les *Mémoires de Trévoux*, publications des jésuites en France, il ne venait plus guère que pour consulter la bibliothèque du collège, dotée jadis par Foucquet. Riche de vingt mille volumes, elle attirait un autre jésuite, qui n'était pas professeur au collège, mais rédacteur au *Journal de Trévoux*, après avoir été précepteur du prince de Talmont : le père Brumoy, helléniste, latiniste et historien. Dans une pièce spéciale de cette bibliothèque, était l'*Infernum* — « l'Enfer », — contenant toutes sortes d'ouvrages défendus et dont les plus grands élèves avaient de fausses clés. On avait dit à François-Marie que *la Moïsade* y figurait.

Les autres principaux professeurs étaient les pères Le Tellier, Tarteron, Poirier et Paullou. Le père Thoulier d'Olivet, qui préparait une traduction de Cicéron, et le père de Charlevoix, premier préfet de François-Marie, étaient les plus jeunes. On parlait encore du père de Jouvancy ou Jouvency, qui avait été, jusqu'au début du siècle, un des plus brillants professeurs de Louis-le-Grand et qui avait été appelé à Rome pour y écrire, — en latin, — l'*Histoire de la société de Jésus*. On faisait grand cas de ses *Discours latins*, publiés par le père Le Jay, de son ouvrage *De ratione discendi et docendi* (« De la manière de s'instruire et d'instruire ») et l'on apprenait Térence, Juvénal, Perse, Horace, Martial et les *Métamorphoses* d'Ovide dans les éditions qu'il avait purgées de toute obscénité.

Les jésuites vénéraient et faisaient vénérer à leurs élèves la mémoire d'un des leurs, le père Cotton, qui avait été le confesseur d'Henri IV, puis de Louis XIII : c'est lui qui avait contribué à faire réadmettre les jésuites en France, d'où ils avaient été chassés après l'attentat commis par Jean Châtel, ancien élève de ce même collège de Clermont, contre le premier de ces rois. On faisait traduire en latin la harangue que le père provincial Armand avait prononcée à Lombez, aux pieds d'Henri IV, pour lui demander le rétablissement de son ordre ; la traduction était d'autant plus facile que le texte français, avec ses longues périodes, semblait traduit du latin. En classe d'histoire, on exaltait le personnage grâce à qui avait pu avoir lieu cette entrevue : Guillaume Foucquet, marquis de La Varenne, qui avait été soutenu en secret par les jésuites et qui s'était fait leur défenseur. Ce que seuls savaient les grands élèves, c'est qu'il avait été d'abord cuisinier de

Madame, duchesse d'Orléans, puis maquereau d'Henri IV qui, en récompense, l'avait marquisé. Son arrière-petit-fils, Foucquet de La Varenne, était un des camarades de François-Marie.

Les manquements à la discipline avaient pour sanction des coups de fouet ; les péchés graves valaient un séjour dans la « chambre des méditations » : elle était peinte de figures effrayantes de diables, destinés à induire le pécheur à une meilleure vie. Les grands élèves disaient que, dans cette chambre, avait été enfermé plusieurs fois Jean Châtel, parce qu'il avait avoué à son confesseur des péchés contre nature. C'est même par l'horreur qu'il avait prise à la fin pour ce péché, qu'en vue d'être sûr de son salut, il avait, à l'âge de dix-neuf ans, tenté de tuer Henri IV. Ce fils d'un riche drapier, bourgeois de Paris, avait été encouragé à commettre ce crime par son professeur, le père Guéret, qui accusait le roi d'être un faux converti et un hérétique.

Les élèves pouvaient à loisir, dans la chambre des méditations, évoquer le supplice de ce jeune homme qui fut tiré à quatre chevaux en place de Grève, après avoir eu la main droite coupée. Un autre jésuite, le père Guignard, chez qui l'on avait trouvé des écrits appelant au régicide, fut pendu en la même place. On avait eu plus d'indulgence pour le père Guéret, peut-être parce qu'il était régent : il fut banni à perpétuité. Du reste, tous les jésuites avaient subi le même sort : leur bannissement était inclus dans l'arrêt qui avait condamné à mort Jean Châtel. On allait jusqu'à regarder comme crime de lèse-majesté l'envoi de garçons dans leurs collèges à l'étranger. La conclusion que faisaient les grands élèves de leur passage dans la chambre des méditations, est qu'il fallait avouer le moins possible les péchés contre nature.

François-Marie ne fut fouetté qu'une fois. Le père fouetteur était le personnage le plus redouté des collèges de jésuites, notamment à Louis-le-Grand. Si les *Constitutions* de saint Ignace imposaient à toute communauté de son ordre la peine des verges, on ne l'infligeait guère qu'aux écoliers. On disait que l'idée de cette institution avait été inspirée au futur saint par son séjour à Paris, au collège Sainte-Barbe, où il apprenait la théologie et où, bien qu'il eût alors plus de trente ans, il reçut le fouet. A Louis-le-Grand, ces corrections avaient lieu, soit en pleine classe, soit dans l'appartement du préfet : un fauteuil était poussé dans un coin de la salle, le siège tourné vers le mur ; un élève vigoureux s'y asseyait : de ses bras levés, il tenait ceux du garçon que l'on allait fouetter et qui, debout contre le dos du fauteuil, avait relevé sa chemise et rabattu sa culotte. La punition allait de quarante coups au minimum, à trois cents dans les cas graves. Le fustigateur devait s'arrêter quelques secondes entre les coups pour les rendre plus sensibles. Il était interdit au fustigé de crier ; mais il ne s'en privait pas, peut-être en vue d'être gracié. On murmurait que certains élèves recherchaient ce châtiment pour les plaisirs mystérieux qu'il leur procurait. François-Marie, dont les sens étaient encore paisibles, n'en avait éprouvé que la cuisson. Mais le petit marquis de Gesvres, qui avait deux ans de plus que lui, le traitait, pour cela, de « grossier bourgeois ». En tout cas, les bourgeois semblaient en majorité, car les cris perçants de ceux que l'on fouettait, retentissaient souvent à travers le collège et avaient pour effet d'y renforcer la discipline.

Aux élèves qui se plaignaient de ces rigueurs, les pères alléguaient, à l'appui des *Constitutions* de saint Ignace, le *Livre des Proverbes* de Salomon : « Celui qui ménage les verges, hait son fils ; — Mais celui qui l'aime, le corrige de bonne heure... — La folie est attachée au cœur de l'enfant ; — La verge de la discipline l'éloignera de lui. » Les grands parlaient encore avec terreur du père Constance, qui avait eu les fonctions de fouetteur jusqu'à sa mort, en 1704, juste avant l'arrivée de François-Marie. Le soupçonnant de se régaler un peu trop des escourgées qu'il infligeait, ils avaient fait cette épitaphe, pour le monument qu'on lui avait élevé dans la cour : « Ci-gît père Constance en ce triste tombeau, — Qui des jeunes garçons fut le cruel bourreau. — Je ne vous dis pas qu'il fut sodomite ; — Mais tu sais, passant, qu'il était jésuite. » Tout cela n'avait pas de signification très précise pour François-Marie. A côté du père fouette-cul, il y avait heureusement ceux qui étaient chargés de réparer les dommages par des baumes et des émollients : les bons pères laissaient de tels soins à des frères lais. C'étaient aussi ces derniers qui soignaient les maux légers et qui administraient les lavements. Quand il s'agissait de choses plus sérieuses ou d'entrailles obstinément rebelles, on mandait l'apothicaire de la maison professe, le frère du Soleil. François-Marie, qui avait souvent recours à ses clystères, le surnommait « le frère de la Lune ».

On s'efforçait, à Louis-le-Grand, d'orner le plus possible la mémoire des élèves par la mnémotechnie. Un jésuite, rédacteur au *Journal de Trévoux*, le père Buffier, en exposait les méthodes dans une série de traités, dont les premiers étaient déjà publiés sous ce titre : *Pratique de la mémoire artificielle pour apprendre et retenir la chronologie, l'histoire et la géographie.* Ses procédés étaient imités de ceux qui avaient eu cours dans les « petites écoles » de Port-Royal, ce qui était paradoxal chez un jésuite.

Aux classes de musique, participait le compositeur André Campra, qui était, depuis quelques années, maître de chapelle de la maison professe des jésuites, auteur de cantates, de motets et d'un opéra, *Télémaque,* représenté cette année 1704. On le considérait comme le digne successeur de Lulli, auquel il avait consacré une pièce musicale, intitulée *Fragments de Monsieur de Lulli.* Les jésuites feignaient d'ignorer que, sous le nom de son frère, il avait composé un opéra-ballet, *l'Europe galante,* avec une suite, *Vénus,* et une tragédie-opéra sous son propre nom, *Hésione,* relative aux amours de Vénus et d'Anchise. Mais Vénus n'était-elle pas au programme de toutes les études classiques ?

La danse, au moins sous forme de ballet, était enseignée. Ce divertissement réservé aux jours de fête, accompagnait aussi, avec une pièce de théâtre, la solennité de la distribution des prix, à la fin de l'année scolaire. La passacaille, la chaconne, la gavotte, la farandole provençale, la sarabande espagnole, la bourrée d'Auvergne et du Berry, n'étaient guère exécutées, à Louis-le-Grand, qu'en récréation, — quelquefois, pour l'amusement des élèves, avec les musiciens de Campra. Les bons pères préféraient le menuet ou la pavane, danses nobles, mais devaient se résigner à laisser danser les variétés du branle, qui avaient peut-être la faveur des écoliers à cause de l'équivoque du mot : le branle doux, le branle simple, le branle de Bourgogne, le branle de Bretagne, le branle du Poitou, le branle de Metz, le branle coupé Charlotte. Quant au ballet, il avait ses lettres de noblesse, puisque Louis XIV, à treize ans, avait joué dans le ballet *Cassandre* et ensuite dans plusieurs autres, jusqu'à l'âge de vingt-cinq ans, où l'usage était, à la cour, que l'on ne dansât plus.

Il s'était produit, au premier trimestre, une dissonance dans ce concert d'harmonies diverses. Les jésuites ne recevaient pas seulement, à Louis-le-Grand, les fils de l'aristocratie et de la riche bourgeoisie : il leur fallait remplir leurs nombreuses salles et répondre aussi à un dessein plus général d'éducation et d'évangélisation. Leur force venait d'avoir des alliés dans tous les milieux. C'est pourquoi beaucoup de leurs écoliers étaient les fils de simples bourgeois, voire de commerçants, chez qui ils se fournissaient et qui leur faisaient des ristournes. L'un de ces garçonnets, qui avait un an de moins que François-Marie, se nommait Louis-Dominique Cartouche : son père, fier d'être un bourgeois de Paris, était un riche coutelier, installé rue du Pont-aux-Choux, entre une mercerie à l'enseigne de l'*Ange Gabriel* et une chandelière à l'enseigne du *Verre Luisant*. Les camarades du petit Cartouche savaient ces détails par lui-même, car il ne cachait pas ses origines et même en était fier. François-Marie, qui ne songeait pas à s'acoquiner avec un fils de coutelier, encore que tous les couteaux du collège vinssent de chez M. Cartouche, connaissait à peine de vue ce garçon.

Dès le début de l'année scolaire, les élèves s'aperçurent que leurs plumes d'oie, leurs canifs, leurs règles, leurs livres disparaissaient. Même, un jour, dans un dortoir, tous les bonnets de coton, sauf un, s'étaient volatilisés. Comme c'était le dortoir où couchait le jeune Cartouche et que le seul bonnet resté en place était le sien, il dut faire des aveux, irrité peut-être contre lui-même d'avoir été si naïf. Tous les objets volés furent retrouvés dans un endroit où il les avait cachés, et l'on songeait à mettre dehors le voleur. Mais M. Cartouche était protégé par le père de La Chaise, confesseur du roi, et les jésuites, sur l'intervention de leur puissant confrère, pardonnèrent au coupable, après l'avoir dûment fait fouailler. De plus, les élèves le bernèrent dans une couverture et il reçut d'eux maints horions.

Sans doute était-il un fripon incorrigible : il récidiva en s'attaquant plus haut. C'était, cette fois, aux dépens du père recteur Le Picard. Ayant, en outre, le vice de la gourmandise, il força la serrure d'une pièce où ce jésuite resserrait quelques pots de miel de Narbonne, envoyés par un cousin du Languedoc. Cartouche déroba le plus gros et le plus pesant de ces pots, et fut tout étonné, non moins que fou de joie, en trouvant sous le miel, qu'il dégustait en cachette, cent beaux doubles louis d'or. Dès que le père recteur eut constaté la disparition du plus précieux de ses pots, il soupçonna Louis-Dominique et convoqua sa famille, avec le commissaire du quartier Saint-Jacques : il s'agissait, en effet, comme il dut le confesser, de tout autre chose que de miel. Le voleur, de nouveau, fut obligé d'avouer, d'autant plus que l'on trouva dans ses poches les louis qui lui restaient. Son père faillit le tuer à force de taloches, l'emmena honteusement, rendit au recteur l'or dilapidé, le miel consommé, et Louis-le-Grand n'entendit plus parler du petit Cartouche. Cette histoire avait infiniment égayé les élèves, stupéfaits de découvrir que l'un des plus jeunes, ce petit noiraud aux yeux vifs, déployait un génie si précoce dans la malfaisance.

A ces incidents près, qui l'avaient touché par la disparition momentanée de ses plumes et de son bonnet de nuit, François-Marie passa tranquillement sa première année d'études. Elle avait été coupée par les jours de sortie, où le valet de son père venait le chercher, avec moins de cérémonie que les laquais des jeunes seigneurs : « M. Arouet ! » Le valet refusait de l'appeler : « M. Arouet du Pas-de-Cygne », ou « M. Arouet de La Motte-aux-Fées », — « plutôt de La Botte-aux-Fesses », lui disait-il.

La deuxième année, — François-Marie avait alors onze ans, — il chercha des lumières sur les secrets du fouet dans l'*Histoire des Flagellants* de l'abbé Boileau. Déjà bon latiniste, il lut ce livre, non pas en français, comme Mlle Bessières, mais en latin. Le titre complet se traduisait ainsi : *Histoire des flagellants ou de l'usage honnête et pervers des fouets auprès des chrétiens.* Lorsque François-Marie réclama quelques explications à l'abbé sur des passages assez libres qu'il n'avait pas compris, le chanoine de la Sainte-Chapelle, docteur de Sorbonne, fut estomaqué. Il se tira d'affaire en lui citant une épigramme de son frère Nicolas contre les révérends pères du *Journal de Trévoux,* — ni l'un ni l'autre n'aimaient les jésuites, — qui avaient malmené cette *Histoire* : « Non, le livre des *Flagellants*— N'a jamais condamné, lisez bien, mes pères, — Les rigidités salutaires — Que, pour ravir le ciel, saintement violents, — Exercent sur leurs corps tant de chrétiens austères. — Ils blâment seulement cet abus odieux — D'étaler et d'offrir aux yeux — Ce que leur doit toujours cacher la bienséance — Et combat vivement la fausse piété — Qui, sous couleur d'éteindre en nous la volupté, — Par l'austérité même et par la pénitence, — Sait allumer le feu de la lubricité. » Mais quand François-Marie répéta cette épigramme à l'auteur du *Lutrin,* — en hurlant, parce que le poète était devenu sourd, — celui-ci se mit à rire de voir une telle malice chez un si jeune garçon. « Tu iras loin », lui dit-il.

A peu près à cette époque, François-Marie fut instruit des « rigidités salutaires » auxquelles l'épigrammatiste n'avait pas songé et qui, d'après la rumeur publique, lui étaient inconnues : dans sa petite enfance, il avait été châtré par un dindon. Alors,

François-Marie se fit fouetter une fois par plaisir, comme son camarade Gesvres. Mais il n'en parla ni à l'académicien ni à son frère le chanoine. Il était né questionneur et utilisait surtout cette faculté auprès de ses maîtres. Rien ne lui était plus agréable que d'interroger, durant la récréation, le père Porée ou le père Le Jay sur l'histoire et la littérature contemporaines. Souvent, il avait l'air d'en savoir plus qu'eux. Il leur indiquait des détails, qu'il avait appris de l'abbé de Châteauneuf, sur l'élection manquée du prince de Conti au trône de Pologne, sur les rapports de la reine Christine de Suède avec Ninon de Lenclos ; ils étaient éblouis et légèrement inquiets. Il les déconcertait encore davantage en leur vantant *les Folies amoureuses,* la pièce récente de Regnard, ou les œuvres du libertin Saint-Évremond qui venaient d'être éditées à Londres et se vendaient à Paris, ou *les Mille et Une Nuits, contes arabes,* traduits par l'orientaliste Antoine Galland, qui en publiait le premier tome. Mlle Bessières lui prêtait ces livres à la maison. Si, au collège, il ne brillait ni dans les ballets ni à la danse, il excellait, sur la scène, dans la comédie et la tragédie, ce qui témoignait un goût précoce pour le théâtre. Il était également un des moins empressés aux jeux de la cour, — les barres, la paume, le volant, la balle au mur, la balle au chasseur..., — mais un des plus habiles, en classe, aux jeux linguistiques, — énigmes, rébus, logogriphes, devinettes, charades... — et un des plus éloquents dans les « plaidoyers », invention du père Porée destinée à faciliter l'usage de la parole en public, comme le faisaient les rhéteurs d'autrefois (on plaidait pour ou contre la médecine, les beaux-arts, la sculpture, les sciences, etc.). Enfin, dans les compositions en vers latins et en vers grecs, il était souvent « empereur », c'est-à-dire le plus fort de sa classe.

Au début de 1706, un vieux soldat des Invalides demanda aux jésuites de lui écrire quelques vers qu'il voulait présenter au dauphin — « Monseigneur », l'élève de Bossuet, — dont on attendait la visite dans cet établissement charitable, fondé par Louis XIV. François-Marie, qui entrait dans sa douzième année et qui rimaillait, revendiqua l'honneur d'écrire ces vers à leur place. Son *Épître à Monseigneur, Fils unique de Louis XIV,* lui valut les suffrages de ses maîtres et de ses camarades, qui le prônèrent même à leurs familles. C'est en ces termes qu'il s'adressait au dauphin, par l'entremise de l'invalide : « ... Tous les dieux à l'envi vous firent leurs présents : — Mars vous donna la force et le courage, — Minerve, dès vos jeunes ans, — Ajouta la sagesse au feu bouillant de l'âge, — L'immortel Apollon vous donna la beauté ; — Mais un dieu plus puissant, que j'implore en mes peines, — Voulut aussi me donner mes étrennes — En vous donnant la libéralité. »

L'invalide ne fut pas déçu dans ses espérances. François-Marie avait été heureux de rendre cet hommage au dauphin, parce que, l'année précédente, à Versailles, il avait eu l'honneur d'assister à son dessert. C'était, en effet, la première fois que Me Arouet avait emmené son fils cadet visiter le château, dont la splendeur l'émerveilla. Ils avaient d'abord vu le roi « dans ses jardins », comme on disait, seul coiffé de son chapeau, s'amuser à regarder des seigneurs qui jouaient au mail, parmi les quatorze cents jets d'eau. Les Arouet avaient fait en sorte de rester jusqu'à l'heure où les membres de la famille royale se mettaient à table, chacun de leur côté. Le roi dînait au petit couvert, c'est-à-dire seul dans son antichambre. Il n'invitait de dames qu'à son grand couvert ; si son fils et ses petits-fils assistaient à son repas, ils restaient debout, sans qu'il les priât jamais de prendre un siège, — il n'avait accordé cette faveur qu'à son frère, Monsieur, mort en 1702. Le spectacle était public à certains jours et c'est un de ceux-là que Me Arouet avait choisi. Les huissiers laissaient entrer toute personne bien vêtue. Quand arrivèrent le cadenas et la nef, — coffrets d'or contenant le couvert, le sel, le poivre et le sucre, — tous les spectateurs saluaient. Ensuite, « la viande du roi », — les divers mets, — que l'on saluait pareillement. Dans le parcours, les courtisans qui étaient assis, se levaient au passage. Comme le roi et les princes dînaient à la même heure, il fallait courir d'un appartement à l'autre pour les contempler dans leurs prouesses gastronomiques : les Bourbons étaient gens de haut appétit. Après avoir vu le roi vider deux assiettées de potage, gober quatre douzaines d'huîtres et manger trois perdreaux, entrecoupés de verres de vin, les Arouet réussirent à voir le dauphin déguster une corbeille de fruits confits, deux grandes tartes et une jatte de crème. L'air de dignité avec lequel le roi faisait tous ses gestes, avait provoqué l'admiration de François-Marie. Il était à table, dans son habit brun à boutons d'or, le cordon bleu du Saint-Esprit en dessous, un diamant à la boucle de son chapeau, à celles de ses souliers et à celles de ses jarretières, comme lorsque, aux fêtes solennelles, il communiait en rabat et en manteau, avec, par-dessus, le cordon de son ordre, la plaque étincelante de pierreries.

François-Marie comprenait que Charles Perrault eût fait

débuter le second dialogue de son *Parallèle des anciens et des modernes en ce qui regarde les arts et les sciences*, par la visite du château de Versailles. C'était prouver d'emblée la supériorité des modernes par la perfection de l'architecture de Mansart, thèse développée dans cet ouvrage, appuyée ensuite de Fontenelle et qui attisait, depuis près de vingt ans, la « querelle des anciens et des modernes ». Le jeune Arouet concluait, avec Racine et Boileau, à la supériorité des anciens dans les lettres ; mais, à Versailles, il se rangeait du côté des modernes. Le grand escalier, la grande galerie (la galerie des glaces), leurs bronzes, leurs marbres, les meubles des appartements, étaient dignes du monarque, de son emblème, le soleil, et de sa devise : *Nec pluribus impar,*— « Non inégal à plusieurs soleils. » Tout rayonnait.

Dans la grande galerie, Me Arouet avait décrit à François-Marie la scène où Louis XIV présenta à la cour son petit-fils, le duc d'Anjou, comme roi d'Espagne, scène que le jeune duc de Saint-Simon avait relatée à l'ancien notaire. La vue du maréchal duc d'Harcourt, qui, ambassadeur à Madrid, avait inspiré à Charles II le choix d'un prince français, et qui était aujourd'hui capitaine des gardes du corps, semblait un reflet de cette scène. Le roi avait fait ouvrir à deux battants les portes de son cabinet ; puis, ayant porté sur l'assistance un regard majestueux, il avait dit : « Messieurs, voilà le roi d'Espagne. La naissance l'appelait à cette couronne, le feu roi aussi par son testament. Toute la nation l'a souhaité et me l'a demandé instamment ; c'était l'ordre du ciel. Je l'ai accordé avec plaisir. » La pompe de ces paroles résonnait agréablement aux oreilles de François-Marie ; elles lui peignaient toute la gloire de la France. Bien qu'il n'eût pas l'âme féodale, il était aussi sensible à l'éclat de la formule qui terminait les édits royaux : « Car tel est notre bon plaisir. » De même aimait-il l'expression « plaisirs du roi », désignant l'étendue du pays où lui seul pouvait chasser, et « menus plaisirs », les dépenses de ses cérémonies et de ses spectacles. Ce mot de « plaisir » semblait à François-Marie une atténuation ou une gracieuse insolence de l'absolutisme.

Il n'était que plus ébahi de voir cette monarchie superbe laisser des marchands construire des boutiques au bas des murs extérieurs du palais, leur permettre même de faire du colportage jusque dans la galerie et sur les escaliers. Son père lui dit que c'était le symbole de l'attachement du peuple pour ses souverains, de même que, les jours de fêtes, les charbonniers avaient le droit d'occuper la loge du roi à la Comédie-Française et les poissardes et les dames de la halle, celle de la reine. Ces femmes avaient également le privilège d'aller haranguer leur souveraine dans certaines circonstances. Me Arouet apprit à son fils un autre usage, analogue à celui du dîner public et qui montrait la communion des sujets avec la famille royale : au jeu de la reine, à Marly, toute femme, nommée par un officier de la cour à un huissier du salon, pouvait assister à ce jeu, assise sur un balcon, et tout homme, dans les mêmes conditions, pouvait entrer dans la salle et miser à la table sur les cartes d'une personne placée. Me Arouet, dans les dernières années de la reine Marie-Thérèse, avait ainsi ponté deux ou trois fois à Marly avec ses clientes duchesses.

Toutefois, comme François-Marie, avant d'être né admirateur, était né observateur, il avait remarqué, lors de la visite à Versailles, un détail relatif au roi et qui l'avait étonné. Ce n'était pas l'empreinte de la petite vérole sur son visage, mais le fait que, mangeant avec une telle majesté, — on savait qu'il l'avait gardée jusque dans les douloureux moments où le premier chirurgien, Félix, l'opéra d'une fistule à l'anus, — il s'essuyait plusieurs fois au-dessus de la lèvre supérieure avec sa serviette en toile de Courtrai. François-Marie regarda aussi attentivement que le lui permettait la distance et nota que le roi essuyait, en réalité, du vin ou du potage qui descendait par sa narine gauche. Cette particularité le frappa beaucoup : il se demanda si les rois avaient une anatomie spéciale et le dit à son père, qui interrogea le médecin de famille. Celui-ci était lié avec Mareschal, successeur de Félix comme premier chirurgien du roi, et avec le dentiste royal Dubois. Ainsi François-Marie apprit-il que ce phénomène était la suite de l'extraction, mal faite, d'une molaire supérieure, à la mâchoire du roi : l'os de la joue en fut perforé, ce qui ouvrit un passage vers la fosse nasale correspondante. Lorsque le roi avait la bouche trop pleine, cette communication s'effectuait malgré lui. Si la fistule anale avait été définitivement guérie, la fistule dentaire ne l'avait été que temporairement et reparaissait, pour une raison ou pour une autre. Au début, le roi resta un mois dans sa chambre, ayant honte de cette infirmité dégradante quand il s'offrait en spectacle à sa table. Puis il s'y était habitué. Mareschal prétendait qu'elle était peut-être à l'origine du mariage de Louis XIV avec Mme de Maintenon, qui lui servait de garde-malade. Il ajoutait que la marquise elle-même n'avait presque plus de dents, au point qu'elle se faisait à peine entendre, faute d'être capable de prononcer. Le roi, lui aussi, était brèche-dent.

Un jour qu'il avait fait asseoir un archevêque près de sa table et qu'il se plaignait d'être à moitié édenté : « Eh ! Sire, qui a des dents ? » lui dit ce prélat. Or, comme cet archevêque, en prononçant ces mots, découvrait une superbe denture, le roi lui-même se mit à rire. On jugea cette réplique digne de cet autre prélat qui, à Marly, se promenait à côté de la chaise du roi, quand il se mit à pleuvoir. Le roi l'ayant prié d'aller s'abriter, il avait répondu : « Sire, la pluie de Marly ne mouille pas. » Nul n'avait relevé non plus, sauf ses médecins et, une fois, Mme de Montespan lors de la scène de rupture, que ses pieds, rarement lavés, dégageaient une odeur forte. Ces légères ombres sur les soleils d'or qui éclairaient le château de Versailles, montraient à François-Marie la relativité de la grandeur. Il pensait au mot d'une femme d'esprit du XVIIe siècle, qui figurait dans un manuscrit de la bibliothèque des Condé à Chantilly, *les Historiettes* de Tallemant des Réaux, manuscrit que l'abbé de Châteauneuf avait feuilleté et dont il lui avait parlé : « Il n'y a point de grand homme pour son valet de chambre. »

Il avait fait une observation d'un autre genre : les seigneurs, dans l'enceinte du château, marchaient d'une manière spéciale, qui était un glissement plutôt qu'une marche, et qui les distinguait des non-initiés. Les fils de ces mêmes seigneurs, à Louis-le-Grand, marchaient comme leurs camarades, parce qu'ils n'avaient pas encore vécu à la cour : il y avait donc des habitudes qui ne se prenaient que là. En revanche, les petits seigneurs du collège affectaient déjà le parler un peu pointu et le geste supérieur de leurs pères, ce qui était également une habitude de cour, plus facile à imiter hors de la cour. François-Marie aimait le mot de La Bruyère : « Un sot ni n'entre, ni ne sort, ni ne s'assied, ni ne se lève, ni ne se tait, ni n'est sur ses jambes, comme un homme d'esprit. » Pour son compte, il était bien sûr de se comporter en homme d'esprit dans tout cela ; mais il avait découvert, par cette visite à Versailles, qu'aux yeux d'un homme de la cour, un homme d'esprit n'est qu'un sot, s'il n'est pas au fait de certains usages. Toutefois, il éprouvait quelque fierté d'avoir remarqué, à dix ans, ce que son père n'avait pas remarqué en plus de soixante ans. Cela lui donnait confiance pour sa faculté de s'adapter aux manières d'un monde où il souhaitait de vivre.

L'*Épître à Monseigneur*, jointe à ses couronnes d' « empereur », lui avait ouvert immédiatement les portes de l'académie du collège. Toutes les maisons de jésuites avaient une académie, d'après la *Règle des études* de saint Ignace, comme pour présager à ceux qui avaient des dons littéraires les gloires futures de l'Académie française. On y lisait des pièces , des ouvrages en prose et en vers, en français, en latin, en grec, en espagnol, en italien. On y discutait de tout ce qui était décemment discutable. Des prix étaient décernés aux meilleurs, comme à la distribution qui avait lieu au terme de l'année scolaire. Arouet fut tout de suite un des académiciens de Louis-le-Grand les plus écoutés et les plus applaudis. Le père Le Jay, professeur de rhétorique, présidait ces réunions académiques. Il fut frappé de la précocité et de la hardiesse de pensée de François-Marie, qui n'était pas encore son élève et qui aimait tant à discuter avec lui en récréation. Un jour, ce petit effronté osa le contredire sur quelques points de théologie. « Malheureux enfant ! s'écria le père, vous serez le coryphée du déisme. »

En été, on emmenait les élèves à Gentilly, où les jésuites avaient une maison de campagne, et ils y faisaient ensemble un séjour plus ou moins long. Les études s'y continuaient, mêlées de jeux champêtres. Le préfet étant tombé malade, on lui avait prescrit du lait d'ânesse. Un matin, l'ânesse, abandonnée par son gardien, entra dans la classe d'Arouet. Ce fut un beau tumulte. Pour ramener le calme, le professeur choisit, comme sujet de narration latine, l'incident qu'avait provoqué l'entrée de cet animal dans le sanctuaire du travail. Les écoliers s'y employèrent avec ardeur, sauf Arouet qui avait l'air de folâtrer et de ne ne pas se soucier d'être puni en remettant une copie blanche. Le professeur le guettait et fut surpris de le voir écrire deux lignes à la dernière minute. Mais c'était un verset du prologue de saint Jean l'Évangéliste : *In propria venit — Et sui (eam) non receperunt—* « Il (Elle) est venu(e) dans sa propre maison — Et les siens ne l'ont pas reçu(e). » Le succès fut complet, au milieu des éclats de rire des élèves et du maître. Si Arouet n'avait pas déjà été académicien, il aurait été élu par acclamation ce jour-là.

L'abbé de Châteauneuf, fier de l'épître que son filleul avait écrite pour le dauphin, l'emmena chez son ancienne maîtresse, Ninon de Lenclos, qui avait eu envie de le connaître. Elle habitait rue des Tournelles, au Marais. Ils s'y rendirent en fiacre. Me Arouet avait dirigé les affaires de la courtisane, à présent dans sa quatre-vingt-dixième année. Ses amants, même l'abbé Gédoyn, n'étaient plus qu'honoraires. Châteauneuf, en conduisant son filleul chez elle, lui énumérait les plus fameux qu'elle avait eus : le

Grand Condé, les maréchaux d'Albret et d'Estrées, l'abbé Régnier-Desmarais, membre de l'Académie française, Saint-Évremond, Scarron... Elle avait refusé de suivre à Rome la reine Christine, de même qu'elle avait refusé de suivre à la cour Mme Scarron, devenue la marquise de Maintenon, et dont elle gardait l'amitié. Jadis, elle avait été pensionnée par le cardinal de Richelieu. L'abbé rappela quelques phrases du portrait que Mlle de Scudéry avait fait de Ninon dans *Clélie*, sous le nom de Clarisse : « Elle a les cheveux du plus beau châtain qu'on ait jamais vu, le visage rond, le teint vif, la bouche agréable, les lèvres fort incarnates... »

Elle accueillit gracieusement le jeune poète ; mais il fut un peu effrayé du contraste qu'elle formait avec la description qu'il venait d'entendre : il la trouva toute noire et flétrie. Comme elle se doutait que ses charmes n'existaient désormais que pour ses anciens amants, — l'abbé de Chaulieu, qui avait été l'un d'eux, disait que « l'Amour s'était réfugié dans ses rides », — elle voulut se remettre sur son piédestal en parlant des vers qu'elle avait inspirés à Saint-Évremond et à Huyghens. L'abbé de Châteauneuf, dont la mémoire était fidèle, débita ceux de ce dernier, en disant qu'ils étaient bien d'un géomètre et d'un astronome : « Elle a cinq instruments dont je suis amoureux : — Les deux premiers, ses mains, les deux autres, ses yeux. — Pour le plus beau de tous, le cinquième qui reste, — Il faut être fringant et leste. » Ninon rit beaucoup. Elle dit que, si François-Marie était le plus fringant de ses deux visiteurs, elle le jugeait trop jeune pour se montrer leste en fait de géométrie et d'astronomie amoureuses. Il la flatta en louant les lettres d'elle insérées dans les œuvres de Saint-Évremond, et encore davantage en lui parlant du seul écrit qu'elle eût donné au public, *la Coquette vengée.* « Mais cet enfant est un puits de science ! » s'écria-t-elle. L'abbé de Châteauneuf dit que son filleul étonnait déjà ses maîtres par ses connaissances et que lui-même était heureux d'y contribuer.

Voyant des castagnettes d'ivoire pendues à leur cordon, l'abbé, qui voulait sans doute laisser à François-Marie un souvenir plus vivace du charme, sinon des charmes, de Ninon, pria celle-ci de jouer, avec cet instrument, une de ces sarabandes espagnoles, à trois temps, qu'elle jouait, dit-il, mieux que personne. Et le petit Arouet d'applaudir de bon cœur, tant elle fut séduisante.

Un abbé académicien arriva, tout joyeux, bien que tirant la jambe et courbé sur un bâton : Jacques Testu, abbé de Belval, prédicateur ordinaire du roi et prieur de Saint-Denis-de-la-Charte. On le surnommait « Testu, tais-toi » à cause de son bavardage. Il avait entendu les castagnettes. « Quel aimable accueil, Ninon ! dit-il. Vous avez certainement deviné, au bruit de mon bâton, que je montais votre escalier. Vous serez toujours la reine des plaisirs. » Octogénaire, il demeurait galant comme Ninon, et portait une perruque blonde. Pour se rajeunir, il parla de ses amours avec la première duchesse de Richelieu, qui était morte, puis avec la marquise de Coulanges, heureusement vivante, mais pour laquelle ses sentiments étaient désormais platoniques. « Une chanson me calomniait, dit-il, car elle prétendait qu'il me fallait choisir entre la marquise et la duchesse : “Il n'est pas assez vigoureux — Pour en pouvoir bien servir deux.” La mémoire de la marquise et les mânes de la duchesse me sont témoins, ajouta-t-il, que je remplissais mes devoirs envers l'une et l'autre avec un scrupule religieux. — Ce que l'on raconte de vous à propos d'une autre marquise, qui, elle aussi, est encore là, lui dit Ninon, est-il vrai ? que vous lui avez montré votre vit pendant qu'elle était à sa toilette et qu'elle répliqua en le coiffant d'une de ses mules. Je parle de la marquise de Leuville. — Rien de plus exact, répondit l'académicien. Il faut préciser que j'étais déjà sur le retour et que la marquise était fort jeune. Comme elle avait l'air de douter des ardeurs que je lui exprimais, je voulus lui donner la preuve du contraire. On mit également cette aventure en chanson : “... Il offrait à la dame incrédule — Sa chandelle et la faisait voir. — La follette tira sa mule — Et la fit servir d'éteignoir.” — Ah ! l'abbé, lui dit Ninon, Mme Deshoulières avait raison de vous appeler “le doyen des abbés blondins” ! — Quant à elle, répliqua Testu, elle est morte la doyenne des poétesses ridicules, puisqu'elle préférait, à la *Phèdre* de Racine, celle de Pradon. »

L'abbé de Châteauneuf et son filleul regagnèrent à pied Louis-le-Grand. « Les embarras de Paris » n'avaient pas changé, depuis quarante ans que Boileau leur avait consacré sa *VI*^e^ *Satire.* Il fallait même en éviter qu'il n'avait pas décrits, par exemple les aveugles qui, à plusieurs, avançaient en tâtonnant, les coups de fouet des cochers, les sabots d'un cheval, le fumier des attelages laissé aux portes des hôtels seigneuriaux malgré les ordonnances de police, le sang caillé des abattoirs et des boucheries, les contenus de pots de chambre versés par les fenêtres, quelquefois les enseignes ou les lanternes que le vent arrachait. Sans se départir de son attention pour ne pas glisser ni se faire arroser ni se faire écraser ni se faire assommer, François-Marie signalait avec amusement le *Saint-Crépin* des cordonniers, le *Singe d'ivoire* des tabletiers, la *Civette* des marchands de tabac, la *Bonne-Foi* des tailleurs, la *Vestale* des lingères, le voyageur endormi dans un lit *(Au lit on dort)* de l'auberge du *Lion d'Or*. L'abbé de Châteauneuf parla de Caritidès, le personnage des *Fâcheux* de Molière, « Français de nation, Grec de profession », qui voulait présenter un placet au roi pour obtenir la charge de « contrôleur, intendant, correcteur, réviseur et restaurateur général desdites inscriptions ». Tous les cris de Paris étaient familiers à François-Marie et lui semblaient pittoresques : ceux des porteuses d'eau, — « A l'eau ! à l'eau ! », — des marchands d'oublies, de « fèves cuites toutes chaudes », d'habits, de vieux chapeaux, de « bonne encre pour écrire », de mouron, de cresson, de verjus, de sauce verte, de « bons pruneaux de Tours », de « pain d'épice pour le cœur ». Il s'arrêta un instant à regarder un immense vit dessiné sur un mur. L'abbé de Châteauneuf lui récita l'épigramme que la princesse de Conti, fille du duc de Guise, dit le Balafré, avait faite autrefois à propos de dessins identiques, si fréquents à travers Paris, et que les élèves de Louis-le-Grand se signalaient quand on les menait en ville : « Alors qu'au blanc d'une muraille — Je vois de ces engins puissants, — En ma conscience je me raille — De ceux qui les peignent si grands : — O la malheureuse canaille ! — Ce ne sont que traîtres maudits — De les peindre de grande taille — Et de les avoir si petits ! »

L'abbé Testu de Belval mourut en juin de cette année 1706 et, au mois d'avril, était mort un autre abbé Testu, — Testu de Mauroy, — également de l'Académie française. En octobre, Ninon alla les rejoindre. Dans le testament qu'elle avait dicté à Me Arouet, elle léguait à François-Marie mille francs pour acheter des livres.

L'écolier se crut riche ; mais son père, qui le refrénait pour ses petites dépenses, lui dit qu'à douze ans, il n'avait pas besoin d'une telle somme et qu'il la lui conserverait jusqu'à sa majorité, — à vingt-cinq ans. François-Marie se vengea en signant un billet de cinq cents livres à une dame Thomas, regrattière qui prêtait de l'argent aux jeunes gentilshommes de Louis-le-Grand. Le taux en était naturellement usuraire, puisqu'elle était dans le cas, elle aussi, d'attendre leur vingt-cinquième année pour être payée. La date n'était pas indiquée, afin de ne pas frapper l'effet de nullité en tant que souscrit par un mineur : les cinq cents livres dont François-Marie reconnaissait la dette, n'étaient en réalité que cent ; mais il n'avait pu discuter. Il prenait l'habitude de jongler avec les chiffres : il avait dit à ses amis que Ninon lui avait légué, non pas mille francs, mais deux mille. L'abbé de Châteauneuf fit sur elle une épitaphe où il la louait d'avoir uni « dans son cœur — Et la galanterie et l'austère pudeur — Et montré ce que peut le triomphant mélange — Des charmes de Vénus et de l'esprit d'un ange ».

François-Marie, en récoltant ses premiers lauriers de poète, voulut témoigner qu'il se sentait également capable de cultiver la muse tragique. Son admiration pour Corneille et pour Racine aurait suffi à le faire marcher sur leurs traces ; mais il avait l'exemple de ses maîtres, si féconds en tragédies. Eh bien ! il prouverait à ces derniers qu'il était capable de les égaler, pour se préparer à égaler peut-être un jour ses plus illustres modèles. Mais pourquoi, d'ores et déjà, ne jouerait-on pas une tragédie de lui sur le théâtre de Louis-le-Grand ? Il choisit comme sujet, d'après Tite-Live, l'histoire de Numitor, roi d'Albe, l'un des descendants d'Énée par Ascagne, que détrôna et confina dans une prison son frère puîné, Amulius. Rhea Silvia, fille de Numitor, fut la mère des deux jumeaux, Remus et Romulus. La pièce s'appellerait *Amulius et Numitor.* François-Marie fut vivement encouragé par ses professeurs ; mais les ailes ne lui avaient pas poussé. Il fut incapable d'arriver au bout d'un si long travail. Il ne composa que quelques scènes, où se trouvaient des vers heureux : « Je sers les rois, mon fils, et non pas les tyrans... — Seigneur, si jeune encore, je sais mal imiter — Vos vertus, qu'aujourd'hui l'envie ose insulter ; — Mais s'il faut dans mon sang laver la calomnie, — Je préfère du moins votre glaive à ma vie... — Je n'exigerai rien que le ciel ne commande, — Rien qu'aux cœurs généreux la vertu ne demande. — Arracher à ses fers un monarque enchaîné, — Venger de ses vrais rois les ombres gémissantes, — Faire vivre les lois sous la force expirantes, — Voilà ce que les dieux ont daigné m'inspirer. » *Amulius et Numitor* demeura à l'état de fragments.

Sa visite à Ninon, le legs qu'elle lui avait fait, le succès de son poème au dauphin de la part de l'invalide, l'ébauche même de sa tragédie avaient mis François-Marie en vogue parmi ses camarades. Ses professeurs goûtaient moins sa gloire mondaine que sa gloire poétique. Pour tempérer ses élans, on lui donna à lire et à analyser, en classe d'italien, dans l'*Histoire de la Compagnie de*

Jésus, du père Bartoli, la partie relative aux missions de saint François-Xavier en Asie : on l'invitait à prendre pour protecteur ce saint dont il portait le premier nom, ce saint qui était un des fleurons de la société de Jésus et qui avait été converti par saint Ignace à Paris. Les pères lui avaient montré, à leur noviciat, où les élèves faisaient leur retraite annuelle, le tableau de Poussin le Romain, *Saint François-Xavier ressuscitant la fille d'une Japonaise.* C'était en vue de contrebalancer la visite à Ninon. Les choses de l'Extrême-Orient étaient chères aux jésuites, qui avaient des missions dans ces contrées. Le père Le Tellier, dont la physionomie terrible et l'œil louchon intimidaient les élèves, — le père Tournemine, lui aussi, louchait, — leur parlait des cérémonies religieuses chinoises, auxquelles il avait consacré deux volumes, — *Défense des nouveaux chrétiens et des missionnaires de la Chine, du Japon et des Indes* (ou *Livre des cérémonies chinoises*). Ces ouvrages avaient été attaqués par le fameux janséniste Antoine Arnauld, dit le Grand Arnauld, et condamnés par la Sorbonne ; mais la cour de Rome, à laquelle on les avait déférés, les avait absous. Cela ne rendait pas Le Tellier moins virulent que ses confrères à l'égard des disciples de Jansénius : il les déclarait pires que les athées.

François-Marie, sous l'influence de la retraite et des sermons, se laissa bercer par la lecture des miracles de saint François-Xavier. S'il admirait le crabe qui lui avait rapporté son crucifix, tombé à la mer, s'il admirait son don d'ubiquité, son apparition en stature de géant pour convertir les infidèles, il trouvait fort pratique et fort enviable le miracle qui avait rempli sa poche de cinquante pièces d'or pour faire l'aumône à un pauvre soldat. Il appréciait déjà au collège, grâce aux cent livres de Mme Thomas, l'avantage d'être riche, même relativement. Il se rendait bien compte, en effet, que lorsqu'on n'avait pas l'avantage de la naissance, il n'y avait que deux manières de le remplacer : l'esprit ou l'argent. Il ne doutait pas de posséder le premier ; il aspirait à obtenir un jour le second.

Malgré les prières et la retraite, la puberté avait agi chez François-Marie. Cela lui éclairait les leçons verbales qu'il avait reçues de ses camarades et que la nature lui avait déjà fait pressentir. C'est avec les deux frères d'Argenson qu'il compléta, jusqu'à un certain point, cette instruction pratique, dans ce que l'on appelait, à Louis-le-Grand, « l'allée noire » — grande allée ombragée où les élèves se donnaient leurs rendez-vous clandestins [1]. Il avait trouvé assez piquant de se corrompre avec les fils de celui qui était chargé de surveiller les mœurs de Paris, et on savait que le marquis d'Argenson avait la main rude : il était l'effroi des courtisanes, par ses tracasseries, comme par sa laideur proverbiale. Une chanson que colportaient ses propres fils, mettait en doute ses propres mœurs : « ... Et toi, qui de Cythère — Fais un Sodome affreux, — On te voit, sans mystère, — Brûler des mêmes feux. » Ils ajoutaient même que, d'après certains, il avait fait diminuer l'éclairage public les nuits de lune pour favoriser les pédérastes, de quoi le Parlement l'avait repris. L'allée noire de Louis-le-Grand était à l'abri des éclairages. C'est là que le petit Gesvres, adepte de la sodomie passive, se livrait aux amateurs : il était un objet de curiosité pour ses camarades parce qu'il avait un sexe très volumineux, sans la possibilité d'en faire usage. Autant que la sodomie, l'onanisme se devait d'être accrédité à Louis-le-Grand : on le nommait « la bataille des jésuites ».

L'allée noire n'était pas seule à servir aux plaisirs secrets du collège : il y avait aussi la chambre noire, où l'on faisait parfois des séances de lanterne magique, pour montrer aux élèves des vues de monuments ou d'histoire naturelle. Les jésuites aimaient à rappeler que cette invention était due à l'un des leurs, le père allemand Kircher, grand savant du siècle dernier. Ils ne comprenaient pas pour quelle raison les élèves aimaient tant la lanterne magique.

Il va sans dire que François-Marie, selon le conseil des grands, ne s'avisa jamais d'avouer à son confesseur, le père Paullou, ses fredaines de l'allée noire et de la chambre noire. Bien qu'il ne crût pas à l'enfer, il aurait été humilié d'être enfermé, comme un béjaune, dans la chambre des méditations, au milieu des diables. Il les avait entrevus, un jour que la porte de cette chambre était ouverte, et ils l'avaient fait rire.

Les débauches cachées de ses camarades, auxquelles sa participation demeurait discrète, n'avaient pas de quoi le surprendre : François-Marie savait qu'elles existaient dans toutes les maisons

1. Cf. Lettre de Voltaire au comte Marc-René d'Argenson, 3 octobre 1752 : « Qui m'aurait dit, dans le temps où nous étions ensemble *dans l'allée noire*, qu'un jour je serais votre historien et que je le serais de si loin ? » Les mots soulignés le sont dans le texte. Il est à noter, de plus, que cette lettre est datée de Potsdam : Voltaire était l'hôte choyé de Frédéric II, grand maître de la pédérastie europénne, qu'il surnommait « frère Luc » (« frère Cul »).

d'éducation et qu'elles y avaient existé de tout temps. Il avait lu l'*Abrégé de l'histoire de Port-Royal.* Racine y explique le succès des « petites écoles » de cette abbaye par « la sécurité des bonnes mœurs offerte aux familles, craignant pour leurs enfants la corruption qui n'est que trop fréquente dans la plupart des collèges ».

Il souriait de la naïveté des jésuites qui se figuraient avoir une méthode efficace pour sauvegarder les mœurs, indépendamment de la chambre des méditations et de la crainte du fouet. On distribuait aux nouveaux élèves le texte d'une adresse, rédigée lors de la fondation du collège, et qui leur disait : « Si vous ne faites point un pas sans être observé ; si dans vos chambres, à la salle d'étude, à l'église, au jeu, à la promenade et dans toutes vos récréations, vous êtes chacun sous les yeux de plusieurs préfets, et si l'on veille nuit et jour sur toute votre conduite, c'est parce qu'une bonne éducation ne peut se donner à moindres frais. Cette éternelle vigilance est gênante ; mais elle est nécessaire ; moins de soin ne saurait suffire pour votre salut. Il n'y a qu'un motif surnaturel qui puisse appliquer si servilement tant de personnes de mérite à votre surveillance ; ce n'est aussi qu'à leurs soins, qu'à leur piété, qu'à leur zèle infatigable que vous devez attribuer la bénédiction que Dieu répand sur vous. » Ces belles phrases, destinées à intimider les nouveaux, étaient vite démenties à leurs yeux par les anciens. Du reste, si les maîtres demeuraient généralement sans reproche, ce n'était pas le cas de tous les novices, de tous les clercs, adjoints au corps professoral, et de tous les surveillants laïcs, dont certains étaient les émules des élèves dépravés ou les initiateurs des innocents. Toutefois, les pères eux-mêmes n'avaient pas eu toujours aussi bonne réputation. Une chanson de 1685 disait, sur l'air *Vous m'entendez bien* : « Au collège Louis-le-Grand, — On ne connaît point le devant, — Car ces traîtres de pères, — Eh bien ! — Attaquent le derrière, — Vous m'entendez bien ? »

Les jésuites se flattaient d'avoir donné au monde et d'abord à leurs élèves, « les deux saints de la pureté », les bienheureux Louis de Gonzague et Stanislas Kostka. On faisait prier pour leur prochaine canonisation. Arouet et ses camarades, dans les commentaires qu'ils faisaient entre eux de leur enseignement, observaient que la pureté était la principale obsession du jésuitisme. Si l'on voulait bien se fier à leur conduite, grâce à cette stricte surveillance, on était inquiet de leurs rêves. Au coucher, ils devaient réciter, à genoux sur leurs lits, une prière disant : « Que les corps ne soient pas souillés », — *Ne polluantur corpora.* Mais les ecclésiastiques semblaient éprouver la même crainte pour eux-mêmes. Un des exercices, dans la classe de François-Marie, consistait à traduire en vers les *Hymnes latines du bréviaire romain,* travail où l'on mettait les élèves en compétition avec Corneille et Racine qui les avaient traduites. Cela plaisait particulièrement au jeune Arouet, qui prétendait être plus tard le rival des deux illustres sur la scène tragique. Les élèves constataient que les hymnes des matines trahissaient le souci perpétuel des pollutions nocturnes. Racine traduisait ainsi : Lundi : « ... O vous, noirs ennemis qui vous glissez dans l'ombre... » (Corneille disait : « ... Que les désordres qu'elle [la nuit] glisse, — Se dissipent comme elle aux approches du jour. ») Mercredi : « ... Romps ce fatal sommeil par qui l'âme charmée — Dort en repos sur le bord des enfers... » Vendredi : « ... Les objets dangereux que la ruse infernale — Dans un vain songe offre à nos sens trompés... » Samedi : « ... Brûle en nous, de tes saintes flammes, — Tout ce qui de nos sens excite les transports... » « Ils ne pensent qu'à ça », disaient les élèves, prêts à y penser de temps en temps, et qui faisaient assaut de précision avec les auteurs d'*Horace* et de *Phèdre.*

Pour célébrer sa découverte de l'amour physique, François-Marie composa ce quatrain sur un tableau qu'il avait vu chez un de ses camarades et qui représentait Galatée, la statue à laquelle Vénus donna la vie pour le sculpteur Pygmalion : « Si Pygmalion la forma, — Si le ciel anima son être, — L'Amour fit plus : il l'enflamma ; — Sans lui, que servirait de naître ? » L'élève des jésuites était souvent en guerre d'épigrammes et de railleries avec son frère Armand, qu'il appelait « le janséniste ». Les deux garçons se retrouvaient chez leur père les jours de congé ou en vacances. Leurs caractères continuaient d'évoluer diversement. Le temps n'était plus où ils écrivaient en commun une lettre de vœux à leur cousine du Poitou, Mme Bailly du Pont. A Louis-le-Grand même, François-Marie fit une réplique à l'un de ses camarades, Duché, qui, en raison de ses recherches sur saint François-Xavier, avait ironiquement salué en lui « le nouveau Messie » : « Dans tes vers, Duché, je te prie, — Ne compare point au Messie — Un pauvre diable comme moi : — Je n'ai de lui que sa misère — Et suis bien éloigné, ma foi, — D'avoir une vierge pour mère. » Ce dernier vers était peu respectueux pour la défunte Mme Arouet, dont ses propres observations d'enfant ou les confidences indiscrètes de l'abbé de Châteauneuf lui avaient appris la conduite légère.

La désinvolture filiale de François-Marie n'était qu'une imitation de celle de ses camarades les plus nobles, qui semblaient faire gloire des dévergondages de leurs ancêtres, tels les d'Argenson se moquant de leur propre père. Ainsi le jeune Luynes racontait-il volontiers que le premier duc de son nom n'avait pas gagné ce titre et la faveur de Louis XIII « en lui dressant des oiseaux, mais en lui dressant l'oiseau ». Le jeune Brissac chantait le couplet d'une chanson relative au dernier duc de Brissac, de la branche aînée, mort sans enfant et résolument pédéraste. Le couplet concernait une de ses passades avec la marquise de Franquetot, née Bailleul : « Brissac, en foutant Franquetot, — Lui trouva ses males semaines ; — Il l'encula ; mais il fut sot, — Dès qu'il vit ses fesses malsaines ! — Comment, dit-il, foutre avec vous, — Si vous avez mal aux deux trous ? » La marquise avait non seulement ses règles, mais des hémorroïdes. Et le jeune Coligny-Saligny chantait ce que l'on avait dit du comte d'Andelot, qui était un Coligny : « D'Andelot... — ... Fout ses valets — Et jure que jamais les cons — De ses jolies maîtresses — Ne lui semblaient si bons — Comme les fesses — De ces jolis garçons », et il bissait les deux derniers vers. C'étaient ordinairement les laquais qui transmettaient à leurs jeunes maîtres, pour l'avoir reçue eux-mêmes de leurs prédecesseurs, cette chronique familiale sans vergogne.

Les livres qui circulaient en cachette à Louis-le-Grand, ne venaient pas tous de l'enfer de la bibliothèque. C'étaient encore les laquais, et parfois les précepteurs, qui les procuraient aux jeunes garçons dès qu'ils les devinaient aux prises avec la puberté. En se faisant ainsi leurs complices, ils se ménageaient leurs bonnes grâces pour l'avenir. Le *Satyricon* de Pétrone, dans sa traduction de Nodot, devait être une des lectures favorites des bons pères, car il y en avait plusieurs exemplaires dans l'*Infernum.* Aussi était-il commode d'en soustraire un, sauf à l'y remettre ensuite avec la même discrétion. Les œuvres obscènes de l'Arétin et de Ferrante Pallavicino formaient le complément secret des classes d'italien. *La France devenue italienne*, de Bussy-Rabutin, consignait les fastes pédérastiques de la cour de Louis XIV à la fin du siècle précédent. La comédie de *la Comtesse d'Olonne*, du même auteur (qui avait été membre de l'Académie française), amusait follement les élèves, notamment le passage où cette héroïne interpelle le comte de Guiche, l'un des mignons de Monsieur, — Monsieur, frère unique du roi, était surnommé « M. de Sodome », — en faisant une parodie du *Cid* : « A moi, comte, deux mots. — Parle. — Ôte-moi d'un doute : — — — Connais-tu bien le con? — Oui. — Parlons bas, écoute : — — — Sais-tu qu'il vaut bien mieux mille fois que le cul, — — Qu'en tous lieux on t'appelle un bougre, le sais-tu ? — — Tels discours sont tenus par dames méprisées. — — Non non, nous savons bien tes histoires passées. — — A quatre pas d'ici, je t'en éclairerai. — — Jeune présomptueux ! — Je suis jeune, il est vrai, — — A peine ai-je vingt ans ; — Mais aux couilles bien nées, — — La valeur n'attend pas le nombre des années... » Un jour, récitant en classe ce passage du *Cid,* François-Marie manqua d'y interpoler un des vers de Bussy-Rabutin, tant ils étaient gravés dans sa mémoire. Naturellement, le texte de *la Comtesse d'Olonne* ne venait pas de la bibliothèque du collège, mais de celle des laquais.

L'ancien précepteur du petit Gesvres avait procuré à ce dernier une copie des *Confessions* de Jean-Jacques Bouchard, savant abbé que Chapelain avait voulu agréger à l'Académie, mais qui choisit d'aller à Rome, où il fut protégé par le cardinal Barberini et le pape Urbain VIII. Il y mourut, après avoir relaté sa jeunesse dans un manuscrit rapporté en France, dont on vendait des transcriptions. Il avait été au collège parisien de Calvi, ou Petite Sorbonne, détruit depuis lors, et indiquait les noms de ceux de ses camarades avec lesquels il se divertissait. Leur lieu préféré était une grotte du clos des Chartreux, qui leur permettait de faire « ensemble mille belles postures ». Le futur abbé s'était acquis la gratitude de ses condisciples parce qu'il avait inventé le moyen de se masturber dans « des poches de peau où le poil fût en dedans, ou des casses d'écritoire pour y fourrer son sexe, et ce toujours devant le feu s'il y avait moyen, le plaisir y étant double ».

Enfin, un des livres obscènes que les élèves, bons latinistes, se disputaient le plus, était l'*Académie des dames* ou *Entretiens d'Aloysia Sigea,* imprimée à Grenoble en 1689 et qui était l'œuvre d'un avocat du Dauphiné, Nicolas Chorier. Le texte était en latin, sous le pseudonyme de Meursius, et censé l'œuvre, traduite de l'espagnol, de la poétesse Luisa Sigea de Tolède, intendante de l'infante Marie, l'héritière de Charles Quint. C'étaient les dialogues de deux femmes, Octavie et Tullie, qui traitaient de toutes les choses de l'amour, à la manière de ceux de l'Arétin : *les Raisonnements* et *la Putain errante, ou Dialogues de Madeleine et Julie.*

Par cette bacchanale de l'esprit et des sens, en marge de sa famille et de ses études, François-Marie découvrait qu'il y avait, en quelque sorte, un double aspect de tout : l'aspect digne et l'aspect scandaleux. Il découvrait également que les écrivains les plus respectables avaient eu des échappées que l'on dissimulait à la jeunesse. Par exemple, tandis que les élèves commentaient, en classe de poésie, avec le père Le Jay, *les Stances à Du Perron,* de Malherbe, ils se passaient le texte d'un de ses sonnets : « ... De me branler le vit, c'est cas de conscience ; — Ne me le branler point, ce sont mille trépas. — Je le pense flatter afin qu'il se contienne ; — Mais en l'entretenant je ne m'aperçois pas — Qu'il me crache en la main sa fureur et la mienne. » Cela formait un écho plaisant à ce que Boileau déclarait dans l'*Art poétique* : « Enfin Malherbe vint qui, le premier en France, — Fit régner dans les vers une juste cadence... » et même la « juste cadence » d'une masturbation. Il y avait donc un enseignement secret, parallèle à celui des jésuites et qui en était à la fois le corrélatif et le correctif.

En 1707, l'écrivain Le Sage, auteur de comédies imitées de l'espagnol et d'une traduction de *Don Quichotte,* avait publié un roman, également inspiré de l'espagnol, *le Diable boiteux,* dont le succès avait été considérable. François-Marie avait lu cet ouvrage avec plaisir : l'abbé de Châteauneuf lui avait signalé des épisodes inspirés par les aventures de Ninon de Lenclos.

Dans le courant de l'année suivante, l'abbé, qui se sentait vieillir et qui était mal en point, voulut absolument présenter son neveu au Temple. Il aurait été fâché de disparaître sans avoir rempli envers lui ce qu'il estimait un devoir, comme naguère il l'avait mis à l'abri des pièges religieux par la lecture de *la Moïsade.* François-Marie était encore un blanc-bec de quatorze ans, mais dont la maturité et la liberté d'esprit étonnaient Châteauneuf, non moins que ses maîtres de Louis-le-Grand. Les leçons de libertinage qu'il lui avait données dès l'enfance, avaient profité. L'abbé lui avait aussi parlé de la société du duc d'Orléans, — le fils de feu Monsieur, — qui était des plus libertines dans tous les ordres de choses. Il avait reçu, en 1706, l'abbaye de Beaugency, qui rapportait de trois à quatre mille livres de rente. Mais François-Marie était trop jeune et de trop mince étoffe pour être présenté à un prince du sang avant de s'être fait un nom, c'est-à-dire une réputation. Le Temple était plus accueillant et avait consacré des talents en herbe : François-Joseph de La Grange-Chancel, connu pour sa verve satirique et sa précocité de dramaturge, y avait été amené par sa mère quand il avait quatorze ans — l'âge actuel de François-Marie.

L'abbé de Châteauneuf revenait souvent chez les Arouet avec ce membre de la société du Temple, l'abbé Augustin Servien, qui avait assisté à la fête donnée par l'ancien notaire après la naissance de son second fils. Comme ce dernier était déjà capable de tout entendre et de tout comprendre, Châteauneuf lui avait donné quelques lumières sur cet abbé, pour le prémunir contre son influence et peut-être, plus tard, contre ses entreprises. Frère de la défunte duchesse de Sully, dont le portrait ornait le cabinet de Me Arouet, abbé de Saint-Jouin et de Pierreneuf, prieur de Sainte-Catherine-du-Val-des-Écoliers, l'abbé Servien disait volontiers que ce prieuré lui convenait mieux qu'à personne, puisqu'il était grand coureur d'écoliers. Ses deux neveux, le prince d'Henrichemont — principauté fondée par le premier Sully en l'honneur d'Henri IV — et le chevalier de Sully, avaient été ses gitons. C'est ce qui avait inspiré ce couplet, sur l'air *Il a battu son petit frère* : « Aimable abbé, dont la manière est si douce et si débonnaire, — Que fais-tu de tes deux neveux ? — On dit qu'en imitant dom Cosme, — Tu te fais répondre par eux, — Quand tu fais l'office à Sodome. » L'abbé de Châteauneuf, en citant ce couplet à son filleul, avait ajouté que dom Cosme, prédicateur réputé, ancien général des Feuillants, évêque de Lombez, était un autre grand sodomite. L'abbé Servien, en caressant le menton de François-Marie, avait l'air de se demander s'il lui ferait servir la même messe. « Prenez garde, dit Châteauneuf à son confrère : vous savez que l'abbé Alvarez est enfermé à Saint-Lazare, pour aimer les trop jeunes garçons. » L'abbé Servien se mit à rire et chanta, sur l'air *Pour bien élever les enfants* : « Un sodomite renommé — Vient d'être mis à Saint-Lazare. — Si vous êtes déterminé — De détruire un peuple barbare, — D'Argenson, qui n'oubliez rien, — Oublierez-vous l'abbé Servien ? » François-Marie se disait que, décidément, les mœurs de ce personnage alimentaient les chansonniers.

Ce fut entre les deux abbés que, quelque temps après, il franchit l'entrée du Temple. Ce lieu, clos de murs crénelés, avec un donjon massif à quatre tourelles, de belles demeures, des échoppes, des tripots, et peuplé de près de trois mille habitants, gardait le nom de l'ordre qui l'avait fondé et qui était remplacé par celui de Saint-Jean-de-Jérusalem, dit de Malte. C'était un lieu d'asile, comme les maisons royales, les hôtels des ambassadeurs, des ducs et pairs, les abbayes de Sainte-Geneviève et de Saint-Germain-des-Prés, le prieuré de Saint-Martin-des-Champs et du chapitre de Saint-Marcel, la commanderie de Saint-Jean-de-Latran, dans le quartier de la Sorbonne, et l'archevêché de Paris. Mais c'est le Temple qui, de beaucoup, offrait le refuge le plus sûr pour les banqueroutiers, les débiteurs, les fraudeurs, voire les malfaiteurs, ainsi que pour les débauchés, surtout les sodomites, dont les Vendômes étaient les porte-enseignes. La population du Temple était exemptée des impôts royaux, mais payait de forts loyers au bailli qui l'administrait. Aussi nombre de jurandes s'y installaient-elles, le bailli leur prenant moins que le fisc. Louis XIV avait rappelé deux fois à ce notable que ces franchises ne devaient pas empêcher au moins l'action de la justice, et il avait même menacé de faire abattre les murs du Temple, si l'on prétendait en interdire l'entrée aux agents du lieutenant civil ou du lieutenant criminel. Le principal commerce qui s'y exerçait, était celui des bijoux faux, qualifiés « bijoux du Temple », — c'étaient les « happelourdes » (attrape-nigauds), mot cité par La Fontaine. L'église de Sainte-Marie-du-Temple, où étaient inhumés les chevaliers de l'ordre, sauf autorisation donnée à leur famille, avait de magnifiques vitraux, mais n'était pas très fréquentée par les abbés du Temple.

Le célèbre comte Roger de Bussy-Rabutin, l'auteur de l'*Histoire amoureuse des Gaules* et de *la France devenue italienne,* avait, dans le jardin du grand prieur, donné une fête nocturne à sa cousine, la marquise de Sévigné. C'est le premier de ces ouvrages qui décrit cette fête, où cent chandeliers de cristal éclairaient les feuillages, et où vingt-quatre violons jouaient des ritournelles et des danses. Ceux qui ne dansaient pas, « se promenaient avec leurs maîtresses dans les allées où l'on se touchait sans se voir ». L'esprit de liberté du Temple était symbolisé par le mot du grand prieur Hugues de Rabutin, l'oncle de Roger. A son lit de mort, il avait reçu la visite d'un religieux et, sa sœur lui ayant demandé si tout s'était bien passé : « Fort bien, répondit-il, il déclare que j'ai l'attrition. » La marquise de Coulanges, femme du cousin germain de la marquise de Sévigné, avait fait un certain séjour au Temple : les chansons obscènes de son mari étaient célèbres.

François-Marie se trouvait à l'aise dans cette atmosphère que lui décrivait l'abbé Servien en lui racontant ces histoires. Le grand prieur Philippe de Vendôme, qui remplissait cette charge depuis 1681, — elle appartenait au plus ancien bailli capitulaire, — était actuellement en disgrâce parce que, à la bataille de Cassano, en 1706, pendant la campagne d'Italie, il n'avait pas obéi à un ordre de son frère le duc, ce qui avait failli compromettre la victoire. Ce n'était pas faute de courage, car les deux Vendômes étaient aussi vaillants l'un que l'autre ; mais il avait prétendu mieux servir en prenant d'autres dispositions. D'abord exilé à Lyon, puis retiré à Rome, il était revenu en France ; exilé maintenant à Chalon-sur-Saône, il y vivait dans ses débauches ordinaires.

En l'absence du grand prieur, ce n'était pas le bailli qui était le souverain du Temple, mais l'abbé Amfrye de Chaulieu. Il occupait un des édifices de l'enceinte, qui avait été jadis la maison du grand prieur : l'hôtel de Boisboudran. Il y avait même fixé sa belle-sœur, la marquise de Chaulieu, qui était veuve et qui faisait les honneurs de sa table, avec une liberté d'esprit et de langage digne des convives. Cet abbé, alors âgé de soixante-douze ans, était un des phénomènes de la société française, en même temps que du monde des lettres. Il n'avait rien publié ; mais ses odes, ses stances et ses poésies légères qui couraient en manuscrits, lui faisaient décerner le surnom d' « Anacréon du Temple ». Il devait à l'amitié des Vendômes d'être abbé d'Aumale, prieur de Saint-Germain-de-la-Truite, de Saint-Georges en l'île d'Oléron et de trois autres lieux. Tous ces bénéfices lui valaient trente mille livres de rente. D'ailleurs, il était l'intendant financier du Temple. Mais il était aussi l'Anacréon de Sceaux, lorsqu'il faisait de longs séjours chez le duc et la duchesse du Maine, et il était l'Anacréon de Saint-Maur, comme hôte de M. le Duc — Louis III de Bourbon-Condé, gouverneur de Bourgogne. Sur sa réputation poétique, il avait failli être élu à l'Académie française, où le recommandaient ses hauts protecteurs. Mais Louis XIV, informé de sa vie licencieuse, — l'abbé avait publiquement des maîtresses, — s'y était opposé. A la différence de ce qui s'était passé pour l'élection de La Fontaine, que le roi laissa en surséance pendant six mois, son refus n'avait pas été « orné de grâces », et l'Académie n'osa insister. Il est vrai que l'auteur des *Fables* et des *Contes* avait « promis d'être sage » : l'abbé de Chaulieu n'aurait jamais fait une telle promesse. Il reçut l'écolier avec bienveillance, le félicita de ses vers, que Châteauneuf avait apportés, l'exhorta de continuer à cultiver les Muses et lui prédit un brillant avenir littéraire. La marquise de Chaulieu lui offrit des sucreries et lui fit réciter *la Moïsade.*

Malheureusement, François-Marie ne put retourner au Temple avec ses deux mentors. De même qu'il s'était vanté, auprès de ses camarades, de sa visite à Ninon, il se vanta auprès d'eux d'avoir été accueilli dans cette société. Cela parvint aux oreilles de ses professeurs, qui lui interdirent de recommencer, s'il ne voulait pas être expulsé du collège. François-Marie tenait à finir ses études tranquillement et il engagea sa parole de ne plus reprendre ce dangereux chemin ; il pratiqua la restriction mentale, dont ses maîtres lui avaient enseigné des exemples. Il sous-entendait : « Je n'irai pas au Temple, pendant les années où je dépendrai de vous. » Les bons pères se résignaient d'ailleurs à lui laisser recevoir les visites de son parrain et celles de l'abbé Servien. Faute d'aller au Temple, il voyait le Temple aller à lui dans les murs de Louis-le-Grand.

Hélas ! le 16 décembre de cette année 1708, l'abbé de Châteauneuf mourut à Paris. François-Marie perdait le premier instructeur de son éducation secrète. Les obsèques eurent lieu à Saint-André-des-Arts, son parrain habitant, comme l'abbé Servien, le même quartier que les Arouet. Dans l'église où il avait reçu le baptême et où il avait été porté par lui sur les fonts baptismaux, il le pleura sincèrement, en compagnie de sa famille, de l'abbé de Chaulieu et de l'abbé Servien.

Ni les ouvertures qu'il avait eues vers les horizons de la liberté des mœurs, ni les travaux, les plaisirs et les amitiés du collège, n'empêchaient le jeune Arouet de goûter les joies du foyer, quand il retournait chez son père, rue de Jérusalem. Il appréciait la compagnie des hommes d'esprit qui continuaient d'y fréquenter. La surdité et l'hydropisie de Boileau-Despréaux rendaient son commerce toujours plus difficile ; mais François-Marie ne se lassait pas de l'entendre. Son frère, le chanoine, interrogeait l'écolier sur l'état présent de la flagellation chez les jésuites. Les Dongois, neveux de Boileau, — l'un d'eux était aussi chanoine de la Sainte-Chapelle, — et les Gilbert de Voisins, qui leur étaient apparentés, logeant les uns et les autres cour du Palais, recevaient François-Marie ou le visitaient chez son père. L'abbé Gédoyn — l'autre chanoine de la Sainte-Chapelle, demeuré familier de Me Arouet, bien qu'absorbé par sa traduction de Quintilien — était attentif aux saillies et au talent naissant de l'élève des jésuites. L'abbé de Caumartin, encore ami de la maison, comme son demi-frère le marquis de Saint-Ange, était resté simple abbé de Buzay. Le discours piquant, par lequel il avait accueilli, jadis, à l'Académie française, l'évêque de Noyon, Clermont-Tonnerre, lui avait nui auprès de Louis XIV, qui avait pourtant excité sa verve. Comme les Caumartin l'avaient prévu, leurs ennemis avaient remontré au roi l'insolence d'un personnage issu de la robe, qui se permettait de railler en public un prélat de la plus haute noblesse. Aussi n'avait-il pas été promu à un siège épiscopal, malgré l'intervention même de Mgr de Clermont-Tonnerre, qui lui avait généreusement pardonné. En fait de noblesse, également de robe, François-Marie voyait chez son père le conseiller au Parlement Leclerc de Lesseville, dont les « ancêtres » avaient été daubés par La Bruyère dans son *Portrait des Sannion* : « Attendez du moins que le siècle s'achève sur votre race ; ceux qui ont vu votre grand-père, qui lui ont parlé, sont vieux et ne sauraient plus vivre longtemps : qui pourra dire comme eux : "Là il étalait et vendait très cher ?" » La pointe amusait François-Marie parce que ses propres ancêtres avaient « étalé » de cette façon et sans doute « vendu très cher », puisqu'ils étaient devenus riches. Ces choses lui paraissaient l'évolution naturelle de la bourgeoisie, qui s'élève peu à peu jusqu'à un certain état de seigneurie, en partant de « la marchandise ».

Le 21 février 1709, l'ancien recteur de Louis-le-Grand, puis provincial des jésuites, le père Le Tellier, fut nommé confesseur de Louis XIV. Il succédait à son confrère le père d'Aix de La Chaise, — plus communément appelé le père de La Chaise, — mort un mois auparavant. Cette dignité exaltait les professeurs de François-Marie, heureux de voir se continuer la mainmise de leur ordre sur la conscience du souverain. On célébra une messe d'action de grâces à la chapelle du collège.

L'abbé Servien, au cours d'une de ses visites à Louis-le-Grand, chanta à François-Marie, dans l'allée noire, sur l'air de *Joconde*, une chanson faite jadis contre le père de La Chaise et où l'on s'adressait au roi : « Les jeunes gens de votre cour — De leurs corps font folie — Et se régalent tour à tour — Des plaisirs d'Italie. — Autrefois pareille action — Eût mérité la braise ; — Mais ils ont un trop bon patron — Dans le père de La Chaise. » L'abbé Servien avouait pourtant qu'il ne connaissait que cette allusion aux mœurs du confesseur défunt, et qu'elle était peut-être mensongère, mais qu'on lui faisait sans doute ce crédit en faveur de son ordre. Le père Le Tellier, quant à lui, était d'un aspect trop farouche pour avoir une semblable réputation.

Tous les maux accablaient le royaume en cet hiver de 1709 ; le froid faisait geler l'eau dans les carafes, le blé avait disparu, la famine sévissait. Aux rigueurs de la saison, telles qu'on n'en avait pas mémoire, s'ajoutait la ruine causée par la guerre de la succession d'Espagne. Les jésuites réduisaient leurs élèves à la portion congrue. La pension du jeune Arouet fut augmentée de cent livres pour qu'il pût acheter du pain bis — pain fait d'orge et d'avoine, ou bien de fougère et de chiendent. La règle n'était pas moins, à Louis-le-Grand, que l'on n'avait le droit d'aller se chauffer près du poêle dans la salle d'études, au cours des récréations, que lorsque l'eau gelait dans le bénitier de la chapelle. François-Marie avait soin d'y transporter de la glace pour que l'eau gelât plus vite. Les élèves se battaient afin d'être le plus près possible du poêle, et Arouet, un jour, écarta un de ses condisciples, en menaçant de « l'envoyer chauffer chez Pluton ». « Pourquoi ne dites-vous pas en enfer ? répliqua celui-ci. — Bah ! riposta François-Marie, l'un n'est pas plus sûr que l'autre. » Il définissait le paradis « le grand dortoir du monde ». De pareils mots frappaient ses camarades et encore davantage ses maîtres. Le père Le Jay le confirmait « futur coryphée du déisme ».

Ce que l'écolier haïssait, c'était le fanatisme. Il disait au père Le Jay qu'un Arouet calviniste avait été victime de la Saint-Barthélemy dans le Poitou, et que, chaque année, à l'anniversaire de ce massacre, il éprouvait un serrement de cœur. Il l'éprouvait aussi, disait-il, quand il entrait à Saint-Germain-l'Auxerrois, dont la cloche avait donné aux Parisiens le signal de la tuerie, la nuit du 24 août 1572. Il regrettait que cette église fût, en tant que paroisse des Tuileries, celle des rois de France : ils y avaient leur banc d'œuvre et y faisaient leurs Pâques quand ils étaient dans la capitale. Il s'indignait de savoir qu'il y eût, au Vatican, un tableau célébrant la Saint-Barthélemy. Le père Paullou, confesseur de François-Marie, et à qui il n'avouait que ce qu'il voulait bien avouer, le caractérisait d'une autre façon en disant qu'il était « dévoré de la soif de la célébrité ».

Certains événements relatifs aux élèves privilégiés rappelaient les distances que la vie commune tendait à faire oublier. Ceux dont les parents avaient des charges à la cour ou étaient titrés, allaient à Versailles, lorsqu'ils avaient quatorze ans, pour être présentés au roi. Quelques-uns revenaient ensuite au collège, d'autres ne reparaissaient pas : on les avait placés dans des académies, où ils apprenaient à monter à cheval et à manier les armes ;

les duels étaient défendus, mais on préparait les jeunes nobles à leur métier d'officier. Ainsi avait disparu cette année le duc de Fronsac.

On sut qu'il avait charmé la cour par sa bonne grâce ; que Mme de Maintenon, vieille amie de son père et qui prétendait morigéner le fils, l'appelait « son élève » et la duchesse de Bourgogne, dont il était le filleul, « sa jolie poupée ». Quand il revint en visite à Louis-le-Grand, l'habit de cour qu'il arborait, fut admiré de tout le monde. François-Marie s'empressa au-devant de lui et le félicita. René-Louis d'Argenson eut une réaction inverse : honteux de se voir dans ses habits d'écolier, il tourna le dos à Fronsac.

La situation du royaume s'améliorait : après les défaites d'Oudenarde et de Ramillies l'année précédente, les armées du roi, conduites par le maréchal de Villars, avaient, en septembre, arrêté l'ennemi à Malplaquet, même si elles n'avaient pas remporté la victoire, par suite d'une grave blessure du maréchal. Pendant ce temps, le père Le Tellier, heureux de pouvoir satisfaire sa haine des jansénistes, avait achevé de détruire Port-Royal : cette abbaye était le dernier emblème de leur résistance. En octobre, un arrêt du conseil ordonna la dispersion des religieuses. D'Argenson, accompagné de ses archers, les enleva pour les transférer dans d'autres monastères ; il fit raser les bâtiments, effacer la trace des sépulcres. On ne respecta que la tombe de Racine. Les professeurs de Louis-le-Grand étaient pleins de cajoleries pour les deux fils du lieutenant général de police.

A la distribution des prix du 25 août, — la Saint-Louis, fête du roi et du collège, — un personnage attirait les regards des élèves sensibles à la poésie, et notamment du jeune Arouet : Jean-Baptiste Rousseau, membre de l'Académie des inscriptions, auteur de compositions lyriques, de livrets d'opéras, d'épigrammes et de deux comédies. Il avait accompagné en Angleterre le maréchal de Tallard lorsque ce dernier y avait été envoyé en ambassade. Sa position dans la société était considérable, bien qu'on n'ignorât pas qu'il était fils d'un cordonnier ; mais on lui reprochait d'avoir feint de ne pas reconnaître son père, qui était allé le complimenter sur le théâtre, après sa première pièce, *le Flatteur,* qui avait eu un certain succès. Les jésuites faisaient grand cas de lui pour ses *Odes sacrées,* inspirées par des psaumes, et pour ses relations mondaines. Il avait été invité par le père Tarteron à cette cérémonie, — où l'on jouait une tragédie du père Porée, *Agapitus,*— et il était venu avec quelques femmes de qualité. Ayant remarqué qu'un certain Arouet était appelé deux fois de suite pour recevoir des prix, il demanda au père Tarteron qui c'était. Il se le fit amener, quand on lui eut dit que c'était un garçon ayant des dispositions étonnantes pour l'art poétique. Il l'embrassa paternellement.

François-Marie regrettait que son propre père ne fût pas témoin de ce baiser flatteur. Les principes sévères de l'éducation voulaient que les parents des élèves n'assistassent pas aux distributions des prix, ni même aux représentations théâtrales. C'était peut-être parce que les prix n'allaient pas toujours à ceux qui portaient les plus beaux noms et que leurs familles auraient été humiliées de voir triompher la roture ; de même l'art de la scène ignorait-il la naissance. En revanche, les jésuites se plaisaient à inviter des membres de la famille royale, de hauts magistrats ou des célébrités littéraires, pour relever l'éclat de ces réunions et stimuler de la sorte le zèle des écoliers.

Les honneurs faits cette fois à Jean-Baptiste Rousseau n'avaient pas laissé d'étonner ceux des élèves qui, tels que François-Marie, savaient le scandale, produit au début de l'année dernière, par ses *Couplets* ou *Stances au café de la Laurent,* sur un air d'*Hésione* (l'opéra composé par Campra et Danchet). Ces couplets, aussi impudents qu'impudiques, n'avaient pas été publiés ; mais on s'en passait les copies de main en main. Ils formaient deux séries, l'une de vingt stances, l'autre de quinze, chacune de neuf vers. Le café de la veuve Laurent, rue Dauphine, sorte de succursale du fameux Procope, était le lieu de réunion de plusieurs beaux esprits ou artistes et comptait Rousseau parmi ses habitués ; mais le poète n'avait pu résister au plaisir de les draper tous pour se venger de l'un d'eux, Houdard de La Motte, — ou La Motte-Houdard ou Lamotte ou La Mothe, — auteur de tragédies et de comédies, que l'Académie française s'apprêtait à lui préférer comme successeur de Thomas Corneille.

Dans la première série des *Couplets,* le poète lançait l'anathème général : « ... Que de mille sots réunis — Ce café à jamais s'épure... » Il n'était pas plus tendre pour la Laurent : « De la maîtresse de céans, — Que le ciel nous fasse justice : — Qu'elle ait sans cesse mal aux dents — Et quelquefois la chaude-pisse. » Il accablait l'abbé de Saint-Vaast : « ... Muse, redouble d'effort —

Contre ce déserteur d'apôtres, — Dévoilons donc ce cœur gâté — Qui de sœur et de frère a tâté, — Sans épargner même sa mère : — Bougre dans le crime emporté — Jusqu'à foutre son propre frère... » « Les abbés foutent en cul », disait Rousseau dans une autre stance, où il les associait au peintre Jean-Baptiste Nattier, — il ne le nommait pas, mais l'abbé Servien avait donné la clé à François-Marie : « ... Le peintre fout la chambrière — Et quelquefois pour un écu — Il se fait foutre par-derrière. » Plus loin, « Lamotte » rimait avec « grand flaireur de culotte ». Comme le futur académicien, élevé chez les jésuites, avait fait ensuite un séjour à la Trappe, Rousseau appuyait sur la chanterelle et le vouait par avance au bûcher : « Qu'au funeste poteau lié — Il expire au milieu des flammes. — Bougre réchappé du couvent, — Que ta cendre jetée au vent — Réjouisse les saintes âmes, — Au cul préférant le devant, — Ne foutant jamais que des femmes... — Une école est son réduit. — Pour ce lieu quelle est son attache ! — L'infâme plaisir chaque nuit — De jouir d'un nouveau bardache ! » Son séjour de jadis à la Trappe, sous les yeux du vertueux abbé de Rancé, ouvrait à La Motte tous les collèges de Paris et il y allait parfois en retraite.

Les *Couplets* se terminaient ainsi : « Que Campra soit enfin chassé, — Que Pécourt qui fait le ballet, — Ait le fouet au bas de l'échelle. » Rousseau, vouant au bûcher tout ce monde, Pécourt, danseur de l'Opéra et grand sodomite, ne pouvait être oublié. Mais, si les autres ne répliquaient que par des épigrammes, où il était question de cordonnier (le père de Rousseau, — et Lamotte était fils de chapelier), Pécourt lui répondit à coups de canne et l'obligea à lui demander pardon à genoux, l'honneur de la danse était sauf.

Loin de se calmer, Rousseau revint à la charge par de nouveaux *Couplets.* Dans ceux-ci figurait le chansonnier Rochebrune, l'un des deux pères présumés de François-Marie et qui était un des moins maltraités : « Le fade Rochebrunet, — Plus doux que la douce réglisse... » Nommé une deuxième fois, il était accouplé à l'auteur d'*Hésione* : « Danchet rampe avec Rochebrune. » L'abbé de Bragelonne, traité de « débauché », était rangé parmi les clients du bourreau : « Quand je dis qu'il est débauché, — J'entends aussi le gros péché, — Le vrai péché philosophique, — Aux jésuites tant reproché, — Dont Houdard fait leçon publique. » (On appelait la pédérastie « le péché philosophique », parce qu'elle avait été pratiquée par presque tous les philosophes de l'antiquité.) Rousseau piétinait encore Houdard de La Motte : « ... Le poète Houdard, — Ce moine vomi de la Trappe. — Il sera brûlé tôt ou tard, — Malgré son succès qui nous frappe... » Crébillon, l'auteur dramatique, était inscrit également dans la catégorie des bougres : « ... De vices quel bordereau ! — Bougre, bardache, maquereau, — Dans le terrible tombereau, — Je le vois conduit à la Grève », — la place de Grève, devant l'Hôtel de Ville, où les condamnés à mort étaient exécutés. Plus haut, les deux frères Lériget de La Faye, dont le cadet était un poète aimable, et l'aîné, capitaine aux gardes françaises, ingénieur et inventeur, avaient été pareillement écorchés : « Le jeune, adroit escroc — Qui fout Madame de Verrue (la vieille comtesse de Verrue, née Luynes, ancienne maîtresse du duc de Savoie), — A les mains plus faites en croc — Que ceux qui volent dans la rue. » L'aîné était décrit de la sorte : « A son visage boutonné, — L'on reconnaît le mal immonde, — Mal qu'à sa femme il a donné — Et qu'elle rend à tout le monde. » Ce dernier trait était regardé comme un des plus atroces que le génie de la satire eût jamais inventés. Cette fois, la réplique d'un des offensés, — et ce fut le capitaine, — avait été plus rude. Assisté des trois laquais de son frère, il avait assailli Rousseau à la nuit close, l'avait blessé avec son épée et traîné dans la boue.

Cette aventure ayant intéressé les élèves de Louis-le-Grand, auxquels on faisait étudier le lyrisme de ce poète, les fils d'Argenson s'étaient procuré la copie du rapport de police qui contenait sa plainte : « L'an 1710, le mercredi 28 février, à huit heures du soir, par-devant nous L. Daminois, commissaire, enquêteur et examinateur du Châtelet pour le quartier du Palais-Royal, est comparu Jean-Baptiste Rousseau, de l'Académie royale des inscriptions, demeurant rue Saint-Honoré, proche Saint-Roch, ayant le visage, la perruque, le chapeau, bas, souliers et habit pleins de boue, une coupure au poignet de la main droite, une contusion et sang à la joue droite, près de l'oreille, la manche de son justaucorps, du côté droit, déchirée, et sans cravate. Lequel, en cet état, nous a fait plainte contre M. de La Faye, capitaine aux gardes françaises, et contre trois quidams vêtus de brun, ayant épée, laquais de M. de La Faye, frère cadet dudit de La Faye. Et dit qu'étant sur le point de sortir du Palais-Royal, par la porte qui donne sur la rue des Bons-Enfants, il a eu la surprise de voir sortir d'une chaise à porteurs, qui était au-dehors il y a une demi-heure, l'accusé qui, l'approchant, lui dit ces mots : "Êtes-vous

Monsieur Rousseau ?” Que, lui ayant répondu : “Oui”, M. de La Faye, l'accusé, dans le moment, lui a donné un coup de revers de son épée nue à la tête, dont il a la blessure à l'endroit sus-observé ; que lui, plaignant, s'étant voulu mettre en défense, l'épée à la main, les trois quidams l'ont saisi au corps, lui ayant arraché de violence son épée qu'il tenait par la poignée, laquelle ils lui ont prise et volée. Ce que voyant, il a saisi par la cravate l'accusé qui, de son épée qu'il tenait à la main, lui en a porté un coup de la pointe au poignet, duquel coup l'a blessé légèrement à l'endroit ci-dessus. Après quoi, l'accusé et les trois quidams, en l'accablant d'injures, l'ayant pris et saisi au corps, l'ont terrassé dans le ruisseau du dessous de la porte du Palais-Royal ; ce qui, ayant causé un grand bruit dans la cour des cuisines, le portier de la porte, nommé Arras, et sa femme, sont venus au secours du plaignant ; ce que l'accusé et quidams voyant, les ont maltraités et se sont sauvés, l'accusé par la cour des cuisines et d'icelle dans le Palais-Royal, à la faveur de l'obscurité, et les quidams par la rue des Bons-Enfants. Et s'étant relevé du mieux qu'il a pu, s'est retiré, en l'état où nous le voyons, chez M. d'Ibagnet et, par son avis, de chez lui par-devant nous. » (Ibagnet était le concierge du Palais-Royal.)

Dans cette affaire, François-Marie était entièrement du côté du poète, même s'il estimait ses traits excessifs. Il appréciait son courage d'avoir voulu se défendre. En récompense, il ne trouvait pas très glorieux ce capitaine qui était allé l'attaquer, escorté de trois laquais, et qui lui faisait voler son épée et sa cravate. La querelle entre lui et de La Faye s'était arrangée moyennant la promesse d'une indemnité de cinquante louis qui, disait-on, n'avait jamais été versée. Cependant, pour se disculper de ses *Couplets,* qui étaient regardés comme diffamants, Rousseau avait accusé un autre habitué de la Laurent, le géomètre Saurin, membre de l'Académie des sciences, d'en être l'auteur. Les jésuites, en recevant le poète, semblaient prendre publiquement parti pour lui. Cela ne déplaisait pas au jeune Arouet, qui voyait dans leur attitude une réparation au génie insulté. Il en aimait ses maîtres davantage. Il se demandait pourtant si les jésuites savaient gré à Rousseau d'avoir parlé du « gros péché » qui leur était « tant reproché ». Sans doute qu'ils s'étaient habitués à ce reproche ou que, redoutant un tel adversaire, ils affectaient de le ménager.

La présence de Rousseau n'était pas moins étonnante pour ceux qui avaient lu certaines de ses épigrammes, annonciatrices de la licence des *Couplets.* L'auteur les avait écrites en vue d'amuser la société du Temple, où le grand prieur de Vendôme, maintenant exilé, l'avait toujours accueilli avec plaisir. Une longue poésie obscène, attribuée au même poète et où il s'agissait expressément des jésuites et du « péché philosophique », était fameuse à Louis-le-Grand : « Un jour, un bon congréganiste (nom que l'on donnait parfois aux élèves), — Sollicité d'un jésuite, — Préfet de la congrégation — D'amortir sa tentation — Par un plaisir philosophique, — Lui dit : "Père, vous nous avez prêché — Que la Vierge sage et pudique — Hait, par-dessus tout péché, — L'enculage sodomitique." » Le bon père lui prouvait que ce n'était un péché qu'en apparence et il concluait. « C'est pourquoi saint Ignace ordonne — Qu'à jamais tous ses descendants — Ne foutent que des jeunes gens, — Assurant que, non seulement — La Sainte Vierge leur pardonne, — Mais que c'est un signe évident — Du salut d'un semblable enfant, — Quand il se laisse, vers quinze ans, — Sollicité par un saint homme, — Caresser comme on fait à Rome. »

Naturellement, les novices qui avaient des vues sur des élèves, étaient les premiers à leur apprendre ce morceau, pour tâcher de les convaincre au nom de saint Ignace, confondu avec saint Priape. En attribuant ces vers au lyrique traducteur des psaumes, ils ne leur donnaient que plus d'autorité. Cette dualité de production rappelait à François-Marie ce qu'il avait pensé de Malherbe et justifiait ce que l'on avait dit de Rousseau lui-même : « Pétrone à la ville, — David à la cour. » Mais, si les jésuites ne pouvaient ignorer les traits dont il les avait accablés, ils lui pardonnaient peut-être en faveur de son ode sur *le Sentiment de pénitence* et de son cantique d'*Actions de grâces pour les bienfaits qu'on a reçus de Dieu* : le talent poétique n'en est-il pas un ?

Sous l'influence de cette visite, François-Marie commit sa première épigramme, en dehors de celles qu'il décochait à son frère. C'était l'épitaphe d'un M. de Sardières, compilateur ignorant et bavard impénitent, qu'il avait rencontré chez les Boileau et qui venait de mourir : « Ci-gît qui toujours babilla — Sans avoir jamais rien à dire, — Dans tous les livres farfouilla, — Sans avoir jamais pu s'instruire, — Et beaucoup d'écrits barbouilla, — Sans qu'on eût jamais pu les lire. » Le père Le Jay, à qui il montra ces vers, lui fit observer qu'il avait de la chance d'avoir attaqué un mort, parce qu'ils auraient pu lui valoir une leçon identique à celle qui avait été administrée à Jean-Baptiste Rousseau. François-Marie répliqua que ce serait mal le juger que de le croire capable de ne pas oser dire leurs vérités aux vivants et même aux puissants.

La polémique des *Couplets* avait continué durant les vacances. Rousseau avait pour lui la protection de la femme du ministre de la Guerre, Voysin de La Noiraye : elle répondait de sa bonne foi. D'ailleurs, le poète produisait contre Saurin le témoignage d'un garçon savetier, Guillaume Arnoult, qui prétendait avoir été chargé par le géomètre de distribuer les *Couplets.* Or, la mère de ce garçon, Suzanne Meusnier, était domestique chez M. Arouet, ce qui avait contribué à passionner François-Marie pour toute cette affaire. Saurin fut arrêté en septembre et enfermé au Châtelet. Le géomètre, maltraité dans les *Couplets,* tirait de là un argument pour démontrer qu'il ne pouvait les avoir écrits. On y disait : « Saurin, à découvrir si prompt, — Voici ta grandeur inconnue ; — Tes *x* te découvriront, — Vite, au calcul, travaille, sue ; — Mais crains plutôt que de tes mœurs, — En examinant la rumeur, — Je ne résolve le problème... » La riposte de Rousseau était ingénieuse : « Aurait-on jamais cru Saurin l'auteur de cette horrible satire, s'il y eût été épargné ? Il lui fallait se déchirer lui-même, pour se mettre à l'abri du soupçon. »

Cependant, le géomètre fut libéré en décembre et alla triomphalement, avec Lamotte, dîner chez le premier président de Mesmes, qui avait été, comme celui-ci, élu cette année à l'Académie française. Rousseau, contre lequel on avait fait une information pour calomnie, à la requête de sa victime, s'était d'abord caché au domicile de la comtesse de Ferriol, dont les deux fils, Pont-de-Veyle et d'Argental, venaient d'entrer à Louis-le-Grand. Les jésuites, qui le soutinrent jusqu'au bout, l'abritèrent ensuite dans leur noviciat et, enfin, le firent sauver en Suisse.

A l'automne de 1710, François-Marie était entré en rhétorique, sous le père Porée. Cette classe avait été marquée, onze ans plus tôt, par l'un de ses plus fameux titulaires, le père de Jouvency, qui l'avait dirigée avant d'être envoyé à Rome, au siège de la société de Jésus. Les poésies latines du père Porée passaient pour les plus parfaites que l'on eût composées depuis la Renaissance. On louait également à la fois l'exactitude et l'élégance de ses traductions des poètes latins, déjà expurgées des passages libres par le père de Jouvency.

Ce que François-Marie goûtait le mieux à Louis-le-Grand, c'était l'art de cultiver le français, d'en faire aimer la pureté et d'en donner les meilleurs principes. Les bons pères pensaient comme Charpentier, mort doyen de l'Académie en 1702 et auteur de l'*Excellence de la langue française :* que cette langue était « dans son état de perfection » et qu'il fallait seulement l'y maintenir. Une des gloires de la société de Jésus était le père Bouhours, mort huit ans auparavant. Ses *Entretiens d'Ariste et d'Eugène* étaient tenus pour un chef-d'œuvre d'agrément, d'esprit et de style. On les faisait lire dès les premières classes ; on en dissertait savamment dans les dernières. Le père Porée vantait deux autres ouvrages du père Bouhours : *De la manière de bien penser dans les ouvrages d'esprit,* et *les Pensées ingénieuses des Anciens et des Modernes.* Il ne craignit pas, toutefois, de relever la malice de l'auteur qui, dans le premier de ces livres, n'avait pas cité Boileau et, dans le second, avait omis Pascal. En revanche, le père Porée amusa ses élèves en leur disant que le père Bouhours avait failli être chassé de la société pour une traduction inexacte du *Nouveau Testament.* Ce père disait, en effet, que le diable, dans l'Évangile selon saint Matthieu, « emporta Jésus sur le haut du temple et sur une montagne », au lieu de dire : « transporta ». « Que le diable emporta Jésus, précisait le père Porée, est une chose inimaginable et le mot est presque sacrilège. En effet, le mot " emporter " implique une idée de supériorité et de possession, comme si, par conséquent, le démon eût été plus fort que Jésus, — l'eût emporté sur Jésus ; tandis que le mot de " transporter " signifie un simple acte matériel. Voyez ce que c'est que la langue française ! »

Sur le père Bouhours, François-Marie avait eu d'autres lumières par son parrain l'abbé de Châteauneuf, qui s'efforçait de l'éclairer en toutes choses. L'abbé lui avait raconté que ce jésuite avait fait un enfant à une religieuse jeune et jolie, nièce du maréchal de Vauban, et que cela avait causé un énorme scandale. Le chirurgien qui l'avait accouchée, en étant devenu amoureux, elle lui sacrifia les lettres du révérend père. Le curé de Saint-Benoît fut le médiateur : Bouhours donna deux mille écus à la fille, à titre d'indemnité, et le chirurgien restitua les lettres. Cette aventure produisit plusieurs chansons, dont l'une était sur le fameux air *Vous m'entendez bien* : « Le bon jésuite Bouhours — A, dit-on, pris tout au rebours ; — Infidèle aux novices, — Eh bien ! — Il a fait à Clarisse, — Vous m'entendez bien... — — Père, l'on dit en mon quartier : — Que chacun fasse son métier. — Laissez-nous donc le nôtre, — Eh bien ! — Et reprenez le vôtre. — Vous m'entendez bien ? » A propos du « métier » des jésuites, l'abbé Servien avait dit à François-Marie que le père Bouhours était aussi l'auteur d'un singulier opuscule, imprimé à Dijon : *Sentiment des jésuites touchant le péché philosophique.* Il ajouta que l'abbé Fraguier, ancien jésuite, membre de l'Académie des inscriptions et de l'Académie française, avait publié également, dans les mémoires de la première de ces académies, une *Dissertation sur les mœurs de Socrate, relativement à l'accusation de pédérastie.* Le sujet préoccupait manifestement la société de Jésus, autant qu'elle affectait de n'en jamais parler à ses élèves, — sauf au dernier jour de la retraite, à ceux qui allaient quitter le collège.

Les bons pères aimaient rappeler que l'ancien recteur du collège, le père Le Tellier, contribuait, avec Mme de Maintenon, à faire régner la vertu à la cour de France. Ils prônaient la piété du roi, qui n'avait manqué la messe qu'un seul jour et c'était durant une campagne. La moitié des élèves en concluaient que l'on pouvait, comme lui, allier l'inconduite et les devoirs religieux, puisqu'on savait bien que le roi n'avait pas toujours été un saint, — ses bâtards et ses bâtardes auraient suffi à le prouver. Qu'en était-il d'ailleurs au juste de sa prétendue piété actuelle ? S'il était vrai, comme les jésuites se plaisaient à le chuchoter, que le père Le Tellier avait reçu Louis XIV dans leur société comme jésuite de robe courte, n'était-ce pas une preuve de son hypocrisie ? Leurs ennemis assuraient que, d'après ce que lui avait dit son confesseur, c'était le moyen infaillible d'être sauvé et absous de toutes ses fautes.

Néanmoins, François-Marie avait peine à croire ce que ses deux amis d'Argenson lui avaient confié sous le sceau du secret : que, d'après le lieutenant général de police, la maison d'éducation fondée à Saint-Cyr par Mme de Maintenon pour deux cent cinquante à trois cents jeunes filles nobles sans fortune, en mémoire de son ancienne pauvreté, n'était autre chose que le sérail royal. Or, les d'Argenson affirmaient que leur père, qui avait créé les espions de police, — les mouches ou mouchards, — savait absolument tout ce qui se passait dans la capitale et à Versailles, comme dans le reste du royaume. Il avait plus de dix mille espions, affirmait-il. Les uns, qui l'étaient à titre fixe, se déguisaient parfois, dans la même journée, en chevaliers de Saint-Louis, en abbés, en garçons perruquiers, en spadassins. Les autres, en plus grand nombre, étaient des gens de service, des cabaretiers, des marchands ambulants, aussi bien que des gens de la société : avocats, médecins, écrivains, hommes de la cour. Le lieutenant général de police avait cité à ses fils la réponse qu'il avait faite à Louis XIV, lui demandant quels états lui procuraient ses mouchards : « Sire, tous les états, principalement les ducs et les laquais. » François-Marie déclara que cela donnait un grand démenti à La Fontaine qui disait, dans sa fable *la Mouche et la Fourmi* : « Les mouches de cour sont chassées, — Les mouchards sont pendus. » « Les mouchards sont payés », dit Marc-Pierre d'Argenson. Son père racontait que ce nom même de « mouchard » ou « mouche », pour désigner les espions de police, avait une noble origine : il venait du théologien Adrien de Mouchy, l'un des pères du concile de Trente, qui prit le titre d'inquisiteur de la foi en France et fit rechercher, par une multitude d'agents, auxquels on donna ce sobriquet, les sectateurs de la Réforme. Tous ces détails étaient pour François-Marie le complément des leçons d'histoire.

Cependant, la confidence venue du lieutenant général de police sur les dessous de Saint-Cyr l'avait troublé, même si elle le laissait incrédule. Comme sa classe étudiait *Esther,* l'une des deux tragédies sacrées écrites par Racine pour cette institution, il imaginait d'y découvrir quelques preuves de ces faits invraisemblables et les commentait avec les d'Argenson. Il relevait d'abord les premiers mots de la préface : « La célèbre maison de Saint-Cyr ayant été principalement établie pour élever dans la piété un fort grand nombre de jeunes demoiselles... » « Ce mot de " principalement " n'a-t-il pas de quoi nous surprendre, demandait-il, alors que la piété devrait être le seul but ? » Ensuite, il montrait ces vers du prologue, adressés à Dieu par cette vertu personnifiée : « Je suis la Piété, cette fille si chère, — Qui t'offre de ce roi les plus tendres soupirs. (" Quelle étrange chose pour la Piété, de ' tendres soupirs ' ! ") — Du feu de ton amour j'allume ses désirs. (" Encore plus étranges, ces ' désirs ' en fait de choses saintes ! ")... — Vous qui goûtez ici des délices si pures, — A vos jeux innocents appelez ce héros... » « Aveu dénué d'artifice ! » s'écriait Arouet. Il n'était pas jusqu'au chant final du chœur où le polisson ne trouvât une incitation à la débauche : « Jeune peuple, courez à ce maître adorable. — Les biens les plus charmants n'ont rien de comparable — Aux torrents des plaisirs qu'il répand dans un cœur... » « On dirait, ajoutait François-Marie, la traduction du passage de Lucrèce décrivant les rosées nocturnes des garçons à l'époque de la puberté. » Les trois amis éclataient de rire ensemble à ces ingénieuses inductions, qui ne leur ôtaient rien de leurs sentiments pour Louis XIV ni pour Racine, mais qui auraient fort scandalisé leurs maîtres.

Le père Le Jay avait composé en latin une *Ode à sainte Geneviève* et François-Marie se piqua d'imiter cette ode en français. Le père de Tournemine s'était efforcé d'accroître la dévotion du jeune poète envers sainte Geneviève, en lui apprenant qu'Érasme, jadis élève du collège de Montaigu, et tombé gravement malade, — les médecins l'avaient abandonné en lui prédisant sa mort dans les quatre jours, — fut guéri par ses prières à la sainte patronne de la capitale. Cette guérison fut considérée comme un miracle. Quarante ans après, l'humaniste composa un long poème en latin pour remercier la sainte, sans doute avec quelque retard, mais dans l'espérance qu'elle le guérirait de ses nouveaux maux. Le père de Tournemine montra à François-Marie ce poème qui avait été traduit en vers français, de même que François-Marie s'apprêtait à traduire, à sa façon, l'ode latine du père Le Jay à cette sainte.

Celui-ci eut beau jeu à faire remarquer à son jeune traducteur que c'était une manière étrange de commencer une ode sacrée par ce vers : « Qu'aperçois-je ? Est-ce une déesse ?... » Mais François-Marie lui répliquait que, dans une des *Hymnes du bréviaire romain* traduites par Racine, on voit « blanchir l'Olympe ». Cependant, le père Le Jay demeurait intraitable sur la gaucherie de « Qu'aperçois-je ? » Le reste de la paraphrase lui sembla digne de louange ; il y reconnaissait un zèle sincère pour la vraie foi et une vénération indubitable pour la sainte. « Oui, c'est vous que Paris révère — Comme le soutien de ses lis. — Geneviève, illustre bergère, — Quel bras les a mieux garantis ?... » François-Marie terminait en suppliant la céleste protectrice de mettre fin à la longue guerre de la succession d'Espagne, qui ruinait et dépeuplait la France : « Je vois, en des villes brûlées, — Régner la mort et la terreur ; — Je vois des plaines désolées, — Aux vainqueurs même faire horreur... — Rendez-nous une aimable paix... »

L'*Ode à sainte Geneviève* fut imprimée et était signée : « François Arouet, étudiant en rhétorique et pensionnaire au collège de Louis-le-Grand ». Les jésuites lui avaient fait ce cadeau.

Un tel honneur enchanta son père, qui était fort catholique. François-Marie, — qui, malgré cette poésie pieuse, avait abrégé son nom pour se déchristianiser un peu, — envoya un exemplaire à sa tante maternelle, la mère Madeleine, maintenant supérieure du couvent des sœurs grises à Villeneuve-le-Roi.

Au printemps de 1711, un incident qui se termina en tragédie, survint au collège et fit du bruit dans le monde. Le petit marquis de Boufflers, âgé de quatorze ans, fils du maréchal duc, et qui avait la survivance du gouvernement général de Flandre et particulier de Lille, venait d'être présenté au roi par son père, — à l'âge où l'on était présenté, — afin de le remercier de cette faveur, acquise depuis longtemps. Revenu chez les jésuites, où il était pensionnaire, et enivré peut-être du succès que lui avait valu à la cour sa jolie figure — il était, en cela, le digne rival de Fronsac — il commit une espièglerie : de concert avec les deux d'Argenson, il souffla des pois par une sarbacane contre le père Le Jay. Il fallait une sanction. Le père Forcet, — le nouveau recteur, — ne voulut pas toucher aux fils du lieutenant général de police ; mais il ordonna que le jeune Boufflers serait fouetté. Le châtiment eut lieu sous un préau où l'on avait rassemblé le plus d'élèves possible et, pour humilier davantage le coupable, en présence de son frère cadet, âgé de cinq ans, dont c'était la première année au collège. Le père fouetteur s'en donna à cœur joie et le marquis eut les fesses proprement écorchées. Il en devint malade de rage le jour même. Porté chez son père, il mourut quatre jours après. A titre de consolation, le roi octroya la survivance de sa charge à son cadet, que le duc de Boufflers avait immédiatement retiré de chez les jésuites. On se souleva contre eux ; mais ils en avaient vu d'autres ! Ils avaient vu surtout d'autres fessiers. En tout cas, ce n'est pas Louis XIV qui aurait pu leur reprocher de fouetter leurs élèves : il avait fouetté parfois l'ancien dauphin, que son gouverneur, le duc de Montausier, rouait de coups de férule ou de coups de poing pour la moindre faute, — un jour, le duc faillit se casser le bras à force de frapper. Les jésuites firent un service funèbre à la mémoire du petit Boufflers et le père Forcet fut remplacé par le père Bauchez. Ce drame rappelait celui d'Alphonse-Marie Mancini, âgé aussi de quatorze ans, neveu et mignon de Mazarin, qui mourut accidentellement dans ce même collège, encore nommé de Clermont : il fut berné dans une couverture par ses camarades, tomba sur le pavé de la cour et se tua. Le cardinal en avait été inconsolable.

Quelques jours avant la disparition du jeune Boufflers, qui endeuilla Louis-le-Grand, une autre avait endeuillé François-Marie plus que ses maîtres : celle de Nicolas Boileau-Despréaux, qui, le 13 mars, avait succombé à une pleurésie. Les Arouet accompagnèrent sa dépouille, qu'on inhuma dans la Sainte-Chapelle, au-dessous de la place où se trouvait le lutrin, célébré par lui. François-Marie avait été un peu déçu de ne pas figurer sur son testament pour un achat de livres, comme sur celui de Ninon de Lenclos : le poète partageait ses biens entre les membres de sa famille, ses serviteurs et les pauvres des diverses paroisses de la Cité. Il avait eu le chagrin, en janvier, de se voir refuser le privilège de faire imprimer sa *XIIe Satire, Sur l'Équivoque* : c'est le père Le Tellier qui avait obtenu du roi cette interdiction, malgré les démarches contraires du cardinal de Noailles. Mais, dès avril, eut lieu une impression clandestine, dont François-Marie se procura un exemplaire. Il sourit du passage sur Socrate, « l'honneur de la profane Grèce, — Très équivoque ami du jeune Alcibiade ». Mais il admira des vers qu'il aurait voulu avoir écrits : ... « Quel lion, quel tigre, égale en cruauté — Une injuste fureur qu'anime la Piété ? » Et il ne s'étonna pas que le père Le Tellier eût voulu étouffer ce poème, quand il lut les derniers vers, d'une rare hardiesse et qui prouvaient la liberté d'esprit du poète : « Monstre (l'Équivoque), — ... Si plus sûrement tu veux gagner ta cause, — Porte-la dans Trévoux, à ce beau tribunal — Où, de nouveaux Midas un sénat monacal, — Tous les soirs, appuyé de ta sœur l'Ignorance, — Pour juger Apollon tient, dit-on, sa séance. » François-Marie félicita l'abbé Boileau, faute de pouvoir féliciter l'auteur. C'est, d'ailleurs, l'abbé qui avait fait en sorte de publier la satire, pour se venger des jésuites, en même temps que pour en venger son frère.

Le 14 avril, mourut à Meudon le Grand Dauphin, — Monseigneur, — pour qui le jeune Arouet avait composé une ode, au nom d'un invalide. Son fils, le duc de Bourgogne, devenait dauphin. Les élèves de Louis-le-Grand, par ceux de leurs camarades dont les familles tenaient à la cour, étaient instruits de quelques-unes des intrigues que cet événement provoquait.

On parlait de la maîtresse que Monseigneur avait épousée secrètement, après la mort de la dauphine, fille de l'électeur de Bavière : c'était Mlle Choin, — on l'appelait ainsi, sans particule (et on écrivait souvent son nom Chouin), bien que son père fût le baron de Choin, gouverneur de Bourg-en-Bresse. Elle avait été fille d'honneur de la princesse de Conti, chez qui le dauphin l'avait connue. Ce mariage secret faisait pendant à celui du roi avec Mme de Maintenon. A Meudon, le château de Monseigneur, où la Choin allait résider parfois, elle restait assise dans un fauteuil devant lui, en face de la duchesse de Berry, fille aînée du duc d'Orléans, ou de la duchesse de Bourgogne, assises sur un tabouret. Sa discrétion l'avait fait aimer du roi et du dauphin : elle avait un simple appartement à Paris, chez Lacroix, receveur général des finances, près du Petit-Saint-Antoine. Et c'est là qu'elle s'était rendue, aussitôt après la mort de Monseigneur. Elle l'avait obligé de brûler un testament qu'il avait écrit, à la veille de partir pour l'armée de Flandre et où il lui faisait un legs considérable en cas qu'il fût tué. Il avait eu une autre maîtresse, la comédienne Raisin, et des passades, que lui procurait son valet de chambre, Dumont, parmi les filles de l'Opéra. Une histoire amusait à ce propos les élèves de Louis-le-Grand, à qui le chevalier de Bavière l'avait racontée. Dumont ayant donné rendez-vous, à Meudon, pour Monseigneur, à une jolie actrice, Fanchon Moreau, la lettre fut rendue à sa sœur Louison, qui était affreuse. On l'avait menée chez le prince à l'insu de Dumont ; ce dernier s'aperçut trop tard de la méprise et frappa à la porte pour dire : « On s'est trompé, Monseigneur ; ce n'est pas celle-là. — Eh ! laisse-moi tranquille, répondit le dauphin ; j'en suis très content. » Il s'intéressait moins à la beauté du visage qu'au volume de la gorge et des hanches.

A la fin du même mois d'avril, les élèves de Louis-le-Grand furent occupés d'un autre événement qui concernait un de leurs anciens : le 22 avril, le duc de Fronsac avait été mis à la Bastille. Il y avait à peine quelques mois que François-Marie l'avait surpris en galante posture dans l'allée noire avec le prince d'Espinoy. Ce n'est pas en qualité de jeune sodomite qu'on lui infligeait ce châtiment, mais pour une suite de causes, où se profilait néanmoins l'ombre de la sodomie. Le marquis de Cavoye, grand maréchal des logis de la maison du roi, avait trouvé le petit duc dans le lit de la duchesse de Bourgogne. Fronsac avait alors quinze ans et elle n'avait que neuf ans de plus. On pardonna ce qu'il présenta comme une gaminerie à l'égard de sa marraine ; mais Mme de Maintenon le maria aussitôt avec la fille unique du feu marquis de Noailles, âgée de vingt ans et qui était laide ; l'épouse secrète du roi ne manquait aucune occasion de pousser ses chers Noailles depuis que l'un d'eux, qu'elle avait fait duc, avait épousé sa nièce d'Aubigné. Mais Fronsac montrait si peu d'empressement à son épouse, continuait de mener une vie si libertine et perdait de si fortes sommes au jeu, — une fois, mille louis sur parole, — que le roi, d'accord avec le duc de Richelieu lui-même, l'avait envoyé s'amender à la Bastille.

Fronsac était le prisonnier le plus jeune que les murs de ce redoutable château eussent jamais renfermé. Le gouverneur, M. de Bernaville, avait ordre de le recevoir tous les jours à dîner et de laisser entrer ses maîtres de langues et de mathématiques, afin que ses études, poursuivies à la cour, ne fussent pas interrompues.

Louis XIV avait toujours été curieux de connaître les mœurs de son entourage et celles des grands du royaume ; maintenant qu'il était dévot, sa curiosité ne s'était pas ralentie. Il avait ordonné de violer le secret de la poste, pour recevoir, soit un extrait des lettres qui pouvaient l'intéresser, soit une copie de la lettre entière. C'était l'explication de brusques disgrâces, dont les causes étaient longtemps demeurées inconnues. Cela expliquait aussi la faveur de Pajot, comte d'Ons-en-Bray, receveur général des postes, qui avait accès au cabinet du roi, comme les ministres. Mais, d'ordinaire, c'était par le marquis de Torcy, secrétaire d'État et surintendant des postes, que se faisaient ces communications.

François-Marie connaissait de telles choses par ses amis d'Argenson, à qui leur père parlait si librement et dont ils avaient la confiance. Les détails sur les espions n'avaient été que le prélude de ce qu'ils étaient heureux d'apprendre au jeune Arouet. C'était à la fois pour l'instruire et pour lui montrer l'importance de la charge qui honorait le chef de leur famille. Le roi avait créé, non seulement un lieutenant général de police à Paris, mais des lieutenants de police dans toutes les villes du royaume, qui devaient le renseigner sur les mœurs des provinces, comme le renseignait sur celles de Paris le lieutenant général, dont dépendaient, du reste, les exempts et inspecteurs attachés aux maisons royales ou qui suivaient la cour. Louis XIV se faisait transmettre les chansons, voire les plus obscènes, qui étaient le journal des scandales, et les livres interdits, que l'on saisissait aux barrières ou chez les libraires. Il avait même chargé les Suisses, — à Versailles, à Trianon, à Saint-Germain, à Marly, à Chantilly, à Fontainebleau et à Compiègne, — d'observer et de lui rapporter tout ce qui se passait, la nuit et le jour, dans les escaliers, les couloirs, les passages, les cours, les jardins. S'il avait des raisons pour avoir quelque indulgence en faveur des pédérastes, puisque feu son frère, Monsieur, en avait été le chef, il n'avait pas moins prescrit à d'Argenson de les faire surveiller autant que possible. Il est peu probable que le lieutenant général de police eût été avisé par ses fils des frasques pédérastiques de Fronsac à Louis-le-Grand. Mais le roi avait noté que le jeune duc, à Versailles, était recherché par les anciens favoris de Monsieur : le marquis de Châtillon, maréchal de camp ; le marquis de La Carte, gouverneur de Joinville, — les gouverneurs ne résidaient dans leurs gouvernements que peu de semaines par an — ; le marquis d'Effiat, gouverneur de Montargis ; le marquis de Marcilly, lieutenant général ; l'abbé de Choisy, membre de l'Académie française, sans compter le prince de Conti, fils de celui qui avait manqué d'être roi de Pologne, — ce prince avait un an de moins que Fronsac et les mêmes mœurs que son père. Les autres grands seigneurs pédérastes fréquentaient plus la cour du Temple que celle de Versailles.

Le roi avait prescrit à Bernaville d'avoir l'œil sur son filleul, le jeune duc, parce que la sodomie était l'une des rares distractions des prisonniers. De nouveau, Arouet était renseigné par ses amis d'Argenson qui, les jours de sortie, lisaient chez leur père la copie de cette correspondance, — les maisons de force relevaient du lieutenant général de police. Il y avait justement à la Bastille un jeune débauché, le chevalier du Châtelet, fils du marquis du même nom, lieutenant général et gouverneur de Vincennes. Son père, ne pouvant être son geôlier, l'avait confié à Bernaville. (Les questions d'âge, d'apparence et d'origine, intéressaient Louis XIV : les fils d'Argenson disaient que, sur les rapports de leur père, le comte de Pontchartrain, ministre de la maison du roi, ajoutait, de la part de celui-ci, quand ces détails n'y figuraient pas : « Age, figure, naissance. ») Le 8 mai, le gouverneur de la Bastille écrivit à Pontchartrain, qui lui avait notifié « l'ordre de recevoir le duc de Fronsac », quelles précautions il avait prises. Il disait être convenu avec le cardinal de Noailles (oncle de la duchesse de Fronsac) et avec le duc de Richelieu, que Fronsac, après son dîner, resterait jusqu'à cinq heures en compagnie de ses maîtres, mais qu'il ne passerait pas ensuite « ses journées seul dans sa chambre », ce qui pourrait « intéresser sa santé ». Il assurait que « personne ne lui donnerait de mauvais exemples » et il précisait : « J'ose me flatter que vous avez assez bonne opinion de moi pour croire qu'il ne se passe rien en ma présence et celle de M. de Launay (son adjoint), soit dans ma chambre ou à nos promenades dans la cour ou sur le bastion, qui soit contre les bonnes mœurs. » Les jeunes d'Argenson et Arouet trouvaient inouï que le gouverneur de la Bastille crût devoir affirmer au ministre que « les bonnes mœurs » du duc de Fronsac étaient sauves en sa présence et en celle de son adjoint, comme si le contraire eût été possible. M. de Bernaville ajoutait : « Mme la marquise du Châtelet, qui nous a fait l'honneur de dîner avec nous, vous peut dire comme nous vivons ensemble. Elle y est assez intéressée pour son fils pour y avoir pris garde ; il est vrai aussi que ces éducations-là me contraignent beaucoup. Je m'en fais un devoir à l'égard de M. de Fronsac, que j'y ai reçu par vos ordres, et à l'égard de M. le chevalier du Châtelet, que j'aime et dont j'honore infiniment le père et la mère » (elle était fille du maréchal de Bellefond). « Les bonnes mœurs » du chevalier répondaient de celles du jeune duc. L'apostille de Pontchartrain sur cette lettre était la suivante : « Lu au roi, qui a répondu : " Bon. Continuez à mander exactement tout ce qui le regardera. " » Le 14 mai, Bernaville récrivait à Pontchartrain au sujet de Fronsac : « Nous ne lui avons encore entendu rien dire contre les bonnes mœurs. Il condamne tous les jours de sa vie passée et, qui n'en saurait rien, ne pourrait le soupçonner d'avoir commis la moindre faute. On ne peut que souhaiter qu'il continue dans les bons sentiments que nous lui voyons et les bonnes résolutions qu'il prend de mieux vivre à l'avenir. » Tout était « bon » : les mœurs, les sentiments, les résolutions.

François-Marie était frappé de constater quelle obsession des « bonnes mœurs » on avait à la Bastille, comme de la pureté à Louis-le-Grand. Il s'amusa beaucoup d'apprendre que le prince d'Espinoy, ancien fréquentateur de l'allée noire avec Fronsac et qui avait quitté, lui aussi, Louis-le-Grand, avait eu l'autorisation de le visiter, avec le prince de Conti. L'allée noire de la cour de France se transplantait à la Bastille. Le gouverneur écrivit, en effet, à Pontchartrain le 1er juillet : « M. le prince de Conti est venu aujourd'hui pour voir M. le duc de Fronsac. J'ai cru que je ne devais pas priver M. le duc de Fronsac de l'honneur qu'il a bien voulu lui faire. Je l'ai reçu dans mon appartement où était M. le duc de Fronsac ; il y a tardé une demi-heure avec M. le prince d'Espinoy et les deux gouverneurs. J'ai toujours été de la conversation, qui s'est faite en ma présence... » Par cette lettre,

M. de Bernaville prouvait à Pontchartrain qu'il savait son monde et même son très grand monde : le prince de Conti avait beau être un membre de la famille royale et faire « de l'honneur » au jeune Fronsac par sa visite, et le prince d'Espinoy avait beau être le fils de Louis Ier de Melun, maréchal de camp, et d'une bâtarde de Charles IV, duc de Lorraine, le gouverneur ne les avait pas laissés seuls une minute, durant la demi-heure qu'ils avaient passée ensemble. Il est vrai que les deux précepteurs étaient également dans la chambre ; mais les trois hauts personnages auraient pu les enfermer dans un placard.

Fyot de La Marche, le camarade de François-Marie, avait rapporté de Dijon la copie d'un poème fort libre qu'il avait recopié chez son père, le président à mortier. Ce poème, œuvre d'un jeune Dijonnais, Alexis Piron, n'était pas une ode à sainte Geneviève, mais une *Ode à Priape,* dont l'obscénité dépassait celle de toutes les chansons. Il aurait été arrêté et emprisonné, si un magistrat lettré de Dijon, le président Bouhier, n'avait eu le courage de s'en déclarer l'auteur. Ces vers formaient un singulier contraste avec le fond de décor du glorieux règne finissant. « Foutre des neuf garces du Pinde, — Foutre de l'amant de Daphné, — Dont le flasque vit ne se guinde — Qu'à force d'être patiné, — C'est toi que j'invoque à mon aide... » Toutes ces odes faisaient un salmigondis dans la mémoire des élèves de Louis-le-Grand.

Cette année 1711, François-Marie avait confirmé sa facilité à rimer, d'une autre façon que le poète dijonnais. Un jour, à la fin d'une classe, le père Porée ayant donné comme sujet de devoir pour le lendemain une composition sur Néron (François-Marie aimait particulièrement ce jésuite, qui professait un culte presque païen pour Racine, au point de le surnommer « la petite colombe de Vénus » — *Veneris columbulus*), Arouet improvisa ce quatrain, comme une suite de *Britannicus*: « De la mort d'une mère exécrable complice, — Si je meurs de ma main, je l'ai bien mérité — Car, n'ayant jamais fait qu'actes de cruauté, — J'ai voulu, me tuant, en faire un de justice. » Le père Porée déclara seulement, après l'avoir félicité, qu'il y avait une faute de français dans le dernier vers : « un » ne pouvait correspondre à « acte », qui était sans article. François-Marie traduisit également quelques odes d'Anacréon et une épigramme de l'*Anthologie,* relative à Léandre qui traverse le Bosphore pour rejoindre son amante. Il écrivit même une fable, *le Loup moraliste.* Elle était assez piquante : la morale que le loup prêchait à son fils ressemblait à celle que les bons pères tâchaient d'inculquer à leurs élèves, sans la renforcer toujours par leurs exemples. Le loup moraliseur avait dans la gueule « du sang qui dégouttait encore ». Et la conclusion était : « Tel un prédicateur sortant d'un bon repas, — Monte dévotement en chaire — Et vient, bien fourré, gros et gras, — Prêcher contre la bonne chère. » Le père Porée voulut bien sourire de cette fable. Il dit au jeune poète que, bientôt, sa retraite de fin d'études lui inspirerait des sentiments plus charitables envers les prédicateurs.

Le goût de la poésie accompagnait désormais chez François-Marie celui du tabac à priser, qui était à la mode. L'horreur qu'en avait Louis XIV avait fait bannir de la cour cet ingrédient. Le roi ne l'avait souffert qu'en faveur du grand prieur de Vendôme qui, disait-on, en était toujours barbouillé, ce qui avait fait appeler le tabac « l'herbe du grand prieur », quand on ne l'appelait pas « l'herbe de l'ambassadeur », puisqu'elle avait été importée du Portugal par l'ambassadeur Jean Nicot. A Versailles, seuls les Suisses du roi fumaient. Grand avait été le scandale quand la dauphine avait trouvé les princesses en train de fumer des pipes, qu'elles avaient envoyé chercher au corps de garde helvétique. Les jésuites, pour détourner leurs élèves de la tentation de fumer et aussi diminuer chez eux celle de priser, leur avaient lu cette épigramme de l'abbé Colletet (« Le pauvre Colletet, crotté jusqu'à l'échine »... immortalisé par Boileau) : « Du tabac les effets sont traîtres — Et diversement départis ; — Lorsqu'il désenivre les maîtres, — il enivre les apprentis. » C'est pourquoi à Louis-le-Grand, nul ne s'avisait de fumer. Toutefois, comme la plupart des professeurs, la plupart des élèves de rhétorique prisaient et avaient leur tabatière : ils prétendaient au droit de s'enivrer un peu comme des « apprentis », d'autant qu'ils ne buvaient pas de vin. François-Marie venait d'acheter sa tabatière. Il en était si heureux qu'il la fit sauter en l'air pendant une classe ; le père Porée la lui confisqua. Mais il offrit de la lui rendre contre une poésie écrite séance tenante, comme les quatre vers de Néron. Au bout d'un moment, François-Marie lui présenta cet impromptu, intitulé *Sur une tabatière confisquée* : « Adieu ma pauvre tabatière, — Adieu, je ne te verrai plus. — Ni soins, ni larmes, ni prières — Ne te rendront à moi ; mes efforts sont perdus. — Adieu, doux fruit de mes écus ! — S'il faut à prix d'argent te racheter encore, — J'irai plutôt vider les coffres de Plutus ; — Mais ce n'est pas ce dieu que l'on veut que j'implore. — Pour te ravoir, hélas ! il faut prier Phébus. — Qu'on oppose entre nous une forte barrière ! — Me demander des vers, hélas ! je n'en puis plus. — C'en est donc fait : adieu, ma pauvre tabatière, — Adieu, je ne te verrai plus. » Comment le père Porée aurait-il pu ne pas rendre la tabatière ? Il releva néanmoins que « plutôt — Plutus » n'était excusable que dans une improvisation.

Lorsque François-Marie parlait des « doux fruits de ses écus », il pensait surtout à ses perpétuels besoins d'argent. Même augmentée, la pension que lui versait son père n'était jamais suffisante pour ses besoins. Il avait dû recourir encore aux services de cette dame Thomas qui lui avait déjà prêté cent livres contre un reçu de cinq cents. Elle consentit à un prêt sur gage : l'*Histoire des Guerres civiles en France,* traduite par Baudoin, de l'Italien Davila, in-folio, qui avait constitué le premier prix de discours latin d'Arouet en 1710, devant Jean-Baptiste Rousseau. Il avait écrit en majuscules, sur une page du volume, ces deux vers : « De ma gloire passée, illustre témoignage, — Pour cinquante-deux sols, je t'ai mis en otage. » S'il avait été obligé de racheter une tabatière, il lui aurait fallu abandonner son prix de discours latin. Dès que son père eut regarni son escarcelle, il fut tout heureux d'aller récupérer le livre en remboursant dame Thomas.

Depuis l'année précédente, François-Marie avait une sorte de page parmi les nouveaux élèves de Louis-le-Grand : Charles-Augustin de Ferriol d'Argental, fils cadet de cette comtesse de Ferriol qui avait abrité Jean-Baptiste Rousseau, poursuivi par la justice après ses *Couplets.* Ce garçon, quoique âgé seulement de dix ans, avait recherché l'amitié d'Arouet, qui séduisait tous ses camarades par son esprit, ses vers et sa hardiesse. Il avait eu pour introducteur auprès de lui son frère aîné, Pont-de-Veyle, âgé de treize ans, qui s'était déjà lié avec le jeune Arouet, sans avoir éprouvé la fascination que celui-ci exerça d'emblée sur son cadet. Leur oncle, le marquis de Ferriol, avait été, jusqu'à cette année, ambassadeur à Constantinople, poste où l'avait précédé le marquis de Châteauneuf, frère du défunt abbé et ami des Arouet : Ferriol était maintenant ambassadeur à Lisbonne.

Un autre nouveau, âgé de douze ans, Jean-René de Longueil de Maisons, fils d'un président au Parlement de Paris, s'engoua également du rhétoricien Arouet. Une des raisons de leur sympathie réciproque fut que Jean-René avait eu et conservait, même pendant les vacances, un précepteur digne de l'abbé de Châteauneuf par la culture et l'irreligion : le grammairien Dumarsais, ancien membre de l'Oratoire. Tous les contre-pieds de l'éducation de Louis-le-Grand intéressaient François-Marie.

Parmi les jeunes recrues de l'allée noire, pour des choses qui n'étaient pas de simples « privautés [1] », se distinguait à présent le prince de Bournonville, âgé de douze ans et beau comme l'Amour : il était petit-fils, par sa mère, du duc de Luynes et du duc de Montbazon. Jean-François Phélypeaux de Pontchartrain, comte de Maurepas, âgé de neuf ans, petit-fils du chancelier de Pontchartrain et fils du Pontchartrain, ministre de la maison du roi et de la marine, témoignait une précocité d'une espèce différente : il savait des dizaines de chansons sur les gens de la cour et se grisait des obscénités qu'elles renfermaient. Il avait été fait chevalier de Malte à deux ans.

L'approche de l'été, où l'on ouvrait, la nuit, les fenêtres des dortoirs et des chambres, ramenait dans la rue du collège des maniaques qui chantaient des chansons ordurières pour exciter les élèves, en croyant sans doute que ces derniers avaient besoin d'un tel secours. Aucune de ces chansons ne surprenait le jeune Maurepas, même si elle n'était que d'un répertoire forain. Les jésuites alertaient le commissaire du quartier, et la patrouille du guet faisait la chasse à ces sodomites, que parfois elle attrapait. Les bons pères avaient été confus, quand on avait arrêté, dans une de ces poursuites, le sieur de La Guillermie, frère d'un conseiller au Parlement de Paris et beau-frère du président du parlement de Rouen, car le fils du conseiller et le fils du président étaient au nombre des internes. René-Louis et Marc-Pierre d'Argenson avaient raconté à François-Marie que leur père avait interrogé et envoyé à la Bastille un autre maniaque, nommé Cyrano de Bergerac, qui portait le nom et le prénom de son oncle, le poète du siècle passé : il faisait des exhibitions près de l'autel de la Vierge, à Notre-Dame.

1. Cf. *Jeannot et Colin*, œuvre de Voltaire publiée en 1764. Les deux héros sont élèves au collège d'Issoire en Auvergne : « Ils étaient fort jolis pour des Auvergnats ; ils s'aimaient beaucoup et ils avaient ensemble de petites privautés, de petites familiarités, dont on se ressouvient toujours avec agrément quand on se retrouve ensuite dans le monde. »

Les jours de sortie, les pédérastes guettaient les élèves de Louis-le-Grand aux abords du collège et entraînaient des innocents ou des initiés. Cette chasse aux jeunes garçons était organisée autour de tous les collèges. Des abbés pédérastes y pénétraient même à la faveur de leur habit et se livraient aux attouchements qui leur étaient possibles. On en avait expulsé plusieurs de Louis-le-Grand. Cette année, l'un d'eux, appâté peut-être par l'histoire de la fameuse fouettade qui avait coûté la vie au jeune Boufflers, avait pris l'habitude d'attirer, dans les coins ou dans des pièces solitaires, des élèves qu'il déculottait et qu'il fessait à loisir, sous prétexte de quelque incartade. Aucun n'avait songé à se plaindre, du fait que les gens attachés à la maison étaient innombrables et que les écoliers ne les connaissaient pas tous. Mais ce père fouetteur de contrebande avait fini par être dépisté après avoir palpé, patiné et fessé la moitié des derrières du collège, nobles ou roturiers. Un autre abbé, depuis peu professeur adjoint du collège, l'abbé de Septmaisons, faisait plus que de les palper, patiner et fesser : certains commençaient à se plaindre qu'il avait ébréché leur postérieur.

Les élèves les plus avancés en libertinage disaient que certains lieux de Paris étaient propices au « péché philosophique » et que l'on y rencontrait aussi bien la noblesse et le clergé que le tiers état : c'étaient les arcades Saint-Louis, le quai des Orfèvres, les jardins des Tuileries et du Luxembourg, grâce à leurs charmilles, ou la cour du Louvre, la nuit, — le portier complaisant laissait le passage ouvert. Mais Louis XIV, averti de ce scandale, avait ordonné de fermer les guichets. De même y avait-il des exempts chargés de la surveillance des jardins. Les nobles, les magistrats et les ecclésiastiques, étaient généralement relâchés, après interrogatoire et admonition. Bicêtre, le For-l'Évêque et l'Hôpital Général (la Salpêtrière) servaient de prisons aux délinquants moins honorables. Les sodomites ou pédérastes étaient flétris du nom d'« infâmes » et leurs goûts d'« antiphysiques ». Les « bougres » formaient la catégorie entière, les « bardaches » étant les jeunes garçons. Par euphémisme, les « infâmes » étaient appelés « chevaliers de la manchette », du fait que beaucoup d'entre eux avaient de longues manchettes de dentelles. Tel était, sur ces points particuliers, le bagage d'informations que François-Marie allait emporter du collège.

La retraite annoncée par le père Porée vint changer ses idées et lui restituer l'atmosphère de piété où, bon gré mal gré, il avait vécu pendant sept ans. Cette retraite, destinée aux élèves qui s'apprêtaient à « rentrer dans le siècle », comme on disait, était conçue pour les frapper, plus que les précédentes, limitées à des prières et à des lectures spirituelles. On voulait, non seulement imprimer dans les âmes l'image des mérites et de la grandeur du jésuitisme, mais, s'il était possible, susciter des vocations. Les exercitants étaient complètement séparés des autres élèves. Le préfet qui dirigeait cette retraite, la commençait, agenouillé au milieu de ses ouailles. Il donnait à chacun d'eux un sujet de méditation, qu'il fallait développer au bout d'une heure. C'était l'application religieuse des plaidoyers scolaires. La récitation du chapelet, la contemplation du saint-sacrement, le chant des cantiques, alternaient avec ces travaux. Une confession générale, suivie de la communion, achevait la retraite. Le père recteur était apparu de temps en temps et, pour les esprits surchauffés, avait l'air d'une réincarnation de saint Ignace. Le père de Charlevoix, qui songeait à partir comme missionnaire pour le Canada, semblait tracer un autre exemple.

Le père Bauchez dit, le jour de la clôture, à la fin de son homélie : « Messieurs, dans les classes de religion, il ne vous a jamais été parlé d'un péché grave, dont un petit nombre d'entre vous se sont confessés, au cours de vos études. Ils ont avoué l'avoir commis par ignorance ou par curiosité et ont assuré n'y être jamais retombés, après un séjour dans la chambre des méditations. Nous ne vous en avons rien dit, parce que c'est peut-être, en dehors du meurtre et du sacrilège, le péché le plus horrible et que nous ne voulions pas en révéler l'existence aux cœurs purs dont il est ignoré. Mais vous êtes à un âge où l'on doit vous en avertir, d'autant plus que vous abandonnez les gardiens et les défenseurs de votre innocence. C'est le péché de sodomie. Il porte le nom de cette ville de Sodome que détruisit le feu du ciel à cause de l'abominable impureté de ses habitants, infectés de ce vice. En mémoire du châtiment céleste, les lois le punissent du bûcher. Ce n'est pas une vaine menace, comme celle qui édictait l'application d'un fer chaud sur la lèvre supérieure pour la sixième récidive d'un blasphème, sur la lèvre inférieure pour la septième, et, au huitième, sur la langue entière : ces prescriptions, contenues dans une ordonnance royale de 1666, n'ont jamais été appliquées. Mais deux sodomites ont été brûlés en place de Grève à Paris, l'an de grâce 1661, un troisième six ans après et quelques autres en province. Puissiez-vous n'oublier jamais ce que je viens de vous dire. *Ave Maria...* »

Tous les exercitants entonnèrent la prière à haute voix, pour confirmer leur ferme propos de rester à l'abri de ce péché, avec l'aide des intentions du père recteur. La solennité de ses paroles contrastait avec les discrètes remontrances de certains confesseurs aux élèves qui en avaient fait l'aveu. Mais elle était compréhensible par rapport à l'image que la maison tenait à laisser d'elle : indulgente pour les faiblesses de la chair, tant qu'on était sous sa coupe, elle restaurait la morale au dernier moment.

Lorsque les garçons glosèrent entre eux ce discours, certains déclaraient que le recteur avait affaibli l'image du bûcher par les deux dates qu'il avait citées et qui prouvaient combien ce supplice était inhabituel, et par sa comparaison avec la peine du blasphème, qui n'est pas même sanctionnée. Les plus malins en concluaient que cet avertissement, en somme très jésuitique, était une sorte d'encouragement à ne pas se gêner ; mais les esprits religieux protestaient contre une pareille interprétation. Chaque année, des élèves quittaient Louis-le-Grand pour entrer au noviciat, les uns en vue d'expier leurs licences, les autres, restés intègres, par soif de sacrifice et d'idéal. Cette année 1711, le bruit courut que François-Marie Arouet et Claude-Philippe Fyot de La Marche, avaient été touchés par la grâce et s'enrôlaient dans la société de Jésus : c'était un faux bruit.

L'amitié des deux garçons s'était renforcée au début de leur rhétorique ; mais Fyot de La Marche avait regagné prématurément la Bourgogne pour des raisons de santé. Il résidait désormais, soit à Chalon-sur-Saône, soit au château de La Marche, fief qui valait à son père le titre de marquis. François-Marie lui écrivit quelquefois pour lui faire l'ultime chronique du collège. Dans ses premières lettres de mai et de juin, il l'appelait « Monsieur », selon la politesse qui était de règle entre les élèves des bons pères ; mais le « mon cher ami » parut bientôt. Le jeune Bourguignon lui répondait ; ce n'était pas pour commenter l'*Ode à Priape,* de son concitoyen Piron.

François-Marie, qui avait le goût de l'amitié, était sensible aux marques qu'il en recevait et lui disait, dans une lettre du 23 juillet : « Il me serait plus sensible d'être privé de vos lettres que d'être assassiné des couplets de M. Dauphin. » Dauphin était un de leurs camarades, qui venait d'être renvoyé pour avoir écrit des couplets contre Jean-Baptiste Rousseau, en réplique à ses propres *Couplets.* Les bons pères demeuraient fidèles au poète fugitif. François-Marie parlait aussi, dans sa lettre, de la rumeur selon laquelle Fyot de La Marche et lui-même avaient « fait parti de se faire religieux ». Son commentaire indiquait bien ses sentiments : « Je répondis que je n'avais pas assez de mérite pour tourner de ce côté-là, et que vous aviez trop d'esprit pour faire une pareille sottise. »

Sa dernière lettre était d'août 1711, quelques jours avant de quitter définitivement Louis-le-Grand. Il racontait à Fyot que la représentation du ballet *Apollon législateur,* tiré de la tragédie du père Le Jay, *Crésus,* avait été troublée par « une grosse pluie », bien que le père Porée eût « prié Dieu pour obtenir un beau temps », et que « deux moines s'étaient cassé le col, l'un après l'autre si adroitement », qu'ils semblaient être tombés pour la joie de l'assistance. Ainsi François-Marie partait-il de Louis-le-Grand, non pas sur des résolutions de retraite, mais sur un éclat de rire.

Au terme de son séjour dans ce collège, il avait conscience de ce que ses facultés y avaient gagné et de l'avantage des relations qu'il y avait nouées. Il pensait à Molière qui avait connu, dans ces mêmes lieux, le prince de Conti, son futur protecteur.

3

François-Marie étudiant et familier du Temple

Me Arouet, payeur des épices et receveur des amendes à la chambre des comptes, où son aîné, Armand, travaillait auprès de lui avant de lui succéder, n'imaginait pas pour son cadet un autre emploi que celui d'avocat ou de magistrat. La qualité de conseiller au Parlement lui semblait le *nec plus ultra* pour un des siens. François-Marie savait que le père de Jean Racine avait pensé faire de son fils un chanoine, que Boileau avait d'abord été tonsuré et prieur de Saint-Paterne, que La Fontaine avait commencé par entrer à l'Oratoire : le petit collet était la principale ressource de la bourgeoisie, comme des cadets de la noblesse. Mais le jeune Arouet ne voyait dans ces trois exemples que le résultat d'influences familiales, promptement contrecarrées. De même que Racine, Boileau et La Fontaine l'avaient tout de suite rêvé, il ne rêvait que d'être poète pour être illustre. Toutefois, il n'était que dans sa dix-septième année et il lui fallait, comme ils l'avaient fait, obéir aux volontés paternelles.

Avant de le conduire à l'école de droit de l'université de Paris, le payeur des épices et receveur des amendes tint à lui faire apprendre les rudiments de cette nouvelle discipline, par un stage de quelques semaines au collège des Grassins, rue des Amandiers. Cependant, il ne songea pas à le priver de ses vacances, qui commencèrent dans leur maison de campagne à Châtenay-Malabry. M. Arouet l'avait acquise en 1707, moyennant « huit cents livres de rente, au principal de seize mille livres », versées à la propriétaire. Cette maison, à un seul étage, avait un assez grand jardin, des allées de marronniers et de tilleuls, un bois d'ormes, un verger et divers terrains, loués à des paysans. M. Arouet la décora de tapisseries des Flandres et de Bergame, de tapis de Perse et de Turquie, d'estampes représentant les *Batailles d'Alexandre* de Le Brun, gravées par Audran, et de quelques tableaux. La grande salle eut douze lauriers-roses dans des caisses de bois peint ; le vestibule, des vases de faïence et dix-huit cloches sur des socles. Cette collection campanaire de l'ancien tabellion répondait à un goût personnel, sans signifier qu'il prétendît être un « noble de la cloche ».

Quel que fût l'agrément de cet endroit, il offrait surtout à François-Marie la possibilité de visiter des voisins qui lui importaient. Les premiers étaient des connaissances de son père. Sur une petite jument, il se rendait chez les Caumartin, au château Saint-Ange. Il y avait là une bibliothèque, aussi riche en manuscrits qu'en ouvrages rares. Louis-Urbin Le Fèvre de Caumartin, marquis de Saint-Ange, conseiller d'État, avait une passion pour Henri IV et la faisait partager à son jeune visiteur. Celui-ci voyait également l'ombre de Jean-Baptiste Rousseau remplir cette demeure, dont il avait chanté le propriétaire et les délices dans une de ses odes : « Digne et noble héritier des premières vertus — Qu'on adora jadis sous l'empire de Rhée... — — Fils d'un père fameux... — — Renoncez pour un temps aux travaux de Thémis : — Venez voir ces coteaux enrichis de verdure... — — O rivages chéris ! Vallons aimés des cieux, — D'où jamais n'approcha la tristesse importune — Et dont le possesseur tranquille et glorieux — Ne rougit point de sa fortune ! » François-Marie apprenait, en lisant ces vers, l'art de flatter ses hôtes.

Il allait aussi chez son tout jeune camarade Jean-René de Longueil, au château de Maisons. Cette magnifique demeure avait été construite par Mansard pour le grand-père de Jean-René, qui avait été surintendant des Finances, puis second président du Parlement de Paris. C'est lui qui dit ce mot fameux, lorsqu'il fut destitué : « Je venais de terminer mes affaires ; j'aurais pu m'occuper enfin de celles de l'État. » François-Marie fut surpris de l'impiété que professaient le président de Maisons et sa femme, sœur de la maréchale duchesse de Villars. Il rencontra chez eux Dumarsais, l'impie qu'ils avaient choisi comme précepteur de leur fils et qui avait déteint sur eux-mêmes. Le président de Maisons, dans sa haine des papes, avait chargé Dumarsais d'écrire une *Exposition de la doctrine de l'Église gallicane par rapport aux prétentions de la cour de Rome.* Il faisait, disait-il, ce qu'avait fait jadis le premier président de Verdun en inspirant un traité semblable au théologien Edmond Richer, traité écrit en latin et publié en 1611 sous le titre *De ecclesiastica et politica potestate.* Cette charte des libertés de l'Église gallicane avait attiré à son auteur les persécutions des jésuites.

Dans une de ses lettres à Fyot de La Marche, François-Marie lui avait dit n'avoir « jamais habité de château », car sa maison de campagne était simplement bourgeoise. Maintenant, il pouvait lui dire qu'il habitait de très beaux châteaux, — on l'y retenait pour passer quelques jours. Il se proposait, du reste, d'aller voir, en Bourgogne, celui de Fyot de La Marche ; mais, durant les vacances, c'est Fyot de La Marche qui vint à Paris.

Les deux camarades allèrent au café de la Laurent, rue Dauphine, pour voir le cadre des *Couplets* de Rousseau. Ils ignoraient les noms des hommes de lettres qui s'y trouvaient ; un serveur leur désigna l'académicien La Motte-Houdard, qui en était le principal. On leur montra aussi Boindin, de l'Académie des inscriptions et belles-lettres, qui avait été censeur royal, bien qu'il fût professeur d'athéisme.

Fyot et Arouet étaient fort incommodés par l'odeur du tabac, presque tous les consommateurs tirant sur leurs pipes, et ils se souvenaient de l'épigramme de Colletet, qu'on leur avait apprise au collège. Afin de montrer qu'ils savaient, cependant, ce que c'était que la manière noble d'user du tabac, ils humaient de temps en temps une pincée de leur tabatière. Comme pour les encourager, La Motte se mit à déclamer les vers de Thomas Corneille dans *le Festin de Pierre* : « Quoi qu'en dise Aristote et sa docte cabale, — Le tabac est divin, il n'est rien qui l'égale... — C'est dans la médecine un remède nouveau : — Il purge, réjouit, conforte le cerveau ; — De toute notre humeur proprement il délivre — Et qui vit sans tabac n'est pas digne de vivre. » Les deux anciens élèves de Louis-le-Grand sourirent : ils avaient lu cette tirade, dans leur cours de français, et le professeur la leur avait présentée comme une pure plaisanterie.

Ils se rendirent ensuite au café Procope, rue des Fossés-Saint-Germain. Le propriétaire, le sieur Procope, avait l'habitude de faire lui-même les honneurs de son établissement aux nouveaux venus, quels qu'ils fussent. Il dit aux deux écoliers, tout frais sortis de page, qu'il était gentilhomme palermitain, nommé Procopio dei Coltelli, et qu'il avait conçu l'idée de son négoce en voyant des Arméniens vendre du café à la foire Saint-Germain, il y avait de cela vingt ans. Il présenta son fils, qui lui succéderait bientôt. François-Marie et Claude-Philippe étaient ravis d'être pris au sérieux, comme de futurs piliers de café, bien que leur propos ne fût pas de le devenir.

Une visite d'un genre différent fut celle qu'ils accomplirent rue des Saints-Pères, à l'hôtel du marquis et de la marquise de Mimeure, auxquels Fyot de La Marche était apparenté. Le marquis était membre de l'Académie française. Avec sa femme, il recevait les gens de lettres et les artistes. On citait ce que lui avait dit un pique-assiette, Pierre de Montmaur : « Fournissez les viandes, j'apporte le sel. » François-Marie, qui apportait le sel partout, plut immédiatement à ce noble couple.

L'abbé Servien, dont il avait fait aussi la conquête et qu'il retrouva dans ce salon, lui donna quelques renseignements sur le marquis, à l'insu de son camarade. Jadis, Louis de Mimeure avait été l'un des jeunes seigneurs membres d'un ordre secret où ils se juraient fidélité pour l'exercice réciproque de la pédérastie, avec exclusion totale de l'usage des femmes ; la croix de l'ordre, qu'ils portaient sous leur chemise, représentait un homme foulant une femme aux pieds. C'est à la suite de ce scandale, décrit dans *la France devenue italienne,* que Louis XIV avait fait fouetter, en sa présence, son bâtard légitimé, le comte de Vermandois, fils de Mlle de La Vallière, amiral de France, alors âgé de quinze ans, et qui s'était laissé sodomiser par le marquis de Biron, depuis duc de Roquelaure. (L'année suivante, ce prince mourut, à l'armée, d'une fièvre maligne.) Les autres membres de l'ordre avaient été disgraciés ou exilés. En se mariant, comme le marquis de Mimeure, ils reprirent leurs droits aux honneurs : Mimeure avait été successivement aide de camp du duc de Bourgogne et maréchal de camp, avant d'entrer à l'Académie française pour une imitation en vers de l'ode d'Horace sur Vénus. Détail amusant, la marquise de Mimeure était la maîtresse du marquis de Gontaut-Biron, l'un des anciens exilés.

François-Marie, libéré des jésuites, était libéré de la promesse qu'il leur avait faite de ne pas retourner au Temple. Sur la fin des vacances, l'abbé Servien le ramena dans cette société, dont il n'avait eu qu'un bref aperçu et qu'il désirait mieux connaître. Certes, les deux principaux personnages de la cour du Temple en étaient absents : si le grand prieur de Vendôme était exilé, son frère le duc avait été, en 1710, nommé commandant de l'armée d'Espagne, chargée de consolider le trône de Philippe V. Le 25 mai, peu avant de partir, il avait épousé, au château de Sceaux, qui lui appartenait, Mlle d'Enghien, Marie-Anne de Bourbon-Condé. La duchesse s'était retirée au château d'Anet, l'autre splendide propriété du duc. Puisqu'il n'y avait à Paris aucun des Vendômes, l'abbé Servien voulut que la première visite de François-Marie, non plus écolier, mais étudiant, fût pour Anet, afin que le jeune homme reçût au moins la bénédiction de la duchesse. Cependant, à Paris même, le nom du duc restait plus ou moins attaché à la place que Mansard avait construite sur l'emplacement de son immense hôtel, rue Saint-Honoré, et que l'on appelait désormais place Louis-le-Grand. Elle avait été débaptisée, comme le collège de Clermont. Tout allait au Roi-Soleil.

Mlle d'Enghien était extrêmement laide, mais n'avait pas manqué de courage en épousant Vendôme qui, outre ce que l'on savait de ses goûts, avait le nez et les joues rongés par la vérole. Quand le roi avait accueilli le duc, au haut du grand escalier de Versailles, à son retour de la précédente expédition de Catalogne, il lui avait dit : « Mon cousin, une autre fois, tâchez qu'il y ait un endroit de votre figure où l'on puisse vous embrasser. » L'abbé Servien décrivait le personnage comme s'étant toujours glorifié de sa maladie et de ses habitudes, au point qu'il avait ordonné d'inscrire, sur un de ses portraits quatre vers de Palaprat, son poète favori, qui y faisaient allusion : « Favori de Vénus, ainsi que de Bellone, — Le héros que tu vois ici représenté, — Prit la vérole et Barcelone, — Toutes deux du même côté. » On disait, en effet, que Vendôme avait pris la ville « à revers ». L'abbé Servien montra à François-Marie le tableau où la duchesse avait fait recouvrir l'inscription. Il lui montra également le portrait du grand-père du duc, César de Vendôme, fils naturel d'Henri IV et de Gabrielle d'Estrées, qui ressemblait à ce roi par le visage et par la taille, mais comme une espèce d'avorton. Les armes de France, avec la brisure de la bâtardise entre les trois fleurs de lis, étaient peintes au coin du tableau, portées par un Amour ailé ; en cartouche, figuraient les titres que son descendant avait hérités : « César de Vendôme, duc de Vendômois, de Mercœur, de Penthièvre, de Beaufort et d'Étampes, prince d'Anet et de Martigues... » — le premier de ces titres avait été un apanage d'Henri IV.

Il y avait aussi des souvenirs de Mazarin, parce que l'une de ses nièces, Laure-Victoire Mancini, avait épousé Louis de Vendôme, duc de Mercœur, fils de César. Elle avait séjourné à Anet et, grosse de son troisième enfant, mourut, à vingt et un ans, du chagrin d'avoir appris la mort de sa mère. Son mari, qui l'adorait, entra dans les ordres et devint cardinal. Ainsi les trophées de l'Église voisinaient-ils, à Anet, avec ceux de la guerre et de la sodomie.

Servien dit que l'abbé de Chaulieu avait parlé des goûts et des dégoûts de Vendôme avec la même liberté que Palaprat. Un de ses huitains était si cher au duc qu'il le citait volontiers lui-même : « De Vénus aux belles fesses, — Du dieu Bacchus et du dieu Mars, — Vendôme, dès sa jeunesse, — A suivi les étendards. — Vénus, quelquefois friponne, — Respecta peu sa personne — Et Bacchus l'enivra ; mais — Mars ne lui manqua jamais. »

Il imposait à ses visiteurs, quels qu'ils fussent, dit ensuite Servien, des familiarités incroyables : comme il passait la plus grande partie de la matinée sur sa chaise percée, quand il n'était pas en train de livrer bataille, il les recevait à ce moment-là et se torchait, sans façon, en leur tournant le dos, afin de leur cacher les parties honteuses. Son appétit bourbonien rendait ses selles interminables. Dès que le bassin était rempli, il le faisait vider et laver ; puis il s'y rasseyait, continuait l'entretien, se torchait de nouveau, tout cela autant de fois que besoin était. L'avant-dernière installation du bassin lui servait de plat à barbe et la dernière, de table : il y dînait, en compagnie de cinq ou six intimes. Ces manières avaient choqué l'évêque de Parme, que le duc de ce nom lui avait envoyé durant la campagne d'Italie, et qui se déclara, auprès de son maître, incapable de revoir un homme d'un tel abord. On dépêcha au général un petit abbé, Jules Alberoni, fils d'un jardinier de Plaisance, devenu chapelain et giton de l'évêque de Parme, qui l'avait fait nommer chanoine. Ces détails géographiques piquaient l'intérêt de François-Marie, parce qu'un neveu de sa mère, Charles-Armand Daumart, était lieutenant des gardes du duc de Parme et résidait à Plaisance. Vendôme, un matin, reçut donc le jeune chanoine sur sa chaise percée. Quand il se leva et se tourna, celui-ci se précipita pour lui baiser les deux fesses, à genoux, en s'écriant : *O culo di angelo !* Ce baiser et ces mots furent, c'est le cas de le dire, le fondement de sa fortune. Il n'en avait pas fallu davantage pour séduire Vendôme. Alberoni acheva la séduction par des plats et des soupes au parmesan qu'il lui préparait de ses mains. Le duc en fit son secrétaire et son favori, le conduisit en France, le présenta à Louis XIV et au Temple, puis l'emmena en Espagne. On ne doutait pas qu'il ne lui procurât un grand établissement.

Le nom de Vendôme offrait aux chansonniers une rime facile avec celui de Sodome. D'après l'abbé Servien, c'était, à cet égard, quelque chose d'inimaginable que la conduite du duc à Anet : il se faisait sodomiser, non seulement par ses valets, mais par les paysans. Ces derniers, qui savaient son faible, avaient soin de paraître sur son chemin lorsqu'il allait à la chasse : il les entraînait dans les bois et leur offrait à chacun une pistole. Ces rustres disaient que cela leur servait à payer la taille. Le duc avait avec lui en Espagne son principal valet, nommé Baptiste, qui lui fournissait des jeunes gens ; mais il avait laissé à Anet un autre de ses fournisseurs en ce genre, l'abbé de Campistron, originaire de Toulouse. Cet abbé sodomite était le frère du poète dramatique, membre de l'Académie française, qui, tout en étant de mœurs orthodoxes, faisait également partie de la maison du duc. Vendôme s'intéressait aux lettres, comme le grand prieur. Ils avaient protégé La Fontaine, qui avait adressé à l'un des épîtres et qui avait été l'invité de l'autre au Temple. C'est pourquoi Furetière, collègue du fabuliste à l'Académie française, l'avait traité « d'infâme » dans une de ses épigrammes.

A l'instar de son frère, le duc avait le privilège de fasciner le roi et, en outre, le dauphin. La plus grande fête qu'il eût jamais donnée et qui dura huit jours, avait eu lieu à Anet, en l'honneur de l'héritier de la couronne, alors âgé de vingt-cinq ans. La duchesse de Vendôme montra le menu à François-Marie : il y avait eu deux tables de vingt-cinq couverts pour les principaux personnages, huit pour leur suite ; toutes les personnes de qualité qui venaient, tant de Paris que de Versailles ou de Rouen, étaient nourries. Le premier jour, on servit trente potages, soixante entrées, cent trente-deux hors-d'œuvre, cent trente-deux entremets chauds, soixante entremets froids, soixante-douze rôtis (faisans, perdreaux, oiseaux de rivière, bécasses, agneaux, canetons, pigeons, marcassins, poulardes... au nombre de trois cent trente-quatre pièces). Pour le dessert, trente-deux jattes d'oranges, cinquante salades de fruits, cent corbeilles d'autres fruits, quatre-vingt-quatorze de fruits secs, cent six compotes et cinq cents soucoupes de fruits glacés. La duchesse déclara que l'on gardait mémoire, dans sa maison, d'un banquet digne de celui-là : ce fut lorsque le prince de Conti, oncle de l'actuel, épousa la première Mlle de Blois, fille de Louis XIV et de Mlle de La Vallière. Il y eut trois services de cent soixante plats chacun. « Les estomacs se sont rétrécis », dit François-Marie.

A Anet, les chanteurs, les chanteuses, les danseurs et les danseuses de l'Opéra avaient agrémenté la fête : la musique était de Lulli, surintendant de la musique de la chambre du roi, grand ami de Vendôme et son complice en pédérastie, qui mourut l'année d'après. C'est à cette fête que fut représenté pour la première fois l'opéra dont le Florentin avait fait la musique et Campistron les paroles, *Acis et Galatée.* L'abbé dit à François-Marie qu'on avait enfermé à Saint-Lazare le bardache de Lulli, nommé Brunet, et qu'on dut le lui rendre, parce que le musicien avait menacé de ne plus composer d'opéras.

Servien faisait observer que toutes ces choses de Lulli et de Vendôme se passaient publiquement, alors qu'on avait brûlé, en place de Grève, les deux sodomites Chausson, dit des Estangs, et Paulmier, dit Fabry, de cette « braise » qui avait épargné le père de La Chaise, en décembre 1661. François-Marie s'écria que c'étaient donc là les deux malheureux auxquels avait fait allusion le père Bauchez, quand il avait parlé de la sodomie, à la dernière conférence de la retraite.

L'abbé dit que, tout jeune, il avait assisté à ce supplice, qui inspira ce sonnet, dédié à l'un d'eux : « Que ton trépas, Chausson, va me coûter de larmes ! — Que l'on est malheureux d'être dans un pays — Où l'on est obligé de foutre en con les femmes. — Et l'on condamne à mort les nobles appétits !... — Bougres, qui l'avez vu dans la Grève périr,... — Au lieu de lui chanter tristement un *Salve,* — Il fallait au bûcher tous vous branler la pique : — Le foutre l'eût éteint et vous l'auriez sauvé. » « Le *Salve regina*, ajouta l'abbé, est la prière que chante la foule, sur un signe du confesseur, lorsque le condamné arrive au pied de l'instrument de son supplice, — le bûcher, la potence ou la roue. Les cendres des deux suppliciés furent jetées aux vents, ce qui a fait respirer la sodomie à tout Paris. » Cette remarque et les vers du sonnet amusèrent le jeune Arouet. « Ce sonnet, reprit l'abbé, est l'œuvre d'un de mes confrères, le poète pédéraste Denis Sanguin de Saint-Pavin, qui était abbé de Livry. L'arrêt du lieutenant criminel avait prescrit des poursuites contre le marquis du Bellay et le baron de Bellefore, accusés d'avoir sodomisé deux garçons que leur avaient procurés Chausson et Paulmier. Naturellement, il n'y eut aucune poursuite contre ces deux seigneurs : le marquis du Bellay était roi ou prince d'Yvetot.

« En souvenir de cette exécution, continua l'abbé, je n'ai pas manqué d'assister à celle d'un troisième sodomite, en 1677 : Bouvet de la Contamine, sieur d'Orvaux (il avait violé un garçon en le menaçant d'un poignard !). Il fut brûlé place du Marché-Neuf. Ont été aussi exécutés, pour le même prétendu crime, sous le règne de notre grand roi, le charpentier Félix Simon, au bourg de Fresnay-le-Vicomte, dans le Maine, — il fut la première victime, en 1650, et on se contenta de le pendre ; un marchand de sucre, à Tours, Antoine Mazouer, brûlé, après avoir été pendu ; un sabotier de Saint-Pierre-le-Moustier, dans le Nivernais, Louis Bondot ; un perruquier d'Angers, Maurice Violain, et un laboureur de Sourches, René du Tertre, — tous brûlés vifs. J'ai retenu et j'aime à citer ces noms obscurs, pour rappeler à la fois que la pédérastie est de toutes les conditions et que, si elle a ses triomphateurs, elle a également ses martyrs. Quand je lis mon missel, je fais une prière pour le repos de l'âme de ces pauvres diables. »

En vue de faire contraste avec ce récit, l'abbé Servien déclara qu'à la réception donnée chez les Arouet, après la naissance de François-Marie, figuraient deux personnages qui furent ensuite brocardés pour leurs mœurs dans le Noël de 1696, sans qu'ils courussent risque du bûcher : lui-même et Achille III de Harlay, premier président du Parlement. Cette chanson mettait en scène des hommes et des femmes de la haute société, venus rendre hommage à la crèche de Bethléem : « L'abbé Servien s'avance, — D'un air très gracieux, — Faisant la révérence, — Adoucissant ses yeux. — Joseph, qui l'aperçut, — Cria : Vierge Marie, — Enlevons le poupon, don, don, — Je connais celui-là, la la. — Il en veut au Messie. » Un autre couplet concernait le président du Parlement : « Avec un air cynique, — Harlay se présenta, — Puis, de son air lubrique, — Le poupon il lorgna. — Joseph, sans être fin, — Se douta de l'affaire — Et dit : « Point ne souffrons... don, don. — Des gens de ce goût-là, la la, — Ici n'avons que faire. » « Avouez, ajouta l'abbé Servien, que, si notre regretté abbé de Châteauneuf fut votre parrain, vous avez eu ensuite deux semi-parrains qui répondaient de vous. »

On termina la visite d'Anet par les jardins. Un cadran, où le Soleil était peint en haut sur son char et la maison au-dessous, en perspective, avait une inscription, due à l'abbé de Chaulieu. L'île d'Amour, au milieu d'un canal, était bien le symbole de ce parc et de ce château, hommages de l'amour d'Henri II pour Diane de Poitiers, dont on voyait partout les insignes. L'abbé Servien ne manqua pas de guider François-Marie à travers le labyrinthe, où, disait-il, Vendôme se faisait sodomiser par ses laquais ; mais le jeune Arouet n'alla pas jusqu'à prendre sa place. Lorsque, au sortir du labyrinthe, ils rencontrèrent l'abbé de Campistron, qui s'était lancé à leur recherche, il leur fallut essuyer de mauvaises plaisanteries, très injustifiées, mais d'usage dans une telle maison et encore plus dans un tel lieu.

A son retour à Paris, Arouet apprit par les d'Argenson que le duc de Fronsac avait eu la petite vérole et que le médecin de la Bastille, M. de La Carrière, le soignait. Dans la crainte où l'on était à propos de cette maladie, on lui avait déjà mandé un confesseur, l'abbé Dolé, curé de Saint-Paul. Le roi faisait suivre très attentivement l'évolution du mal. Bernaville écrivit à Pontchartrain le 6 octobre : « Le confesseur de M. le duc de Fronsac, qui est fort connu de M. le cardinal de Noailles, lui a rendu compte de l'état de sa conscience : on ne peut guère être dans de meilleurs sentiments. Son Éminence en est très contente. »

Le gouverneur avait autorisé le jeune Fronsac à dépêcher un valet de chambre à l'église Sainte-Geneviève pour « faire dire une messe, faire toucher un mouchoir à la châsse et lui apporter des pains bénits ». Le 17, il annonçait que le duc « était parfaitement guéri et qu'il n'était point marqué ». Bernaville précisait : « Il se leva hier et on ouvrit les fenêtres, après avoir brûlé, dans sa chambre, de la poudre à canon et toutes sortes de choses. Il mange tous les jours du bouillon et plusieurs potages, avec deux ailes d'un gros poulet et le corps, ce qui ne lui suffit pas, à ce qu'il dit, et je crois bien, car il a bon appétit. Comme je ne vois personne qui se plaigne, j'ose espérer que cette maladie sera pour lui seul. » L'apostille de Pontchartrain disait : « Bien. A souhaiter. » François-Marie envoya ses compliments à Fronsac qui, malgré les égards qu'on lui témoignait, n'avait pas obtenu la permission de se promener dans le jardin de l'Arsenal. Louis XIV et Mme de Maintenon demeuraient inflexibles à l'égard de leur trop libertin protégé.

Comme son père l'avait voulu, François-Marie, ce même mois d'octobre, était entré au collège des Grassins, pour s'initier aux études juridiques. Au bout de quelques semaines, il s'inscrivit à la faculté dont elles relevaient. L'enseignement n'y avait plus lieu en latin, comme l'avait prescrit Henri IV. François-Marie mordit peu à la science de Cujas, même traduite en français. Il se divertissait que ce Toulousain, le plus fameux jurisconsulte du

XVIe siècle, eût ordonné, par son testament, « de ne vendre nul de ses livres à des jésuites et de prendre garde à ceux à qui on en vendrait, qu'ils ne s'interposassent pour lesdits jésuites ».

François-Marie se donna le plaisir d'aller écouter quelques leçons du fameux Rollin, membre de l'Académie des inscriptions et professeur au collège de Beauvais, rue Jean-de-Beauvais, — le collège où avait été élevé Cyrano de Bergerac. Le savant Rollin, deux fois recteur de l'Université de Paris, pour laquelle il avait rédigé *le Traité des Études*, était fils d'un coutelier, comme Cartouche, et avait, dans son enfance, exercé d'abord ce métier. Un religieux de l'ordre des Blancs-Manteaux, à qui il servait la messe, avait été frappé de son intelligence et lui avait fait obtenir une bourse au collège des Dix-Huit, fondé pour dix-huit boursiers. L'enfant s'était lié avec ceux de Le Peletier de Souzy, successeur de Colbert au contrôle général des Finances. Ce magistrat lui donnait, dans son carrosse, la première place, au-dessus de ses propres fils, parce que, disait-il, « les places des enfants en carrosse doivent correspondre à leurs places en classe ». Toutes ces histoires que l'on racontait aux écoliers, pour leur montrer l'art de parvenir grâce au travail et au talent, conféraient à Rollin un lustre supplémentaire. On l'admirait aussi parce que, soupçonné de jansénisme, il avait été persécuté des jésuites et opposait à ces tracas un front serein et la douceur de caractère qui le faisait chérir de ses écoliers.

François-Marie, pourvu de l'enseignement de Louis-le-Grand et de celui des Grassins, recherchait surtout celui de la vie libre des hommes de lettres sans préjugés et de la débauche élégante. L'abbé Servien se fit une joie de le reconduire au Temple, où il arrivait, désormais, avec l'honneur d'avoir été présenté à la duchesse de Vendôme.

Dans ses visites successives, à la fin de cette année 1711 et au début de 1712, toujours sous les auspices du cher abbé sodomite, qui avait remplacé auprès de lui son parrain, il rencontra la plupart de ceux qui formaient cette société lettrée : l'abbé Courtin, abbé du Mont-Saint-Quentin, frère utérin de la maréchale duchesse de Villars, fils d'Honoré Courtin qui avait eu plusieurs ambassades et avait été sous-doyen du conseil ; l'abbé de Bussy, grand vicaire d'Arles et doyen de Tarascon, où il n'allait jamais (c'était le fils de Bussy-Rabutin) ; le comte Antoine Hamilton, Écossais qui avait suivi en France Jacques II Stuart et qui écrivait de petits poèmes pleins de feu et de vivacité ; l'énorme marquis de

La Fare, connu pour ses vers à la marquise de Caylus ; le baron Le Tonnelier de Breteuil, qui venait plus rarement depuis qu'il était introducteur des ambassadeurs ; le chevalier d'Aydie, membre de l'ordre de Malte ; le chevalier de Caux, qui préparait une tragédie, *Marius,* et le jeune président Hénault, qui rimait agréablement. Tous avaient, sauf exceptions passagères, les mœurs orthodoxes de l'abbé de Chaulieu et non celles des Vendômes.

Un poème de 1705, *Sur plusieurs personnes étant un jour à l'Opéra,* avait cité trois personnages du Temple et donné d'avance à François-Marie le ton de cette société : « Dans la loge d'auprès, — Vint l'abbé de Chaulieu, — Plus rouge et plus fumant qu'un juif qui jure Dieu. — Il se trouva placé près d'une demoiselle — Qui, de là, me parut raisonnablement belle... — Du seul La Fare ensuite, une loge était pleine, — Qui tremblait sous le poids de sa grosse bedaine... — Ensuite, je grimpai jusqu'aux loges secondes. — Là, je vis des abbés, et des bruns et des blonds : — Entre autres j'aperçus un petit libertin, — Tu ne le diras pas, c'était l'abbé Courtin. — Il serrait de fort près une jeune inquiète, — Laquelle en badinant caressait sa manchette : — De peur de s'enrhumer, ce petit folichon — Prenait, de la Chloris, la cuisse et le menton... » Si les manchettes de ces divers personnages ne les enrôlaient pas, du moins en principe, dans la catégorie des chevaliers de la manchette, le principal de ces derniers laissait parfois errer la sienne vers les manchons des Chloris : l'abbé Servien dit à François-Marie que le grand prieur, au milieu de ses débauches pédérastiques, avait eu, pour la forme, des aventures féminines, notamment avec des actrices. Il avait même partagé avec l'abbé de Chaulieu l'une d'elles, cette Fanchon Moreau, dont la sœur Louison, qui était un laideron, avait été, à la suite d'un quiproquo, amenée à Monseigneur. Dans ce domaine, Philippe de Vendôme était aussi incapable que son frère d'accomplir son devoir : celui-ci n'avait pas consommé son mariage avec Mlle d'Enghien.

Un mariage de ce genre concernait un camarade de François-Marie : le petit duc de Fronsac. L'abbé Servien, qui était informé de tout, — et même de ce qui se passait à la Bastille, par un adjoint de M. de Bernaville, M. de Junca, — savait qu'une des raisons de l'emprisonnement du jeune duc était justement qu'il s'était refusé à consommer son mariage avec Mlle de Noailles. Après qu'il eut été guéri de la petite vérole, elle le visita à la Bastille, accompagnée de la duchesse de Richelieu. C'était pour tenter de rapatrier l'un à l'autre les deux époux. Quelque temps après, la duchesse de Fronsac revint seule. Le gouverneur de la Bastille laissa le duc et elle tête à tête, dans son appartement. Mais Fronsac, qui avait du caractère, n'entendait pas obtenir sa liberté en faisant l'amour avec une femme qu'il détestait. Elle retourna à Versailles et dut confesser à Mme de Maintenon et au roi qu'elle revenait comme elle était partie. Le duc resta en prison. Il avait maintenant avec lui son jeune et charmant valet de chambre, nommé Rafé, propre à lui faire oublier la duchesse. Ce n'était pas celui par lequel il avait fait toucher son mouchoir à la châsse de Sainte-Geneviève.

Un autre ancien camarade de François-Marie à Louis-le-Grand éprouvait pareillement des difficultés à consommer son mariage : le marquis de Gesvres, qui avait épousé en 1709 la richissime Mlle de Mascranny, dont la mère était une Caumartin. Elle l'accusa juridiquement d'impuissance, en ce début de 1712, et prétendait se séparer de lui. Cela ne devait pas étonner ceux de ses condisciples qui avaient connu ses particularités naturelles. Le procès qui en résultait, avec visites de matrones et expertises de médecins, divertissait la cour et la ville. Toutefois, on n'avait pas été jusqu'à prescrire l'épreuve du congrès, c'est-à-dire l'acte conjugal devant témoins, qui avait rendu célèbre, soixante ans auparavant, le marquis de Langey, mort récemment. Cette épreuve était abolie, depuis la *VIIIe Satire* de Boileau, qui l'avait stigmatisée : « ... Jamais la biche en rut n'a, pour fait d'impuissance, — Traîné du fond des bois un cerf à l'audience — Et jamais juge, entre eux ordonnant le congrès, — De ce burlesque mot n'a sali ses arrêts. » Boileau avait raconté à Me Arouet l'effet produit par ces quatre vers, qui avaient changé la jurisprudence : son ami, le premier président de Lamoignon, lui avait dit, après avoir lu cette satire : « Soyez sûr que je vais la faire enregistrer. » Le marquis et la marquise de Gesvres devaient donc au poète d'avoir échappé à une épreuve aussi odieuse que ridicule. Elle semblait, du reste, incertaine : le marquis de Langey qui, ayant faibli dans le congrès, avait été séparé de sa femme, Marie de Saint-Simon, s'était remarié ensuite avec la sœur du maréchal duc de Noailles et en avait eu plusieurs enfants.

Les médecins Thuillier et La Corbière certifiaient que le marquis de Gesvres était « bien conformé ». Une épigramme disait : « Il l'emportera pour la forme, — Quoi qu'il n'ait pas droit dans le fond. » Et une chanson ajoutait, sur l'air des *Ennuyeux* : ... « Selon ces doctes médecins, — Le marquis est très forte lance ; — Si l'on en croit leurs yeux, leurs mains, — Il peut combattre à toute outrance ; — Mais son épouse dit tout haut : — "Je sais bien mieux ce qu'il s'en faut." — — A les entendre cependant, — C'est la vérité toute pure : — Jamais mari plus abondant — Ni mieux formé de la nature. — Comment juger tels embarras ? — Gesvres est homme ou ne l'est pas ? — — La femme ne se trompe pas, — Aucun prestige ne la trouble ; — Les médecins, c'est autre cas : — Quelques louis leur font voir double. — Ainsi, ce qui fut de plus plat, — Leur a paru dur, gros et gras... »

Les habitués du Temple suivaient avec intérêt cette affaire, parce que ce beau jeune homme de vingt ans était le mignon du duc de Bourbon, — M. le Duc.

Dans cette société, François-Marie avait également appris à mieux connaître celui qui en était l'âme, dans l'absence du grand prieur et qui trônait à l'hôtel de Boisboudran : l'abbé de Chaulieu, dont l'esprit et le goût poétique le séduisaient. Il trouvait curieux qu'à l'instar de l'abbé de Châteauneuf et de l'abbé de Polignac, Chaulieu, dans des années plus anciennes, fût allé en Pologne avec le marquis de Béthune, lorsque celui-ci et le roi Jean Sobieski eurent épousé les deux sœurs, Marie et Marie-Louise de La Grange d'Arquien. Le récit de ce voyage et de ce séjour était des plus plaisants. L'abbé et le marquis étaient arrivés presque nus à la cour de S. M. polonaise : leurs bagages s'étaient perdus et leurs vêtements étaient en loques. Toutefois, Chaulieu portait encore une bague, enrichie de diamants, que Jean Sobieski lui avait donnée.

Cependant, au mois de décembre 1711, François-Marie avait assisté à une cérémonie funèbre, en l'honneur du poète qu'il plaçait au-dessus de tous : Jean Racine. Il avait été trop jeune pour avoir vu ses obsèques à la fin du siècle dernier ; mais, depuis, il était touché de savoir que l'abbé Boileau l'avait soutenu de ses exhortations, au moment de la mort, et que le confesseur du poète était un prêtre de Saint-André-des-Arts, paroisse où François-Marie était né. Ainsi, avec l'abbé Boileau, fut-il présent à Saint-Etienne-du-Mont, lorsque les restes de Racine, transportés de Port-Royal-des-Champs, furent inhumés derrière le maître-autel, à côté de ceux de Pascal. Il y retrouva Louis Racine, qu'il avait connu jadis à Auteuil chez Boileau : ce fils du poète avait dix ans de plus que lui; il achevait ses études de droit, mais projetait d'entrer à l'Oratoire.

Parmi son existence frivole, Arouet eut dorénavant trois

visites commémoratives, qu'il faisait plus ou moins régulièrement, pour se sentir en communion avec les trois écrivains français qui étaient ses dieux : cette tombe de Saint-Etienne-du-Mont, où reposait Racine ; l'épitaphe de Corneille à Saint-Roch et le cimetière de Saint-Joseph, près de Saint-Eustache, où, comme avait dit Boileau « ... un peu de terre obtenu par prière » avait « enfermé Molière ». Comme les acteurs étaient excommuniés et qu'il était mort sans confession, donc sans absolution, le curé de Saint-Eustache avait refusé la sépulture à l'intérieur de l'église et l'on ignorait même l'emplacement exact de la tombe, que rien, par conséquent, ne signalait. François-Marie errait à l'aventure dans la partie du cimetière, dite des enfants mort-nés, où on la supposait localisée. Il n'oubliait pas non plus, d'aller saluer, de temps en temps, à la Sainte-Chapelle, les mânes du génie qu'il avait eu la chance d'approcher : Boileau-Despréaux.

En février 1712, moururent, à quelques jours de distance, d'abord la duchesse de Bourgogne, — Marie-Adélaïde de Savoie, qui avait eu le titre de dauphine depuis la mort du Grand Dauphin, veuf de Marie-Anne-Christine-Victoire de Bavière, — ensuite son époux, le duc de Bourgogne, second dauphin. Des bruits de poison couraient aux dépens du duc d'Orléans, que favorisaient ces décès successifs en lui frayant l'accès au trône : l'héritier était le duc d'Anjou, fils du duc et de la duchesse de Bourgogne, âgé de deux ans et qui était d'une santé délicate. Le vieux duc de Villeroy, que Louis XIV, dont il avait été le compagnon d'enfance, avait fait maréchal en dépit de ses défaites, s'était assuré la charge de gouverneur du nouveau dauphin.

François-Marie voulait être présent au convoi funèbre de l'héritier de la monarchie. Cela ne lui avait pas été possible pour le Grand Dauphin, en 1711 : le corps fut porté de Meudon à Saint-Denis, par le pont de Sèvres et le bois de Boulogne, à sept heures du soir et sans traverser Paris. C'est la simplicité du convoi qui avait fait prendre cette décision, autant que le peu d'intérêt que l'on avait accordé à ce prince, dont la vie consistait à se bourrer de perdrix, de poulardes, de soles et de sucreries et qui avait eu des plaisanteries et des amours ridicules. Sa mort, provoquée par une infection putride qui avait même empêché de l'ouvrir et de l'embaumer, fut considérée comme une délivrance. Elle vérifiait, avec l'attribution de la couronne d'Espagne à son fils Philippe V, la prédiction dont il avait été l'objet : « Fils de roi, père de roi, jamais roi. »

Son fils, le duc de Bourgogne, faisait, au contraire, les délices de la cour et l'espoir de la nation. Le préceptorat de Bossuet n'avait pas augmenté la renommée du premier Dauphin ; mais celui de Fénelon avait donné encore plus d'éclat au second. Les honneurs posthumes qui accompagnaient à Saint-Denis les dépouilles du duc et de son épouse, exprimaient les regrets de tous. La duchesse de Vendôme figurait parmi les dames qui accompagnaient le corps de la dauphine.

Le convoi, parti de Versailles le 23 février sur les cinq heures du soir, entra dans Paris à deux heures et demie après minuit, par la porte Saint-Honoré. C'est là que François-Marie s'était placé, en compagnie de l'abbé Servien. Les pages du dauphin et de la dauphine, avec l'insigne du deuil et tenant des flambeaux, suivaient les carrosses. Puis, venaient les pages du roi, tenant aussi des flambeaux ; leurs livrées étaient sans marque de deuil (le roi ne portait pas le deuil de ses enfants). Bien des pages n'étaient pas sans attrait. L'abbé Servien désignait à François-Marie ceux d'entre eux qu'il avait connus dans les bosquets de Versailles. Il lui dit à l'oreille l'épigramme qu'on avait faite naguère sur le cardinal de Sourdis, archevêque de Bordeaux : « Vous égaleriez la vertu — Des plus doctes personnages, — Si vous lisiez autant de pages — Que vous en avez foutu. » Après les pages, venaient les quatre hérauts d'armes, précédés du roi d'armes. Le long de la rue Saint-Honoré, se succédaient les feuillants, les capucins, les Quinze-Vingt-Saint-Honoré, qui faisaient des prières, avec leurs croix et leurs chandeliers, et chantaient le *De profundis.*

Les hôtes du Temple avec qui François-Marie se lia d'abord, furent, naturellement, le duc de Sully, ancien prince d'Henrichemont, et son frère le chevalier de Sully, neveux et anciens mignons de l'abbé Servien : le chevalier, qui avait été brigadier des mousquetaires, avait quitté le service et logeait au Temple, pour être plus à portée de ses plaisirs. Le propre frère de l'abbé Servien, le marquis de Sablé (titre de leur père, Abel Servien), mort deux ans auparavant comme grand sénéchal d'Anjou et qui avait eu les mêmes mœurs que l'abbé, avait été, lui aussi, un des habitants de ces lieux. Le chevalier de Sully n'était pas marié; mais le duc, qui habitait le bel hôtel de leur famille rue Saint-

Antoine, avait épousé la fille du duc de Coislin. Ses visites au Temple constituaient ses distractions.

François-Marie connut ensuite, parmi les personnages aux manchettes voyantes, habitués de ces lieux, le duc d'Arenberg (prince Léopold de Ligne), le marquis de Saint-Germain-Beaupré, fils du maréchal, le marquis de Chabanais, le comte François de Tressan, que son inconduite notoire avait fait bannir de la cour, Antoine Ferrand, conseiller à la cour des aides et poète aimable, le comte de Lautrec, fils du marquis d'Ambres, le marquis de Courcillon, fils du marquis de Dangeau, — celui-ci était membre de l'Académie française, comme son frère aîné, l'abbé, ancien lecteur du roi et ancien chevalier de la manchette converti. Ces Dangeau offraient tous quelques particularités peu banales à la curiosité historique : l'abbé avait imaginé des papiers en forme d'essuie-mains pour apprendre la chronologie aux écoliers et un jeu de l'oie contenant la série des rois de France, comme le défunt duc de Nevers, le neveu de Mazarin, avait écrit un *Abrégé de l'histoire de France, depuis la 3e race, mis en chansons.* Le marquis de Dangeau avait rédigé les lettres que Louis XIV envoyait à Mlle de La Vallière et les réponses que celle-ci faisait au roi, jusqu'au jour où les deux amants s'étaient avoué leur subterfuge. Il tenait, depuis 1684, le *Journal de la Cour de Louis XIV,* que les historiens allaient consulter pour des précisions dont ils avaient besoin. Il avait d'abord épousé Françoise Morin, fille de Morin, dit le Juif, — ancien usurier, qui avait fait une immense fortune en recouvrant les deniers publics. Ce Morin s'était anobli en achetant une place de secrétaire du roi. Sa fille aînée était la maréchale duchesse d'Estrées. Dangeau n'avait eu qu'une fille de son premier mariage : la duchesse de Montfort, devenue duchesse de Luynes. Sa seconde femme était une comtesse Löwenstein, de la maison de Bavière.

Courcillon et le conseiller Ferrand étaient les plus caractérisés du Temple dans l'hétérodoxie amoureuse. Ferrand, qualifié de chevalier, était célibataire ; mais Courcillon avait épousé la fille du marquis de Pompadour-Laurière, qui était, du reste, très galante, son mari lui laissant toute liberté. Celui-ci, homme d'esprit et très bel homme, brigadier depuis 1710, avait eu une cuisse broyée à Malplaquet. La gaieté qu'il montra durant l'opération chirurgicale, après cette terrible blessure, l'avait rendu célèbre et sa cuisse de bois ne lui ôtait rien de son intrépidité sur les chemins de Sodome. Sa femme avait pour amant le duc d'Arenberg.

En fréquentant tous ces personnages et en les écoutant, François-Marie pouvait se convaincre que la pédérastie n'était pas incompatible avec la valeur militaire : quatre « membres honoraires » du Temple, le maréchal d'Huxelles, le maréchal duc de Tallard, le maréchal duc d'Estrées et le maréchal duc de Villars, le prouvaient brillamment, comme les Vendômes. Ces maréchaux ne faisaient plus que des apparitions fugitives à l'hôtel de Boisboudran. D'autres importants seigneurs, amis du grand prieur par la même conformité de goûts, gardaient l'usage, en son absence, de venir banqueter dans cet hôtel. Il va sans dire qu'ils n'y amenaient pas leurs femmes, mais parfois un de leurs valets. Ainsi faisait le duc de Lorge, dont la sœur avait épousé le duc de Saint-Simon, — son valet de chambre, Magny, jouait auprès de lui le même rôle que Rafé auprès du duc de Fronsac. Convives habituels eux aussi, le duc d'Antin, lieutenant général, gouverneur d'Orléans et d'Amboise (fils du marquis et de la marquise de Montespan), le duc d'Humières, lieutenant général (fils cadet du duc d'Aumont, il avait reçu ce titre par son mariage avec la fille du maréchal duc d'Humières), et trois favoris du duc d'Orléans : le duc de Villars-Brancas, — ancien colonel du régiment d'Orléanais, — que l'on appelait parfois Brancas-Villars ou simplement Brancas ou simplement Villars, — on le distinguait du maréchal duc en le nommant seulement le duc de Villars ; le duc de La Feuillade, lieutenant général et commandant du comté de Nice, et le marquis de Canillac, maréchal de camp, — son frère aîné, le comte de Canillac (il existait ce renversement de titres entre les deux frères), avait été l'un des mignons de Monsieur, père du duc d'Orléans.

La mémoire d'un prince de la maison royale était fidèlement conservée dans cette société : celle du prince de Conti, mort en 1709, qui avait épousé Marie-Thérèse de Bourbon-Condé. C'est lui qui avait failli être roi de Pologne. Ayant connu l'abbé de Châteauneuf au Temple, il l'avait chargé de négocier son élection. C'était le père de l'actuel Conti. Son fils, Louis-Armand II de Bourbon, âgé de dix-sept ans et aussi contrefait que lui, suivait les mêmes errements ; mais il se jugeait trop jeune pour s'inscrire dans la société de l'hôtel de Boisboudran.

Un abbé pédéraste, également porteur d'un grand nom, complétait le palmarès du Temple : Henri-Oswald de la Tour d'Auvergne, dit l'abbé d'Auvergne, — abbé de Conches, vicaire général des abbayes de Tournus, Cluny et Saint-Martin, et grand prévôt de Strasbourg. Les mœurs de l'abbé étaient si connues que, lorsqu'il fut nommé vicaire général de l'abbaye de Cluny, on déclara que c'était *propter clunes,* — « à cause des fesses ». Il devait, en effet, cette nomination, ainsi que celle des abbayes de Tournus et de Saint-Martin, à son oncle le cardinal de Bouillon qui les détenait et pour lequel on disait qu'il avait eu des complaisances. Les propres mœurs du cardinal pouvaient le faire croire. Elles étaient celles de son successeur comme grand aumônier de France, le cardinal de Rohan, évêque de Strasbourg. On surnommait ce dernier « la belle Éminence », épithète qu'il tâchait de justifier par ses soins de beauté : il prenait des bains de lait, à la manière de Poppée, la femme de Néron. Il n'était jamais venu au Temple ; mais on y rencontrait parfois le plus cher de ses favoris, l'abbé de Ravannes. Le père jésuite de La Ferté, frère du défunt duc de La Ferté-Senneterre, continuait d'y représenter les mœurs qu'avait affichées ce personnage, ancien lieutenant général.

L'abbé de La Fare, fils du marquis de La Fare, était de même un des familiers du Temple. Tout tordu et bossu qu'il était, à l'image du prince de Conti, il n'était pas moins hardi dans ses recherches d'aventures. L'abbé Servien avait dit à François-Marie qu'il avait été, un jour, aux Tuileries, raccompagné à coups de pied dans le derrière, depuis l'allée centrale jusqu'à la porte du Palais-Royal, par des mousquetaires à qui il avait fait des avances ; le tout, au milieu des huées des pages et des laquais.

Enfin, nouvelles recrues de la manchette ecclésiastique, l'abbé de Bérulle, qui demeurait dans le cloître des Bernardins, et l'abbé de Breteuil, âgé de vingt-deux ans, frère du marquis de Breteuil et neveu du baron, introducteur des ambassadeurs. Ces deux abbés furent présentés au Temple par l'abbé Servien, qui était obligeant pour ses jeunes confrères.

François-Marie découvrait ainsi l'envers de la plus haute société, après avoir découvert, au collège, l'envers de l'enseignement et celui de la littérature.

Comme on parlait des deux dauphins disparus, le chevalier de Sully raconta une anecdote prouvant combien la sodomie, sous toutes ses formes, était répandue à la cour de Louis XIV. Monseigneur, — le Grand Dauphin —, était fort dévot : on disait qu'il avait jeûné et fait jeûner sa maîtresse, la comédienne Raisin, un jour de vigile où il faisait l'amour avec elle, en disant qu'il voulait bien « faire un péché, mais non pas deux ». Or, sa plaisanterie favorite consistait, lorsqu'il voyait quelqu'un sur le point de s'asseoir, à camper son poing, le pouce dressé, au milieu du siège, ce qui provoquait le sursaut, avec rire ou fureur, de ceux et de celles qu'il attrapait. François-Marie fit observer que ce geste pouvait ne pas signifier seulement l'habitude de la sodomie, mais celle des clystères. Il savait de quoi il parlait : d'humeur aduste et de tempérament constipé, il se servait, plusieurs fois par semaine, d'une seringue pour prendre des lavements, — ou plutôt des « remèdes », comme on disait à la cour. Le frère du Soleil n'était plus là pour les lui administrer.

Une surprise l'attendait un jour au Temple : d'y voir l'abbé de Septmaisons, ce professeur adjoint de Louis-le-Grand qui abusait un peu trop de ses élèves. L'abbé ne lui cacha pas qu'il venait d'être renvoyé pour avoir écorché le jeune Calvière et le jeune Fontanieu, mais ce n'était pas en les fessant. Le père de La Ferté et l'abbé Servien le consolaient.

Un événement relatif au monde des lettres provoqua les commentaires du Temple et les réflexions d'Arouet : en avril, fut rendu, en Parlement, le verdict du procès intenté par Saurin à Jean-Baptiste Rousseau. Le poète était condamné pour avoir « composé et fait distribuer des vers impurs, satiriques et diffamatoires » et suborné un témoin : il était banni à perpétuité. Le garçon savetier, fils de la domestique de M. Arouet, avait confessé que Rousseau l'avait soudoyé pour accuser Saurin. Depuis 1711, après un bref séjour en Hollande, le lyrique était à Soleure, chez le comte de Vintimille du Luc, ambassadeur de France en Suisse, qui lui avait offert sa protection. L'asile qu'il lui offrait, était à l'honneur de la littérature, puisque l'ambassadeur refusait d'obéir à Pontchartrain qui l'engageait à s'en débarrasser et alléguait même pour cela le désir du roi. Les poètes du Temple s'en réjouissaient, car l'abbé Servien avait eu copie de la lettre de Pontchartrain au comte du Luc, où ce ministre osait appeler Rousseau « le plus grand coquin qu'il y ait au monde ».

L'abbé de Chaulieu fit, à ce propos, une réflexion qui ne pouvait que plaire à François-Marie, désireux de compenser, par l'éclat de l'esprit, le défaut de naissance : il dit qu'un seigneur tel que Charles-François de Vintimille, comte du Luc, appartenant à une vieille famille noble et ayant perdu un bras à la bataille de Cassel, regardait de haut un simple robin comme Pontchartrain, — tout comte qu'était également ce dernier, — et devait se plaire à le braver par cette protection, officiellement accordée à un poète illustre. Il voulait lui montrer qu'il était seul juge de ses actes et que le génie était une recommandation supérieure à l'animosité d'un ministre. Il avait dû voir une preuve de la mauvaise foi de Pontchartrain dans le fait d'alléguer le « désir du roi », qui se désintéressait évidemment de ce litige.

La France, l'Espagne et le Temple étaient en deuil : le 12 juin, le duc de Vendôme mourut à Tignaroz, en Catalogne, d'une indigestion de poisson. Il venait de sauver le trône du petit-fils de Louis XIV par la victoire de Villaviciosa. Philippe V prescrivit un deuil général et l'ensevelit à l'Escurial, dans les tombeaux des infants d'Espagne. François-Marie envoya ses condoléances à la duchesse de Vendôme, en lui disant ses regrets de n'avoir pu connaître le héros des deux monarchies.

Quelques semaines auparavant, étaient morts l'obèse marquis de La Fare, l'un des poètes du Temple, qui n'était pas bougre, et le premier président du Parlement de Paris, Achille III de Harlay, qui était, par ses mœurs, le Vendôme de la magistrature. Il ne venait pas au Temple, mais frayait toujours chez son voisin M. Arouet, où François-Marie l'avait parfois rencontré. Louis XIV le chérissait pour avoir puissamment contribué à la légitimation de ses bâtards.

Peu après, Fronsac sortit enfin de la Bastille, le 19 juin. Le jeune duc avait écrit à Pontchartrain qu'il le « suppliait de demander son élargissement au roi » et il ajoutait : « Je tâcherai de mériter toutes les grâces qu'il m'a bien voulu faire et de montrer qu'une telle retraite m'a bien changé par les solides réflexions que j'ai faites. » Le duc de Richelieu s'était dit, dans une apostille, « convaincu des bonnes dispositions de son fils » et le roi avait donné l'ordre sollicité.

François-Marie, à l'hôtel de Richelieu, place Royale, fut présenté à la duchesse, qu'il ne connaissait pas encore. Anne-Catherine de Noailles ne lui parut pas dénuée d'esprit, même si elle ne brillait pas par la beauté. Que son mariage eût été consommé ou non, elle semblait avoir pris son parti de cet état équivoque, sans doute parce que, disait l'abbé Servien, elle avait trouvé des consolateurs, durant les quatorze mois que son mari avait passés à la Bastille, et le duc en était enchanté. Sachant que le principal d'entre eux était l'écuyer de la maison, il doubla ses gages.

Le jeune Arouet admirait les nombreux portraits du cardinal de Richelieu qui ornaient la maison. Le duc lui dit que c'est ce qui attirait les cardinaux dans cet hôtel, bâti par le cardinal de Richelieu. Le père du duc actuel, ayant décidé, après son troisième mariage, d'habiter rue de l'Université dans l'hôtel de sa femme, avait loué l'hôtel de la place Royale au cardinal d'Estrées, doyen de l'Académie française. Celui-ci, après avoir été charmé de tant de portraits du cardinal de Richelieu, s'écria un jour qu'ils lui faisaient l'effet d'une obsession à force de les voir partout, de toutes les tailles, se refléter dans toutes les glaces, et il n'avait pu y tenir. Le dernier locataire était le cardinal de Mailly, archevêque de Reims.

La duchesse de Fronsac savait qu'Arouet était poète, au moins en herbe ; elle-même se piquait de faire des vers que son mari corrigeait, mais elle se moquait de lui, car il n'avait aucune notion de l'orthographe. Fronsac ne songeait guère en ce moment à reprendre une vie conjugale qui lui avait toujours été à charge et dont son père, à quatre-vingt-six ans, ne lui donnait pas lui-même l'exemple. Voulant se racheter auprès du roi sur un autre terrain, il demanda à rejoindre Villars à l'armée de Flandre. Ses préparatifs le retardèrent quelques semaines et il rejoignit l'armée en qualité de mousquetaire, peu après que le maréchal venait de remporter, le 24 juillet, la victoire de Denain qui sauvait la France. Fronsac participa aux sièges successifs de Marchiennes, de Douai et du Quesnoy.

A Paris, la duchesse recevait François-Marie pour ses conseils poétiques et lui lisait les lettres où son époux l'informait du progrès de la campagne. Le jeune Arouet mit au point un long poème qu'elle destinait à son beau-père. Elle lui en fut si reconnaissante qu'elle l'obligea à accepter une bourse de cent louis. Jamais il ne s'était vu une telle fortune. En repartant, il se demandait s'il allait la confier à son père qui, à coup sûr, la séquestrerait jusqu'à ce qu'il fût majeur, comme les mille francs de Ninon de Lenclos.

Il traverse la rue Saint-Denis, lorsque son attention est attirée par un crieur qui vendait à l'encan un carrosse, capitonné de velours cramoisi, deux chevaux et des habits de livrée. Il achète le tout. Il loue même des valets congédiés, qui se trouvent là et qui endossent les livrées : l'un servira de cocher, les autres de laquais. Sa première visite est pour l'hôtel de Richelieu. Le carrosse entre dans la cour avec fracas. La duchesse, intriguée, regarde à la fenêtre. François-Marie descend, la portière ouverte par l'un de ses laquais, la salue jusqu'à terre et lui fait présenter une gerbe de fleurs, ornée de rubans. Elle éclate de rire, devinant l'emploi qu'il a fait de sa bourse poétique. Et il repart aussitôt, pour aller visiter tous ses amis dans cet apparat.

Il lui fallait bien rentrer chez lui. La remise où son père avait deux berlines et un chariot, — il n'avait plus de carrosse, — était dans la maison de M. de La Saullée, non loin du Palais ; mais elle n'aurait pu contenir le nouveau véhicule. Toutefois, l'écurie où étaient les deux chevaux du payeur des épices, serait sans doute assez grande pour recevoir les deux survenants. François-Marie réveilla le concierge, qui attacha le carrosse à la borne de la maison avec une chaîne, et plaça les deux chevaux en compagnie des deux autres. Mais tout cela avait réveillé M. Arouet lui-même : il fit une scène terrible à son fils et l'envoya dormir à la belle étoile. Le lendemain, François-Marie vendit le carrosse à un charron, qui l'acheta à moitié prix, les deux chevaux à un maquignon, dans des conditions semblables, et les livrées à un fripier. Ses magnificences avaient duré l'espace d'un jour et d'une nuit.

Vers la mi-août, on écrivit de l'armée que le duc de Fronsac, le prince d'Espinoy et le prince de Conti s'étaient brouillés pour des « jeux de mains » et que le maréchal de Villars les avait raccommodés. Les lettres reçues au Temple, par des officiers de la manchette, donnaient quelques détails sur ces « jeux de mains » qui avaient mal tourné, entre un prince du sang et deux jeunes grands seigneurs, tous trois de la manchette, comme le maréchal de Villars.

Les études de François-Marie à l'université, bien qu'intermittentes, l'ennuyaient de plus en plus et il se rattrapait en coulant le plus clair de son temps, soit dans la joyeuse société où l'avait introduit l'abbé Servien, soit chez des gens du monde. M. Arouet, exaspéré de ses retours à des heures indues, le laissa un soir frapper en vain à l'huis paternel. François-Marie alla demander asile au concierge du Palais, qui lui proposa tout bonnement de passer la nuit dans une chaise à porteurs, abandonnée au milieu de la cour. Deux conseillers l'y découvrirent de grand matin, firent déposer la chaise sur le Quai Neuf, devant le café de *la Croix de Malte.* C'est là qu'il rouvrit les yeux, sous les lazzi des passants.

Comme son père grognait toujours, il eut l'idée de l'emmener à la Comédie-Française pour voir représenter *le Grondeur,* comédie de Brueys et Palaprat, les protégés des Vendômes. Il avait retenu un mot de Me Arouet qui, à Châtenay, avait rudoyé son jardinier en lui disant : « Va-t'en, coquin, je souhaite que tu trouves un maître aussi patient que moi ! » François-Marie avait prié l'acteur d'ajouter ces paroles à son rôle ; le payeur des épices les reconnut fort bien et eut la bonté de sourire.

Si la fréquentation du Temple achevait de le guérir de tous les préjugés, s'il avait eu l'occasion d'y commettre deux ou trois fois le « péché philosophique », — la première, ce fut en compagnie d'Antoine Ferrand, qui lui avait servi de guide dans l'allée du Luxembourg, dite « des infâmes », — François-Marie ne désirait pas moins consacrer sa sortie du collège par une aventure féminine. Il avait l'âge où les jeunes Romains de l'Antiquité prenaient la toge virile et gagnaient les lupanars du quartier malfamé de Suburre. Du moins, François-Marie n'avait-il pas à se faire ôter, à la verge, la fibule qui jusque-là, empêchait certains d'entre eux de se manuéliser.

Un nom représentait, pour les jeunes Parisiens, toutes les voluptés du métier de courtisane : celui de la Fillon. C'était la plus célèbre des entremetteuses et on l'appelait « la Présidente », depuis un incident comique survenu en 1710. Cette année-là, le président de l'élection d'Alençon, nommé Fillon, s'était installé à Paris, pour entrer dans les sous-fermes, et la vieille présidente Baillet, qui voulait rendre visite à la présidente Fillon sans savoir son adresse, fut dirigée vers la maison de l'entremetteuse homonyme. On l'y accueillit comme une femme de qualité qui cherchait des aventures. Elle jeta les hauts cris, quand elle eut deviné le malentendu. Sa vertu tardive de douairière n'effaçait pas une chanson remontant à une trentaine d'années et qui disait : « Baillet prête son devant — Et n'en a point honte — Et se fait baiser souvent — Par le premier président — Des comptes, des comptes, des comptes... » Il s'agissait du premier président de Nicolaï, l'ami de Me Arouet.

Lorsque François-Marie confia son projet à l'abbé Servien, celui-ci s'écria : « J'espérais vous gagner à notre cause, et vous la trahissez ! » Il lui cita, en riant, avec tout l'esprit qu'il avait, le mot d'un vieux bougre du Temple : « On serait heureux, si les femmes n'étaient jamais venues en France. »

Servien ne présenta pas moins François-Marie à la Fillon, comme il l'avait présenté au Temple. D'ailleurs, il connaissait lui-même cette entremetteuse, parce qu'elle fournissait aussi des garçons. Elle demanda à François-Marie s'il voulait une petite fille encore vierge ou une bourgeoise mariée, et de quel âge, ou une grisette ou une femme de la cour, ou une pensionnaire de sa maison. François-Marie, qui tenait à ne pas différer son expérience, demanda une de ces dernières et choisit celle qui lui plut, dans le quatuor que la Fillon était allée chercher. La Présidente garantissait la santé du gibier nourri sous son toit. Cependant, l'abbé Servien avait donné discrètement à son pupille, comme précaution recommandable, une de ces baudruches qui « mettent l'âme en repos ».

Ses ébats terminés, François-Marie avoua à l'abbé qu'il était très sensible au plaisir des femmes et qu'il souhaitait recommencer au plus vite. C'était d'ailleurs une fanfaronnade, car son tempérament était peu exigeant. Il n'ajouta pas qu'il lui serait difficile d'obtenir par ses propres moyens les nouveaux services de la Fillon : les plaisirs qu'elle procurait étaient d'un tarif élevé et le pécule que M. Arouet accordait à son fils, ne lui aurait permis que des rencontres de bas étage. Tout cela lui remontrait la nécessité d'être riche ou d'être célèbre. Malgré le désir qu'avait son père de le conduire aux magistratures, il se sentait porté vers la vie seigneuriale : il espérait la conquérir, non pas seulement comme parasite des grands seigneurs qu'il connaissait, mais grâce au métier des lettres, vers lequel toutes ses dispositions l'attiraient. La royauté d'un Racine, celle de Boileau, celle même de Rousseau qui bravait les lois françaises dans l'hôtel de l'ambassadeur de France en Suisse, lui confirmaient ce que lui avait dit l'abbé Servien : que le génie littéraire mettait au-dessus du pouvoir officiel. Racine n'avait-il pas échappé à l'affaire des poisons parce qu'il était Racine ? Boileau, à toutes les conséquences de ses satires ? Et Molière, dédaigné par les courtisans, n'avait-il pas été invité par Louis XIV à sa propre table, où le roi découpa un poulet pour lui en offrir une aile ? Bien plus : le roi avait été parrain de son fils et Henriette d'Angleterre marraine. François-Marie avait moins d'admiration pour Dancourt, dont il jugeait les comédies au-dessous de celles de Molière ; mais il appréciait les deux circonstances où Louis XIV avait fait honneur à sa qualité d'homme de lettres : une fois, en ouvrant la fenêtre, pour le ranimer quand le comédien eut une faiblesse en lui lisant seul à seul une pièce dans son cabinet ; une autre fois, en le retenant par le bras pour l'empêcher de tomber. Cela pouvait ne sembler rien ; mais Arouet avait reçu, à Versailles, l'éclat du Roi-Soleil et s'était rendu compte que peu de gens devaient compter à ses yeux. Il lui savait donc gré d'avoir eu des attentions, — portées jusqu'à l'indulgence en matière grave, pour Racine, — à l'égard de personnages nés si loin de lui. Mais surtout il trouvait grisante l'existence de ces hommes qui, doués d'un talent supérieur dans l'art d'écrire, tiennent tête d'abord à la meute de leurs ennemis, puis reçoivent, même passagèrement, l'hommage de ceux qui gouvernent, avant de recevoir la consécration de la postérité. Il pensait à la seule élégie des *Amours* d'Ovide qu'on lui eût fait traduire à Louis-le-Grand et qui avait trait à la célébrité littéraire : « ... Je cherche une gloire immortelle, — Pour que je sois chanté dans tout l'univers... — Aucune usure ne viendra au cothurne de Sophocle... — Les vers du sublime Lucrèce ne périront — Que le jour où arrivera la fin du monde. »

Le désir d'atteindre à ce degré d'illustration l'empêchait de se noyer complètement dans cette société du Temple où il était si fêté. Il voyait bien qu'une renommée fondée sur de tels suffrages ne signifiait pas grand-chose. Les poètes de ce cercle, — le marquis de La Fare, mort récemment, Antoine Ferrand, le président Hénault, l'abbé de Chaulieu, — seraient toujours marqués au coin de la futilité. Les grands seigneurs qui fréquentaient là, n'avaient rien à perdre. D'autres avaient pris leur parti de ce qu'ils avaient perdu. C'était comme la marquise de Chaulieu, reine du Temple, mais qui n'allait pas dans le monde, car nul n'aurait songé à l'inviter. Une parodie de l'opéra *Bellérophon* l'avait stigmatisée, dans sa jeunesse, parmi les femmes au « front lubrique », à qui la marquise de Rambures, principale héroïne de cette satire indécente, demandait de lui laisser « les plus gros vits » et « D'arrêter de leurs culs le trop rapide cours », — Ninon de Lenclos était du nombre. Une chanson, sur l'air *Il fait tout ce qu'on défend*, avait blasonné de même le grand prieur, Chaulieu et leur clique : « Obscurs débauchés du Temple, — Juges récusés partout, — Qui vous donnez pour exemple — Du mérite et du bon goût. — Entre Conti (le prince défunt) et Vendôme, — Laissez juger le royaume ; — Parlez de vin, d'opéra, — Et l'on vous écoutera... »

En ce qui concerne le bon goût, le jeune Arouet était obligé de convenir que les hôtes du Temple n'en manifestaient pas dans chacune de leurs plaisanteries. Ils étaient très fiers d'un « bouquet » qu'ils avaient envoyé à Mme de Francine, — la fille de Lulli, qui avait épousé le Florentin Francini, dit Francine, devenu directeur de l'Opéra à la mort de son beau-père. L'un des abbés lui ayant promis de lui envoyer un bouquet le jour de sa fête, cette jolie femme, qui avait le ton libre adopté chez le grand prieur, lui avait dit : « Ce sera un bouquet pour mon cul. » Aussi avait-elle reçu, dans une corbeille en forme de pot de chambre, toutes les herbes destinées à composer un clystère, avec un canon de seringue monté sur affût, dont le corps et les roues étaient de beurre frais. Le tout était couvert de six papiers très fins, de différentes couleurs, avec des vers et une lettre dont les abbés avaient gardé copie : « Madame, je vous envoie le bouquet que je vous ai promis, quoiqu'il ne soit pas pour votre nez... Quelque charme qu'ait votre visage, celui que vous cachez, doit en avoir plus... Il a été fait par un homme qui en a le plus vu et qui s'y connaissait le mieux et qui, par conséquent, devait être, en culs, le meilleur ouvrier du monde. Il a pour ancêtre tant de culs d'Italie, où l'on sait qu'ils sont fort estimés... O illustre cul ! Madame, on voit bien des culs dans la fable et dans l'histoire ; mais je n'en vois pas qui vaille le vôtre... » On lui précisait que « l'artillerie et les munitions qu'on envoyait », étaient destinées à « le défendre contre toutes les maladies qui pourraient l'attaquer ». Le beurre qui composait les roues, empêcherait le canon de le blesser. François-Marie, qui n'avait jamais beaucoup estimé Rabelais, ne trouva supportable que le premier vers accompagnant le cinquième torche-cul : « De vos deux trous, le rond me plaît le mieux... »

Voyant son manque d'enthousiasme pour ce style, l'abbé Servien lui dit que l'hôtel de Boisboudran n'était pas le seul à en user. Les familiers de Madame, — la duchesse d'Orléans ou princesse Palatine, Élisabeth-Charlotte de Bavière, — lui avaient communiqué la copie d'une lettre qu'elle avait écrite de Fontainebleau en 1694, à sa tante, l'électrice de Hanovre, et de la réponse que celle-ci avait faite : il n'y était question que de « l'art de chier ». « ... Si on ne chiait point, écrivait Madame, je serais à Fontainebleau comme le poisson dans l'eau... Ah ! maudit chier, je ne sache point de plus vilaine chose que de chier... Voyez passer une jolie personne, bien mignonne, bien propre, vous vous récriez : Ah ! que cela serait joli si cela ne chiait pas !... Mais les empereurs chient, les impératrices chient, le pape chie, les cardinaux chient, les princes chient, les archevêques et les évêques chient, les généraux d'ordres chient, les curés et les vicaires chient... » Pour la réconforter, l'électrice de Hanovre lui avait répondu : « ... Les plus belles femmes sont celles qui chient le mieux... Les beaux teints ne s'entretiennent que par de fréquents lavements qui font chier... ; les enfants qui chient le plus dans leurs maillots, sont les plus blancs et les plus potelés. Demeurez donc d'accord que chier est la plus belle, la plus utile et la plus agréable chose du monde... » François-Marie, obligé de rire, dit qu'en vérité il fallait être une très grande dame pour se permettre d'écrire de telles choses.

Afin de l'en convaincre, l'abbé de Chaulieu prit, dans un tiroir, la chanson, sur l'air *Réveillez-vous, belle endormie,* que Mme la Duchesse, — Marie-Anne de Bourbon-Conti, duchesse de Bourbon, — avait envoyée, pour le jour de sa fête, à M. le Prince, — Henri-Jules de Bourbon, prince de Condé, fils du Grand Condé, grand-maître de France, mort en 1709, comme François-Louis de Bourbon, prince de Conti, père de l'actuel. Chaulieu dit que cette chanson valait bien la lettre expédiée par les abbés du Temple, en la même circonstance, à Mme de Francine : « Dans ce grand jour de votre fête, — Chacun vous offre son présent ; — Le mien, quoique le moins honnête, — Peut-être aura votre agrément. — — Ce n'est qu'une chanson badine — Que je prétends vous présenter ; — La matière en est noble et fine, — Préparez-vous à la goûter. — — Cette noble et fine matière, — Sur quoi cette chanson s'étend, — C'est celle qui sort du derrière — Et qui d'abord au nez vous prend... — — Mais ne faites point de mystère... — — Si le mot d'étron est farouche — Pour ceux qui l'entendront chanter, — Quand il vous viendra dans la bouche — Vous n'aurez plus qu'à l'avaler. — — Mais ne faites point de mystère, — C'est un mets des plus succulents. — La merde ne doit pas déplaire, — Chacun la fait avec ses dents... » « Vous voyez, monsieur Arouet, conclut l'abbé de Chaulieu, que nos princesses du sang ont autant de verve poissarde que les princesses étrangères. — Sur ce patron, dit François-Marie, je trouve plus d'esprit à la Palatine qu'à la Bourbon. — L'une vaut l'autre, dit l'abbé, et nous valons bien les deux. »

Pour compenser toutes ces licences et tout ce gros sel, François-Marie s'imprégnait, à l'occasion, des souvenirs historiques liés à l'enclos du Temple. On y conservait, dans la tour du midi, les archives de l'ordre de Malte et quelques reliques de l'ordre du Temple, détruit par Philippe IV, dit le Bel. Le bailli montra au jeune Arouet le vieux parchemin où était décrit le supplice des templiers à Poitiers, en présence de ce roi et du pape Clément V. Il y était dit que l'un de ces malheureux, en allant au bûcher, —

ils étaient accusés de sacrilège et de sodomie, — cita le pape et le roi de France, à un an, le même jour, à la même heure, pour répondre de leur jugement devant le tribunal de Dieu et que le pape et le roi moururent, le même jour et à la même heure, un an après cette citation. Ces détails n'avaient pu que frapper Arouet, qui n'avait pas une foi très vive dans l'intérêt que la Providence peut porter aux choses d'ici-bas. Il fut curieux de les vérifier, en consultant les livres d'histoire les plus accrédités : il constata d'abord qu'il n'y avait eu, à Poitiers, en 1310, qu'une rencontre du pape et de Philippe IV, au mois de mai, pour décider du sort des templiers ; que, ce même mois, soixante-sept templiers furent brûlés vifs dans leurs diverses paroisses, par les inquisiteurs diocésains ; que jamais Clément V et le roi de France n'avaient assisté à leur exécution ; que le dernier d'entre eux, le grand maître Jacques de Molay et le grand précepteur de Normandie Geoffroi de Charmey, furent brûlés le 11 mars 1314, à Paris, en face de Notre-Dame, seulement en présence du légat du pape ; que Clément V mourut le 20 avril 1314 et Philippe le 24 octobre. François-Marie fit ce vers : « Et voilà justement comme on écrit l'histoire. » Il en concluait aussi qu' « écrire l'histoire, c'est presque toujours s'occuper à la réfuter ».

Du moins les archives du grand prieuré de France de l'ordre hospitalier de Saint-Jean-de-Jérusalem, dans un autre local, lui semblaient-elles d'un intérêt plus crédible. L'abbé de Vertot, qui écrivait une histoire de cet ordre, venait les consulter souvent. François-Marie contemplait, dans la salle capitulaire, les portraits des anciens grands prieurs et ceux des grands maîtres de cet ordre qui avaient été français ; le premier, à Malte, avait été Pierre du Pont ; le dernier, en 1650, Pierre-Adrien de Vignacourt.

En septembre, un nuage passa sur le Temple : l'abbé Servien, à l'Opéra, où l'on chantait une hyperbolique louange en l'honneur du roi, retourna les paroles d'une manière comique, les chanta tout haut, fit rire l'assistance et, pis encore, fut applaudi. Le lendemain, il recevait une lettre de cachet qui l'exilait à trente lieues de Paris. Mais son exil dura peu : il se déclara malade et l'on fit semblant de le croire, — il fut rappelé au bout de trois semaines. Louis XIV était plein de clémence pour le fils d'un homme qui, après avoir dignement servi Louis XIII, lui avait rendu à lui-même des services signalés comme plénipotentiaire à la paix de Munster, comme secrétaire d'État et comme surintendant des Finances, au début de son règne. En outre, il y avait un second abbé Servien, prénommé Hugues, cousin d'Augustin, et qui jouait un grand rôle à Rome : il s'y était établi depuis longtemps, était devenu camérier du pape et avait tenté, d'ailleurs vainement, d'arranger les affaires du roi et de l'Église gallicane avec le Saint-Siège. Louis XIV, déjà enclin à la longanimité envers l'abbé Servien de Paris, le faisait bénéficier de la considération qu'il portait à l'abbé Servien de Rome.

On eut, peu après, une autre preuve de sa mansuétude pour les chevaliers de la manchette, qu'ils fussent d'Église ou d'épée : il permit au marquis de Dangeau de céder son gouvernement de Touraine à son fils, le marquis de Courcillon, même si le père en gardait l'autorité et les appointements.

Au moins y avait-il, dans la société du Temple, un homme qui n'était pas bougre, qui était poète, qui avait beaucoup d'esprit et dont Arouet s'était fait apprécier : le richissime président Charles-Jean-François Hénault, qui avait onze ans de plus que lui. Fils d'un fermier général, il était entré à Louis-le-Grand l'année de la naissance de François-Marie, avait été élève du père Le Jay, du père Tarteron et du père de Jouvency. En évoquant ses souvenirs de collège, il raconta à François-Marie qu'ayant été « empereur » le long des trois trimestres, il commit une faute de quantité dans un vers grec, à la composition de fin d'année, ce qui lui enleva le prix, et son précepteur particulier s'évanouit de douleur. Hénault avait fait sa philosophie au collège des Quatre-Nations ; puis, à seize ans, sous l'influence de Massillon, il avait eu la velléité de devenir oratorien et avait porté l'habit pendant deux ans. Quand il sortit de l'Oratoire, son père lui procura la lieutenance de chasse et le gouvernement de Corbeil, ce qui le mit en relation avec le maréchal de Villeroy, auquel avaient été achetées ces deux charges. Il gagna, en 1707, le prix d'éloquence de l'Académie française, sur ce sujet : « Il ne peut y avoir de vrai bonheur pour l'homme que dans l'exercice des vertus » ; en 1708, le premier prix aux Jeux floraux de Toulouse sur cet autre sujet : « L'incertitude de l'avenir est un bien qui n'est pas assez connu », — et La Motte, qui n'était pas encore à l'Académie française et qui avait concouru, ne remporta que le second prix. Arouet était certain de son propre avenir ; celui de son interlocuteur semblait encore mieux assuré. Il avait été reçu au Parlement en 1705, à vingt ans, avec dispense d'âge, et président de la première chambre des enquêtes en 1710. François-Marie était sensible à tous ces titres, qui n'étaient pas ceux de l'aristocratie, mais d'une profession plus proche de celle de son père. Il cultiva donc cette amitié qui lui paraissait faite pour compenser les amitiés compromettantes du Temple. Ce fut sa plus précieuse conquête, au début de 1713.

Hénault était fiancé avec une petite-fille de Mansart. Celui-ci, surintendant des bâtiments du roi, avait bâti pour son gendre, père de la future présidente, trésorier général de l'extraordinaire des guerres et garde du trésor royal, un superbe hôtel, place Vendôme, où habiteraient M. et Mme Hénault. C'est là que le jeune Arouet fut convié par le président à une réunion littéraire.

On écouta la comtesse de Fontaines, fille du marquis de Givry, donner lecture d'un roman historique qu'elle n'avait pas encore publié, *la Comtesse de Savoie,* et que l'on disait l'œuvre, en réalité, du conseiller et chevalier Ferrand. François-Marie, dont l'imagination ne se tournait pas aux romans, voyait, dans les épisodes de celui-là, des sujets de tragédies qui l'intéressaient.

Pour se faire bienvenir de ce milieu, il écrivit ensuite une épître en vers à la comtesse de Fontaines. Il la comparait à Mme de La Fayette, l'illustre auteur de *la Princesse de Clèves,* et à l'académicien Segrais, coauteur avec elle de *Zaïde.* Il la compara même à Sapho : « D'où ne viendrait-on pas, Sapho, pour vous entendre ?... — Quel dieu vous a donné ce langage enchanteur, — La force et la délicatesse, — La simplicité, la noblesse ?... — Sapho, qui ne croirait que l'amour vous inspire ? — Ah ! pouvez-vous donner des leçons de tendresse, — Vous qui les pratiquez si peu ? — C'est ainsi que Marot, sur sa lyre incrédule, — Du dieu qu'il méconnut prôna la sainteté : — Vous avez pour l'amour aussi peu de scrupule ; — Vous ne le servez point et vous l'avez chanté. — Adieu ; malgré mes épilogues, — Puissiez-vous pourtant, tous les ans, — Me lire deux ou trois romans — Et taxer quatre synagogues. » Ce dernier vers était une allusion au marquis de Givry qui, lorsqu'il avait été commandant de Metz, avait favorisé l'établissement des juifs dans cette ville : ceux-ci, par gratitude, lui avaient fait une pension considérable, qui était passée à ses enfants.

« L'adieu » que François-Marie disait à la comtesse de Fontaines, venait de ce que M. Arouet, pour arracher son cadet aux distractions, bonnes ou mauvaises, de la vie parisienne, avait décidé de l'envoyer à Caen, chez des amis de sa famille. Ce n'étaient pas ses anciens camarades de Louis-le-Grand, Cideville et Hérault de Fontaine-l'Abbé, puisqu'ils résidaient à Rouen.

François-Marie dit également adieu à ses amis du Temple. Il y apprit que l'abbé Alberoni, resurgissant de la mort du duc de Vendôme, venait d'être nommé, par son ancien souverain, le duc de Parme, envoyé extraordinaire de ce duc auprès de la cour de Madrid. « La fortune lui met le pied à l'étrier pour la seconde fois », dit l'abbé de Chaulieu, que cet abbé avait amusé par sa gaieté italienne. Quant aux pédérastes du Temple, ils appréciaient d'abord ses goûts italiens.

Le Temple brillait en ce moment par l'éclat d'une œuvre que tout le monde saluait comme un chef-d'œuvre de la langue française : les *Mémoires du comte de Gramont,* par le comte Antoine Hamilton. Ce poète aimable venait de se révéler un prosateur du premier ordre, aux répétitions près. François-Marie l'avait déjà goûté en cette qualité, pour des écrits légers, — *le Bélier, Fleur d'Épine,* les *Quatre Facardins,* — connus par des copies manuscrites. Dans le troisième, il prétendait prouver aux dames de la cour, enchantées des *Mille et Une Nuits,* qu'il n'était pas difficile d'imaginer du fantastique. Les *Mémoires* étaient d'un tout autre mérite. Ce livre, censé imprimé à Cologne, était consacré à ce Gramont, d'abord chevalier, frère consanguin du défunt maréchal duc et qui avait épousé une sœur du mémorialiste. On racontait que Gramont, exilé à Londres, y avait courtisé Mlle Hamilton, à qui il avait fait des promesses de mariage ; puis, rappelé de son exil et filant vers Douvres sans crier gare, il avait été rattrapé par les deux frères de la demoiselle, qui lui demandèrent s'il n'avait rien oublié à Londres. « Pardonnez-moi, messieurs, leur dit-il, j'ai oublié d'épouser votre sœur. » Il retourna, se maria, et revint avec elle en France, où il était mort en 1707. Ces *Mémoires,* ou pseudo-Mémoires, écrits sous son nom, étaient le récit de ses aventures romanesques et féminines, en même temps que le tableau le plus piquant de la cour de Saint-James au temps des Stuarts. Arouet jalousait presque ce style d'un homme du monde et d'un homme d'esprit, mélange des deux qualités qu'il ambitionnait.

Avant de partir pour Caen, il décocha une épigramme contre Danchet, le médiocre poète dramatique, déjà brocardé dans les *Couplets* de Rousseau et qui, à l'Académie française, succédait à l'abbé Tallemant : « Danchet, si méprisé jadis, — Fait voir aux pauvres de génie — Qu'on peut gagner l'Académie — Comme on gagne le paradis. » Il envoya cette épigramme à l'abbé de Chaulieu, pour le venger de l'illustre compagnie qui l'avait laissé en dehors d'elle.

Il allait à Caen, moins avec l'intention de poursuivre ses études de droit, — ce qui aurait été le désir de son père, — qu'avec celle de donner libre cours à sa muse. Tous les jours, il se sentait ancré dans l'idée que c'était là sa vocation et que rien ne l'en détournerait. L'Académie française, qu'il venait de brocarder, mettait, comme sujet du prochain prix de poésie, *le Vœu de Louis XIII.* Ce roi avait, le 10 février 1638, à Compiègne, placé sa personne, sa famille et son royaume sous la protection de la Vierge et promis de construire le maître-autel de Notre-Dame de Paris, en reconnaissance de la grossesse de la reine, Anne d'Autriche, qui était stérile depuis vingt ans. Le roi d'Espagne, frère de la reine, lui avait également envoyé, à sa demande, le bras de saint Isidore, patron de Madrid, que l'on invoquait contre la stérilité. Or, Louis XIV était en train d'achever la construction entreprise par son père et interrompue par la mort de celui-ci. C'est cet événement que l'Académie avait choisi comme sujet de ce tournoi poétique. Le prix étant décerné tous les deux ans, les candidats avaient jusqu'en 1714 pour s'exercer. Un dessin du bronze que recevrait le vainqueur, illustrait l'affiche annonçant le concours : c'était un génie, escorté par la Piété, qui portait une médaille d'argent de Louis XIII, et par la Religion, chargée d'une médaille semblable de Louis XIV. Au-dessus, la Renommée tenait, attachée à sa trompette, une autre médaille d'argent, où était gravée la devise de l'Académie : « A l'immortalité ».

François-Marie était décidé à concourir. On savait que Nicolas Coustou et Coysevox sculptaient, dans le marbre, les statues qui orneraient le fond du chœur. Arouet se flattait d'égaler par sa plume le talent des deux artistes. Mais ne voulait-il pas aussi imiter Molière ? Ce dernier avait écrit son poème, *la Gloire du Val-de-Grâce,* pour faire l'éloge de son ami le peintre Mignard, qui avait décoré la coupole de cet édifice, bâti par Anne d'Autriche. Là aussi, il y avait eu, sinon un concours, du moins une compétition, pour célébrer à la fois ce peintre, cette reine et Colbert, entre Charles Perrault, — l'auteur des *Fables,* — et l'auteur de *Dom Juan.* Boileau aimait infiniment le poème de Molière et disait que sa versification n'avait jamais été « plus régulière et plus soutenue ».

Arouet ne doutait pas que la protection des jésuites et notamment du père Le Tellier, son ancien recteur de Louis-le-Grand, maintenant confesseur du roi, ne contribuât à lui faire attribuer cette récompense. Il y mettait de la malice par rapport à son amitié avec les abbés du Temple et avec tous les sodomites de la cour et de la ville, dont c'était le lieu de ralliement. Néanmoins, s'il s'apprêtait à composer dans la manière de son *Ode à sainte Geneviève,* il montrait qu'il était aussi doué pour la satire et il préparait une ode bien différente, *Sur les malheurs du temps.* Il avait relu, pour se donner le ton, les deux poèmes de Ronsard, dédiés à Catherine de Médicis, le *Discours des misères de ce temps* et la *Continuation du Discours...,* temps où « les misères », en effet, étaient innombrables, puisqu'il y avait, de plus, celles des guerres de religion. Il aimait Henri IV d'y avoir mis un terme.

Les Muses l'accueillaient dans la capitale de la Basse-Normandie avec les maisons de Malherbe, de Segrais et du savant Huet, ancien sous-précepteur du dauphin et ancien évêque d'Avranches. Lorsque ses travaux firent renoncer ce prélat à son évêché, le roi lui offrit l'abbaye de Fontenay, près de Caen. Il était l'un des membres les plus anciens de l'Académie française, après avoir été l'un de celle de sa ville natale, où il avait même fondé une Académie des sciences. François-Marie avait lu ses vers latins et notamment son poème sur *le Thé,* que Huet traduisait *Thea,* et sa *Dissertation sur diverses notions de religion et de philosophie,* publiée cette année. Huet était maintenant retiré à Paris, chez les jésuites. Arouet, en voyant, à la maison de ville, le *Louis XIII* de Philippe de Champaigne et, dans une église, l'*Annonciation* de ce même peintre, pensa que c'était un présage du prix de poésie pour son *Vœu de Louis XIII.*

Il fit le pied de nez à l'université, que l'on était en train de restaurer, — les cours se professaient dans un local provisoire. Les amis des Arouet n'offraient guère d'intérêt. François-Marie craignait de n'avoir pour tout potage, que « Madame la baillive et Madame l'élue », comme dans *le Tartufe.* Mais ses petits talents de poète le recommandaient à la société cultivée et aristocratique qui habitait les vieux hôtels de la ville. Une poétesse, Mme d'Osseville, s'engoua du jeune Parisien, ainsi qu'un professeur de rhétorique du collège du Mont, — le collège caennais des jésuites, — le père de Couvrigny. Ce père était arrivé cette année. Mme d'Osseville dit en confidence à François-Marie de prendre garde à ce jésuite, car il était déjà suspect de libertés coupables avec des élèves. Arouet ne s'étonna pas de l'intérêt qu'il lui avait inspiré. Il acquit beaucoup de prestige à ses yeux en lui parlant de la société pédérastique du Temple, et surtout de l'abbé Servien dont la renommée, à cet égard, était générale.

Au demeurant, François-Marie s'amusait à brouillonner ses deux odes, la sacrée et la profane, et raffinait à en alterner les couplets. Pour *le Vœu de Louis XIII*, il commençait par une invocation à la Paix. On attendait ses bienfaits cette année, en conséquence de la victoire de Villars sur le prince Eugène. (A ce sujet, l'abbé Servien se plaisait à remarquer que le maréchal et son adversaire, Eugène de Savoie, appartenaient tous deux à la manchette ; mais la manchette royale l'avait emporté sur la manchette impériale.) François-Marie invoquait ensuite « la Foi, souveraine des rois ». Puis, il décrivait « deux héros prosternés », — les statues de Louis XIII et de Louis XIV, qui allaient être mises des deux côtés de l'autel : « L'un voua ces fameux portiques, — Son fils vient de les élever. » Il s'adressait plus loin à Louis XIII : « O toi, cher à notre mémoire, — Puisque Louis te doit le jour, — Descends du pur sein de la gloire, — Des bons rois éternel séjour ; — Revois les rivages illustres — Où ton fils, depuis tant de lustres, — Porte ton sceptre dans ses mains. » François-Marie pensait qu'un des droits et des devoirs du poète, même à son âge, était de distribuer des conseils. Aussi écrivait-il : « Heureux le roi que la couronne — N'éblouit point de sa splendeur, — Qui, fidèle au Dieu qui la donne, — Ose être humble dans sa grandeur, — Qui, donnant aux rois des exemples, — Au Seigneur élève des temples, — Des asiles aux malheureux... — Le Seigneur est toujours à lui... » Les pièces du concours se terminaient par une prière pour le roi. Elle était d'autant plus de rigueur que ce prix de poésie, fondé par l'évêque de Noyon, Clermont-Tonnerre, — celui qu'avait ridiculisé l'abbé de Caumartin, — devait être l'*Éloge de Louis XIV à perpétuité.* Pour varier un peu le sujet, l'Académie avait imaginé d'y mêler Notre-Dame et Louis XIII. François-Marie s'acquittait ainsi de cette prière : « Toi qui formas Louis de tes mains salutaires, — Pour augmenter ta gloire et pour combler nos vœux, — Grand Dieu, qu'il soit encor l'appui de nos neveux, — Comme il fut celui de nos pères ! » C'était souhaiter à Louis XIV d'arriver à l'âge des patriarches, puisqu'il avait déjà soixante-quinze ans.

L'ode *Sur les malheurs du temps* présentait un tableau moins idyllique : « Aux maux les plus affreux le ciel nous abandonne : —

Le Désespoir, la Mort, la Faim, nous environnent ; — Et les dieux, contre nous soulevés tant de fois, — Équitables vengeurs des crimes de la terre, — Ont frappé du tonnerre — Les peuples et les rois. » François-Marie faisait ensuite allusion à la mort du dauphin, du duc de Bourgogne et de sa femme : « Je n'ai fait que passer, ils étaient disparus ; — Et le peuple abattu, que ce malheur étonne, — Les cherche auprès du trône, — Et ne les trouve plus. » (Le père de Couvrigny, aussi sévère que ses confrères de Louis-le-Grand, trouva ces rimes boiteuses : « Étonne — trône » ; mais François-Marie dit qu'il fallait s'en accommoder. De même ne corrigea-t-il pas, malgré la remarque du jésuite, la répétition du verbe « donner » dans l'ode *sur le Vœu de Louis XIII.* Bien qu'il critiquât les répétitions de mots chez les autres écrivains, il prétendait que la pauvreté de la langue française, — pauvreté qui est d'ailleurs une de ses beautés, — y contraignait.)

Poursuivant sa revue des « malheurs du temps », le poète stigmatisait les officiers de justice, « Oppresseurs insolents des veuves, des pupilles », les nobles, dont « l'ambition captive — S'endort entre les bras de la Mollesse oisive — Et ne porte au combat que des corps languissants » ; « le Vice trop aimable » qui « instruit les premiers ans » d'une « beauté » jusque « sous les yeux de sa mère », en lui apprenant « l'art dangereux de plaire — Et d'exciter en nous de funestes penchants » ; l'épouse qui « abandonne aux mains d'un courtisan volage — De ses trompeurs appas le charme empoisonneur » (plaisante allusion aux maladies du commerce galant) ; « l'adroite Politesse, — Des cœurs efféminés souveraine maîtresse » ; « le Luxe », qui « marche avec arrogance » ; « le fol Orgueil qui le suit », et il vantait « l'héroïque rudesse » du temps passé. Un de ces vers avait fait sourire le père de Couvrigny : « Ainsi, vous outragez les dieux et la nature ! » Le jésuite demanda à François-Marie s'il ne s'apostrophait pas lui-même.

M. Arouet, ayant su que le séjour de Caen ne rendait son fils cadet ni plus sérieux ni plus studieux, s'occupait en ce moment à l'éloigner de France. Le marquis de Châteauneuf, frère du défunt parrain de François-Marie, venait, après ses ambassades à Constantinople et à Lisbonne, d'être nommé aux Pays-Bas, et l'ancien notaire avait obtenu de le lui confier en qualité de secrétaire personnel. Il espérait que, faute d'être avocat ou magistrat, puisque les études de droit ne répondaient pas à son génie, on pourrait le glisser dans la carrière diplomatique. François-Marie n'eut garde de refuser ce qu'il estimait une chance : il y voyait un moyen d'accéder à une existence de seigneur, donnant même accès à la cour.

Il s'était rendu compte, en effet, que les nobles compagnies ne suffisent pas à tout, si l'on ne veut pas demeurer un simple bouffon et si l'on veut être quelqu'un : il avait trop le sentiment de ce qu'il valait pour limiter son ambition à l'enceinte du Temple et il avait vu que, s'il était flatteur d'y être admis, ce n'était pas un chemin pour aller plus loin. Sans titre extérieur et sans titres littéraires, tout son esprit le cantonnait là pour le moment. L'abbé de Chaulieu, qui avait ses entrées, sinon à la cour de Versailles, du moins à celle de Sceaux, chez le duc et la duchesse du Maine, ne s'était pas offert à l'y introduire. On le bornait à ce monde où l'avait mené l'abbé Servien.

Plus encore : à Châtenay, chez son père, François-Marie avait connu Nicolas de Malézieu, membre de l'Académie française et de l'Académie des sciences, qui possédait, sur la colline de cette localité, une maison délicieuse, cadeau de la duchesse du Maine ; elle y séjournait volontiers avec le duc, dont il avait été le précepteur. Elle y avait fait l'une de ses couches, qui était peut-être, si l'on en croyait la chroniquee, le fruit de ses amours avec cet académicien. Le duc l'avait nommé chef de ses commandements et chancelier de sa souveraineté de Dombes. Malézieu avait même été, pendant treize ans, par sa protection, secrétaire général des galères et demeurait secrétaire général des Suisses. Il était l'amuseur préféré du couple ducal, pour lequel il écrivait des chansons, des contes, des comédies, des ballets, destinés à leurs fêtes. Dans cette maison de Châtenay, d'où l'on apercevait le magnifique château de la baronnie de Sceaux, il avait donné, en l'honneur de ses maîtres, d'autres fêtes restées célèbres ; mais les Arouet en avaient eu seulement les échos. Jusqu'alors, Malézieu avait jugé superflu de s'intéresser au jeune poète, qui était parfois son voisin.

Celui-ci, revenu de Caen, lui ayant fait savoir qu'il allait en Hollande comme secrétaire du marquis de Châteauneuf, Malézieu l'invita aussitôt à voir jouer, le 5 août, *Iphigénie en Tauride* dans sa maison de Châtenay. C'était la reprise de la tragédie lyrique de Duché et Danchet, — le nouvel académicien moqué par François-Marie, — avec musique de Desmarets et Campra. Arouet fut présenté à la duchesse du Maine : c'était sa première présentation à une princesse du sang. Lorsqu'il aurait gagné le concours de poésie de l'Académie française, — désormais, il comptait aussi pour cela sur la protection de Malézieu, — et lorsqu'il aurait été secrétaire d'un ambassadeur de France, toutes les portes lui seraient ouvertes : la gloire et la diplomatie étaient les meilleurs « savonnettes à vilain ». Ainsi, naguère, Jean-Baptiste Rousseau avait-il été entièrement décrassé de la poix de son père le cordonnier quand le maréchal de Tallard, — duc d'Hostun depuis l'année dernière, — l'avait emmené à l'ambassade de Londres ; mais il était déjà un écrivain apprécié.

De Châtenay, François-Marie regagna la capitale, où il compléta son trousseau : le départ de l'ambassadeur aurait lieu à la fin de septembre.

Pour lui offrir un spectacle royal, après ce début princier, l'abbé Servien l'emmena à Fontainebleau, où se trouvait, avec la cour, son « neveu de Sodome », le duc de Sully, ancien prince d'Henrichemont. Le 20 septembre, le roi devait conduire une espèce de cavalcade le long du canal, et François-Marie, qui s'apprêtait à accompagner son représentant en Hollande, fut heureux d'emporter une idée fraîche des splendeurs françaises. L'abbé, au lieu de lui faire prendre la poste, avait pompeusement loué une calèche et un cocher. « Nous nous ruinons », dit-il. Le pluriel n'était que de majesté, car c'est toujours lui qui défrayait Arouet. Il intéressa son jeune compagnon en lui racontant que les « carrosses publics », à l'enseigne du *Grand Saint-Fiacre,* avaient fait la fortune de deux seigneurs, le duc de Roannez ou Rouennois, et le marquis de Givry, — le père de la comtesse de Fontaines, — qui avaient obtenu successivement le privilège de créer et d'exploiter ce service. François-Marie constatait de nouveau la chance d'être « fils de la poule blanche », comme disait Rousseau. Sans exercer un commerce, qui eût été une dérogeance, le duc et le marquis se contentaient d'en retirer les bénéfices en le faisant, sous le couvert de leur privilège, exercer par d'autres.

La foule était déjà grande quand les deux amis arrivèrent à Fontainebleau ; mais ils eurent des places de choix, grâce à un billet que Sully avait envoyé à l'abbé. Il y eut d'abord la pêche au cormoran dans le canal. Puis, à cinq heures, Louis XIV apparut en tête de son cortège : habillé d'une étoffe qui imitait une pluie d'or, il conduisait lui-même sa calèche, aussi dorée que lui. Il était seul ; mais il allait sur la même ligne que sa petite-belle-fille, la duchesse de Berry, qui conduisait également sa propre calèche, non moins dorée. C'était chose charmante de voir, presque côte à côte, le septuagénaire monarque et la jeune duchesse de dix-huit ans, dont la robe était couverte de rubis, d'émeraudes et de diamants, ainsi que la coiffure. Les deux calèches étaient entourées par le duc de Berry, le duc d'Orléans, le comte de Charolais, le prince de Conti, Mlle de Charolais et d'autres dames en habit de chasse, tous à cheval. Deux gondoles dorées, montées par des matelots dont le costume bleu avait des franges d'or, voguaient à leur hauteur. Plus de cent carrosses, attelés de six ou de huit chevaux et contenant les gens de la cour, suivaient le roi et les princes. Les allées avaient été arrosées pour abattre la poussière. Au passage, le duc et la duchesse de Sully répondirent au salut de l'abbé Servien et du jeune Arouet.

Lorsque, quelques jours plus tard, ce dernier partit dans un des carrosses de l'ambassadeur, avec M. de La Bruyère, secrétaire d'ambassade, et le comte de Maussion, attaché, il avait le sentiment de continuer le cortège de Fontainebleau.

4

François-Marie secrétaire de l'ambassadeur de France en Hollande

A La Haye, il fut logé dans l'hôtel de l'ambassade. Les monuments de la ville, les tableaux de la galerie de peinture, le frappèrent, mais aussi la cour du palais des États Généraux où, presque un siècle auparavant, Barneveldt, l'un des plus grands serviteurs de sa patrie, avait été décapité. François-Marie était sensible aux faits de l'histoire et il rêvait d'écrire celle de Louis XIV. Mais, au préalable, reprenant le mot de Malézieu, que « les Français n'ont pas la tête épique », il voulait composer une épopée à la gloire d'Henri IV. Les entretiens qu'il avait eus avec le comte de Caumartin à Saint-Ange, l'avaient encouragé dans ces deux intentions. L'arrière-grand-père de son interlocuteur avait été ambassadeur en Suisse sous Henri IV, son père, conseiller d'État de Louis XIV, et lui-même était intendant des finances : il lui fournirait beaucoup de renseignements inédits sur le règne de Louis le Grand, patron du collège où François-Marie avait fait ses études.

C'est à La Haye qu'avait été signé en 1701, entre l'empereur, l'Angleterre et la Hollande, le traité d'alliance consécutif à l'installation de Philippe V sur le trône d'Espagne, traité qui n'aurait peut-être jamais été suivi d'une déclaration de guerre, si Louis XIV n'avait pas reconnu le fils de Jacques II comme roi d'Angleterre. Cette décision, qui avait été à l'origine de la guerre de la succession d'Espagne, François-Marie ne pouvait s'empêcher de la considérer comme une faute ; mais, en même temps, il en reconnaissait la grandeur, digne de ce roi qu'il admirait. C'est d'ailleurs en Hollande que s'était négociée et conclue, par le marquis de Croissy, frère de Colbert, la paix de Nimègue, d'où la

France avait recueilli la Franche-Comté. Son fils le marquis de Torcy, secrétaire d'État et surintendant des postes, était allé négocier, à Utrecht, le traité qui mettrait un terme à la guerre actuelle, suscitée contre Philippe V. Torcy avait révélé à Châteauneuf que, durant ces longues hostilités qui ruinaient la France, Louis XIV, un jour, au conseil des ministres, avait pleuré et, pour la première fois, ce souverain autoritaire et absolu, s'était expliqué auprès de ses peuples par une lettre aux gouverneurs des provinces, en 1710. Il s'adressait, avec une affection paternelle, à « tous ceux qui, depuis tant d'années, lui donnaient des marques de leur zèle en contribuant de leurs peines, de leurs biens et de leur sang à soutenir une guerre aussi pesante... »

En dehors de la mission extraordinaire du marquis de Torcy, les deux plénipotentiaires de la France à Utrecht furent le maréchal d'Huxelles et l'abbé de Polignac, membre de l'Académie française, l'un des amants de la duchesse du Maine. Mais comme celui-ci avait été créé cardinal l'année précédente, il était retourné en France dès février 1713, sa nouvelle dignité ne lui permettant pas de conserver le rôle de second plénipotentiaire. Il était, du reste, assez étrange que cet abbé eût accédé au cardinalat, comme désigné par le roi Jacques d'Angleterre, alors que le traité auquel il travaillait, stipulait que ce roi serait expulsé de France. Nicolas Mesnager, fils d'un riche commerçant de Rouen que le roi avait employé dans plusieurs ambassades et qu'il venait de faire comte de Saint-Jean, avait remplacé le cardinal comme adjoint du maréchal d'Huxelles. La paix avait été signée en avril 1713 par une série de traités entre la France et les puissances qui la combattaient depuis douze ans : l'Angleterre, la Hollande, la Savoie, la Prusse, le Portugal. Seul l'empereur avait refusé de signer.

C'est le maréchal de Villars qui allait négocier la paix de Rastadt, où l'empereur serait représenté par le prince Eugène. François-Marie avait vu une fois au Temple ce maréchal. Il savait que le prince Eugène de Savoie-Carignan, pour ses débordements pédérastiques, avait été surnommé « Mme Simoni » ou « Mme Putana », durant les années qu'il avait passées à Paris, sa ville natale : son père était le comte de Soissons, et sa mère, la fameuse Olympe Mancini, nièce de Mazarin, compromise dans l'affaire des poisons. Louis XIV ayant refusé de lui donner du service, le prince était devenu son ennemi irréconciliable.

Lorsque le plénipotentiaire de l'empereur à Utrecht, le comte de Zinzendorf, était passé par La Haye, ainsi que tous les autres, l'ambassadeur de France, pour ajouter aux notions de ses collaborateurs sur ce point, les invita à remarquer la beauté des pages qui accompagnaient l'Autrichien. Il dit que le comte, maintenant décoré de la Toison d'or et ancien chancelier de l'Empire, avait été ambassadeur à la cour de France sept ou huit ans auparavant. Un jour qu'il visitait la grande et la petite écurie de Versailles, le grand écuyer, appelé M. le Grand (Louis de Lorraine, comte d'Armagnac), l'invita à dîner et fit venir vingt pages de l'une et l'autre écurie pour exécuter des voltiges dans leurs camisoles. Zinzendorf était si transporté qu'il avait les yeux hors de la tête et laissait froidir les plats.

Comme cette histoire le prouvait, le marquis de Châteauneuf avait tout l'esprit de son frère l'abbé et, pareillement, sa mémoire était remplie de chansons pour se moquer de ses pairs, voire de son ministre. M. de Torcy, en tant que Colbert, descendait d'un drapier, comme les Pontchartrain, en tant que Phélypeaux, étaient de robe. L'ambassadeur était encore outré qu'un Phélypeaux, mort au début du siècle, eût arboré, par l'acquisition d'un fief, le titre de marquis de Châteauneuf. Il ne le concédait qu'à une autre famille noble, dont le patronyme était l'Aubespine. Pierre-Antoine de Castagner, ou Castagnère, marquis de Châteauneuf, d'une famille noble savoyarde naturalisée, prenait la même supériorité à l'égard du secrétaire d'État aux Affaires étrangères que Charles-François de Vintimille, comte du Luc, à l'égard du chancelier. François-Marie qui, du fait de sa propre naissance, tendait à prôner la supériorité du talent, ne détestait pas de voir au moins chez son chef le dédain de l'importance administrative ou politique. D'ailleurs, n'était-il pas naturel que Châteauneuf protégeât François-Marie Arouet, poète naissant, puisque du Luc protégeait le grand Jean-Baptiste Rousseau ? Le marquis chanta, sur l'air *Réveillez-vous, belle endormie,* ce quatrain relatif à Mme de Torcy, née Arnauld de Pomponne, dont le nom était légèrement déformé pour la rime : « Quand on se trouve dans la presse — Près de Mme de Torcé, — On croit toujours que quelqu'un vesse. — Pourtant personne n'a vessé. » Parlant des quatre dernières années de son ambassade à Constantinople, il disait qu'il n'avait reçu qu'une lettre du roi par an et qu'elle contenait toujours ces lignes : « Vous ne pouvez me rendre plus grand service dans votre ministère que d'engager le Grand Seigneur à continuer la guerre avec l'empereur d'Allemagne. »

A La Haye, François-Marie connut un gentilhomme français, Saint-Hyacinthe, fils d'un écuyer de Monsieur, le frère défunt de Louis XIV, et qui avait toutes les raisons d'intéresser le jeune poète. Ce personnage, que l'on avait faussement prétendu fils de Bossuet et de Mlle de Mauléon, était allé se mettre au service de Charles XII, roi de Suède, pour les exploits de qui Arouet nourrissait une vive admiration. Mais, en débarquant à Stockholm, Saint-Hyacinthe apprit la défaite de ce roi à Pultawa. Il revint en Hollande, s'instruisit dans les langues vivantes et classiques, écrivit des brochures sur la querelle des anciens et des modernes, en se rangeant du côté de ces derniers, séduisit la duchesse d'Ossone ou d'Ossuna, femme de l'ambassadeur d'Espagne au congrès d'Utrecht, et l'ambassadeur lui fit signifier de quitter le pays. Saint-Hyacinthe gagna alors la ville de Troyes, y séduisit semblablement la nièce d'une abbesse et, semblablement, fut obligé de déguerpir pour échapper à un décret d'arrestation. Il était retourné en Hollande, que le duc d'Ossuna avait quittée depuis que le traité d'Utrecht avait cédé les Pays-Bas à l'Autriche. Il collaborait au *Journal littéraire* publié à La Haye, et parla à François-Marie d'un ouvrage qu'il préparait : le *Chef-d'œuvre d'un inconnu*, qu'il espérait avoir terminé pour l'année suivante. Il lui en lut quelques passages : c'était la critique la plus gaie des excès de l'érudition.

En récompense, François-Marie montra à Saint-Hyacinthe ses deux odes et, excité par les éloges qu'il en avait reçus, aussi bien que par ceux de l'ambassadeur, il en composa une troisième, intitulée *le Vrai Dieu*. Dans l'atmosphère d'une ambassade, — celle-ci avait sa chapelle, où l'on assistait régulièrement à la messe, — il épousait, malgré lui, les sentiments du monde officiel et voulait faire oublier, pour continuer son chemin dans ce monde, les écarts que l'on avait pu lui reprocher à Paris. Il sentait que, sous le règne d'un roi pieux, on ne pouvait parvenir à quelque chose qu'en affichant la piété. Il comptait bien, du reste, que cette ode aiderait au succès de son *Vœu de Louis XIII*. Neuf stances de dix vers témoigneraient donc sa piété.

Il commençait ainsi : « Se peut-il que dans ses ouvrages — L'homme aveugle ait mis son appui — Et qu'il prodigue ses hommages — A des dieux moins divins que lui ?... » Et il finissait de la sorte : « ... Grand Dieu ! Grâce aux fureurs humaines, — L'univers a changé de sort. — Je vois des palmes éternelles — Croître en ces campagnes cruelles — Qu'arrosa ton sang précieux. — L'homme est heureux d'être perfide, — Et, coupables d'un déicide, — Tu nous fais devenir des dieux. » Le père Le Jay l'aurait embrassé, encore que la conception selon laquelle les hommes seraient des dieux, ne fût pas très orthodoxe.

L'ambassadeur, tout en lui souhaitant pour la première ode le prix de poésie de l'Académie française en 1714, le découragea de l'idée qu'il avait eue de présenter la troisième à Mme de Maintenon. Il le pria de se souvenir de la seconde, dont des copies avaient couru : malgré les bons sentiments qui s'y trouvaient, la peinture des maux provoqués par la guerre, était trop violente pour l'épouse morganatique du roi.

Saint-Hyacinthe aboucha François-Marie avec une Nîmoise réfugiée, Anne-Marguerite Dunoyer ou du Noyer, parente de l'évêque d'Evreux, et qui, protestante par son père et convertie au catholicisme, avait épousé un gentilhomme, capitaine au régiment de Toulouse, puis grand maître des eaux et forêts du haut et du bas Languedoc. Née Petit, elle était de la famille du jésuite Cotton, le confesseur d'Henri IV et de Louis XIII, dont les bons pères de Louis-le-Grand faisaient tant de cas. Elle se sépara de son mari au bout de dix ans, commença par vivre en Angleterre et alla se fixer à La Haye, où elle rédigeait un libelle périodique, *le Lardon* ou *la Quintessence,* cette gazette paraissant tour à tour sous ces deux titres. Elle avait également commencé une publication en plusieurs volumes, dont cinq étaient déjà publiés, *les Lettres historiques et galantes.* Elle logeait à l'enseigne de *la Ville de Paris,* modeste hôtel garni dont sa fille cadette, Olympe, surnommée Pimpette, était le plus bel ornement. L'aînée était mariée en France à un sieur Jacob Constantin et, pour profiter des avantages réservés aux protestantes converties, elle était entrée dans l'institution dite des « nouvelles catholiques ».

Pimpette, vive et charmante, tourna la tête de François-Marie. Elle en avait déjà tourné une autre : celle de Jean Cavalier, l'ancien chef des camisards des Cévennes, qui avait lutté contre le maréchal de Villars avant de se soumettre. Déçu par la France, il s'était rendu à Londres et avait été bien accueilli de la reine Anne, jusqu'au moment où il lui dit qu'il croyait aux prédictions de « la Grande Marie », l'une des « prophétesses » des religionnaires. La reine l'envoya combattre en Espagne les troupes françaises, puis le plaça en demi-solde dans les Pays-Bas, avec le grade de colonel. Il avait trente-quatre ans à son arrivée à La Haye et était très bel homme. Mme Dunoyer le soutint de ses deniers, car il n'avait pas de quoi payer les officiers du régiment qu'il commandait. Se considérant comme le fiancé d'Olympe, il prit quelques gages. Mais il repassa tout à coup en Angleterre pour se soustraire à ses engagements sentimentaux, et laissa Pimpette dans le désespoir. Elle se consola bientôt avec François-Marie. Celui-ci n'avait pas ignoré l'esclandre du chef camisard. Les comédiens italiens et français avaient joué à Utrecht, le 20 mars de cette année, une comédie satirique, *le Mariage précipité*, où, sous des noms supposés, était racontée cette aventure. Mme Dunoyer avait été obligée de dévorer cet affront. Elle était peinte, dans cette comédie, sous le nom de Mme Kukila, Pimpette sous celui de Etepnip, anagramme de Pimpette, et Cavalier sous celui de Mitronet, qui annonçait presque Arouet.

François-Marie espérait que la jolie Olympe ne serait pas plus farouche pour lui qu'elle l'avait été pour Mitronet. Leurs amours allèrent bon train en cachette ; mais la jeune fille opposait quelque résistance, sans doute pour démentir ce que son nouveau soupirant savait d'elle. Afin de l'entraîner par le libertinage de l'esprit, il composa en son honneur une chanson, sur l'air de *Philis demande son portrait*, et il y faisait la demande et la réponse : « Je cherche un petit bois touffu, — Que vous portez, Aminte (c'était presque le nom d'Olympe), — Qui couvre, s'il n'est point tondu, — Un gentil labyrinthe ; — Tous les mois on voit quelques fleurs — Colorer le rivage ; — Ah! laissez-moi verser des pleurs — Dans ce joli bocage. » — — « Allez, monsieur, porter vos pleurs — Sur un autre rivage. — Vous pourriez bien gâter les fleurs — De mon joli bocage ; — Car, si vous pleuriez tout de bon, — Des pleurs comme les vôtres — Pourraient, dans une autre saison, — M'en faire verser d'autres. » — — « Quoi ! vous craignez l'événement — De l'amoureux mystère ? — Vous ne savez donc pas comment — On agit à Cythère ? — L'amant, modérant sa raison, — Dans cette aimable guerre, — Sait bien arroser le gazon — Sans imbiber la terre. »

Pimpette rit aux éclats lorsqu'il lui chanta cette chanson, et ce rire signifiait qu'elle se rendait. François-Marie put constater que le chef camisard, s'il l'avait précédé, avait eu le même savoir-faire que le poète de dix-neuf ans prétendait en avoir dans sa chanson. Il respecta la virginité défaillante et se rattrapa avec d'autres jeux, sans chercher à savoir si elle les avait déjà pratiqués.

Mme Dunoyer découvrit vite l'intrigue des deux amants et, par-dessus le marché, la chanson que François-Marie avait rimée en l'honneur de Pimpette. Elle avertit sur l'heure M. de Châteauneuf et le menaça d'un scandale : elle dit qu'elle souffletterait en public le suborneur Arouet et que, si on ne le renvoyait à Paris, elle écrirait au roi pour lui signaler qu'il y avait, à l'ambassade de France à La Haye, un petit poète libertin, qui avait corrompu sa fille. Elle affichait une morale d'autant plus stricte qu'elle était retournée au protestantisme, sacrifiant à ses premières convictions la fortune assez considérable qu'elle avait en France. Le marquis de Châteauneuf défendit à François-Marie tout rapport avec Mlle Dunoyer et le pria de regagner la France, comme le duc d'Ossuna avait fait en d'autres temps chasser Saint-Hyacinthe. La qualité de nouvelliste rendait Mme Dunoyer redoutable à un personnage représentatif. On savait que plusieurs souverains la pensionnaient, pour être à l'abri de ses indiscrétions, et le roi George d'Angleterre ne venait jamais sur le continent sans lui rendre visite, ce qui lui donnait un certain prestige. Le marquis tenait d'autant plus à éviter un scandale qu'il n'avait pas encore fait son entrée officielle : c'était, en effet, l'usage que les ambassadeurs ne présentassent leurs lettres de créance que plusieurs semaines et parfois plusieurs mois après leur arrivée dans la capitale où ils étaient accrédités. Or, M. de Châteauneuf avait été instruit d'un incident très désagréable survenu en 1710 à Utrecht entre le comte de Reetheren, député d'une des Provinces-Unies, et les laquais de Nicolas Mesnager, adjoint du maréchal d'Huxelles. Peu après, les laquais du Hollandais avaient attaqué et blessé grièvement ceux du Français. Louis XIV, informé, avait exigé le rappel à La Haye du comte de Reetheren et les négociations de paix avaient failli être suspendues. Si, maintenant, un des collaborateurs du marquis de Châteauneuf était souffleté en public par une femme, c'est l'ambassadeur de France qui verrait peut-être indéfiniment retardée son entrée officielle et devrait solliciter son propre rappel. L'ambassadeur écrivit à M. Arouet, pour lequel il voulait avoir quelque égard en souvenir de l'abbé, parrain du délinquant : il lui disait les motifs qui exigeaient le départ immédiat de son fils.

Le 25 novembre, jour qui avait été fixé pour son départ, celui-ci réussit à faire porter à Pimpette sa première lettre par l'entremise de Le Fèvre, valet de pied de l'ambassadeur. Il voulait décider la jeune fille à s'échapper en France, sous couleur de devenir « nouvelle catholique », et songeait plus ou moins sérieusement à l'épouser. Il écrivait : « Je crois, ma chère demoiselle, que vous m'aimez ; ainsi, préparez-vous à vous servir de toute la force de votre esprit dans cette occasion. M. l'ambassadeur me dit qu'il fallait partir aujourd'hui ; tout ce que j'ai pu faire, a été d'obtenir qu'il différât jusqu'à demain ; mais il m'a défendu de sortir de chez lui jusqu'à mon départ. Sa raison est qu'il craint que Mme votre mère ne me fasse un affront qui rejaillirait sur lui et sur le roi. Il ne m'a pas été permis de répliquer, il faut absolument que je parte et que je parte sans vous voir... Le désir de vous voir à Paris me consolera dans mon voyage. Je ne vous dis plus rien pour vous engager à quitter votre mère et à revoir votre père, des bras duquel vous avez été arrachée pour venir ici être malheureuse. Si vous balanciez un moment, vous mériteriez presque tous vos malheurs... Je serai à l'hôtel (de l'ambassade) toute la journée ; envoyez-moi trois lettres, pour M. votre père, pour M. votre oncle et pour Mme votre sœur. Que le porteur de ces lettres soit le cordonnier ; promettez-lui une récompense ; qu'il vienne ici une forme à la main, comme pour venir accommoder mes souliers... » Ce cordonnier, Van Bergen, était aussi crocheteur à l'hôtel de *la Ville de Paris*, ce qui facilitait la commission.

Mme Dunoyer ne connaissant pas le valet de pied de l'ambassadeur, François-Marie propose à Pimpette, pour leur échange de correspondance, de le présenter comme « un faiseur de tabatières » et ajoute : « Il est Normand et jouera fort bien son rôle. Il vous rendra toutes mes lettres, que je mettrai à son adresse, et vous me ferez tenir les vôtres par lui ; vous pouvez lui confier votre portrait. » Ce portrait, — une miniature, — François-Marie le demandait instamment « au nom de l'amour ». Il écrivait cette longue lettre « pendant la nuit », et l'on juge du trouble où il était par son style diffus et ses répétitions. « Adieu encore une fois, ma chère maîtresse ; songez un peu à votre malheureux amant... Brûlez ma lettre et toutes celles que vous recevrez de moi. » Suivaient encore plusieurs conseils. Il finissait : « Tenez-vous prête demain de bonne heure. Je tâcherai de vous voir avant de partir et nous prendrons nos dernières mesures. » Il parvint encore à faire retarder son départ ; mais il continuait d'être consigné chez l'ambassadeur.

Le 28 novembre, il écrivait de nouveau à Pimpette : « Je suis prisonnier au nom du roi ; on est maître de m'ôter la vie, mais non l'amour que j'ai pour vous. Oui, mon adorable maîtresse, je vous verrai ce soir, dussé-je porter ma tête sur un échafaud. Gardez-vous de Mme votre mère comme de l'ennemi le plus cruel que vous ayez. Tenez-vous prête dès que la lune paraîtra. Je sortirai de l'hôtel incognito, je prendrai un carrosse ou une chaise, nous irons comme le vent à Schevelin. » (Scheveningen, port de pêche à une dizaine de kilomètres de La Haye.) Il poursuivait : « J'apporterai de l'encre et du papier, nous ferons nos lettres », — les lettres destinées au père, à l'oncle et à la sœur d'Olympe, qui n'avait pu les rédiger. Celle de François-Marie était bien parvenue ; mais les deux amants n'avaient pas eu le loisir de se rejoindre, tant Mme Dunoyer avait les yeux d'Argus.

La lettre suivante est du 30 novembre, car le départ est encore remis, sans que la liberté du prisonnier fût devenue plus grande. « ... On observe ici tous mes pas, écrit-il... Je te conjure, au nom de Dieu, sur toutes choses, de n'envoyer ici personne de ta part sans en avoir concerté avec moi... Je sortirai par une fenêtre à minuit. Si tu as quelque endroit où je puisse te voir, si tu peux, à cette heure, quitter le lit de ta mère en prétextant quelque besoin, au cas qu'elle s'en aperçoive, si je peux venir à ta porte cette nuit, tu n'as qu'à le dire à Le Fèvre, de bouche. » Il achevait : « Adieu, mon adorable maîtresse, je t'adore et je me réserve à t'exprimer toute ma tendresse en te voyant. » La lune, minuit, le « besoin » prétexté, ne servirent malheureusement à rien.

Pour corroborer son intrigue, François-Marie avait écrit à l'ancien bibliothécaire de Louis-le-Grand, le père de Tournemine, qui s'occupait des « nouvelles catholiques », élevées dans un institut de la rue Sainte-Anne. Il ne doutait pas que ce jésuite ne fût sensible à son zèle chrétien et que cela ne recommandât, pour le prix de poésie de l'Académie française, son ode sur *le Vœu de Louis XIII.* Il se réjouissait que son départ fût différé, une fois de plus : il devait accompagner Maussion, l'attaché d'ambassade, qui allait à Versailles. Arouet, contraint à la « nécessité d'être prisonnier jusqu'à son départ », imagine alors de faire venir à lui Pimpette, déguisée en homme. C'est ce qu'il lui propose dans une lettre du 2 décembre : « ... Je vous enverrai un manteau qui cachera votre justaucorps et votre visage... Défiez-vous encore de Mme votre mère. » Il est certain que, puisque la mère et la fille couchaient ensemble, il était impossible à Pimpette de se dérober, la nuit, du lit maternel. D'où l'idée de François-Marie de la faire venir « sur la brune » à l'hôtel. Lisbette, servante de *la Ville de Paris,* serait chargée d'aller à l'ambassade, « sur les trois heures » chercher le paquet des « habillements ».

Et le 4 décembre, François-Marie écrit à sa bien-aimée sa joie que ce tour ait pu s'exécuter : « Je ne sais si je dois vous appeler Monsieur ou Mademoiselle ; si vous êtes adorable en cornette, ma foi, vous êtes un aimable cavalier et notre portier, qui n'est point amoureux de vous, vous a trouvé un très joli garçon. Vous aviez pourtant la mine aussi terrible qu'aimable et je crains que vous n'ayez tiré l'épée dans la rue, afin qu'il ne vous manquât plus rien d'un jeune homme. » Il continuait en vers : « Enfin je vous ai vu, charmant objet que j'aime, — En cavalier déguisé dans ce jour. — J'ai cru voir Vénus elle-même — Sous la figure de l'Amour. — L'Amour et vous, vous êtes du même âge — Et sa mère a moins de beauté ; — Mais, malgré ce double avantage, — J'ai reconnu bientôt la vérité : — Olympe, vous êtes trop sage — Pour être une divinité. » Les convenances voulaient que l'amour comblé parût toujours éconduit. François-Marie parlait à sa maîtresse comme si c'eût été Mme de Fontaines.

Les vers que lui avait inspirés le déguisement de Pimpette, lui rappelaient des stances de Voiture, poète du siècle passé et dont il goûtait le style et l'esprit, quoique un peu précieux. Celui-ci les avait faites sur sa maîtresse, rencontrée en habit de garçon, un soir de carnaval : « Je sens au profond de mon âme — Brûler une nouvelle flamme... — J'aime un garçon depuis trois jours, — Plus beau que celui de Cythère. — — Si le but de cette pensée — A ma conscience offensée, — J'en ai déjà le châtiment, — Car le feu qui brûla Gomorrhe, — Ne fut jamais si violent — Que celui-là qui me dévore. — — Mais je ne crois pas que l'on blâme — L'amoureuse ardeur dont m'enflamme — Le bel œil de ce jouvenceau, — Ni qu'aimer d'un amour extrême — Ce que Nature a fait de beau, — Soit un péché contre elle-même... — — Surtout il avait une grâce, — Un je ne sais quoi qui surpasse — De l'Amour les plus doux appas, — Un ris qui ne se peut décrire, — Un air que les autres n'ont pas, — Que l'on voit et qu'on ne peut dire... — — Le perfide a gagné la fuite, — Tenant mon cœur en son pouvoir, — Avec ma liberté séduite... — — ... Et depuis j'ai toujours aimé... — Une fille qui lui ressemble. » C'était bien le cas de François-Marie avec Pimpette.

Cependant, il ne se fiait pas à une nouvelle visite de sa belle, déguisée en garçon, parce qu'il avait été averti que l'on comptait les surprendre. C'est donc lui qui s'en irait trouver Pimpette chez le cordonnier Van Bergen. Il disait : « Ce que l'amour garde est bien gardé. Je sauterai par les fenêtres. » (Il songeait déjà à emprunter ce chemin le 30 novembre.) Il ajoutait que leur correspondance était soupçonnée et que Le Fèvre avait reçu l'ordre de donner à l'ambassadeur toutes les lettres qu'il recevrait du jeune Arouet. Il précisait : « J'en ai écrit une fausse, que j'ai fait mettre entre ses mains ; elle ne contient que des louanges pour vous et pour lui, qui ne sont point affectées. » Ainsi avait-il la petite satisfaction de se moquer de son chef. Et il eut celle, encore plus grande, de jouir de son amour.

Hélas ! dans sa lettre du 6 décembre, il écrit, désespéré : « On a découvert notre entrevue d'hier, ma charmante demoiselle... Dieu veuille encore que notre monstre aux cent yeux ne soit pas instruit de votre déguisement. » Le « monstre » est Mme Dunoyer, qu'il qualifie même de « mère barbare ». Elle avait joint, en effet, M. de La Bruyère, le secrétaire d'ambassade, pour demander que l'on renforçât la surveillance du « maudit Arouet ». Il supplie Pimpette de dissimuler avec elle : « Ce serait un crime que de lui laisser découvrir tout ce que vous pensez. » Il lui dit qu'il lui écrira de Paris par « tous les ordinaires, à l'adresse de Mme de Santoc de Maisan », une Française de La Haye en qui ils avaient confiance. Et il prie Pimpette de lui écrire : « A M. Arouet le cadet, chez M. Arouet, trésorier de la chambre des comptes, cour du Palais, à Paris. » Il lui écrira lui-même dès Rotterdam et attendra de ses nouvelles à Bruxelles. Il la conjure de lui faire parvenir les lettres destinées à son père et à son oncle, qui ne sont pas encore faites ; il termine : « Si tu m'aimes, console-toi, songe que nous réparerons bien les maux de l'absence. Je ne trouve point de termes assez forts pour t'exprimer mon amour ; je ne sais même si je devrais t'en parler puisque, en t'en parlant, je ne fais sans doute que t'attrister au lieu de te consoler... Je ne pourrai point vivre à Paris, si je ne t'y vois bientôt... »

François-Marie reçut un message de Pimpette, dont l'orthographe l'amusa, surtout parce que l'auteur était la fille d'une femme de lettres ; mais il se souvenait que son ami le duc de Fronsac n'avait pas, lui non plus, le sens de l'orthographe. Pourtant, celle de la jolie fille était si extraordinaire que cela ressemblait à une gageure : « Deam l'insertitude où je suis si j'aurai le plaisir de te voir ce soir, je t'averti que ca sse n'esstes pas La Vruijiere (M. de La Bruyère) qui estet hyer chès nous, s'est une méprise de la cordonière qui nous a larma for mal à propos. Ma mère ne se doute poin que je t'aye parllée et grasse au ciel elle te croi dégat parti... » Pimpette l'appelait joliment « son cher enfant » : « ... Ouy, mon cher anfan, la vie me serait trop à charge si je n'avais la douce espairance d'estre haimée de se que j'ai de plus cher au monde. Fait se que tu pourra pour que je te voye se soir. Tu n'aura qu'à descendre deans la cuisine du cordonnier et je te répon que tu n'as rien à creindre, car notre faiseuse de quintessance te crois dégat à moitiés chemein de Paris. » L'expression « faiseuse de quintessence » était assez drôle pour désigner sa mère, qui publiait *le Lardon* ou *la Quintessence.* Pimpette ajoutait : « Permait moy d'aller de mein à la messe à l'hôtel (de l'ambassade). Je prierai M. de La Vruijière de me montrai la chapelle, la curiausités est permise au famme ; et puis san faire samblant de rien, je lui demanderai si l'on n'a pas an core de tes nouvelles et de puis q'uan tu es parti. Ne me refusse pas cette grasse : mon cher Arouet, je te la demande au non de ce qu'il y a de plus tandre, s'est-à-dire au nom de l'amour que j'ai pour toy. A dieu, mon haimable anfan, je t'adore et je te jurre que mon amour durera autean que ma vie. » Elle signait : « Dunoyer ». Cette lettre, François-Marie jura, lui, de la garder précieusement : la gloire littéraire à laquelle il aspirait, aurait pour assise ces lignes pleines de fautes et de passion, cette prose enfantine.

Néanmoins, il n'encouragea pas ce projet de venir entendre la messe dans la chapelle de l'ambassade. Le 10 décembre, — car, s'il était toujours cloîtré, ce qui avait trompé Mme Dunoyer, le départ était remis, une fois de plus, — il écrit à Pimpette pour la supplier de ne pas s'adresser à l'ambassadeur, comme elle en avait, d'autre part, manifesté l'intention. « Il craint votre mère », disait François-Marie, montrant bien ainsi que l'ambassadeur de France était intimidé par le pouvoir de quelqu'un qui disposait d'une gazette. Dans le cours de cette lettre, il a soin de répéter : « Surtout, gardez-vous de venir à l'hôtel, ma chère Pimpette. » Il lui disait qu'il renonçait à avoir son portrait, dont la disparition aurait été remarquée. Tous ces contretemps avaient influé sur la santé de Pimpette, ce qui inquiétait son amoureux.

Il lui parle encore de sa santé dans une lettre du 13 décembre : ... « Quelle triste situation pour deux amants, l'un au lit et l'autre prisonnier ! Je ne puis faire autre chose pour vous que des souhaits, en attendant votre guérison et ma liberté. Mon départ est reculé encore. M. de Maussion, qui vient dans ma chambre, m'empêche de continuer ma lettre. Adieu, ma belle maîtresse ; adieu mon cher cœur. Puissiez-vous être aussi heureuse toute votre vie que je suis malheureux actuellement. Adieu, ma chère, tâche de m'écrire. » Plusieurs fois déjà, il avait alterné avec elle le « vous » et le « tu ».

Enfin, sa lettre du 16 décembre, et qui sera la dernière datée de La Haye, annonce à Pimpette qu'il part le lendemain. Il regrette de n'avoir pas eu « la satisfaction de pleurer au pied de son lit et de baiser mille fois ses belles mains, qu'il arroserait de larmes ». Cependant, il reparle de cette maladie de Pimpette dont il disait déjà, dans la précédente, qu'il ne savait pas ce que c'était et que « tout augmentait sa crainte. » On devine qu'il se demandait si cette « maladie » n'était pas autre chose, c'est-à-dire, si les précautions qu'il avait prises pour « arroser le gazon, sans imbiber la terre » n'avaient pas été déjouées et si Pimpette n'était pas enceinte. Il lui dit, en effet, à propos de sa maladie : « Vous me laissez là-dessus dans une triste incertitude... » Mais sa « prison » lui avait permis de prendre connaissance des *Lettres historiques et galantes* de leur persécutrice et il les critique en connaisseur. Il dit à sa belle : « J'ai été très content du premier tome... On remarque dans les quatre derniers un auteur qui est lassé d'avoir la plume à la main et qui court au grand galop à la fin de l'ouvrage ; j'ai imité l'auteur en cela et je me suis dépêché d'achever. » Il dit ensuite, d'un portrait descriptif du livre, que c'est « un des plus mauvais endroits ». Il ajoute : « Que je vous sais bon gré, mon cher cœur, d'avoir pris le bon de votre mère et d'en avoir laissé le mauvais ! Mais que je vous saurai bien meilleur gré lorsque vous la quitterez entièrement et que vous abandonnerez un pays que vous ne devez plus regarder qu'avec horreur ! Peut-être dans le temps que je vous parle de voyage, n'êtes-vous guère en état d'en faire ; peut-être êtes-vous actuellement souffrante dans votre lit et près de votre mère... Qu'il vaudrait bien mieux que je fusse dans votre chambre au lieu d'elle ! Mes tendres baisers vous en convaincraient ; ma bouche serait collée sur la vôtre. Je vous demande pardon, ma belle Olympe, de vous parler avec cette liberté. Ne prenez mes expressions que comme un excès d'amour et non comme un manque de respect... Adieu, mon adorable Olympe, adieu ma chère Pimpette. Si on pouvait écrire en des baisers, je vous en enverrais une infinité par le courrier. Je baise, au lieu de vous, vos précieuses lettres où je lis ma félicité. Adieu, mon cher cœur. » François-Marie, tout en parlant le langage de l'amour sensuel, observait fidèlement jusqu'au bout le style cornélien et racinien qui exige de respecter ce que l'on aime, c'est-à-dire de feindre de l'avoir respecté. Le respect était comme le terme de « Monsieur » employé à Louis-le-Grand entre les élèves dans les licences de l'allée noire.

Au milieu des tribulations de son cœur, François-Marie avait eu plaisir d'apprendre, par les lettres que M. de Châteauneuf avait reçues de Paris, les succès de son ami le duc de Fronsac à l'armée de Flandre. Fribourg avait capitulé le 16 novembre et Villars avait invité à dîner, le même jour, le baron d'Arche, le général autrichien qu'il venait de vaincre. Fronsac avait été blessé à la tête. C'est lui que le maréchal désigna pour aller annoncer au roi la reddition des forts, après celle de la place, dont il avait nommé gouverneur le comte de Bourg, un des « chevaliers» du Temple. Le 21 novembre, le jeune duc arriva, très ému, devant Louis XIV, qui l'accueillit à Marly de l'air le plus imposant. Richelieu demanda pardon de se présenter à lui avec un pansement autour de la tête. Puis, il détailla les opérations de la campagne, d'une manière si précise que le roi le complimenta et lui dit : « L'appareil de votre blessure efface la honte de la lettre de cachet que je signai contre vous. Comportez-vous bien, car je vous crois destiné à de grandes choses. » Il lui fit la faveur de lui donner un logement à Marly et le dispensa de retourner à l'armée, qui était sur le point de se séparer pour les quartiers d'hiver.

Cette fois, le jeune Arouet était parti. Le 19 décembre, il écrivait à Pimpette « du fond d'un yacht », — le bateau qu'il avait pris avec l'attaché d'ambassade Maussion, et qui devait le conduire à Anvers. Le Fèvre, le valet de pied, avait accompagné les deux voyageurs jusqu'à Rotterdam : mais François-Marie n'avait pu, de là, écrire à la jeune Olympe : c'est par Le Fèvre qu'elle aurait de ses nouvelles et c'est par lui qu'elle recevrait ce message. Arouet lui répétait ses instructions pour la requête à faire en qualité de protestante, résolue à devenir catholique, ce qui déciderait le gouvernement du roi à la rapatrier. Il lui disait : « Ne manquez pas à m'envoyer, dans la première lettre que vous m'écrirez, une autre lettre s'adressant à moi, dans laquelle vous me parlerez comme à un ami et non comme à un amant. Vous y ferez succinctement la peinture de tous vos malheurs : que votre vertu y paraisse dans tout son jour sans affectation. Enfin, servez-vous de tout votre esprit pour m'écrire une lettre que je puisse montrer à ceux à qui je serai obligé de parler de vous. » Il aurait pu dire que l'orthographe les aurait attendris et convaincus que c'était une Agnès. Il ajoutait : « Surtout, informez-moi de votre chère santé, pour laquelle je tremble... La première chose que je ferai en arrivant à Paris, ce sera de mettre le père Tournemine dans vos intérêts. Ensuite, je rendrai vos lettres. (Il les avait enfin.) » Il racontait que, durant ce voyage, son compagnon et lui avaient « un beau temps et un bon vent et, par-dessus cela, de bons vins, de bons pâtés et de bons jambons et de bons lits, et qu'ils étaient seuls à bord ». Il recommande de continuer à dissimuler avec la mère : « Dites que vous m'avez oublié, dites que vous me haïssez, et aimez-m'en davantage... Plût au ciel que vous fussiez déjà à Paris. Ah ! que je me récompenserais bien alors de notre cruelle séparation... Ma chère Olympe, vous aurez toujours en moi un véritable amant et un véritable ami... Adieu, mon cher cœur, aimez-moi autant que je vous aime. »

Malgré la tendresse dont il s'exprimait, quelque chose lui disait que son départ équivalait à une rupture. En pensant qu'il avait perdu ses espoirs de carrière diplomatique, pour une fille dont il ne serait sans doute jamais le légitime époux, il se répéta les vers du fabuliste : « Amour, amour, quand tu nous tiens, — On peut bien dire adieu prudence. » Mais, en songeant au pays qu'il venait de quitter, où il avait été prisonnier de son ambassadeur et où une mère retenait prisonnière sa propre fille, il s'écria : « Adieu, canards, canaux, canailles ! » Les « canailles », ce n'étaient pas les Hollandais, qui ne lui avaient rien fait : c'étaient Mme Dunoyer et l'ambassadeur de France, qui avaient traversé ses amours.

Il leur en voulait, certes, et, en même temps, il se demandait s'il ne leur devait pas de la gratitude : les obstacles, les interdictions, les déguisements, le départ au lendemain des jouissances, feraient peut-être, de cette première aventure d'amour, la plus belle de sa vie.

5

François-Marie, clerc de procureur et libertin. Amant logé de la marquise de Mimeure

M. AROUET refusa de l'accueillir sous son toit et l'avertit qu'il le déshéritait. La lettre du marquis de Châteauneuf, qui exposait son inconduite, avait produit tout l'effet prévisible. Le receveur des épices et payeur des rentes, indigné que son fils cadet, ce débauché, ce satellite du Temple, eût, à La Haye, séduit une fille et manqué de créer des difficultés au représentant du roi, avait été jusqu'à réclamer une lettre de cachet pour le faire envoyer en prison. Il y renonça, contre cet engagement théâtral du coupable, signé du 25 décembre et qui réussit à le toucher : « Je consens, ô mon père, de passer en Amérique et même d'y vivre au pain et à l'eau, pourvu qu'avant mon départ, vous me permettiez d'embrasser vos genoux. »

François-Marie connaissait la sévérité de son père ; mais il ne s'était pas attendu à de telles extrémités. Dans ce désarroi, son amour reprenait vigueur et devenait son seul réconfort. Le 28 décembre, il rédige cette lettre à Pimpette, où les intérêts de la jeune fille sont exposés avant les siens : « J'arrivai à Paris la veille de Noël. La première chose que j'ai faite a été de voir le père Tournemine. Ce jésuite m'avait écrit à La Haye le jour que j'en partis : il fait agir pour vous M. l'évêque d'Évreux, votre parent ; je lui ai remis entre les mains vos trois lettres et on dispose actuellement M. votre père à vous revoir bientôt. Voilà ce que j'ai fait pour vous. Voici mon sort actuellement : à peine suis-je arrivé à Paris que j'ai appris que M. l'ambassadeur avait écrit à mon père contre moi une lettre sanglante ; qu'il lui avait envoyé les lettres que Mme votre mère lui avait écrites et qu'enfin mon père a une lettre de cachet pour me faire enfermer. Je n'ose me montrer. J'ai fait parler à mon père : tout ce qu'on a pu obtenir de lui a été de me faire embarquer pour les îles ; mais on n'a pu le faire changer de résolution sur son testament qu'il a fait, dans lequel il me déshérite. » Pimpette lui coûtait cher ; mais il s'apercevait soudain qu'elle valait beaucoup plus. Il savait la maxime de Bussy-Rabutin : « L'absence est à l'amour ce qu'est au feu le vent, — Il éteint le petit, il allume le grand. » Olympe, dans le lointain, lui semblait son Olympienne.

Il poursuivait : « Ce n'est pas tout ; depuis plus de trois semaines, je n'ai point reçu de vos nouvelles. Je ne sais si vous vivez et si vous ne vivez point bien malheureusement. Je crains que vous n'ayez écrit à l'adresse de mon père et que votre lettre n'ait été ouverte par lui. Dans de si cruelles circonstances, je ne dois point me présenter à messieurs vos parents ; ils ignoreront tous que c'est par moi que vous revenez en France et c'est actuellement le père Tournemine qui est entièrement chargé de votre affaire. Il est absolument impossible d'être plus malheureux, à moins que d'être abandonné de vous... Partez dès que vous aurez reçu les ordres de M. votre père. Vous serez aux " Nouvelles Catholiques ", avec Mme Constantin (la sœur de Pimpette). Je me suis plongé, pour vous rendre heureuse, dans le plus grand des malheurs. Vous pouvez me rendre le plus heureux de tous les hommes... Si vous avez assez d'inhumanité pour me faire perdre le fruit de tous mes malheurs et pour vous obstiner à rester en Hollande, je vous promets bien sûrement que je me tuerai à la première nouvelle que j'en aurai. » Un cri semblable témoignait bien la détresse où François-Marie se trouvait après avoir perdu son foyer, ses espérances d'avenir et sa situation. Mais il faisait aussitôt ce retour sur Pimpette :

« Hélas ! je parle ici de mes maux, tandis que peut-être vous êtes plus malheureuse que moi ; je crains tout pour votre santé ; je crains tout de votre mère, je me forme là-dessus des idées affreuses. Au nom de Dieu, éclaircissez-moi... Écrivez-moi tout le plus tôt que vous pourrez à M. du Tilly, rue Maubuée, à *la Rose Rouge.* La tristesse, la crainte, l'amour, m'agitent violemment. Je me suis fait un vrai devoir de vous aimer, je remplirai ce devoir toute ma vie. » Ce mot de « devoir » prouvait bien que leurs relations avaient été intimes et que la jeune fille, d'une façon ou d'une autre, s'était donnée à lui. Il ajoutait : « Dès que j'aurai vu votre lettre, je vous manderai mon sort. Je ne sais pas encore ce que je deviendrai. Je suis dans une incertitude affreuse sur tout. Je sais seulement que je vous aime. Ha ! quand pourrai-je vous embrasser, mon cher cœur ? » L'année 1713 avait fini bien tristement pour lui.

Autre lettre à Pimpette le 2 janvier 1714 : « Depuis que je suis à Paris, j'ai été moi-même à la grande poste tous les jours afin de retirer vos lettres que je craignais qui ne tombassent entre les mains de mon père. Enfin, je viens d'en recevoir une, ce mardi au soir, second janvier. Elle est datée de La Haye du 28 décembre et j'y fais réponse sur-le-champ. J'ai baisé mille fois cette lettre, quoique vous ne m'y parliez pas de votre amour. Il suffit qu'elle me vienne de vous pour qu'elle me soit infiniment chère. Je vous prouverai pourtant par ma réponse que je ne suis pas si poli que vous le dites : je ne vous appellerai point Madame, comme vous m'appelez Monsieur. Je ne sais que vous nommer “ ma chère ” et si vous vous plaignez de mon peu de politesse, vous ne vous plaindrez pas de mon peu d'amour. Comment pouvez-vous soupçonner cet amour qui ne finira qu'avec moi ?... Ne seriez-vous pas vous-même assez négligente pour n'avoir point retiré mes lettres ? Et si vous les avez lues, vous condamnerez bien vos reproches et vos soupçons. Vous y aurez lu que je suis plus malheureux que vous et que je vous aime plus que vous ne m'aimez. Vous aurez appris que M. de Châteauneuf écrivit à mon père, déjà irrité contre moi, une lettre telle qu'il n'en écrirait point contre un scélérat. Je me suis caché quelques jours jusqu'à ce que mes amis l'aient un peu apaisé. J'ai employé les moments où j'ai pu me montrer en ville à voir le père Tournemine. Je ne m'arrête point à me plaindre inutilement de l'imprudence avec laquelle nous avons tous deux agi à La Haye. C'est cette imprudence qui sera cause de bien des maux ; mais enfin cette faute est faite et l'excuse peut seule la réparer... Je crois que je partirai incessamment pour Brest. Ne laissez pourtant pas de m'écrire à Paris. Mandez-moi les moindres particularités qui vous regardent, mandez-moi vos sentiments sur tout et soyez persuadée que je vous aimerai toujours ou je serai le plus malheureux de tous les hommes. Vous savez bien, ma chère Olympe, que mon amour n'est point du genre de celui de la plupart des jeunes gens qui ne cherchent, en aimant, qu'à contenter la débauche et leur vanité. Regardez-moi comme un amant, mais regardez-moi aussi comme un ami véritable. Ce mot renferme tout ; l'éloignement des lieux ne changera rien à mon cœur. Si vous me croyez, je vous demande, pour prix de la tendresse, une lettre de huit pages écrites menu... Adieu, ma belle maîtresse, aimez un peu un malheureux amant qui voudrait donner sa vie pour vous rendre heureuse. Adieu, mon cœur. »

Cependant, la paix avait été faite entre le père et le fils. Le premier président de Nicolaï était celui qui y avait le plus contribué. Protecteur des deux fils de M. Arouet, c'est lui qui avait dirigé l'aîné, Armand, vers la chambre des comptes, où celui-ci succéderait un jour à son père, et il pensait également arracher François-Marie à son goût pour la littérature en le dirigeant vers la judicature. M. Arouet renonçait aux lettres de cachet et à l'envoi « aux îles » ; mais il avait exigé que François-Marie prît pension, en qualité de clerc, chez Me Alain, procureur au Châtelet, rue Pavée-Saint-Bernard, près de la place Maubert. Le jeune homme, qui était maintenant dans sa vingtième année, s'installa donc à cette nouvelle adresse, avec armes et bagages.

Il écrivit à Pimpette le 20 janvier : « ... Les embarras où je me suis trouvé m'ont privé du plaisir de vous écrire la semaine passée. Je me suis mis en pension chez un procureur afin d'apprendre le métier de robin auquel mon père me destine et je crois par là regagner son amitié... Me voilà fixé à Paris pour longtemps : est-il possible que j'y serai sans vous ?... Songez par combien de raisons la Hollande doit vous être odieuse. Une vie douce et tranquille à Paris n'est-elle pas préférable à la compagnie de Mme votre mère et des biens considérables dans une belle ville ne valent-ils pas mieux que la pauvreté à La Haye ?... Croyez-moi, vous méritez d'être heureuse, vous êtes faite pour briller partout. On ne brille point sans biens et on ne vous blâmera jamais lorsque vous jouirez d'une bonne fortune. » François-Marie cherchait à la convaincre de ce dont il était convaincu depuis sa propre enfance : que la richesse, après les dons de l'esprit, — et ceux de la beauté pour une femme, — est la première condition de la félicité.

Il ajoutait : « ... M. Le Normand, évêque d'Évreux en Normandie, est, je crois, votre cousin. Écrivez-lui... Insistez surtout sur l'article de la religion. Dites-lui que le roi souhaite la conversion des huguenots et que, étant ministre du Seigneur et votre parent, il doit, par toutes sortes de raisons, favoriser votre retour. Conjurez-le d'engager M. votre père dans un dessein si juste... Ne manquez pas de le nommer Monseigneur. » Il souriait en écrivant ces mots ; mais il pouvait penser que le bon usage pour s'adresser à un évêque, était inconnu d'une jeune protestante vivant à La Haye. Il lui indiquait sa nouvelle adresse et le pseudonyme qu'il y avait pris : « Monsieur de Saint-Fort. »

C'est seulement le 10 février qu'il lui récrivit, et c'était pour la dernière fois. Il était découragé, en effet, de n'avoir plus rien reçu de sa chère Pimpette. Il la suppliait encore de ne pas le laisser sans nouvelles : « Que votre lettre soit plus longue que la mienne. Je trouverai toujours plus de plaisir à lire une de vos lettres de quatre pages que vous n'en aurez à en lire de moi une de deux lignes. » Cette phrase bizarre et dont les termes étaient probablement intervertis, attestait que ses sentiments, à lui aussi, avaient décliné. De même ne réclamait-il plus « une lettre de huit pages écrites menu », mais une « lettre de quatre pages ». « M. de Saint-Fort » n'avait pas longtemps justifié son nom. Reconquis par la vie parisienne, dès qu'il s'était réconcilié avec son père, il ne croyait plus à son grand amour batave. Il abandonnait ses instances auprès du père Tournemine et de l'évêque d'Évreux. Mais c'est qu'il avait eu l'explication du silence de Pimpette : Mme de Santoc de Maisan, leur intermédiaire à La Haye, lui avait charitablement appris que Mme Dunoyer, pour effacer son souvenir dans l'esprit d'Olympe, l'avait liée avec un autre jeune Français, moins âgé que lui de trois ans, — il n'avait donc que dix-sept ans, — Guyot de Merville, qui apportait les épreuves de la *Quintessence*. Il distrayait la fille, pendant que la mère travaillait. Par la même occasion, François-Marie avait su que le marquis de Châteauneuf avait enfin fait son entrée solennelle le 5 janvier.

Les jours passaient. L'étude de Me Alain n'absorbait guère le nouveau clerc. Il savait bien que son idéal ne serait pas accompli entre de pareils murs. Il repensait à l'élégie d'Ovide sur la gloire littéraire, préférable, selon le poète, à l'étude des « lois verbeuses » et à « la prostitution de sa voix dans l'ingrat prétoire ». Au moins ses amis, les abbés et les seigneurs du Temple, l'avaient-ils vengé de M. de Châteauneuf en lui chantant une chanson que l'on avait faite, l'année dernière, sur sa fille, la marquise de Morangis : « Nombre d'adorateurs suivent d'une marquise — La beauté, — Sans qu'en secret d'aucun son âme soit éprise. — La rareté ! — Elle permet à tous de lever sa chemise — Par curiosité. » L'air de cette chanson était justement *la Curiosité*.

Tout le monde se réjouissait de la paix que Villars et le prince Eugène avaient signée le 7 mars à Rastadt, entre Louis XIV et l'empereur Charles VI. Le maréchal y avait emmené, de Strasbourg, le lecteur des jésuites de cette ville, afin de traduire en latin le texte du traité. Les négociations continuaient à Bade, en Suisse, pour la signature d'un document, sur le même modèle, entre le roi et l'empire. Du côté français, elles étaient confiées au comte du Luc, ambassadeur à Soleure, le protecteur de Rousseau, et elles aboutirent peu après.

En cette circonstance, le lyrique écrivit *A M. le comte du Luc* une ode, que tout le monde jugea l'un des plus beaux morceaux de la poésie française. Il y exprimait, en termes superbes, son admiration envers l'homme public, et sa gratitude envers l'homme privé chez qui, seul, il avait trouvé « sa gloire, sa fortune, — Sa patrie et ses dieux ».

Si la paix régnait désormais en Europe, une guerre intestine avait éclaté dans le royaume, qui opposait les jésuites, partisans de la bulle ou constitution *Unigenitus* et ses adversaires, — leurs adversaires, — les jansénistes. A l'intérieur de la famille Arouet, Armand tenait naturellement pour ces derniers, tandis que François-Marie inclinait à railler les uns et les autres. Ses amis du Temple avaient donné libre cours à leur verve rabelaisienne en composant cette chanson, sur l'air de *Joconde*: « L'autre jour, deux diables volant — Firent une gageure — A qui chierait le plus puant — Sur l'humaine nature. — Le premier chia Le Tellier, — L'autre, effrayé, recule: — Mais, pour surpasser le premier, — Il lui chia la bulle... »

Cette constitution avait été sollicitée du pape Clément XI par Louis XIV, sous l'influence de son confesseur, le père Le Tellier; elle condamnait un livre du père Quesnel, oratorien, qui s'était retiré à Bruxelles, après avoir publié des *Réflexions morales*, où les jésuites relevaient cent une propositions hérétiques. Ils y voyaient les relents de l'*Augustinus* de Jansenius, ancien évêque d'Ypres, déjà condamné comme fauteur du jansénisme, lequel lui devait son nom. Mais le cardinal de Noailles, archevêque de Paris, et sept autres prélats qui avaient refusé la publication de la bulle dans leurs diocèses, avaient le soutien des parlements, toujours hostiles aux jésuites, et qui refusaient de l'enregistrer. François-Marie, pour faire plaisir à son frère, décocha une épigramme contre ses anciens maîtres, en oubliant qu'il venait de solliciter l'un d'eux en faveur de Pimpette, — même si c'était sans lendemain, — et qu'il comptait sur leur appui pour le prix de poésie de l'Académie française. Il les appelle « molinistes », à cause d'une doctrine sur la grâce, imaginée au XVIe siècle par le jésuite espagnol Molina, qui distinguait entre la grâce suffisante et la grâce efficace, ce qui formait, depuis lors, un sujet de discussion entre plusieurs ordres religieux. Cette épigramme, dans le goût des obscénités de Rousseau, divertit les abbés du Temple : « Usé du jeu que pratiquait Socrate, — Un moliniste auprès d'une béate — Par maints efforts excitait au plaisir — Nature lente à suivre son désir ; — Tant lente était qu'encor serait gisante — Sans le secours d'une main bienfaisante. — Cela, dit lors le cafard, transporté, — Ouvre à mes yeux le secret de la grâce ; — La suffisante aurait, parbleu ! raté, — Si dans ma main n'eût trouvé l'efficace. »

Cette épigramme était inspirée aussi à François-Marie par un clerc libertin de dix-huit ans, Nicolas-Claude Thiériot, ou Thiriot, frotté de lettres et même de lettres latines, qui travaillait chez Me Alain. Les deux jeunes gens s'étaient tout de suite intimement liés. Leur intimité « dans la poudre du greffe » avait eu un début amusant. Comme Arouet n'avait pas de barbe, — il s'épilait de temps en temps avec une pince les quelques poils qui lui poussaient sur les joues et au menton, — Thiériot l'avait accusé d'être eunuque et le poète s'était mis en devoir de lui en donner le démenti. A vrai dire, la nature n'avait pas été généreuse en ce domaine avec le jeune Arouet, car il était plus libidineux d'esprit que d'action. Sa toquade à l'égard de Pimpette avait été multipliée par les sentiments et les embarras, mieux que par des appétits de volupté. En revanche, il s'extasiait devant la virilité triomphale de Thiériot, qui lui en faisait constater l'état de longs moments de suite pour le narguer. Un jour, ce plumitif demeura une heure en érection, à la simple vue d'une estampe érotique et avec le secours de quelques attouchements, tandis que les efforts d'Arouet n'arrivaient pas à vaincre sa propre flaccidité [1]. Afin de sauver l'honneur des poètes, Arouet eut beau réciter les vers de Ronsard : « Ainsi, depuis une semaine, — La longue roideur de ma veine, — Pour néant rouge et bien à point, — Bat ma chemise et mon pourpoint. » « Tu n'es pas un poète de la même veine, lui avait rétorqué Thiériot. Mais console-toi, puisque l'*Ode à Priape* nous apprend que "le vit flasque" du dieu des poètes luimême "ne se guinde — Qu'à force d'être patiné". » François-Marie aima mieux rire que de continuer à faire le patineur.

1. Cf. sa lettre de Sully à Thiériot, été 1716, pp. 241 et 242.

Thiériot avait, dans un milieu différent de celui de François-Marie, toutes sortes de relations dignes de celles que le jeune Arouet avait au Temple. Arouet connut par lui un jésuite, le père Guyot Desfontaines ou des Fontaines, natif de Rouen, professeur de rhétorique dans un collège de la société à Bourges et apparenté à M. de Novion, président au Parlement de Paris. Ce père leur confia que, devenant suspect pour ses inclinations, il s'apprêtait à quitter les jésuites et à s'installer comme simple prêtre à Paris, où l'attirait, non seulement la vie pédérastique, mais la vie littéraire. Il comptait sur l'amitié de l'abbé Bignon, membre de l'Académie française, de l'Académie des sciences et de celle des inscriptions, administrateur du *Journal des savants*, avec qui il avait la complicité des mœurs. C'étaient, du reste, ces mœurs-là qui, d'après Desfontaines, avaient empêché Bignon de devenir évêque ; mais, grâce à la protection du chancelier Pontchartrain, allié de sa famille, il avait été nommé abbé de Saint-Quentin-en-Isle, doyen de Saint-Germain-l'Auxerrois et conseiller d'État d'Église. En cette dernière qualité, il succédait au fameux évêque de Noyon, Clermont-Tonnerre, que l'abbé de Caumartin avait couvert de ridicule en le recevant à l'Académie française, dans le mois qui avait suivi la naissance de François-Marie.

Si celui-ci voyait se profiler les images de deux abbés pédérastes, il n'avait pas retrouvé au Temple son cher abbé Servien, qui venait d'être enfermé au château de Vincennes. Déjà exilé, deux ans plus tôt, pour un scandale à l'Opéra, il en avait commis un autre, dans ce même lieu, le 10 janvier de cette année. On représentait l'*Achille* de Campistron et, de sa loge, il avait, au lever du rideau, apostrophé le parterre : « On nous donne *Achille*, c'est une bonne chose. » Et il s'était mis à chanter, sur un air d'opéra : « Ne serait-ce pas une marque, — Si l'on nous montre des blondins, — Qu'un vieux conard pourrait enfin — Avoir dégoûté le monarque ? » Comme la fois précédente, tout le monde avait ri et applaudi ; mais aussi, comme la fois précédente, l'abbé avait été arrêté le lendemain. Louis XIV n'aimait pas les récidivistes. On avait mis Servien à Vincennes. Il y était au secret, comme un prisonnier d'État. Sa nièce, la duchesse de Sully, veuve de son défunt neveu, mort brusquement en décembre 1712, et son autre neveu, l'actuel duc de Sully, avaient intercédé vainement en sa faveur. Il avait, du reste, encouru un reproche de plus, ayant fait scandale dans une orgie du duc d'Orléans, où celui-ci avait invité la Fillon et sa troupe. Les courtisanes en voulaient à l'abbé, qui les criblait de sarcasmes et, ne pouvant se venger de Philippe d'Orléans, elles se vengèrent du comparse. La Fillon, auxiliaire secrète du lieutenant général de police M. d'Argenson, dénonça l'abbé Servien comme amateur de chérubins, sans dire qu'elle lui en fournissait. Mais d'Argenson ignorait-il ce détail, lui qui se flattait d'avoir les meilleurs policiers du monde ? Du moins avait-il feint de l'apprendre.

Pour faire un coup d'éclat, qui le rendrait cher à jamais aux habitués du Temple, et d'abord au duc de Sully, François-Marie résolut d'écrire une épître en vers *A M. l'abbé Servien, prisonnier au château de Vincennes.* Cette *Épître* de cent dix-huit vers prouvait à la fois sa fidélité à un ami et son indépendance frondeuse à l'égard du pouvoir. Elle attestait l'hétérodoxie de son esprit et pouvait faire douter de l'orthodoxie de ses mœurs. Il y disait : « Aimable abbé, dans Paris, autrefois, — La Volupté, de toi, reçut des lois. — Les Ris badins, les Grâces enjouées, — A te servir dès longtemps dévouées — Et dès longtemps fuyant les yeux du roi, — Marchaient souvent entre Philippe et toi, — Te prodiguant leurs faveurs libérales — Et de leurs mains marquaient dans leurs annales, — En lettres d'or, mots et contes joyeux, — De ton esprit, enfants capricieux... » Philippe, ce n'était pas ici le duc d'Orléans, mais le grand prieur de Vendôme, qui était toujours en exil. François-Marie ne craignait donc pas de persifler Louis XIV et de louer un exilé, qui était un autre insigne sodomite. Dans une telle atmosphère, il devait bien s'avouer qu'il avait oublié entièrement Pimpette.

Pour tous les initiés, les vers suivants étaient d'une ironie suave : « O doux plaisirs, amis de l'innocence, — Plaisirs goûtés au sein de l'indolence — Et cependant des dévots inconnus, — O jours heureux ! qu'êtes-vous devenus ? — Hélas ! j'ai vu les Grâces éplorées ; — Le sein meurtri, pâles, désespérées. — J'ai vu les Ris, tristes et consternés, — Jeter les fleurs dont ils étaient ornés ; — Les yeux en pleurs et soupirant leurs peines, — Ils suivaient tous le chemin de Vincennes — Et, dans ce château malheureux, — Aux beaux esprits, hélas ! si dangereux, — Redemandaient au destin en colère — Le tendre abbé qui leur servait de père. » Il est certain qu'à Vincennes, même s'il était possible, comme à la Bastille, d'y goûter quelques « doux plaisirs » clandestins, ils n'étaient pas les « amis de l'innocence ». Et les Ris étaient plus nombreux que les Grâces à se lamenter sur l'incarcération de l'abbé. Ses prédécesseurs dans ces lieux n'avaient guère été de

« beaux esprits », mais de grands seigneurs rebelles : seul, le Grand Condé pouvait mériter cette épithète.

François-Marie disait encore à Servien : « ... Puisque enfin tu ne peux plus revoir — Un prince aimable à qui tu plais, qui t'aime, — Ose aujourd'hui te suffire à toi-même. » Ces derniers mots auraient fait éclater le grand prieur, autant qu'ils durent égayer l'abbé dans sa retraite : en effet, pour le punir par où il péchait, on lui avait interdit d'emmener à Vincennes son jeune valet de chambre qui était, selon un usage courant, le mignon de son maître. Servien prétendait que ce n'était pas uniquement pour la commodité ; il citait le mot de l'abbé de Boisrobert, l'un des premiers membres de l'Académie française : « Les laquais, c'est le ragoût. » En tout cas, l'expression de François-Marie conviant Servien à « se suffire à lui-même », faisait bien entendre que le prisonnier de Vincennes en serait réduit aux amusements solitaires.

Il continuait, dans son *Épître,* à lui prodiguer les exhortations : « ... Le destin change, il faut changer aussi... — Selon les temps, se faire des plaisirs — Et suivre enfin, conduit par la nature, — Tantôt Socrate et tantôt Épicure. » Il était comique d'inviter l'abbé Servien à suivre « tantôt Socrate et tantôt Épicure », pour « suivre la nature » : Socrate a donné son nom à l'amour socratique, autre dénomination de l'amour philosophique, et Épicure avait pour mignon le beau Pythoclès. François-Marie parlait d'ailleurs au prisonnier le langage de la philosophie : « Le philosophe est libre dans les fers. » Et il lui proposait l'exemple de Foucquet, « Tant regretté, tant pleuré des neuf Sœurs », ce qui était encore une façon de ne pas flatter Louis XIV. Cette allusion à Foucquet était un hommage à La Fontaine, qui avait écrit, après la disgrâce et l'emprisonnement du surintendant des Finances, la fameuse *Élégie* : « Remplissez l'air de cris en vos grottes profondes, — Pleurez, nymphes de Vaux... » François-Marie se piquait de faire, pour l'abbé Servien, ce que l'illustre « bonhomme » avait fait pour son protecteur.

Il suppliait l'abbé de ne pas « sacrifier à la mélancolie... — Nous t'avons vu... — Voluptueux avec délicatesse (Quel éloge à la pédérastie !), — Dans les plaisirs respecter la sagesse (Recette encore à trouver), — Par le destin aujourd'hui maltraité (Maltraité surtout par sa faute), — Dans la sagesse aime la volupté (C'était le meilleur conseil). — Que les Plaisirs, les Grâces et les Jeux, — Quand dans Paris ils te verront paraître, — Puissent sans peine encor te reconnaître ». Il lui souhaitait enfin, pour consolation, les fréquentes visites du duc de Sully : « Rien n'est plus doux, après la liberté, — Qu'un tel ami dans la captivité. — Il est connu chez le dieu du Permesse : — Grand sans fierté, simple et doux sans bassesse, — Peu courtisan, partant homme de foi, — Et digne enfin d'un oncle tel que toi. » Ces derniers mots ne firent sans doute au duc qu'une joie mitigée : ils avaient l'air de publier ce que ses mœurs avaient de commun avec celles du prisonnier. Il est vrai qu'il avait passé l'âge de lui servir « l'office à Sodome ».

L'abbé de Chaulieu approuva fort l'épître de François-Marie à la louange d'un des abbés du Temple, quoique celui-ci fût d'une paroisse différente de la sienne dans la religion de Vénus. La mort, survenue en janvier, de la duchesse de Bouillon, Marie-Anne Mancini, avait affligé « l'Anacréon du Temple ». Il avait été extrêmement lié avec elle aussi bien qu'avec sa sœur, la duchesse de Mazarin, déjà disparue. La mort de la duchesse de Bouillon avait été frappante : séparée de son mari, qu'elle avait abondamment trompé, elle était allée lui faire une visite à sa maison de Clichy, où il se remettait d'une grave maladie. A peine entrée dans la chambre, elle eut une attaque d'apoplexie et mourut au pied du lit de son époux, duc de Bouillon, d'Albret et de Château-Thierry, grand chambellan de France. L'abbé de Chaulieu disait qu'à soixante-huit ans, cette nièce de Mazarin était encore pleine d'agrément et de séduction. « Et que d'esprit ! ajouta-t-il. La preuve, c'est qu'elle protégea La Fontaine et lui inspira d'écrire ses *Contes*. Elle n'eut que le ridicule, conjointement avec son frère, le duc de Nevers, et avec son autre sœur, la comtesse de Soissons, de diriger la cabale de Pradon contre Racine, à propos de *Phèdre*. »

Il y avait, dans l'enceinte du Temple quelques hôtels de grands seigneurs, avec des jardins : l'hôtel de Guise en était le principal, non loin de l'hôtel de Boisboudran. Il devait son nom au prince de Guise, Anne-Marie-Joseph de Lorraine, comte d'Harcourt, — appelé plus communément de ce nom, — marié à Mlle de Montjeu, petite-fille du surintendant des Finances, Pierre Jeannin. Ils avaient, le mari, la réputation d'un escroc, la femme, celle d'une Messaline, et fréquentaient peu l'hôtel de Boisboudran, où on ne les souhaitait pas davantage. Mais l'abbé de Chaulieu, qui avait pris François-Marie en affection, le conduisit chez eux, « pour compléter son éducation en lui montrant, dit-il, une

“ vraie caverne de voleurs ”, — *spelunca latronum,* — établie à l’intérieur du Temple ». Ce comte d’Harcourt, bien qu’ayant une pension de dix mille livres du duc de Lorraine, était soupçonné, en effet, de machiner non seulement des escroqueries, mais des coups de main, en association avec une racaille qu’il hébergeait, à l’abri des immunités du lieu. Sa femme, qu’on y entrevoyait, semblait échappée de chez la Fillon. La comtesse-princesse et son mari ne gardaient pas moins un air de leur qualité, au milieu de ces désordres, et honorèrent le jeune poète, qui leur apportait quelques-uns de ses vers. De même, leur nom, malgré ce que l’on savait d’eux, les maintenait en rapport avec des gens de leur niveau social. La femme avait eu pour amant le duc d’Estrées, comme en témoignait un couplet que l’abbé de Chaulieu avait débité à son jeune compagnon : « La d’Harcourt nous surprend — Par sa nouvelle affaire. — D’Estrées a, pour lui plaire, — Un plus grand instrument, — La d’Harcourt nous surprend. » Elle ne surprenait jamais par son tempérament ni le prince-comte par ses brigandages. Et Arouet n’était pas peu surpris de voir un tel autre envers de la haute société.

Son *Épître à la comtesse de Fontaines,* écrite avant son voyage à Caen et son séjour en Hollande, n’était que de la galanterie littéraire. En resserrant ses liens avec cette société du Temple, surtout sodomitique, et en célébrant l’abbé Servien qui en était exilé, il sentait qu’il lui fallait compenser ces libertés par des amours orthodoxes. Il avait beau avoir oublié Pimpette, il conservait précieusement ses lettres, émaillées de fautes d’orthographe. C’était comme un gage et de l’amour qu’il avait inspiré et des amours plus nobles que Paris pouvait lui offrir. En attendant, il ne songeait pas à retourner chez la Fillon : il ne lui pardonnait pas d’avoir contribué à faire arrêter l’abbé Servien. N’étant pas à portée de conquérir une femme du monde, il imaginait de courtiser une actrice en vogue. Thiériot lui disait que c’était le meilleur moyen de se distinguer et que les hommes de cour se partageaient les actrices de la Comédie-Française ou les chanteuses et les danseuses de l’Opéra, quand ils ne s’en partageaient pas les danseurs. Le goût de François-Marie pour le théâtre suffisait à lui persuader, depuis le collège, qu’il serait auteur dramatique, — il caressait le projet de composer une tragédie sur Œdipe, — et qu’il devait donc s’efforcer, à tous les titres, d’avoir pour maîtresse une comédienne.

L’actrice la plus séduisante de la Comédie-Française était la

Duclos. Elle conservait, à quarante-quatre ans, les grâces de la jeunesse et, sur la scène, sa voix, qui chantait et déclamait la tragédie selon l'usage du siècle précédent, envoûtait les spectateurs. Elle attirait l'attention d'Arouet pour une raison supplémentaire : elle avait nom Marie-Anne de Châteauneuf, appartenant à une branche pauvre de la famille qui avait produit son parrain l'abbé et son terrible ambassadeur en Hollande. Elle avait pris ce nom de Duclos parce qu'il avait été celui de sa mère, fille d'un comédien réputé. François-Marie avait jalousé Crébillon, qui l'avait eue pour interprète dans *Rhadamiste et Zénobie.*

Thiériot chantait la chanson que l'on avait consacrée, en 1712, aux comédiennes françaises, sur l'air *Réveillez-vous, belle endormie*: « La Dancourt est vive et brillante, — Pour bien mettre un coup à profit ; — Pour un, elle en décharge trente : — Dieu lui conserve l'appétit ! — — La Duclos serait mon affaire, — Je lui trouve beaucoup d'appas, — On le lui ferait par-derrière, — Si le papier ne buvait pas. » Ce dernier vers était une allusion au mot célèbre d'une Italienne qui, n'ayant eu avec son mari que des rapports contre nature, lui fit pourtant un enfant : « Le papier a bu », lui dit-elle. Pour la Duclos, cela signifiait, à l'inverse, que même des rapports de ce genre eussent été périlleux, parce qu'elle avait la vérole. Cela calmait un peu le jeune Arouet ; mais il savait que l'on se guérissait de cette maladie. Enfin, cette année 1714, on l'avait drapée sur l'air des *Alléluia* à propos de son amant actuel, le comte d'Uzès : « La Duclos, à ce que l'on dit, — Prête à d'Uzès son large étui ; — Par ma foi, il en bavera, — Alléluia... » Crébillon, qui n'avait pas la verve épigrammatique, confirmait cette réputation avec cette stance, sur l'air *Du haut en bas*: « Belle Duclos, — Vénus plaît moins, je vous le jure. — Belle Duclos, — Vous rendez tous les dieux rivaux. — Priape eût tenté l'aventure, — S'il n'eût craint le galant Mercure, — Belle Duclos. » (Les remèdes mercuriels étaient le principal spécifique contre la vérole.) Le dramaturge avait eu un autre mot piquant à l'égard de cette actrice, qui lui avait demandé, pour se moquer de ses tragédies, où tant de personnages mouraient : « Quand nous donnerez-vous la liste des gens tués dans l'action ? — Elle serait moins longue, Mademoiselle, répondit-il, que celle des gens blessés dans vos combats. »

François-Marie ne connaissait pas Crébillon, mais le tenait pour le plus grand des auteurs dramatiques, après Corneille et Racine, notamment avec sa tragédie *Atrée et Thyeste* ; la dernière, *Xerxès,* créée cette année même, était jugée inférieure aux précédentes ; mais ces vers puissants, que d'aucuns trouvaient souvent barbares, ce sentiment de terreur, exploité comme on ne l'avait jamais fait sur la scène, remuaient profondément l'âme d'Arouet. La Motte, dont la Duclos avait été l'interprète encore plus que de Crébillon, — elle l'avait été de Racine et de Thomas Corneille, jusqu'à faire oublier la Champmeslé, — avait chanté l'actrice : « ... Tu feins le désespoir, la haine, la tendresse, — Et je sens tout ce que tu feins. » « Qui sait, disait François-Marie, s'il n'a pas senti les atteintes de Mercure ? »

Se mettant au-dessus de ces considérations, Arouet voulut décerner un hommage éclatant à Mlle Duclos, comme si c'était la promesse qu'il s'inscrirait un jour dans la liste de ses auteurs. C'était aussi avoir l'air, aux yeux du public, de s'inscrire dans celle de ses amants. Il résolut de lui dédier un conte en vers, auquel il travaillait depuis son retour en France. Ce conte visait tout ensemble à le distinguer de ses amis du Temple, dont les mœurs étaient si débridées, et à les amuser, puisqu'ils étaient les premiers à se moquer d'eux-mêmes. Certes, suivre discrètement leur exemple et paraître les blâmer publiquement, était digne de l'éducation qu'il avait reçue et conforme à sa fable de collège, *le Loup moraliste.* Il prit pour héros le marquis de Courcillon : sans le nommer, il le rendait aisément reconnaissable.

Ce qui lui semblait, par la même occasion, un service rendu aux acteurs et aux actrices en général, non moins qu'aux auteurs dramatiques, c'est qu'il attaquait, dans ce conte, une pratique extravagante et destructrice de l'art : celle qui octroyait aux seigneurs et aux hommes à la mode des sièges sur les deux côtés de la scène pour se faire admirer des spectateurs, sans se soucier de gêner les interprètes et de troubler la conduite de la pièce. Le seul avantage était, pour ceux-ci, que ces places se payaient fort cher. François-Marie, dans ses conversations à ce sujet, citait, comme une preuve du degré où pouvait aller une telle coutume, le personnage que Molière montre dans *les Fâcheux*, cette pièce créée au château de Vaux, chez Foucquet, le jour de la fête donnée au roi et qui décida la disgrâce du surintendant : « Au milieu du devant, il a planté sa chaise, — Et, de son large dos morguant les spectateurs, — Aux trois quarts du parterre a caché les acteurs. » Ce qui se passait sur cette même scène du Palais-Royal au temps de Molière, continuait de plus belle. Courcillon qui, grâce à sa bravoure militaire et à sa mutilation, ne craignait aucun brocard ni aucune réprimande, était de ceux qui trônaient sur la scène de la Comédie-Française, en maniant l'éventail, entouré de ses bardaches. Qui plus est, aux représentations d'*Horace*, ces jeunes gens applaudissaient avec affectation ces vers du vieil Horace : « Qu'est-ce ci, mes enfants ? Écoutez-vous vos flammes ? — Et perdez-vous encor le temps avec des femmes ? » ou riaient indécemment au vers de *Polyeucte* : « Et le désir s'accroît quand l'effet se recule. » François-Marie était très choqué, même si, à Louis-le-Grand, il avait prêté un sens équivoque à des passages d'*Esther*. En public, il n'admettait pas de plaisanterie avec les chefs-d'œuvre.

Il avertit loyalement Courcillon qu'il allait le faire figurer dans un conte en vers, intitulé *l'Anti-Giton*, — Giton, nom du petit personnage du *Satyricon*, était devenu l'antonomase de bardache. Le marquis, fidèle à l'esprit du Temple, le félicita d'avance de ses railleries, non sans ajouter : « Ne m'obligez pas cependant à vous faire donner des coups de bâton. » Par ces mots, le jeune poète apprenait, dès ses premiers pas, la différence qu'il y a entre l'état de roturier et celui de grand seigneur. Mais, comme il l'avait dit au père Le Jay, il se sentait assez de talent pour braver n'importe qui : le danger même le piquait au jeu. D'autre part, faire à une actrice, si éloignée de lui par la célébrité, une sorte de déclaration d'amour, était une autre bravade. Cela ne l'engageait pas à grand-chose et il estimait d'ailleurs, par ce qu'il savait de sa santé, que, tout ce qu'il devait souhaiter pour le moment, c'est que cela ne l'engageât à rien.

L'Anti-Giton, dédié « A Mademoiselle Duclos », commençait par cette invocation : « O du théâtre aimable souveraine, — Belle Chloé, fille de Melpomène, — Puissent ces vers de vous être goûtés ! — Amour le veut, Amour les a dictés. — Ce petit dieu, de son aile légère, — Un arc en main, parcourait, l'autre jour, — Tous les recoins de votre sanctuaire ; — Car le théâtre appartient à l'Amour ; — Tous ses héros sont enfants de Cythère. — Hélas ! Amour, que tu fus consterné — Lorsque tu vis ce temple profané, — Et ton rival, de son culte hérétique, — Établissant l'usage antiphysique, — Accompagné de ses mignons fleuris, — Fouler aux pieds les myrtes de Cypris ! » La pédérastie était, chez beaucoup de comédiens, une des annexes du métier, comme chez beaucoup de danseurs ; mais ce n'est pas à eux que pensait François-Marie.

Il poursuivait : « Cet ennemi jadis eut dans Gomorrhe — Plus d'un autel, et les aurait encore, — Si par le feu son pays consumé — En lac un jour n'eût été transformé... — Ainsi que Loth, chassé de son asile, — Ce pauvre dieu courut de ville en ville : — Il vint en Grèce, il y donna leçon — Plus d'une fois à Socrate, à Platon ; —

Chez des héros il fit sa résidence, — Tantôt à Rome et tantôt à Florence, — Cherchant toujours, si bien vous l'observez, — Peuples polis et par art cultivés. » Ces expressions délicates étaient destinées à montrer aux éminents pédérastes du Temple que l'auteur ne les condamnait qu'en apparence. François-Marie le prouvait bien par la suite : « Maintenant donc, le voici dans Lutèce, — Séjour fameux des effrénés désirs — Et qui vaut bien l'Italie et la Grèce, — Quoi qu'on en dise, au moins pour les plaisirs. — Là, pour tenter notre faible nature, — Ce dieu paraît sous humaine figure... — D'un beau marquis il a pris le visage, — Le doux maintien, l'air fin, l'adroit langage ; — Trente mignons le suivent en riant ; — Philis le lorgne et soupire en fuyant. — Le faux Amour se pavane à toute heure — Sur ce théâtre aux Muses destiné, — Où, par Racine en triomphe amené, — L'Amour galant choisissait sa demeure. — Que dis-je ? Hélas ! l'Amour n'habite plus — Dans ce réduit : désespéré, confus — Des fiers succès du dieu qu'on lui préfère, — L'Amour honnête est allé chez sa mère, — D'où rarement il descend ici-bas. — Belle Chloé, ce n'est que sur vos pas — Qu'il vient encor, Chloé, pour vous entendre... — Si vous voulez que cet enfant jaloux, — De ces beaux lieux désormais ne s'envole, — Convertissez ceux qui, devant l'idole — De son rival, ont fléchi les genoux ; — A l'hérétique il faut prêcher d'exemple. — Prêchez donc vite et venez dès ce jour — Sacrifier au véritable Amour. »

Comme la Duclos était un peu lesbienne, à l'instar de nombreuses comédiennes, ce dernier vers pouvait paraître satirique. Mais, faute d'être la déesse intégrale du temple de l'Amour orthodoxe, elle aurait pu être celle du Temple, c'est-à-dire de l'hôtel de Boisboudran. Du reste, les amis que François-Marie avait à l'intérieur de ces murailles et qui louèrent *l'Anti-Giton* pour ses qualités poétiques, lui firent observer que ses deux mots « Belle Chloé » rappelaient un peu fâcheusement la « Belle Duclos » de l'épigramme de Crébillon. Quoi qu'il en fût, la Duclos se montra fort insensible aux flatteries de François-Marie. Le comte d'Uzès lui suffisait pour sacrifier au véritable Amour. Et Arouet n'était encore ni un Racine ni un La Fontaine ni un Boileau pour l'immortaliser, comme ils avaient immortalisé la Champmeslé. Quant au marquis de Courcillon, qui ne se formalisa pas de cette légère satire, il dit à François-Marie que, pour son propre compte, il savait sacrifier même à l'amour conjugal : depuis l'année précédente, il était père d'une fille.

Bien qu'il eût appris le peu de succès de ses avances à

Mlle Duclos, François-Marie se crut le droit de se présenter à la loge de l'artiste pour lui déclarer au moins son admiration. Elle le complimenta de son poème ; mais, en le regardant, elle se mit à rire, ce qui le vexa : il comprit que son apparence de petit gringalet, sa qualité de fils d'un receveur à la cour des comptes et son titre de clerc de procureur, avaient fait pouffer l'actrice. Elle ne l'imaginait guère le rival de François de Crussol, comte d'Uzès, qui avait, il est vrai, vingt-quatre ans de plus que lui, mais qui était veuf d'une des plus riches héritières de France, Madeleine-Charlotte Pasquier de Franclieu des Bergeries, sa mère ayant épousé en premières noces le fermier général Hamelin. Ce rire piqua l'amour-propre du jeune Arouet, qui décida de chanter immédiatement la palinodie. Ce fut en parodiant l'épigramme de Crébillon. Il alla donner lecture de la sienne à ses amis du Temple, comme d'une nouvelle version de *Belle Chloé* : « Belle Duclos, — Vous charmez toute la nature, — Belle Duclos, — Vous avez les dieux pour rivaux, — Et Mars tenterait l'aventure, — S'il ne craignait le dieu Mercure, — Belle Duclos. » A l'étude de Me Alain, Thiériot déclara que ce n'était pas une parodie, mais un plagiat, en même temps qu'une illustration de ce que disait le renard de la fable à propos des raisins : « Ils sont trop verts... » François-Marie lui répliqua par le mot que disait Molière : « Je prends mon bien où je le trouve. » « Tu ne le trouveras pas chez le comte d'Uzès », riposta le clergeon qui était jaloux du poète. Du moins lui était-il utile en répandant des copies de ses vers : il était la trompette de sa jeune renommée.

Cependant, le prix de poésie de l'Académie française sur *le Vœu de Louis XIII* devait être décerné le 25 août. François-Marie ne pressait plus le père Tournemine pour les intérêts de Pimpette, dont il était quitte, mais pour les siens. Il lui fit lire l'ode qu'il avait composée en faveur de ce prix, et lui demanda de soutenir la candidature d'un des plus brillants anciens élèves de Louis-le-Grand. Cela ferait honneur à la société de Jésus. Le jésuite répondit qu'il ne fallait pas courir deux lièvres à la fois, ou plutôt avoir une bouche qui soufflât le chaud et le froid. En effet, si François-Marie s'était bien gardé de faire lire aux bons pères le conte de *l'Anti-Giton*, ceux-ci n'avaient pas manqué d'en avoir connaissance et il leur était difficile de l'apprécier, au moins officiellement. Le père Tournemine lui fit honte de prétendre concourir à un prix de poésie sur un sujet de piété et, dans un autre poème, d'exalter un amour qui, bien qu'orthodoxe, était répréhensible. « Quant à l'amour hétérodoxe, que vous prenez tant de ménagements à condamner, ajouta-t-il, c'est le péché que les théologiens du Moyen Age appelaient “ muet ”, — *peccatum mutum* —, pour indiquer que l'on n'en doit point parler. C'est ce que vous avez de mieux à faire. »

Sans se décourager et *le Vœu de Louis XIII* à la main, Arouet alla tenter sa chance auprès du père Porée, qui lui avait rendu jadis sa tabatière pour une pièce de vers improvisée. Celui-ci lui fit la même réponse que le père de Tournemine, mais d'une autre manière : en examinant la liste des académiciens dans l'*Almanach royal*, il ne cacha pas à François-Marie qu'il ne fallait pas compter sur l'appui des jésuites auprès de l'Académie française. « On ne scrute pas seulement les ouvrages présentés, dit-il ; la personne du candidat n'échappe pas à l'attention de ces messieurs. En dehors de vos licences poétiques, que vous croyez pallier par un sujet religieux, vous avez déjà un passé qui ne vous recommande guère, au moins pour le prix de cette année. On sait que vous avez été renvoyé de l'ambassade de France aux Pays-Bas, que vous y avez séduit une jeune réfugiée, que vous fréquentez la société du Temple, et ce n'est pas la société de Jésus. Cette société libertine compte de nombreux poètes ; mais aucun d'eux n'est entré à l'Académie. — Je parie que le président Hénault y entrera un jour, dit François-Marie. — Il n'y est pas encore pour vous patronner, dit le père ; mais il y sera peut-être un jour, en effet, pour vous aider à y entrer.

« Jusqu'à ce que vous vous soyez imposé par vos œuvres, continua le père Porée, en parcourant la liste académique, vous n'aurez ni la voix du successeur de votre ami Boileau, l'abbé d'Estrées, ni celle de son oncle, le cardinal, ni celle du cardinal de Rohan, ni celle du cardinal de Polignac, ni celle de Fénelon, archevêque de Cambrai, ni celle de Mgr de Nesmond, archevêque de Toulouse, ni celle de Mgr de Sillery, évêque de Soissons, ni celle de Mgr Huet, évêque d'Avranches, ni celle de Mgr de Coislin, évêque de Metz, ni celle de Mgr Mongin, évêque de Bazas, ni celle de l'abbé de Louvois, ni celle de l'abbé de Choisy, ni celle de l'abbé de Saint-Pierre, ni celle de l'abbé Fraguier, ni celle de l'abbé de Dangeau, ni celle de son père, le marquis, père également du marquis de Courcillon (tous deux ont moins goûté que lui votre dernier poème), ni celle de l'abbé Abeille, ni celle de l'abbé Bignon, ni celle de l'abbé Massieu, ni celle de l'abbé Fleury, ni celle de l'abbé Renaudot, ni celle de l'abbé Genest... — Que d'abbés, que d'évêques ! s'écria François-Marie ; mais c'est l'Académie du goupillon !

— ... Ni la voix du diplomate Callière, reprit le père Porée, ni celle de Valincour, historiographe de France, ni celle de Louis de Sacy, panégyriste de Trajan, ni celle de Danchet, que vous avez épigrammatisé, ni celle de La Motte, qui est grand ami de l'abbé Juilhard du Jarry, votre plus redoutable concurrent, ni celle du marquis de Sainte-Aulaire, parce que vous n'êtes pas recommandé par la duchesse du Maine, dont il est le féal. » En écoutant tous ces noms, dont beaucoup ne lui disaient rien, François-Marie était moins désireux des lauriers qu'il ambitionnait ; mais l'illustre compagnie, depuis sa naissance, justifiait le mot prononcé par l'abbé Servien, un jour qu'il y avait foule pour une réception : « Il est plus difficile d'entrer ici que d'y être reçu. » Les académiciens célèbres servaient de cache-sottise aux médiocres.

Mais le père Porée reprenait sa liste : « Vous aurez peut-être pour vous Fontenelle, qui est un esprit fort, l'helléniste Dacier, qui est l'ennemi de La Motte dans la querelle des anciens et des modernes, l'abbé de Caumartin, qui est un frondeur et dont la famille est amie de la vôtre, le premier président de Mesmes, puisque les Mesmes ont été les clients de votre père, Malézieu, qui est votre voisin de campagne à Châtenay, Campistron, puisque vous avez été introduit chez les Vendômes, le marquis de Mimeure, puisque c'est un parent de votre ancien camarade Fyot de La Marche, le voyageur de la Loubère, qui est un original, Mallet, écrivain de finances, La Chapelle, qui a fait des épigrammes, et La Monnoye, qui est fils d'un pâtissier. » François-Marie, petit-fils de tanneurs et arrière-petit-fils d'un drapier, ressentit ce mot comme une injure ; mais il savait que tous les jésuites, à force de frayer avec la noblesse, en affectaient les préjugés. Il dit au père que le collège s'était cru honoré, en 1710, d'avoir, parmi ses invités à la distribution des prix, un fils de cordonnier : Jean-Baptiste Rousseau. « Ne m'en veuillez pas, quand je vous cherche des voix, dit le père en souriant. Malheureusement, elles ne vous font pas une majorité. Mais enviez La Monnoye qui, avant d'être académicien, remporta cinq fois de suite le prix de poésie : on dut lui défendre de concourir. »

En dépit de cette double consultation, François-Marie se promettait de tout faire pour donner un démenti à ses anciens maîtres. Même si ces lauriers étaient décernés par des gens dont un grand nombre lui inspirait peu d'estime, ce n'étaient pas moins des lauriers. Suivant d'ailleurs la suggestion du père Porée, il écrivit à Fyot de La Marche afin de le prier d'intervenir auprès de Mimeure. Il pria également ses amis du Temple de séduire, par le canal de la manchette ecclésiastique, le cardinal de Rohan, Mgr de Coislin, l'abbé Bignon et l'abbé de Choisy, et, par le canal de la manchette militaire, le maréchal de Villars, dernier académicien reçu. Certains de ces espoirs lui semblaient présomptueux.

Cependant, pour ne rien négliger, François-Marie saisit l'occasion de se faire présenter au banquier suisse Hoguère, titré parfois de baron, qui aimait s'entourer de gens de lettres, parmi lesquels figuraient des académiciens. Il les recevait, soit dans son hôtel de la rue de Grenelle, soit dans son château de Châtillon, en Ile-de-France, où Arouet connut Crébillon, principal ami du maître de céans. Les *Couplets* de Rousseau n'avaient pas oublié les fructueux rapports de l'auteur dramatique avec ce banquier, dont il était peut-être aussi le maquereau : « Quel brillant habit, Crébillon, — Flatteur gagé d'Hoguer le Suisse ! — Sans ses présents, un vil haillon — Couvrirait à peine ta cuisse. » Mais François-Marie n'avait pas oublié, pour son compte, que Crébillon y était traité de « bougre » et il lui fit les yeux doux, en le saluant du nom de maître. Il pensait aussi à un huitain de l'abbé de Chaulieu, adressé *A Monsieur de La Fare,* sur un rêve qu'il avait fait : « On dit que M. Crébillon, — Avec un air farouche, — Est venu faire carillon, — La Fare, en votre couche. — Dès que vous l'avez aperçu — A travers la nuit sombre, — Il fallait lui tourner le cul — Pour apaiser son ombre. » Crébillon n'était pas encore de l'Académie française et ne cacha pas à son jeune interlocuteur qu'il ne pouvait rien pour son prix de poésie. Les académiciens présents chez Hoguère faisaient cercle avec La Motte, ce qui rendait toute intervention superflue, l'abbé Juilhard du Jarry étant son candidat.

Au moins cette visite permit-elle à l'aventureux Arouet de saluer une des plus brillantes compagnes de la Duclos à la Comédie-Française, Mlle Desmares : après avoir été l'une des maîtresses du duc d'Orléans, elle était celle du banquier. Elle figurait dans la chanson où l'on annonçait que « la pauvre Duclos » mourrait bientôt de la vérole : « On vit de la même façon — Chez la Desmares et chez Fillon. — Oh ! reguingué, Oh ! lon lon la. — Plus chaude du cul qu'une louve, — Elle en prend où elle en trouve. » Certainement qu'elle était ravie d'avoir trouvé M. Hoguère.

François-Marie crut également habile de se montrer au Procope, où se faisaient et se défaisaient les réputations littéraires, ce café ayant désormais supplanté celui de la Laurent. Thiériot avait eu soin d'y déposer les vers d'Arouet. Celui-ci y trouva Fontenelle,

Boindin, Saurin, le triomphateur de Rousseau, tous fumant et tous buvant du moka. Fontenelle, qui savait sa candidature au prix de poésie, lui fit un accueil aussi distant que celui des académiciens d'Hoguère. Le fils de Procope le complimenta pour *l'Anti-Giton.* Ayant étudié la médecine, après avoir manqué d'entrer dans les ordres, il avait écrit une *Analyse du système de la trituration.* Comme Arouet s'était plaint de son estomac, il lui offrit ce traité pour lui apprendre à bien mastiquer.

Et c'est l'abbé Juilhard du Jarry qui fut le lauréat de l'Académie française pour l'ode sur *le Vœu de Louis XIII.* Les batteries de la manchette avaient fait long feu. Le marquis de Mimeure avait été le principal des quelques académiciens qui avaient donné leur voix à Arouet. François-Marie répliqua immédiatement par cette épigramme, visant l'auteur de son échec : « La Motte présidant aux prix — Qu'on distribue aux beaux esprits, — Ceignit de couronnes civiques — Les vainqueurs des Jeux Olympiques : — Il fit un vrai pas d'écolier — Et prit, aveugle agonothète, — Un chêne pour un olivier — Et du Jarry pour un poète. » (Les agonothètes étaient les juges des Jeux Olympiques chez les Grecs et les vainqueurs étaient couronnés d'olivier.) L'épithète « d'aveugle » convenait assez bien à La Motte, puisque sa vue était des plus basses, désavantage qu'il compensait par des avantages cachés, — il avait, disait-on, « un vit long d'un pied ».

François-Marie ne se borna pas à une épigramme : enflammé par la colère, il accoucha d'une assez longue satire, sous l'influence de la *IXe* de Boileau, et l'intitula *le Bourbier.* Il en profitait pour se ranger du côté des anciens dans la querelle que leur faisaient les modernes. La Motte était le principal de ces derniers, depuis la mort de Charles Perrault, l'auteur des *Contes de fées,* membre, lui aussi, de l'Académie française (il avait eu pour successeur le cardinal de Rohan). Cette querelle venait, justement, de se rallumer par la publication, cette année même, de *l'Iliade en vers français et en 12 chants,* œuvre de La Motte, qu'il avait précédée d'un *Discours sur Homère.* Ce raccourci désinvolte de l'antique épopée, laquelle comprenait vingt-quatre chants, paraissait un sacrilège de plus aux admirateurs des anciens, aggravé par les commentaires tendant à réclamer, en faveur des auteurs modernes, — c'est-à-dire La Motte et compagnie, — la même admiration qu'en faveur des auteurs anciens. Le poète Gacon préparait un *Homère vengé*; mais François-Marie fut le premier vengeur.

Au début du *Bourbier,* il peignait le Parnasse idéal, qui n'était pas celui de La Motte-Houdard. « Au haut du mont, sont fontaines d'eau pure, — Riants jardins, non tels qu'à Châtillon — En a planté l'ami de Crébillon, — Et dont l'art seul a fourni la nature. » (Il n'oubliait pas sa récente visite au banquier.) Sur ce Parnasse, « Séjournent les gentils faiseurs de vers. — Anacréon, Virgile, Horace, Homère, — Dieux qu'à genoux le bon Dacier révère... » Mais, c'est au bas de cette illustre montagne qu'est « Un bourbier noir, d'infecte profondeur, — Qui fait sentir très malplaisante odeur. » (« ... A moins d'être au rang d'Horace et de Voiture, — On rampe dans la fange avec l'abbé de Pure », avait dit Boileau.) C'est là, disait François-Marie, que nagent, « Dans ce fleuve d'ordures... — Peintres, abbés, brocanteurs (la brocante étant des ouvrages de peu de prix), jetonniers (surnom des académiciens, qui touchent des jetons de présence), — D'un vil café superbes casaniers » (allusion à la fois au café Laurent, célèbre par les *Couplets* de Rousseau, et au Procope) « Où tous les jours, contre Rome et la Grèce, — De maldisants se tient bureau d'adresse », occupés à « polluer le trône d'Apollon ». Leur chef, « Houdard, ami de la troupe aquatique... — Houdard enfin qui, dans un coin du Pinde, — Loin du sommet où Pindare se guinde, — ... Est assis, ce dit-on, — Tout au-dessus de l'abbé Terrasson. » Cet abbé, oratorien qui s'agitait dans les lettres et dans les sciences, n'avait encore rien publié, mais avait pris bruyamment parti pour les modernes et achevait une *Dissertation critique sur l'Iliade d'Homère.* Son ralliement aux ennemis des anciens était d'autant plus frappant qu'il avait été professeur de philosophie grecque et latine au Collège de France. Mais, pour le camp adverse, placer La Motte-Houdard juste au-dessus de lui, c'était le placer au-dessus de rien. Ainsi se terminait *le Bourbier.*

Cette satire valut à François-Marie le suffrage le plus flatteur que lui eût accordé un homme de lettres. L'abbé de Chaulieu, qui avait, en 1713, publié un poème *Contre la corruption du style et le mauvais goût des poètes du temps,* en composa un autre pour féliciter son jeune allié : *A Arouet, sur son Parnasse,* Il lui disait : « Que j'aime ta noble audace, — Arouet, qui, d'un plein saut, — Escalades le Parnasse — Et tout à coup, près d'Horace, — Sur le sommet le plus haut — Brigues la première place, — Loin du marais où Perrault — Contre nos maîtres coasse, — Avec maint et maint grimaud... — —Dans le beau feu qui t'anime, — Tu foules d'abord aux pieds — La troupe pusillanime — Des malheureux fripiers, — De qui la stérile veine, — Ne pouvant de leur cerveau, — Faute de force et d'haleine, — Arracher rien de nouveau, — Avec leur *Dic-*

tionnaire, — Retournent l'habit d'Homère — Dans leurs vers estropiés... » Chaulieu raillait le *Dictionnaire* de l'Académie française, datant de 1694 et dont se préparait la réédition. L'érudit Ménage avait déjà lancé contre ce lexique, en 1698, sa *Requête des dictionnaires à Messieurs de l'Académie française,* requête qui l'empêcha d'entrer à l'Académie et dont le poème de Chaulieu semblait un écho : « ... Souverains arbitres des mots, — Doctes faiseurs d'avant-propos... — Surintendants d'orthographe, — Raffineurs de locutions... — Peseurs de brèves et de longues, — De voyelles et de diphtongues... » Mais ce à quoi Chaulieu faisait surtout allusion, c'était au projet qu'on prêtait aux académiciens d'introduire dans le *Dictionnaire* toutes sortes de néologismes, comme un triomphe des modernes, tandis que Ménage leur avait reproché, au contraire, de bannir des mots charmants, jugés désuets.

« L'Anacréon du Temple » disait ensuite à François-Marie : « Souffre que je t'encourage — A ce vol audacieux, — Toi qui n'as qu'à faire usage — De tes talents précieux : — Va, d'un air victorieux, — Faire une éternelle guerre — A ces enfants de la Terre, — Révoltés contre les dieux. » La comparaison n'était peut-être pas très heureuse, puisque c'était traiter de géants ceux que l'on voulait faire passer pour des nains. L'abbé continuait en désignant mieux à François-Marie ses adversaires : ... « Ces beaux esprits modernes — Qui n'ont, malgré Terrasson, — Pour odes que balivernes, — Qu'Houdard pour tout Apollon, — Un café pour Hélicon, — La Laurent pour Calliope, — Qui de son bouge salope, — Leur fait un sacré vallon. — — Laisse-les, dans leur manie, — Préférer insolemment — L'exactitude au génie — Et la pointe au sentiment. — Suis nos anciens modèles — Et joins tes grâces nouvelles — A tout ce qu'ont révéré — Des siècles de politesse — Et ce que Rome et la Grèce — Et le temps ont consacré. »

François-Marie était enivré : il n'avait pas eu le prix de l'Académie française ; mais il était couronné par l'Académie de l'esprit. Certes, il ne pouvait qu'être touché de se voir placé « sur le sommet le plus haut » du Parnasse, même s'il se rendait compte qu'il avait encore peu de droits pour occuper cette place ; mais elle était l'objet de son ambition, loin des gloires de café et des écrivassiers de balle.

Au reste, l'abbé de Chaulieu, dont il était le vengeur, l'avait lui-même vengé d'avance de l'Académie par des épigrammes contre plusieurs académiciens, — Abeille, La Chapelle, La Motte... Toutefois, Arouet lui fit observer qu'il avait eu tort de qualifier ce dernier de « libertin d'Académie », qui « n'a pas tiré de sa vie —

Un malheureux coup seulement ». Il lui rappela que La Motte avait été l'amant fort apprécié de la duchesse du Maine, parce que « puissant des dons de Vénus », comme disait Horace. Chaulieu lui répliqua que le propre d'une épigramme n'était pas d'être véridique, mais piquante et offensante.

Le Bourbier ne suffit pas à la vengeance de François-Marie. Il voulait, par une analyse du poème couronné, montrer sa science du langage et rendre les académiciens honteux de leur choix. Là encore, il pensait à la *IXe Satire* de son premier maître en l'art de juger et d'écrire : « L'Académie en corps a beau le censurer *(le Cid)*, — Le public révolté s'obstine à l'admirer. » François-Marie était sûr d'avoir le public de son côté. Faire preuve d'esprit critique, lui semblait aussi essentiel, pour un homme de lettres, que faire preuve de talent. Il publia donc une très longue *Lettre à Monsieur D..., au sujet du prix de poésie donné par l'Académie française en 1714.* Elle n'était pas signée : nul n'ignora qu'elle était de lui.

« Monsieur, Vous connaissez le pauvre du Jarry, c'est un de ces poètes de profession qu'on rencontre partout et qu'on ne voudrait voir nulle part... Il est parasite... et il paie, dans un bon repas, son écot par de mauvais vers, soit de sa façon, soit de celle de ses confrères, les poètes médiocres... Il faut que vous sachiez que l'Académie donne tous les deux ans un prix de poésie et par là immortalise un homme tous les deux ans... Mais n'arrive-t-il jamais qu'un auteur déclaré immortel par les Quarante soit mis au rang des Cotins par le public, qui est juge en dernier ressort ?... J'ai de bonnes preuves qu'une assemblée de quarante personnes n'est pas infaillible. Du reste, *le Cid* et le *Dictionnaire* de Furetière se sont soutenus contre l'Académie, et il pourrait bien se faire qu'elle approuvât de fort mauvais ouvrages, comme elle en a critiqué de fort bons. »

François-Marie citait ensuite les deux premiers vers du poème de Du Jarry : « Enfin le jour paraît, où le saint tabernacle — D'ornements enrichi nous offre un beau spectacle. » Il notait d'abord l'équivoque de « le jour paraît », expression qui signifie : « il commence à faire jour », alors que l'auteur avait voulu dire : « Enfin ce jour paraît. » François-Marie passait au vers suivant : « Premièrement, on ne sait si c'est le saint tabernacle ou le beau spectacle qui est enrichi d'ornements. Secondement, le saint tabernacle convient à toutes les églises de Paris comme à Notre-Dame. Troisièmement, ces deux vers sont si plats et si mal tournés qu'on doute si l'harmonie n'y est pas plus maltraitée que le sens commun. » Puis, venait ce vers : « La mort ravit un roi plein d'un projet si beau. » Et François-Marie commentait : « Voilà, en deux vers, un beau projet et un beau spectacle. » Il relevait cet autre : « Un monarque pieux, vraiment roi très chrétien. » « Avant M. l'abbé du Jarry, disait Arouet, on n'avait jamais mis " roi très chrétien " en vers. » Il s'esclaffait sur cette ânerie : « Pôles glacés, brûlants... » et ajoutait : « Pour dire " pôles glacés, brûlants... " au pluriel, il faudrait qu'il y eût plusieurs pôles de chaque espèce ; ainsi, selon M. l'abbé du Jarry, il y a quatre pôles pour le moins... Par malheur, nous n'avons que deux pôles, encore sont-ils tous deux glacés, parce que le soleil ne passe jamais les Tropiques... Il me semble que je vois *le Médecin malgré lui* qui place le cœur du côté droit... Certes, si ces pôles brûlants sont bien reçus à l'Académie française, où l'on juge des mots, ils ne passeraient point à l'Académie des sciences, où l'on examine les choses. » Il raillait cette imbécillité : « La relique sans prix, vénérable aux mortels », et faisait cette juste remarque : « On dit une chose être sans prix quand elle est de nature à être vendue ; mais M. l'abbé du Jarry sait-il bien qu'on ne peut vendre les choses saintes ? C'est apparemment du reliquaire qu'il veut parler. » Il trouvait bouffon « ce cœur infini, plus vaste que le monde », car « on dit bien " un grand cœur ", mais on ne dit guère en vers " un cœur infini " ; et s'il est infini, ce cœur, il n'est pas étonnant qu'il soit plus vaste que le monde ». Enfin, il accablait le malheureux du Jarry avec ce trait : « La prière pour le roi est aussi belle que le poème. Il y prie Dieu de faire mourir monsieur le dauphin : " Joins aux ans de l'aïeul ceux de l'auguste enfant. " »

Pour dévoiler comment cet abbé avait gagné la faveur de La Motte, François-Marie racontait qu'il avait écrit une épître en prose rimée à l'honneur de la nouvelle *Iliade en vers français* et « qu'il l'avait portée chez tous les académiciens amis des modernes ». Arouet réglait son compte au protecteur de l'abbé : « Un homme qui abuse de la grande facilité qu'il a à composer et de celle qu'ont ses amis d'approuver tout ce qu'il fait, ... embrasse tout genre d'écrire et n'excelle dans aucun. » Arouet ne s'était pas oublié au passage : il invitait son correspondant à lire « une ode qui l'a un peu disputé au poème de M. l'abbé du Jarry » : la sienne. Il se croyait le droit de la vanter, puisque le *Nouveau Mercure galant* et même le *Journal de Trévoux* la mettaient au moins à la seconde place. Les jésuites ne lui avaient toutefois pas accordé ni fait accorder la première. C'est pourquoi il se l'octroyait, en disant à Thiériot : « Charité bien ordonnée commence par soi-même. »

Il avait une autre satisfaction : d'avoir reçu les louanges de Jean-Baptiste Rousseau, à qui il avait envoyé son poème en Suisse. Le grand lyrique le consolait de ne pas avoir été couronné et l'engageait à ne pas récidiver dans une pareille compétition. Il lui disait : « ... On ne voit point que ni les Corneilles, ni les Racines, ni les Despréaux aient jamais travaillé pour les prix ; ils craignaient de compromettre leur réputation. Ils savaient trop bien que les plus méchants ouvrages avaient droit d'aspirer aux lauriers académiques. » Comme le prix de poésie avait été fondé en 1699, année où était mort Racine, Corneille étant mort depuis quinze ans et Boileau étant académicien depuis longtemps, cette dernière remarque tombait d'elle-même.

Si François-Marie faisait de moins en moins son métier de clerc de procureur, sa réputation naissante comme poète flattait un peu son père qui, du reste, le voyait vivre plus ou moins aux frais de ses nouvelles connaissances. Bref, il devenait parasite, après avoir, de cela, moqué l'abbé du Jarry. Les Mimeure, avec qui il avait resserré ses liens, l'avaient adjoint à leur compagnie de pique-assiette, composée de gens de lettres et d'artistes. La marquise, bien que d'un certain âge, était toujours galante : ne se contentant pas du marquis de Gontaut-Biron, aussi peu efficace que son propre mari, elle avait pour amant l'acteur Quinault. On riait de lui et de sa maîtresse dans une chanson consacrée aux comédiens, sur l'air *Oh reguingué* : « De Quinault voici le portrait, — Est-ce ce visage effilé, — Ce long nez, cet air épuisé, — Oh ! reguingué, Oh ! lon lon la, — Que je plains la pauvre Mimeure — D'aimer cette figure ! » (La rime était juste, car on prononçait « Mimure ».) Quinault, âgé seulement de vingt-six ans, méritait d'avoir l'air épuisé, car il était tout ensemble l'amant de la marquise de Mimeure et, avec son frère cadet, Quinault-Dufresne, l'un des bardaches du marquis de Courcillon. Leur sœur aînée, Mlle de Nesle, était morte en 1713. Une chanson impertinente lui faisait faire ses adieux : « ... Adieu, Dufresne ; adieu cher Courcillon, — Ne péchez plus tous deux contre nature ; — Troussez plutôt chacun un cotillon, — Si vous n'avez onguent pour la brûlure. » C'était bien vainement les menacer du bûcher. Cette famille Quinault, vouée tout entière au théâtre, comptait, de plus, une Mlle Quinault, sœur cadette de Mlle de Nesle, qui figurait également dans ses adieux : celle-ci l'avait vendue, à l'âge de seize ans, au richissime banquier juif, devenu protestant, Samuel Bernard.

En avril 1715, les *Nouvelles littéraires,* périodique imprimé en Hollande, publia *le Bourbier* de François-Marie et le poème que lui avait adressé l'abbé de Chaulieu. La gloire du jeune Arouet avait franchi les frontières et devait pincer le cœur d'Olympe Dunoyer ; mais la terrible mère se félicita sans doute d'avoir écarté de sa fille un amoureux qui se faisait tant d'ennemis.

Arouet revint à la charge contre l'abbé Terrasson, dont la *Critique sur l'Iliade d'Homère* voyait le jour. Comme cet oratorien était surtout connu en tant que géomètre, l'épigramme avait matière à le critiquer lui-même : « Terrasson, par lignes obliques — Et par règles géométriques, — Prétend démontrer avec art — Qu'Homère prend toujours l'écart ; — Que ses images poétiques, — Que tant de richesses antiques, — Ne nous charment que par hasard. — Il s'en avise sur le tard ; — Mais quoi que ce docteur décide, — D'un ton à gagner son procès, — Gacon, avec même succès, — Peut faire un rondeau contre Euclide. » François-Marie frappait deux coups à la fois : il rabrouait Terrasson et son piètre adversaire Gacon, auteur d'*Homère vengé.* Le dernier vers de l'épigramme les renvoyait quitte à quitte. François-Marie prouvait qu'il était aussi judicieux à l'égard d'un défenseur des anciens qu'à l'égard d'un partisan des modernes.

Cependant, pour recueillir le plus de documents possible sur le règne de Louis XIV, — règne qui durait depuis soixante-douze ans, — il employait à de nouvelles recherches les loisirs, de plus en plus longs, que lui laissait son stage chez Me Alain. Cela lui paraissait racheter les heures qu'il consacrait à la société du Temple. Il avait déjà pris des notes au château de Saint-Ange, chez les Caumartin : le conseiller était fertile en anecdotes sur la cour du grand roi et possédait le très précieux manuscrit des *Mémoires* du cardinal de Retz, — c'est l'abbé de Saint-Mihiel, dom Hennezon, qui avait remis ce texte au père du conseiller, grand ami du cardinal. M. de Caumartin, sur les exhortations de François-Marie, s'apprêtait à faire éditer ce travail, si intéressant pour la période de la Fronde et si rempli de traits de mœurs, que la dignité cardinalice rendait plus savoureux. Malheureusement, il ne restait que peu de pages de ses histoires de jeunesse : le pieux abbé de Saint-Mihiel avait arraché le début ; le manuscrit ne commençait qu'au feuillet 259. François-Marie déplorait ce vandalisme de la pudeur qui, depuis l'ère chrétienne, soustrait à l'humanité tant de chefs-d'œuvre de l'art ou de la littérature.

Il visita le père Daniel, ancien bibliothécaire de Louis-le-Grand et historiographe du roi. Ce jésuite s'était attiré un « brevet d'historiographe » supplémentaire : celui du régiment de la Calotte. Ce prétendu régiment était une association, fondée au début du siècle par un exempt des gardes du corps, M. de Torsac, et l'un de ses camarades, Aymon, pour railler les vanités et les ridicules. Elle institua un étendard, des armoiries, où la lune indiquait qu'il s'agissait de blasonner les lunatiques, et conféra des attributs à Momus, dieu du rire : une calotte à oreillons, des singes, une girouette... Les brevets qu'elle décernait, en vue d'agréger à sa bande comique ceux qu'elle en jugeait dignes, portaient aussi le nom de calottes ou calotines. Torsac et Aymon se partageaient le généralat. Louis XIV voulut bien s'amuser de leur impertinence et demanda un jour à Aymon de faire défiler son régiment devant lui : « Sire, répondit ce dernier, il n'y aurait plus personne pour le voir passer. » Les brevets, plus ou moins spirituels et presque toujours en vers, étaient rédigés par des poètes tels que Gacon, le défenseur des anciens, Roy, auteur applaudi de l'opéra *Callirrhoé*, l'abbé de Margon, qui venait de publier *le Jansénisme démasqué* et vendait sa plume à tout enchérisseur (il habitait le Temple), l'abbé Willart de Grécourt, connu pour sa muse licencieuse. L'abbé Desfontaines, l'ami de Thiériot, travaillait aussi à ces brevets.

Celui que le régiment de la Calotte décernait au père Daniel, était à propos de détails qu'il donnait, dans son *Histoire de France*, sur les relations amoureuses des anciens rois avec leurs pages et qui attestaient, de sa part, plus de liberté d'esprit que n'en avait eu l'abbé de Saint-Mihiel. A vrai dire, le jésuite se contentait de laisser deviner des choses que ses ennemis et les chevaliers de la manchette traduisaient en clair. Il les avait, du reste, vite corrigées. Le brevet disait : « Nous, général des Calotins, — A tous, Français, Grecs et Latins, — Savoir faisons qu'étant notoire — Que, pour bien écrire l'histoire, — Il ne faut point être flatteur, — Partial, sophiste ou menteur... — A ces causes, rendons justice —

Au révérend père Daniel, — Sans fard, sans mensonge et sans vice. — De notre illustre régiment — Le créons historiographe... — Approuvons son habileté — D'avoir, dans l'*Histoire de France,* — Fait régner avec évidence — L'esprit de la société. — Louons encore sa prudence — De nous prouver qu'anciennement — Les pages et les rois de France — S'enculaient mutuellement — Et qu'ils ont pris leur avantage — Selon la force et le courage — Qui rendait l'un le plus puissant, — Problème fort embarrassant — A résoudre pour un jésuite... » Ce ne sont évidemment pas ces détails que François-Marie discuta avec le père Daniel.

Il visita ensuite un second religieux, François de Camps, abbé de Sugny, auteur de nombreux articles historiques dans le *Mercure galant* et le *Mercure de France.* François-Marie connaissait, par les abbés du Temple, l'histoire secrète de cet abbé, qui avait été dans son enfance (c'était le fils d'un gargotier), tour à tour le mignon de l'archevêque d'Albi, Hyacinthe Serroni, et de l'évêque d'Autun, Gabriel de Roquette, modèle du *Tartufe.* Plus tard, il était entré dans l'Église et avait été nommé passagèrement, sous l'influence de Mgr Serroni, évêque de Pamiers. Les abbés du Temple lui avaient fait cette devise italienne, pour son blason épiscopal, qui représentait un soleil : *« Splendor mi dà il culo »,* — « Le cul me donne la splendeur ». Arouet avait été assez diverti de rencontrer chez lui le duc de Saint-Simon, si collet monté, si à cheval sur les titres et les origines, si hostile aux mauvaises mœurs. Le respect avec lequel ce personnage traitait l'abbé de Camps, montrait qu'il n'était pas informé de ses débuts dans le monde. Il le félicitait de l'accueil que le roi lui avait réservé à Versailles et qui, sans doute, expliquait ces empressements. Le duc parlait avec fierté de la protection que lui-même étendait sur l'abbaye de la Trappe, dont il vénérait le réformateur, le défunt abbé de Rancé, et sur celle de Septfons, dont il vénérait également le saint abbé, Joseph d'Hargenvilliers, qui venait le voir à chacune de ses visites à Paris.

Le jeune Arouet regardait avec curiosité ce Saint-Simon qui, d'après la rumeur publique, était le plus obstiné des ducs et pairs dans la querelle dite du bonnet, qui les opposait au premier président du Parlement. En effet, ce dernier, lorsqu'il était couvert de son bonnet, insigne de sa charge, ne le retirait, pour prendre l'avis des pairs au cours d'un débat, qu'en faveur des princes du sang. Les ducs et pairs prétendaient au même traitement de sa part, en vertu d'un antique privilège, et ils avaient en vain essayé de faire trancher ce point par le roi. Louis XIV s'y était toujours dérobé : ayant assimilé ses bâtards, les princes légitimés, aux princes du sang, il ne se souciait pas autrement de la querelle du bonnet, qui était toujours pendante. Saint-Simon, discutant de cette affaire avec l'abbé de Camps, dont il invoquait l'autorité, déclarait que le premier président aurait dû, comme jadis, s'adresser aux pairs, non seulement nu-tête, mais à genoux. Il rédigeait un mémoire qu'il assurait décisif. François-Marie voyait dans ce conflit le symbole des progrès du tiers état, qui provoquait des sursauts de féodalité dans la haute noblesse. Le duc, plein de son sujet, oubliait qu'il pérorait ainsi devant un membre du premier ordre, — le clergé, — qui était sans naissance, et un membre du troisième. Peut-être croyait-il les flatter.

Durant cette visite, arriva l'abbé Courtin, ami de l'abbé de Camps. Le duc de Saint-Simon lui fit, à lui aussi, les plus grandes politesses, lui parla de son père décédé, l'ambassadeur et sous-doyen du conseil, qui avait eu la faveur d'une invitation à Marly. Pour Saint-Simon, type parfait de l'homme de cour, la considération ne se mesurait qu'à celle que l'on pouvait avoir auprès du souverain. Ce n'était pas encore le cas du jeune Arouet et il devait se contenter d'un strict minimum de courtoisie ducale par égard pour son père. Elle fut un peu augmentée par les amabilités qu'il recevait de l'abbé Courtin, sans que le duc soupçonnât qu'elles avaient pour origine la cour scandaleuse du Temple.

Cette cour eut un moment d'agitation quand on apprit que le grand maître de Malte, don Ramon Perillos de Roccaful, faisait faire des citations à tous les chevaliers pour s'y rendre, l'île étant menacée d'une attaque des Turcs. Le grand prieur de Vendôme sollicita du roi la permission de partir, qui fut accordée, mais non pas celle, auparavant, d'aller prendre congé de lui à Versailles. Philippe fut reçu, à Malte, avec les honneurs dus à sa dignité. Toutefois, les troupes et la flotte françaises qui devaient l'y rejoindre, eurent un contrordre, les Turcs ayant suspendu leurs préparatifs.

Le grand prieur retourna à Lyon, où il lut, pour se consoler, une ode que Jean-Baptiste Rousseau lui avait adressée, comme s'il revenait du combat, *A S.A. Mgr le prince de Vendôme, sur son retour de l'île de Malte.* Le poète terminait par l'annonce prématurée de son retour à Paris : « Enfin, d'un prince que j'adore, — Les dieux sont devenus l'appui : — Il revient éclairer encore — Une cour plus digne de lui... » Il ne l'éclairait toujours que de Lyon.

Ces branle-bas guerriers et ce dithyrambe excessif n'avaient pas déplu à François-Marie, même s'il avait déploré les maux de la guerre. C'est qu'il avait toujours dans l'esprit, en dehors de ses projets relatifs à Louis XIV, celui d'un poème épique consacré à Henri IV, le pacificateur du pays. Ainsi alternait-il ses recherches sur l'un et sur l'autre, comme il avait alterné, à Caen, les strophes des *Malheurs du Temps* et celles du *Vœu de Louis XIII.*

A ces travaux, il ajoutait l'esquisse de la tragédie d'*Œdipe,* à laquelle il songeait depuis longtemps. Son admiration pour Racine et le goût de l'art dramatique lui avaient été inculqués par les bons pères de son enfance ; leurs propres tragédies, françaises ou latines, étaient évidemment destinées à stimuler les talents, plus qu'à témoigner le leur. Certes, avec *Œdipe,* François-Marie arrivait après Corneille et Sophocle ; mais il lui semblait justement que l'on pouvait faire un amalgame des deux pièces. Il estimait que ce serait une grande nouveauté de mettre en scène des chœurs et il n'avait pas été convaincu par la conclusion de l'auteur de *Polyeucte* dans l'*Examen* préliminaire de son *Œdipe* : « Les Anciens avaient leurs chœurs qui ne sortaient point du théâtre et étaient prêts d'écouter tout ce qu'on leur voulait apprendre ; mais cette facilité était compensée par tant d'autres importunités, que nous ne devons pas nous repentir du retranchement que nous en avons fait. » C'est ce défi que voulait relever François-Marie : à ses yeux, les chœurs de l'*Œdipe à Colone* et de l'*Œdipe Roi* de Sophocle étaient des éléments de beauté, qui enrichissaient le drame.

Il avait entendu raconter à Boileau que Racine, se trouvant chez lui à Auteuil, avait improvisé la traduction d'une de ces tragédies et jeté l'auditoire dans une sorte de terreur. François-Marie voyait, de plus, que la malice du public rajeunirait l'intérêt de cet inceste thébain par le souvenir des incestes de la famille royale : ceux de la cour de Sceaux, — la duchesse du Maine avec son frère, M. le Duc, mort en 1710, — et ceux de la cour du Palais-Royal, — le duc d'Orléans avec ses filles, notamment la duchesse de Berry.

Arouet consulta sur la question des chœurs l'académicien Dacier. Le fameux helléniste approuva chaleureusement ce projet ; mais il recommanda de ne pas introduire l'amour dans une telle pièce, malgré ce que voudraient les comédiens-français et encore plus les comédiennes. Tel était bien l'avis du futur auteur.

Au début de juin, François-Marie fut présenté par les Mimeure à la cour de Sceaux. Ils avaient fait lire à la duchesse du Maine son conte de *l'Anti-Giton*, qui l'avait amusée. Elle fut curieuse de connaître ce poète de vingt ans qu'elle avait entrevu deux ans plus tôt chez Malézieu à Châtenay, quand il était près de partir comme secrétaire de l'ambassadeur Châteauneuf à La Haye. Il était l'auteur de la satire du *Bourbier*, d'épîtres au dauphin, à la comtesse de Fontaines et à l'abbé Servien, d'odes sur sainte Geneviève, sur *les Malheurs du temps* et sur *le Vœu de Louis XIII*. Elle avait été intéressée par sa précocité. On lui avait dit que la première de ses odes avait été imprimée lorsqu'il était encore au collège, où il avait déjà composé, à l'âge de douze ans, son épître au dauphin. Les recommandations de Nicolas de Malézieu, l'oracle de Sceaux, avaient été aussi renforcées par celles du conseiller Ferrand et de l'abbé de Chaulieu, qui étaient chez eux à Sceaux comme au Temple. L'abbé ne venait-il pas de placer le jeune Arouet « sur le sommet le plus haut » du Parnasse ? Cette présentation officielle était une victoire pour François-Marie, parce qu'un autre oracle de la cour de Sceaux était La Motte-Houdard ; mais l'académicien avait bon caractère et ne fit aucun obstacle à quelqu'un qui avait été si peu tendre pour lui dans *le Bourbier* et dans la *Lettre à M. D...* Comme une grande fête nocturne devait avoir lieu, la joie du nouvel invité était complète. Il avait même la satisfaction de ne pas trouver à Sceaux son heureux rival, l'abbé du Jarry, bien que ce fût un ami de La Motte. En le ridiculisant, il l'obligeait à se cacher.

Après le château de Versailles et celui d'Anet, celui-ci était offert à son admiration. Cette splendide résidence, construite par Colbert, était devenue, en 1700, la principale du duc du Maine, le bâtard boiteux de Louis XIV, chéri du roi et de Mme de Maintenon. La vanité paternelle et la courtisanerie avaient tenté de le faire passer pour un enfant prodige : on avait publié ses *Œuvres diverses d'un auteur de sept ans*, — la plupart composées par son précepteur Le Ragois ou par Racine. Se prenant lui-même au sérieux, il avait ambitionné, à quatorze ans, la succession de Corneille à l'Académie française. Le roi avait empêché cette bouffonnerie. Pourtant, Racine avait assuré le jeune duc que, même si aucune place n'était vacante, « il n'y avait point d'académicien qui ne fût ravi de mourir pour lui en laisser une ». Bien que doué de certaines qualités d'esprit, son éducation à l'ombre de Mme de Maintenon, pour laquelle il trahit sa propre mère, la marquise de Montespan, l'avait rétréci. Il passait ses journées à écrire des *Méditations, Maximes et Pensées chrétiennes.* Malgré l'exemple de sa femme, il professait la sainteté du nœud conjugal et n'avait jamais eu de maîtresse.

L'âme de Sceaux était la duchesse du Maine, Anne-Louise-Bénédicte de Bourbon-Condé, fille du prince de Condé et d'Anne de Bavière. Cette naine, âgée de trente-huit ans, — elle avait six ans de moins que son mari, — était d'une ambition forcenée et jouissait d'avance du plaisir de la satisfaire bientôt : on savait, dans les milieux de cour, et elle était, avec son époux, la première à savoir, que le testament de Louis XIV instituait le duc du Maine président du conseil de régence, au détriment du duc d'Orléans à qui cette charge revenait, comme au plus proche parent légitime du futur Louis XV. Les jours du Roi-Soleil semblaient comptés. Aussi la société qui se réunissait à Sceaux, fondait-elle tous ses espoirs sur l'ascension prochaine du duc et de la duchesse du Maine à la tête de l'État. Le passe-droit dont ils bénéficiaient, était la récompense de ces bruits, répandus surtout par eux, qui accusaient le duc d'Orléans d'avoir fait empoisonner les deux dauphins et la duchesse de Bourgogne. On l'avait aussi accusé d'avoir tenté, en Espagne, de faire modifier en sa faveur le testament du roi Charles II qui déclarait pour héritier le duc d'Anjou d'alors, petit-fils de Louis XIV, devenu Philippe V. Plus le temps passait, plus l'affluence était grande à Sceaux, tandis que le désert s'établissait dans l'appartement du duc d'Orléans à Versailles ou dans sa demeure parisienne, le Palais-Royal, — l'ancien Palais-Cardinal, donné par Richelieu à Louis XIV et par lui à Monsieur. La femme de Philippe d'Orléans, ex-Mlle de Blois, fille du roi et de Mme de Montespan, se réjouissait, comme sœur du duc du Maine, que son frère l'emportât sur son époux.

La duchesse du Maine, malgré ses appétits de pouvoir, était fort éprise de lettres et de frivolités, autant que de galanterie. Elle avait créé un ordre de chevalerie à son image : celui de la Mouche à miel, où elle avait le nom de Ludovise. La médaille de cet ordre montrait, à l'avers, son portrait entouré d'initiales, et au revers, une abeille volant près d'une ruche avec cette devise en exergue, tirée de l'*Aminte* du Tasse : « Petite, oui, mais elle fait pourtant de graves piqûres. » La duchesse se définissait bien là elle-même. Elle se qualifiait « une poupée de sang » — de sang royal — pour ne pas méconnaître sa courte taille ; mais, en se proclamant « dictatrice perpétuelle » de l'ordre qu'elle avait fondé, elle affirmait, jusque dans cette babiole, son caractère impérieux. Comme elle ne détestait pas le libertinage de l'esprit, elle avait naguère encouragé Malézieu à écrire une parodie, *Scène de Polichinelle et du voisin,* où l'on citait les mots du *Dictionnaire* de l'Académie française offrant prétexte à des équivoques grossières ou obscènes. L'Académie avait protesté et l'on faillit exiler Malézieu, ce qui ne l'empêcha pas d'entrer successivement à l'Académie des sciences et à l'Académie française. Le souvenir de cette facétie n'était pas fait pour rendre l'auteur antipathique au jeune Arouet.

Celui-ci fut enchanté de revoir à Sceaux un écrivain qu'il avait connu au Temple : le comte Antoine Hamilton, auteur des *Mémoires du comte de Gramont.* Cet Irlandais avait été chassé de la cour de Versailles, il y avait une trentaine d'années, parce qu'il était devenu amoureux de la princesse de Conti, fille légitimée du roi. Depuis lors, Hamilton se partageait entre la cour de Sceaux et celle de Saint-Germain, où il tenait compagnie à la reine d'Angleterre et favorisait tous les complots de restauration des Stuarts. Il avait rapporté à François-Marie le mot qu'avait eu l'archevêque de Reims, Charles-Marie Le Tellier, la première fois qu'il vit, à Saint-Germain, le roi Jacques II sortir de la chapelle : « Voilà un homme qui a perdu trois royaumes pour une messe. » C'était le contrepoint du mot d'Henri IV : « Paris vaut bien une messe. »

Un grand seigneur, ami de la duchesse du Maine, intéressa François-Marie parce qu'il était poète : le duc de Nevers, fils de celui, mort en 1707, qui avait également été poète. C'étaient des Mancini, neveu et petit-neveu du cardinal Mazarin. Celui-ci avait légué au premier les duchés de Nevers et de Donzy, ainsi que d'autres terres situées en France et en Italie, en lui demandant d'ajouter au nom et aux armes des Mancini le nom et les armes des Mazzarini. Ce duc hérita ensuite les biens de son autre oncle, le cardinal Mancini. Arouet lui reprochait cependant d'avoir participé à la cabale contre la *Phèdre* de Racine ; mais lui qui prétendait composer un poème épique sur Henri IV, il avait apprécié la *Défense du poème héroïque,* publiée par ce duc de Nevers, avec l'aide des abbés académiciens Régnier-Desmarais et Testu de Belval. Son fils, le second duc, qui avait épousé une Spinola, future héritière de la principauté de Vergagne, collaborait activement aux plaisirs poétiques de la cour de Sceaux.

En dehors de Malézieu, de La Motte-Houdard et du marquis de Mimeure, cinq autres académiciens achevaient de donner un vernis littéraire à cette cour, dont ils étaient comme eux les familiers : le cardinal de Polignac, le marquis de Sainte-Aulaire, le premier président de Mesmes, l'abbé Genest et Fontenelle. Tous, sauf les deux derniers, étaient ou avaient été les amants de la duchesse. L'amant en titre était le cardinal de Polignac. En outre, pour les mêmes raisons que La Motte, certains beaux valets, avantageusement doués par la nature, avaient quelquefois leur chance auprès de la duchesse.

L'abbé de Chaulieu dit à François-Marie qu'un nommé Gasparini, qui avait été attaché à la maison d'Anne-Louise-Bénédicte, puis renvoyé, s'était réfugié en Hollande, où il avait fait imprimer un terrible libelle sur elle, son mari et d'autres princes ou princesses de la maison royale, intitulé *Histoires anecdotes de la famille de la princesse de Besdom* — mot composé de « baise » et de « Sodome ». Le peu que l'on en savait, c'était par la duchesse elle-même, qui en avait reçu un exemplaire et l'avait brûlé après l'avoir lu. Le roi avait donné, pour obtenir la destruction de ce libelle, des ordres encore plus pressants que ceux qui avaient concerné les ouvrages de Bussy-Rabutin. Il avait été si bien obéi qu'aucun autre exemplaire de ce livre n'avait franchi la frontière et qu'en Hollande, les ennemis du duc et de la duchesse du Maine l'avaient fait vainement rechercher. L'auteur était toujours en fuite ; mais depuis 1713, les nommés Massart et Dubois et le commissaire de la marine à Dunkerque, M. de Sossiondo, — il avait une maison en Hollande, — étaient à la Bastille pour avoir été mêlés à cette publication.

Chaulieu présenta François-Marie à un abbé, grand ami de la duchesse du Maine, de la princesse de Conti et de Madame, la Princesse Palatine, duchesse douairière d'Orléans : l'abbé d'Entragues. Ce personnage, quoique portant l'habit de son ordre, était si fardé et si efféminé qu'on l'aurait pris pour une femme déguisée. Frère du marquis du même nom, abbé de Bellefontaine et de Jouy-Dieu dans le Beaujolais, il vivait à peu près comme avait longtemps vécu l'abbé de Choisy avant d'être de l'Académie française. Entouré de jeunes femmes et de jeunes garçons, il recevait à sa toilette ou dans son lit, coiffé d'une cornette en dentelle ou de fontanges, avec un corset orné de rubans. Tel l'abbé de Choisy, il devait ces goûts étranges à sa mère qui avait voulu avoir une fille au lieu d'un garçon, et qui l'avait élevé à la manière d'une fille. Il ne fréquentait pas le Temple, parce que, disait-il, « les femmes y étaient trop rares ».

François-Marie fut flatté de rencontrer à Sceaux l'ex-duc de

Fronsac qui, par la mort de son père, était, depuis le mois de mai de cette année, duc de Richelieu. Agé de dix-neuf ans, il continuait d'être la coqueluche des dames de la cour et de la ville. Il était trop occupé pour aller au Temple : ses plaisirs étaient ailleurs. La duchesse, qui l'accompagnait à Sceaux, avait applaudi aux succès poétiques de leur ami Arouet ; mais ce dernier ne lui donnait plus de leçons. Le duc sembla trop heureux de les laisser parler poésie ensemble pour rejoindre sa principale maîtresse actuelle, Mlle de Charolais, âgée de vingt ans, — c'était la fille de Louis III de Bourbon-Condé et de Mlle de Nantes, bâtarde de Louis XIV.

Arouet rencontra un autre de ses camarades de Louis-le-Grand, le marquis de Gesvres, qui le présenta à M. le Duc. Le jeune poète fut obligé de se dire que la beauté n'était pas toujours l'apanage des grands : ce prince était long comme un jour sans pain, avec un menton pointu et un air de rustre. De plus, il avait été éborgné à la chasse par le duc de Berry, dont un plomb avait ricoché sur un étang glacé. C'est son père, mort en 1710, qui avait été l'amant de sa tante, la duchesse du Maine. Il venait de son château de Saint-Maur, qu'il préférait à la pompe royale de celui de Chantilly, demeures que François-Marie ne connaissait pas. Sa présence étonnait, car sa mère était brouillée avec le duc et la duchesse du Maine, pour un procès qu'elle avait perdu contre eux au sujet de la succession de M. le Prince, — le Grand Condé. Sans doute M. le Duc voulait-il faire un geste d'apaisement. Il avait épousé une fille du prince de Conti ; mais, comme le duc de Fronsac, il refusait de consommer le mariage, tant à cause de ses goûts que parce que sa femme était horrible et bossue. Lorsque, plus jeune, il était à l'armée de Flandre, ses mœurs étaient si libres avec les soldats que le roi avait ordonné à Villars de le faire surveiller jusque sous sa tente. Nulle commission n'avait été plus agréable au maréchal.

Plus loin, Arouet et Ferrand aperçurent Mme la Duchesse et son amant, le comte du Chayla. Ils étaient aussi affreux l'un que l'autre et que l'était le frère de la duchesse, le jeune prince de Conti présent à cette fête. Au moins du Chayla, quoique d'aspect simiesque, n'était-il point bossu comme eux. Ferrand cita ces mots du mari : « J'ai cru me mettre à l'abri du cocuage en épousant un monstre et cela n'a servi de rien, car il s'est trouvé quelqu'un d'encore plus laid que moi, pour me cocufier. » D'autre part, selon Ferrand, Mme la Duchesse « lesbianisait » en cachette avec la marquise de Mouchy, née Forcadel.

Le chevalier-conseiller apprit à Arouet que la difformité des Conti venait de ce que le grand-père de l'actuel, Louis-Armand Ier de Bourbon, qui avait épousé une Martinozzi, nièce de Mazarin, avait attrapé la vérole à Montpellier et n'en avait jamais guéri, malgré le renom de la faculté locale. Il passait pour avoir eu, dans sa jeunesse, des rapports incestueux avec sa sœur, la duchesse de Longueville.

On entourait un autre couple d'attentions déférentes : Mme la Duchesse mère et son amant, le comte de Lassay. Elle était la fille aînée de Louis XIV et de Mme de Montespan, légitimée sous le nom de Mlle de Nantes et veuve de M. le Duc, Louis III de Bourbon-Condé. L'amant de cette douairière, colonel-lieutenant du régiment d'Enghien, était fils de la seconde femme d'un homme singulier, le marquis de Lassay, aide de camp du roi et ancien maquereau de feu M. le Duc. Le marquis, homme de lettres et architecte, imprimait ses ouvrages dans sa terre de Lassay, où il avait installé une imprimerie, et il dressait, pour la maîtresse de son fils, les plans du palais qu'elle entendait édifier à Paris, en face du Cours-la-Reine, — le Palais-Bourbon. Son fils, qui avait épousé la sœur de son père, c'est-à-dire sa propre tante consanguine, édifiait pour lui-même, tout à côté, rue de l'Université, le futur hôtel de Lassay, afin de sauver les apparences de ce concubinage princier. La précaution était tardive, car les chansons s'étaient déjà emparées de lui et de sa maîtresse : « Or nous dites, duchesse, — Quand Lassay quittera, — Que deviendront vos fesses ? — Qui donc les grattera ? »

François-Marie vit ensuite le théâtre du château, dont les programmes avaient pour fournisseurs Malézieu, l'abbé Genest et Mlle de Launay, secrétaire de la duchesse du Maine. Leur rôle n'était pas toujours enviable, à cause des exigences et des caprices de Ludovise : Malézieu le définissait « les galères du bel esprit ». François-Marie échangea quelques propos avec la jeune secrétaire, qui était charmante et enjouée. L'abbé de Chaulieu avouait qu'il en était amoureux. L'abbé de Vertot, historien des *Révolutions du Portugal*, des *Révolutions de Suède* et des *Révolutions de la république romaine*, — le père Bouhours avait estimé le premier de ces ouvrages un modèle de langue française, — était également un des amoureux de Mlle de Launay : ancien moine de Cluny, il était devenu curé de Croissy-la-Garenne, près de Marly. François-Marie l'avait aperçu dans la foule. Ferrand disait que Mlle de Launay écrivait les billets doux de la duchesse destinés au cardinal de Polignac et Ferrand assura qu'elle avait même rédigé un billet incestueux envoyé par Ludovise à feu M. le Duc. Elle avait été d'abord attachée à la maréchale duchesse de La Ferté, célèbre par son inconduite et où elle avait commencé à naviguer. Pour se venger d'elle, qui n'avait pas rempli ses vues, cette duchesse l'avait placée chez la duchesse du Maine en qualité de femme de chambre ; mais la jeune fille n'avait pas tardé à se faire valoir et à monter en grade.

François-Marie ne pouvait manquer de rencontrer la duchesse de La Ferté, qui était de toutes les fêtes de Sceaux. Sa dévotion récente, fruit de son âge, — elle avait soixante ans, — ne donnait pas le change et lui valait d'être chansonnée. « Ce qu'il y a de drôle, dit Ferrand, c'est que sa belle-mère, la maréchale et duchesse, née d'Angennes, qui vient de mourir à quatre-vingt-cinq ans, avait fini aussi dévote, après avoir été aussi dissolue. Sa sœur aînée, morte peu après elle et au même âge, était la comtesse d'Olonne, sur laquelle vous m'avez dit avoir lu, au collège, la comédie obscène de Bussy-Rabutin qui porte son nom. Les deux sœurs, déjà avancées en âge, veuves et vivant ensemble, allèrent entendre le sermon du mercredi des Cendres à l'église de leur paroisse et, au retour, commentèrent avec effroi la nécessité de faire pénitence. “Ma sœur, dit la maréchale, que ferons-nous donc ? — Eh bien, répondit l'autre après un moment de réflexion, nous ferons jeûner nos gens.”

Un en-cas réunit tout le monde à l'entrée du parc. Le rassemblement de toutes ces femmes, belles ou laides, mais somptueusement parées, de ces hommes en habits de soie de toutes couleurs, enchantait les yeux du jeune poète. Comme, en dépit du rang de la plupart des invités, la galanterie régnait sur l'assistance, François-Marie, Ferrand et l'abbé Servien évoquèrent, à cause de ce chatoiement et de ce paysage, le tableau de Lancret *les Fêtes galantes.*

Il y eut ensuite un ballet-pantomime au théâtre, innovation de la duchesse du Maine. La pantomime était de Mouret, qu'elle avait nommé surintendant de sa musique et qu'elle appelait « le musicien des Grâces ». C'était une scène de la tragédie d'*Horace,* interprétée par les danseurs et les danseuses de l'Opéra. La représentation terminée, Ferrand emmena François-Marie visiter le parc.

Il y avait un labyrinthe, comme à Anet et comme à Versailles. Ferrand fit voir à François-Marie la *Diane* de bronze qui avait été donnée par la reine Christine à Abel Servien, le père de l'abbé, puis vendue à Colbert. Quant à lui, il préférait l'*Antinoüs,* autre ornement de ces lieux. « Les deux statues, dit François-Marie, figurent en quelque sorte, les deux pôles de mon *Anti-Giton.* — *Antinoüs* est le pôle brûlant et *Diane* le pôle glacé », dit le conseiller pour parodier l'abbé du Jarry. Sous les ombrages, des ouvriers, dirigés par le premier président de Mesmes, préparaient la fête nocturne qui devait se dérouler dans ces jardins. La duchesse du Maine avait institué ce que l'on appelait « les nuits blanches ou les grandes nuits de Sceaux ». On les passait dans les allées du parc, illuminé de flambeaux et de feux de Bengale. Le premier président, qui s'occupait en particulier des feux d'artifice et qui avait promis de se surpasser ce soir, en recevait le titre de « grand artificier ». L'abbé de Vaubrun, lecteur du roi, y jouait aussi un rôle. Cet abbé, nain aux jambes torses, était, disait Ferrand, la terreur des femmes, et pouvait bien avoir été un des favoris passagers de la duchesse du Maine à cause des attributs dont la nature l'avait gratifié, comme La Motte-Houdard. Il avait, du reste, beaucoup d'esprit. D'abord lié au cardinal de Bouillon, il en avait partagé la disgrâce et avait été exilé dix ans en Anjou. A son retour, il s'était attaché au duc et à la duchesse du Maine. Une chanson disait de lui, mêlant l'ironie à la vérité : « Vaubrun, des abbés le mieux fait, — Sur ses consorts a l'avantage — D'être fourni comme un mulet »... La même chanson se moquait, dans une autre strophe, de l'abbé de Caumartin et de l'abbé de Choisy : « O trio le plus accompli ! — Trio le plus saint de notre âge ! — Vaubrun, Caumartin et Choisy, — O trio le plus accompli ! »...

François-Marie avoua son étonnement d'apprendre que l'abbé de Caumartin, ami de sa famille, eût été chansonné. Ferrand précisa que, tel l'abbé de Châteauneuf, dont il était un des intimes, cet abbé ne pratiquait, comme Vaubrun et à la différence de Choisy, que la galanterie orthodoxe. « La chanson a oublié l'abbé de Dangeau, dit le conseiller. Vous n'ignorez pas qu'il avait été des nôtres, comme l'abbé de Choisy, avant qu'ils eussent l'idée de se convertir. Qui sait pourtant ce qu'ils se disent à l'oreille quand ils se rencontrent à l'Académie française ? Je ne hante guère les réceptions de cette compagnie ; mais je n'ai pas manqué celle où Choisy accueillit Coislin, l'évêque de Metz, qu'un de ses jeunes chanoines avait accusé d'avoir voulu le violer. »

L'heure venue, François-Marie fut émerveillé du spectacle. Dans un théâtre de verdure, deux champions luttèrent pour les beaux yeux de la duchesse : ils avaient des lances de feu et des plumes de feu sur leurs casques, des armes éclatantes de feu ; les chevaux jetaient du feu par les yeux et par les naseaux ; leurs crinières étaient des flammes ondoyantes. Ailleurs, un fort, de l'autre côté d'un bassin, fut attaqué par deux navires ; le fort tirait à boulets rouges, qui étaient des fusées. Il y avait même de ces très grosses bombes qu'on appelait des « comminges », nom que l'on avait donné à celles de l'armée par allusion au comte Louis de Comminges, mestre de camp de cavalerie, qui était d'une énorme grosseur, — chevalier de la manchette, mort en 1712. Quand le feu eut été mis aux vaisseaux et au magasin du fort, ils sautèrent en lançant des girandoles. Partout étaient dressés des buffets chargés de mets et de boissons, et partout des musiciens se faisaient entendre.

Dans la nuit blanche de Sceaux, François-Marie avait conté des fleurettes à une jolie jeune fille, Mlle de Montbrun-Villefranche, — sœur de Montbrun, chambellan du duc d'Orléans, — qui faisait déjà parler d'elle. Une chanson disait, sur l'air du *Branle de Metz* : « Pour la Villefranche, on le sait, — La mère en est la maquerelle. » Ce n'était donc une vierge qu'en apparence ; mais François-Marie, retourné tout échauffé chez Me Alain, composa pour elle une épître en vers, comme si elle l'était : « Montbrun, par l'Amour adoptée, — Digne du cœur d'un demi-dieu — Et, pour dire encor plus, digne d'être chantée — Ou par Ferrand ou par Chaulieu... — Je vois briller en vous l'esprit de votre mère — Et la beauté de votre sœur. » Il continuait par des conseils qu'elle avait déjà adoptés : « Libre des préjugés que la raison dément, — Aux plaisirs où le monde en foule vous appelle, — Abandonnez-vous prudemment. » Il feignait de ne rien savoir de ses imprudences et mettait au futur ce qui devait être au passé et au présent : « Vous aurez des amants, vous aimerez sans doute. — Je vous verrai, soumise à la commune loi, — Des beautés de la cour suivre l'aimable route, — Donner, reprendre votre foi. — Pour moi, je vous loûrai, ce sera mon emploi. » Il ajoutait, en vue de faire prendre au sérieux la dédicace de *l'Anti-Giton* : « Mon cœur de la Duclos fut quelque temps charmé ; — L'amour en sa faveur avait monté ma lyre : — Je chantais la Duclos, d'Uzès en fut aimé. — C'était bien la peine d'écrire !... — Mes chansons seront mon salaire : — N'est-ce rien de parler de vous ? » La liste de ceux qui avaient aimé la Duclos était, certes, plus longue que la liste de ceux qui avaient aimé Mlle de Montbrun-Villefranche ; mais François-Marie ne figurait ni sur l'une ni sur l'autre. Toutefois, il avait de quoi se faire admirer du pâle Thiériot, qu'il avait émerveillé par le récit de la nuit blanche.

Dans ce mouvement de poésie mondaine, il écrivit, après son épître *A Mademoiselle de Villefranche*, une épître, également en vers, à *M. l'abbé de...* (c'était l'abbé de Bussy, son ami du Temple), *qui pleurait la mort de sa maîtresse.* Le titre seul aurait suffi pour inspirer sa muse et était bien dans sa manière. Cette épître faisait écho à celle qu'il avait écrite *A M. l'abbé Servien, prisonnier au château de Vincennes :* « Toi qui fus des plaisirs le délicat arbitre, — Tu languis, cher abbé... » Du moins les plaisirs de l'abbé de Bussy n'avaient-ils rien de répréhensible que pour sa qualité de doyen du chapitre de Tarascon, paisible dignité qui lui valait dix mille livres de rente, sans l'astreindre à plus de résidence que celle de grand vicaire d'Arles. « ... Je vois, malgré tes soins, — Que ton triple menton, l'honneur de ton chapitre, — Aura bientôt deux étages de moins. — Tu fuis un repas qui t'attend. — Tu jeûnes comme un pénitent : — Pour un chanoine, quelle honte ! — Ta maîtresse n'est plus et, de ses yeux éprise, — Ton âme avec la sienne est prête à s'envoler ! — Que l'amour est constant dans un homme d'Église !... — Je sais que ta fidèle amie — Te laissait prendre en liberté — De ces plaisirs qui font qu'en cette vie — On désire assez peu ceux de l'éternité ; — Mais suivre au tombeau ceux qu'on aime, — Ami, crois-moi, c'est un abus. — Quoi ! pour quelques plaisirs perdus, — Voudrais-tu te perdre toi-même ? — Ce qu'on perd en ce monde-ci, — Le retrouvera-t-on dans une nuit profonde ? — Des mystères de l'autre monde, — On n'est que trop tôt éclairci... »

Arouet n'oubliait pas qu'il s'adressait à un abbé du Temple, orthodoxe à la manière de Chaulieu, mais qui vivait au milieu d'une majorité d'hétérodoxes et qui avait, à l'occasion, goûté à l'hétérodoxie. C'est pourquoi il lui disait, à la fin, en lui peignant ce qui devait l'aider à vivre, ces mots qui joignaient le libertinage de l'esprit à tous les libertinages des mœurs : « Peu de vêpres, point de matines. — Une fille, en attendant mieux : — Voilà comme l'on doit sans cesse — Faire tête au sort irrité ; — Et la véritable sagesse — Est de savoir fuir la tristesse — Dans les bras de la volupté. » Son épître consola, en effet, l'abbé de Bussy ; mais pour ces mots : « Une fille, en attendant mieux », — c'est-à-dire « une fille comme pis-aller », — il fut embrassé par tous les bougres du Temple. Il savait qu'il réjouirait l'abbé Servien en lui envoyant ce poème dans sa prison de Vincennes.

La suite de sa présentation à Sceaux ne fut pas seulement le poème à Mlle de Montbrun-Villefranche, mais l'hospitalité en forme du marquis et de la marquise de Mimeure. En effet, le logis familial lui était insupportable et les Mimeure lui en offraient un dans leur hôtel de la rue des Saints-Pères. Il échappait enfin à la tutelle du receveur des épices et payeur des rentes pour s'installer sous les lambris de l'aristocratie. Ce qui facilitait les choses, c'est qu'il avait inspiré quelque tendresse à la marquise. Elle appréciait son esprit parce qu'elle n'en manquait pas. Obtenir les faveurs d'une femme de qualité, même fort mûre, semblait à François-Marie une chance inattendue. Il s'applaudissait d'être le rival heureux, non pas d'un mari qui ne s'occupait guère de sa femme, mais de Quinault et du comte de Gontaut-Biron. L'acteur, bien que la chanson lui trouvât « l'air épuisé », jouait le principal rôle ; le comte, surtout un rôle décoratif et François-Marie un simple rôle d'appoint, mais embelli par les Muses.

Il n'avait qu'à traverser la Seine pour se promener aux Tuileries avec sa maîtresse, — sa première maîtresse, en dehors de Pimpette. Mme de Mimeure et son poète rencontraient des élégantes qui, accompagnées de leur sigisbée ou de leur amant, déployaient leurs beautés. Ils saluèrent le duc d'Arenberg et la marquise de Courcillon. François-Marie qui avait su, à Louis-le-Grand et ensuite par Thiériot, que les charmilles des Tuileries abritaient, le soir, les aventures des pédérastes, se demandait si le duc d'Arenberg ne connaissait pas mieux ces charmilles que le reste du jardin. Arouet sourit de revoir son ancien camarade le prince d'Espinoy, qui était, naguère, un des habitués de l'allée noire : le jeune prince était avec sa maîtresse, la marquise de Polignac, née Mailly, belle-sœur du cardinal de Polignac.

François-Marie, pour étoffer sa situation dans le monde, se mit à cultiver un peu les femmes des grands seigneurs qu'il avait connus ou dont il avait entendu parler au Temple. C'était comme la suite de ce qui lui arrivait chez les Mimeure : sa complicité immédiate avec le marquis s'était doublée d'une complicité avec la marquise. Il courtisa, quand elles venaient à l'hôtel de la rue des Saints-Pères, la duchesse de Brancas-Villars, née Brancas de Maubec, la duchesse de La Feuillade, née Chamillart, la nouvelle maréchale duchesse d'Estrées [1], fille du maréchal duc de Noailles, la marquise de Saint-Germain-Beaupré, née Ferrand de Janvry.

Mme de Mimeure étant allée faire un séjour à la campagne, François-Marie, par discrétion, se réinstalla provisoirement chez son père, dont il continuait de dépendre. Malgré ses velléités d'indépendance, il lui fallait ménager celui qui lui remplissait la bourse, si peu que ce fût : les honoraires de Me Alain devenaient problématiques.

Le 25 juin 1715, François-Marie écrit à Mme de Mimeure : « J'ai vu, Madame, votre petite chienne, votre petit chat et Mlle Aubert (actrice de la Comédie-Française qui fréquentait la maison). Tout cela se porte bien, à la réserve de Mlle Aubert qui a été malade et qui, si elle n'y prend garde, n'aura pas de gorge pour Fontainebleau » (les comédiens-français devaient y jouer devant la cour). Il poursuivait : « Je vous dirai que la Duclos ne joue presque point et qu'elle prend tous les matins quelques prises de séné et de casse, et le soir plusieurs prises du comte d'Uzès. C'était bien la peine de faire des vers pour elle ! » François-Marie tenait à accréditer la légende de la passion que lui avait inspirée cette actrice. Il parlait ensuite d'un pédéraste, dont le nom a été effacé : « N... adore toujours la dégoûtante Lavoie (une autre actrice) et le maigre N... a besoin de recourir aux femmes, car les hommes l'ont abandonné. » Puis, il citait Mlle de Montbrun-Villefranche qui, sur un théâtre de société, avait déclamé « des rôles du *Misanthrope* avec beaucoup d'art et beaucoup de naturel ». Il n'hésitait pas à pousser ses avantages en tentant d'élargir l'hospitalité des Mimeure : « J'ai une grande grâce à vous demander : c'est la permission d'aller rendre mes devoirs à M. de Mimeure et à vous dans l'un de vos châteaux, où peut-être vous ennuyez-vous quelquefois. Je sais bien que je perdrais auprès de vous tout le fiel dont je me nourris à Paris ; mais afin de ne me gâter tout à fait, je ne resterais que huit ou dix jours. Je vous apporterais ce que j'ai fait d'*Œdipe* ; je vous demanderais vos conseils sur ce qui est déjà fait et sur ce qui n'est pas travaillé, et j'aurais, à M. de Mimeure et à vous, l'obligation de faire une bonne pièce. » Suivaient quelques vers où il disait à la marquise : ... « Vénus et Minerve — De leurs trésors vous comblent sans réserve ; — Les Grâces mêmes et la troupe des Ris, — Quoiqu'ils

1. La précédente maréchale duchesse d'Estrées, fille de Morin le Juif et femme du précédent maréchal duc, mort en 1707, était morte en 1714.

soient tous citoyens de Paris — Et qu'en ces lieux ils se plaisent à vivre, — Jusqu'en province ont bien voulu vous suivre. » « Les Plaisirs, les Grâces et les Jeux » attendaient pourtant à Paris l'abbé Servien.

François-Marie ajoutait : « Ayez donc la bonté de m'envoyer, Madame, signée de votre main, la permission de venir vous voir. Je n'écris point à M. de Mimeure, parce que je compte que c'est lui écrire en vous écrivant. Permettez-moi seulement, Madame, de l'assurer de mon respect et de l'envie extrême que j'ai de le voir. » Ce ton cérémonieux et déférent compensait le sans-gêne de s'inviter. François-Marie savait bien que la marquise « s'ennuyait quelquefois » dans son château, privée de ses deux autres amants, et que le prétexte d'aller lui « demander des conseils » pour *Œdipe*, serait bien reçu. Mais on ne voit pas qu'il ait eu satisfaction.

Le 22 août, le président de Maisons mourut à Paris après une courte maladie, que les médecins avaient déclarée sans danger. Arouet alla aussitôt faire ses condoléances à la présidente et à son fils. Celui-ci avait, le lendemain de la mort de son père, obtenu du roi, à la demande du duc du Maine, la charge de président, bien qu'il n'eût que seize ans. M. de Nicolaï, son oncle, — le protecteur des Arouet, — l'avait emmené à Versailles, chez le chancelier Voysin de la Noiraye et le jeune homme avait eu l'honneur de remercier lui-même le roi au moment où celui-ci, en robe de chambre, venait de dîner. Cette absence d'apparat dans la tenue du souverain était la conséquence de sa décrépitude physique. Mais Jean-René, nouveau marquis et président de Maisons, n'avait été que plus ému d'un tel accueil. On se doutait, depuis le début du mois, que Louis XIV approchait de sa fin. Il avait des plaies à une jambe et souffrait d'une sciatique. On parlait d'une fièvre continue que le premier médecin, Fagon, ne voulant pas croire au diagnostic du premier chirurgien Mareschal, avait refusé de soigner. Dangeau, qui avait ses grandes entrées, avait confié à Mme de Maisons que, le 10 août, le roi, à son déshabiller en revenant de Marly, lui avait paru squelettique, comme un homme mort. Le 15, fête du Vœu de Louis XIII, il avait entendu la messe dans son lit et on avait dû le porter chez Mme de Maintenon ; le 17, il y alla dans sa chaise à roulettes. Le 22, il n'avait pu faire la revue de ses gendarmes, prescrite pour ce jour-là, et avait même été incapable de la voir de son balcon, à cause des linges dont sa jambe était enveloppée. Il avait commandé au duc du Maine de le remplacer et la gendarmerie défila devant le dauphin, âgé de cinq ans et demi, vêtu en officier de ce corps : il s'était présenté au roi, qui l'avait trouvé très joli.

Le récit de la visite du jeune Maisons et celui de tout ce que les relations de sa mère avec les grands de la cour lui permettaient de connaître, instruisaient Arouet au jour le jour. Ce même 22 août, Louis XIV avait commandé au duc de La Rochefoucauld, grand maître de sa garde-robe, de lui montrer des étoffes pour se faire faire des habits neufs. Le 24, il tint à souper en public, mais dans sa chambre. Le 25, jour de la Saint-Louis, il lui fut impossible de paraître quand les tambours battirent, à son réveil, sous ses fenêtres ; à son dîner, il entendit les hautbois, venus jouer dans son antichambre, selon la même tradition, et il avait fait seulement ouvrir la porte de sa chambre, étant couché dans son lit. Le soir, il avait demandé le viatique, que lui administra le cardinal de Rohan, grand aumônier de France, assisté des deux aumôniers de quartier, les abbés de Froulay et de Choiseul, et du curé de l'église Notre-Dame de Versailles. Le duc d'Orléans et les princes du sang, que l'on avait avertis, assistaient à la fonction.

Le 26, Louis XIV reçut le dauphin, à midi, dans sa chambre, et lui dit : « Mignon, vous allez être un grand roi... Évitez, autant que vous pourrez, de faire la guerre : c'est la ruine des peuples. Ne suivez pas le mauvais exemple que je vous ai donné sur cela ; j'ai souvent entrepris la guerre trop légèrement et l'ai soutenue par vanité. » Il lui donna le père Le Tellier pour confesseur et pour sous-précepteur, et l'exhorta d'obéir à ses conseils.

Plus tard, il reçut les représentants de la noblesse, auxquels il fit ses adieux, en les remerciant de l'avoir bien servi et en les invitant à servir de même son héritier. « Je m'en vais, dit-il ; mais l'État demeurera toujours. » Par suite du deuil qui durait encore pour le prince François de Lorraine, les courtisans qui le visitaient étaient en noir, comme s'ils portaient d'avance son propre deuil.

Louis XIV avait déjà prescrit qu'aussitôt après sa mort, on conduisît le jeune roi à Vincennes, où l'air, disait-il, était très bon et il avait prié le marquis de Cavoye, grand maréchal des logis, d'y préparer l'appartement royal, la cour n'ayant pas habité ce château depuis cinquante ans. Les médecins n'ayant pas de remède contre la gangrène qui avait attaqué les os de la jambe, du genou et de la cuisse, on fit venir un empirique provençal, nommé Brun, qui prétendait avoir une recette infaillible contre ce mal. Elle produisit un effet passager, en rendant au roi un peu de forces.

Le 29, il avait murmuré qu'il s'anéantissait. Le 30, il fut dans un assoupissement presque continuel. Quand on défit les bandages, on trouva la jambe aussi pourrie que s'il était mort depuis six mois. Il ne trahissait aucune souffrance. Le soir, à cinq heures, Mme de Maintenon, ayant distribué, dans son domestique, les meubles qu'elle avait, partit pour Saint-Cyr. Certains affirmaient qu'elle avait les yeux secs en sortant de la chambre du roi : c'est peut-être parce qu'il lui avait dit qu'il espérait qu'elle le rejoindrait bientôt. Le 31, il demeura sans connaissance. Toutefois, lorsque les assistants récitèrent l'*Ave Maria* et le *Credo,* sa voix couvrit soudain la leur pour réciter ces prières, par l'habitude où il était de les prononcer.

Il mourut le dimanche 1er septembre, à huit heures un quart du matin. Suivant l'usage, un héraut apparut au balcon qui donnait sur la cour de marbre, et cria trois fois au peuple assemblé : « Le roi est mort, vive le roi ! » Une clameur fit écho aux dernières paroles.

Dès que Louis XIV eut expiré, le duc d'Orléans, avec les princes du sang, était allé saluer le nouveau roi : il tira les rideaux de son lit, lui baisa la main et mit un genou à terre en lui décernant les titres de Sire et de Majesté. L'enfant éclata en sanglots. Peu après, Philippe lui présenta les mêmes membres de la noblesse que le roi défunt avait reçus et il lui dit : « Voilà, Sire, les seigneurs et les principaux de votre cour. » Il avait repoussé la prétention des ducs d'être présentés à part, en leur déclarant qu'il n'y avait que trois ordres en France : le clergé, la noblesse et le tiers état.

Louis XIV, disparu à soixante-dix-sept ans, était dans la soixante-douzième année de son règne. On n'avait jamais vu en Europe un si long règne ni en France un si vieux roi.

Le corps resta exposé dans sa chambre tout le jour de sa mort, où la foule des courtisans avait pu le contempler. Il fut ouvert le lendemain, devant le duc d'Elbeuf et le maréchal de Montesquiou, que le roi avait désignés lui-même pour ce constat. Selon la coutume, on avait appelé dix médecins de la faculté de Paris et deux chirurgiens de la communauté de Saint-Côme. Le premier chirurgien affirma, après avoir pratiqué l'autopsie, que l'état des organes du roi aurait pu le faire vivre plus d'un siècle. Louis XIV avait une capacité d'estomac et une longueur d'intestin doubles de celles des hommes de sa taille, ce qui expliquait son énorme appétit (il avait été, en cinquante-neuf ans, purgé deux mille fois). Les entrailles furent portées à Notre-Dame ; le cœur, à l'église Saint-Paul-Saint-Louis, voisine de la maison professe des jésuites rue Saint-Antoine.

Le cercueil fut mis dans la chambre du grand appartement, ornée des meubles les plus précieux. Il y demeura huit jours, gardé par ses principaux officiers, la gendarmerie, des évêques, et des religieuses qui psalmodiaient.

Le 12 septembre, François-Marie saisit l'occasion de voir l'entrée de Louis XV au Parlement. Il lui avait été impossible d'obtenir des places à l'intérieur ; mais il avait été admis dans la cour du Palais, sur les côtés du grand escalier que le roi devait monter. La foule était surtout hors de l'enceinte. Les grands officiers, dont le carrosse précédait celui du roi, jetaient des pièces d'argent et il y eut, dans la mêlée, plusieurs personnes étouffées. Le petit souverain était vêtu de violet, couleur du deuil royal, avec un rabat et un chapeau rond. A son arrivée, on lâcha plusieurs centaines d'oiseaux dans la cour. Le long de l'escalier, le duc de La Trémoille, âgé de neuf ans, premier gentilhomme de la chambre, lui tenait la queue de son manteau. En haut des degrés, le comte d'Armagnac, prince Charles de Lorraine, grand écuyer, le prit sur les bras pour le transporter jusqu'à l'entrée de la grand-chambre, où il le remit au duc de Tresmes, grand chambellan, gouverneur de Paris, qui le porta pareillement jusqu'à son trône. Du lit de justice, le roi avait murmuré ces mots : « Messieurs, je suis venu ici pour vous assurer de mon affection ; mon chancelier vous dira mes volontés. » Le chancelier s'était agenouillé pour feindre de les recevoir et fit ensuite son discours. Mais François-Marie avait perdu de vue la scène à partir de l'enlèvement du roi par le grand écuyer. Des amis du Temple lui racontèrent la suite ; il y eut, d'ailleurs, quelques jours après, un récit imprimé de toutes les cérémonies.

Plus heureux, le jeune Arouet put assister, avec son père, dans la Sainte-Chapelle, au service funèbre célébré en l'honneur de Louis XIV et entendre l'oraison prononcée par Massillon, prêtre de l'Oratoire et fameux prédicateur. Les deux chanoines, leurs amis et voisins, l'abbé Boileau et l'abbé Gédoyn, leur avaient procuré des places. Armand Arouet, qui ne pardonnait pas à Louis XIV la persécution de Port-Royal, ne s'était pas soucié de lui rendre hommage. Massillon prit comme sujet ces paroles de Salomon : « ... Ta bonté m'a fait grand... » Après quoi, il se recueillit, fixa des yeux l'assemblée, puis cette enceinte, où il avait déjà prononcé l'oraison funèbre du dauphin, et les ramena sur le mausolée pour s'écrier tout à coup : « Dieu seul est grand, mes frères ! » Ce trait fit éprouver aux auditeurs le frisson du sublime. François-Marie avait de même estimé un des plus beaux efforts de l'éloquence ces mots de Massillon dans son *Sermon sur le petit nombre des élus*, prononcé d'abord à Saint-Eustache, puis dans la chapelle de Versailles : « Je suppose, mes frères, que c'est votre dernière heure et la fin de l'univers ; que Jésus-Christ va paraître dans sa gloire pour vous juger... Croyez-vous qu'il s'y trouvât dix justes ? Paraissez ! Où êtes-vous ? O Dieu ! Où sont vos élus ? et que reste-t-il pour votre partage ? » A Versailles, Massillon, qui semblait avoir le goût des gestes théâtraux, s'était alors couvert le visage de ses mains, pour rester muet quelques instants et l'émotion des assistants avait été visible, comme celle du roi. Ce prédicateur venait de produire un effet encore plus remarquable au service funèbre de ce roi, dit le Grand.

Arouet, qui aimait voir et savoir l'envers des choses, comme l'envers des grandeurs, songea ensuite aux chansons qui couraient sur le père Massillon. L'oratorien était l'amant de trois de ses pénitentes, la marquise de l'Hospital, la marquise de Bouzols, née Colbert de Croissy, et Mlle de Tourbes d'Estrées, sœur du maréchal d'Estrées et maîtresse du duc d'Antin. La première valut à l'oratorien ce trait, sur l'air de *Joconde* : « Massillon, ton fait est fort mal, — Car la troupe d'Ignace (les jésuites, ennemis des oratoriens) — Dit que baiser la d'Hospital — Est un crime hors de grâce, — Mais quoi qu'elle ait résolu, — La chose est fort aisée, — Dis que tu l'as fait en cul — Et la cause est gagnée. » Une seconde chanson le raillait à propos des deux autres belles, sur l'air *J'ai perdu ma liberté* : « Qui trousse ton cotillon, — Dis-moi, grosse crevée (Mme de Bouzols) ? — C'est le père Massillon, la chose est avérée. — Et la pauvre Tourbillon (Mlle de Tourbes) — En est désespérée. » Une fois de plus, la fable du *Loup moraliste* était justifiée. Mais tout cela, pour l'auteur de cette fable, ne retirait rien à cette oraison funèbre et à ce cri, dignes de Bossuet. Massillon était vraiment, après l'Aigle de Meaux, Fléchier et Mascaron, le dernier grand orateur sacré du siècle de Louis XIV. S'il y avait des histoires de galanterie concernant les deux premiers, — Mlle de Mauléon pour Bossuet, Mlle de Lavigne pour Fléchier, — du moins avaient-ils échappé aux chansons : ce n'avait pas plus été le cas pour Mascaron que pour Massillon. François-Marie avait retenu celle-ci, sur l'air *Jardinier, ne vois-tu pas ?* :

« Mascaron fait voir à tous — Son éloquence extrême ; — Madame, ce n'est pas tout, — Car s'il prêche bien, il fout — De même, de même, de même. »

Durant cette cérémonie funèbre, le jeune Arouet évoquait tout ce qui assurerait la gloire de ce règne. Il n'y voyait d'ombres que la persécution de Port-Royal et la révocation de l'Édit de Nantes. Il repensait aussi à la confidence que lui avaient faite ses anciens camarades, René-Louis et Marc-Pierre d'Argenson, sur le sérail des demoiselles nobles de Saint-Cyr ; mais son instinct en récusait toujours l'exactitude. Cependant, il était troublé que ces propos eussent eu pour auteur le lieutenant général de police.

Il préférait s'attarder sur ce qui exaltait le défunt. Le marquis de Mimeure lui avait rapporté ce que Villars avait dit à ses collègues de l'Académie française : le maréchal duc aurait voulu, dans son discours de réception, pour rehausser encore mieux l'éloge du roi, révéler que celui-ci avait décidé de se faire tuer à la tête de ses troupes, plutôt que de trahir son petit-fils Philippe V et de céder aux coalisés. Le roi lui avait dit, en 1712, — il avait soixante-quatorze ans, — : « Si mon armée est vaincue, retirez-vous derrière la Somme ; cette rivière est très difficile à passer. J'irai vous rejoindre et là nous sauverons l'État ou nous périrons ensemble. » (Il se considérait comme le plus ancien officier de guerre du royaume, ayant été au siège de Bellegarde en 1649, — il avait onze ans.) Mais quand le maréchal lui demanda l'autorisation de dévoiler cette résolution héroïque, Louis XIV lui répondit : « On ne croira jamais, Monsieur le maréchal, que vous parliez sans mon aveu de ce qui s'est passé entre vous et moi. Vous le permettre et vous l'ordonner, serait donc la même chose ; et je ne veux pas que l'on puisse penser l'un ou l'autre. » L'élégance et la dignité de telles paroles faisaient battre le cœur du jeune Arouet et le rendaient fier d'être Français. On lui avait également relaté une phrase de lord Stair, ambassadeur d'Angleterre, venu pour négocier la paix ; ce diplomate avoua au duc de Noailles, après son entrevue avec le roi, envers lequel il avait essayé d'être insolent et qui l'avait traité de haut en bas : « La vieille machine m'a imposé. »

François-Marie pensait à ce qui avait été le dernier grand spectacle du monarque défunt : la réception de l'ambassadeur de Perse dans la galerie des Glaces, à Versailles, au mois de février. Il ne croyait pas les mauvaises langues, selon qui cet ambassadeur n'était qu'un jésuite déguisé et cette cérémonie une invention de

Mme de Maintenon, de Pontchartrain et de Torcy pour flatter la vanité de Louis XIV à ses derniers jours. Quand le fond de l'affaire eût été suspect, la réalité de la cérémonie n'aurait pas été moins brillante. Le duc de Richelieu qui en avait décrit le faste à François-Marie, était bien convaincu qu'il s'agissait d'un Persan. Tous deux s'indignaient de cette manie française de tout dénigrer. Le roi, qui avait fait élever une estrade au fond de la galerie, où l'on mit un trône, portait un habit or et noir, brodé de diamants : il y en avait pour douze millions cinq cent mille livres et l'habit était si lourd qu'il dut le quitter aussitôt après son dîner. Plus de quatre cents dames étaient rangées d'un côté sur les gradins, et de l'autre, les seigneurs, tous dans des habits magnifiques. Près de l'estrade, étaient le peintre Coypel pour dessiner la scène et M. de Boze, secrétaire de l'Académie des inscriptions, pour en faire le compte rendu. Cette réception avait extrêmement fatigué le roi, et il se fatigua encore davantage en donnant à cet ambassadeur, le 13 août, son audience de congé, où il se tint longtemps debout. Jusque-là, ce personnage avait été défrayé de son séjour et même de ses galanteries, aux dépens du trésor royal, sous la conduite du maréchal de Matignon. C'est le lendemain 14 qu'avait commencé le déclin de Louis le Grand.

Il y avait aussi l'envers de sa grandeur. Le peuple lui reprochait les longues guerres, les dépenses excessives, la famine, les taxes, — bref, ce que François-Marie lui-même avait déploré dans son ode *Sur les malheurs du temps.* Des pasquinades furent affichées aux socles de ses statues. Des farces grotesques insultèrent le convoi qui mena son corps à Saint-Denis, le 9 septembre. Des gens banquetaient et dansaient sous des charmilles, levaient leurs verres au passage, riaient ou lançaient des quolibets.

Les chansons satiriques, les épigrammes, fleurissaient. On raillait *les Derniers Moments de Louis XIV :* « Or, apprenez, peuple français, — La mort du plus grand de nos rois, — Oh ! reguingué ! oh lon lan la !... » *Le Deuil de Louis XIV* : « ... Il nous laisse à tous en mourant — De quoi pleurer amèrement, — Puisqu'il nous laisse sans argent... » Il y avait : *Saint-Pierre et Louis XIV, Louis XIV aux enfers.* Il y eut même *la Scarronnade,* contre Mme de Maintenon. Le titre de cette chanson rappelait à François-Marie l'incident qui, chez Mme de Maintenon, à Versailles, avait fait disgracier Jean Racine. Comme le roi parlait des pièces de théâtre jouées à Paris, le poète dit qu'on y reprenait celles de Scarron et qu'elles étaient bien mauvaises. Le silence mortel qui suivit, lui montra la maladresse qu'il avait commise de faire entendre en ces lieux le nom du spirituel cul-de-jatte, premier époux de la marquise. Jamais plus il ne fut invité, et le chagrin le mena au tombeau. François-Marie songeait au mot de La Bruyère : « La cour ne rend pas content... elle empêche qu'on ne le soit ailleurs. »

Louis XIV avait eu l'art, par son faste et par ses prévenances, de domestiquer la noblesse et les esprits. Les moindres choses autour de sa personne étaient une insigne faveur. Quand il s'habillait, seul l'un des quatre premiers gentilshommes de la chambre pouvait lui donner la chemise ; encore devait-il céder cet honneur à un prince du sang, si l'un d'eux se trouvait là. Au déshabiller, quand le premier valet de chambre avait pris le bougeoir des mains de l'aumônier, qui avait récité une courte prière, le roi nommait qui devait tenir le bougeoir après lui. Courcillon avait dit à François-Marie que son père, Dangeau, avait mentionné dans son *Journal*, comme un trait remarquable, qu'une fois c'était le nonce du pape qui avait tenu le bougeoir. Le jeune Arouet ne riait pas de telles trouvailles, destinées à entretenir le zèle et le respect. Il jugeait admirable que le duc de La Rochefoucauld, grand veneur, devenu aveugle, — père de l'actuel et mort en 1714, — suivît les chasses royales dans une chaise à porteurs pour présenter le pied de cerf à tâtons.

Le roi était pareillement soucieux de tous ses devoirs, et d'abord de ceux de chrétien, — de Roi Très Chrétien : la légende, au revers des pièces d'or, était *Christus regnat, vincit, imperat* — « Le Christ règne, vainc, commande », et celle des pièces d'argent, *Sit nomen Domini benedictum*, — « Le nom du Seigneur soit béni ». Les jours de « bonnes fêtes », Louis XIV allait entendre les offices, non pas à la chapelle du château, mais à l'église de Notre-Dame, paroisse de Versailles. C'est là qu'il faisait ses pâques. Le jeudi saint, il servait quelques pauvres à table après leur avoir lavé les pieds. Il touchait les malades des écrouelles dans la galerie des princes, — le samedi saint de 1715, il en toucha quatorze cents, dix-sept cents la veille de la Pentecôte. Il disait à chacun : « Le roi te touche, Dieu te guérisse. »

François-Marie se rappela le récit qu'il avait lu, cette année, dans *le Mercure de France* de mai, et qui relatait la cérémonie du jeudi saint. Il en retrouva le texte, sous la date du 18 avril : « ... Le roi alla, à neuf heures et demie du matin, accompagné de M. le dauphin (le nouveau roi, alors âgé de cinq ans, et que l'on habituait déjà à son métier), de M. le duc d'Orléans et de tous les princes, dans la salle des gardes où l'on avait dressé une chaire pour le prédicateur. Il y trouva treize petits enfants, couverts d'un drap rouge, avec un grand linge leur pendant au col, et M. le cardinal de Rohan, grand aumônier, en habits pontificaux. La Cène fut prêchée par M. l'abbé Foissard, dont le sermon fut très applaudi, surtout le compliment qu'il fit à S.M. A la fin du sermon, M. le cardinal monta en chaire, ayant la mitre sur la tête et la crosse à la main. Les chanteurs commencèrent d'entonner *Intret.* M. le grand aumônier ayant dit les oraisons accoutumées, donna l'absoute et le roi alla immédiatement laver les pieds des apôtres ; ayant versé de l'eau dessus et essuyé avec un linge, il les leur baisa. Cette cérémonie finie, on servit les pauvres dans cet ordre : M. Desgranges, maître des cérémonies, précédé d'un huissier, suivis de M. le marquis de Dreux, grand maître des cérémonies, de treize maîtres d'hôtel, chacun avec son bâton de commandement, de M. le marquis de Livry, premier maître d'hôtel, qui portait aussi son bâton, de M. le Duc, grand maître de la maison du roi, portant un bâton parsemé de fleurs de lis d'or avec une couronne au bout. Ils marchaient les premiers et, en passant devant S.M., faisaient une révérence ; ensuite, venaient M. le dauphin, portant un plat de bois, sur lequel étaient trois petits pains avec une galette ; M. le duc d'Orléans portant un plat de même, sur lequel était une cruche pleine de vin, avec une coupe par-dessus, le tout en bois ; M. le comte de Charolais, M. le prince de Conti, M. le prince de Dombes, M. le comte d'Eu et M. le comte de Toulouse, portant chacun un plat de poisson, de légumes, de confitures ou de fruits, suivis du grand échanson, du grand panetier et des gentilshommes servants, qui faisaient en tout treize, portant aussi des plats de bois ornés de fleurs. En arrivant devant S.M., ils faisaient une révérence en lui présentant le plat, que le roi donnait en même temps aux pauvres. Cette cérémonie recommença jusqu'à treize fois dans le même ordre, parce qu'on servit treize plats à chaque pauvre, qui étaient treize. Il faut remarquer qu'on allait prendre les plats dans une autre salle assez éloignée et que M. le dauphin fit treize fois le voyage, comme les autres princes, marchant avec beaucoup de fermeté et portant son plat avec beaucoup d'adresse, suivi toujours de Mme de Ventadour, sa gouvernante. »

Ce spectacle semblait à Arouet quelque chose d'inouï par la pompe de toutes les grandeurs royales, déployées pour treize pauvres petits enfants, symboles des apôtres, avec le vieux roi et son arrière-petit-fils, accomplissant un rite qui remontait aux origines du christianisme et de la monarchie. Le comte de Charolais et le prince de Dombes étant âgés de quinze ans et le comte d'Eu de quatorze ans, c'était, avec le dauphin, l'enfance mise fastueusement au service de la pauvreté, dans la lumière de la religion.

Richelieu avait raconté à François-Marie une histoire qui prouvait, à l'inverse, le factice et, souvent, l'hypocrisie, de ce cérémonial perpétuel, imposé par Louis XIV à sa cour. Un de ses officiers lui avait permis de s'en apercevoir. Le roi était dans l'usage, à Versailles, le dimanche au soir, d'assister à la bénédiction du saint sacrement. Un hiver, M. de Brissac, major des gardes du corps — parent lointain du duc de Brissac — remarqua, en plaçant les gardes aux issues de la chapelle, que toutes les dames étaient déjà là, chacune avec une petite bougie pour éclairer son missel, ou plutôt pour être sûre d'être vue du roi. Alors, à haute voix, il ordonna aux gardes de se retirer parce que, dit-il, le roi ne viendrait pas. Il vit aussitôt toutes les petites bougies s'éteindre et les dames, à l'exception de deux ou trois, — parmi lesquelles la marquise de Dangeau, — filer prestement vers la sortie. Quand le roi arriva, quelques instants après, il fut surpris de cette solitude et en demanda la raison. Brissac lui dit le tour qu'il avait joué aux dames. Le roi en rit beaucoup ; mais elles ne le pardonnèrent jamais à Brissac.

Les jeunes d'Argenson, ayant revu François-Marie, lui dirent que son peu de foi aux confidences de leur père sur le « sérail » de Saint-Cyr, avait été démenti par la *Scarronnade.* On y parlait de cet établissement fondé « pour priver mainte demoiselle — De s'instruire à la bagatelle », et l'on disait que néanmoins, lorsque « la dame fondatrice — Cherchait à pourvoir sa novice », — c'est-à-dire à en marier une, — c'était après que « son Louis, toujours dévot », en avait « pris son lot ». Si ces témoignages étaient vrais, ils donnaient un sens égrillard aux proverbes dont Mme de Maintenon écrivait le texte pour ses pensionnaires, qui les jouaient sur la scène de l'institution, avec un simple paravent comme décor : *Méchant ouvrier n'a jamais bon outil ; Qui se fait brebis, le loup le mange ; N'éveillez pas le chat qui dort...* Ces détails rappelaient à Arouet ses propres plaisanteries de Louis-le-Grand sur les « jeux innocents » auxquels la Piété faisait allusion dans le prologue d'*Esther.*

Le service solennel du feu roi à Saint-Denis eut lieu le

23 octobre : le cardinal de Rohan officia et l'évêque de Castres, Quinqueran de Beaujeu, prononça l'oraison funèbre. Il y eut une contestation, dans le chœur, entre le marquis de Dreux, grand maître des cérémonies, dont le père était conseiller à la grand-chambre, et les trois ducs, — d'Uzès, de Luynes et de Brissac, — qui portaient les honneurs : la couronne, le sceptre et la main de justice. Ils exigeaient d'être salués avant le Parlement ; le grand maître leur répondant que cela ne se pouvait, ils répliquèrent que, si on saluait le Parlement le premier, ils ne rendraient point le salut. Il leur dit que, dans ces conditions, on ne les saluerait pas. Le Parlement se sentait fort de l'appui qu'il avait prêté au Régent, lequel ne voulut pas plus trancher que ne l'avait fait Louis XIV, cette éternelle discussion.

Enfin, le 28 novembre, les obsèques solennelles furent célébrées à Notre-Dame par le cardinal de Noailles. François-Marie tint également à y assister, pour réparer les insultes faites à la mémoire du défunt. Le Régent, M. le Duc et le comte de Charolais menaient le deuil ; l'oraison funèbre fut dite par Mgr Maboul, évêque d'Alet : il avait fait avec éloge les oraisons funèbres du Grand Dauphin et du duc et de la duchesse de Bourgogne. Pour celle du chancelier Michel Le Tellier, il avait pâti d'avoir comme rival Bossuet. Pour celle de Louis XIV, il avait une tâche aussi ingrate après Massillon. La manière dont il s'en acquitta, fit rejaillir quelque lustre sur son lointain évêché crotté.

6

François-Marie au début de la Régence, mondain et satirique

En effet, le duc d'Orléans, encouragé par son ami le duc de Saint-Simon, assuré du régiment des gardes, du Parlement, auquel il rendait le droit de remontrance, et des pairs du royaume, avait revendiqué et obtenu la régence aux dépens du duc du Maine. Celui-ci conservait cependant la surintendance de l'éducation du roi ; mais la ligne légitime triomphait de la ligne légitimée. Ce bâtard qui, malgré sa piété, avait, disait-on, « crevé de joie » à la mort de son père, avait aussi peu de caractère que Philippe d'Orléans avait d'audace. La duchesse du Maine le souffleta lorsque, battu, il revint à Sceaux. On pouvait se demander d'ailleurs si le roi, à ses derniers moments, ou bien ne regrettait pas les volontés qu'il avait exprimées, ou bien n'avait pas deviné qu'elles ne seraient pas respectées. Il avait dit à Philippe d'Orléans, éploré à son chevet : « Mon neveu, je vous fais régent du royaume. » Or, il était inimaginable que le grand roi eût expiré sur un mensonge. Du reste, il avait fait signe à Philippe d'approcher de son lit pour lui confier un secret d'État qu'il n'avait pas confié au duc du Maine : le secret de « l'homme au masque de fer », — le mystérieux prisonnier mort à la Bastille en 1703.

Lorsque le père Le Tellier demanda au Régent quelle était sa destination, Philippe lui répondit : « Cela ne me regarde pas, adressez-vous à vos supérieurs. » C'était lui signifier qu'il ne devait pas compter sur les deux charges qu'il s'était fait octroyer. Les jésuites l'envoyèrent dans leur maison d'Amiens. Le père Doucin, principal acolyte de Le Tellier, reçut également l'ordre de quitter Paris. Le Régent, pour imiter Louis XIV, avait cependant un confesseur jésuite, le père du Trévou. On disait que c'était l'homme le moins occupé du Palais-Royal. Lorsque Philippe assistait à la messe, il lisait Rabelais en guise de missel.

D'une inconduite notoire, il donna tout de suite le ton d'une ère nouvelle. L'exil du père Le Tellier marquait la déroute des jésuites et la fin de l'hypocrisie. Certains de leurs ennemis avaient déclaré qu'il fallait brûler leurs maisons avec les flambeaux de la pompe funèbre de Louis XIV. Une épigramme parlait d'eux en termes plaisants : « Des jésuites, dit-on, la ruine est entière, — Chez le Régent ils n'ont aucun accès ; — Je pense d'une autre manière — Et je crois qu'ils gagnent leur procès, — Puisqu'on leur tourne le derrière. »

Les chansons furent beaucoup plus cruelles envers le confesseur qu'envers son auguste pénitent. Les titres le disaient assez : *les Exploits du père Le Tellier, la Disgrâce du père Le Tellier, Épitaphes du père Le Tellier. Le Châtiment du père Le Tellier* était même féroce : « Viens, Pluton, suivi de ta troupe infernale, — Emporter Le Tellier et sa noire cabale... — D'un monstre empoisonné purge toute la terre. — Le ciel, en le frappant, souillerait son tonnerre. — C'est à toi de punir ses horribles forfaits ; — Viens et nous venge tous des maux qu'il nous a faits. — Mais non, retire-toi : pour expier son crime, — Laisse dans la poussière expirer la victime... — Qu'il sèche de douleur, qu'il frémisse de rage, — Qu'il ne reçoive plus que mépris et qu'outrage... »

François-Marie n'aurait jamais imaginé, dans ses années de collège, que son recteur pût inspirer de telles imprécations. Elles étaient la revanche des jansénistes et des protestants, qu'il avait fait persécuter par d'Argenson, la revanche aussi des parlementaires, ennemis de la bulle *Unigenitus* que le père Le Tellier avait sollicitée, la revanche même du clergé, qu'il avait écrasé de son orgueil. Le cardinal de Noailles, avec lequel il était en guerre, avait, non seulement interdit la publication de la bulle dans l'archidiocèse de Paris, mais défendu aux jésuites, sauf à quelques-uns expressément nommés, d'y confesser et d'y prêcher. Il arriva triomphalement à Versailles quatre heures après la mort du roi, et le jésuite n'osa se présenter devant lui. Il est vrai que, sous la pression de son confesseur, le roi avait manqué de faire enlever le cardinal, en profitant du moment où celui-ci se rendrait au château de Conflans-l'Archevêque, maison de campagne des archevêques de la capitale : Le Tellier voulait le déposer de son siège et obtenir que le pape lui retirât la pourpre. Mme de Maintenon, sans qui rien ne s'exécutait, avait appuyé ce projet parce que le cardinal, dont elle avait exalté la famille et procuré la nomination à Paris, était anti-jésuite et passait pour janséniste. La tentative d'enlèvement fut déjouée par une fille d'honneur de Madame,-Mlle de la Chausserais, — fille du marquis homonyme et de la marquise, née Cossé-Brissac, — qui avait des accès secrets auprès du roi et qui avait deviné, à son air triste et accablé, la violence exercée sur son esprit. L'ordre du rapt fut annulé au dernier instant.

Mme de Maintenon, Le Tellier et les deux cardinaux de Rohan et de Bissy, avaient, de même, empêché Louis XIV, les jours qui précédèrent sa mort, de se réconcilier avec son archevêque, le cardinal de Noailles, comme il en avait manifesté l'intention. Ou plutôt, on écrivit au cardinal qu'il pouvait venir, s'il donnait sa parole d'accepter la bulle, ce qu'il refusa, ne pouvant céder à un ultimatum en de pareilles circonstances. Quelque temps auparavant, Le Tellier avait persuadé le roi de faire enregistrer la bulle par la force en tenant un lit de justice : l'état de sa santé empêcha le souverain de lui donner cette satisfaction. Du moins le confesseur s'était-il assuré les deux charges qui lui permettraient de continuer son influence : celles de sous-précepteur et de confesseur du futur monarque. C'était, avec la désignation de Mgr Fleury, évêque de Fréjus, comme précepteur, — choix de Mme de Maintenon, — le contenu du second codicille ajouté par Louis XIV à son testament, en date du 23 août. Mais le confesseur sous-précepteur n'avait pas eu le dernier mot. Le choix du précepteur amusait les chevaliers de la manchette : au Temple, où l'on conservait, en quelque sorte, leurs archives, comme celles de l'ordre de Malte, on savait que sa jeunesse et ses premiers pas dans l'Église l'avaient mené vers Sodome (il avait été le mignon du cardinal de Bonsy, archevêque de Narbonne).

Selon le vœu de Louis XIV, Philippe d'Orléans avait fait transporter le jeune roi au château de Vincennes, où l'on avait déjà tout préparé pour le recevoir. Le cardinal Mazarin, qui y passa les derniers mois de son existence et qui y était mort, y avait fait aménager de somptueux appartements. Toutefois, si l'on avait choisi Vincennes pour Louis XV, ce n'était pas tant à cause des prescriptions du roi défunt, dont on ne s'occupait plus guère, que parce que le Régent avait ses plaisirs à Paris, d'où Vincennes était plus proche, et qu'il n'aimait pas le séjour de Versailles. Il saisit le prétexte d'un rhume du petit roi pour faire appeler tous les médecins de Paris qui avaient visité le feu roi : ceux-ci, trop heureux de faire pièce à leurs confrères de la cour et de seconder les vœux du nouveau maître de la France, avaient déclaré l'air de Versailles nocif au fragile Louis XV et l'air de Vincennes excellent. Cet abandon provisoire du cadre grandiose de Versailles comme siège de la monarchie était un autre indice du changement général. Le conseil de régence se tenait chaque matin à Vincennes, comme du temps de Mazarin ; mais presque chaque soir, Philippe retournait coucher à Paris. On procédait aussi aux travaux nécessaires pour remettre en état les appartements des Tuileries, où le roi viendrait s'installer, à son départ de Vincennes.

Quand le duc de Sully avait rendu hommage au Régent, celui-ci avait dit tout de suite : « Je n'oublie pas l'abbé », et l'abbé Servien fut immédiatement relaxé de Vincennes, où il était depuis le 10 janvier 1714. Il ne se soucia pas d'y attendre l'arrivée du roi. François-Marie fêta son retour au Temple, en compagnie des abbés épicuriens et des bougres célèbres. L'abbé Servien ne se lassait pas d'embrasser Arouet, qui lui avait si courageusement et si spirituellement marqué sa sympathie par une épître en vers, chère, depuis lors, à tous les bougres.

Le duc de Sully les invita l'un et l'autre à dîner dans son hôtel de la rue Saint-Antoine. C'était la première fois que le jeune Arouet allait chez le duc : jusqu'alors, il ne l'avait rencontré qu'au Temple. Il admirait ce vaste hôtel construit par du Cerceau, et dont les jardins communiquaient, place Royale, avec ce que l'on appelait le petit hôtel de Sully et qui était l'ancienne orangerie. Le fameux ministre d'Henri IV n'avait passé dans cette demeure que peu d'années, ayant surtout vécu au château de Sully-sur-Loire, berceau de sa famille, et, près de Nogent-le-Rotrou, à celui de Villebon, dans la Beauce, où il avait fini ses jours. Sur la cour intérieure de l'hôtel, des sculptures représentant des Génies, qui tenaient des casques et des armes, annonçaient sa qualité d'homme de guerre et de grand maître de l'artillerie. A l'intérieur même, son portrait, en cuirasse, avec une barbiche au menton, montrait sa ressemblance avec son arrière-petit-fils, qui avait son nez droit, ses yeux perçants et son tour de visage. Mais il y avait également, dans la peinture de ce seigneur austère, resté parpaillot, un certain air efféminé, qui expliquait le luxe extraordinaire dont il s'était environné. Le duc disait que son arrière-grand-père, si âpre à lutter contre les dépenses d'Henri IV, contre ses prodigalités envers ses deux principales maîtresses, Gabrielle d'Estrées, marquise de Monceaux, duchesse de Beaufort, et Henriette de Balzac d'Entragues, marquise de Verneuil, vivait, à la campagne, au milieu de pages, de gentilshommes, de gardes français et suisses et de bouffons ; sa femme avait des dames et des demoiselles d'honneur, comme une princesse du sang, — c'était, il est vrai, une Courtenay, famille qui a fourni trois princes d'Edesse et deux empereurs de Constantinople. Il fut nommé maréchal par Louis XIII, quatorze ans après l'assassinat d'Henri IV, et il fut le seul à qui l'on eût conféré cette dignité hors de service. Il était gouverneur du Poitou et, chose singulière pour un protestant, titulaire de plusieurs abbayes. Le duc de Sully vivait maritalement avec la comtesse de Vaux, fille de la célèbre Mme Guyon et veuve du fils aîné de Foucquet. L'abbé Servien avait dit à François-Marie que le duc et elle s'étaient épousés secrètement, mais que, pour diverses considérations, ils ne voulaient pas déclarer encore leur mariage. Arouet enchanta la comtesse, — que l'on appelait déjà la duchesse, — en lui parlant de Fénelon, l'ancien protecteur de sa mère, rénovatrice du quiétisme.

Un autre exilé venait triomphalement reprendre son sceptre au Temple : le grand prieur de Vendôme. Il avait été fort ami du duc d'Orléans, comme son frère disparu, l'illustre général. C'est la duchesse de Vendôme qui avait demandé son rappel : Philippe avait répondu qu'il n'y avait pas à demander une chose accordée d'avance. Naturellement, le premier à l'accueillir fut l'abbé de Chaulieu, avec son ode *A Son Altesse Sérénissime Monseigneur de Vendôme, grand prieur de France, sur son retour à la cour, en octobre 1715.* Cela avait plus de sens que l'ode de Jean-Baptiste Rousseau *Sur son retour de l'île de Malte.* L'abbé lui disait : « Tel qu'une douce rosée — Qui rend la vie à nos fleurs, — Sur ma trame presque usée — Tu répands mille douceurs... — — Reçois le premier hommage — Des transports que tu me rends... — — ... Viens, ma Muse, viens, parée — De fleurs pour tous ornements. — ... Viens chanter ses agréments. — — Chante ses talents de plaire, — Sa droiture, sa bonté. — — Quoi donc ! Dix ans de souffrance — Et d'un exil odieux, — Seront-ils la récompense — De tant de dons précieux ?... » Dans la dernière strophe, en l'honneur de celui qui avait continué de passer dix ans d'exil dans les plaisirs, Chaulieu le conviait à rattraper le temps perdu. Il l'invitait également à rouvrir sa petite maison de Clichy, réservée à ses goinfreries les plus intimes : nombre de seigneurs et de banquiers avaient de douces retraites dans « cette agréable solitude ».

François-Marie, qui ne connaissait pas encore le grand prieur, se hâta d'aller se faire présenter à lui, au Temple, par l'abbé de Chaulieu. Ce fut à l'occasion d'une fête que Philippe de Vendôme offrit dès son retour, sans attendre la fin du deuil public, fixé à trois mois. L'abbé Servien lui ayant envoyé, dans son exil, les principales poésies du jeune Arouet, le grand prieur le déclara digne de sa cour poétique et l'assura de sa protection.

« Mon cher abbé dit-il à Servien, je croyais que nos mœurs étaient un privilège de l'Église romaine. Or, j'ai lu, au prieuré de Lyon, un ouvrage imprimé dans cette ville en 1587, *Histoire de la vie, mœurs, actes, doctrines et mort de Jean Calvin,* par le médecin lyonnais Jérôme Bolsec, et j'ai vu que le fondateur du calvinisme, dans sa ville natale de Noyon, “ fut surpris ou convaincu du péché de sodomie ”. L'évêque le sauva du bûcher, mais le fit marquer d'une fleur de lis sur l'épaule. Il est vrai que Calvin, alors tout jeune, était, depuis l'âge de douze ans, chapelain de Saint-Jean-de-Bayencourt. Mais Bolsec relève que ledit Calvin, plus tard, ministre à Genève, fut suspect de relations antiphysiques avec son jeune valet provençal qui lui déroba quatre mille francs en argent et en objets, sans que l'hérésiarque le fît poursuivre. — Altesse, dit l'abbé Servien, même si ce livre est un pamphlet, il prouve au moins que la sodomie est la religion universelle. »

Le grand prieur, qui avait toujours une dent contre l'auteur de son exil, fit chanter des couplets outrageux que le roi défunt avait inspirés aux chansonniers sur ses amours diverses. François-Marie avait su, par les d'Argenson, que Louis XIV avait été curieux lui-même de connaître ces traits de la satire ; mais peut-être lui en avait-on caché les plus vifs, tels que ceux-ci : « Dites-nous, La Vallière, — Quand le roi est en rut — Va-t-il, de sa matière, — Vous porter le tribut ? — Oui, le roi, tout de bien aise, — Me l'apporte tout droit — Et la pauvre Thérèse (la reine Marie-Thérèse, alors vivante) — N'en a que le lèche-doigt. » Et ces couplets, sur l'air du *Traquenard* : « L'archevêque de Paris — Dit l'autre jour à Louis : — Quittez la Montespan, — La Vallière, La Vallière ; — Quittez la Montespan, — Il y va de votre dam... — — La Vallière dit au roi : — Sire, baisez-moi trois fois. — Trois fois ! dit le roi, — Qu'est-ce que dirait la reine ; — Trois fois ! dit le roi, — Par ma foi ! Je ne saurois. — — Madame de Montespan, — Savez-vous le mouvement ? — Oui, oui, je le sais, — Le grand Louis me l'a fait faire, — Oui, oui, je le sais, — Le grand Louis me l'a montré. » On terminait par cette glose du mariage de Louis XIV avec Mme de Maintenon : « Le roi se retire à Marly, — Où, d'amant, il devient mari, — Comme font les gens de son âge ; — Du vieux soldat c'est le destin, — Qui, se retirant au village, — Épouse sa vieille catin. » François-Marie, qui se croyait ferré sur les chansons de cour depuis le collège, constatait qu'il y en avait un fonds inépuisable et que cette littérature spéciale était vraiment un des traits particuliers de la nation.

En fait de licences, la cour du Régent était digne de celle du Temple. Philippe avait changé le chiffre de la correspondance diplomatique pour y substituer les mots les plus obscènes de la langue française. Il amusait ses familiers, — qu'il appelait les « roués » comme étant dignes de périr sur la roue pour leurs vices et leurs débauches, — en leur lisant les dépêches de ses ambassadeurs, rédigées dans ce style, indéchiffrable aux puissances étrangères. C'est l'un des « roués », chevalier de la manchette, le marquis de Broglie, gendre du chancelier Voysin, commandant du régiment de l'Ile-de-France et gouverneur de Gravelines, qui avait le mieux enrichi son vocabulaire en ce genre, — on n'avait jamais connu un homme de qualité ayant un langage aussi ordurier. Le duc de Brancas (Brancas-Villars) et le marquis de Canillac, que François-Marie avait connus au Temple, représentaient la haute bougrerie dans ce cercle. Le Régent, dès octobre, avait fait des faveurs au premier, qui était pauvre. Il lui avait donné un logement au Luxembourg, près de sa fille la duchesse de Berry, et une pension sur les juifs de Metz, à condition que ce ne fussent pas des droits du domaine. Cette pension, proportionnée à leurs revenus, était estimée quarante mille francs. Les gens disaient que le duc de Brancas allait se trouver en conflit avec la comtesse de Fontaines, héritière d'une rente sur les mêmes juifs, comme l'en avait félicitée François-Marie dans son épître. Ces juifs, en effet, envoyèrent une délégation au Régent, pour lui remontrer les services qu'ils avaient rendus à l'État et demander de n'être pas taxés deux fois. Ils firent savoir aussi qu'ils étaient moins riches qu'on ne le croyait : la rente de quarante mille francs dut être abaissée à seize mille.

D'autre part, la bougrerie figurait au conseil de régence, avec le prince de Conti, les maréchaux de Villars et d'Huxelles, et le comte de Canillac, frère aîné du marquis. Elle ne pouvait qu'être de tradition au Palais-Royal, puisque Monsieur, le père de Philippe, l'avait incarnée au niveau le plus élevé sous Louis XIV. C'est justement pour honorer la mémoire de son père que le

Régent donna une place de vice-président au conseil des finances, changée bientôt en siège au conseil de régence, au marquis d'Effiat, fils du maréchal d'Effiat, neveu de Cinq-Mars, et qui avait été écuyer du feu duc d'Orléans. Il était déjà premier écuyer et premier veneur du Régent. Celui-ci ne lui en voulait pas d'avoir tenté de le corrompre dès sa sixième année, quand il portait le titre de duc de Chartres. Sa mère, Madame, — la Princesse Palatine, — l'avait défendu contre les entreprises d'autres mignons de Monsieur. Elle s'opposa également à la nomination du même Effiat comme gouverneur de son fils, malgré ce que Monsieur avait décidé, et elle fit désigner pour cette place le sage marquis d'Arcy. Mais cette influence fut balancée par celle du sous-précepteur, l'abbé Dubois, homme sans scrupules, qui mit tout jeune le duc de Chartres sur le chemin de la débauche.

Avec une absence totale de principes, le Régent ne laissait pas d'avoir une intelligence brillante et mille qualités. Passionné pour les recherches scientifiques, il se faisait le protecteur de l'Académie des sciences. Il avait travaillé avec le chimiste Homberg ou Hombert, mort en 1715 : les uns disaient qu'il cherchait la pierre philosophale, les autres qu'il fabriquait des poisons. Curieux de tout, il avait cherché à voir le diable dans les carrières de Vanves et de Vaugirard avec son ami le duc de Lévis. Un magicien lui avait prédit qu'il serait régent. Il avait étudié la peinture avec Antoine Coypel, qu'il venait de nommer premier peintre du roi et à qui il faisait peindre, en ce moment, au Palais-Royal, quatorze sujets tirés de l'*Enéide.* Philippe avait peint lui-même trente tableaux illustrant *Daphnis et Chloé,* qu'il avait gravés en estampes et que l'on exécutait en tapisserie. Il avait étudié la musique avec Campra et il jouait de la flûte. Il composait des vers. Il était l'auteur de deux opéras et de motets. Il se connaissait en cuisine et était fier d'un plat qu'il avait inventé : les laitances de carpe au coulis d'écrevisses. Par son ébéniste préféré, Cressent, il voulait instaurer un style de meubles, qu'on appellerait le style Régence, où les formes bombées remplaceraient la rigidité du style Louis XIV. Oppenord, « premier architecte de S.A.R. », modifiait également les lignes des édifices que l'on construisait et les ornementait de façon originale.

Tous ses dons artistiques avaient conduit Philippe d'Orléans à être un grand collectionneur. Son musée comptait plus de trois cents toiles. Il faisait décorer de chinoiseries par Watteau le château de la Muette. Ami des lettres comme des arts, il ordonnait d'imprimer le *Télémaque* de Fénelon, ce chef-d'œuvre que l'archevêque de Cambrai, mort en janvier 1715, avait écrit pour le duc de Bourgogne et que Louis XIV avait interdit de publier, parce que certains y voyaient une satire de son règne. Philippe avait même emprunté une phrase de ce roman lorsque, à la session du Parlement où il réclama la régence, il sollicita d'être « libre pour faire le bien et lié pour ne point faire le mal ».

François-Marie tenait ce détail de M. de Mimeure qui avait assisté à la séance : le marquis venait d'être nommé à l'ambassade de Constantinople, poste occupé jadis par le marquis de Châteauneuf, plus récemment par le marquis de Ferriol, oncle de Charles-Augustin d'Argental et d'Antoine du Pont-de-Veyle, les amis de collège d'Arouet. C'était un des postes diplomatiques les plus rémunérateurs : il valait quatre-vingt mille livres de rente, auxquelles s'ajoutaient vingt mille livres des consulats de Constantinople et de Durazzo. La marquise de Mimeure n'avait nullement l'intention de suivre son mari chez le Grand Turc. Elle disait que l'ambassadeur ramènerait peut-être de Constantinople une Circassienne, comme cette Mlle Aïssé que Ferriol avait confiée à sa belle-sœur : cette jeune fille, après avoir séjourné aux Nouvelles Catholiques pour sa conversion, — la fondation à laquelle François-Marie avait pensé à l'égard de Pimpette, — était aujourd'hui l'attrait du salon de la comtesse de Ferriol par sa beauté et son esprit.

Le duc de La Feuillade, l'ami de François-Marie, était veuf de sa seconde femme, fille du ministre Chamillart. C'était un mari à la mode du duc de Fronsac et du marquis de Gesvres : il n'avait jamais rempli son devoir conjugal, pas plus avec sa première épouse, fille du ministre Phélypeaux de Châteauneuf, qu'avec la seconde ; mais c'est parce qu'il était impuissant, comme le marquis de Gesvres. Bien que ses goûts passifs fussent connus, il n'avait pas trouvé de difficulté à se marier, tellement un tabouret de duchesse à la cour avait de séduction pour une femme.

Un ancien camarade que François-Marie avait eu la dernière année de ses études à Louis-le-Grand, le comte de Maurepas, âgé de quatorze ans, fils de Pontchartrain, était nommé secrétaire d'État à la place de son père ; mais il ne devait exercer sa charge que dans trois ans. Jusque-là, le marquis de La Vrillière, son parent, secrétaire du conseil de régence, le formerait et signerait les expéditions. Philippe d'Orléans prétendait suivre l'exemple de Louis XIV qui avait nommé secrétaire d'État aux Affaires étrangères le comte de Brienne à seize ans et secrétaire d'État à la Guerre le marquis de Barbezieux à dix-sept ans.

Un poème sur *les Maux de la fin du règne de Louis XIV,* — les *J'ai vu,* — faisait fureur depuis quelque temps, quoiqu'il n'eût pas été imprimé. On s'en arrachait les copies, pour se régaler d'une satire qui dépassait en violence celles qui avaient vu le jour immédiatement après la mort du roi. François-Marie était tout ensemble flatté et inquiet, parce qu'on la lui attribuait en souvenir de son ode *Sur les malheurs du temps* : « Tristes et lugubres objets, — J'ai vu la Bastille et Vincennes, — Le Châtelet, Bicêtre et mille prisons pleines — De braves citoyens et fidèles sujets. — J'ai vu la liberté ravie... — J'ai vu le peuple gémissant — Dans un rigoureux esclavage. — J'ai vu le soldat rugissant — Crever de faim, de soif, de dépit et de rage... — J'ai vu des magistrats vexer toutes les villes — Par de criants impôts et d'injustes édits. — J'ai vu sous l'habit d'une femme (la Maintenon) — Un démon nous faire la loi... — J'ai vu cet homme épouvantable (d'Argenson, que le peuple surnommait "le damné", à cause de sa laideur), — Ce barbare ennemi de tout le genre humain, — Exercer dans Paris, les armes à la main, — Une police abominable. — J'ai vu les traitants impunis... — J'ai vu Port-Royal démoli... — J'ai vu, dans ce séjour par la grâce habité, — Des sacrilèges, des profanes, — Remuer, tourmenter les mânes — Des corps marqués du sceau de l'immortalité... — ... J'ai vu la prélature — Se vendre et devenir le prix de l'imposture. — J'ai vu les dignités en proie aux ignorants ; — J'ai vu des gens de rien tenir les premiers rangs... — ... J'ai vu, dans ce siècle maudit, — Ce cardinal (Noailles), l'ornement de la France, ... — Ressentir les effets d'une horrible vengeance. — J'ai vu l'hypocrite honoré, — J'ai vu, c'est dire tout, le jésuite adoré ; — J'ai vu ces maux sous le règne funeste — D'un prince que jadis la colère céleste — Accorda pour sanction à nos désirs ardents. — J'ai vu ces maux et je n'ai pas vingt ans. »

François-Marie faisait observer que, si l'on pouvait penser à lui parce qu'il avait vingt et un ans, il aurait été bien incapable de vitupérer un roi et un règne qu'il admirait. Il ajoutait qu'ami des deux fils du lieutenant général de police, il eût été un misérable de parler ainsi de lui. Enfin, il estimait cette satire très ridicule, par ses exagérations, comme *le Châtiment du père Le Tellier.* Néanmoins, ce qui était peut-être vrai, c'était ce qui touchait d'Argenson : le Régent s'était fait bénir en rendant la liberté aux prisonniers qui n'étaient pas détenus pour crime ou pour raison d'État. Mais Philippe gardait sa sympathie et une certaine reconnaissance au lieutenant général de police, qui avait servi à le justifier, lors des accusations d'empoisonnement des membres de la famille royale portées contre lui : chargé par Louis XIV d'assister à l'ouverture des corps, d'Argenson avait certifié, sur la foi des médecins, qu'on n'avait trouvé aucune trace de poison. François-Marie fut soulagé quand il sut qu'on avait découvert l'auteur des *J'ai vu* : c'était un poète obscur et affamé, Antoine-Louis Lebrun, âgé de trente-cinq ans, auteur d'un opéra, *Hypocrite amoureux*, et qui réussit à se soustraire aux recherches de la police.

L'avant-dernier jour de l'an, le jeune Louis XV avait quitté Vincennes pour s'installer aux Tuileries. Les Parisiens l'avaient acclamé à son passage. Ainsi qu'il l'avait fait d'abord le 9 septembre, lorsqu'il était allé de Versailles à Vincennes en longeant les remparts de Paris, et ensuite, en traversant la capitale pour se rendre au lit de justice du 12, il criait lui-même : « Vive le roi ! »

L'année 1716 avait étrangement commencé pour le marquis de Mimeure. Il était encore dans ses préparatifs de départ à destination de Constantinople, lorsque le Régent désigna à sa place le marquis de Bonnac, qui avait été jusque-là envoyé extraordinaire à Madrid. François-Marie pensait aux vers de Scarron sur le poète académicien Benserade, que Mazarin avait fait ambassadeur et dont la mission fut contremandée : « L'an que le sieur de Benserade — N'alla point à son ambassade. » Le marquis déclara que ces nominations diplomatiques non suivies d'effet n'étaient pas un phénomène nouveau : en 1714, le marquis de Pompadour, père de la marquise de Courcillon, avait été nommé à l'ambassade d'Espagne et le marquis d'Alègre, père de la comtesse de Rupelmonde, à l'ambassade d'Angleterre. Ni l'un ni l'autre n'avaient rejoint leurs postes. Le duc de La Feuillade avait obtenu, en décembre 1715, quelque temps après que Mimeure avait reçu l'ambassade de Constantinople, celle de Rome. Or, il avait dit à ses amis qu'il comptait bien ne jamais aller dans cette capitale, malgré ses goûts italiens, et que c'était un simple moyen de se faire avancer l'argent de son équipage et ses appointements. François-Marie trouvait qu'il était beau d'être un grand seigneur.

La présence de M. de Mimeure ne changea rien à l'intimité déjà existante entre sa femme et Arouet, non plus qu'à celle qui existait depuis longtemps entre elle et le comte de Gontaut-Biron ou Quinault-Dufresne. Chez les Mimeure et chez les Sully, le jeune poète revoyait le président Hénault, marié depuis 1714, et la sœur du président, la comtesse de Jonzac, dont le mari était lieutenant général de Saintonge et d'Angoumois. Une chanson se moquait du président, à cause de sa maîtresse, la maréchale duchesse d'Estrées, dont il célébrait « le cul et le chignon ». Une autre se moquait des amants de la comtesse de Jonzac, surnommée Jonquillon, et révélait qu'elle était « par trop largette »... « Non, non, il n'est point de si vaste con — Que celui de Jonquillon (*bis*) », disait un *Alléluia.*

Dieu merci, la duchesse de Sully, ex-comtesse de Vaux, était inconnue aux chansonniers. Elle traversait une sorte de crise morale à propos des divertissements du monde, sous l'influence, toujours vivace, du mysticisme maternel. Mme Guyon, auteur de plusieurs ouvrages et notamment des *Torrents spirituels,* avait passé un an à la Bastille pour ses querelles avec Bossuet et vivait dès lors exilée à Blois. Elle conservait la gloire d'avoir failli entraîner Mme de Maintenon et le roi à adopter son système, de même qu'elle conserva l'amitié de Fénelon, qui, malgré la condamnation de Rome, demeura son répondant. Une veuve, grande amie de Mme Guyon et de sa fille, Mme de Chevry, née Beaumont, et qui avait pour mère la sœur de Fénelon, était, à Paris, l'âme de ce qu'on appelait « la petite Église » ou « le petit troupeau ». Elle menait une existence à la fois mondaine et dévote et François-Marie savait qu'elle était unie par un mariage secret au comte de La Noue, ancien écuyer de la princesse de Conti. Le caractère des deux épouses secrètes offrait au poète un sujet pour sa muse. Il écrivit donc une épître en vers *A une dame un peu mondaine et trop dévote,* qui était à la fois la duchesse de Sully et la comtesse de La Noue ; mais indirectement il s'adressait aussi à Mme Guyon, qui avait passé pour avoir des relations coupables avec un barnabite, le père Lacombe, sans compter Fénelon lui-même. Il reprochait aux deux « mondaines trop dévotes » de « lire Massillon, Bourdaloue et La Rue ». Le père de La Rue était ce jésuite, confesseur de la reine d'Angleterre et ancien professeur à Louis-le-Grand, qui avait écrit plusieurs tragédies latines et françaises, comme tant de ses collègues : il était aussi un prédicateur en renom. François-Marie raillait également le père

Quinquet, théatin, directeur de ces dames, et il leur donnait ce pieux conseil en les rajeunissant pour les flatter : « Dans ta jeunesse fais l'amour — Et ton salut dans ta vieillesse. » Rien ne lui plaisait plus que ce privilège des poètes de tutoyer les grands et leurs épouses.

Peu après, conservant le même genre poétique, inauguré avec succès pour l'abbé Servien, il adressa une épître en vers *A. M. le duc d'Arenberg* qui, depuis 1712, était chambellan de l'empereur Charles VI. Marié récemment à une Pignatelli, ce « duc à Toison », comme on l'appelait pour sa Toison d'or, restait un duc de la manchette ; mais le poète devait être discret sur ce côté de ses mœurs. Il le plaignait de quitter Paris pour son gouvernement de Flandre et son château d'Enghien, dans cette province d'où les princes de Condé tiraient leur titre de duc d'Enghien : « D'Arenberg, où vas-tu ? penses-tu m'échapper ? — Quoi ! tandis qu'à Paris on t'attend pour souper. — Tu pars... ! — Vas-tu, de tes désirs portant partout l'offrande, — Séduire la pudeur d'une jeune Flamande — Qui, tout en rougissant, acceptera l'honneur — Des amours indiscrets de son cher gouverneur ?... — Mais quitte aussi bientôt, si la France te tente, — Des tétons du Brabant la chair flasque et tremblante... — Accours, vole et reviens t'enivrer à Paris. — Ton salon est tout prêt, tes amis te demandent. — Du défunt Richelieu les pénates t'attendent. » Philippe d'Orléans-Longueville, marquis de Richelieu, colonel du régiment d'Artois, était mort de la petite vérole cette année ; d'Arenberg occupait un appartement dans l'hôtel que le marquis avait fait construire au début du siècle, rue de Grenelle, et que le banquier suisse Hoguère venait d'acquérir.

François-Marie lui cite plusieurs de ceux qui le « demandent » : « Le doux La Faye, aussi fin que courtois », — dont Rousseau avait si mal parlé dans ses *Couplets* et dont le frère, capitaine, avait si mal traité le poète, — « ... Matignon le sournois », — fils cadet du maréchal de Matignon et que l'on appelait aussi le chevalier de Gacé, pédéraste insigne. Mais François-Marie insiste sur Courcillon, ce qui, après l'allusion à Matignon, était désigner le duc au public comme un de leurs émules, et il nomme trois fois le marquis : « Courcillon, qui toujours du théâtre dispose » (en dépit de *l'Anti-Giton*, le marquis continuait d'envahir les côtés de la scène avec ses gitons) : « Courcillon, dont ma plume a fait l'apothéose. » Ces mots prouvaient bien que le poème avait été considéré comme une apologie par le plus grand amateur de gitons que possédassent la cour et la capitale. François-Marie dit ensuite au duc : « Courcillon, qui se gâte, et qui, si je m'en croi, — Pourrait bien quelque jour, être digne de toi. — Ah, s'il allait quitter la débauche et la table, — S'il était assez fou pour être raisonnable, — Il se perdrait, grands dieux !... — Ah ! cher duc, aujourd'hui, — Si tu ne viens pour toi, viens par pitié pour lui ! — Viens le sauver ; dis-lui qu'il s'égare et s'oublie, — Qu'il ne peut être bon qu'à force de folie — Et, pour tout dire enfin, remets-le dans tes fers. » Jamais les illustres bougres du Temple n'avaient pu rêver d'avoir un panégyriste plus empressé et plus spirituel que le jeune Arouet.

En même temps que le marquis de Courcillon était à l'honneur par les vers de François-Marie, les chansonniers honoraient anonymement la marquise dans *les Saintes de la cour.* Cette chanson, sur l'air *Dans le bel âge,* était inspirée de ce qu'avait fait Bussy-Rabutin sous Louis XIV, en composant un livre d'heures où les saints du calendrier étaient remplacés par les portraits des courtisans dont les femmes avaient réputation de galanterie. (« Moi ! j'irais épouser une femme coquette ! — J'irais, par ma constance, aux affronts endurci, — Me mettre au rang des saints qu'a célébrés Bussy ? » avait dit Boileau dans sa *VIIIe Satire.*) Le duc de La Feuillade avait, quelques années auparavant, imité le livre d'heures de Bussy-Rabutin, mais en faisant faire les portraits, tout nus, des principales femmes galantes de la cour. François-Marie avait vu ce livre au Temple, un jour que le duc l'avait apporté pour le montrer à l'abbé de Chaulieu. La chanson donnait en note la clé du nom de chaque « sainte », pour ceux qui n'avaient pas les moyens de reconnaître l'original. On parlait de ces femmes au passé, comme si elles étaient de l'ancienne cour ; mais les clés les prouvaient bien vivantes. C'est ainsi que la marquise de Courcillon était « sainte Modeste » : « Sainte Modeste — Prenait honnêtement — La main, le reste, — Le tout avec un gant. — Pour rien n'aurait voulu — Toucher un membre nu. — Cette beauté céleste — Fit si bien qu'on la crut — Sainte Modeste. » Mais, parmi les *Saintes,* il y avait aussi Mlle de Villefranche, que François-Marie avait chantée ; c'était « sainte Facile », ce qui le faisait enrager de ne pas avoir profité de ses facilités dans la nuit blanche de Sceaux : « Sainte Facile — A tout venant disait — Qu'elle était fille, — De pas un ne voulait. — Mais quand on la pressait — Et qu'au fait on venait, — Pour peu qu'on fût habile, — Toujours on la trouvait — Sainte Facile. » François-Marie ne l'avait pas suffisamment « pressée ».

Le président Hénault introduisit Arouet chez un couple de grands seigneurs, qui ne ressemblaient pas au prince et à la princesse de Guise, habitants du Temple, mais qui offraient d'autres sortes de curiosités : c'étaient le prince et la princesse de Léon. Louis-Bretagne de Rohan-Chabot, prince de Léon, fils du duc de Rohan-Chabot, avait été l'amant de la comédienne Florence, ancienne maîtresse du duc d'Orléans : il avait fait scandale en la conduisant avec lui, dans un carrosse à six chevaux, lorsqu'il allait présider les états de Bretagne. De peur qu'il n'épousât cette fille, on l'avait enfermée dans un couvent. C'était en 1708. Le prince était laid et disgracieux. Trois ans après, comme sa famille l'incitait à se marier, il enleva, d'un autre couvent, la fille du duc de Roquelaure, qui était bossue ; on les maria dans une maison de campagne du duc de Lorge, et la nouvelle épouse fit libérer sa rivale : ce fut le second scandale du prince de Léon, et encore plus grand que le premier. Le roi réconcilia les deux familles en approuvant ce mariage, — on le soupçonnait d'être le vrai père de la mariée, bien que le physique de celle-ci ne fût pas flatteur. Depuis, le prince et la princesse, qui ne devaient être riches que le jour où le duc et la duchesse de Roquelaure mourraient, — et ils semblaient destinés à faire de vieux os, — vivaient de dettes et d'emprunts, en recevant chaque soir force compagnie. Il était plaisant de voir de quelle manière ils s'en tiraient. François-Marie, à qui le président Hénault donnait ces détails, admirait, une fois de plus, le privilège d'une grande naissance, qui met au-dessus des besoins, sinon au-dessus des expédients. Les matinées du prince et de la princesse se passaient en crieries et en disputes, non seulement entre eux, mais avec les marchands, et ce tumulte s'entendait jusque dans les maisons voisines : c'était parce que les marchands refusaient de livrer, s'ils n'étaient pas payés. Le prince et la princesse s'égosillaient à leur faire miroiter une fortune à venir ou les caressaient, comme le Dom Juan de Molière caressait M. Dimanche, et, finalement, le majordome inventait quelque subterfuge pour leur arracher un nouveau crédit. La cour de l'hôtel, grondante, le matin, d'une espèce de sédition populaire, se remplissait le soir de carrosses armoriés. Mais, à l'intérieur, les apparences étaient parfois trompeuses. Un hiver, où l'on grelottait au salon, le chevalier de Rohan, frère cadet du prince, voyant le poêle fort éclairé et sachant qu'il n'y avait pas de bois dans la maison, approcha la main : le poêle était froid ; on y avait mis une lampe.

Le 4 mars, le duc de Richelieu eut ordre d'aller à la Bastille, où il fut emprisonné le lendemain pour la seconde fois. C'était parce que, le 17 février, il s'était battu en duel, rue Saint-Thomas-du-Louvre, au sortir du bal de l'Opéra, avec le comte de Gacé, fils aîné du maréchal de Matignon, et qui était gouverneur et lieutenant général d'Aunis et de La Rochelle. Le duc avait fait des railleries sur une fête nocturne qu'avaient donnée le comte et sa seconde femme, fille du maréchal de Châteaurenault, avec la marquise de Nesle, la comtesse de Sabran, — l'une et l'autre maîtresses du Régent, — et le jeune prince de Soubise, âgé de dix-neuf ans, fête au cours de laquelle tous les raffinements de la luxure s'étaient accomplis. La comtesse de Gacé avait déjà fait un scandale, commémoré par une chanson, pour s'être laissé surprendre avec le duc d'Arenberg : ils avaient oublié de fermer le verrou. Elle était au nombre des *Saintes de la cour,* dans la fameuse chanson, et l'épithète qui lui était décernée répondait de ses mérites : « Sainte Fringante, — Que tous les jours montait — Troupe riante, — Jamais ne se lassait ; — Dès que l'un finissait, — L'autre recommençait. — Cette beauté charmante — A chacun se montrait — Sainte Fringante. »

Richelieu, bien que blessé par le comte, était rentré au spectacle afin que cette affaire ne se découvrît point. Les duels étaient sévèrement interdits : des poursuites étaient entreprises contre les duellistes d'après la seule notoriété publique et Louis XIV avait même édicté, en 1711, qu'un procès serait fait aux cadavres des victimes et leurs biens confisqués au profit des hôpitaux. Depuis la Régence, on avait vu se battre, sous la terrasse des Tuileries, un capitaine au régiment du roi, frère du conseiller Ferrand, l'ami de François-Marie, et un capitaine au régiment des gardes, Girardin de Vauvré. Ferrand s'était enfui en Lorraine et Girardin fut, comme lui, radié des cadres. A l'égard de Richelieu et de Gacé, le Parlement avait rendu un arrêt, le 22 février, qui les assignait à quinzaine devant la Conciergerie du Palais. C'est à la fois pour les soustraire à cette juridiction et pour les punir, que le Régent les avait envoyés à la Bastille. Il y tenait d'autant plus, en ce qui concernait Richelieu, qu'à la fin de 1715, il l'avait semoncé pour avoir pris querelle, à Chantilly, avec le comte de Bavière, — celui qui, portant alors le titre de chevalier, avait été le camarade de François-Marie et de Fronsac à Louis-le-Grand. Ils avaient pris rendez-vous pour se battre au bois de Boulogne, un jour que M. le Duc y donnait une grande chasse aux dames. Le Régent avait fait appréhender les deux antagonistes avant le duel et leur avait fait promettre d'y renoncer sous peine de sanctions. « Si vous me manquez, je ne vous manquerai pas », leur avait-il dit.

Quoique le deuil public pour la mort du roi eût été fixé à un trimestre, les spectacles avaient été rouverts dès le 30 octobre : le public et le gouvernement ne témoignaient pas plus de respect à sa mémoire que le grand prieur. Les bals de l'Opéra furent inaugurés le 2 janvier 1716, à l'instigation du chevalier de Bouillon, dit le prince d'Auvergne, et ce monopole lui valut six mille livres de rente. Un carme, le père Sébastien, — de son nom, Truchet, — habile ingénieur, membre honoraire de l'Académie des sciences, trouva le moyen d'égaliser le parterre et la scène, pour les changer en vaste salon. L'entrée de ces bals coûtait six livres et il suffisait d'être masqué, sans épée ni canne. Ils avaient lieu dans la salle de trois mille places où Lulli, en 1673, avait installé l'Académie royale de musique, près du Palais-Royal.

En ce qui concerne le chevalier de Bouillon, ses mœurs étaient signalées dans de récents triolets, dont l'un visait Jean-Louis Goyon de Matignon, chevalier de Gacé, frère cadet de celui qui s'était battu en duel avec le duc de Richelieu, — et ce chevalier, l'ami du duc d'Arenberg, était « Matignon le sournois », chanté par François-Marie : « Parlons un peu de Matignon, — Non pas de l'aîné que j'honore, — Mais du cadet, méchant fripon ; — Parlons un peu de Matignon. — Il mène une vie de Chausson — Et finira plus mal encore. » Chausson était le bougre brûlé en 1661 place de Grève avec son complice Paulmier, et que l'abbé Servien avait évoqué à François-Marie durant leur visite à Anet. Le triolet suivant visait le créateur des bals de l'Opéra et son digne confrère, le chevalier de Luynes : « Chantons aussi Luynes et Bouillon, — Deux convives incomparables : — L'un boit et fout fille et garçon, — ... L'autre rate en cul et en con, — Et qui pis est, il triche à table... » La pédérastie, qui avait commencé la grandeur de la maison de Luynes, semblait un apanage de l'illustre maison de Bouillon : le chevalier s'ajoutait au cardinal, ancien grand aumônier de France, mort dans son ambassade à Rome quelques mois avant Louis XIV, et au neveu de celui-ci, l'abbé d'Auvergne, que François-Marie avait connu au Temple.

Le fait d'être déguisé ou simplement masqué, comme à

Venise, excitait toutes les imaginations et servait toutes les intrigues. La haute société avait déjà l'habitude de se masquer lorsqu'elle allait à la foire Saint-Germain, à la foire Saint-Laurent ou à la foire Saint-Ovide, pour acheter des brimborions, voir les marionnettes, les joueurs de gobelets, les avaleurs de sabres et de cailloux, les femmes qui buvaient de l'huile bouillante et marchaient pieds nus sur une barre de fer rougie au feu. Les gens de condition adjoignaient au masque la prudence de circuler dans des carrosses sans armoiries, avec une escorte de laquais en livrée grise, appelés grisons. Il y avait eu aussi, au Palais-Royal, des bals en masques.

A l'un des premiers de l'Opéra, François-Marie avait accompagné l'abbé Servien qui, dans la foule, prit quelque liberté avec un Adonis, derrière lequel il se trouvait. Le jeune homme se retourna d'un air furieux et s'écria : « Que me veut ce bougre de prêtre ? — Monsieur, répondit doucement l'abbé Servien, je n'ai pas l'honneur d'être prêtre. » En effet, comme beaucoup d'abbés du Temple, il portait l'habit ecclésiastique sans avoir été ordonné ; mais, pour y faire honneur, il récitait chaque jour son bréviaire.

Le Régent avait concouru au succès de ces bals, où il pouvait si aisément se rendre, masqué ou déguisé, lorsqu'il venait de souper chez lui. Un soir qu'il craignait d'être trop reconnaissable, il exprima ses doutes à l'abbé Dubois qui le suivait et qui, pour le rassurer, lui donna un grand coup de pied dans le derrière. « L'abbé ! L'abbé ! Tu me déguises trop ! » lui dit Philippe. Dubois, compagnon de ses soupers, l'aidait à mériter le mot qui était échappé à Mme de Sabran : « Dieu, après avoir créé l'homme, prit un reste de boue, dont il forma l'âme des princes et des laquais. » Philippe ne se bornait pas aux bals de l'Opéra : il hantait également les bals publics et les bals bourgeois, où toute une compagnie pouvait se présenter en masques, pourvu qu'une personne, connue des maîtres de maison, se fût démasquée.

En vue d'amuser Louis XV, le Régent avait mandé aussi d'Italie le comédien Riccoboni et sa troupe ; ils débutaient au théâtre du Palais-Royal et faisaient courir tout Paris. Le maréchal de Villeroy, gouverneur du jeune souverain, commençait, de son côté, à lui apprendre son rôle. Tous les mardis, Louis XV, le cordon bleu du Saint-Esprit en écharpe, recevait les ambassadeurs quelques instants, avec une gravité charmante, — il les avait reçus dans son berceau, peu de jours après sa naissance, comme il y avait reçu une députation du Parlement et de la Ville. Le jeudi saint, 9 avril, il avait célébré la Cène et lavé les pieds des pauvres ; mais on ne lui avait pas fait toucher les écrouelles : la vertu de les guérir lui serait conférée seulement par le sacre, ainsi que la qualité de chevalier et grand maître du Saint-Esprit, bien qu'il en revêtît déjà l'insigne. Ses apparitions étaient chéries du peuple, qui aimait sa beauté et sa grâce : en mars, le grand deuil de cour de six mois étant achevé, on avait cousu des pierreries sur ses habits.

Le lendemain de l'entrée de Richelieu à la Bastille, le Régent avait fait jouer pour la première fois, à la Comédie-Française, l'*Athalie* de Racine et, le 30 mars, dans l'antichambre du roi aux Tuileries, — Louis XV avait quitté Vincennes, mais ne devait pas retourner encore à Versailles. François-Marie, à la Comédie, éprouva un plaisir indicible. Il admira Mlle Desmares en Athalie et Mlle Duclos en Josabeth. Lorsque la tragédie avait été jouée à Versailles, sous Louis XIV, le duc d'Orléans jouait le personnage d'Abner. C'est en l'honneur de ce souvenir qu'il avait porté cette pièce au théâtre, bien que le feu roi, dans le privilège, eût défendu aux comédiens-français de la représenter. Il entendait la réserver à Saint-Cyr. Mais le Régent voulait montrer que le petit Joas, menacé par Athalie, n'était pas le petit Louis XV, dont il était le serviteur et le défenseur.

Racine avait été déçu par l'indifférence avec laquelle la cour avait d'abord accueilli la lecture de sa pièce et François-Marie était reconnaissant à Boileau de l'avoir rassuré en lui disant qu'*Athalie* était un chef-d'œuvre. Fontenelle s'était ridiculisé par une épigramme dont il était très honteux, depuis le succès que la pièce venait d'avoir, grâce au Régent : « Gentilhomme extraordinaire (Racine était gentilhomme ordinaire du roi) — Et suppôt de Lucifer, — Pour avoir fait pis qu'*Esther*; — Comment diable as-tu pu faire ? » François-Marie voyait bien pourquoi l'auteur de l'*Histoire des oracles* avait raillé ces deux pièces : parce qu'elles étaient des pièces religieuses et que Fontenelle était philosophe. Il semblait à Arouet qu'il ne tomberait jamais dans cette partialité, car il jugeait avant tout la qualité littéraire et il admirait Bossuet, Fénelon, Massillon, Fléchier, sans se soucier de leurs convictions. Mais il devinait qu'il y avait eu, également, dans la raillerie de Fontenelle, la jalousie d'un médiocre à l'égard d'un génie, peut-être enfin l'intention d'abaisser Racine pour rehausser Corneille, oncle du railleur : ce zèle familial eût été sa seule excuse. Il est vrai qu'il avait à se venger de l'épigramme que Racine avait faite sur sa tragédie *Aspar,* épigramme où l'on discutait si c'était aux pièces de l'abbé Boyer, membre de l'Académie française, ou à celles de Pradon que les sifflets prirent naissance. « C'est, j'en suis témoin fidèle, — C'est à l'*Aspar* du sieur de Fontenelle. »

François-Marie eut alors une autre expérience personnelle de ce qu'était la jalousie dans le domaine de l'art : il lut son *Œdipe* devant les comédiens-français, en présence de plusieurs seigneurs de ses amis. Ceux-ci et quelques actrices approuvèrent son œuvre ; mais les acteurs Beaubour et Ponteuil, accoutumés à jouer dans l'*Œdipe* de Corneille, firent refuser celui d'Arouet. Ils jugeaient téméraire qu'un jeune homme osât traiter un sujet où le grand Corneille avait réussi. François-Marie, à qui cette lecture avait montré les points faibles de sa tragédie, résolut de la corriger en se promettant d'avoir une revanche.

Avant de se mettre à ces corrections, il sollicita les conseils de ses amis du Temple. L'abbé de Chaulieu organisa pour lui un souper chez l'abbé de Bussy, en présence du grand prieur. Philippe de Vendôme avait un certain talent poétique. Ses chansons, où il ne célébrait guère que Fanchon et le vin, — Fanchon, son ancienne maîtresse, lui servait à masquer ses vrais goûts, — étaient dignes de Chaulieu et de La Fare. En écoutant la lecture d'*Œdipe,* il donna à François-Marie des conseils pertinents. L'auteur apprécia ce bon goût naturel qui distinguait les grands seigneurs et qu'il retrouvait dans le fils de Bussy-Rabutin. Les avis du bon abbé de Chaulieu ne lui furent pas moins utiles.

Dans ce même mois de mars où Richelieu était entré à la Bastille, où l'on avait représenté *Athalie* et où la Comédie-Française refusait le nouvel *Œdipe,* un autre événement avait intéressé Arouet, ainsi que le monde des lettres. Le baron de Breteuil, protecteur de Jean-Baptiste Rousseau, avait, le mois précédent, obtenu du Régent des lettres de grâce pour le poète qui, en 1712, avait été « banni à perpétuité » à cause de ses *Couplets* et de son accusation calomnieuse contre Saurin. On n'avait point douté de voir le poète revenir promptement de Vienne, où il avait accompagné le comte du Luc, qui était ambassadeur en Autriche depuis l'année précédente. En mars, le baron de Breteuil rendit publique la réponse de Rousseau, fort inattendue : elle frappait par sa dignité, sinon par sa sincérité. Le poète, considérant qu'il avait été lui-même calomnié, exigeait, non pas une grâce, mais une réparation en justice. Il disait : « J'aime bien la France ; mais j'aime encore mieux mon honneur et la vérité... Je préférerai toujours la condition d'être malheureux à celle d'être heureux avec infamie... » François-Marie était obligé d'admirer tant de constance ; mais il se demandait si cette attitude n'était pas le raffinement le plus grand de l'hypocrisie. Néanmoins, il y prenait modèle : il se disait que l'homme de lettres, entraîné par son génie à proclamer ce qu'il pense, dans une société hérissée de lois et de préjugés, doit se protéger contre les suites de ses écrits par tous les moyens ; il lui faut échapper à la justice pour rester libre, parce que c'est lui qui représente la vraie justice. Il appartient à son pays ; mais il appartient aussi à l'univers. C'est ce que disait Rousseau dans une lettre à son ami Boutet : « Puisque ma patrie n'a pas voulu de moi, on ne doit point trouver mauvais que je m'en fasse une nouvelle pour le reste de mes jours. » Cependant, il eut la noblesse d'écrire une belle ode, intitulée *Palinodie,* où il stigmatisait ceux qui détractaient Louis XIV après avoir reçu ses bienfaits. S'il y rendait hommage au Régent, qu'il appelait « prince magnanime », c'était un éloge désintéressé, dès lors qu'il refusait de rentrer en France. Cette ode formait, en quelque sorte, une réplique aux *J'ai vu* .

L'exemple de Rousseau, banni à cause de ses écrits, paraissait, somme toute, honorable ; mais François-Marie n'enviait pas le sort d'un autre homme de lettres, Le Sage, réduit à publier des traductions ou à écrire des pièces pour les forains. Arouet avait goûté, au collège, *le Diable boiteux* de cet auteur, et avait lu, l'an dernier, un autre roman de lui, de la même veine, *Histoire de Gil Blas de Santillane,* qui avait eu le même débit. Le Sage n'avait plus osé exploiter le génie satirique dont il avait fait preuve avec sa comédie *Turcaret,* en 1709. Il y avait attaqué le monde des financiers et s'était vu, d'abord, en butte à leurs avances, — ils lui offrirent cent mille livres pour qu'il renonçât à cette pièce, — ensuite à leurs pressions sur les comédiens pour les empêcher de la jouer, et elle fut effectivement refusée. Mais le Grand Dauphin ordonna que la représentation eût lieu. A la vérité, François-Marie, qui s'y était amusé, avait trouvé que cette imitation du *Bourgeois gentilhomme* n'allait pas très loin. Elle n'avait pas moins créé une antonomase, glorieuse pour l'auteur. On disait désormais « un Turcaret » pour désigner un financier grossier, malhonnête et ridicule, comme on disait « un Tartufe » pour qualifier un faux dévot.

Arouet avait rencontré Le Sage, qui lui inspirait une certaine sympathie pour ses premières œuvres ; mais les relations avec lui étaient gênées par sa surdité, beaucoup plus grande que ne l'avait été celle de Boileau. L'écrivain avait un cornet posé sur sa table et ne le saisissait pour écouter que lorsqu'il pressentait une conversation intéressante ; il le reposait dès que son intérêt avait disparu et l'on n'avait plus qu'à prendre congé. Il se partageait entre sa vie familiale et les travaux modestes qui lui permettaient de vivre. La manière dont il parlait du théâtre de la foire, donna à François-Marie le désir de s'y rendre.

Ces spectacles, qui se déroulaient à la foire Saint-Germain, sur la rive gauche, et à la foire Saint-Laurent, près de la porte Saint-Martin, attiraient d'ailleurs beaucoup de monde par leur singularité. La Comédie-Française et l'Opéra ayant le privilège de toute représentation dramatique et musicale, les forains arrachèrent parfois l'autorisation d'ajouter à leur pantomime des paroles, des danses et des chansons ; mais un arrêt du Parlement la leur retirait, aussitôt que le public se mettait à déserter les deux salles officielles. Pour tourner les interdictions, ils avaient, depuis quelques années, inventé les pièces à écriteaux, — deux enfants déroulaient sur la scène, à côté des mimes, un cartouche de toile, où les paroles et les couplets étaient inscrits en gros caractères. Les spectateurs, aidés par des comparses, répétaient les couplets, dont les airs étaient indiqués. François-Marie alla voir les pièces que Le Sage avait déjà composées pour un tel répertoire, — *Arlequin, roi de Serendib, les Eaux de Merlin* ... — et il souffrait qu'un homme de talent fût obligé de se galvauder. Mais, à propos des forains, il appréciait l'ingéniosité française, qui luttait de toutes les façons contre l'abus des privilèges. Celui-là ne lui semblait pas moins odieux que celui qui permettait toujours de donner des places sur la scène de la Comédie-Française aux gens de qualité. Récemment, les forains ayant reçu de l'Opéra l'autorisation de chanter, cela avait donné lieu à une nouvelle invention : l'opéra-comique. Arouet se divertit de rencontrer le marquis de Courcillon au théâtre de la foire. C'était pour une bonne raison : les pages avaient le droit d'y entrer gratis. Le marquis pria l'auteur de *l'Anti-Giton* de ne pas s'aviser de critiquer une faveur qui attirait à ce théâtre tous les pédérastes de la capitale.

Philippe d'Orléans, malgré la vigilance de sa mère sur ses jeunes ans, avait eu maintes aventures masculines, notamment avec ce même abbé Dubois, qui était, comme lui, un ambidextre de l'amour. Mais les garçons jouaient auprès d'eux un rôle infiniment moins considérable que l'autre sexe.

A dix-huit ans, Philippe avait épousé Mlle de Blois, la troisième bâtarde de Louis XIV, en dépit de ce qu'il avait promis à sa mère, qui haïssait les bâtards ; mais on ne résistait pas au roi. Cependant, après la scène rapide où celui-ci avait imposé sa volonté, — il avait accordé l'ordre du Saint-Esprit au chevalier de Lorraine, le mignon favori de Monsieur, pour avoir secondé ce projet de mariage, — lorsque Madame revit son fils à la chapelle du roi, elle lui appliqua un soufflet retentissant. Mais il y eut des compensations. Louis XIV octroyait à sa fille deux millions, une rente de cent cinquante mille livres et des pierreries estimées six cent mille ; à Philippe, la totalité des biens et titres de son père et, en premier lieu, le Palais-Royal, « afin que lui et sa postérité masculine pussent y avoir un logement qui répondît à la grandeur de leur naissance », — jusque-là, Monsieur et sa famille avaient logé au château de Saint-Cloud.

Comme Louis XIV, Philippe avait eu plusieurs enfants naturels. A l'âge de quatorze ans, sa première maîtresse, la jolie Léonore, — dont le père était concierge-garde-meuble du Palais-Royal, — lui donna une fille. Madame, si impitoyable pour les bâtards du roi, était pleine d'indulgence pour ceux de son fils : elle maria cette bâtarde à un M. de Charency, conseiller à Riom. Philippe avait eu ensuite un fils de la comédienne Florence, l'abbé de Saint-Albin ; une fille de la comédienne Desmares et deux filles et un garçon de Mlle Label de La Boissière de Séry, demoiselle d'honneur de Madame. De ces bâtards, il n'avait reconnu, sous le nom de chevalier d'Orléans, que le fils de Mlle de Séry, parce qu'elle était noble (c'était la fille du marquis de La Boissière, ancien ambassadeur aux Pays-Bas) et il avait même fait attribuer à la mère, par Louis XIV, le titre de comtesse d'Argenton. C'est d'elle qu'il avait été le plus amoureux ; mais il n'avait pas légitimé ses deux autres enfants. Elle lui avait inspiré un poème d'une centaine de vers, qu'il n'avait pas dédaigné de signer, *Pour Mlle de Séry, par M. le duc d'Orléans.* Il venait de prouver encore mieux l'intérêt qu'il portait à ce fils de Mlle de Séry, né en 1702 : moyennant vingt-cinq mille écus de rente, prélevés sur les loteries, Philippe de Vendôme résignait son grand prieuré de Malte au chevalier d'Orléans, qui entra cette année dans l'ordre de Saint-Jean-de-Jérusalem. Toutefois, comme le chevalier n'avait que quatorze ans, il fut convenu, ainsi que pour le jeune Maurepas dans l'exercice de ses fonctions de ministre, qu'il ne remplirait la charge de grand prieur qu'à dix-sept ans.

Depuis l'hiver dernier, le Régent avait une autre maîtresse : la comtesse de Parabère, née Koskaer de la Vieuville, âgée de vingt-trois ans, femme d'un brigadier de cavalerie fort jaloux. Ayant reçu de Philippe un diamant de dix mille écus et une boîte d'or de deux cents le jour de sa première visite, elle ne savait comment faire admettre à son mari de tels cadeaux. Elle lui dit qu'une femme de la cour, obligée de vendre ses bijoux pour une très faible somme à cause d'une dette de jeu, les lui avait proposés. M. de Parabère lui remit cet argent afin de lui permettre de saisir l'occasion. Il n'avait pas tardé à s'apercevoir de son infortune et, pour s'en consoler, versa dans une ivrognerie excessive, qui l'avait conduit au tombeau.

Le Régent, à la même époque, s'était épris soudain d'une jeune actrice de l'Opéra, Mlle d'Uzée, ou Uzé, qui avait contrebalancé l'empire de ses nombreuses maîtresses. Enchanté de sa voix et de sa tournure, à son apparition sur la scène, il la fit venir ensuite dans sa petite loge, qui communiquait avec le Palais-Royal, et qu'un paravent ou, si l'on voulait, une grille de bois doré, pouvait changer en alcôve. Philippe pria la jeune fille de se déshabiller pour voir si elle était aussi bien faite qu'il l'imaginait. Il s'écria qu'elle avait la plus belle chute de reins de Paris. Aussitôt elle l'invita à sacrifier dans le temple dont elle lui dévoilait l'entrée, parce que, lui dit-elle, c'était « un plaisir digne d'un prince ». Mlle d'Uzée était une sectatrice de ces voluptés qui, d'après la renommée, enrichissaient ou avaient enrichi plusieurs actrices. Une chanson disait, sur l'air *Réveillez-vous, belle endormie*: « Savez-vous pourquoi la de Nesle (la défunte sœur des Quinault) — A si haut prix met ses attraits ? — Du plaisir qu'on prend avec elle, — C'est que son cul fait tous les frais... — — ... Si la Dangeville sait plaire, — Ce n'est point tant par sa beauté, — C'est qu'elle tourne le derrière — Avec beaucoup d'agilité. » Mlle d'Uzée faisait de même. Elle venait de mourir, au grand regret du Régent.

François-Marie avait pensé de nouveau que l'emprisonnement du duc de Richelieu serait bref ; mais cette sanction se prolongeait. Comme le duc niait s'être battu en duel et que cette scène s'était pourtant déroulée en pleine rue, le Régent fit ordonner à des commissaires et à des chirurgiens d'aller examiner ses blessures. Richelieu, qui s'en doutait, avait eu soin de faire recouvrir les parties contuses d'un linge, sur lequel on avait peint le ton naturel de sa chair. Les chirurgiens et les commissaires feignirent de s'y tromper. Mais le Parlement annonçait son intention d'en envoyer de nouveaux. Gacé, qui était indemne, restait, lui aussi, à la Bastille.

Arouet avait écrit à Richelieu une lettre d'amitié. Il apprit par la duchesse qu'il n'était pas au secret, comme en 1711, et qu'on pouvait demander à M. d'Argenson l'autorisation de le visiter. Il n'y manqua pas.

C'était la première fois qu'au bout de la rue Saint-Antoine, il entrait dans le passage de la cour de l'Orme, qui précédait la Bastille. Ce « château », — cette forteresse, — était, pour tous les Parisiens et généralement pour tous les Français, le symbole de la monarchie absolue, puisque le roi pouvait y envoyer n'importe qui sans jugement, sur une simple lettre de cachet, — une lettre de cachot.

« Qui vive ? » cria la sentinelle quand le visiteur s'approcha du pont-levis. On l'avait averti de répondre : « Au nom du roi. » Un sous-officier vint reconnaître l'autorisation, le laissa entrer et frappa sur une cloche pour avertir les officiers. On le pria de déposer son épée. Dans la vaste cour qui suivait, dite du gouvernement, et qu'encadraient six des huit tours de la Bastille, des prisonniers jouaient aux quilles, au tonneau, au volant, aux cartes, au billard. Ceux qui, dans leur chambre, élevaient des oiseaux, venaient leur donner de l'air dans une cage. Certains promenaient leur chat ou leur chien. Les prisonniers étaient environ une trentaine ; avec les amis qui les visitaient, cela prêtait à ce lieu funeste l'animation d'une foire.

Richelieu était un de ceux qui étaient en train de jouer au volant. Son partenaire était un beau jeune homme, le comte de Montconseil, que François-Marie avait déjà rencontré chez lui et que l'abbé Servien soupçonnait d'être son bardache. Du reste, son bardache attitré, le valet de chambre Rafé, était assis sur un banc et les regardait : on l'avait autorisé, comme naguère, à demeurer avec le duc ; mais les domestiques des maîtres à qui l'on accordait cette faveur, étaient logés, la nuit, dans un bâtiment à part. Le duc de Brancas figurait au nombre des spectateurs. Remarquant qu'il avait son épée, Arouet le félicita de ce privilège. Le duc lui répondit que c'était uniquement celui des ducs et pairs, lorsqu'ils venaient en visite à la Bastille, et que le reste de la noblesse en était jaloux. Du moins François-Marie avait-il le plaisir d'avoir, comme lui et comme Richelieu, sa chevelure poudrée d'amidon, mode que ce dernier avait restaurée en se montrant poudré ainsi à l'Opéra, quelques jours avant son duel. Les élégants reprirent alors cet usage que Louis XIV avait aboli, à la fin de son règne, pour faire oublier que sa grande perruque brune cachait des cheveux blancs.

Le gouverneur, M. de Bernaville, sortit de son hôtel, qui donnait sur cette cour, et vint dire un mot au duc de Brancas. Celui-ci présenta François-Marie. « Monsieur le gouverneur, demanda Arouet, avez-vous jamais logé des poètes ? — Non, répondit M. de Bernaville. — Ah ! je vois bien qu'on ne nous juge pas assez importants pour cela, reprit François-Marie. — Si le goût de notre hospitalité vous attire..., dit M. de Bernaville en souriant. Quoi qu'il en soit, vous pouvez constater que la légende des prisonniers enchaînés dans des cachots est mensongère. Nous n'exerçons ces rigueurs qu'à l'endroit des forcenés ou des récalcitrants. La Bastille est plutôt une auberge, — et je dirai une bonne auberge, —qu'une prison. Nous avons quarante-deux chambres. Les personnes de distinction ont des appartements dans la maison que vous voyez là-bas. Vous connaissez l'expression rébarbative que l'on applique aux prisonniers : ils " mangent le pain du roi " ; du moins, à la Bastille, c'est loin d'être du pain sec. Beaucoup de gens que nous détenons, ne jouissent pas chez eux d'un ordinaire tel que le nôtre : potage, entrée, relevés, dessert, et deux bouteilles de vin (bourgogne ou champagne) à chaque repas, une troisième pour les besoins de la journée. Aux fêtes carillonnées, j'envoie en supplément cinq ou six bouteilles de vin de Champagne. Si les prisonniers ne se grisent pas, ils se constituent une cave bien garnie, dont ils usent à leur gré. D'aucuns trouvent la nourriture et la boisson si abondantes, qu'ils me proposent de les traiter plus simplement et de mettre de côté, à leur intention, la différence entre la dépense réelle et l'allocation payée par le roi. Quand l'emprisonnement a été long, cela peut faire une somme rondelette. — J'espère être dispensé de ce moyen de s'enrichir, dit François-Marie. Mais, pour moi, il y a une chose qui est sans prix : la liberté. — Elle est présente chez nous, dit le gouverneur, puisque les prisonniers qui ont le droit de se promener jouissent de ce que l'on appelle "les libertés de la Bastille". Mais il y a mieux, ajouta-t-il avec un nouveau sourire, en montrant la principale tour, qui avait sept étages ; nos tours ont des noms : voici celle de la Liberté. — Votre plaisanterie est un peu sinistre, monsieur le gouverneur, dit François-Marie. — Tout est relatif, reprit M. de Bernaville. Lorsque S.A.R. Mgr le Régent vida la Bastille de la plupart de ses prisonniers, — et vous voyez qu'elle est derechef presque pleine, — on trouva l'un d'eux, incarcéré depuis trente-cinq ans, sous le gouvernement de M. de Besmaus, mon avant-dernier prédécesseur : il n'avait jamais été interrogé et ne savait pas lui-même pourquoi il était là. On l'avait arrêté, disait-il, à son arrivée d'Italie. Quand je lui annonçai qu'il était libre, il me supplia de le laisser à la Bastille jusqu'à la fin de ses jours ; il y était assuré du vivre et du couvert, alors qu'il ignorait ce que sa famille et ses biens étaient devenus. S.A.R. lui accorda cette grâce ; ce prisonnier volontaire est mort l'an dernier. »

Malgré cette peinture idyllique de la Bastille, François-Marie se rappelait avoir entendu dire que certains de ces prisonniers, libérés par le Régent, étaient d'un aspect pitoyable et parlaient des mauvais traitements qu'ils avaient subis. Mais Arouet voulait bien croire qu'ils sortaient de ces cachots où l'on n'était mis que dans des cas exceptionnels.

Il finit sa visite en allant prendre le thé, avec le duc de Brancas, chez le duc de Richelieu. Cette boisson, originaire de la Chine, commençait à s'introduire dans la haute société. François-Marie, qui avait lu le poème latin consacré au thé par l'académicien Huet, évêque d'Avranches, préférait l'excitation du café. Mais, si l'évêque n'avait pu célébrer la vertu excitante du thé, Brancas cita des vers du poète anglais Waller qui en louait l'influence sur Vénus et sur Phébus : il les avait appris de lord Stair, l'ambassadeur d'Angleterre en France. François-Marie félicita Richelieu de son installation : le duc avait fait transporter dans son appartement quelques meubles de son hôtel et sa vaisselle d'argent. Brancas louait le beau Rafé, qui versait le thé dans de fines coupes de la Compagnie des Indes.

Arouet demeurait aux prises avec son *Œdipe*. Ce qui l'attachait toujours à ce sujet, c'est l'idée que les spectateurs ne manqueraient pas d'y voir, au-delà de l'inceste d'Œdipe et de sa mère Jocaste, reine de Thèbes, les incestes du Régent. Il relut aux comédiens-français sa tragédie corrigée : ils furent plus favorables, mais lui recommandèrent, — surtout les comédiennes, — d'y ajouter de l'amour. Il s'y engagea. En revanche, tous étaient contraires aux chœurs. François-Marie se rendit également à leurs raisons. Il alla s'en excuser auprès de Dacier, à présent secrétaire perpétuel de l'Académie française, qui l'avait encouragé à introduire cet élément de la scène grecque sur la scène parisienne : il lui dit que l'on ne pouvait « se promener dans Paris avec la robe de Platon ».

Suivant sa coutume de flatter les grands pour s'acquérir des protecteurs, il sollicita, après les conseils de Philippe de Vendôme, ceux du prince de Conti, qui avait le goût des lettres. Certes, le prince dut être sensible à cette consultation poétique au lendemain d'une atrocité qu'il avait imaginée et qui avait révolté les Parisiens. Cela avait commencé par des plaisanteries à son sujet, quand on apprit qu'il avait attrapé la vérole chez une fameuse maquerelle, nommée la Montrival, et qu'il avait communiqué cette maladie à sa femme ; les relations du couple, déjà difficiles, s'en aigrirent davantage. Le prince, pour se venger de la courtisane qui l'avait infecté, la fit souffler par le derrière avec un soufflet de forge jusqu'à ce qu'elle en crevât. Une instruction fut ouverte au Châtelet ; mais le prince de Conti était premier prince du sang et membre du conseil de régence : l'affaire fut enterrée, en même temps que la courtisane. Ensuite, loin de subir un procès pour ce crime, il en fit faire un à la maquerelle et à un son mari. On les condamna à être traînés dans les rues sur une charrette, fouettés à tous les carrefours et bannis de Paris. Ils allèrent continuer leur métier à Rouen.

La vie luxueuse que menait François-Marie, loin de l'étude de Me Alain et de plus en plus à l'ombre des Mimeure, le mettait en rapport avec les gens de finance. C'est eux qui soutenaient le commerce des arts, la bonne chère, les fêtes et les spectacles, soit par leur train, soit par leurs alliances avec l'aristocratie qui, grâce à eux, pouvait, comme avait dit Mme de Sévigné, « fumer ses terres ». Aussi la chambre de justice, instituée en mars 1716 contre les financiers, dans l'espoir de remplir les caisses de l'État qui étaient vides, — Louis XIV avait laissé deux milliards six cent millions de dettes et plusieurs ambassadeurs de France ne pouvaient, faute d'argent, retirer leurs lettres à la poste, — indignait-elle Arouet. S'il vénérait la justice qui défendait les faibles et les opprimés, il n'admettait pas que l'État, en vue de compenser sa mauvaise gestion ou son gaspillage, attaquât les grandes fortunes, à moins qu'elles ne fussent le produit de malversations. Il adorait trop la richesse pour ne pas en respecter les possesseurs. C'est lorsqu'il était encore au collège, qu'avait été créé le *Turcaret* de Le Sage et les jésuites avaient dit à leurs élèves que Molière, antérieurement, avait reçu de Colbert l'ordre d'épargner les financiers. Sans doute ce grand ministre les estimait-il indispensables à la prospérité de la nation. Néanmoins, lui-même, au début de son ministère, avait institué une chambre de justice pour faire rendre gorge à certains d'entre eux : on les appelait « traitants », parce qu'ils avaient un traité avec l'État afin de recouvrer les impôts, ou « partisans », en raison des partis ou sociétés qu'ils formaient dans ce dessein, ou « maltôtiers », s'il s'agissait de droits indûment perçus, qualifiés de « maltôtes ». En tout cas, le *Turcaret* de Le Sage n'avait été joué que bien des années après la mort de Colbert.

Dès le début de la Régence, les financiers, s'attendant à être l'objet de recherches, offrirent au Régent quatre-vingts millions « pour solde de tout compte ». Il leur répondit que, ce qu'il voulait, c'étaient les huit cents millions de billets qu'ils avaient fait souscrire au roi défunt et qui représentaient des usures.

La chambre de justice s'installa au couvent des Grands-Augustins et entreprit ses enquêtes fiscales avec la cruauté de l'Inquisition. On frappa une médaille montrant Hercule en train de terrasser le voleur Cacus, avec cette légende : *Victor avarae fraudis,* « Vainqueur de la fraude avare ». Des arrêts subséquents avaient défendu de « médire » des délateurs et autorisaient les domestiques à déposer contre leurs maîtres « sous des noms empruntés ». On réservait aux sycophantes le cinquième des confiscations. Des financiers proprement dits, on passa bientôt aux gens tout simplement riches : quatre mille quatre cent soixante-dix noms furent publiés. On prétendait recouvrer ainsi dix-huit cents millions. Plusieurs financiers s'enfuirent ou se tuèrent. L'iniquité de telles mesures parut telle que plusieurs parlements de province — à Grenoble, à Toulouse, à Aix et à Dijon — ne reconnurent pas la chambre de justice et menacèrent de faire pendre ceux qui viendraient en appliquer les décisions.

A Paris, ses rigueurs furent limitées par la protection des familles, la corruption des favoris et des favorites du Régent, voire par la galanterie. Nicolas Desmaretz, dont le père, fils d'un paysan, avait épousé la sœur de Colbert et qui avait été intendant, puis directeur des Finances, fut l'un des principaux persécutés. On vint fouiller jusque dans le jardin de l'abbaye dont sa sœur était abbesse et où l'on croyait qu'il avait caché des trésors. Il fut sauvé par son fils, le marquis de Maillebois, lieutenant général du haut Languedoc, et par le marquis de Goësbriand, gouverneur de Verdun, qui avait épousé une Desmaretz. Mais la marquise de Maillebois, belle rouquine, fille du marquis d'Alègre, joua le principal rôle auprès du Régent, ce qui inspira un couplet de chanson, sur l'air *Il a battu son petit frère* : « ... Pour rendre Orléans propice, — Maillebois s'offre en sacrifice, — Sauvant du gibet Desmaretz, — Quel jugement en doit-on faire ? — Aime-t-elle ses intérêts, — Le déduit ou bien son beau-père ? »

Le Régent avait exempté de toutes taxes Paulin Prondre, l'un des plus grands financiers de Paris ; mais il entendait bien se faire payer de la même monnaie que par la marquise de Maillebois, salvatrice de Desmaretz. La fille de Prondre, Marguerite-Pauline, âgée de dix-neuf ans, avait épousé le marquis de La Rochefoucauld et sa beauté avait incité le Régent à lui faire des avances, qui furent repoussées. Alors il demanda à la duchesse de Berry d'inviter la jeune marquise à un petit dîner, où celle-ci eut la surprise de trouver Philippe d'Orléans comme seul tiers. On commença par se montrer respectueux ; mais on la fit boire et, quand on la supposa un peu grise, on recommença des avances, cette fois plus pressantes. La marquise les repoussant encore, la duchesse lui saisit les mains, en la renversant sur un canapé pour la livrer à son père ; mais Marguerite-Pauline se débattit et frappa, du bout d'une de ses chaussures, l'œil du Régent dont la visibilité était atteinte par la vérole et qui faillit lui sortir de l'orbite. La douleur l'empêcha de violer la belle marquise : il lui fit pourtant la grâce de ne pas taxer son père.

Le marquis de La Fare, autre roué, fils de l'ancien poète du Temple et gendre de Paparel, qui avait été trésorier de la gendarmerie, se fit donner par le Régent les biens de son beau-père, condamné à mort, qui lui dut au moins d'avoir la vie sauve. Des procédés semblables avaient eu lieu au temps de Colbert et de la précédente chambre de justice. Les quatre trésoriers de l'épargne, à cette époque, — les frères Monerot, Beausse et Languet, — enrichirent de leurs dépouilles, non pas le trésor du roi, mais son entourage : la belle maison de Monerot l'aîné, à Sèvres, fut donnée à Monsieur, pour agrandir son parc de Saint-Cloud ; sa maison de Paris, au duc de Luxembourg et celle du cadet au maréchal de Gramont. Colbert fit exempter de recherches son ancienne maîtresse, veuve et héritière du riche partisan Launay-Gravé, à laquelle il avait fait épouser le marquis de Piennes.

La chambre présente taxa le financier Rivié à trois millions quatre cent mille livres ; Rancy, à quatre millions cinq cent mille, dont on lui restitua cent mille écus ; Romanet, à quatre millions quatre cent cinquante-trois mille livres ; Charpentier, à plus de trois millions ; Aubert, à plus de douze cent mille, ce qui l'obligea à vendre son hôtel de la place Vendôme, lieu où tant de financiers étalaient leurs fortunes. Le Normand expia durement pour tous : il fit amende honorable à la porte de Notre-Dame, aux Augustins et à la Halle, en chemise, un cierge à la main ; puis on l'exposa au pilori avant de l'envoyer aux galères perpétuelles, ses biens confisqués. Un écriteau lui était attaché devant et derrière, avec cette inscription : « Voleur du peuple ». A la Tournelle, où il fut emprisonné jusqu'à son départ, le concierge le lia à un arbre, dans la cour. Les gens payaient quatre sols pour le plaisir de le voir, de lui reprocher ses concussions et de lui assener des coups de poing. « Les Français sont des tigres, quand ils ne sont pas des singes », dit François-Marie, qui avait assisté à ce spectacle, le cœur serré.

D'Argenson lui-même fut appelé devant la chambre, pour avoir couvert les abus de certains de ses agents, et plusieurs voix proposèrent de le décréter d'accusation : le Régent, dans une soûlerie, déclara qu'il avait sauvé du gibet son lieutenant général de police. Mais où devrait s'arrêter la recherche ? Lamoignon, président à mortier au Parlement et membre de la chambre de justice avait épousé Marie-Louise Gon, petite-fille d'un banqueroutier.

Sonning, ou Sonnin ou Sonnen ou Sonninger, trésorier général des fermes, dont le fils était un ami de François-Marie, et qui recevait, avec sa femme, les poètes et les artistes dans ses maisons de la porte de Richelieu et de Neuilly, lié avec les abbés du Temple et le grand prieur, s'en tira avec une taxe de six cent mille quatre cent trente-deux livres.

Arouet connaissait également les quatre frères Pâris, fils d'un aubergiste du Dauphiné et employés dans les fermes, — les trois plus importants s'appelaient Pâris de la Montagne, Pâris du Vernay ou Duverney et Pâris de Montmartel, — qui furent taxés chacun à plus de trois cent mille livres. Il connaissait Berthelot de Pléneuf, premier commis de la Guerre, dont la fille avait épousé le marquis de Prie, ambassadeur à Turin : au premier bruit de ces recherches, Pléneuf s'était réfugié outre-Alpes chez son gendre.

En revanche, on fut aussi indulgent que possible pour les très grands financiers, dont l'appui importait à la marche du royaume. L'un des principaux était Antoine Crozat, marquis du

Châtel, installé place Vendôme. Louis XIV l'avait nommé vice-roi du Mississipi, avec le privilège du commerce de la Louisiane, pour lequel s'était fondée la Compagnie d'Occident. Au début de la Régence, Crozat avait prêté un million à Philippe d'Orléans et avait été fait trésorier de l'ordre du Saint-Esprit, charge qu'il paya quatre cent vingt mille francs. Cette année 1716, il avait prêté six cent mille francs au chevalier d'Orléans, fils naturel du Régent, pour lui permettre d'acheter au maréchal de Tessé le généralat des galères. En déduction de sa taxe, fixée à six millions six cent mille francs, il abandonna à la chambre de justice ses droits sur la Compagnie de la Louisiane, qui lui coûtait de l'argent et dont elle fut très embarrassée.

La chambre de justice taxa Samuel Bernard à quatre millions, ce qui lui arracha un sourire, — on le comprend, puisqu'il avait proposé au Régent de verser six millions pour n'être pas taxé. Sa fortune était estimée à trente-trois millions, après une banqueroute de trente-deux millions qu'il avait faite à Lyon en 1709. Il avait été protégé par le maréchal de Villeroy, lieutenant général des provinces de Lyonnais, Forez et Beaujolais, amoureux de la comtesse de Sagonne, une des filles de Bernard, belle-fille de Mansard. Villeroy fréquentait assidûment l'hôtel du banquier. Si Crozat avait permis au Régent de gouverner en lui avançant de l'argent, Bernard, ex-associé de Crozat dans la Compagnie d'Occident, en avait avancé à Louis XIV, qui l'avait nommé chevalier et lui avait fait la grâce suprême de le recevoir à Marly. Samuel avait acheté le comté de Coubert. Il avait conquis les dames de la cour en perdant avec elles au jeu, c'est-à-dire en se laissant voler : c'était, du reste, pratique courante, même au jeu du roi, et, parmi les hommes, le duc d'Antin était un des fripons les plus renommés. Bernard se payait par des libertés que les tricheuses étaient obligées de lui permettre. Une fois, chez la maréchale duchesse de Tallard, il mit, d'une main, sur la table de jeu, des rouleaux de louis, et plongea l'autre dans la gorge découverte de la marquise de Flamarens, née Beauvau, en lui disant : « Va tout ! » Il n'y avait pas de dame qui ne raffolât du « Va tout ! » de Samuel Bernard. François-Marie, en écoutant cette histoire, songeait au vers de La Fontaine sur Foucquet : « Jamais surintendant ne trouva de cruelle. » Il avait connu Bernard chez le duc de La Feuillade, place des Victoires, où l'un et l'autre étaient voisins.

Il connaissait également le financier Jean de Julienne, ou Jullienne, qui protégeait Watteau. C'était le propriétaire de la

« Manufacture des draps fins et écarlates des Gobelins », héritée de son oncle François, qui avait épousé la fille du fondateur, le Hollandais Gluck.

Chez aucun de ces richards éclairés, François-Marie n'avait le sentiment d'être comme M. Gloutonneau, le poète de *Turcaret,* qui « ne dit pas quatre paroles dans un repas, mais qui mange et pense beaucoup ». A l'inverse, il se restreignait sur la trop bonne chère, qui était funeste à son estomac, et il parlait autant qu'il pensait. Même si presque tous ces grands personnages de la finance n'avaient pas été spoliés par la chambre de justice, il voulait rendre un hommage à la finance en général en défendant le droit d'être riche. Il ne ressemblait pas à l'auteur des *J'ai vu,* qui s'était plaint de voir « les traitants impunis ».

Sans attendre tous les résultats des recherches, il composa une ode vengeresse, *la Chambre de justice,* à l'opposite de la satire de Lebrun, mais avec des traits qui pouvaient la rappeler. Il était notamment révolté par l'appel que faisait cette chambre à la délation et dont un prêtre de Saint-Sulpice avait été l'un des bénéficiaires. Le poème comprenait dix stances de dix vers chacune. « ... Je vais, dans l'ardeur qui m'enflamme, — Flétrir le tribunal infâme — Qui met le comble à nos malheurs... — Son implacable barbarie — Se mesure sur son pouvoir. — Le délateur, monstre exécrable, — Est orné d'un titre honorable, — A la honte de notre nom ; — L'esclave fait trembler son maître ; — Enfin nous allons voir renaître — Les temps de Claude et de Néron. — Une ordonnance criminelle — Veut qu'en public chacun révèle — Les opprobres de sa maison — Et, pour couronner l'entreprise, — On fait d'un pays de franchise — Une immense et vaste prison. — — Quel gouffre sous mes pas s'entrouvre ! — Quels spectres me glacent d'effroi ! — L'enfer ténébreux se découvre, — C'est Tisiphone, je la vois. — La Terreur, l'Envie et la Rage, — Guident son funeste passage : — Des foudres partent de ses yeux ; — Elle tient dans ses mains perfides — Un tas de glaives homicides — Dont elle arme des furieux... — Tout cède à l'horrible tempête ; — S'il tombe une coupable tête, — On égorge mille innocents. — — Tel, sortant du mont de Sicile, — Un torrent de soufre enflammé — Engloutit un terrain fertile — Et son habitant alarmé. — Tel un loup fumant de carnage, — Enveloppe dans son ravage — Les bergers avec les troupeaux ; — Telle était, moins terrible encore — La fatale boîte où Pandore — Cachait à nos yeux tous les maux. — — ... Magistrats d'un nouveau modèle, — Que l'enfer en courroux a faits... — — Nous périssons : tout se dérange, Tous les états sont confondus... — On ne voit qu'hommes éperdus ; — Leurs cœurs sont fermés à la joie ; — Leurs biens vont devenir la proie — De leurs ennemis triomphants... — O désespoir ! notre patrie — N'est plus qu'une mère en furie — Qui met en pièces ses enfants... — — ... Peuple ! que la flamme s'apprête ; — J'ai déjà, semblable au prophète, — Percé le mur d'iniquité : — Volez, détruisez l'injustice ; — Saisissez au bout de la lice — La désirable Liberté. »

François-Marie, après avoir écrit ces stances, en fut assez effrayé. Il fut aussi un peu plus indulgent pour Lebrun, car il constatait que le propre de la satire est d'outrer les couleurs : il parlait d'innocents que l'on égorgeait par milliers et la chambre de justice n'avait fait égorger personne. Lorsqu'il répandit des copies de son ode, il l'attribua, par prudence, tantôt à Jean-Baptiste Rousseau, — qui, n'étant plus là, ne pouvait en pâtir et qui, en tout cas, n'eût pas renié une telle vigueur, — tantôt à un Toulousain, Gourdon de Bache, correspondant d'un abbé du Temple, tantôt même à son ami Antoine Ferrand, qui avait pour défense la robe de conseiller. Mais on ne tarda pas à savoir quel était le véritable auteur et le Régent, qui apprit ainsi le nom du jeune Arouet, eut la générosité de ne pas le punir, tout en le marquant sur ses tablettes. Il est vrai que la réaction avait été générale contre les excès de cette chambre, au point que l'on envisageait de restituer une partie des biens confisqués et de réhabiliter les victimes. Il ne pouvait être question d'envoyer leur défenseur à la Bastille.

Cependant, François-Marie fut piqué d'apprendre que Rousseau, à qui Brossette, l'ami de Boileau, avait envoyé, à Vienne, une copie de son poème, l'avait jugé défavorablement : « ... L'ode que vous m'avez envoyée sur la Chambre de justice, n'a point produit le même effet sur mon esprit. Je n'ai guère vu rien de plus grossier ni de plus platement enflé. Le caractère emporté et séditieux de cet ouvrage ne peut plaire qu'à de petits esprits sans goût et sans jugement ; mais, comme le nombre en est fort grand en France, et qu'il y augmente tous les jours, je ne suis point surpris de la vogue qu'il y a eue. Nos Allemands ne lui ont pas fait la même grâce et ils en ont jugé comme moi. J'ai peine à croire que ce soit le jeune Arouet qui l'ait faite. Il n'aurait pas au moins fait rimer " prophète " avec " s'apprête ", ni " troupeaux ", avec " maux ". Je croirais bien plus volontiers que l'auteur des infâmes couplets qui m'ont été si indignement attribués, est l'auteur de cette même prétendue ode. » Il était plaisant de voir Rousseau toujours obsédé par la préoccupation de démentir la paternité de ses mémorables *Couplets.* Mais, s'il jugeait avec une sévérité excessive et peut-être jalouse l'art satirique du jeune Arouet, il lui rendait pourtant hommage en supposant que cette ode n'était pas de lui à cause de quelques rimes faibles. Il prouvait donc qu'il lui reconnaissait le talent de poète.

François-Marie eut une autre humiliation que ce dénigrement épistolaire : un poème anonyme fut divulgué contre lui et contre le sien, sous le titre *Apologie de la Chambre de justice.* On sut bientôt que son auteur était celui-là même des *Couplets.* Rousseau, furieux sans doute qu'Arouet lui eût attribué son ode sur cette chambre comme pour le brouiller irrémédiablement avec la France, lui avait rendu la monnaie de sa pièce. Ce poème disait : « Toi qui, nouveau singe d'Alcée, — Dans des vers remplis de fureur, — Ne présentes à la pensée — Que sang, que carnage et qu'horreur ; — Toi qui, contre la voix publique, — Nous crois sous un joug tyrannique, — Traître, qui que tu sois, apprends — Que ta muse patibulaire — Aurait eu déjà son salaire, — Si nous vivions sous un tyran. — — Artisan de vaines paroles, — Tu fais un pitoyable jeu — D'extravagantes hyperboles, — De torrents de soufre et de feu. — Ne dirait-on pas, à t'entendre, — Que la France n'est plus que cendre ?... — — Pour quatre concessionnaires, — En spectacle au peuple donnés, — Par toi du nom de sanguinaires — Nos juges sont déshonorés... — — Rimeur de maltôtière engeance, — Fauteur de tailles et d'impôts, — Tu vomis contre la Régence — Les plus séditieux propos... — Si ce tribunal respectable — Eût sondé d'un œil équitable, — Ton cœur en malice fécond, — On eût vu, gravé sur le cuivre, — Un arrêt qui t'aurait fait suivre — Tes bons aïeux à Montfaucon (où l'on pendait les criminels). — — Et vous qui, charmés de l'ouvrage — De cet auteur pétri de fiel, — L'élevez par votre suffrage... — Vous joignez, oui, j'ose le dire, — Le mauvais goût au mauvais cœur. » Bref, Arouet avait trouvé son maître et le Régent, dont l'éloge terminait cette ode, avait trouvé un vengeur. Ce fut, du reste, par ses soins, que ce poème se propagea.

Philippe avait donné à sa fille aînée, la duchesse de Berry, âgée de vingt et un ans et veuve depuis 1714, non seulement le palais du Luxembourg, mais le château de la Muette (que l'on appelait alors la Meute) et celui de Meudon. Elle vivait partout dans une débauche absolue et l'on assurait qu'elle s'était mariée en secret au lieutenant de ses gardes, le comte de Riom ou Rions, neveu du fameux Lauzun, dont elle avait eu trois enfants. On savait, d'autre part, que son père l'avait déflorée à l'âge de quinze ans et qu'elle était, depuis lors, sa maîtresse. A ce propos, le duc de Berry voulut se battre en duel avec le duc d'Orléans, qu'il avait rencontré sur la terrasse de Marly : on les sépara, et l'affaire fut étouffée. La duchesse avait posé nue pour certaines illustrations de *Daphnis et Chloé.* Les chansons ne la ménageaient pas, sans oublier son embonpoint. L'une d'elles, qui datait de cette année et qui était intitulée *les Scandales du temps,* utilisait l'air *Il a battu son petit frère* : « La Berry n'est pas si sotte — De s'en tenir au papa : — La grosse ragote — Met dessous sa cotte — Tantôt stici, tantôt stila, — La Berry n'est pas si sotte — De s'en tenir au papa. » Comme on assurait qu'elle avait eu un enfant de lui, un couplet en faisait mention : « Que notre Régent et sa fille — Commettent quelque peccadille, — C'est un fait qui semble constant ; — Mais que pour lui elle soit mère ! — Se peut-il que d'un même enfant — Il soit le grand-père et le père ? » La même chanson énumérait les amants de la duchesse, en dehors de son père et de Riom : Salvaire, écuyer de la grande écurie, par qui elle avait songé à se faire enlever en pleine cour ; La Haye, ancien page du duc de Berry, — on le surnommait « Toujours prêt » et elle se l'était attaché en qualité de gentilhomme ; le marquis de La Rochefoucauld, capitaine de ses gardes (le mari de Mlle Prondre) ; le comte de Gontaut ; M. de Pons... Récemment, le marquis de Bonnivet, ancien chambellan de son époux, et le comte, ex-chevalier, d'Aydie, qui appartenait à la société du Temple, avaient allongé cette liste.

Une chanson d'Antoine Ferrand, l'ami de François-Marie, disait, sur l'air *Lère la, lère lan lère* : « Philippe est un joli mignon — Qui se soûle comme un cochon, — Le soir avec la Parabère, — Lère la, lère lanlère, — Lère la, lère lanla. — — Sa grosse fille est du trio. — Elle joue au conjungo, — Avec son propre père. — Lère la, etc. — — Sa grosse fille la Berry, — Toujours armée d'un gros vit, — Fout par-devant et par-derrière... »

Dans un tel concert, François-Marie, innocenté des *J'ai lu,* pardonné pour son ode *la Chambre de justice,* se sentit encouragé à aller plus loin, — plus loin que son ami Ferrand : il voulut se grandir en s'en prenant d'abord au Régent lui-même et, pour cela, il n'avait que l'embarras du choix. Il commença par une épigramme peu flatteuse sur ses capacités militaires, mais qui prétendait le justifier de l'accusation d'être un empoisonneur : « De l'État sujet inutile, — Plus que feu ton père imbécile, — Plus que ton oncle (Louis XIV) détesté, — Mauvais donneur de faux breuvage, — Non, tu ne l'as jamais été : — Il faut pour cela du courage. » On ne pouvait être plus méchant ni plus injuste, car Philippe avait montré de la valeur dans les campagnes de Flandre, d'Italie et d'Espagne. François-Marie, sous prétexte de le disculper d'une atroce accusation, ne l'accablait que davantage.

Cette épigramme, en dépit de sa gravité, taisait le reproche d'inceste. A vrai dire, la question des mœurs touchait peu Arouet, dont les propres mœurs étaient fort libres. D'autre part, il savait que l'inceste était fréquent dans la plus haute société, en France et à l'étranger, — il avait entendu dire au duc d'Arenberg que la duchesse de Wurtemberg était la maîtresse de son propre fils, que le fils et la fille du prince de Montbéliard avaient des relations favorisées par leur père ; enfin, l'élève irrévérent des jésuites pouvait-il ne pas se rappeler le pape Alexandre VI, amant de sa fille Lucrèce, et les patriarches incestueux de la Bible ? Mais aux yeux de la morale courante, de telles licences étaient un sujet de satire.

C'est pourquoi les deux épigrammes suivantes, du poète que démangeait le désir de faire parler de lui, concernèrent l'amour incestueux du Régent : elles connurent le plus grand succès. La première, en forme d'énigme, lui avait été inspirée par sa tragédie d'*Œdipe*, qui était toujours sur le métier, et par le bruit que la duchesse était de nouveau enceinte de son père : « Ce n'est pas le fils, c'est le père ; — C'est la fille et non point la mère : — A cela près, tout va des mieux. — Ils ont déjà fait Etéocle ; — S'il vient à perdre les deux yeux, — C'est le vrai sujet de Sophocle. » Etéocle était le fils d'Œdipe et de sa mère Jocaste : le Régent n'y voyant plus que d'un œil, il aurait complètement ressemblé à Œdipe, par un inceste d'un autre genre, s'il était devenu aveugle. Toutefois, Arouet avait été mauvais prophète : ce n'est pas un fils, mais une fille qui naquit.

Sa seconde épigramme était sur l'air de *Joconde* : « Déjà votre esprit est guéri — Des craintes du vulgaire. — Grande duchesse de Berry, — Vous baisez sans mystère ; — Un nouveau Loth vous sert d'époux, — Mère des Moabites. — Faites bientôt naître de vous — Un peuple d'Ammonites. » Les Moabites descendaient d'Ammon, autre fils de Loth et frère de Moab : le patriarche Loth couchant avec ses filles, était le symbole de l'inceste dans la Bible.

(On avait affiché ce placard sur le Palais-Royal en 1712, après la mort du fils et du petit-fils de Louis XIV : « Voici où se font les *lotheries* et où se trouve le plus fin poison. ») Le Régent et la duchesse de Berry recevaient des images en cire, où ils étaient figurés dans des postures indécentes. Ces choses fâchaient d'autant plus Philippe qu'il croyait mériter la gratitude des artistes par son mécénat et celle de la bourgeoisie puisqu'il avait rendu au Parlement le droit de remontrance. De plus, cette année, il avait rétabli les privilèges des bourgeois de Paris, qui avaient été supprimés passagèrement une première fois, sous le règne de Louis XIV, et une seconde peu avant sa mort, privilèges qui équivalaient à ceux de la noblesse.

Ne pouvant rien contre le cri public et les injures anonymes, le prince, déjà irrité par l'ode *la Chambre de justice,* entendit répliquer aux trois épigrammes dont on n'ignorait pas l'auteur. Il donna l'ordre de mettre Arouet à la Bastille ; mais le duc de Brancas, qui avait avec François-Marie le lien du Temple, parvint à faire transformer la prison en simple relégation en province. Le 4 mai 1716, le marquis de La Vrillière, commandeur-secrétaire des ordres du roi, agissant au nom du jeune Maurepas, l'ancien camarade de François-Marie à Louis-le-Grand, envoyait cet avis à d'Argenson : « L'intention de S.A.R. est que le sieur Arouet fils soit relégué à Tulle. » Arouet père, bien que peu porté à l'indulgence pour son cadet, voulut pourtant lui épargner l'ennui d'une telle relégation et, appuyé des personnages de la cour avec qui il était lui-même en rapport, obtint une mesure de faveur. On dépêcha ce nouvel avis au lieutenant général de police : « S.A.R. a bien voulu accorder au père qu'au lieu de la ville de Tulle, son fils soit exilé dans celle de Sully-sur-Loire, où il a quelques parents, dont les instructions et les exemples pourront corriger son imprudence et tempérer sa vivacité. » En réalité, le jeune poète n'avait aucun parent dans cette ville, mais un excellent ami, le duc de Sully, dont il serait l'hôte. Son exil était doré.

7

François-Marie, exilé à Sully-sur-Loire, est l'hôte du duc de Sully

Ce château, si féodal avec ses tours épaisses à mâchicoulis, ses ponts-levis et ses fossés, lui faisait une impression plus profonde que ceux qu'il connaissait, mais lui remémorait un peu la Bastille. Ce serait cependant une adresse flatteuse pour dater ses lettres en vers ou en prose. Le duc de Sully était âgé de quarante-sept ans. Depuis qu'il avait quitté le Temple, sa bougrerie était discrète, comme celle d'un homme de bonne compagnie. Il avait, du reste, toujours répugné aux excès du défunt duc de Vendôme ou de l'ex-grand prieur. Naguère, il avait passé à l'abbé de Chaulieu sa maîtresse, Mlle Le Rochois, et une autre au grand prieur en personne, la belle Fanchon, — Fanchon Moreau, — que Philippe de Vendôme avait vite partagée avec l'abbé. Présentement, il se disait l'amant de la princesse d'Espinoy, moins « dévote » que son épouse non déclarée. Ces deux dames goûtaient l'esprit d'Arouet. La duchesse lui avait aménagé une tour afin qu'il pût y travailler en paix. Frileux éternel, ces murs épais lui donnaient froid ; mais il avait une grande cheminée pour faire du feu, — il en faisait jusqu'en plein été.

Ce qui le touchait le plus, c'était de trouver dans cette demeure les souvenirs littéraires d'Henri IV et de son célèbre ministre, Maximilien Ier de Béthune, marquis de Rosny, duc-pair de Sully, maréchal de France. Les sculptures de canons en sautoirs, de bombes et de grenades fulminantes, proclamaient, plus précisément encore que dans son hôtel parisien, ses fonctions de grand maître de l'artillerie. Sa chambre avait un plafond décoré de deux aigles éployées et tenant des foudres dans leurs serres. Les peintures mariaient les personnages bibliques et mythologiques.

La tour dite de Béthune contenait les presses où Sully avait fait imprimer ses *Œconomies royales* — qui étaient son livre de *Mémoires.*

La lecture de ces quatre volumes, publiés sous Louis XIII et dont le manuscrit restait à Sully, passionna le jeune Arouet, qui ne les avait jamais lus. Il en admirait le style archaïque, âpre et noble, autant que l'étonnait la curieuse conception de l'auteur : Sully s'était considéré comme un trop grand seigneur pour faire ce métier et c'étaient ses secrétaires, au nombre d'abord de quatre, — les Arnault —, puis de deux, dont l'un avait nom Legendre — qui écrivirent ses *Mémoires,* comme s'ils lui parlaient. On y disait, par exemple : « Partant d'auprès le roi de Navarre, vous vous acheminâtes en France... Ces lettres au style desquelles, à notre avis, vous eûtes bonne part... » Et ceci, pour son mariage avec Mlle de Courtenay : « ... Cette belle et sage fille vous prit en affection et peu après vous l'épousâtes. » Ou bien : « Vous demeurâtes cinq ou six jours... pour suivre l'armée afin d'empêcher qu'elle n'apportât aucune vexation aux peuples de la campagne, de qui vous aviez toujours un soin merveilleux, disant souvent au roi que le labourage et le pâturage étaient les deux mamelles dont la France était alimentée... » Ce mot fameux apparaissait ici sous sa forme originale. Arouet trouvait cette manière d'écrire, en ayant l'air de s'ignorer, assez unique dans l'histoire des lettres.

Le duc se plut à lui faire remarquer, au début des *Mémoires* de son arrière-grand-père, ce passage si curieux où le roi de Navarre, — le futur Henri IV, — l'envoie à la cour d'Henri III pour tâcher d'en surprendre les secrets, en se servant de la faveur de ses deux neveux Béthune-Sully qui étaient « fort en fantaisie du roi », au point que, d'après ce qui lui était mandé de Paris, « les mignons mêmes en avaient grande jalousie » ; mais cette faveur des deux neveux ne dura pas, dont « les causes valaient mieux tues que dites ». Les *Œconomies royales* contenaient aussi la lettre du futur Sully à Henri IV, pour qui il alla en ambassade à Londres auprès de Jacques Ier Stuart, lettre dans laquelle il lui parle des « gentilshommes du lit et jouvenceaux qu'ils appelaient de la couche » : c'étaient les mignons du roi d'Angleterre.

François-Marie était à même de toucher, de palper, au sein des cassettes où elles étaient serrées, les innombrables lettres d'Henri IV à son ministre. Il y en avait des milliers. Cela donnait une idée de l'activité de ce roi et de la confiance qu'il avait dans ce grand serviteur, si utile à sa gloire. Il y avait également la copie des réponses que lui avait faites ce dernier. Henri IV l'appelait tantôt « Mon ami », tantôt « Mon cousin ». La reine Marie de Médicis l'honorait du second titre, surtout parce que c'était lui qui tenait les clés du coffre. François-Marie se divertit d'une lettre de cette reine, en date du « dernier jour d'août 1604 » : « Mon cousin, j'ai demandé en don au Roi, mon seigneur, quelques deniers qui se trouvent entre les mains de certains receveurs du Rouergue et Quercy... et parce que je reconnais qu'il veut que je vous aie une grande partie de l'obligation de cette gratification, je vous ai bien voulu écrire celle-ci... » « Comme l'argent rend tendre ! » disait Arouet, citant *le Joueur* de Regnard.

Cependant, il suivait de loin les péripéties du séjour de Richelieu à la Bastille. Il était bien placé pour en connaître les dessous, le duc de Sully ayant été l'un des pairs qui avaient combattu la prétention du Parlement à être ses juges. C'est, du reste, ce conflit entre les pairs et le Parlement sur leurs droits réciproques, qui prolongeait l'emprisonnement de Richelieu et, par voie de conséquence, celui de Gacé. En réplique à la requête des pairs auprès du roi, destinée à soustraire Richelieu à cette juridiction en vertu de leurs privilèges, le Parlement avait allégué les cas historiques de huit cents pairs déférés devant lui ; mais les ducs avaient répliqué, à leur tour, par cinquante-six autres cas contraires, étendus sur l'espace de six cents ans. Toutefois, Philippe d'Orléans ne pouvait oublier qu'il devait la régence au Parlement : le 18 mai, il lui avait abandonné cette cause ; mais, en compensation, il laissait Richelieu et Gacé sous la sauvegarde du roi, à la Bastille. Aussitôt, les parlementaires avaient nommé un des leurs, le conseiller Ferrand, — parent de l'ami de François-Marie, — pour y interroger les deux duellistes : continuant le système de dénégation, ceux-ci jurèrent ne pas avoir eu querelle et aucun témoin ne se présenta pour les charger, malgré la publication des monitoires. Ainsi que les chirurgiens et commissaires déjà mandés par le Régent, le conseiller avait feint d'être dupe des taffetas coloriés qui recouvraient les blessures de Richelieu.

Il y avait des « nuits blanches », à Sully comme à Sceaux. Deux châtelaines du voisinage, la marquise de La Vrillière, née Mailly, femme du secrétaire d'État qui avait signé l'exil de François-Marie, et sa sœur, la marquise de Listenay ou Listenois, dont le mari était maréchal de camp, étaient venues pour souper : elles furent fort étonnées d'être conduites au milieu du parc, près de la Loire, dans un rond-point d'ormes, éclairé de lampions, où une magnifique collation était servie en musique à cent personnes, superbement vêtues de guenilles. François-Marie les accueillit en leur remettant des vers qu'il avait composés pour chacune d'elles, sous le titre général *Nuit blanche de Sully.* Il disait d'abord à Mme de La Vrillière : « Quelle beauté, dans cette nuit profonde, — Vient éclairer nos rivages heureux ? — Serait-ce point la nymphe de cette onde — Qu'amène ici le satyre amoureux ? — Je vois s'enfuir la jalouse dryade, — Je vois venir le faune dangereux. — Non, ce n'est point une simple naïade... — A ces Amours autour d'elle attroupés, — Je reconnais Vénus ou La Vrillière. — Heureux cent fois, heureux l'aimable asile — Qui, vers minuit, possède vos appas ! — Et plus heureux les rimeurs qu'on exile — Dans ces jardins honorés par vos pas ! » L'allusion était galante, pour une victime du mari. Une seconde stance invoquait la marquise sous le surnom de Moineau, que lui donnaient ses amis : « Venez dans ce bocage. — Tous nos oiseaux, surpris et confondus, — Admireront votre plumage... — Vous plaisez par la voix, vous charmez par les yeux, — Mais le nom de moineau vous siérait un peu mieux, — Si vous étiez un peu plus tendre. »

Quant à l'autre visiteuse, elle était ainsi louée : « Aimable Listenay, notre fête grotesque — Ne doit point déplaire à vos yeux : — Les amours en chienlits déguisés dans ces lieux, — Sont toujours les Amours et l'habit romanesque — Dont ils sont revêtus, ne les a pas changés... — Ces guenillons brillants, ces masques, ce mystère, — Ces méchants violons dont on vous étourdit, — Ce bal et ce sabbat maudit, — Tout cela dit pourtant que l'on voudrait vous plaire. » On déclara que François-Marie était le Malézieu de Sully.

Le duc lui avait chanté dans le parc, tête à tête, le couplet de la chanson *les Saintes de la Cour,* relatif à la marquise de La Vrillière et qui était moins aimable que celui de la *Nuit blanche.* Elle y figurait sous le nom de sainte Bassette, parce qu'elle était petite : « Sainte Bassette a ses démangeaisons ; — Rien ne l'arrête — Pour apaiser son con. — Pour elle tout est bon, — Soit court, moyen ou long. — La petite finette — Sera toujours, dit-on, — Sainte Bassette. » La marquise de Listenay y était omise ; mais elle avait défrayé une chanson de 1709, sur l'air du *Branle de Metz,* qui n'avait rien à voir avec les juifs de cette ville, dont le duc de Brancas et la comtesse de Fontaines se disputaient l'exploitation : « Listenay partout n'a qu'un cri — Pour apprendre le branle : — Ma sœur (La Vrillière) l'a si bien tôt appris ; — Pourquoi ne veut-on pas aussi — Me montrer ce doux branle ? » Comme, de surcroît, elle était lesbienne, un petit pamphlet, intitulé *Cercle* et qui était supposé présenter toutes sortes de femmes à la foire Saint-Laurent en 1713, avait noté : « Une femme descendue en droite ligne de Sapho, Mme de Listenay. »

Plusieurs autres héroïnes des *Saintes de la Cour* s'étant retrouvées un jour à Sully, le duc imagina un divertissement fort scabreux : ce serait moins pour amuser les dames que les jeunes seigneurs et le jeune poète logés sous son toit. Nourri au Temple, il ne pouvait en avoir perdu l'esprit de défi et de liberté. Il annonça une nuit blanche, ne prescrivit aucun déguisement et commanda des violons qui joueraient l'air *Dans le bel âge,* sur lequel on célébrait *les Saintes.* Il s'était demandé par quelle dame faire chanter la chanson. Ayant parlé de ce projet aux plus concernées, il admira la désinvolture de la maréchale duchesse d'Estrées, fille du maréchal duc de Noailles, que François-Marie avait connue chez les Mimeure : elle s'offrit spontanément à chanter, comme pour confirmer son surnom de « sainte Chanteuse ». C'était, à vrai dire, la façon la plus spirituelle et la plus élégante de feindre d'ignorer ce surnom, dû à son goût pour le chant. Sa beauté, à trente-trois ans — elle en avait vingt-trois de moins que son mari —, avait encore une fraîcheur printanière et elle semblait se réjouir de se chansonner à la lueur des flambeaux, devant un si grand nombre de ses amies, pareillement chansonnées. Cette chanson étant à tiroirs, un autre couplet la désignait comme « sainte Contente » : « Sainte Contente, — D'amants choisis n'avait — Que près de trente... » L'un d'eux était le président Hénault. Le couplet de « sainte Chanteuse » était plus corsé : « ... Laquais ou conseiller — N'a chaussure à son pied — Et, pour se voir heureuse, — Il faut un muletier — A la chanteuse. » Mais la diversité des clés et la diversité des couplets mettaient les susceptibilités à couvert. Par exemple, d'après certaines clés, « sainte Chanteuse » était la princesse de Rohan, fille du duc de Ventadour.

La maréchale duchesse fut très applaudie. Les applaudissements signifiaient que nul ne l'avait reconnue et que nulle ne s'était reconnue, à commencer par elle. Le duc de Sully avait cru attraper les saintes de son parterre : « sainte Commode » (la duchesse d'Albret, née La Trémoille), « sainte Badine » (la marquise de Locmaria, née de Larlen de Kercadio de Rochefort, «... D'un coup de poignet — La friponne faisait — Si bien raidir l'échine — Que partout on fêtait — Sainte Badine...»), « sainte Effrontée » (la marquise de La Vallière, sœur de la maréchale duchesse d'Estrées), « sainte Éveillée » (la marquise de Polignac, née Mailly, sœur des marquises de La Vrillière et de Listenay), « sainte Lubrique » (la comtesse de Monastérol, femme de l'envoyé de Bavière, laquelle « Très bien se pique — D'aller à toute main »...). Elles avaient été plus fines que leur hôte en riant à gorge déployée.

Il va sans dire que « sainte Chanteuse » n'avait pas sauté un couplet relatif à une dame qui n'était pas là, mais à qui l'on s'intéressait : la comtesse de Parabère, maîtresse du Régent. Le chansonnier s'était inspiré des faux-semblants qu'elle affichait lorsqu'elle n'était encore que Mlle de La Vieuville. Aussi l'avait-il surnommée sainte Nitouche : « Sainte Nitouche — Près de sa mère était — Comme une souche ; — Pas un mot ne disait ; — Mais, quand elle sortait — Ou qu'elle s'éloignait, — Autre part qu'à la bouche — Bientôt l'amant baisait — Sainte Nitouche. » Aucune des clés ne disputant à la comtesse ce surnom, les dames de Sully applaudirent encore plus vivement ce couplet, qui visait une absente, dont le sort leur paraissait enviable.

François-Marie avait fort apprécié cette scène de comédie, aristophanesque et aristocratique, peut-être sans exemple. C'était la Régence.

Arriva également à Sully la comtesse de Fontaine-Martel, — appelée parfois de Martel-Fontaine, — née Bordeaux, veuve du premier écuyer de la duchesse d'Orléans et amie du duc de Saint-Simon. Elle avait passé, dans sa jeunesse, pour être la plus belle femme de son temps. Après avoir été la maîtresse du duc d'Aumont, elle était présentement celle du commandeur de Hautefort et s'apprêtait à devenir celle du fameux banquier Samuel Bernard, chez qui François-Marie l'avait connue. Bien qu'approchant de la cinquantaine, elle se fiait à ses charmes et à sa réputation de libertinage. Elle était écorchée dans plusieurs chansons, dont l'une disait qu'elle aimait « tourner le derrière » ; mais elle avait échappé aux *Saintes.*

François-Marie voulait plaire à toute force aux femmes du monde, quel que fût leur âge. Il savait le mot de Fontenelle à une jeune Vénus : « Il y a beaucoup de superflu dans votre beauté ; je n'en veux que le nécessaire. » A l'inverse, François-Marie aurait volontiers renoncé au nécessaire pour se contenter du superflu : les plaisirs de la chair passaient pour lui après les satisfactions de l'esprit. Il composa, au nom de la comtesse, une épître en vers *A Samuel Bernard*, où elle racontait un souper qu'elle avait fait chez lui et à la suite duquel elle avait rêvé qu'elle était morte. Elle décrivait, dans le « manoir ténébreux » dont Pluton lui avait fait les honneurs, « les opulents qui méritaient de l'être... — Entre leurs mains les biens ne semblaient mis — Que pour avoir le soin de les répandre. — Ici sont ceux dont les puissants ressorts, — Crédit immense et sagesse profonde, — Ont soutenu l'État par des efforts — Qui leur livraient tous les trésors du monde ». Cet hommage à l'argent était bien conforme aux préoccupations d'Arouet et à son ode *la Chambre de justice.* Pluton disait ensuite qu'il voulait « redoubler les années » d'un mortel qui « l'embarrassait beaucoup : — Chaque escadron le revendiquerait », — les escadrons de ces heureux habitants des Champs-Élysées. « La jalousie au repos est funeste : — Venant ici, quel trouble il causerait ! — Il est là-haut très heureux ; qu'il y reste. » C'était sans doute le propre vœu du chevalier Bernard, comte de Coubert : on lui souhaitait longue vie, afin qu'il se montrât généreux pour la comtesse de Fontaine-Martel. Elle disait qu'il avait, dans ses coffres, cinq millions de billets souscrits par des emprunteurs dont il avait raturé les signatures et qui étaient des gens de la cour. François-Marie, pour ses modestes emprunts, ne s'était pas élevé si haut : il n'avait eu affaire qu'à dame Thomas.

Le 11 juillet, il avait écrit à l'abbé de Chaulieu en vue de réchauffer le souvenir de ses amis du Temple. La lettre était mêlée de vers et commençait de la sorte : « A vous, l'Anacréon du Temple, — A vous, le sage si vanté, — Qui nous prêchez la volupté, — Par vos vers et par votre exemple ; — Vous, dont le luth délicieux, — Quand la goutte au lit vous condamne, — Rend des sons aussi gracieux — Que quand vous chantez la tocane (le vin nouveau), — Assis à la table des dieux ! »... Il lui disait qu'il serait dans le « séjour du monde le plus aimable », s'il n'y était point exilé, et qu'il ne lui manquait, « pour être parfaitement heureux, que la liberté d'en pouvoir sortir ». Ces mots n'étaient pas fort gracieux à l'égard de son hôte ; mais il ne réfléchissait pas toujours à ce qu'il écrivait : il adoptait déjà la manie de se faire plaindre, soit de ses malheurs, soit de sa santé. Peut-être ne se trouvait-il bien nulle part. Il rappelait à son correspondant que le poète Chapelle avait demeuré à Sully deux ans de suite, mais « n'y était point par ordre du roi ». François-Marie oubliait que, par ordre du roi, il aurait pu se trouver à Tulle ou à la Bastille. Il ajoutait, en vers, que « dans une tour assez sombre », il avait évoqué l'ombre de Chapelle au nom de Chaulieu, — et Chapelle aussitôt lui « apparut par la cheminée ». Cette fiction était assez languissante. Il la terminait par cet oracle dudit Chapelle : « ... A Chaulieu l'Epicurien — Je servis quelque temps de maître ; — Il faut que Chaulieu soit le tien. » En dépit de tous ces compliments, on devinait qu'Arouet ne s'en faisait accroire ni sur le génie de Chapelle ni sur celui de Chaulieu. Mais c'étaient les nécessités de son parasitisme.

A ces fadaises, Chaulieu répondit par retour et, dans l'opinion de la société de Sully, comme dans celle de la société du Temple, c'était un grand honneur qu'il faisait à Arouet. Il n'y avait que quatre vers dans cette lettre en prose, peut-être parce que Chaulieu souffrait à ce moment de la goutte, bien que son correspondant l'eût loué de changer ses souffrances en accords harmonieux. Sa réponse était beaucoup plus spirituelle, sans être moins flatteuse, que la lettre de François-Marie et avait ce ton du monde qu'Arouet ne possédait pas tout à fait. « Je n'aurais jamais pensé qu'un homme comme vous, Monsieur, eût pu croire aux esprits et moins encore ajouter foi à ce qu'ils disent, quand ils veulent bien revenir, je ne sais pas d'où. La secte des philosophes, où vous avez la bonté de m'associer, de votre autorité, m'a fait douter, grâce au ciel, de l'apparition de Chapelle et m'a préservé des coquetteries de son ombre, de votre politesse et de la complaisance de mon amour-propre, que vous avez tâché si galamment de mettre de la partie. Parmi toutes les bonnes raisons que vous devez avoir de vous défier un peu de cette apparition, vous en avez une essentielle en vous qui doit vous déterminer à ne la pas croire et qui m'y a, en mon particulier, entièrement déterminé. "D'une ombre qui vous dit de me prendre pour maître, — Ne croyez pas l'illusion ; — Quand, avec vos talents, le ciel vous a fait naître, — Il n'est pour vous de maître qu'Apollon..." »

L'abbé Courtin, qui était l'un des habitués du Temple sans en avoir les mœurs, vint peu après à Sully-sur-Loire, en compagnie de trois porte-flambeaux de la pédérastie : le marquis de La

Vallière, ancien menin des deux dauphins, gouverneur d'Amboise et mestre de camp général de la cavalerie, dont la femme, « sainte Effrontée », était déjà là ; le comte de Lesparre (Gramont), second fils du duc de Guiche, marié à une Gontaut-Biron, et le comte de Roucy (La Rochefoucauld), veuf, depuis cette année, de la fille du duc d'Arpajon. C'est le duc de Sully qui révéla à François-Marie les mœurs secrètes des trois arrivants, que rien, dans leur extérieur, n'aurait laissé deviner, car tous les chevaliers de la manchette ne portaient pas de longues manchettes. François-Marie constatait, par la même occasion, que tous les grands seigneurs de cette catégorie ne fréquentaient pas nécessairement le Temple. Le monde de la manchette était innombrable et le nombre de ceux qui ne s'affichaient pas, beaucoup plus étendu. Le duc de Sully apprit à Arouet que c'était également le cas du duc de Guiche, marié à une Noailles. Tel père, tel fils.

Sachant son jeune invité curieux de tous les traits d'histoire, Sully lui avait raconté une particularité de la maison d'Arpajon, particularité qui s'étendait aux femmes et aux hommes : lorsque le sultan Ibrahim, au milieu du XVIIe siècle, menaça Malte, le duc d'Arpajon leva deux mille hommes à ses frais et alla défendre le grand maître, Paul Lascaris. En reconnaissance, les honneurs de grand-croix de l'ordre de Malte furent accordés aux Arpajon, mâles et femelles, si bien qu'aujourd'hui, la marquise d'Arpajon, née Le Bas de Montargis, belle-sœur du président Hénault, était la seule femme de France à être grand-croix de Saint-Jean-de-Jérusalem : les deux autres qui partagaient cet honneur, étaient une princesse italienne et une princesse allemande.

François-Marie cultiva l'abbé Courtin. Ce n'était pas une relation compromettante et cet abbé représentait pour lui l'intérêt d'être le demi-frère de la maréchale de Villars. Arouet, après l'avoir connu au Temple, l'avait revu chez l'abbé de Camps et chez le financier Sonning. Courtin, coquet, pimpant, galant et âgé de cinquante-sept ans, aurait pu mériter le surnom de « doyen des abbés blondins », donné naguère à l'abbé Testu de Belval.

Il avait goûté les vers du *Bourbier,* loués par Chaulieu : recevoir les éloges de l'un des deux abbés, c'était s'acquérir les éloges de l'autre. Ils étaient unis par les Muses, la bonne chère et les filles aux mœurs faciles. François-Marie lut à Courtin sa lettre écrite à Chaulieu, dont, cela va sans dire, il avait gardé copie. Mais il savait, par sa propre expérience, que rien ne charme plus un poète que de lui réciter de ses propres vers. Aussi, afin de s'associer avec l'abbé Courtin dans l'estime de « l'Anacréon du Temple », lui récita-t-il sa propre *Invitation*, envoyée jadis à Chaulieu « pour le prier de le venir voir dans sa nouvelle maison, en relevant de son attaque de goutte », — son mal invétéré. Les poèmes de l'abbé Courtin n'étaient pas plus imprimés que ceux de l'abbé de Chaulieu, à cause du libertinage de leur inspiration ; mais leurs amis, comme Thiériot pour Arouet, en semaient des copies manuscrites. « Abbé très cher (disait l'*Invitation*), quand viendras-tu chez moi — Faire un essai de ta convalescence ? — Choisis le jour, je te jure ma foi — Que je t'attends avec impatience — Pour t'éprouver de plus d'une façon. — Ami, j'aurai de quoi te satisfaire — Et sur ce point n'ai besoin de leçon. — Viens et choisis brunes faites pour plaire, — Au doux parler, au maintien gracieux, — Propres surtout à l'amoureux mystère, — Même un peu trop, abbé, pour un goutteux. — Plus rien dirai, le reste est ton affaire. » Arouet ne dit pas à l'abbé qu'il venait de lire ces vers dans un recueil du château et de les apprendre par cœur.

Le goût profond de la liberté, joint au désir de rentrer en grâce, l'avait incité à écrire une longue épître au Régent. Il la limait depuis plusieurs semaines, parce qu'il voulait mettre de son côté toutes les chances de l'esprit. Déjà, il en avait envoyé le texte à l'abbé de Chaulieu, dont il sollicitait les conseils. Et sa lettre du 11 juillet n'était qu'une manière enjouée de lui rappeler qu'il les attendait. Il les avait reçus peu après. L'abbé, cette fois en style relâché, lui disait, à propos de son épître : « Elle est parfaitement écrite, pleine de traits bien versifiés et, comme poète, on ne peut rien vous reprocher. Mais trouvez bon que je vous fasse faire réflexion qu'il ne faut pas laisser voir à Monsieur le Régent, ni lui laisser entendre, en termes si forts, qu'il a en France quelques censeurs et que son ministère, quelque parfait qu'il soit, n'a pas le don de plaire à tout le monde. »

François-Marie voyait là ce que c'était que d'être poète de cour et telle n'était pas son ambition : il prétendait, certes, flatter les grands et les puissants, puisqu'il aspirait à être leur protégé ou leur familier : mais, s'il ne leur disait pas en même temps certaines vérités, il eût rougi de sa tâche. Enfin, pour avertir le Régent qu'il avait « en France quelques censeurs », Arouet avait l'exemple de Boileau à l'égard de Louis XIV : une de ses satires, — inédite il est vrai, et que l'abbé Boileau avait montrée à son jeune ami, — était intitulée *A ceux qui ont fait des vers contre le roi.* François-Marie aurait plus de courage : il publierait son épître.

Il ne remercia pas moins l'abbé de Chaulieu, le 20 juillet, en le nommant « son maître ». Il ajoutait : « Je sens qu'on ne peut guère réussir dans les grands ouvrages sans un peu de conseils et beaucoup de docilité. Je me souviens bien des critiques que M. le grand prieur et vous me fîtes en un certain souper chez M. l'abbé de Bussy. Ce souper-là fit beaucoup de bien à ma tragédie. » Il s'agissait de son *Œdipe*, toujours en gestation. Il concluait : « Quoique vous me conseilliez de louer, je ne laisserai pas de vous obéir. » Suivaient ces vers : « Malgré le penchant de mon cœur, — A vos conseils je m'abandonne. — Quoi ! je vais devenir flatteur ? — Et c'est Chaulieu qui me l'ordonne !... » En réalité, il n'avait pas eu besoin de ce conseil ; mais il atténua, dans la contrepartie de ses flatteries, un petit nombre de ces termes que l'abbé trouvait « si forts ». Sa dernière phrase traduisait bien sa reconnaissance émue au frivole abbé : « Je ne puis vous en dire davantage, car cela me saisit. »

Toutefois, deux précautions valant mieux qu'une, il écrivit, le même jour, à un ami du Régent, le marquis d'Ussé, venu en visite à Sully et qui résidait dans la terre et le magnifique château de ce nom, situés en aval de la Loire. Ce marquis, contrôleur général de la maison du roi, ruiné et accablé de dettes, avait dû vendre sa charge, en 1714, à M. de Coulanges trois cent vingt mille francs. Ensuite, il avait été associé aux recherches de chimie et d'alchimie qu'avait dirigées, au Palais-Royal, le Hollandais Homberg. Il racontait que, lorsque la rumeur publique attribua à Philippe d'Orléans l'empoisonnement des deux dauphins et de la duchesse de Bourgogne, le duc était allé se jeter aux pieds de Louis XIV, en le priant de l'envoyer à la Bastille avec Homberg et de faire instruire leur procès. « J'aurais demandé à lui tenir compagnie », dit le marquis d'Ussé. Le roi avait d'abord accepté qu'Homberg, au moins, fût incarcéré ; puis il annula cet ordre et le chimiste, qui s'était présenté à la Bastille, n'y fut pas admis. Le premier chirurgien Mareschal, ayant reçu du roi cette confidence, l'avait détourné de prendre, à l'encontre du duc d'Orléans, une mesure qui aurait « attenté à l'honneur de la maison royale ».

Le marquis d'Ussé était veuf, depuis 1713, de la fille du maréchal de Vauban, femme si dévergondée qu'imitant les patriciennes romaines dépeintes par Juvénal, elle avait dressé un âne au service de son libertinage, dans son château d'Ussé. Une chanson lui prêtait des goûts littéraires : « Elle est comme le mont Parnasse, — Tous les auteurs montent dessus. » Le principal de ses intimes avait été Jean-Baptiste Rousseau ; quelques vers qu'il lui avait dédiés, sous le titre *les Deux Dons,* pour la remercier de son généreux mécénat, en la peignant comme une femme inaccessible, pouvaient paraître épigrammatiques par leur contre-vérité. Mais n'était-ce pas le propre des poètes, — et François-Marie ne se soustrayait pas à la règle, — de décrire toutes les femmes dont ils faisaient l'éloge, comme des dragons de vertu ? En revanche, la nouvelle épouse du marquis était aussi sage que l'autre avait été débordée.

« Je ne sais, écrivit modestement François-Marie à M. d'Ussé le 20 juillet, si vous vous souviendrez de moi... » Il lui envoyait l'épître au Régent avec ce commentaire : « Elle ne verra le jour qu'autant que vous l'en jugerez digne et, si vous voulez bien avoir la bonté de me faire voir toutes les fautes que vous y trouverez, je vous aurai plus d'obligation que si vous me faisiez rappeler. » Il avouait de la sorte qu'il comptait indirectement sur lui pour cela. Il ajoutait : « Peut-être êtes-vous occupé à présent autour d'un alambic dans votre laboratoire et que vous serez tenté d'allumer vos fourneaux avec mes vers. Mais je vous supplie que la chimie ne vous brouille point avec la poésie. » Il poursuivait, et en vers cette fois : ... « Jusques au fond de vos fourneaux, — Faites couler l'eau d'Hippocrène, — Et je vous placerai sans peine — Entre Hombert et Despréaux », — c'est par plaisanterie qu'il attribuait au défunt chimiste la qualité de poète. Il terminait en lui demandant le secret : « Surtout ne dites point à M. le duc de Sully que je vous ai écrit. » Cette puérile requête ne visait qu'à exciter l'amour-propre de son correspondant.

Ayant enfin recueilli les avis qui lui importaient, il songea à faire parvenir son épître à destination ; mais, pour plus de sûreté et d'efficacité, il employa l'entremise du duc de Brancas-Villars. Il lui dépêcha l'épître, vers la fin de juillet, accompagnée de cette lettre : « Monsieur le duc, Je crois qu'il suffit d'être malheureux et innocent pour compter sur votre protection et je vous puis assurer que je la mérite. Je ne me plains point d'être exilé, mais d'être soupçonné de vers infâmes, également indignes, j'ose le dire, de la façon dont je pense et de la façon dont j'écris. Je m'attendais bien à être calomnié par les mauvais poètes, mais pas à être puni par un prince qui aime la justice. Souffrez que je vous présente une épître en vers que j'ai composée pour Monseigneur le Régent ; si vous la trouvez digne de vous, elle le sera de lui, et je vous supplie de la lui faire lire dans un de ces moments qui sont toujours favorables aux malheureux, quand ce prince les passe avec vous. » Les moments que ce duc passait avec le Régent, n'étaient pas « toujours favorables aux malheureux », témoin les seize mille livres de rente sur les juifs de Metz, que, malgré leurs suppliques, ils devaient payer à Brancas.

François-Marie continuait, imperturbable : « J'ai tâché d'éviter dans cet ouvrage les flatteries trop outrées et les plaintes trop fortes et d'y être libre sans hardiesse. » Il n'hésitait pas à flatter le duc lui-même en ajoutant : « Vous êtes d'autant plus obligé de soutenir les beaux-arts que vous êtes presque le seul qui puisse le faire », et il le comparait à Mécène, en étoffant cette comparaison d'une quinzaine de vers : « Ainsi que toi régissant des provinces, — Comblé d'honneurs et des peuples chéri, — L'heureux Mécène était le favori — Du dieu des vers et du plus grand des princes. — Mais à longs traits goûtant la volupté, — Son premier dieu, ce fut l'oisiveté... — Pour toi, mêlant le devoir au plaisir, — Dans les travaux tu te fais un loisir... » Et il terminait en prose : « Heureux, Monsieur le duc, ceux qui peuvent jouir de votre protection et de votre entretien. Pour moi, la seule grâce que je vous demande est celle de vous voir. »

Dès que Brancas lui eut répondu qu'il avait transmis son poème, François-Marie lut à ses hôtes de Sully cette épître, de plus de cent vers, intitulée *A Monsieur le Duc d'Orléans, Régent*, pour laquelle il avait consulté trois oracles : « Prince chéri des dieux, toi qui sers aujourd'hui — De père à ton monarque, à son peuple d'appui... — Il est chez les Français de ces sombres esprits, — Censeurs extravagants d'un sage ministère, — Incapables de tout, à qui rien ne peut plaire, — Dans leurs caprices vains tristement affermis, — Toujours du nouveau maître ils sont les ennemis, — Et, n'ayant d'autre emploi que celui de médire. — L'objet le plus auguste irrite leur satire. — Ils voudraient de cet astre éteindre la clarté — Et se venger sur lui de leur obscurité. » Toute l'assistance applaudit ces beaux vers ; mais ils prouvaient que l'auteur n'avait pas suivi les conseils de Chaulieu en ne cachant pas à Philippe d'Orléans qu'il avait « en France quelques censeurs ». Arouet, à la vérité, n'affectait de solliciter des conseils pour ses poésies qu'en vue d'intéresser ceux qu'il consultait au succès de son œuvre.

Pourtant, lorsqu'il eut dit, continuant d'interpeller le chef du royaume : « Ne crains point leur poison... » il y eut un cri général de stupeur. Le duc de Sully nota combien ce mot était malheureux, puisque Philippe avait été soupçonné d'avoir fait empoisonner les plus proches héritiers de Louis XIV et que la cabale de la duchesse du Maine l'accusait encore sourdement de vouloir empoisonner le jeune Louis XV. « On ne parle point de corde dans la maison d'un pendu », déclara la comtesse de Fontaine-Martel. François-Marie se mordit la langue : il en voulut à l'abbé de Chaulieu et au marquis d'Ussé de ne lui avoir pas fait remarquer cette bévue, et même au duc de Brancas, qui ne lui avait pas signalé ce vers avant de le rendre irrémédiable. Le plaisir secret qu'il avait eu de les duper par ses oiseuses demandes de conseils, se retournait contre lui. On le consola : le Régent n'imaginerait pas qu'il eût songé à l'insulter en sollicitant sa grâce. François-Marie reconnut son inadvertance ; il était trop emporté par son lyrisme pour avoir l'esprit mal tourné et éviter les équivoques.

Dans la suite de son ode, il exaltait Henri IV, en pensant à son projet d'une *Henriade* et, bien qu'avec une certaine réserve, parlait de Louis XIV, dont il voulait décrire le *Siècle* : « Louis fit sur son trône asseoir la flatterie ; — Louis fut encensé jusqu'à l'idolâtrie... Et, l'encens à la main, la docte Académie — L'endormit cinquante ans par sa monotonie. » C'était, en effet, le devoir de l'Académie française de présenter chaque année un compliment au roi, son protecteur. François-Marie ajoutait : « L'équitable Français ne voit en lui qu'un homme. » Il souhaitait que l'on pût dire d'un souverain ces seuls mots : « Il est grand, il est juste, on l'aime : c'est assez. » Et il faisait l'application de cette formule au Régent : « C'est ainsi qu'on dira chez la race future : « Philippe eut un cœur noble, ami de la droiture, — Politique et sincère, habile et généreux — Constant quand il fallait rendre un mortel heureux, — Irrésolu, changeant, quand le bien de l'empire — Au malheur d'un sujet le forçait à souscrire, — Affable avec noblesse et grand avec bonté. — Toi de qui j'attendais ma gloire et mon appui, — Ne chanterai-je donc que le bonheur d'autrui ? — En peignant ta vertu, peindrai-je ma misère ? — Bienfaisant envers tous, envers moi seul sévère, — D'un exil rigoureux tu m'imposes la loi. » L'épithète était assez comique puisqu'il était dans le château d'un duc qui l'honorait de son amitié. « Mais j'ose de toi-même en appeler à toi. — Devant toi, je ne veux d'appui que l'innocence. » Autre allégation comique, alors qu'il faisait présenter cette requête par un intime de celui auquel il s'adressait.

Il continuait, sur le ton d'un suppliant : « J'implore ta justice et non pas ta clémence... — Vois ce que l'on m'impute et vois ce que j'écris. — La libre vérité qui règne en mon ouvrage (la vérité d'un exilé n'était pas tout à fait libre), — D'une âme sans reproche est le noble partage ; — Et de tes grands talents le sage estimateur — N'est point de ces couplets l'infâme et vil auteur. » Son impudence était à la hauteur de son talent. Au terme de ce long poème, il plaignait « sa jeunesse opprimée » par « un peuple de rivaux ». Il espérait, disait-il, avoir convaincu le Régent, dont la main, habituée « à verser les bienfaits », deviendrait sa protection, « au lieu de l'accabler ».

Ce qui était sûr, c'est que jamais vingt vers, répartis en trois épigrammes, n'avaient engendré une plaidoirie versifiée aussi interminable. Mais enfin Arouet avait le sentiment d'être grandi, aux yeux de ses auditeurs et de ses futurs lecteurs, par ce tête-à-tête, d'égal à égal, avec le Régent, au nom des Muses.

L'amour, peu après, vint le distraire, — l'amour que chantaient tellement l'octogénaire Chaulieu et le quasi-sexagénaire Courtin. Quoique ses flammes fussent moins dévorantes que les leurs, il n'avait que vingt-deux ans et pouvait faire parfois bonne figure, à quelques intervalles. Il connut à Sully une jeune actrice, Suzanne-Catherine Gravet de Corsembleu de Livry, que le duc avait invitée pour jouer un rôle dans une petite comédie dont il était l'auteur. Fille d'un conseiller du roi au bureau des fermes, elle était en séjour chez son oncle, Joseph de Corsembleu, président de la chambre souveraine de la principauté d'Henrichemont, — ancienne propriété de Boisbelle, rebaptisée par le premier duc de Sully en l'honneur d'Henri IV, — avocat et procureur fiscal du duché et maire héréditaire de la ville de Sully. Le nom de Mlle de Livry, comme on appelait plus communément cette jeune fille, était, pour Arouet, un autre exemple de ces fleurs héraldiques décorant les branches pauvres d'une grande famille et que souvent leurs héritières venaient épanouir sur la scène : c'était le cas de Mlle de Châteauneuf, dite Duclos. Le marquis de Livry, dont le patronyme était Sanguin, fut premier maître d'hôtel de Louis XIV et avait épousé la fille du duc de Saint-Aignan. Il conservait ses fonctions, en communauté avec son fils. Une chanson disait de lui, dans un couplet, sur l'air du *Traquenard*: « Chez Sanguin, maître d'hôtel, — On y fout comme au bordel... — On fout en con et en fesses. »

De plus, le nom de Livry avait, aux oreilles de François-Marie, une résonance doublement littéraire : l'abbé de Bussy lui avait dit que Mme de Sévigné, de qui cet abbé s'apprêtait à publier la correspondance, avait écrit plusieurs de ses lettres à l'abbaye de Livry, fondée près du château seigneurial. D'autre part, Arouet se rappelait ce que l'abbé Servien lui avait dit à Anet : que le poète pédéraste Denis Sanguin de Saint-Pavin, dont le patronyme était celui du marquis de Livry, avait été abbé de Livry. Il n'avait certes pas oublié non plus le sonnet « énergique » consacré par ce Saint-Pavin au supplice de Chausson en 1661.

Avec Suzanne-Catherine, loin de telles images, François-Marie vit renaître les élans que lui avait inspirés Pimpette à La Haye. Il l'intéressa comme un futur auteur dramatique qui lui procurerait peut-être des rôles. Le travail d'*Œdipe* reçut d'elle un aiguillon nouveau. Le poète la guidait dans l'allée la plus sombre des nuits blanches. Naturellement, il lui récita, en ayant l'air de l'avoir improvisée pour elle, et en joignant le geste à la parole, la chanson qu'il avait composée pour Pimpette, sur l'air de *Philis demande son portrait*: « Je cherche un petit bois touffu. — Que vous portez, Aminthe... » Et l'on était dans les bois. La mode favorisait la licence de ces assemblées nocturnes, puisque les femmes, de jour et de nuit, s'habillaient maintenant en négligé, tenue si légère que, disait-on, le poids total de leurs vêtements et sous-vêtements n'était que d'une dizaine d'onces. Cela compensait une autre mode nouvelle, les robes à cerceaux, qui étaient leur tenue d'apparat.

Mlle de Livry s'étant, un jour, habillée en cavalier, cela remémora à son galant Pimpette venue le visiter, déguisée en garçon, à l'ambassade de France, quand M. de Châteauneuf l'avait séquestré. Il avait appris que son successeur auprès d'elle, Guyot de Merville, avait, à son tour, été remplacé par un mari : Pimpette avait épousé, à la sollicitation de sa mère, un vieil officier prussien ruiné, qui arborait le titre de comte ou de baron de Winterfeld et qui, huguenot français expatrié, se nommait en réalité Borillet. François-Marie doutait que Pimpette fût heureuse : elle avait été, une fois de plus, victime des faux calculs de sa mère.

Les missives et les vers de circonstance, et même une intrigue amoureuse, — bientôt terminée, car Mlle de Livry retourna chez son oncle, — n'empêchaient pas Arouet de songer à ses travaux. Dans la vaste bibliothèque de Sully, il continuait ses recherches pour *le Siècle de Louis XIV* et pour le poème qu'il voulait consacrer à Henri IV, — il ne savait encore s'il l'intitulerait *la Ligue* ou *la Henriade.* Mais surtout, il polissait et repolissait sa tragédie d'*Œdipe,* par laquelle il voulait s'imposer d'emblée au monde du théâtre : un succès en ce domaine était la source à la fois de la gloire et du profit, attendu le goût de la société.

Ses lectures historiques lui donnèrent lieu d'écrire à Thiériot pour solliciter un renseignement que ne lui procurait pas la bibliothèque du château. Elle ne possédait pas l'*Histoire universelle, depuis l'an 1550...,* d'Agrippa d'Aubigné, que François-Marie avait parmi ses livres à Paris. Ce renseignement, il l'avait déjà demandé à son compagnon de chez Me Alain ; mais il avait affaire au plus paresseux des inutiles. Il lui récrivit donc, au milieu d'un moment de gaieté : « Il faut que tu te souviennes de chercher dans d'Aubigné la fin de la conversation de Toury, non pas celle de M. de Sully qui ne fit que bander pendant une heure pour insulter au vit flasque de M. du Palais, mais de la conférence de Catherine de Médicis et du prince de Condé où il est question d'une de meunier, etc. »

Il éclata de rire, après cette phrase, évocatrice de la scène qui s'était déroulée dans l'étude de Me Alain, le jour où Thiériot était resté une heure en érection et lui-même incapable de tendre l'arc [1]. Ces mots étaient sortis naturellement de sa plume, parce que, ce jour-là, ils avaient parlé de cet ouvrage d'Agrippa d'Aubigné, ainsi que de ses virulents poèmes *les Tragiques.* Et c'est Thiériot, que François-Marie, dans le langage chiffré de sa lettre, désigne sous le nom de M. de Sully, par plaisanterie pour son hôte actuel ou parce qu'il avait peut-être habité près du petit hôtel de Sully ; « M. du Palais », c'est François-Marie, qui demeurait alors chez son père, cour du Palais. Il songea soudain qu'il donnait la preuve, par cet autographe, de sa complicité avec le clergeon. En effet, si l'on consulte l'*Histoire universelle* dont il se montre curieux, on n'y découvre pas un mot de la scène qu'il esquisse :

1. Cf. p. 139.

l'index des noms, — noms des personnes et des lieux, — qui termine chacun des trois volumes de ce livre (dont il y eut plusieurs éditions au début du XVIIe siècle), ne contient aucun M. du Palais, bien qu'il existât un marquis homonyme, et ne signale Sully, — écrit parfois Suilly, — que pour des détails d'intérêt historique. C'est donc la preuve que ces deux noms, par rapport à ce que raconte Arouet de si spécial, désignent d'autres individus. Il ne se trouve, dans tout l'ouvrage, qu'une scène située à Toury et elle ne concerne que la « conversation de meunier ». Cependant, pour tromper les indiscrets, si la lettre tombait en des mains tierces, François-Marie ajouta une phrase qui pouvait égarer la curiosité : « Note que c'est ce bougre d'abbé qui m'a conté tout cela. » Autrement dit, on met l'équivoque sur le compte de l'abbé Servien, le plus bougre de tous les abbés bougres : il avait bon dos. Mais quelle apparence y avait-il qu'il eût inventé une scène pareille, en prétendant qu'elle figurait dans l'*Histoire universelle* d'Agrippa d'Aubigné ? Pourquoi pas dans celle de Jacques-Auguste de Thou, qui est écrite en latin, — et « le latin... brave l'honnêteté » ? L'échappatoire n'avait aucun sens, Arouet ne laissa pas moins partir sa lettre, rédigée en ces termes ; il n'était pas encore assez connu pour que l'on se mît à éplucher sa correspondance. Et si un jour il devenait illustre, il y avait des chances que cette pièce à conviction n'eût pas été conservée ou ne fût jamais déchiffrée.

Thiériot dut être sensible à cette évocation de « la longue roideur de sa veine » : il envoya le renseignement souhaité. L'histoire « de meunier » était que Catherine de Médicis, voyant les hommes du prince de Condé, — le chef des huguenots, — en casaques blanches, lui dit : « Vos gens sont meuniers, mon cousin », à quoi le prince répliqua : « C'est pour toucher vos ânes, Madame. » Thiériot compléta la scène de Toury par les derniers mots, dignes de ceux qu'avait imaginés son ami le poète : « Le roi de Navarre et elle (Catherine) étaient dans une chambre assez basse, écoutant des goujats qui, en faisant rôtir une oie dans une broche de bois, chantaient des vilenies contre la reine ; l'un disait que le cardinal (le cardinal de Tournon) l'avait engrossée d'un petit goret, l'autre disait d'un petit mulet et puis ils maugréaient de la chienne... Le roi de Navarre prenait congé de la reine pour les aller faire pendre ; mais elle, après avoir dit par la fenêtre : « Hé ! que vous a-t-elle fait ? Elle est cause que vous rôtissez l'oie ! » se tourna vers le roi de Navarre et lui dit : « Mon cousin, il ne faut pas, pour nous calmer, descendre là ; ce n'est pas notre gibier. »

En attendant le succès de son épître au prince de qui son sort dépendait, François-Marie en écrivit une à un autre prince : Eugène de Savoie, qui, à la tête des armées impériales, venait de remporter, au début d'août, une victoire éclatante à Peterwaradin ou Petrovaradin, sur le Danube, et semblait prêt à marcher vers Belgrade et Constantinople. Les beaux vers que Jean-Baptiste Rousseau lui avait consacrés à cette occasion, s'étaient répandus à Paris et Arouet désirait mieux faire. Il allait surtout employer, pour louer le vainqueur, un ton plus désinvolte, qui était le sien.

A Monsieur le prince Eugène : « Grand prince qui, dans cette cour — Où la justice était éteinte, — Sûtes inspirer de l'amour, — Même en nous donnant de la crainte, — Vous que Rousseau si dignement — A, dit-on, chanté sur sa lyre, — Eugène, je ne sais comment — Je m'y prendrai pour vous écrire. — Oh ! que nos Français sont contents — De votre dernière victoire — Et qu'ils chérissent votre gloire, — Quand ce n'est pas à leurs dépens ! » Ce n'est que par coquetterie d'auteur qu'il feignait de ne pas connaître une ode qui était de notoriété publique ; mais il ne voulait pas avoir l'air de copier Jean-Baptiste. Il souriait de ses contradictions, puisqu'il parlait de l'ancienne cour « où la justice était éteinte » et qu'il avait protesté contre la chambre de justice créée par la nouvelle cour en vue de rétablir la justice dans les finances.

Ensuite, François-Marie, qui avait célébré *le Vœu de Louis XIII,* complimentait le prince Eugène d'avoir battu les Turcs, peuple infidèle, mérite déjà relevé par Rousseau... « Poursuivez les musulmans, — Rompez bientôt la barrière ; — Faites mordre la poussière — Aux circoncis insolents ; — Et, plein d'une ardeur guerrière, — Foulant au pied les turbans, — Achevez cette carrière au sérail des Ottomans... — Vénus et le dieu des combats — Vont vous en ouvrir la porte ; — Les Grâces vous servent d'escorte — Et l'Amour vous tend les bras. » Probablement le prince Eugène, à Constantinople, eût-il cherché les icoglans, — les mignons du Grand Turc, — plutôt que les sultanes.

Arouet continuait, en pensant à Mlle Aïssé, mais sans perdre de vue l'intérêt du christianisme : « A la France, votre patrie, — Daignez envoyer pour secours — Quelques belles de Circassie. — Le Saint-Père, de son côté, — Attend beaucoup de votre zèle. — Et prétend qu'avec charité, — Sous le joug de la vérité, — Vous rangiez ce peuple infidèle. — Par vous, mis dans le bon chemin,

— On verra bientôt ces infâmes (les Turcs passaient pour sodomites), — Ainsi que vous, boire du vin, — Et ne plus renfermer leurs femmes. »

Il terminait de la sorte : « Adieu, grand prince, heureux guerrier ! — Paré de myrte et de laurier, — Allez asservir le Bosphore ; — Déjà le Grand Turc est vaincu ; — Mais vous n'avez rien fait encore, — Si vous ne le faites cocu. » C'était le ton badin des poètes de cour parlant aux princes.

Le 21 août, le duc de Richelieu était sorti de la Bastille, en même temps que le comte de Gacé : ils s'étaient embrassés et avaient dîné chez le gouverneur. Le rapport du conseiller Ferrand, — le cousin de l'ami d'Arouet, — ayant disculpé les deux prisonniers de l'accusation de s'être battus en duel, le Régent les avait libérés sans attendre l'arrêt du Parlement. François-Marie écrivit aussitôt au duc ses congratulations.

En laissant fêter son exil par des gens dont l'accueil flattait sa vanité et l'encourageait à briller, il n'oubliait pas le monde auquel il devait cet accueil : celui des lettres. Aussi manda-t-il de ses nouvelles à quelqu'un qui, à l'inverse de lui, appartenait, de naissance, à la noblesse, et qui se faisait, sur divers terrains, une réputation croissante : Jean-François Lériget de La Faye. C'était le cadet des deux frères déshonorés par les *Couplets* de Rousseau. L'aîné, Jean-Élie, capitaine des gardes françaises, et le plus maltraité, qui s'était vengé sur la tête, le dos et la cravate du poète, venait d'entrer à l'Académie des sciences. S'il était vrai que sa femme « rendît à tout le monde » la vérole qu'il lui avait donnée, cela n'avait pas empêché le mari, savant ingénieur et mathématicien, de faire son chemin. Le cadet, qui avait été traité d' « adroit escroc », dont les mains avaient des crocs pires « que ceux qui volent dans la rue », n'avait pas souffert non plus de ces injures. Pour bien des choses, la Seine était le Léthé. L' « adroit escroc » avait le titre de gentilhomme ordinaire du roi et s'était distingué dans la délégation française aux conférences qui aboutirent au traité d'Utrecht. En récompense, Louis XIV l'avait nommé ambassadeur à Gênes le 31 décembre 1714. Diverses conjonctures, puis la mort du roi, avaient différé son départ. Il était toujours l'amant de la comtesse de Verrue, née Luynes, ancienne maîtresse du duc de Savoie, maintenant associée aux orgies du Régent. Elle retenait Jean-François de La Faye à Paris et à la cour du Palais-Royal, où son caractère aimable et ses petits vers lui valaient, à peu de frais, un certain crédit. Il avait même composé une ode fort remarquée, *Sur les avantages de la rime,* que La Motte, son intime, avait, honneur sans précédent, « traduite en prose ».

François-Marie lui écrivit une lettre d'autant plus caressante qu'il savait qu'à travers le destinataire, il touchait une compagne du Régent, aussi bien que, par Houdard de La Motte, l'Académie française, dont il se moquait, mais où il espérait bien entrer un jour. En tout état de cause, La Motte avait promis d'y faire entrer La Faye d'ici à quelques années.

La lettre commençait par des flatteries en vers sur le talent poétique de ce dernier, — son « luth tendre et charmant » qui le plaçait auprès de Malherbe et d'Horace. Cette manie des compliments, qui était aussi une caractéristique d'Arouet, destinée à gagner la bienveillance, était usuelle dans la société galante et littéraire ; mais il devait être le premier à se moquer de lui-même, lorsqu'il ajoutait en prose, lui qui avait traîné Houdard dans la boue du *Bourbier*: « Je lis une bonne strophe de votre ami M. de La Motte, et puis je me dis tout bas : “ Petit misérable, quand feras-tu quelque chose d'aussi bien ? ” » Il corrigeait ensuite l'éloge pour le rendre vraisemblable : « Le moment d'après, c'est une strophe peu harmonieuse et un peu obscure et je me dis : “ Garde-toi bien d'en faire autant. ” » Il n'était certainement sincère que dans cette restriction.

Il poursuivait : « Je tombe sur un psaume ou sur une épigramme ordurière de Rousseau : cela éveille mon odorat ; mais le livre me tombe des mains... Ce qui me révolte, ce qui m'indigne, c'est le mauvais cœur et le malhonnête homme qui perce à chaque ligne. » Il tâchait de conquérir La Faye victime de Rousseau en accablant un poète dont il sollicitait en secret le suffrage et pour lequel il professait en public la plus grande admiration. C'était une de ses habitudes de dire aux uns et aux autres du mal des uns et des autres. Il ne se lasse pas de vilipender Rousseau, pour faire boire du lait à ce médiocre La Faye, héros de salon : « Son style me paraît inégal, recherché, plus violent que vif, et teint, si j'ose m'exprimer ainsi, de la bile qui le dévore... Il écrit si mal en prose que son factum est une des pièces qui ont servi à le faire condamner. Au contraire, celui de M. Saurin est un chef-d'œuvre. » Pour parvenir, Arouet s'était fait un front qui ne rougissait jamais de ses bassesses : le voilà qui loue un Saurin aux dépens de Rousseau, même s'il est vrai que le premier eût été lâchement calomnié par le second ; mais le talent littéraire est en dehors des questions de morale.

Il continuait ainsi cette lettre pénible : « J'ai bien envie de revenir bientôt souper avec vous et raisonner de belles-lettres. Je commence à m'ennuyer beaucoup ici. » Cette dernière phrase, comme une de sa lettre du 11 juillet à l'abbé de Chaulieu, n'aurait pas fait plaisir au duc de Sully, s'il l'avait lue. Il était d'ailleurs probable que le duc la lirait tôt ou tard, grâce aux copies circulantes. Peut-être François-Marie prenait-il cette revanche plébéienne sur un grand seigneur qui le protégeait : il voulait lui montrer qu'il prisait plus que tout son indépendance et que les protections ne lui étaient pas indispensables. C'est ce qui le distinguait des Malézieu, des Sainte-Aulaire et des La Motte, absorbés par la cour de Sceaux, ou de ses amis Chaulieu et Ferrand, bardes du Temple.

Mais, l'esprit de finesse lui ayant manqué singulièrement ce jour-là, il terminait sa lettre à La Faye par un conseil que la réputation d'escroc de son correspondant rendait plus que délicat : « Je suis charmé que vous ne partiez pas si tôt pour Gênes ; ... Faites-vous payer votre voyage et ne le faites point. » Certes, il y avait l'exemple du duc de Brancas, défrayé à Paris de sa fausse ambassade de Rome. Comme toujours, François-Marie se rattrapait par une échappée brillante : « Ne ressemblez point aux politiques errants qu'on envoie de Parme à Florence et de Florence à Holstein et qui reviennent enfin ruinés à Paris pour avoir eu le plaisir de dire : “Le roi mon maître.” Il me semble que je vois des comédiens de campagne qui meurent de faim après avoir joué les rôles de César et de Pompée... » Le commentaire qu'il faisait de la vie diplomatique, prouve qu'il n'en avait pas été dupe pendant son bref séjour à La Haye. Mais, bien qu'il ne fût pas dupe non plus des compliments des grands, il goûta les remerciements que lui envoya le prince Eugène pour son épître.

Il était temps qu'il écrivît à la marquise de Mimeure, sa logeuse à Paris et sa maîtresse occasionnelle, un peu oubliée dans la société de Sully et dans les bras de Suzanne-Catherine. Il débute par de petits vers, comme avec La Faye. C'est pour chanter « ces rivages — Qu'habitèrent plus de deux ans — Les plus aimables personnages — Que la France ait vus de longtemps : —

Les Chapelles, les Manicamps, — Ces voluptueux et ces sages ». Il est curieux qu'il ne manque pas, pour la marquise dont le mari était pédéraste, de citer, à côté du poète Chapelle, le marquis de Manicamp, qui avait été l'un des pédérastes les plus fameux de la cour de Monsieur. Une chanson avait dit de la marquise de Louvigny, née Castelnau, dont il était amoureux : « Elle n'a plus que Manicamp, — Qui méprise fort le devant. »

François-Marie ajoute : « Il serait délicieux pour moi de rester à Sully, s'il m'était permis d'en sortir. » C'était son refrain. Il poursuit : « M. le duc de Sully est le plus aimable des hommes. Son château est dans la plus belle situation du monde. Il y a un bois magnifique dont tous les arbres sont tout découpés par les polissons ou des amants qui se sont amusés à écrire leurs noms sur l'écorce. » Les « polissonneries » étaient sans doute de ces dessins qui l'avaient frappé jadis, quand il les remarqua sur les murs de Paris, en compagnie de l'abbé de Châteauneuf, et qui avaient inspiré à une princesse de Conti des vers encore plus polissons. S'il ne disait pas à la marquise qu'il avait gravé leurs deux noms sur l'écorce, outre celui de Mlle de Livry, c'est probablement parce qu'il n'y avait plus de place. Il lui décrivait ensuite la nuit blanche de Sully où il avait reçu Mme de La Vrillière et Mme de Listenay et il lui envoyait les vers qu'il leur avait dédiés. Il lui disait son espoir de la rencontrer bientôt à Ussé ou bien au château de Preuilly chez le baron de Breteuil, preuve que le local de son exil à Sully était simplement théorique et qu'il pouvait se déplacer à travers la Touraine. Il avait jugé inutile de lui préciser qu'il s'accordait la distraction de la chasse. Le baron de Breteuil, rencontré naguère au Temple et chez qui il allait chasser quelquefois pour se récréer du séjour à Sully, était l'ancien introducteur des ambassadeurs qui, en octobre 1715, avait vendu sa charge deux cent cinquante mille francs à Foucault de Magny, maître des requêtes. Dès lors, il vivait principalement dans son château de Preuilly : aussi l'appelait-on parfois le baron de Preuilly. Cet homme de soixante-huit ans, qui mettait son honneur à protéger Jean-Baptiste Rousseau, était aussi, pour un futur historien, un témoin intéressant de la cour de Louis XIV.

En dehors du tabac à priser, François-Marie avait, comme excitants de son esprit, le thé et surtout le café, que lui avait vanté Fontenelle. Bien qu'il eût une dyspepsie chronique, où le resserrement alternait avec le flux, il s'accordait, autant que possible, les plaisirs de la table. Les lentilles étaient son plat préféré : il eût fait pour elles le même sacrifice qu'Esaü ; mais il devait suivre le menu du jour. Le cuisinier venait d'inventer un potage de légumes que l'on avait trouvé d'autant plus délicieux qu'il était moins sophistiqué et auquel il voulait donner le nom de son maître. Mais celui-ci, peu jaloux de rivaliser les Condé et les Conti, qui avaient baptisé des potages, crut que le nom de son chef suffirait à ce velouté : ce fut le potage « à la Brunois », — encore préférait-on dire, en l'honneur de la femme du cuisinier, qui avait mis la main à la pâte, « potage à la Brunoise ». Le duc comptait en régaler son ami Philippe d'Orléans, très curieux de plats nouveaux. Cela donna l'idée à François-Marie d'en envoyer la recette, dans une épître en vers, non pas au Régent, — c'eût été bien frivole de la part d'un exilé et d'un suppliant, — mais à l'une des visiteuses de Sully, qui venait de regagner la capitale : « De cet agréable rivage — Où, ces jours passés, on vous vit, — Faire, hélas ! un trop court voyage, — Je vous envoie le manuscrit — Qui d'un écrivain bel esprit — N'est point assurément l'ouvrage, — Mais qui vous plaira davantage — Que le livre le mieux écrit : — C'est la recette d'un potage... — Je ne suis pas votre poète, — Mais je suis votre cuisinier. — Mais quoi ! le destin, dont la haine — M'accable aujourd'hui de ses coups, — Sera-t-il jamais assez doux — Pour me rassembler avec vous — Entre Comus et Melpomène — Et que cet hiver me ramène — Versifiant à vos genoux ? — — O des soupers charmante reine, — Fassent les dieux que les Guerbois (nom d'une propriété de la dame) — Vous donnent perdrix à douzaine, — Poules de Caux, chapons du Maine ! — Et pensez à moi quelquefois, — Quand vous mangerez sur la Seine — Des potages à la Brunois. » Il devait faire sourire sa correspondante, en lui parlant du destin qui « l'accablait de sa haine », dans un pareil lieu. S'il eût été aussi à plaindre qu'il le disait, il n'aurait pas envoyé une recette de potage.

Il ne cessait d'avoir des sentiments contradictoires sur son séjour à Sully. Quelque temps après ces lamentations, coupées de plaisanteries, il écrivait, en termes ironiques, à un destinataire dont le nom est demeuré inconnu : « ... Je suis par ordre du roi dans le plus aimable château et dans la meilleure compagnie du monde. Il y a peut-être quelques gens qui s'imaginent que je suis exilé ; mais la vérité est que Monsieur le Régent m'a donné ordre d'aller passer quelques mois dans une campagne délicieuse où l'automne amène beaucoup de personnes d'esprit, et, ce qui vaut bien mieux, des gens d'un commerce agréable, grands chasseurs pour la plupart et qui passent ici les beaux jours à assassiner des perdrix... Je chasse peu, je versifie beaucoup... N'allez pas, s'il vous plaît, publier ce bonheur dont je vous fais confidence, car on pourrait bien me laisser ici assez de temps pour y pouvoir devenir malheureux. Je connais ma portée, je ne suis pas fait pour habiter longtemps le même lieu... » Au moins avouait-il enfin ce trait de caractère : l'inquiétude, qui lui donnait le désir du changement.

Il avait eu le plaisir de voir, en visite à Sully, le duc de La Feuillade, qu'il avait connu au Temple et qui avait un château dans le voisinage : le Bruel. Ce duc était venu avec sa maîtresse, la comtesse de Coligny-Saligny, veuve d'un mestre de camp du régiment de Condé, fille du marquis de Lassay. C'était la mère d'un ancien camarade de François-Marie à Louis-le-Grand, qui chantait des vers obscènes sur son ancêtre Coligny d'Andelot. Elle-même en avait inspiré d'identiques et ils étaient d'Antoine Hamilton : « Favoris du Parnasse, — Courtin, Périgny (ce fils du premier précepteur du dauphin et ancien sous-lieutenant aux gardes, était justement un des hôtes de Sully, comme l'abbé Courtin), — Prêtez-moi, de grâce, — Votre art infini — Pour tracer l'histoire, — Pour chanter la gloire, — De la Coligny. — Étalez en parade, — Parmi ses attraits, — Ceux dont La Feuillade — A fait les portraits. — Des amours le palais — Chez elle est une ornière ; — Au bord du marais, — En porte cochère, — Devant et derrière, — On y trouve accès. » Sully, qui avait rappelé ces vers avant l'arrivée des deux amants, affirmait, du reste, pour l'honneur de la comtesse, qu'elle ne figurait pas dans le fameux livre d'heures où La Feuillade avait fait représenter, à nu, toutes « les saintes de la cour ». La liaison de ce duc avec cette comtesse amusait parce qu'il était impuissant. Il fut obligé de rentrer brusquement à Paris : sa seconde femme, fille du ministre Chamillart, venait d'y être atteinte de la petite vérole.

Après le duc de La Feuillade et la marquise de Coligny-Saligny, le château hébergea un autre couple encore plus remarquable : la marquise de Gondrin et le comte de Toulouse, qui était célibataire. Marie-Victoire-Sophie de Noailles, marquise de Pardaillan, de Gondrin et de Termes, était veuve, depuis 1712, du fils aîné du duc d'Antin. Ses amours, cachées soigneusement au public, gardaient toutes les formes de la décence jusque parmi les gens du monde. Le bâtard de Louis XIV arriva seulement, comme par hasard, le lendemain du jour qu'était arrivée la marquise. On prétendait qu'un mariage secret les unirait bientôt, comme celui qui unissait le maître et la maîtresse de maison. Sully, inépuisable en chansons de cour, disait tout bas aux autres invités qu'il souhaitait à Mme de Gondrin, dans la personne du comte de Toulouse, un mari mieux pourvu que le premier, s'il fallait en croire le couplet qu'ils s'étaient attiré, sur l'air du *Beau berger Tircis,* lors de leur mariage : « Ah ! le pauvre Gondrin, — Ah ! la pauvre Gondrine ! — Gondrine a trois pieds de con, — Gondrin n'a qu'un doigt de pine, — Ah ! la pauvre Gondrine, — Ah ! le pauvre Gondrin ! » Après avoir connu le duc du Maine, François-Marie connaissait maintenant le second des princes du sang légitimés.

Le comte de Toulouse et Mme de Gondrin, ayant voulu aller ensemble à une partie de chasse, de l'autre côté de la Loire, faillirent se noyer, sous les yeux des habitants de Sully. De brusques rafales de vent avaient soulevé des vagues et des remous, qui firent osciller dangereusement le bateau. Une noyade en eau douce aurait été bien humiliante pour un prince qui était amiral de France et chef du conseil de la Marine. Arouet vit là une occasion de composer une épître poétique : *A Madame de Gondrin, sur le péril qu'elle avait couru en traversant la Loire.* Mais, par respect, il ne nomma pas le compagnon de sa traversée. Il disait à la marquise : « Savez-vous, gentille douairière (plaisante dénomination, puisqu'elle avait vingt-huit ans, — dix de moins que le comte de Toulouse), — Ce que dans Sully l'on faisait, — Lorsque Éole vous conduisait — D'une si terrible manière ? — Le malin Périgny riait — Et pour vous déjà préparait — Une épitaphe familière, — Disant qu'on vous repêcherait — Incessamment dans la rivière — Et qu'alors il observerait — Ce que votre honneur un peu fier — Sans ce hasard lui cacherait. — Cependant Lespar (Lesparre), — La Vallière, — Guiche, Sully, tout soupirait, — Roucy parlait peu, mais jurait, — Et l'abbé Courtin, qui pleurait — En voyant votre heure dernière, — Adressait à Dieu sa prière... — Et pour vous tout bas murmurait — Quelque oraison de son bréviaire... — Dont à peine il se souvenait. » Évidemment, c'étaient « les Amours qui, de tous côtés », avaient calmé la rage des vents pour sauver la marquise (avec son amant) et conduire son bateau à bon port. François-Marie l'exhortait à tirer les conséquences d'un tel salut : « Gondrin, songez à faire usage — Des jours qu'Amour a conservés. — C'est pour lui qu'il les a sauvés ;

— Il a des droits sur son ouvrage. » C'était bien, sans doute, la conviction de l'intéressée.

Mme de Gondrin pouvait être utile à son louangeur, le comte de Toulouse étant aimé du Régent. Alors que, dans les copies du poème envoyées à ses amis, François-Marie le terminait par ces mots, où il la conjurait de se rendre aux « droits » de l'Amour, l'original avait une autre fin à la seule intention de la destinatrice, dont il ne fallait pas révéler le secret : « Daignez pour moi vous employer — Près de ce duc aimable et sage (il changeait même son titre, par discrétion) — Qui fit avec vous ce voyage, — Où vous pensâtes vous noyer, — Et que votre bonté l'engage — A conjurer un peu l'orage — Qui sur moi gronde maintenant — Et qu'enfin au prince régent — Il tienne à peu près ce langage : “Prince, dont la vertu va changer nos destins, — Toi qui par les bienfaits signales ta puissance, — Toi qui fais ton plaisir du bonheur des humains, — Philippe, il est pourtant un malheureux en France... — Jadis le tendre Ovide eut un pareil destin ; — Auguste l'exila dans l'affreuse Scythie... — Grand prince, puisses-tu devenir aujourd'hui — Et plus clément qu'Auguste et plus heureux que lui !” » Cette comparaison avec Ovide était prétentieuse et le château de Sully n'évoquait guère « l'affreuse Scythie ».

François-Marie ne se borna pas à rimer « sur le péril » que la marquise de Gondrin « avait couru en traversant la Loire ». Lorsqu'elle revint seule à Sully, sans naufrage et sans le comte de Toulouse, elle se montra si reconnaissante de l'épître que l'auteur crut l'avoir séduite : c'était une jolie femme et Mlle de Livry n'était plus là. Bien qu'elle visât à la vertu, pour donner de la respectabilité à sa haute liaison, on pouvait inférer, du malin couplet provoqué par son mariage, que d'autres avaient précédé son mari. Arouet eût été orgueilleux de succéder à un fils de Louis XIV. Mais la marquise s'intéressait à la poésie plus qu'au poète. Voulant peut-être aussi jeter un voile sur son flagrant délit avec le comte de Toulouse, elle allégua des scrupules de conscience, son état de veuve, et la sujétion où elle se trouvait par rapport à son directeur, le célèbre abbé Couet, ou Couette, ou Couatte, chanoine de Notre-Dame et confesseur de son oncle, le cardinal de Noailles, archevêque de Paris.

François-Marie écrivit alors, pour attaquer les scrupules de la belle pénitente, une nouvelle épître. Le thème empêchait de la nommer et rappelait son ancienne épître *A une dame mondaine et trop dévote.* Il mit simplement : *A Madame de G.* Mais elle permettait à l'auteur d'aller plus loin dans la fiction en laissant supposer qu'il s'agissait d'une vraie maîtresse et que cette maîtresse l'avait sacrifié à Dieu. Du moins ne manquerait-il pas de nommer le chanoine : « Quel triomphe accablant, quelle indigne victoire — Cherchez-vous tristement à remporter sur vous ? — Votre esprit éclairé pourra-t-il jamais croire — D'un double Testament la chimérique histoire — Et les songes sacrés de ces mystiques fous ?... — Le plaisir est l'objet, le devoir est le but — De tous les êtres raisonnables. — L'amour est fait pour vos semblables, — Les bégueules font leur salut... — Songez qu'il était des amants, — Avant qu'il fût des chrétiens dans le monde. — Vous m'avez donc quitté pour votre directeur ! — Ah ! plus que moi cent fois Couet est séducteur. — Je vous abusai moins : il est le seul coupable. — Chloé, s'il vous faut une erreur, — Choisissez une erreur aimable. — Non, n'abandonnez point les cœurs où vous régnez. — D'un triste préjugé victime déplorable, — Vous croyez servir Dieu, mais vous servez le diable ; — Et c'est lui seul que vous craignez. — — La superstition, fille de la faiblesse, — ... Veut de son souffle infecter vos beaux jours. — Allez, s'il est un Dieu, sa tranquille puissance — Ne s'abaissera point à troubler nos amours : — Vos baisers pourraient-ils déplaire à sa clémence ? — La loi de la nature est sa première loi ; — Elle seule autrefois conduisit nos ancêtres ; — Elle parle plus haut que la voix de vos prêtres, — Pour vous, pour vos plaisirs, pour l'amour et pour moi. »

Si, dès son enfance, *la Moïsade* avait été sa première leçon d'irréligion, François-Marie avait également puisé sa morale à bonne source : non seulement dans le paganisme et au Temple, mais chez Montaigne et chez Saint-Évremond. Il trouvait que ce dernier avait écrit un des chefs-d'œuvre de la littérature française : *Conversation du maréchal d'Hocquincourt avec le père Canaye.* Saint-Évremond avait été, chez les jésuites de Paris, l'élève de ce père, dont il relatait un entretien avec ce maréchal de France, qui, durant la Fronde, mourut chez les ennemis du roi. Hocquincourt affligea d'abord le bon père en lui racontant ses amours avec la duchesse de Montbazon, son passage par le jansénisme, ensuite par la philosophie, et le revigora soudain par ces paroles : « Depuis ce temps-là, je me serais fait crucifier pour la religion. Ce n'est pas que j'y voie plus de raison, au contraire, moins que jamais ; mais je ne saurais que vous dire, je me ferais crucifier sans savoir pourquoi. » Le père Canaye ne se lassait pas de répéter : « Point de raison ! C'est la vraie religion, cela. Point de raison ! Que Dieu vous a fait, Monseigneur, une belle grâce !... »

La marquise de Gondrin n'était pas habituée à recevoir un hommage public d'un professeur d'athéisme qui, par-desus le marché, feignait d'être son amant : elle fut aussi confuse de l'épître *A Madame de G.*, qu'elle avait été ravie de la précédente. Mais les hôtes du château, avec l'abbé Courtin, la calmèrent en lui disant que c'étaient des licences poétiques.

Tout à coup, une aventure reporta François-Marie aux mœurs du Moyen Age. Une jeune et jolie châtelaine des environs de Sully-sur-Loire, Mme de B., épouse d'un seigneur que l'on voyait peu, rendit visite au duc. Son vieux mari, jaloux, l'avait arrachée à Paris pour la reléguer à la campagne. Ayant consenti à la laisser aller seule à Sully, où les mœurs étaient assez libres, il avait pris ses précautions. Le jeune Arouet, à qui la dame n'avait pas déplu et qui poussait ses avantages, durant une nuit blanche, se heurta soudain à un obstacle inattendu : le mari avait attaché à sa femme une ceinture de chasteté, qu'il avait fait fabriquer d'après une estampe satirique sur Henri IV et la marquise de Verneuil, et elle en était prisonnière. Cela inspira au poète un conte en vers : *le Cadenas,* et il le remit à la dame, lors de sa visite suivante. Il lui disait : « Je triomphais, l'Amour était le maître, — Et je touchais à ces moments trop courts — De mon bonheur et du vôtre peut-être ; — Mais un tyran veut troubler nos beaux jours. — C'est votre époux : geôlier sexagénaire, — Il a fermé le libre sanctuaire — De vos appas et, trompant nos désirs, — il tient la clé du séjour des plaisirs... » François-Marie déplorait en même temps qu'elle fût éloignée de Paris : elle ne pouvait plus venir « sur les bords de la Seine, — Dans ces jardins où sylvains à centaine — Et le dieu Pan vont prendre leurs ébats, — Où tous les soirs nymphes, jeunes et blanches, — Les Courcillons, Polignacs, Villefranches, — Près du bassin, devant plus d'un Pâris, — De la beauté vont disputer le prix. — Plus ne venez au palais des Francines » (Francine, le directeur de l'Opéra, qui avait épousé la fille de Lulli). Les trois dames que François-Marie citait, étaient respectivement, dans la chanson *les Saintes de la cour,* sainte Modeste, sainte Éveillée et sainte Facile. L'allusion à leurs promenades vespérales, où elles avaient l'air de se présenter nues pour la pomme de la beauté, confirmait bien que leur galanterie était notoire.

La suite du poème justifiait que c'était un conte, puisque François-Marie faisait Pluton l'inventeur du premier « cadenas » aux dépens de son épouse Proserpine, que « plus d'un damné festoyait ». Et le dieu lui dit, en lui attachant la ceinture : « Que je vous plains ! Vous allez être sage. » François-Marie poursuivait que « ce secret, aux enfers inventé », se répandit ensuite dans Venise et dans Rome, où la jalousie est de rigueur. « Là, tout jaloux, sans crainte qu'on le blâme, — Tient sous la clé la vertu de sa femme. — Or, votre époux, dans Rome a fréquenté. » Le poète assurait à l'épouse cadenassée que l'Amour trouverait le moyen de s'arranger du cadenas et il concluait : « Vous m'aimez et, quand on a le cœur — De femme honnête, on a bientôt le reste. »

Par égard pour Mme de B., Arouet ne confia sa mésaventure et ne montra ce poème qu'à l'abbé Courtin, comme sous le sceau de la confession. L'abbé lui fit voir, dans la bibliothèque du château, qui lui était familière, deux ouvrages sur ce thème particulier : une comédie de Boursault, *le Cadenas ou le Jaloux endormi,* jouée en 1663, et une autre de Nanteuil, *l'Amour sentinelle ou le Cadenas forcé,* représentée en 1699. « Rien de nouveau sous le soleil, lui dit l'abbé ; mais vous me semblez bien mollasse : à votre âge, j'aurais forcé le cadenas. »

Arouet eut, peu après, à sa disposition, des appas dont il possédait heureusement la clé : Mlle de Livry avait été derechef invitée quelques jours, afin de tenir un rôle dans une autre pièce. Sully, informé de leur intrigue, avait voulu faire plaisir au jeune exilé. Que ce fût vrai ou qu'elle cherchât à sonder celui-ci, elle lui dit qu'elle avait reçu des propositions de mariage. Arouet n'avait, certes, l'idée de se marier avec personne, depuis son idylle avec Pimpette. Mais, poussé encore par l'élan poétique que lui avait inspiré *le Cadenas,* il écrivit un conte du même genre : *le Cocuage.*

Il prêtait ce nom à un « dieu malfaisant, le fléau des maris ». Selon lui, ce dieu était né dans l'Olympe, où Vulcain, amoureux de sa femme Vénus, mais lui reprochant sans cesse « son trop d'appas... — ... Fit tant qu'il accoucha — Par le cerveau : de quoi ? De Cocuage... — La Jalousie, au teint pâle et livide, — Et la Malice, à l'œil faux et perfide, — Guident ses pas où l'Amour le conduit ; — Nonchalamment la Volupté le suit ». Arouet terminait en s'adressant à Mlle de Livry comme si elle était déjà mariée et ce n'est pas sous les traits d'un mari qu'il se présentait à elle : « O vous, Iris, que j'aimerai toujours, — Quand de vos vœux vous étiez la maîtresse, — Et qu'un contrat, trafiquant la tendresse, — N'avait encore asservi vos beaux jours, — Je n'invoquais que le dieu des Amours. — Mais à présent, père de la Tristesse, — L'Hymen hélas ! vous a mis sous sa loi. — A Cocuage il faut que je m'adresse ; — C'est le seul dieu en qui j'ai de la foi. » Quand il lut ce conte à la jeune fille durant une de leurs promenades, elle rit de sa prudence à se présenter seulement en qualité de faiseur de cocu. Elle rit aussi de la cacophonie « tra-tra » dans un vers où il s'agissait de tendresse. Mais François-Marie, qui réclamait des conseils, admettait difficilement les corrections. Il dit qu'il fallait au moins une cacophonie dans un poème sur le dieu Cocuage.

Cependant, il recevait une nouvelle rassurante : le duc de Brancas-Villars avait remis son épître au Régent et, par une brève missive, faisait savoir au poète que sa grâce était prochaine. Sa joie fut d'autant plus vive que Sully, pour ne pas le laisser bercer de faux espoirs, lui avait rapporté un mot de ce même duc, répondant à quelqu'un qui sollicitait son intervention : « Monsieur le duc d'Orléans me comble de ses bontés et veut tout ce que je lui demande ; mais le malheur est qu'il n'a aucun crédit auprès de Monseigneur le Régent. » Arouet était juste en train d'écrire, en association avec l'abbé Courtin, une lettre en vers, coupée de quelques phrases, à Philippe de Vendôme. Ce genre d'épître, rédigée en commun, était à la mode pour les beaux esprits de l'époque. L'une d'elles, uniquement en vers, adressée de Neuilly à Chaulieu et répandue par des copies en 1707, était célèbre : elle avait été composée par le marquis de La Fare, l'abbé Courtin et Jean-Baptiste Rousseau. Courtin en rappela le début : « Du bord paisible où la Seine, — Lasse du bruit de Paris, — Ses ondes lentes promène — Dans des prés verts et fleuris... — Cher abbé, je t'avertis — Que les figues par douzaine, — Les melons les plus exquis, — Vont rafraîchir ma bedaine... » La bedaine de l'abbé Courtin était digne de sa croupe.

François-Marie intitula sa lettre *A Philippe, chevalier de Vendôme.* Il lui donnait étrangement un tel titre, sans doute parce que celui de grand prieur était passé à un autre ; mais c'est le titre de prince qui eût mieux convenu et qui apparaissait, du reste, dès le début de la lettre. Aussi bien, le chevalier d'Orléans ne remplissait-il pas encore sa charge, ce qui laissait à Vendôme le loisir de se faire aménager une maison au faubourg Saint-Germain.

Arouet, aidé de Courtin, lui disait : « De Sully, salut et bon vin — Au plus aimable de nos princes, — De la part de l'abbé Courtin — Et d'un poète des plus minces, — Qu'un assez bizarre destin — A confiné dans ces provinces... — L'un gras, gros, rond, court, séjourné... — Porte un teint de prédestiné, — Avec la croupe rebondie... — L'autre... — Maigre, long, sec et décharné, — N'ayant eu croupe de sa vie, — Bien moins malin que l'on ne dit — Et sans doute de Dieu maudit, — Puisque toujours il versifie. » Les deux poètes déclaraient au prince qu'ils auraient bien voulu lui envoyer des vers dignes de lui : « Agréable dans le plaisir, — Héroïque dans la disgrâce, — Nous vous eussions parlé de ces bienheureux jours, — Jours consacrés à la tendresse. — Nous vous eussions, avec adresse, — Fait la peinture des amours — Et des amours de toute espèce : — Vous en eussiez vu de Paphos, — Vous en eussiez vu de Florence : — Mais avec tant de bienséance — Que le plus âpre des dévots — N'en eût point fait la différence... » On ne pouvait risquer de plus claire allusion aux goûts florentins de l'ex-grand prieur et de son entourage.

Les deux épistoliers disaient ensuite : « Nous buvons à votre santé ; — Dans ce beau séjour enchanté, — Nous faisons excellente chère — Et voilà tout, en vérité : — Vous avez la mine d'en faire — Tout autant de votre côté. » François-Marie achevait seul, en prose : « Comme on était près de fermer ce paquet, le pauvre petit poète vient de recevoir la permission de revenir à Paris et demande à Votre Altesse celle de venir l'assurer de son profond respect. » Si « enchanté » que fût le séjour de Sully, il était plus enchanté encore de le quitter, laissant les chasseurs à leurs armes et les dames à leurs amants. Mais il savait qu'il retrouverait Mlle de Livry à Paris.

Après s'être rappelé au maître du Temple, il écrivit à l'abbé de Bussy, qui, avec Chaulieu, en demeurait une des lumières poétiques : on le surnommait, pour sa morale facile, « le Dieu de la bonne compagnie ». En ce moment, il venait de se séparer de sa maîtresse, qui était un peu folle : la jeune et belle marquise d'O, fille du marquis de Lassay et de sa troisième femme, bâtarde de M. le Prince. Cette liaison éphémère lui avait attiré l'honneur d'ouvrir le feu dans une chanson, sur l'air des *Landiris* : « Petite d'O, pour le déduit, — Est-il vrai, tout ce que l'on dit ? — Vous vous êtes appliqué Bussy ?... » Arouet, qui avait donné à Philippe de Vendôme le titre de chevalier, donne à l'abbé celui de comte : c'étaient ses petits divertissements d'ancien clerc de procureur. La lettre était, comme d'habitude, moitié prose, moitié vers. Il dit à son correspondant qu'ils ne sont pas, l'un et l'autre, « aussi méchants qu'on le publie », qu'ils sont « de simples voluptueux, — Contents de couler leur vie — Au sein des Grâces et des Jeux... » Mais il ne manque pas de l'enfumer dans un nuage d'encens : « Je suis bien hardi de me mettre ainsi de niveau avec vous. » Et lui, qui se plaint tant de son exil, voilà qu'à présent il envisage sans crainte d'y passer l'hiver et, par conséquent, de rester « après le départ du maître de ce beau séjour ». Or, il vient d'annoncer à Philippe de Vendôme sa prochaine visite. Tout bien considéré, il eût continué volontiers d'habiter, en l'absence du propriétaire, ce château, où les conditions d'existence étaient assurées à souhait et la tranquillité, propice au travail. Mais il changeait souvent d'avis, au gré de ses humeurs.

Les cinquante-six vers qui suivent, dans cette lettre au fils de Bussy-Rabutin, n'ont pas dû paraître à l'abbé imprégnés de cette « pointe d'ambroisie » dont il parlait en commençant. François-Marie tire à la ligne pour vanter l'éternelle morale des oisifs du Temple et que l'abbé avait célébrée avant lui : « Heureux qui voit couler ses jours (plus haut, Bussy et lui "coulaient" déjà "leur vie", — les répétitions étaient visiblement le grand défaut d'Arouet, qui les reprochait aux autres poètes). — Dans la mollesse et l'incurie, — Sans intrigues, sans faux détours, — Près de l'objet de ses amours, — Et loin de la coquetterie ! — Que chaque jour rapidement — Pour de pareils amants s'écoule ! » C'était la lettre du « Tout coule » d'Héraclite d'Éphèse. La muse tourangelle de François-Marie coulait dans la Loire, comme avait failli couler Mme de Gondrin. Il était temps qu'elle revît les bords de la Seine.

Il sentait probablement le peu d'intérêt de sa missive, car il dit, après sa longue tirade poétique : « Voilà, Monsieur, de malencontreuses nouvelles pour l'antique gentillesse dont vous m'avez fait part. » ("L'antique gentillesse" ne signifiait pas grand-chose non plus.) « Savez-vous bien où est ce réduit dont je vous parle ? » (Le "réduit" où l'on est "sans intrigues, sans faux détours, — Près de l'objet de ses amours", c'est-à-dire l'endroit où se trouvait le destinataire de cette épître.) Il précisait : « M. l'abbé Courtin dit que c'est chez Mme de Charost. En quelque endroit que ce soit, n'importe, pourvu que j'aie l'honneur de vous y voir. » Il disait, en termes voilés, que l'abbé de Bussy était chez « Mme de Charost », — la marquise de Charost, née Brûlard, veuve de Louis-Joseph de Béthune, marquis de Charost. C'était la nouvelle maîtresse de cet abbé, après la marquise d'O et celle dont la disparition, en 1715, le rendait inconsolable, ce qui lui avait valu la cinquième épître en vers du jeune Arouet : *A M. l'abbé de..., qui pleurait la mort de sa maîtresse.* Heureux d'avoir dit, dans sa lettre à Philippe de Vendôme, que l'abbé Courtin avait « la croupe rebondie », le poète replace cette vision dans sa lettre à l'abbé de Bussy, sans doute pour lui évoquer la croupe de la marquise. Et, suivant son usage, au bénéfice de sa propagande, il lui envoie copie de sa lettre au grand prieur et la réponse reçue anciennement de l' « Anacréon du Temple ».

Avant de partir, il voulut restaurer les droits de l'esprit en mandant une épigramme au Régent pour le faire rire : « Non, Monseigneur, en vérité, — Ma muse n'a jamais chanté — Ammonites ni Moabites. — Brancas vous répondra de moi. — Un rimeur sorti des jésuites, — Des peuples de l'ancienne loi — Ne connaît que les Sodomites. » Brancas pouvait certifier la même chose au Régent pour son propre compte.

8

François-Marie, de retour à Paris, est bientôt envoyé à la Bastille pour une épigramme et une épigraphe

Au tout début d'octobre, Arouet reparut donc chez son père, dans la cour du Palais, rue de Jérusalem. Il le remercia de lui avoir procuré un exil aussi agréable ; mais il déclara qu'il en avait fini avec l'étude de Me Alain : il était un homme de lettres. Il n'imaginait pas davantage de continuer à vivre entre Mlle Bessières et le receveur des épices, payeur des amendes. Grâce à une petite pension de son père sur sa part d'héritage maternel, il s'installa rue de la Calande ou Calandre, où sa famille avait habité avant sa naissance. Son adresse chez le sieur Moreau, cabaretier à l'enseigne du *Panier Vert*, n'était pas très glorieuse pour succéder à celle du château Saint-Ange et du château de Sully. Mais il était indépendant, ce qui était son vrai idéal. Il recevait à loisir, dans sa « chambre garnie », l'objet de son amour : Mlle de Livry, qui venait de regagner la capitale, où résidaient ses parents, et qui se fiait à son poète pour sa carrière de comédienne.

Cette installation avait assez occupé François-Marie pour l'empêcher de revoir ses amis. Le 6 octobre, il apprit que l'abbé Servien était, la veille, tombé en syncope en soupant chez l'un de ses bardaches, le danseur Marcel, de l'Opéra, qu'on l'avait ramené chez lui, où il était arrivé sans connaissance, et qu'il était mort sans avoir reçu les sacrements. Ses obsèques furent célébrées à la paroisse de Saint-André-des-Arts. La famille Arouet y assista, avec le duc de Sully, son neveu, revenu de l'Orléanais, et les abbés du Temple. Cette mort contrista infiniment François-Marie, qui avait eu en l'abbé Servien, comme en l'abbé de Châteauneuf, son premier maître de libertinage. Il y eut également un service à l'église Notre-Dame-du-Temple. François-Marie s'honora de relire, chez l'abbé de Chaulieu, son épître adressée à l'abbé Servien, lorsqu'il était prisonnier à Vincennes.

« L'Anacréon du Temple », qui n'avait toujours rien publié de ses œuvres, prêta à son jeune ami quelques-uns de ses poèmes, — *les Louanges de la vie champêtre, la Vieillesse d'un philosophe épicurien...,* — ainsi qu'un recueil de La Motte et un autre de Danchet. François-Marie les lui renvoya avec cette épigramme : « Cher abbé, je vous remercie — Des vers que vous m'avez prêtés : — A leurs ennuyeuses beautés, — J'ai reconnu l'Académie. — La Motte n'écrit pas fort bien. — Vos vers m'ont servi d'antidote — Contre ce froid rhétoricien ; — Danchet écrit comme La Motte ; — Mais surtout n'en dites rien. »

Quant à lui, sa propre renommée était acquise et n'avait plus besoin que d'un couronnement. Le *Nouveau Mercure Galant* de ce mois d'octobre avait publié son *Épître au grand prieur de Vendôme* (le titre était rectifié). En dehors de cette lettre, ses nombreuses pièces, en vers et en prose, écrites de Sully, ses épigrammes, son exil, lui donnaient du relief. Cette réussite était loin de plaire à M. Arouet, qui avait écrit en ces termes à M. de Nicolaï, président de la chambre des comptes : « Peut-être est-il venu jusqu'à vous, Monseigneur, qu'il a plu au Régent de rappeler mon fils de son exil, qui a été pour moi moins affligeant que ce rappel beaucoup trop précipité, qui va achever de perdre ce jeune homme, enivré du succès de sa poésie, des louanges et de l'accueil que lui font les grands qui, avec le respect que je leur dois, sont pour lui de francs empoisonneurs... » L'ancien notaire avait le langage d'un père sans illusions et sans complaisance.

François-Marie, après avoir rendu ses devoirs funèbres à son cher abbé Servien et ses devoirs poétiques à l'abbé de Chaulieu, avait un devoir de reconnaissance à remplir : c'était envers l'un de ces grands, mésestimés de son père. Il visita le duc de Brancas, son intercesseur auprès du Régent. C'est d'ailleurs par lui qu'il espérait avoir bientôt une audience du Régent lui-même. « Service contre service, dit le duc à Arouet. Vous écrirez, en mon nom, une pièce de vers à Philippe, qui sera sans doute surpris de me découvrir poète. J'expliquerai que la modestie me fait cacher parfois mes talents. » François-Marie lui déclara qu'il avait déjà, à Sully, tenu la plume à la comtesse de Fontaine-Martel pour une épître à Samuel Bernard. Il n'alla pas jusqu'à citer au duc son ode *A Monseigneur,* écrite jadis au nom d'un invalide.

Cette nouvelle épître, composée pour un invalide de la poésie, serait intitulée *Epithalame de Daphnis et Chloé.* Elle avait trait au roman de Longus que le Régent avait illustré et dont il préparait la publication. Il y s'agissait d'un roué occasionnel, qui n'apparaissait que sous son prénom de Joachim. On lui donnait le sobriquet de « Prépucier », parce qu'il était affligé d'un phimosis. Étant à la campagne chez M. de La Jonchère, trésorier de l'extraordinaire des guerres, il avait moyenné le mariage d'un jeune paysan et d'une jeune paysanne : en les appelant Daphnis et Chloé, cela ferait une macédoine complète. « Tandis que le héros de la France », disait le pseudo-Brancas, — « De l'État et du roi défenseur généreux, — Dans Paris étonné rappelle l'abondance — Et, par ses soins, par sa prudence, — Fait en quatre mois plus d'heureux — Que jamais la rigueur, la fourbe et l'ignorance — N'ont pu faire de malheureux ; — Joachim Prépucier, aux champs de La Jonchère — A voulu rendre aussi deux jeunes cœurs contents, — L'hymen, par Joachim peu fêté d'ordinaire, — Appelé par sa voix, — Vient unir deux amants. — De Daphnis et Chloé l'agréable aventure, — Dans ces paisibles lieux, chéris de la nature, — Va bientôt se renouveler. — Ces apprêts ont surpris le dieu du mariage, — Prépucier n'est pas fait pour unir un ménage, — Mais bien plutôt pour le troubler. — Jadis on l'aurait vu, plein d'une ardeur extrême, — Oter à Daphnis ce qu'il aime, — Ravir à Chloé son amant. » Ces deux vers témoignaient éloquemment que toute la société du Régent épousait les deux sexes. Ils faisaient écho à celui de l'épître de François-Marie à l'abbé de Bussy « qui pleurait la mort de sa maîtresse », l'année précédente, et où il lui souhaitait « une fille, en attendant mieux ». Il poursuivait ainsi la présente épître : « Mais tout change et Prépucier même, — Ainsi que le gouvernement, — Vient de prendre un nouveau système. — O vous, belle Chloé, vous, aimable Daphnis, — Puisque l'hymen est fait, votre ardeur doit s'éteindre. — D'amants que vous étiez, soyez toujours amis. — C'est l'unique moyen de ne vous jamais plaindre — Du maître dangereux qui vous a réunis. »

Lorsque François-Marie eut apporté à Brancas cette épître, le duc recopia le poème et alla rejoindre Prépucier chez La Jonchère. C'est de cette campagne qu'il enverrait le texte au Régent, avec d'excellents pâtés.

A son retour, il montra à François-Marie la réponse, en vers, qu'il avait eue de Philippe d'Orléans. Celui-ci n'avait pas été dupe de son inspiration : « ... Vous voulez devenir poète et les vers qu'on vous a dictés — Et votre prose et vos pâtés — Par nous ont été fort goûtés. — Notre cour est très satisfaite... — Elle vous boude et vous regrette. — Venez donc recevoir le prix — De ces aimables bagatelles. — Quittez Chloé, quittez Daphnis. — Pour vous, Socrate à cheveux gris, — Leurs amours sont trop naturelles. » Ces mots, sous la plume du Régent, constituaient un aveu aussi franc que celui que Brancas avait fait sous la plume d'Arouet. Philippe continuait : « Votre femme ici vous rappelle (les femmes étaient fort oubliées dans ce milieu, mais elles ressurgissaient parfois) — Et l'Amour qui vole autour d'elle, — En souriant vous tend les bras. » L'Amour qui volait autour de la duchesse de Brancas-Villars, âgée de soixante-six ans, semblait s'éloigner d'elle sans regret. Le vers d'après avait un air d'ironie, digne de la plume d'Arouet : « Faut-il que votre amour légère — Ait abandonné tant d'appas — Pour le sérail de La Jonchère ? » Et le Régent concluait : « ... Enfin, venez en liberté, dans le séjour de l'abondance, — Revoir le tuteur de la France — Et le vôtre, sans vanité. » Du moins, en lisant ces vers, François-Marie pouvait-il se dire qu'ils étaient vraiment l'œuvre du « tuteur de la France », puisqu'il en avait vu d'autres de lui et que tout le monde le savait poète.

Il mettait au point sa tragédie d'*Œdipe*, fort améliorée à Sully, et, sans en être encore satisfait, ne doutait pas du triomphe qu'elle aurait un jour. Quel rêve, si la belle Suzanne-Catherine pouvait, grâce à cette pièce, entrer à la Comédie-Française, ce qui était sa légitime ambition de comédienne ! Il ne la voyait d'ailleurs que dans le second rôle féminin, celui d'Egine, confidente de Jocaste. En effet, malgré le désir de lui plaire et malgré la promesse qu'il avait faite aux comédiennes, il renonçait à introduire dans l'action un rôle d'amoureuse et s'en tenait ferme aux conseils de Dacier. Il comptait principalement sur son art d'écrire pour enchanter les spectateurs. Il savait qu'il y avait une grande place à prendre au théâtre : celle que Racine avait laissée. Et il était conscient qu'aucun poète dramatique ne s'était mieux moulé que lui-même dans le génie d'un pareil auteur. Il n'avait pour véritable rival que Crébillon, dont la muse était grandiloquente.

En attendant, il lisait sa tragédie dans le plus de salons possible, pour former un concert d'éloges qui brisât les dernières résistances des comédiens. Il était fier également de présenter Mlle de

Livry à ses amis. Elle plut particulièrement à Nicolas de Genonville, son ancien camarade de Louis-le-Grand, qui était conseiller honoraire au Parlement. Thiériot préférait les gourgandines, quand l'abbé Desfontaines ne l'emmenait pas dans l'allée du Luxembourg où fréquentaient les infâmes. Richelieu avait des maîtresses de plus haute volée. Personne ne disputa expressément à François-Marie sa conquête.

Il reçut la visite du jeune d'Argental et fut étonné que ce garçon de seize ans ne s'enflammât pas pour la petite actrice. Il le soupçonna d'avoir des attaches ailleurs. Chez sa mère, la comtesse de Ferriol, rue Neuve-Saint-Augustin, où il retrouva Pont-de-Veyle, frère aîné de d'Argental, et la très jolie Mlle Aïssé, il connut une autre jolie fille, Marie de Vichy-Chamrond [1], dont les dix-neuf ans et l'esprit disputaient la palme à la jeune Circassienne de vingt-deux ans. Elle était d'une famille pauvre de Bourgogne, mais petite-fille de la duchesse de Choiseul et nièce de la marquise de Charost. Son éducation avait eu lieu au fameux couvent parisien de la Madeleine de Traisnel, dans le faubourg Saint-Antoine. Elle passionna François-Marie en lui racontant qu'elle avait confié ses doutes sur la religion chrétienne à la prieure, Gilberte-Françoise d'Arbouze de Villemont, et que celle-ci, pour l'éclairer, avait fait venir le père Massillon. « Je ne sais s'il a dissipé mes doutes, dit Mlle de Vichy ; mais je suis sûre que je lui ai tourné la tête. Je me demandais s'il voulait m'éclairer ou m'enlever. Heureusement que ces relations étroites n'ont pas duré longtemps. » Ces vues piquantes sur Massillon confirmaient à François-Marie ce que la chanson disait du bon oratorien, à qui elle attribuait trois maîtresses. Certains y ajoutaient la duchesse de Berry qui, à la faveur de ses élans mystiques, avait eu, disaient-ils, quelques moments de faiblesse pour le célèbre prédicateur. L'histoire de Mlle de Vichy pouvait bien authentiquer aussi celle-là.

En ce qui concernait Mlle Aïssé, François-Marie était persuadé qu'elle était la maîtresse soit de d'Argental, soit de Pont-de-Veyle, bien que celui-ci eût été son parrain lorsqu'elle s'était convertie. Mais ils lui assurèrent qu'elle n'était pour eux qu'une sœur. D'Argental, poussant la confidence plus loin, lui avoua que sa maîtresse cachée était sa tante, Mme de Tencin. François-Marie venait d'être présenté à cette femme de trente-quatre ans, belle et intelligente, ex-dominicaine au couvent de Montfleury, en

1. La future marquise du Deffand.

Dauphiné, — où étaient le village et le château dont sa famille portait le nom, — puis chanoinesse au chapitre de Neuville près de Lyon et qui, par l'entremise de son frère, abbé de Vézelay, faisait des instances pour obtenir la révocation de ses vœux. Elle était amie de Fontenelle et cet académicien avait rédigé sa requête. La comtesse de Ferriol, très cultivée, — elle savait les langues anciennes et s'intéressait aux sciences, — avait un salon littéraire et mondain, dont sa sœur tirait parti. Ainsi la chanoinesse avait-elle obtenu un petit bureau d'agiotage, greffé sur ce que l'on appelait le système de Law, — le « nouveau système » auquel l'*Epithalame de Daphnis et Chloé* faisait allusion.

Ce financier écossais, qui avait eu d'abord une carrière de joueur de pharaon et qui avait déjà présenté ses projets à Louis XIV, avait reçu du Régent, en mai 1716, des lettres patentes, registrées au Parlement, qui l'autorisaient à organiser une Banque Générale. Il distribuait douze cents actions de cinq mille livres, payables en quatre versements, un quart en espèces et trois quarts en billets d'État ou cent francs de rente. Son but était de faire disparaître l'usage des espèces en spéculant sur la valeur des billets. Si Samuel Bernard avait sauvé le royaume sous Louis XIV, John Law prétendait le sauver sous la Régence grâce à ces valeurs fictives qui permettraient à l'État de rembourser toutes ses dettes. Mme la Duchesse douairière, abandonnant le comte de Lassay, était la maîtresse quasi officielle de cet aventurier, habile à faire gagner de l'argent. La vogue de son système expliquait cette « abondance » qui régnait depuis « quatre mois » et que célébrait le pseudo-Brancas dans son *Epithalame.*

François-Marie, avec un penchant marqué pour le jeu et les spéculations, — il perdait plus qu'il ne gagnait aux jeux à la mode (l'hombre, le brelan, le hoca, le lansquenet, le pharaon, la bassette...) — écoutait attentivement la chanoinesse l'éclairer sur le système de Law. Il entrevoyait des possibilités de faire, comme elle, une fortune rapide et maudissait son père qui refuserait certainement de lui donner les moyens de spéculer sur la Banque Générale.

En l'espace de quelques visites, il connut à peu près toute la société de Mme de Ferriol. Il interrogeait le beau-frère de la comtesse sur son ambassade en Turquie et faisait des comparaisons avec ce qu'il avait entendu raconter au marquis de Châteauneuf, qui l'avait précédé. Le marquis disait que le faste de la cour du Grand Turc prétendait dépasser celui de l'ancienne cour de

Louis XIV : la voiture de l'odalisque préférée du sultan était incrustée de pierreries ; une autre favorite avait reçu une voiture en or. Un Anglais, le vicomte Bolingbroke, l'un des hôtes de la comtesse, exprima le doute que ce luxe oriental pût égaler le raffinement de cour du Roi-Soleil. Ce personnage, descendant d'une famille normande (Saint-Jean, devenu Saint-John), ancien garde des Sceaux de la reine Anne d'Angleterre et son ambassadeur extraordinaire à Fontainebleau pour la paix, avait été destitué à l'avènement de George Ier ; il avait adopté la France, parlait le français dans la perfection, l'écrivait de même et venait d'acheter une maison de campagne, en Orléanais.

Il restait à François-Marie de voir arriver chez les Ferriol le maréchal d'Huxelles, qu'il avait rencontré au Temple et qui était rehaussé par son rôle de chef du conseil des Affaires étrangères et membre du conseil de régence, — le Régent avait formé cinq conseils, outre celui-là. Le maréchal venait en voisin : son hôtel communiquait par le jardin avec celui des Ferriol. Une chanson disait de ce grand seigneur, pédéraste et célibataire, qu'il était l'amant de la comtesse.

François-Marie avait déjà rendu visite au duc de Richelieu pour le féliciter de vive voix d'avoir recouvré sa liberté ; il le visita de nouveau, en novembre, pour le féliciter presque d'avoir perdu sa femme : Anne-Marie de Noailles était morte, de la petite vérole, le 7 de ce mois. En parlant des ravages que causait ce fléau, ils firent allusion au frère du Soleil, l'apothicaire des jésuites, qui leur donnait jadis des lavements et qui, en octobre, avait guéri de la petite vérole le duc de Chartres, fils du duc d'Orléans.

La manière dont Richelieu entrait en veuvage, attestait, aux yeux de ceux qui auraient pu se méprendre sur l'union de ce couple, qu'il n'y en avait eu guère de plus mal assorti. Arouet ne regrettait pas moins les liens passagers qu'il avait noués avec la duchesse dans le domaine de la poésie et il n'oubliait pas les cent louis qu'il en avait reçus un jour, bien qu'il les eût gaspillés le jour même. Le duc était maintenant, encore plus qu'auparavant, couru de tout le sexe et ne savait où donner de la tête. Sa « petite maison », destinée à ses plaisirs, — ou du moins la principale, — était rue de la Folie-Méricourt, dans le quartier Popincourt ; mais il en louait dans d'autres quartiers, sous des noms d'emprunt, pour brouiller les pistes et dérouter l'espionnage de ses maîtresses. L'usage des « petites maisons », — ces résidences discrètes établies loin du faste des hôtels, avait apparu à la fin du règne de Louis XIV et s'était multiplié sous la Régence. Même les princes et certaines princesses avaient la leur : la duchesse du Maine en avait deux, l'une rue Saint-Honoré, l'autre près de l'Arsenal. On s'y rendait, comme à la foire, dans des carrosses sans armoiries, avec un simple accompagnement de grisons.

Le duc montra à François-Marie une cassette renfermant les billets qui imploraient des rendez-vous ou lui rappelaient ceux qu'il avait pris. Mais il y avait également des billets rédigés en chiffres : c'étaient les lettres d'amour de deux princesses du sang, Mlle de Charolais, avec qui François-Marie l'avait vu à Sceaux, et Mlle de Valois, âgée de seize ans, — troisième fille du Régent ; elle passait pour avoir, comme sa sœur aînée, la duchesse de Berry, accordé ses premières faveurs à son père. « Ce qu'il y a de plaisant, dit Richelieu, c'est que, pour soustraire ses filles cadettes à la vue de ses désordres nocturnes, Philippe les fait conduire chaque soir, l'une, Louise-Adélaïde, dite Mlle de Chartres, à l'abbaye de Montmartre, l'autre, Charlotte-Aglaé, la mienne, au Val-de-Grâce. Et je sais, par Mlle de Valois, que Mlle de Chartres, elle aussi, a un amant. Bon sang ne saurait mentir. » En outre, le duc confia à son ancien camarade que, durant sa dernière détention à la Bastille, il ne s'était pas contenté de recevoir les visites de ses amis pour jouer, dans la cour, au billard ou au volant : il recevait fréquemment, à la brune, des visites plus mystérieuses. Mlle de Charolais avait réussi à corrompre les guichetiers et venait le retrouver, avec sa sœur aînée, la jeune princesse de Conti. Elle pouvait répondre de cette complicité, car elle favorisait les amours de la princesse avec le marquis de La Fare, le roué du Régent, et avec le comte de Clermont-Gallerande, ancien capitaine des gardes du duc de Berry. Elles arrivaient à la Bastille, déguisées en femmes du commun, soi-disant chargées par le curé de la paroisse, l'abbé Bourret, d'apporter des onguents au duc de Richelieu, — tout le monde, sauf les médecins officiels, les commissaires du Parlement et les juges, savait bien qu'il avait été blessé. La princesse de Conti se mettait à lire dans un coin de la pièce, à la lueur d'une bougie, le dos tourné aux deux amants. « Hélas ! dit Richelieu, il n'est rien dont la police de d'Argenson ne soit, tôt ou tard, instruite : le gouverneur eut ordre d'examiner les porteuses d'onguents ; il s'inclina lorsqu'elles se nommèrent ;

mais il dut aussi les dénoncer au Régent et leur service charitable fut interrompu. Au reste, cela aida mes blessures à se cicatriser, parce que nos ébats les avaient rouvertes. Et Philippe d'Orléans finit par me libérer, quand il sut que les traces de mon duel n'étaient plus visibles. Il fallait bien donner raison au conseiller Ferrand qui n'en avait vu aucune. Mais je me sens assez glorieux d'avoir occasionné le seul exemple d'une princesse du sang qui, par amour, allait en cachette à la Bastille. »

Depuis, son fidèle Rafé n'avait presque pas d'autre emploi que de porter à droite et à gauche ses réponses aux billets galants, avec assez d'exactitude pour ne pas se tromper de destinataire : en effet, ni le nom ni l'adresse ne figuraient à l'extérieur. Le duc disait que, sans ce valet, qui était sa mémoire vivante, il s'y serait trompé souvent lui-même. Il en était au point de ne plus savoir, dans le monde, s'il avait eu déjà telle ou telle femme. Insatiable, il ne se contentait pas de ses liaisons de haut vol : sans être, comme César, « le mari de toutes les femmes et la femme de tous les maris », il étendait ses conquêtes, principalement féminines, à toutes les classes de la société. Il avait ses petites maisons pour les duchesses et ses petites maisons pour les bourgeoises et les grisettes.

Le Parlement termina l'examen du procès relatif au duel qui l'avait conduit à la Bastille : le comte de Gacé et Richelieu furent, le 1er décembre, renvoyés absous de « leur prétendu combat ». Les séances consacrées à cette affaire avaient été illustrées par la présence du comte de Toulouse. François-Marie félicita encore le duc de ce succès, reposant sur un déni de justice.

Il était heureux d'être du côté de ceux qui avaient tous les droits, tous les privilèges, tous les succès. Dans ces relations, singulièrement au-dessus de sa naissance et qui ne cessaient d'être confirmées, il voyait la preuve qu'il ne cessait de progresser : un jour, il s'élèverait à leur niveau par son mérite. Sûr de son intelligence, de son talent et de son charme, il aurait été presque tenté par la carrière de poète de cour, s'il eût eu un goût moins vif pour l'épigramme et la satire. Mais il voulait parvenir à être une gloire du pays sans rien abdiquer de sa liberté d'esprit et de langage, comme il l'avait prouvé au risque même de sa liberté corporelle. L'art de dissimuler, qu'il avait appris chez les jésuites, resterait sa défense : il n'estimait pas que ce fût de l'hypocrisie, puisqu'il ne se priverait jamais de dire tout ce qu'il aurait sur le cœur, sauf à démentir qu'il l'eût dit.

En janvier 1717, il éprouva une grande joie, qui payait ses peines d'auteur dramatique : *Œdipe*, après une nouvelle audition, était reçu à la Comédie-Française. Le *Mercure* publia ce texte flatteur : « Il semblerait que la raison principale qui a fait disparaître *Sophonisbe* de notre théâtre, devrait servir d'avertissement à tout auteur qui veut récrire les sujets employés par Pierre Corneille. M. Arouet, assez connu pour quantité de petits morceaux de poésie enjouée, ne désespère pas de nous amuser plus sûrement en donnant de nouvelles couleurs à *Œdipe*. Il a orné le sujet de manière que, dans toutes les assemblées où il en a fait lecture, les partisans des anciens disent qu'il ne le cède pas à l'original de Sophocle, et quelques modernes, qu'il est beaucoup au-dessus de Corneille. » La date de la création n'était pas encore fixée.

Un matin, d'Argental vint annoncer triomphalement à François-Marie, rue de la Calandre, qu'il inaugurait sa dix-septième année en ayant la chaude-pisse. C'est une confidence, avec beaucoup d'autres, qu'il ne pouvait lui faire chez sa mère, ni sous les yeux de sa tante, à laquelle il devait ce présent. Mais la chanoinesse y ajoutait la faveur de le faire soigner. Elle l'avait pris d'ailleurs pour confident. Sa fierté à elle était de lui énumérer les amants qu'elle avait eus. Le jeune homme semblait, à son tour, puiser dans cette liste une fierté supplémentaire, qui le consolait de sa disgrâce momentanée. A son arrivée à Paris, Mme de Tencin avait eu d'abord le Régent ; mais elle avouait que leur déception avait été réciproque. En tête, figurait le propre frère de la chanoinesse, l'abbé, — François-Marie découvrait un nouveau cas d'inceste. Les successeurs du Régent auprès d'elle étaient ou avaient été l'abbé Dubois, — pour l'amour d'elle, il pensait à charger son frère de convertir Law, qui était de religion protestante ; ensuite, d'Argenson, le lieutenant général de police, — c'est de lui qu'elle avait eu, depuis 1716, son bureau d'agiotage ; Fontenelle ; Bolingbroke ; le chevalier Destouches-Canon, dont elle était enceinte. « Eh bien, dit François-Marie, il est temps qu'elle se fasse affranchir de son vœu de chasteté. » Elle avait aussi dévoilé à d'Argental les secrets de sa mère, et il terminait par ceux-là : si la chanoinesse avait donné la chaude-pisse à son neveu, la comtesse avait donné la vérole au maréchal d'Huxelles. « Mais tout se soigne », concluait l'ami de François-Marie. Le médecin de Silva, auquel l'avait envoyé sa tante, lui avait recommandé le sirop de copahu, l'opiat balsamique et l'eau de Sainte-Reine, que l'on faisait venir de Bourgogne en bouteilles.

Le 13 février, le roi étant dans sa huitième année, on lui ôta ce que l'on appelait plaisamment « ses lisières », c'est-à-dire sa gouvernante, la duchesse de Ventadour. Il passait au pouvoir du maréchal de Villeroy, son gouverneur, qui, désormais, coucherait dans sa chambre. Le même jour, le maréchal commença à le servir à son dîner. Le 16, à son lever, le duc de Mortemart, premier gentilhomme d'année, lui présenta sa robe de chambre et ses mules, — les autres officiers, qui avaient le brevet d'entrée, pénétrèrent à leur tour dans la pièce dès qu'il l'eut autorisé, et il parut étonné de leur nombre. C'étaient les vingt-deux officiers de bouche servant en permanence, sur les cinquante-neuf titulaires de ces fonctions, et les vingt-deux officiers du gobelet, échansons, accompagnés des dix sommeliers et des deux coureurs de vin. Encore leur multitude avait-elle été réduite par Colbert : il y avait eu jusqu'à deux cent vingt officiers pour la seule bouche du roi. Les gazettes à la main publiaient une partie de ces détails, qui charmaient François-Marie, en lui faisant revivre sa propre enfance, magnifiée au centuple sous les jolis traits du jeune roi.

Il sut, par l'abbé de Breteuil, — l'un des derniers abbés du Temple, et qui avait acheté deux cent quatre-vingt mille francs au cardinal de Polignac sa charge de maître de la chapelle-musique du roi, — que celui-ci dînerait pour la première fois à un grand couvert. Il lui dit qu'il avait, tout enfant, vu dîner Louis XIV et les membres de la famille royale et qu'il serait heureux de voir le premier dîner public de Louis XV. Il aimait le faste de la monarchie. Il pensait, comme Créon dans *la Thébaïde* de Racine : « Et la gloire n'est point où les rois ne sont pas. » L'abbé lui procura volontiers ce plaisir.

Le comte de Livry, premier maître d'hôtel en survivance, portait le bâton, devant la table royale. Le maréchal de Villeroy était debout à côté du petit souverain, qui était vêtu d'un habit de velours pourpre à gros boutons de diamants, avec le cordon du Saint-Esprit ; le duc de Noailles, capitaine des gardes, se tenait derrière son fauteuil, avec le duc de Mortemart. La nef, renfermant les serviettes, était placée sur la nappe et l'abbé de Maulévrier, aumônier, y prenait une nouvelle serviette pour la tendre à l'enfant, chaque fois qu'il souhaitait d'en changer. De chaque côté de la table, étaient les deux gardes de la manche avec leurs pertuisanes ; le long de la salle, six gardes du roi étaient rangés face à face, la carabine à l'épaule et le chapeau sous le bras. Leurs brigadiers encadraient la porte, un huissier de service allait et venait et les gentilshommes servants faisaient leurs fonctions ordinaires. Le roi était fort attentif à ce cérémonial et témoigna qu'il lui agréait. François-Marie en avait été trop enchanté pour n'être pas sûr qu'un jour, il serait un de ces gentilshommes du roi, qui n'étaient pas tous de naissance noble, mais qui le devenaient par lettres royales. Il se disait même qu'un jour il dînerait avec un roi. L'esprit est une royauté.

Le 26 février, le duc de Richelieu eut mission de porter à Madrid le collier de l'ordre du Saint-Esprit au prince des Asturies, Louis, âgé de neuf ans. Depuis l'avènement de Philippe V, les infants, en qualité de fils de France, recevaient le cordon bleu dès leur naissance : il leur était apporté par l'huissier de l'ordre, cérémonie qui se faisait sans chapitre et sans nomination. Mais ils n'étaient faits chevaliers, en recevant le collier, qu'à leur majorité, c'est-à-dire à quatorze ans, âge de la majorité royale. Philippe V s'étant montré impatient de voir conférer le collier à son fils, le Régent avait condescendu à ce désir. La nomination avait eu lieu le 1er février, dans un chapitre auquel le roi n'avait pas assisté, puisqu'il n'était pas encore chevalier. Toutefois, il fut convenu que Philippe V, comme chevalier, ne lui conférerait le collier qu'après la première communion. En chargeant Richelieu d'aller à Madrid porter ce collier, le duc d'Orléans lui donnait une preuve nouvelle de sa rentrée en grâce. Mais il en fut de cette mission comme de l'ambassade du marquis de Mimeure : au dernier moment, elle fut contremandée.

En avril, le *Nouveau Mercure* publia la lettre d'Arouet à l'abbé de Chaulieu, datée de juillet 1716 à Sully. Le monde littéraire continuait de s'intéresser à lui. Tout ce qui s'y passait, ne l'intéressait pas moins. Il avait été indigné, quelques mois plus tôt, par la lecture de l'*Iliade travestie*, poème par lequel le jeune Marivaux accourait à l'aide des modernes ; mais ce poème était infiniment moins drôle que le *Virgile travesti* de Scarron.

François-Marie, dans son admiration pour Racine, était heureux de rencontrer son fils Louis. Il l'avait vu pour la dernière fois à la fin de 1711, quand les restes de son illustre père avaient été transférés de Port-Royal-des-Champs à Saint-Étienne-du-Mont. Louis avait fait ses études au collège de Beauvais, sous le principalat du fameux Rollin ; puis, comme il l'avait annoncé, il s'était retiré chez les oratoriens, où il avait commencé un poème sur *la Grâce.* Il les avait quittés, peu après, pour devenir secrétaire du procureur général d'Aguesseau, dont le père avait été membre du conseil des finances. Il ne cessait de travailler à son poème, comme François-Marie à *la Ligue,* et il en lut des passages à son nouvel ami. Il lui montra également des poèmes inédits de son père sur *le Paysage de Port-Royal.* Moins par une sotte vanité que parce qu'il se sentait au-dessous de son nom, il y avait ajouté celui d'une terre, et s'appelait Racine de Lionval. Cette adjonction paraissait naturelle au jeune Arouet : il approuvait tout ce qui mettait au-dessus du vulgaire et il attendait le jour où il pourrait changer de nom en se donnant un air de noblesse. Cependant, il ne laissait pas de songer aux vers de Molière, dans *l'École des femmes,* qui avaient cruellement raillé Thomas Corneille d'avoir pris le nom de M. de l'Isle : « Je sais un paysan, qu'on appelait Gros-Pierre, — Qui n'ayant pour tout bien, qu'un seul quartier de terre, — Y fit tout à l'entour faire un fossé bourbeux — Et de Monsieur de l'Isle en prit le nom pompeux. » Les roturiers en voie d'ascension étaient peinés de ces plaisanteries.

D'Aguesseau venant d'être créé chancelier, cela semblait présager au fils de l'auteur d'*Athalie* une grande fortune. Mais Louis ne rêvait que littérature, malgré les paroles de Boileau qu'il citait à François-Marie : « Depuis que le monde est monde, on n'a pas vu de grand poète, fils de grand poète. » Arouet l'encourageait à ne pas y croire, et lui répliqua par ces vers du même Boileau, où il s'agissait du d'Aguesseau actuel et qui prouvaient qu'on peut être le digne fils d'un digne père : « Chacun de l'équité ne fit pas son flambeau ; — Tout n'est pas Caumartin, Bignon ni d'Aguesseau. » Ces trois familles formaient, comme les Harlay, les Nicolaï et les Lamoignon, de véritables dynasties dans les honneurs de la magistrature. Mais François-Marie ne résista pas à la malice de confier à Louis Racine ce qui peut-être expliquait l'hommage rendu à « l'équité » de Caumartin : c'est Caumartin lui-même, le marquis de Saint-Ange, désigné par ce vers, qui lui en avait plaisamment indiqué les raisons. En 1699, membre de la commission d'enquête sur la noblesse, il avait sauvé les frères Boileau, dont le généalogiste d'Hozier avait déclaré les titres nobiliaires grossièrement falsifiés, avec des signatures de tabellion « mal contrefaites ». En dépit de ce verdict, et d'un arrêt condamnant un de leurs cousins à une amende de deux mille livres pour usurpation de noblesse, il avait été heureux de leur rendre ce service, auquel ils tenaient extrêmement. Mais cette histoire rendait assez comique le premier vers de la *Satire V* de Boileau-Despréaux, dédiée au marquis de Dangeau, père du marquis de Courcillon : « La noblesse, Dangeau, n'est pas une chimère. »

Rue de la Calandre, François-Marie avait pour voisin un exempt du lieutenant général de police, nommé Symonnet, qui lui avait manifesté sa sympathie dans des circonstances particulières. Ses fonctions étaient indiquées par un bâton d'ébène, aux extrémités garnies d'ivoire : il en touchait l'épaule d'un délinquant pour lui marquer son arrestation. Thiériot avait emmené Arouet aux endroits du Luxembourg et des Tuileries fréquentés par les infâmes. Et ils tombèrent sur l'exempt Symonnet, qu'ils ne cherchaient pas : il était embusqué près d'un de ces taillis du Luxembourg qui servaient d'alcôves. L'exempt n'hésita pas à aborder François-Marie pour lui dire qu'il était préposé à la surveillance des bonnes mœurs dans le jardin, qu'il admirait ses poésies et qu'il l'invitait à la prudence. François-Marie lui assura qu'il ne hantait ces lieux que par curiosité philosophique. Il ajouta, du reste, pour lui inspirer une considération salutaire, qu'il était ami des deux fils de M. d'Argenson. « Je le sais, dit l'exempt, et c'est pourquoi je vous ai adressé la parole : il me déplairait d'être obligé de vous faire inscrire par Monseigneur sur la liste des infâmes que l'on n'arrête pas, mais que l'on connaît pour tels. Cela vous gênerait auprès de lui. — Arrêtez-vous beaucoup de sodomites ? demanda François-Marie. — Oh ! dit l'exempt, j'en ai arrêté deux l'an passé : l'abbé Chabert en février et l'abbé Cartier en juin. Ils ont été enfermés à Bicêtre. — Ce sont toutes vos captures pour une année ? dit Thiériot. — Eh oui, dit l'exempt ; mais mon action peut empêcher bien des désordres. Les "mouches", ou mouchards, qui sont souvent de beaux jeunes gens, sodomites repentis, nous aident à faire des filatures et parfois à constater un flagrant délit. Mais les infâmes sont malins comme des diables. »

Cette rencontre engagea François-Marie à visiter les fils d'Argenson, qu'il n'avait pas revus depuis longtemps. Il se rendit à leur hôtel, cul-de-sac de la vieille rue du Temple. René-Louis et Marc-Pierre achevaient leur stage pour être, l'un maître des requêtes et l'autre conseiller au Parlement. C'était un des deux jours de la semaine où le lieutenant général de police, en robe et en bonnet, donnait audience au public. Le spectacle n'était pas nouveau pour François-Marie, mais le stupéfiait chaque fois davantage. La cohue des gens du peuple et des gens de qualité qui attendaient, plus ou moins séparés, et qui parlaient entre eux de leurs problèmes, lui semblait quelque chose de fascinant : il y avait des maris venus dénoncer les infidélités de leurs femmes ; des femmes, les torts de leurs maris ; des mères, la fugue ou la dissipation de leurs enfants ; d'autres sollicitaient un certificat de réhabilitation, une levée d'écrou pour un des leurs, un permis de visite à la Bastille ; certains se plaignaient d'un voisin, d'un charivari, d'une cabale, d'un libelle. C'était, en effet, à son domicile que le lieutenant général de police exerçait sa charge, — le marquis d'Argenson était le deuxième à la remplir, après La Reynie, destructeur de la « cour des miracles » : les autres bureaux de la police (corps de métiers, sommiers judiciaires, amendes et confiscations, fiacres, boues et lanternes, foires, poids et mesures, soldats et cabaretiers, domestiques, nourrices et écoles, voirie, affaires secrètes, — la Bastille...) étaient disséminés dans Paris, également au domicile de leurs chefs. François-Marie avait appris ces détails de ses deux amis, un jour qu'il leur avait demandé si tout ce qui relevait de la police, était concentré dans leur hôtel, dont la paix était d'ordinaire bien préservée.

La complicité qu'il avait eue avec eux dans l'allée noire de Louis-le-Grand et qu'avaient entretenue, dans les années de collège, les chansons et les lectures interdites, — les deux garçons avaient même chanté une chanson accusant leur père d'être sodomite, — fit qu'ils ne cachèrent pas à François-Marie celles qui diffamaient le Régent et qu'avait saisies la police. Elles tiraient toujours leur source d'un événement réel. La plus piquante célébrait le fait que le prince, en masque, eût exploité sa maîtresse, la comtesse de Parabère, dans une loge, au bal de l'Opéra, — le couplet était sur l'air *Lère la, lère lan lère* : « ... Hier, au bal notre Régent, — D'un air tendre, affable et charmant, — Voulait baiser la Parabère, — Lère la, lère lan lère. — La Parabère, de son côté, — Ne voulant pas le refuser, — Troussa sa jupe et laissa faire, — Lère la, lère lan la. » On disait qu'au Palais-Royal et à Saint-Cloud, le Régent faisait maintenant ce qu'il appelait des « soupers de dieux et de déesses », car tout le monde était nu. Plus intimement, dans un souper à quatre qu'il intitula « le jugement de Pâris » et où il jouait ce rôle, Mme de Parabère tenait celui de Junon, Mme de Sabran celui de Minerve et la duchesse de Berry celui de Vénus : c'est à sa fille qu'il donna le prix de la beauté.

François-Marie ne laissait pas, comme le Régent, d'aller au bal de l'Opéra, dont le succès persistait, et où l'on coudoyait la cour et la ville dans un incognito qui allumait les désirs. Habillé en Pierrot, il accompagna Mme de Mimeure, déguisée en Colombine. Elle avait appris que la vicomtesse de Polignac s'était travestie en pourpoint de toile d'argent, chamarré d'orange, à la mode de Charles IX, avec des chaussures de même, et ils n'eurent pas de peine à la reconnaître. Elle leur récita l'impromptu qu'on venait de lui adresser, impromptu galant que François-Marie était furieux de n'avoir pas fait : « De Psyché seriez-vous l'amant ? — De l'Amour seriez-vous la mère ? — Mon cœur s'embarque également — Et pour Florence et pour Cythère. » Le peintre Watteau achevait justement, en vue de sa réception à l'Académie des beaux-arts, fixée à l'année prochaine, — tous les autres concurrents s'étaient retirés devant lui, — un tableau dont les connaisseurs disaient merveille : *l'Embarquement pour Cythère*. Arouet était touché de voir des artistes s'incliner devant le génie, contrairement aux écrivains, parmi lesquels la jalousie était si vive. Et le rare était que, justement, Watteau fût, depuis 1712, l'associé de l'Académie des beaux-arts pour son tableau *les Jaloux*.

Les chevaliers de la manchette disaient qu'un membre de l'Académie de peinture, Jean-Baptiste Nattier, aurait pu peindre *l'Embarquement pour Florence* : ses mœurs, quoique très cachées, étaient florentines. C'était le fils d'un autre peintre, Marc, qui avait été membre de la même Académie, et son frère, Jean-Marc, peintre également, y avait été reçu comme membre agréé, — prélude de la réception définitive, — en même temps que Watteau. Arouet avait parlé peinture avec les deux frères chez M. de Julienne.

Un scandale, qui avait eu lieu dans une orgie du Régent au château de la Muette, défrayait tout Paris. Philippe, sa fille et ses autres maîtresses avaient enivré la marquise de Brassac, fille du maréchal de Tourville, âgée de vingt-quatre ans et dame de la duchesse de Berry depuis quelques mois. Puis, l'ayant mise nue, ils lui avaient bouché le vagin avec du fromage mou, pétri de sel et de poivre. Un quatrain consacra l'événement, sur l'air des *Folies d'Espagne*.

François-Marie, frappé par cette histoire, comme par les exploits du Régent et de Mme de Parabère à l'Opéra, sentit se ranimer en lui le goût de la satire. L'éclat des splendeurs de cour, la jouissance d'amitiés choisies, ne le rendaient pas indifférent aux lamentations du public sur le poids des impôts, la cherté des vivres, les désordres du système de Law qui enrichissait les uns, mais appauvrissait les autres, les troubles de conscience provoqués par la bulle *Unigenitus,* les craintes affectées pour les jours de Louis XV. Mais, afin de ne pas ressembler aux chansonniers triviaux, il voulut composer une épigramme latine, qui aurait l'air d'une inscription antique. Oubliant l'indulgence que lui avait manifestée le Régent, il se flattait de résumer, avec la concision de cette langue, tout ce que l'on pouvait reprocher au chef du royaume en actes ou en intentions.

Les treize lignes qu'il écrivit en disaient plus que toutes les chansons et que toutes les épigrammes : *Regnante puero...* — « Régnant un enfant, — Un administrateur — Fameux par le poison et les incestes, — Des conseillers ignorants et instables, — La religion plus instable, — Le trésor épuisé, — La foi publique violée, — La fureur de l'injustice triomphante, — Imminent — Le péril d'une sédition générale, — La patrie sacrifiée à l'espoir inique et anticipé — De l'héritage de la couronne, — La Gaule bientôt devra périr. » *Gallia mox peritura.*

François-Marie, par ce pamphlet en style lapidaire, prouvait qu'il eût été capable d'avoir le premier prix de vers latins à Louis-le-Grand, comme il y avait eu le premier prix de discours latin. Il se disait aussi, pour s'encourager dans l'audace de divulguer cette inscription, qu'il secondait M. de Nicolaï, premier président de la chambre des comptes, ancien protecteur de son frère et de lui-même, qui avait fait des remontrances au Régent sur sa vie licencieuse et qui s'opposait, comme le Parlement, au système de Law.

Le 6 avril, un arrêt du conseil d'État ordonna aux agents comptables des deniers royaux de recevoir les billets de la Banque Royale pour le paiement des contributions et d'acquitter sans escompte les billets de ladite banque qui leur seraient présentés. Cette alliance de Law avec le Trésor suscitait l'opposition de d'Argenson, devenu vice-chancelier, et du duc de Noailles, chef du conseil des Finances. Mais l'Écossais était soutenu par l'abbé Dubois, maintenant conseiller d'État d'Église et qui venait de conclure, comme ambassadeur extraordinaire à Londres, la triple alliance de la France, de l'Angleterre et de la Hollande. Le traité de Westminster, conclu entre les deux premières puissances, fut confirmé par celui de La Haye. Dubois avait utilisé, durant son ambassade, pour éblouir les Anglais, la vaisselle d'or de Louis XIV, et il revint éblouir les Français en faisant acheter à Philippe le diamant de cent trente-six carats, — le plus gros du monde, — qui porterait le nom du Régent et serait le plus beau joyau de la couronne. L'abbé le paya trois millions trois cent soixante-quinze mille francs au député Thomas Pitt, ancien gouverneur du royaume de Golconde où on l'avait trouvé. Par cette acquisition, il témoigna tout son génie diplomatique, car il avait muselé, à la Chambre des communes, l'un des plus farouches adversaires de l'alliance avec la France.

Dans le ravissement que lui causait son art d'épigraphiste, François-Marie disait qu'il avait envie de briguer les suffrages de l'Académie des inscriptions qui, depuis 1716, était nommée, en outre, des belles-lettres. Il envoya des copies de l'épigraphe à ses amis. Quelques-uns lui firent remarquer qu'il allait plus loin que dans ses premières épigrammes, où il accusait le Régent d'inceste, ce qui avait été cause de son exil à Sully-sur-Loire : en renouvelant cette accusation, il le taxait atrocement de projets homicides sur la personne du petit Louis XV. Il répondit que cela ravirait le duc et la duchesse du Maine. Il avait recommandé le secret à ses amis ; mais il comptait bien, par gloriole, qu'ils ne le lui garderaient pas.

En plein carnaval, il était parti pour le château de Saint-Ange, chez les Caumartin. Il y passa deux mois, travaillant tantôt à son poème épique, tantôt à sa tragédie. Les *Mémoires* du cardinal de Retz venaient d'être édités. Le marquis de Saint-Ange s'apprêtait à en faire imprimer d'autres, qui étaient également dans sa bibliothèque : ceux du conseiller Joly, dont François-Marie eut la primeur. Ce personnage, qui avait été secrétaire du cardinal de Retz, donnait de curieux détails sur sa vie galante : cela compensait en quelque manière les pages arrachées au manuscrit du cardinal par l'abbé de Saint-Mihiel.

Un manuscrit dont la lecture passionna également Arouet, fut celui des *Mémoires de la cour de France pour les années 1688 et 1689*, de la comtesse de La Fayette, l'auteur de *la Princesse de Clèves.* On savait qu'elle avait, dans le même domaine, écrit une *Histoire de Madame, Henriette d'Angleterre,* qui, disait-on, serait publiée en Hollande et contenait des révélations sur les derniers jours de cette princesse, empoisonnée à Saint-Cloud, comme le fut plus tard, à Madrid, sa fille, Marie-Louise d'Orléans, reine d'Espagne. M. de Caumartin avait eu une copie du manuscrit des

Mémoires par l'abbé Louis de La Fayette, fils aîné de la comtesse. François-Marie fut frappé par une page de ce manuscrit : « Mme de Maintenon, qui est fondatrice de Saint-Cyr, toujours occupée du désir d'amuser le roi, y fait souvent faire quelque chose de nouveau à toutes les petites filles qu'on élève dans cette maison, dont on peut dire que c'est un établissement digne de la grandeur du roi et de l'esprit de celle qui l'a inventé et qui le conduit ; mais quelquefois les choses les mieux instituées dégénèrent considérablement et cet endroit qui, maintenant que nous sommes dévots, est le séjour de la vertu et de la piété, pourra quelque jour, sans percer dans un profond avenir, être celui de la débauche et de l'impiété. Car, de songer que trois cents jeunes filles, qui y demeurent jusqu'à vingt ans, et qui ont à leur porte une cour remplie de gens éveillés, surtout quand l'autorité du roi n'y sera plus mêlée, de croire, dis-je, que des jeunes filles et des jeunes hommes soient si près les uns des autres sans sauter les murailles, cela n'est presque pas raisonnable. » Cette remarque d'une femme qui avait vécu à la cour, parut à François-Marie une sorte d'aveu de ce qui se passait peut-être déjà à Saint-Cyr, du vivant de Louis XIV, et qu'elle avait présenté comme une probabilité de ce qui se passerait après sa mort. Il lut la page à Caumartin, qu'elle avait aussi frappé, et il lui rapporta ce que lui avaient dit les fils d'Argenson, d'après leur père. Mais le conseiller était un homme trop prudent pour confirmer de tels propos, et trop honnête pour les démentir : il savait qu'en 1702, le comte de Toulouse avait eu, d'une des jeunes filles de Saint-Cyr, un fils nommé le chevalier d'Arc.

Les lectures sérieuses méritaient une récréation poétique : François-Marie se l'accorda en écrivant une épître en vers, *A M. le prince de Vendôme, grand prieur de France,* — dignité qui n'était plus qu'honoraire, mais qu'on lui donnait encore. Philippe de Vendôme s'était signalé, le jeudi et le vendredi saints, par un acte d'autorité à la messe du roi, d'abord aux Tuileries, puis aux Feuillants : il avait fait mettre un carreau — c'est-à-dire un coussin, — devant son siège, ce qui avait causé les protestations des ducs, parce que c'était le privilège des princes du sang. Le grand prieur avait exigé que le marquis de Dreux, grand maître des cérémonies, consignât ce détail dans ses registres et le duc de Saint-Simon, ennemi mortel de la bâtardise, protestait de toutes ses forces auprès du Régent. L'hôte de Saint-Ange se divertissait de cette lutte perpétuelle entre les usages antérieurs à Louis XIV et les dérogations établies par ce roi en faveur de ses bâtards, dérogations dont un autre descendant de bâtard prétendait profiter.

François-Marie, dans son épître à Vendôme, commençait par se moquer du carême en faveur de « l'altesse chansonnière », après avoir évoqué l'abbé Courtin, cher à Vendôme, et dont il aurait souhaité la compagnie. « ... Dans ces jours, de Dieu bénis, — Où tout moine et tout cagot mange — Harengs saurets et salsifis, — Ma muse, qui toujours se range — Dans les bons et sages partis, — Fait avec faisans et perdrix — Son carême au château Saint-Ange. — Au reste, ce château divin, — Ce n'est pas celui du Saint-Père (allusion au château Saint-Ange de Rome), — Mais bien celui de Caumartin, — Homme sage, esprit juste et fin, — Que, de tout mon cœur, je préfère — Au plus grand pontife romain... — Caumartin porte en son cerveau — De son temps l'histoire vivante... ; — Caumartin est toujours nouveau — A mon oreille qu'il enchante ; — Car dans sa tête sont écrits — Et tous les faits et tous les dits — Des grands hommes, des beaux esprits, — Mille charmantes bagatelles, — Des chansons vieilles et nouvelles — Et les annales immortelles — Et ridicules de Paris. » Cette allusion aux chansons, qui étaient la chronique permanente des scandales, prouvait bien qu'elles faisaient, en tous lieux, les délices de la haute société. L'austère Caumartin aurait pu en remontrer au duc de Sully.

Arouet parlait ensuite de François Ier, qui avait bâti Saint-Ange pour Diane de Poitiers, et il le peignait d'une étrange façon : « Quelques lauriers sur sa personne, — Deux brins de myrte dans ses mains, — Étaient ses atours les plus vains ; — Et de vérole quelques grains — Composaient toute sa couronne. » C'était réduire ce grand roi à peu de chose, bien qu'il fût mort de la vérole, non pas au château de Caumartin, mais dans celui de Rambouillet. François-Marie, en citant Diane de Poitiers, n'oubliait pas la Belle Ferronnière, qui avait fait ce présent à ce roi, auteur de la formule gardée par ses successeurs à la fin de leurs édits : « Car tel est notre bon plaisir. » François Ier tenait à François-Marie Arouet des propos encore plus surprenants que la description faite de lui : « Je sais que vous avez l'honneur, — Me dit-il, d'être des orgies — De certain aimable prieur, — Dont les chansons sont si jolies (« les chansons sont » !) — Que Marot les retient par cœur... — Il aime comme moi les arts — Et les beaux vers par préférence ; — Il sait, de la dévote engeance, — Comme moi, faire peu de cas ; — Or, en amour, en tous les cas, — Il tient, comme moi, sa parole ; — Mais enfin, ce qu'il ne sait pas, — Il a comme moi la vérole. ... — Et s'il veut enfin tout de bon — Terminer la grande aventure, — Dites-lui de troquer Chambon (propriété de Philippe de Vendôme, où il résidait en ce moment) — Contre quelque once de mercure. » Celui-ci n'avait pas besoin de François Ier pour savoir qu'il était vérolé. Mais l'audace de François-Marie à parler d'une telle chose prouvait que Philippe en était aussi fier que l'avait été son frère. Le poète, du reste, n'avait pas moins d'audace d'avouer qu'il participait aux « orgies » du grand prieur : elles étaient toutes pédérastiques.

En fait de chansons nouvelles, Arouet n'avait pu manquer de montrer son épigraphe latine. Son hôte lui en fit des compliments, mais ne lui en cacha pas les dangers.

Au début de la semaine sainte, on apprit une nouvelle qui réjouit l'auteur de l'ode satirique *la Chambre de justice.* Cette chambre était supprimée : elle avait duré un an, coûté quatorze cent mille francs et rapporté au Trésor soixante-dix millions. C'était peu, si l'on se rappelait que des sommes mirifiques avaient été annoncées. Le Régent avait eu un dernier geste de mansuétude pour un homme de cour qu'il estimait : il avait remis entièrement au comte d'Estrades, lieutenant général, maire de Bordeaux, la taxe considérable qu'il aurait dû payer pour sa femme, fille du fermier général Le Normant du Fort, décédé en 1712 et qui, fils d'un grainetier, s'était enrichi dans le bail des fermes générales. En congédiant la chambre, le chancelier d'Aguesseau lui avait adressé un discours, plein de philosophie gouvernementale : « ... Vous savez que les remèdes mêmes peuvent quelquefois devenir des maux quand ils durent trop longtemps. A la vue d'une multitude de criminels qui, par le mélange du sang et des fortunes, ont su intéresser jusques aux parties saines de l'État, le public effrayé tombe dans une espèce de consternation et d'abattement, qui retarde ses opérations et qui fait languir tous les mouvements du corps politique. La même sagesse qui a donné l'être à la Chambre de justice, en ordonne aujourd'hui la fin et nous renvoie à des fonctions plus douces. » Le chancelier avait également déclaré : « Le peuple aime le spectacle d'un châtiment prompt et rigoureux ; mais il ne peut en soutenir la durée et, laissant bientôt affaiblir sa première indignation contre les coupables, il s'accoutume presque à les croire innocents, lorsqu'il les voit longtemps malheureux. » François-Marie dit que ces derniers mots étaient le commentaire des vers de La Fontaine sur Foucquet : « Il est assez puni par son sort rigoureux, — Et c'est être innocent que d'être malheureux. »

Dans le mois où avait triomphé la Banque Générale, mourut l'ex-Mlle d'Enghien, duchesse de Vendôme. Elle n'avait que quarante ans. Sa mort était causée par l'ivrognerie. Elle en avait pris l'exemple plutôt sur son beau-frère, le grand prieur, que sur son mari, à peine entrevu, et sur le Régent, qui se couchait ivre après chacun de ses soupers. Ayant rempli de liqueurs une pièce de son château d'Anet et de son hôtel de Paris, elle y avait passé son temps à boire. François-Marie pensait à l'*Épithalame* que Chaulieu avait composé pour le mariage du duc et de la duchesse de Vendôme : « ... La fille de ces dieux qui président sur nous, — Porte mille trésors en dot à son époux : — Le cœur du Grand Condé, tout l'esprit de son père, — La grandeur, la raison, les vertus de sa mère... »

Autre nouvelle : Jean-François de La Faye, auquel François-Marie avait écrit une lettre poétique de Sully, l'été précédent, avait définitivement renoncé à l'ambassade de Gênes et venait d'être nommé secrétaire de M. le Duc et des États de Bourgogne, province dont ce dernier était gouverneur. Aussitôt une chanson, sur l'air *Voyez-vous Lescalopier,* avait salué cette nomination : « La Faye est maquereau, — Dit l'écho, — D'un prince qui n'est pas beau. — Il en a pour récompense — Deux emplois d'importance. » On le soupçonnait de plus d'avoir avec ce jeune prince le lien de la sodomie.

François-Marie revint à Paris après Pâques, emmena d'Argental au café Procope et, pour briller aux yeux de son jeune admirateur, se prit à déblatérer sur le Régent et la duchesse de Berry, devant deux hommes qu'il ne connaissait pas ; malheureusement, l'un d'eux était le commissaire Ysabeau et l'autre, un capitaine, Solenne de Beauregard, espion à la fois du lieutenant général de police et de Le Blanc, membre du conseil de la Guerre. Ce qu'il leur raconta, dut les intéresser, car ils vinrent, à tour de rôle, lui rendre visite rue de la Calandre. Déjà, l'abbé Cherrier, censeur royal, avait dépêché à M. d'Argenson une récente épigramme de François-Marie sur son ancien camarade de Louis-le-Grand, le prince de Bournonville, maintenant âgé de dix-huit ans, et sur l'abbé Alary, ami lettré du président Hénault : « Étrange changement, — A son métier personne ne s'attache : Bournonville est savant, — Alary est bardache. » Mais Beauregard dépêchait, de son côté, un rapport sur un sujet plus grave, puisqu'il s'agissait de l'épigraphe latine contre le Régent. De plus, l'espion avait un témoin des propos qui se tenaient dans la chambre du *Panier Vert* : ce n'était plus le petit comte d'Argental, à qui l'on ne pouvait demander de trahir son intime, mais un quasi-homonyme, le comte d'Argenteuil, pensionnaire de cet hôtel garni et qui avait avec Beauregard le trait commun d'être un « espion de société ».

Le lieutenant général de police reçut donc ce rapport, intitulé *Mémoire instructif des discours que m'a tenus le sieur Arouet depuis qu'il est de retour de chez M. de Caumartin* : « ... Je le vis trois jours après chez lui, rue de la Calandre, au *Panier Vert*, où il me demanda ce que l'on disait de nouveau. Je lui répondis qu'il avait paru quantité d'ouvrages sur M. le duc d'Orléans et Mme la duchesse de Berry. Il se mit à rire et me demanda si on les avait trouvés beaux ; je lui ai dit que l'on y avait trouvé beaucoup d'esprit et que l'on mettait tout cela sur son compte, mais que je n'en croyais rien et qu'il n'était pas possible qu'à son âge on pût faire de pareilles choses. Il me dit que j'avais tort de ne pas croire que c'était véritablement lui qui avait fait tous ces ouvrages, mais que, pour empêcher que M. le duc d'Orléans et ses ennemis ne crussent que c'était bien lui qui les avait faits, il avait quitté Paris dans le carnaval pour aller à la campagne, où il était resté deux mois avec M. de Caumartin, qui a vu le premier de ces ouvrages ; après quoi, ils ont été envoyés à Paris. » Lorsque Beauregard parle de « tous ces ouvrages », c'est à un seul qu'il pensait ; mais François-Marie, pour se faire valoir, semblait s'attribuer toutes les épigrammes que l'on publiait contre le Régent (il y avait même un petit poème ironique : *la Vertu du Régent*). Sans doute se jugeait-il protégé par l'amitié du marquis de Saint-Ange, sans songer qu'il le compromettait en avouant lui avoir montré « ses ouvrages », « envoyés » ensuite « à Paris ». Il les y avait, d'ailleurs, déjà semés avant son départ.

Le capitaine continuait : « Il m'a dit que, puisqu'il ne pouvait se venger de M. le duc d'Orléans d'une certaine façon, il ne l'épargnerait pas dans ses satires. » Par parenthèse, il était assez ridicule de laisser entendre qu'il avait voulu « se venger » du Régent en le provoquant en duel ; mais sa jactance, destinée encore probablement à éblouir le jeune d'Argental et le sieur d'Argenteuil, était à l'unisson de sa naïveté, qui le faisait parler ainsi avec deux inconnus. L'espion poursuivait : « Je lui demandai ce que M. le duc d'Orléans lui avait fait. Il était couché en ce moment ; il se leva comme un furieux et me répondit : "Comment ! vous ne savez pas ce que ce bougre-là m'a fait ? Il m'a exilé, parce que j'avais fait voir au public que sa fille était une putain." » En affirmant avoir droit à la liberté d'expression, François-Marie paraissait en ignorer les limites. Et il parlait de cet exil, dont il voulait tant se venger, comme si, tel Ovide, il avait été vraiment chez les Scythes et non pas dans un château ducal, au bord de la Loire, parmi un monde supérieur au sien. Mais son épître au Régent n'avait-elle pas fait état d'un « exil rigoureux », pour appuyer sa comparaison avec l'auteur de *l'Art d'aimer*, qui était mort devant une mer gelée, « au milieu de la barbarie » ? La vivacité avec laquelle il s'exprimait sur ce séjour à Sully, qu'il avait célébré dans tant de lettres, obligeait à le soupçonner de chercher par tous les moyens un incident avec le pouvoir : il devait avoir calculé qu'il fallait se faire enfermer pour se rendre intéressant. La fréquentation de son ami Richelieu lui avait donné le goût de la Bastille. Peut-être attendait-il d'une pareille épreuve une sorte de noblesse.

Beauregard décrivait la visite suivante : « Je sortis et y retournai le lendemain, où je retrouvai M. le comte d'Argenteuil. Je tirai de mes tablettes le *Puero regnante* (l'espion intervertissait les deux termes du texte original) ; il me demanda sur-le-champ ce que j'avais découvert. Quand il eut vu ce que c'était : "Pour celui-là, je ne l'ai pas fait chez les Caumartin ; mais beaucoup de temps avant que je parte." Deux jours après, j'y ai retourné et trouvé encore M. le comte d'Argenteuil. Je lui dis : "Comment, mon cher ami, vous vous vantez d'avoir fait le *Puero regnante,* alors que je viens de savoir d'un bon endroit que c'est un professeur des jésuites qui l'a fait ?" Il prit son sérieux là-dessus et dit qu'il ne s'embarrassait pas si je le croyais ou si je ne le croyais pas, et que les jésuites faisaient comme le geai de la fable, qu'ils empruntaient les plumes du paon pour s'en parer. M. le comte d'Argenteuil était présent pendant tout cela. Il nous dit en conclusion que Mme la duchesse de Berry allait passer six mois à la Muette pour y accoucher. Il a répandu ce discours dans tout Paris et quantité d'autres que le papier ne saurait souffrir. Nous nous sommes souvent trouvés ensemble avec M. d'Argenteuil où il a tenu les mêmes discours qui sont contenus dans ce mémoire. »

Beauregard savait ce que c'était que l'amour-propre d'un

auteur : en relatant qu'« un professeur des jésuites » avait composé cette inscription, — chose fort vraisemblable à cause de leur science latine et de leur animosité contre le Régent, — l'espion était sûr de provoquer un aveu formel du « sieur Arouet », surtout en présence de ce comte d'Argenteuil qui semblait avoir pris racine dans la chambre, où l'attiraient les mêmes raisons que Beauregard. Et le « sieur Arouet » était tombé tête baissée dans le piège. Sa légèreté eût été stupéfiante, si son attitude n'eût pas été délibérée. Le rapport de l'espion attestait, d'autre part, en faisant allusion à des « discours que le papier ne saurait souffrir », l'influence qu'avaient eue sur Arouet la société du Temple et ces chansons impudiques dont il se nourrissait depuis son enfance : faute d'avoir « bravé l'honnêteté » en latin, il la bravait dans ses paroles et le latin lui avait servi à braver l'autorité suprême.

Quelques jours plus tard, François-Marie, se promenant dans les jardins du Palais-Royal et saluant le Régent qui passait, ce dernier, à qui le duc de Brancas venait d'apprendre le nom du jeune poète, lui dit brusquement : « Monsieur Arouet, je gage de vous faire voir une chose que vous n'avez jamais vue. — Quoi, Monseigneur ? — La Bastille. » A cette brusque évocation, l'épigraphiste se sentit frissonner. Ces paroles avaient été dites sur un ton qui ne lui avait pas permis de répondre qu'il avait déjà « vu » cette prison en allant y visiter le duc de Richelieu. Il mesurait tout à coup la distance entre l'idée d'un péril, qui paraît glorieux, et la réalité de ce péril. Cependant, il se rassura puisque la menace avait été lancée en présence de son protecteur et intercesseur Brancas-Villars.

Pour se distraire de ces pensées, il reçut la copie, par les Dongois, neveux de Boileau, — son frère l'abbé était mort en 1716, — d'une lettre de Charles Brossette à Jean-Baptiste Rousseau, datée du 20 avril, où il était question de lui : « On attend avec impatience la tragédie d'*Œdipe* par M. Arouet, dont on dit par avance beaucoup de bien. Pour moi, j'ai de la peine à croire qu'une excellente ou même une bonne tragédie puisse être l'ouvrage d'un jeune homme. » « Il est vrai que je n'ai que vingt-deux ans, s'était écrié François-Marie ; mais à vingt-quatre Racine écrivait *la Thébaïde* et à vingt-cinq *Alexandre le Grand.* — Ce ne sont pas ses meilleures pièces », dit perfidement Thiériot.

Le 7 mai, le tsar (ou czar) Pierre Ier était arrivé à Paris. Le Régent avait donné l'ordre de traiter avec magnificence, durant tout son séjour, le souverain du plus grand État de l'Europe. Le marquis de Nesle l'avait accueilli à Calais, où il avait débarqué ; le maréchal de Tessé, chargé d'être auprès de sa personne, s'était rendu au-devant de lui à Beaumont. Le czar ayant manifesté le désir d'arriver à Paris la nuit ; c'est à neuf heures du soir qu'il était entré, le 7 mai, dans la capitale. Son interprète était le prince Kourakine, ambassadeur de Russie à la cour de France. Pierre Ier avait déclaré ne pas vouloir loger au Louvre, où on lui avait destiné et superbement meublé l'appartement de la reine mère : aussi prépara-t-on pour lui, rue de la Cerisaie, l'hôtel de Lesdiguières, qu'avait habité le maréchal de Villeroy jusqu'à sa nomination comme gouverneur de Louis XV. Cet hôtel, ainsi appelé parce que le connétable de Lesdiguières l'avait acquis, au début du XVIIe siècle, avait été construit par le financier italien Zamet, fils d'un cordonnier de Lucques, qui avait fait fortune en France, où il avait suivi Catherine de Médicis. Le czar trouva trop belle la chambre qu'on lui avait préparée et fit dresser son lit dans une garde-robe.

Le 10 mai, le roi était allé, dans l'après-midi, le visiter à cet hôtel. Pierre Ier le salua à sa descente de carrosse et l'emmena à l'appartement du haut, en lui donnant toujours la droite. Il l'avait embrassé avec une tendresse qui fut remarquée. Le lendemain, il le réciproqua par une visite aux Tuileries. On admirait son air majestueux, son charme, sa familiarité, son sens exquis des convenances. On savait pourtant que, le soir, il s'enivrait avec les hommes de sa suite et qu'ils s'entre-sodomisaient. Le Régent, Philippe de Vendôme et d'autres représentaient l'ivrognerie à la cour de France ; mais enfin, ce n'était pas l'habitude générale de la nation. On n'ignorait pas, en revanche, que c'était celle du peuple russe : lorsque Vladimir Ier avait adopté la religion orthodoxe, il l'avait préférée au mahométisme parce que le Coran défend l'ivrognerie et que, avait dit ce prince, « les Russes ne peuvent vivre sans cela ».

Le 14 mai, le czar parcourut le palais du Louvre et le jardin des Tuileries, d'où l'on avait fait sortir la foule. Mais François-Marie, grâce à l'abbé de Breteuil, fut du petit nombre de ceux qui eurent la permission de rester dans le jardin. Il voulait voir du plus près possible cet homme qui était en train de transformer un empire et qui avait déjà la renommée d'un héros. Il remarqua que Pierre Ier avait, de temps en temps, un tic étrange dans le regard, qui lui démontait les yeux et le visage et qui lui prêtait un air terrible. On se rappelait alors qu'il avait fondé son pouvoir dans le sang : c'étaient les mœurs moscovites.

Indépendamment de la personnalité du souverain, le pays sur

lequel il régnait intéressait Arouet pour une raison littéraire : il n'y avait pas encore d'histoire de la Russie, — seulement de vagues récits de voyages, — et ce serait un sujet digne du futur historien de Louis XIV. D'autre part, il était reconnaissant à Pierre Ier d'obliger le Régent de songer à autre chose qu'à faire mettre à la Bastille l'auteur d'une épigraphe latine.

Le soir de ce 14, à la Comédie-Française, François-Marie et d'Argental assistèrent aux débuts, sur cette scène parisienne, d'une nouvelle actrice de vingt-sept ans, que l'on annonçait comme une nouvelle Champmeslé, une nouvelle Duclos : Adrienne Lecouvreur. Elle avait, toute jeune, joué au Temple devant le grand prieur. Puis elle avait brillé au théâtre de Strasbourg, qu'on lui ordonna de quitter pour regagner la capitale. Elle y interprétait le rôle de Monime dans *Mithridate*. A son apparition, sa beauté enchanta les spectateurs, comme sa voix suave, dès les premiers mots : « Seigneur, je viens à vous... » François-Marie défaillait, à mesure que se poursuivait la sublime tirade ; mais ce n'était rien encore au prix de l'émotion, de l'extase de d'Argental : il jura à son ami qu'il mourrait si, tôt ou tard, il ne possédait cette femme, à laquelle il se vouait tout entier. François-Marie était presque jaloux d'une telle passion ; mais il se disait qu'il gardait sur d'Argental l'avantage d'être poète et qu'un jour, à la faveur d'une de ses œuvres dramatiques, il pourrait dire à la belle Adrienne ce que Boileau avait dit de l'interprète de Racine : « Jamais Iphigénie en Aulide immolée — N'a coûté tant de pleurs à la Grèce assemblée, — Que, dans l'heureux spectacle, à nos yeux étalé, — En a fait sous son nom verser la Champmeslé. » François-Marie comprenait que le génie dramatique fût excité par de telles interprètes.

Il s'était méconnu en croyant que le voyage du czar détournerait les esprits vindicatifs de sa chétive personne. Le Régent en savait assez pour lui faire payer ses licences : on relevait le gant qu'il avait jeté.

Le 15 mai, Philippe d'Orléans communiqua au lieutenant général de police son « intention », — c'était l'euphémisme pour transmettre un ordre, — que « le sieur Arouet fût arrêté et conduit à la Bastille ». Le 16, dimanche de la Pentecôte, où le czar visita les Invalides, dont le maréchal de Villars lui faisait les honneurs, le marquis de La Vrillière confirmait à d'Argenson, dans les mêmes termes, de la part de Louis XV, l'ordre du

Régent : « L'intention du roi est que le sieur Arouet soit arrêté et conduit à la Bastille. » C'était un an et douze jours après la lettre de cachet qui avait fait exiler François-Marie à Sully-sur-Loire chez de prétendus parents. Ce nouvel ordre fut exécuté immédiatement, sans attendre la signature même du roi. Tant de célérité était possible grâce à la procédure des « lettres d'anticipation », qui permettaient au lieutenant général de police de donner un mandat d'arrêt avant que le roi eût signé la lettre de cachet. Celle du 17 mai, adressée au gouverneur de la Bastille, était rédigée en ces termes à M. de Bernaville : « Je vous écris cette lettre, de l'avis de mon oncle, le duc d'Orléans, Régent, pour vous dire que mon intention est que vous receviez dans mon château de la Bastille le sieur Arouet fils et que vous l'y déteniez jusqu'à nouvel ordre. Sur ce, je prie Dieu qu'il vous ait, Monsieur de Bernaville, en sa sainte garde. » Signé « Louis », et contresigné « Fleuriau » (Fleuriau d'Armenonville, secrétaire d'État). Le même jour, le *Registre* du secrétariat de la maison du roi porta mention de ce qui était déjà accompli : « Ordre pour arrêter le sieur Arouet et le conduire au château de la Bastille. »

Conséquemment à cette cascade d'« intentions », le 16 mai au matin, tandis que François-Marie baguenaudait dans sa chambre du *Panier Vert* avec ce comte d'Argenteuil, qui semblait tant s'intéresser à lui, l'exempt Bazin, accompagné du lieutenant du guet Chantepie, du commissaire Ysabeau et de quelques archers, frappait à sa porte. C'était, pour l'hôte si récent du marquis et du château de Saint-Ange, une arrivée imprévue, surtout en ce jour de Pentecôte. Mais la vue du commissaire Ysabeau, qui déclina son identité, était pour lui un coup de foudre. L'exempt le toucha sur l'épaule, au nom du roi, avec son bâton de commandement ; Arouet savait, par l'exempt Symonnet, préposé à la surveillance des bougres, ce que cet acte signifiait : il était arrêté. Le lieutenant du guet, ayant procédé à une perquisition, mit tous ses papiers dans une boîte à perruque, — il y avait même la jolie lettre de Pimpette, la lettre à l'invraisemblable orthographe, — ficela cette boîte et en scella le lien avec le cachet du commissaire. Pendant ce temps, le poète, prétextant un besoin, s'était rendu aux lieux d'aisances, situés à l'étage au-dessus, et, bien qu'il eût été suivi d'un archer, avait pu y jeter quelques feuillets escamotés.

Après quoi, on le fit monter dans un fiacre aux mantelets levés et on le mena, avec son escorte d'archers, dans ce château, — tout autre que Saint-Ange, — où son ami Richelieu avait fait deux séjours et où il lui avait rendu visite lui-même, une fois, l'année précédente. Il entendit derechef la sentinelle crier : « Qui vive ? » Le lieutenant du guet répondit : « Ordre du roi », et c'était, pour François-Marie, un ordre bien différent de celui de 1716. La cloche avertit les officiers. Le lieutenant de roi Anquetil et le capitaine des portes reçurent le prisonnier à sa descente de fiacre ; les soldats de garde se couvrirent le visage de leur chapeau, car ils ne devaient pas voir un nouveau prisonnier, qui serait peut-être mis au secret. Il fut conduit au gouverneur, M. de Bernaville, qui, sans avoir la cruauté de lui rappeler leur entretien, lui adressa quelques paroles obligeantes. Le gouverneur lui dit qu'il le logerait du mieux possible. Puis, le lieutenant de roi, dans une autre pièce, lui fit déposer son épée, — François-Marie avait été très fier qu'on la lui eût laissé prendre ; mais il n'avait pas oublié que, même comme simple visiteur, il n'avait pu la conserver.

Il subit la fouille réglementaire. On plaça dans une enveloppe de papier gris les divers objets trouvés sur lui : « Une clé, un étui garni d'une paire de ciseaux, un morceau de fer pour les dents (cure-dents), un morceau de garniture de tablette sur lequel étaient écrites diverses chansons, plus une autre tablette en forme de portefeuille de maroquin, garnie de son aiguille et de son agrafe d'argent, sur laquelle il y avait une feuille écrite en entier, et une autre, à moitié, sur le recto. » Le procès-verbal d'écrou mentionne en outre « six louis d'or valant trente livres pièce, quatre pièces et dix sols marqués, trois liards, une lorgnette (de théâtre) », — la lorgnette avec laquelle, trois jours auparavant, François-Marie avait contemplé le czar au jardin des Tuileries et Adrienne Lecouvreur à la Comédie-Française. On lui laissa son cachet ; mais on retira les boucles de ses souliers, parce qu'un prisonnier avait tenté de se tuer avec les ardillons. Il n'en était pas à vouloir attenter à sa vie ; mais quand il pensait qu'il avait fait ses confidences à un commissaire de police, — et il suspectait maintenant l'autre compère, Beauregard, d'être un espion, — il se rappelait la phrase des *Mémoires* de La Rochefoucauld sur les épisodes de la Fronde : « Condé prit toutes les précautions nécessaires pour se faire mener sûrement en prison. »

Il revit la tour de la Liberté, que le gouverneur lui avait désignée le jour de sa visite. Ce n'est pas dans celle-là qu'on le conduisit, mais à la première chambre du premier étage de la tour de la Bazinière, qui avait cinq étages : la pièce était assez grande, avec un lit garni, deux chaises et, dans l'épaisseur du mur, les latrines. Un châssis vitré fermait à l'intérieur la fenêtre qui avait, au-dehors, trois ou quatre grilles. La cheminée aussi était grillée. La porte était double, renforcée d'énormes serrures et d'énormes verrous. Ce décor d'une chambre au château de la Bastille ne laissa pas de faire impression sur François-Marie.

Le même jour, l'exempt Bazin mandait au lieutenant général de police : « J'ai l'honneur de vous donner avis que j'ai conduit à la Bastille le sieur Arouet, en exécution des ordres du roi, dont vous m'avez fait celui de me charger. Il a beaucoup goguenardé, en disant qu'il ne croyait pas que l'on dût travailler les jours de fête et qu'il était ravi d'être à la Bastille, pourvu qu'on lui permît de continuer à prendre son lait et que, si dans huit jours, l'on voulait l'en faire sortir, il supplierait qu'on l'y laissât encore quinze jours, afin de le prendre sans dérangement et qu'il connaissait fort cette maison, qu'il avait eu l'honneur d'aller plusieurs fois rendre ses devoirs à M. le duc de Richelieu, mais qu'il ne croyait pas, dans ce temps, être obligé d'y venir un jour faire sa demeure, que tout ce qui le consolait, était qu'il n'avait rien à se reprocher. » A la fin, d'Argenson mit en apostille : « Monseigneur en est informé. » En tout cas, François-Marie pouvait se dire que « Monseigneur » avait tenu sa promesse, faite dans le jardin du Palais-Royal.

Si « le sieur Arouet » avait tant «goguenardé », c'était manifestement parce qu'il espérait ne rester à la Bastille que peu de temps, — juste celui qu'il fallait pour se donner un peu de relief. « Huit jours » ne lui paraissant pas suffisants à cet effet, il en désirait « quinze ». Cette belle humeur, destinée à se faire admirer de ses sbires, avant d'être admiré de ses amis, venait aussi sans doute de ce qu'il était flatté d'être traité en prisonnier d'État, et qu'il n'avait pas encore vu sa chambre. Mais, en disant qu'il avait fait à Richelieu « plusieurs » visites, il voulait se rehausser aux yeux de ceux qui l'accompagnaient : en 1716, le duc avait été emprisonné en mars et Arouet, exilé en mai, ne l'avait visité qu'une fois. De plus, en 1711 et 1712, Richelieu, alors nommé Fronsac, n'avait reçu à la Bastille, d'après la volonté de Louis XIV, qu'un petit nombre de visites autorisées et dont le gouverneur rendait soigneusement compte à Pontchartrain. Lorsque la duchesse de Fronsac alla voir son mari, M. de Bernaville employa cette formule, qui montrait bien l'exception de telles visites : « Monsieur le duc de Richelieu (le père) m'écrivit hier qu'il avait accordé, aux instantes prières de Monsieur le duc de Fronsac, que Mme sa femme lui rendît visite à la Bastille. Elle y est venue au soir, avec l'intendant de la maison. » Dans une autre lettre, Bernaville disait : « La principale raison qu'on a eue en l'envoyant ici a été de le séparer de ses amis particuliers. » Le Régent avait eu plus d'indulgence à l'égard de Richelieu ; mais enfin, la nécessité de solliciter à chaque fois une autorisation du secrétaire d'État ou du lieutenant général de police, qui, en 1716, n'avaient pas dans leur cœur un poète déjà coupable de satires et d'épigrammes, prouvait combien il fanfaronnait en se targuant de ses nombreuses visites.

Le lendemain, 17 mai, le commissaire Ysabeau assura le lieutenant général de police, avec « ses très humbles respects », qu'il avait, la veille, suivant l'ordre reçu, « scellé les papiers du sieur Arouet ».

Celui-ci aurait été bien malheureux s'il avait su, en outre, que son ami de fraîche date, son voisin au *Panier Vert*, le comte d'Argenteuil, avait été interrogé et l'avait accablé, en des termes à peu près analogues à ceux de Beauregard.

9

Les onze mois de François-Marie en prison

MALGRÉ ses « goguenarderies » anticipées avec l'exempt Bazin, dont le nom semblait l'avoir promis à la tour de la Bazinière, la chambre qu'il y occupait, avait bien été sa première déception. Il voyait déjà la différence de traitement entre un duc et un poète : il n'avait pas eu droit à un appartement, mais à une chambre. De plus, on l'avait arrêté chez lui et emmené entre des archers, tandis que Richelieu avait apporté lui-même sa lettre de cachet au gouverneur de la Bastille, — détail que le duc avait donné à son ami Arouet. Autre différence : celui-ci n'avait pas de valet de chambre et devait, comme tout prisonnier du commun, faire son lit, nettoyer ses latrines et balayer sa chambre. Au moins lui faisait-on une grâce : de le laisser seul. Richelieu lui avait dit que, lorsqu'on voulait tirer des renseignements d'un prisonnier à son insu, ou lui arracher un aveu sans le recours à la torture (procédé exceptionnel), on mettait avec lui un « mouton », apte à lui inspirer confiance. Mais enfin, on ne l'avait pas colloqué dans un cul-de-basse-fosse, — ces cachots, situés au bas des murailles et auxquels avait fait allusion naguère le gouverneur, étaient méphitiques, l'aérage étant sur l'égout de la rue Saint-Antoine. A l'opposite, le sommet des tours constituait d'autres lieux de punition : c'étaient les calottes, — très différentes de celles du régiment de la Calotte, — brûlantes l'été, glaciales l'hiver, comme les « plombs » de Venise. François-Marie avait obtenu ces premières informations du lieutenant de roi qui l'avait conduit à sa chambre et dans le dessein sans doute de le consoler un peu sur son sort, lui avait indiqué le pire que l'on pouvait avoir à la Bastille. Il constatait, en tout cas, que M. de

Bernaville ne l'avait pas trompé en l'assurant que l'ordinaire était presque succulent. En place de champagne, il eut du lait : on lui assurait son régime actuel. Son luxe et son plaisir n'étaient représentés désormais que par son tabac à priser : il en avait emporté une certaine provision et il savait qu'il lui serait permis de la renouveler. Il ne prisait que de la poudre de Virginie, la plus chère, et, depuis qu'il l'avait découverte, méprisait celles de Cuba, d'Espagne ou du Portugal. Il éprouvait la petite jouissance de se dire qu'il était plus raffiné que le grand prieur, resté fidèle au tabac d'Espagne.

Le jour même de son arrivée, n'ayant ni encre ni papier, il avait été chez le gouverneur pour écrire une lettre à son protecteur principal, le duc de Sully. M. de Bernaville lui dit que l'ancêtre de ce duc, le grand Sully, avait été gouverneur de la Bastille et y avait encaqué le trésor du roi, — plus de cinquante millions de la monnaie actuelle : ces fonctions étant alors confiées à la plus haute noblesse, le duc de Guise ne les avait pas dédaignées, non plus que le maréchal de Bassompierre, qui fut ensuite embastillé douze ans. Arouet écrivit : « Monseigneur. M. de Bazin, lieutenant de robe courte, m'est venu arrêter ce matin. Je ne puis vous en dire davantage, je ne sais de quoi il est question. Mon innocence m'assure de votre protection. Je serais trop heureux si vous me faites l'honneur de me l'accorder. » François-Marie confondait l'exempt, qu'il gratifiait d'une particule, et le lieutenant du guet. Mais il trouvait quelque réconfort à invoquer, du fond de sa prison, le descendant du ministre d'Henri IV. Au moins l'atmosphère de ce lieu, qui n'était pourtant pas un lieu de plaisance, ne serait pas défavorable à son poème sur *la Ligue.* M. de Bernaville ne lui dit pas que, faute d'ordre de la cour, il conserverait sa lettre au duc de Sully et qu'elle serait tout simplement jointe à son dossier.

François-Marie n'avait pas d'autre compagnie que sa muse, le bruit des prisonniers en train de jouer dans la cour, celui de la cloche que l'on frappait toutes les heures ou celui des codétenus qui marchaient dans les chambres au-dessus de la sienne. A travers les grilles de sa fenêtre, il contemplait l'horloge de la Bastille, qu'il n'avait pas remarquée lorsqu'il était venu voir Richelieu : elle aurait pu figurer les armes parlantes de ce château, car elle avait pour supports deux hommes enchaînés par les pieds, par la taille et par le cou. Il n'avait que la visite des porte-clefs, à l'heure du déjeuner, du dîner et du souper, pour rompre la solitude où il se morfondait. L'un d'eux lui prêta un des livres mis à la disposition des prisonniers, — un livre de Baillet : *Auteurs déguisés sous des noms étrangers, empruntés, supposés, feints à plaisir, chiffrés, renversés, retournés, changés d'une langue en l'autre.* Le poète, avec un crayon que l'on avait oublié au fond d'une de ses poches, griffonna entre les lignes les vers du second chant de *la Henriade,* composés dans un demi-sommeil ou même en rêve. C'était l'état inattendu où le plongeait ce séjour.

A sa demande, M. de Bernaville lui fit donner une feuille de papier, une plume et de l'encre pour écrire la liste des livres et objets dont il avait besoin. Grâce à Thiériot, qui n'avait pas encore été autorisé à venir le visiter, — ce ne serait qu'après son interrogatoire, — il reçut, dès le 18 mai, tout ce qu'il avait réclamé. Le lieutenant de roi, Anquetil, qui le lui remit, lui en fit signer le mémoire : « 3 tomes du *Dictionnaire* de Bayle, 6 tomes de Molière, 5 tomes de Corneille, 5 tomes de l'*Histoire universelle,* 8 tomes de *Décades,* 1 tome de Racine, 1 tome de Campistron, 1 tome des *Caractères de Théophraste,* 1 tome de l'*Histoire* de Justin, *le Grondeur,* deux livres de poudre, un pot de pommade pour les cheveux, une petite bouteille d'eau-de-vie, un blouson de taffetas noir, 3 tomes des *Éléments de l'histoire,* une cuiller et une fourchette d'argent. » Les cinq tomes de l'*Histoire universelle* étaient un ensemble d'ouvrages d'auteurs divers : le *Discours sur l'Histoire universelle,* de Bossuet, témoignait le goût de François-Marie pour l'Aigle de Meaux ; mais il ne comportait qu'un volume, auquel s'ajoutait la *Continuation,* publiée en 1704 à Amsterdam par l'avocat Jean de La Barre ; l'*Histoire universelle,* en trois tomes, était d'Agrippa d'Aubigné, — c'est de celle-ci qu'Arouet avait demandé un passage à Thiériot, durant son exil à Sully. Les *Décades* étaient l'*Histoire* de Tite-Live ; les *Caractères de Théophraste,* l'ouvrage de La Bruyère ; *le Grondeur,* la comédie de Regnard, qu'il avait fait enrichir d'un mot de son père, à une représentation. La poudre pour les cheveux et la pommade attestaient le soin qu'il avait de sa toilette, jusqu'en prison : il voulait être aussi élégant que, dans ce château du roi, le duc de Richelieu l'avait été. La pommade était destinée à fixer la poudre. C'est aussi afin de se conformer, autant qu'il était en lui, à cet illustre modèle qu'il avait fait venir un couvert d'argent : le roi ne fournissait à ses hôtes de la Bastille que des couverts et des assiettes d'étain. François-Marie avait pu noter, d'après la confidence d'un gardien, que, sous certaines de ces assiettes, on avait effacé des inscriptions microscopiques faites, au temps de Louis XIV, par des espions allemands avec leurs fourchettes. Cela leur avait servi à entretenir une correspondance clandestine avec des prisonniers d'autres tours : depuis cette découverte, chaque tour avait ses propres assiettes d'étain. Et le lieutenant de roi avait charge de les examiner avant qu'elles fussent données à laver, pour s'assurer qu'il n'y eût aucune inscription.

Ce qui pouvait convaincre François-Marie qu'il était bien un prisonnier d'État, ce fut la précaution que prit le lieutenant, avant de lui remettre ses livres : il les avait soigneusement feuilletés, pour vérifier s'il n'y avait pas de billet entre les pages, et il avait sondé le dos des reliures.

Le 19 mai, François-Marie signa un deuxième mémoire chez M. Anquetil pour la réception de « 7 chemises garnies » et de « 7 petits frottoirs » (linges pour se frotter la tête et le corps), livrés par son valet La Brie, dont il regrettait l'absence. Et le 21, de bon matin, un nouveau mémoire pour « 3 livres d'Homère latin-grec, 2 mouchoirs d'indienne, 1 petit bonnet, 2 cravates, 1 coiffe de nuit, 1 petite bouteille d'essence de girofle », — un parfum. On relève que François-Marie n'a pas encore songé à se faire apporter sa pince à épiler, qui lui tenait lieu de rasoir, tant elle lui était de peu d'usage. Du reste, les prisonniers n'avaient pas à se soucier de leur barbe : n'ayant ni rasoirs ni couteaux, ils étaient rasés, chaque fois qu'ils le souhaitaient, par le chirurgien ou l'apothicaire de la Bastille.

Ce même 21 mai, à dix heures du matin, le lieutenant de roi tira François-Marie de sa chambre pour l'emmener dans l'appartement du gouverneur subir son interrogatoire. Celui qui l'interrogeait, était le père de ses deux amis René-Louis et Marc-Pierre d'Argenson. Arouet admirait le sort qui le mettait aujourd'hui, comme un criminel, « en la salle du château de la Bastille », devant le personnage qu'il avait si souvent visité en son hôtel, « cul-de-sac de la vieille rue du Temple ». En revoyant ce visage de « damné », comme le surnommait le peuple, il avait peine à se souvenir qu'un tel homme eût deux fils aussi jolis qu'aimables et il pensait à l'allée noire de Louis-le-Grand. On était loin de tout cela. Le greffier d'office, Jean Deschamps-Boudemont, donnait à « Monseigneur » tous ses titres dans le libellé de l'interrogatoire : « Marc-René de Voyer de Paulmy, chevalier marquis d'Argenson, conseiller d'État ordinaire et lieutenant général de police de la ville, prévôté et vicomté de Paris, commissaire de Sa Majesté », et, de l'autre côté, « Harrouet fils, prisonnier au château de la Bastille ». « Interrogé de son nom, surnom, âge, qualités, pays et demeure, a dit, après serment par lui fait de dire la vérité, qu'il se nomme François-Marie Harrouet, âgé de vingt-deux ans, originaire de Paris, n'ayant aucune profession, mais que son père est payeur de MM. de la chambre des comptes, qu'il demeurait à Paris lorsqu'il a été arrêté et conduit dans ce château, dans une maison de la rue de la Calandre qui a pour enseigne *le Panier Vert* et tenue en chambres garnies par le sieur Moreau. » Il eut beau démentir les accusations du lieutenant général de police, tirées du rapport de Beauregard et de la déposition de d'Argenteuil, son cas était clair aux yeux de celui qui l'interrogeait.

Cependant, il n'avait pu être convaincu du principal grief, c'est-à-dire d'être l'auteur de l'inscription *Regnante puero* ou *Puero regnante,* bien qu'on n'en doutât pas : aussi « les libertés de la Bastille » lui furent-elles accordées, — la permission de se promener dans la cour. Peu soucieux de frayer avec les autres détenus, il demanda à se promener sur la plate-forme de sa tour, faveur qu'en ce moment il ne partageait avec personne. Mieux encore, quelques jours plus tard, il fut admis aux « douceurs de la Bastille », qui étaient de s'asseoir de temps en temps à la table du gouverneur. Il fut flatté d'être traité en personne de marque. C'était la preuve qu'il avait déjà un nom et qu'on lui savait des amis puissants. Enfin, il put également recevoir des visiteurs chez M. de Bernaville, qui le laissait seul avec eux.

Une visite qu'il avait déjà reçue, était celle du médecin de la Bastille, M. Herment, qui faisait aussi fonction d'apothicaire. Lorsque François-Marie avait quitté *le Panier Vert,* il eût trouvé un peu ridicule de s'en aller avec son clysopompe dans sa poche, tel un M. Purgon, et il ne se l'était pas fait envoyer davantage, pour le même motif. Du reste, les gardiens lui avaient dit tout de suite que l'apothicaire de la Bastille pourvoyait aux besoins des prisonniers. Désormais, M. Herment remplaçait, auprès du poète, le frère du Soleil, qui l'avait si souvent clystérisé, aux beaux jours de Louis-le-Grand. Il avait même la délicatesse d'utiliser un clysopompe d'argent, réservé aux prisonniers et aux prisonnières de distinction.

Thiériot fut le premier visiteur du dehors à apparaître, muni d'une autorisation du lieutenant général de police. Il apprit à Arouet que son incarcération avait fait du bruit. Le marquis de Dangeau, père du marquis de Courcillon, l'avait consignée dans son *Journal*, ainsi que l'avocat Mathieu Marais dans le sien. Saint-Simon avait dit à Me Arouet qu'il lui ferait l'honneur de la noter dans ses *Mémoires*. Caumartin de Boissy, — parent du Caumartin, marquis de Saint-Ange, — avait écrit à la marquise de Balleroy : « Le petit Arouet, poète satirique, a été mis à la Bastille et sera mené, dit-on, à Pierre-Encise. » Il n'avait jamais été question pour lui de Pierre-Encise, la prison de Lyon. Thiériot cita, d'autre part, une lettre de Rousseau à Brossette, en date du 18 mai, qui parlait de la tragédie à laquelle François-Marie travaillait : « Il y a longtemps que j'entends dire merveille de l'*Œdipe* du petit Arouet. J'ai fort bonne opinion de ce jeune homme ; mais je meurs de peur qu'il n'ait affaibli le terrible de ce sujet en y mêlant de l'amour. » Cependant, ce concert des gens à l'appeler « le petit Arouet » à cause de sa courte taille, ne laissait pas de l'agacer : il comptait le démentir un jour par la grandeur de sa réputation.

Thiériot ne lui cacha pas autre chose : son ami Genonville lui avait enlevé Mlle de Livry. Arouet pensa à Pimpette, qui l'avait remplacé, aussitôt après son départ de La Haye. Loin des yeux, loin du cœur ; c'était dans les règles. François-Marie connaissait le vers d'Ovide dans *l'Art d'aimer* : « L'amour absent s'évanouit et un nouveau le remplace. » Ces considérations à part, il n'était pas un amant qui pût enchaîner les femmes par l'amour : il était voué soit à être éconduit, soit à être cocu.

Lorsqu'il avait eu des débats de virilité avec Thiériot, dans la pénombre du greffe de Me Alain, où il lui avait, une fois, cité Ronsard pour l'honneur priapique des hommes de lettres, il lui avait, une autre fois, cité Montaigne en vue de rabattre ses prétentions. « Tu es loin, avait dit François-Marie au clergeon, du Catalan dont il nous parle et qui, "même les jours de jeûne", ne pouvait "faire à moins de dix", ce qui, du reste, incommodait sa femme. Aussi la reine d'Aragon, État auquel était unie la Catalogne, "ordonna pour bornes légitimes et nécessaires le nombre de six par jour." Il est vrai, ajoute l'auteur des *Essais*, que Solon, moins exigeant sur le devoir conjugal, "ne taxe qu'à trois fois par mois." » Arouet était plus proche des lois spartiates que des lois aragonaises. A la Bastille, il n'avait de comptes à rendre qu'à lui-même : « la bataille des jésuites », « le jeu de cinq contre un », qui lui servaient rarement de distraction en ce domaine, mais que ressuscitaient parfois la bonne chère et le champagne, — il ne buvait pas toujours du lait ! — lui rappelaient la vie de collège, au régime près.

D'Argental, second visiteur, lui dit qu'il était plus follement épris que jamais d'Adrienne Lecouvreur et qu'il espérait la conquérir à force de bouquets et de cadeaux. Cet amour platonique l'avait guéri de l'amour tout autre de sa tante, la chanoinesse, et il était guéri aussi du mal qu'elle lui avait donné. « Tu as raison, lui dit Arouet : Mme de Tencin est une comédienne dans le monde et la Lecouvreur est une reine parmi les comédiens. »

Le duc de Richelieu, venu rendre au prisonnier sa visite de naguère, lui annonça que, d'après ce qu'il avait entendu chez le Régent, sa détention durerait certainement plusieurs mois. On voulait le corriger de ses incartades. François-Marie devait prendre patience. Mais c'était déjà une consolation pour un clerc de procureur d'être visité par un duc, même si celui-ci, n'ayant pas encore été reçu comme pair au Parlement, ne pouvait porter son épée dans cette enceinte.

Le 20 juin, François-Marie dîna chez le gouverneur avec trois marquis, — Bauffremont, Rieux et Vieuxpont, — incarcérés la veille. C'étaient les artisans d'un appel signé par trente-neuf membres de la noblesse, contre les ducs et pairs qui avaient demandé de réduire le duc du Maine au rang de la pairie, demande qui semblait faire de la duché-pairie un corps au-dessus du second ordre. La noblesse, — que Saint-Simon, imbu des privilèges de son rang, appelait la « prétendue noblesse », d'après ce que disaient les marquis, — avait d'abord, sans succès, porté ses plaintes au Régent, puis au Parlement, où elle réclamait la convocation des États généraux, sous prétexte que cette affaire touchait les droits de succession au trône. Philippe avait pris feu dès qu'on avait prononcé le nom d'États généraux, toujours redoutable pour l'autorité royale. C'est ainsi qu'il avait envoyé à la Bastille les trois marquis, et à Vincennes trois autres signataires de l'appel : le marquis de Châtillon, membre de l'ordre du Saint-Esprit et de celui de la manchette, ancien mignon de Monsieur, le comte de Clermont-Gallerande ou d'Amboise, et le vicomte de Polignac, dont la femme était si galante et dont le frère était le cardinal de Polignac. Les trois marquis de la Bastille savaient, néanmoins, que le jeune duc de Chartres, — il avait quatorze ans, — s'employait auprès de son père pour obtenir leur libération, ainsi que celle de leurs trois associés de Vincennes. Ce petit duc s'intéressait à leur cause parce que le marquis de Châtillon lui était connu, ayant un logement au Palais-Royal depuis l'époque de Monsieur.

Le 17 juillet, les trois marquis furent libérés, même avec

quelque apparat : le comte de Cheverny, gouverneur du duc de Chartres, vint les chercher en carrosse, tandis que le premier écuyer, le marquis de Beringhen, ramena leurs trois confrères de Vincennes. Ils furent conduits chez le duc de Chartres, qui alla les présenter au Régent : « Vous me connaissez assez, Messieurs, leur dit celui-ci, pour savoir que, quand je fais du mal, je me crois obligé de le faire. » Il y avait un supplément pour le marquis de Châtillon : il perdit son logement au Palais-Royal, et la pension que Monsieur y avait ajoutée.

Cependant, Philippe d'Orléans jugea digne d'intérêt que le pouvoir, après leur libération, expliquât, par une circulaire aux gouverneurs de province et aux commandants de place, son attitude à l'égard de ces représentants du second ordre de l'État : tout en qualifiant la noblesse « la plus grande force du royaume », le Régent, comme Louis XIV au moment des malheurs de la France, avait reconnu la nécessité de s'adresser à l'opinion publique. Le prisonnier Arouet, qui savait tous ces détails par M. de Bernaville, faisait partie des citoyens désireux de limiter l'absolutisme.

Le duc de Sully vint, à son tour, lui apporter du réconfort. Il n'avait évidemment pas reçu la lettre du 17 mai. François-Marie apprit que Mme Guyon était morte à Blois, au début de juin. Sa fille avait été très affectée par cette disparition ; mais le duc s'efforçait, avec les vers de Voltaire à l'appui, de la rendre plus mondaine et moins dévote. Il disait avoir écarté de son hôtel de la rue Saint-Antoine les derniers fidèles de la zélatrice du quiétisme, avides de reporter sur la fille le culte qu'ils avaient eu pour la mère. « Dieu nous préserve des sectes ! » dit François-Marie, qui pensait à son frère le janséniste. Celui-ci ne s'était pas encore dérangé pour le visiter, enchanté sans doute de le voir puni.

D'Argental revint, peu après, communiquer au prisonnier une lettre envoyée de Vienne, le 14 juillet, par Jean-Baptiste Rousseau à Mme de Ferriol, qui lui avait annoncé le triste événement : « J'ai été plus fâché que surpris de la disgrâce du pauvre Arouet. Il n'y a rien de si dangereux que de se répandre dans le monde avant d'avoir appris à le connaître. Je souhaite, pour l'amour de lui, que sa muse ait le temps qu'il faut pour mûrir à la Bastille. Elle y sera plus en sûreté qu'en certaine compagnie. » Rousseau faisait allusion à la société du Temple, centre de l'impiété et de la sodomie, qu'il avait pourtant fréquenté jadis. François-Marie fut sensible à l'intérêt qu'il lui inspirait, malgré les sentiments variés qu'ils avaient l'un et l'autre pour leurs œuvres respectives.

En dehors des ouvrages qu'il avait fait venir et des visites qu'il recevait, ce qui lui était le plus précieux, c'était d'avoir enfin de quoi écrire. Cette permission, rarissime, qui lui fut accordée par le ministre, M. de La Vrillière, ne l'avait pas dispensé des précautions d'usage, semblables à celles qui avaient accompagné la réception de ses livres : les feuilles furent soigneusement comptées par le lieutenant de roi ; l'encrier de plomb fut examiné pour voir s'il n'y avait pas de double fond ; l'encre, filtrée pour s'assurer qu'il n'y eût rien de caché. Il lui était interdit de prêter sa plume d'oie à personne et il devrait la rendre quand il serait libéré.

Le premier emploi qu'il en avait fait, était de raconter en vers son arrestation. Il montrerait ainsi à ses amis et à ses protecteurs que sa geôle ne lui ôtait rien de ses talents. Dès qu'il aurait écrit *la Bastille,* ce poème que lui dictaient les circonstances, il se remettrait à celui de *la Ligue,* puis polirait et repolirait son *Œdipe,* dont la représentation était forcément retardée.

La Bastille débutait sur un ton marotique : « Or, ce fut donc par un matin, sans faute, — En beau printemps, un jour de Pentecôte, — Qu'un bruit étrange, en sursaut, m'éveilla. — Un mien valet qui, du soir, était ivre : — Maître, dit-il, le Saint-Esprit est là... » Cet exorde était goguenard, comme ses propos sur le chemin de la Bastille, mais ne correspondait pas à la vérité. François-Marie était déjà réveillé lors de son arrestation puisqu'il était avec le comte d'Argenteuil, ainsi que le montrait la déposition de celui-ci. Le poète continuait avec une égale désinvolture : « Je vois paraître, au bout de ma ruelle, — Non un pigeon, non une colombelle, — De l'Esprit Saint oiseau tendre et fidèle, — Mais vingt corbeaux de rapine affamés, — Monstres crochus que l'enfer a formés... » Là encore, il arrangeait les choses : pour se donner de l'importance, il mettait à vingt le nombre des archers qui avaient accompagné le représentant de M. d'Argenson. Du reste, ceux qui gardaient la porte, — un vers en témoigne plus loin, — n'avaient guère la possibilité de piller le poète, non plus que n'en étaient capables l'exempt, le commissaire et le lieutenant du guet, chargé de la perquisition. Mais ce récit visait sans doute à divertir l'auteur lui-même, plutôt qu'à être fidèle.

La suite le prouvait bien : « L'un près de moi s'approche en sycophante : ... — Mon fils, dit-il, la cour sait vos mérites ; — On prise fort les bons mots que vous dites, — Vos petits vers et vos galants écrits ; — Et, comme ici tout travail a son prix, — Le roi, mon fils, plein de reconnaissance, — Veut de vos soins vous donner récompense — Et vous accorde, en dépit des rivaux, — Un logement dans un de ses châteaux. — Les gens de bien qui sont à votre porte, — Avec respect vous serviront d'escorte. » Le poète lui répondait que ce compliment ne s'adressait certainement pas à lui : « Je ne suis point rimeur suivant la cour, — Je ne connais roi, prince ni princesse, — Et si, tout bas, je forme des souhaits, — C'est que d'iceux ne sois connu jamais... — ... Retournez vers le roi, — Dites-lui fort que je le remercie — De son logis ; c'est trop d'honneur pour moi, — Il ne me faut tant de cérémonie. — Je suis content de mon bouge et les dieux — Dans mon taudis m'ont fait un sort tranquille. — Mes biens sont purs, mon sommeil est facile, — J'ai le repos. Les rois n'ont rien de mieux. » La description qu'il faisait de sa « chambre garnie » au cabaret du *Panier Vert*, n'était pas très ragoûtante ; mais probablement exagérait-il dans un autre sens en disant que c'était un « taudis », un « bouge ».

Il poursuivait, d'une inaltérable bonne humeur : « J'eus beau prêcher et j'eus beau me défendre, — Tous ces messieurs, d'un air doux et bénin, — Obligeamment me prirent par la main..., — Fallut partir. Je fus bientôt conduit — En coche clos vers le royal réduit — Que près Saint-Paul ont vu bâtir nos pères — Par Charles Cinq. O gens de biens, mes frères, — Que Dieu vous gard' d'un pareil logement ! » Il le faisait décrire par son argousin : "Voyez ces murs de dix pieds d'épaisseur, — Vous y serez avec plus de fraîcheur." — « Puis, me faisant admirer la clôture, — Triple porte (il en mettait une de plus) et triple serrure, — Grilles, verrous, barreaux de tous côtés, — "C'est, me dit-il, pour votre sûreté." — Midi sonnant, un chaudeau l'on m'apporte ; — La chère n'est délicate ni forte : — De ce beau mets je n'étais point tenté ; mais on me dit : "C'est pour votre santé ; — Mangez en paix, ici, rien ne vous presse." — Me voici donc en ce lieu de détresse, — Embastillé, logé fort à l'étroit, — Ne dormant point, buvant chaud, mangeant froid, — Trahi de tous, même de ma maîtresse. » Le chaudeau, — bouillon chaud, — n'était là que pour le pittoresque ou parce que le nouveau prisonnier, venant d'arriver, n'était pas encore inscrit sur le registre des cuisines : ce n'était évidemment pas le potage à la Brunois. Mais il lui fallait bien se plaindre. Du reste, il avait mauvaise grâce à critiquer la nourriture de la Bastille, puisqu'il était devenu très vite le commensal régulier du gouverneur. Bien que sensible à cette attention, il ne pouvait en faire état dans un poème satirique. Il aurait mieux aimé y parler de tortures. Ses gardiens lui avaient décrit les deux supplices de la question, pratiqués à la Bastille pour l'interrogatoire des criminels : l'eau, que l'on ingérait au prisonnier, dont les mains et les pieds étaient attachés au mur ; et les brodequins, planches que l'on serrait sur ses jambes avec des cordes.

Il terminait par une apostrophe au lieutenant général de police : « O Marc-René, que Caton le Censeur, — Jadis, dans Rome, eût pris pour successeur, — O Marc-René, de qui la faveur grande — Fait ici-bas tant de gens murmurer, — Vos bons avis m'ont fait claquemurer ! — Que quelque jour le bon Dieu vous le rende ! » Il n'était pas tendre pour le père de ses deux amis d'Argenson ; mais l'air froid avec lequel ce dernier l'avait traité, comme s'il ne l'avait jamais vu, lui demeurait sur le cœur.

Thiériot avait appris par l'exempt Symonnet un point particulier de la déposition de M. d'Argenteuil : l'espion avait déclaré que François-Marie s'était vanté auprès de lui d'avoir jeté dans les latrines du *Panier Vert* des papiers compromettants. En conséquence, M. d'Argenson y avait ordonné des recherches, qui avaient été vaines. François-Marie estimait un tel procédé aussi infâme que ridicule, — infâme par rapport à ses relations avec le lieutenant général de police, et ridicule par rapport aux motifs de son incarcération. Il songeait à ce dont était accusé d'Argenson pour ses propres mœurs, que l'on chansonnait, et pour ses indélicatesses financières, qui l'avaient conduit devant la chambre de justice. Mais, puisque François-Marie était en train de faire le brave, il assura Thiériot qu'il n'avait jeté aucun papier dans les privés du cabaret : il prétendit avoir confié cela à d'Argenteuil afin de se moquer de la police, qui ne manquerait pas de descendre dans ces lieux nauséabonds. Mais pourquoi se serait-il moqué d'abord de ce d'Argenteuil, qu'il considérait comme un ami, avant de savoir, hélas ! trop tard, que c'était un espion ? Le mensonge, en fait, était désormais pour lui une habitude. Toutefois, à l'égard du lieutenant général de police, Arouet éprouvait la douce vengeance de donner à Thiériot le texte de son poème, en le priant d'en distribuer des copies, selon leur procédé habituel. Il le communiqua même à M. de Bernaville, avec lequel il avait noué des liens d'amitié et de confiance.

Le gouverneur et lui évoquaient parfois les illustres prisonniers qu'avait renfermés ce château royal au siècle précédent —, les maréchaux de Biron, de Bassompierre et du Luxembourg... Mais le plus cher à François-Marie était le comte Roger de Bussy-Rabutin, père de son ami l'abbé. Après avoir été exilé quelque temps sur ses terres en Bourgogne, pour des *Alléluia* fort irrespectueux contre le roi, il fut, deux ans plus tard, victime de son *Histoire amoureuse des Gaules* et c'est trois mois après son élection à l'Académie française qu'il fut mené à la Bastille. Il y demeura treize mois. Presque chaque jour, il fit d'inutiles requêtes, en vers et en prose, affichant la gaieté ou la douleur, tandis que sa femme, son ami le duc de Saint-Aignan, la comtesse de Motteville et deux pères jésuites multipliaient aussi vainement les démarches. Il n'obtint la permission de sortir que pour être opéré et fut dispensé de retourner à la Bastille, mais assigné à résidence dans son château de Bourgogne, où il resta jusqu'à sa mort, vingt-sept ans plus tard.

Arouet parla d'un autre écrivain de cette époque, également cher à son cœur, et qui avait esquivé la Bastille en s'expatriant : Saint-Évremond, ami de Foucquet, fut averti qu'on le recherchait pour l'enfermer à Vincennes, avec son protecteur. Cet avis salutaire lui parvint, comme il traversait la forêt d'Orléans en compagnie du maréchal de Clairambault. Il se réfugia d'abord en Normandie, puis passa en Hollande et, de là, en Angleterre, où la protection et les bienfaits, tour à tour, de Charles II et de Guillaume III le retinrent, joints aux grâces de la duchesse de Mazarin, l'une des nièces du cardinal. Malgré la permission qu'il eut de rentrer et les instances de l'abbé de Chaulieu, il déclara qu'il ne voulait pas quitter « des gens qui s'étaient habitués à sa loupe », — il avait une énorme verrue sur le front. Il vécut ainsi onze ans, dans une société raffinée qui parlait le français aussi bien que l'écrivait le comte Antoine Hamilton. Les Anglais qui l'avaient fêté et qui l'estimaient, l'ensevelirent à Westminster.

François-Marie ne reprochait à cet écrivain que d'avoir préféré Corneille à Racine, — jugement qui, d'après l'abbé de Bussy, était celui de Mme de Sévigné ; mais Arouet louait Saint-Évremond d'avoir, avant Boileau, rangé Molière au-dessus de Plaute et de Térence. Il savait par cœur le début de ses stances à Ninon de Lenclos, *Sur les années de la régence d'Anne d'Autriche*, début qui annonçait, mais idylliquement, celui des fameux *J'ai vu* sur le règne de Louis XIV : « J'ai vu le temps de la bonne régence, —

Temps où régnait une heureuse abondance, — Temps où la ville, aussi bien que la cour, — Ne respirait que les jeux de l'amour. — — Une politique indulgente, — De notre nature innocente — Favorisait tous les désirs ; — Tout goût paraissait légitime ; — La douce erreur ne s'appelait point crime : — Les vices délicats se nommaient des plaisirs. — — Meubles, habits, repas, danses, musiques... — Rien de contraint, pas trop de liberté ; — Peu de gens vains, presque tous magnifiques !... »

Le poète prisonnier évoquait parfois un grand poète qui, dans un autre pays, vécut sept ans en prison, Le Tasse : il avait publiquement outragé le duc Alphonse II d'Este, après avoir nourri un amour malheureux pour sa sœur, la princesse Léonore. La prison de l'auteur de *la Jérusalem délivrée* était, non pas un cachot, comme le disait la légende, mais l'hôpital Sainte-Anne de Ferrare. François-Marie, pour son propre compte, priait ses amis de dissiper la légende, accréditée par ses ennemis, selon laquelle il était dans un cachot. De même montrait-on faussement, à Ferrare, le cachot ténébreux et humide où Le Tasse était censé avoir été enfermé pendant tant d'années, alors qu'il écrivit à Sainte-Anne certaines de ses plus belles œuvres. « Peut-être, disait Arouet à M. de Bernaville, montrera-t-on un jour le cachot où j'aurai écrit *la Bastille* et *la Ligue.* »

Thiériot, revenu le visiter, lui parla d'un *Mémoire sur les pairs,* qui faisait scandale. Les ducs et pairs, en effet, n'étaient pas seulement en guerre avec « la prétendue noblesse », mais avec le Parlement, car ils voulaient le ranger parmi le tiers état et déniaient à ses présidents le droit d'être leurs égaux. Comme les pairs avaient fait quelques plaisanteries sur l'origine modeste des présidents, le Parlement répliqua par ce mémoire, où il rappelait celle de nombreux ducs. Il le remit au Régent et en expédia à travers la France dix mille copies. On y apprenait que les d'Uzès, premiers ducs de France, venaient d'un apothicaire, comme les La Meilleraye ; les Richelieu, d'un joueur de luth à qui le cardinal maria sa sœur ; les Saint-Simon, d'un écuyer ; les La Rochefoucauld, d'un boucher nommé George Vert (mais n'avait-on pas dit la même chose d'Hugues Capet ?) ; les Villeroy, d'un marchand de poisson ; les Villars, d'un greffier ; les Gesvres, d'un conseiller ; les Béthune-Sully, d'un aventurier ; les d'Harcourt, du bâtard d'un évêque d'Evreux ; les Luynes, d'un avocat ; les Noailles, d'un domestique... Naturellement, les ducs avaient riposté par un contre-mémoire, rempli de références plus ou moins exactes, en vue de démentir toutes ces allégations, qui n'étaient sans doute guère plus vérifiables, mais qui n'avaient pas laissé de divertir le public. Pour François-Marie, le mémoire du Parlement était, comme la querelle du bonnet et malgré le désir de « Messieurs » de n'être pas confondus avec le tiers, une aspiration à faire reconnaître d'autres titres que ceux de la naissance et à créer l'égalité devant le seul mérite. La démarche des trente-neuf membres de la noblesse, dont il avait vu trois à la Bastille, prouvait bien que cette aspiration d'égalité était générale, à l'intérieur même d'un corps privilégié. Désormais, le marquis de Dreux, grand maître des cérémonies, issu d'une famille de robe, et que le duc d'Uzès avait tarabusté pour cette question du salut, aux obsèques de Louis XIV, pouvait le renvoyer à son ancêtre apothicaire.

A la fin d'août, François-Marie eut une nouvelle visite de Richelieu. Le duc venait de sa petite maison du faubourg Saint-Antoine, — il en avait dans presque tous les quartiers. Il dit à François-Marie qu'il ne pouvait l'oublier : il voyait la Bastille à travers la gaze de ses rideaux. « Je fais l'amour pour toi, ajouta-t-il. — Monseigneur, répliqua Arouet, ne soyez pas cruel à l'égard d'un pauvre prisonnier qui ne reçoit pas les visites clandestines d'une princesse du sang. »

Richelieu lui raconta qu'en juillet, la comtesse de Gacé, pour laquelle il s'était battu en duel avec son mari et avait été envoyé à la Bastille, était encore sur le tapis. Elle avait soupé, vers la mi-juillet, chez la marquise de Nesle ; les jeunes seigneurs qui l'accompagnaient, l'avaient enivrée, mise nue, comme on avait fait pour la marquise de Brassac, et livrée, dans l'antichambre, aux laquais. Le prince de Soubise, amant de la marquise de Nesle, et jugé le principal responsable de cette orgie, avait reçu une bastonnade. Les uns disaient que c'était de la part du comte de Gacé, qui ne se risquait plus à un duel ; les autres, de la part de M. le Duc, à qui ce prince avait ravi sa maîtresse, la marquise de Nesle. Mais aucun des deux n'avait osé se frotter au prince de Conti, qui avait participé à cette débauche.

François-Marie sut également de son visiteur que, le 30 juillet, Mlle de Chartres, Louise-Adélaïde d'Orléans, avait pris l'habit de religieuse à Chelles, dans l'abbaye dont la sœur du maréchal de Villars était abbesse. Le Régent et la duchesse d'Orléans avaient assisté à cette cérémonie, conséquence d'une décision qu'ils n'avaient pu vaincre. Ils y avaient même employé vainement les efforts du père de Trévou, confesseur de Philippe. Parmi les rares invités, en dehors des membres de la famille, avait figuré le duc de Richelieu, ravi d'avoir cette occasion d'être près de sa maîtresse, Mlle de Valois. Louise-Adélaïde n'était plus Mlle de Chartres : elle prenait le nom de sœur Sainte-Bathilde, en l'honneur de la sainte épouse du roi Clovis II, fondatrice de l'abbaye de Chelles.

D'après Richelieu, la duchesse d'Orléans avait moins regretté qu'elle ne le paraissait, de voir sa fille entrer au couvent : elle avait découvert, en effet, que celle-ci avait pour amant non seulement un de ses pages, M. de Saint-Maixent, mais son maître à chanter, Cochereau, ténor de l'Opéra. Un jour que la mère et la fille étaient dans leur loge, à un spectacle où il chantait un air passionné, la jeune princesse s'était écriée : « Ah ! mon cher Cochereau ! » Ce cri du cœur l'avait trahie. La duchesse, qui ne voulait pas d'autre scandale de mœurs dans sa maison et qui avait même appris que Saint-Maixent complotait d'enlever sa fille, la mit, non plus à l'abbaye de Montmartre, mais à celle de Chelles. Elle fut donc indirectement la cause de la résolution prise ensuite par Louise-Adélaïde. « Enfin, ajouta Richelieu, tu sais que, si l'on en croit les médisants, Mlle de Chartres a été initiée au plaisir par son propre père ; mais le rôle de Cochereau a été beaucoup plus actif. Les maîtres qu'on leur donne sont volontiers les corrupteurs des princesses et des princes, — songe à ce que fut Dubois pour Philippe d'Orléans. Rappelle-toi certains de nos professeurs et de nos surveillants à Louis-le-Grand, qui prenaient des libertés dites coupables avec quelques-uns d'entre nous.

« Mlle de Charolais m'a raconté, poursuivit le duc, qu'après son séjour de petite fille au couvent, le maître qui lui apprenait à la fois la flûte et le dessin, lui avait appris également autre chose ; mais elle m'avouait l'avoir provoqué. La scène qu'elle me décrivait, est très amusante. Elle était déjà fort éclairée par les lumières qu'elle avait reçues au couvent, où une religieuse lui avait enseigné à se servir d'un godemiché. Voyant que son maître avait une braguette fort volumineuse et fort agitée quand il était debout devant elle à jouer de la flûte, elle le fit, non sans peine, asseoir près d'elle, pour la leçon de dessin et, avec la liberté qui appartient seule à une princesse du sang, posa la main sur cet objet, qui n'était plus factice. “ Mademoiselle, lui dit-il tout bas, ménagez cet instrument ; c'est avec quoi je travaille en figure naturelle. ”

Note qu'il y avait la gouvernante de la princesse avec eux ; mais Mlle de Charolais eut ensuite l'art de faire entrer son maître, la nuit, par l'escalier de sa garde-robe, où il arrivait mort de peur, quoique déjà sous les armes. » François-Marie devait convenir que les histoires de son ami Richelieu étaient dignes de celles que les élèves se racontaient jadis à Louis-le-Grand, et qui les obligeaient à aller ensuite dans l'allée noire. Mais le temps de ces libertés juvéniles était passé.

Revenant aux nouvelles de la cour des Tuileries, Richelieu déclara que l'on se préoccupait du flux de ventre dont souffrait avec persistance le jeune roi. Cela relançait les rumeurs de poison. La duchesse de Ventadour, son ancienne gouvernante, ennemie du Régent, assurait déjà avoir sauvé Louis XV, lorsqu'il n'était que duc d'Anjou, grâce à un contre-poison apporté de Turin par la comtesse de Verrue. Le maréchal de Villeroy, son gouverneur, affectait de prendre, autour de sa table, toutes sortes de précautions et gardait lui-même la clé du cadenas et de la nef où l'on serrait son pain, son sel, son poivre et son couvert. Richelieu amusa François-Marie en lui récitant quelques vers d'un petit poème monorime et satirique, intitulé *État présent de la France,* que l'on avait colporté en juillet. Le premier vers faisait allusion au dérangement des entrailles royales : « Notre monarque chie partout, — Notre Régent mollit sur tout, — Nos princes sont des archifous. — Nos princesses, qu'en dirons-nous ? — La Berry se fiche de tout... — Elle crève par tous les bouts... » Le dernier vers était : « Le philosophe rit de tout. » C'était bien l'avis de François-Marie, comme de Richelieu.

Le duc avait participé, comme le Régent, à la procession dite du Vœu de Louis XIII, le 15 août, ce qui rappelait au prisonnier son ode pieuse, non couronnée par l'Académie française. Richelieu dit que le Régent avait voulu, en y assistant au nom du roi, détruire les calomnies renaissantes provoquées par cette diarrhée qui affligeait le jeune souverain. D'ailleurs, le Régent, malgré ses licences et son irréligion, tenait à remplir ses devoirs religieux, corollaire des devoirs royaux. Les jours de fête, il ne se contentait pas du service de son aumônier : il se rendait à l'office à Saint-Eustache, sa paroisse. Une lettre de cachet, envoyée au Parlement et au chapitre de Notre-Dame, portait que « Sa Majesté avait eu grande envie de se trouver à la fameuse procession annuelle du 15 d'août, pour montrer l'exemple à son peuple... mais que, comme on lui avait représenté que l'excessive chaleur pouvait altérer sa santé, Elle... avait prié M. le duc d'Orléans d'assister à cette procession à sa place pour implorer le secours du ciel sur son royaume, ordonnant qu'on reçût S.A.R. comme elle-même. » En réalité, le roi n'avait pas assisté à la procession parce qu'on craignait, pour lui, non pas « l'excessive chaleur », mais qu'il ne fît dans ses chausses. Richelieu admirait le sens politique du Régent qui avait tiré de cette circonstance un avantage pour sa propre gloire. Selon les prescriptions de Louis XV, il parut avec tous les honneurs royaux : il alla des Tuileries à Notre-Dame et en revint avec le même cortège : carrosses, pages, valets de pied, gardes du corps, cent-suisses et timbales. Il eut la satisfaction que son ennemi secret, le duc de Villeroy, capitaine des gardes du corps en quartier, tenait le bâton derrière lui. « Nous nous sommes bien amusés », ajouta le duc de Richelieu.

La veille de sa visite, la fête de la Saint-Louis avait prouvé l'attachement des Parisiens envers Louis XV. La foule était rassemblée dans le jardin des Tuileries pour le concert que la musique de l'Opéra y donnait à cette occasion chaque année. On se pressait sous la terrasse du château, où apparaissait de temps en temps le jeune souverain. C'est sur cette terrasse qu'il batifolait avec les fils de grands seigneurs, compagnons de ses travaux ; il y faisait même des exercices militaires et avait fondé pour cela le régiment enfantin Royal-Terrasse. Tous ces récits donnaient à François-Marie l'illusion de ne pas être à la Bastille, mais à l'hôtel de Richelieu, à l'hôtel de Sully ou au Temple. Les Mimeure n'avaient pu encore le visiter, parce qu'ils étaient sur leurs terres, ni le duc de La Feuillade, qui était dans son gouvernement du Dauphiné ou son commandement du comté de Nice. Le duc de Villars-Brancas était allé à Metz pour faire pression sur le rabbin en faveur de sa rente, partagée avec Mme de Fontaines.

A mesure que le temps passait, François-Marie, en continuant de se promener sur sa plate-forme, finissait par être curieux de ceux qui se promenaient ou qui jouaient dans la cour. Il avait déjà une idée de ce qui devait être la vie cachée de la prison. Il observait des gens qui, le prenant sans doute pour un autre, lui faisaient des signaux, soit de la rue, soit d'une maison en face. Un jour, il remarqua que l'on montrait, d'une fenêtre, un carton où étaient écrits certains mots en grandes lettres, à la manière des comédiens au théâtre muet de la foire ; sur la plate-forme d'une autre tour, un prisonnier, qui avait maintenant la même faveur que lui, lisait ces mots avec une lorgnette, prêtée sans doute par un gardien, ou introduite par un visiteur. François-Marie pensait à la sienne, demeurée au greffe.

Pour voir d'un seul coup tous ses compagnons de captivité, il aurait pu se rendre, un dimanche, à la chapelle de la Bastille, — la chapelle Saint-Antoine. C'est le lieutenant de roi Anquetil qui avait pour charge, outre la surveillance de la prison, de conduire les prisonniers qui désiraient entendre la messe, se confesser et communier. La Bastille avait un chapelain, dépendant de la Sainte-Chapelle, un aumônier et un confesseur, toujours jésuite. François-Marie, qui avait refusé leurs services, avait également décliné ceux des dames patronnesses de Saint-Paul, qui venaient lire les Évangiles aux prisonniers. Au lieu d'aller à la découverte, il interrogea le gouverneur sur le monde commis à ses soins. M. de Bernaville, qui l'avait vu visiter, l'an passé, le duc de Richelieu et en recevoir récemment deux visites, corroborées par celle du duc de Sully, lui parla avec la même confiance que François-Marie lui avait témoignée.

En dehors de quelques prisonniers pour dettes, il lui cita le nommé Pélissier et sa femme, arrivés en août 1717 : ils avaient fait croire au Régent, pour lui extorquer des fonds, qu'il y avait, à Doullens, un trésor de plusieurs millions enfoui. Les recherches n'avaient pas eu de résultat. Tout mariés qu'ils étaient, les Pélissier étaient emprisonnés chacun à part : la Bastille ne tolérait l'amour sous aucune forme, même conjugale. Le gouverneur cita ensuite les prisonniers qui étaient au secret et qui, par conséquent, ne bénéficiaient pas des « libertés de la Bastille » : l'abbé Lefèvre, accusé d'avoir dit qu'il voulait tuer le Régent d'un coup de pistolet ; le sieur de Limandre, ci-devant capitaine de dragons, qui avait tenu à son endroit des propos non moins séditieux et le sieur de Bellefond, Canadien, officier de la marine française. Les deux premiers étaient là depuis décembre 1716 et le troisième depuis six ans, sous une accusation du même genre, mais qui ne visait pas le Régent : lors de la guerre de la succession d'Espagne, il avait proposé à Philippe V d'assassiner son rival l'Archiduc (on nommait ainsi l'archiduc Charles d'Autriche, devenu depuis l'empereur Charles VI). Vendôme avait donné l'ordre d'arrêter ce traître et de le transférer en France. Un quatrième prisonnier au secret était un certain Poullain, pour une chose d'un autre ordre, fabrication de fausse monnaie.

Un après-midi, Arouet avait remarqué, du haut de sa plateforme, une prisonnière élégante qui se promenait dans la cour. Le gardien lui avait dit que c'était la marquise d'Esclainvilliers, née Court de Bonville. François-Marie avait rencontré naguère cette grande dame chez les Mimeure et n'avait pas oublié son histoire : elle était accusée d'avoir voulu faire assassiner son mari dans son château par quatre hommes, qui devaient recevoir chacun mille écus, — l'un d'eux l'avait dénoncée. Le gouverneur dit à François-Marie qu'elle était à la Bastille depuis le début de 1715. Il va sans dire que, bien qu'elle fût de qualité, elle n'avait pas droit aux « douceurs ». M. de Bernaville déclara qu'une autre grande dame, amie du Régent, avait séjourné trois mois à la Bastille en 1715 sous un grief identique : la princesse de Nassau-Siegen, née Mailly-Nesle, sœur du marquis de Nesle. Son mari, ancien général en Espagne, chevalier de la Toison d'or, l'accusait de tentative d'empoisonnement et d'assassinat sur sa personne. On crut cependant qu'il avait voulu surtout la punir d'avoir de trop nombreux amants. Sa réputation à ce sujet était consacrée par la chanson *les Saintes de la cour,* où elle était une des trois candidates au surnom de « sainte Effrontée » : « ... Prenant de tout côté, — Franche lippée, — Ayant pour ses ébats, — Prince, officiers, prélats, — Grands, petits, minces et gras... » Un seigneur de la haute société, le chevalier de Rohan, avait, lui, passé deux jours à la Bastille, en février 1717, pour avoir insulté, au bal de l'Opéra, le prince de Conti.

En ce moment, les autres prisonniers de la Bastille étaient, pour la plupart, des jansénistes. François-Marie ne se souciait pas de les rencontrer ; ses disputes avec son frère Armand ne lui donnaient aucune envie de les recommencer avec des fanatiques qu'il jugeait pires que les jésuites. Le Régent avait, aussitôt après la mort de Louis XIV, fait vider les prisons de tous les protestants et de tous les jansénistes que d'Argenson, et, dans les provinces, les intendants, y avaient mis, pour diverses infractions aux lois établies par le Conseil de conscience. Il les priait seulement de se tenir tranquilles. Les protestants obéissaient à ce vœu ; mais les jansénistes, habitués à la lutte et encouragés par l'éclipse des jésuites, s'étaient montrés bientôt turbulents. Philippe, malgré lui, dut prescrire de leur faire de nouveau la chasse. La Bastille en redevint pleine. Le Régent ne pouvait toutefois y envoyer les quatre évêques qui avaient donné le signal de la révolte en déposant chez deux notaires parisiens, Thouvenot et Foucault, un acte d'appel au futur concile contre la constitution *Unigenitus*, ce qui avait irrité le pape. Philippe s'était borné à renvoyer ces évêques dans leurs diocèses. Mais ils avaient fait enregistrer leur appel à la Sorbonne ; alors le Régent avait demandé que l'on arrachât les feuilles où était inscrit cet appel ; le syndic de la Sorbonne, Ravochet, répondit que l'on n'avait jamais arraché aucune page à ses registres et, menacé d'être arrêté, il avait pris la fuite, en les emportant. C'était encore un prisonnier qui manquait à la Bastille. Faute d'emprisonner Pierre de La Brosse, évêque de Mirepoix, Soanen, évêque de Séez, Colbert de Croissy, évêque de Montpellier, et Pierre de Langle, évêque de Boulogne, ancien précepteur du comte de Toulouse et ancien agent général du clergé, Philippe d'Orléans avait, le 15 mars 1717, embastillé à leur place les deux notaires Thouvenot et Foucault, qui furent libérés un mois après. Les jansénistes du commun demeuraient en prison, comme martyrs du parti dont les quatre évêques étaient désormais les apôtres. L'écho de ces querelles religieuses, toujours renaissantes, rappelait à François-Marie celles qu'il décrivait dans *la Ligue*. Cela lui faisait aimer encore davantage Henri IV qui, ainsi qu'il le disait au début de son poème, « força », en terminant ces querelles, d'où était résultée une guerre, « les Français à devenir heureux ».

Il demanda au gouverneur si les trois prisonniers qui avaient été envoyés à la Bastille en 1713 pour un libelle contre le duc et la duchesse du Maine, y étaient encore. Il avait oublié leurs noms, que l'abbé de Chaulieu lui avait dits à Sceaux, en lui parlant de cette affaire. M. de Bernaville lui apprit que ces trois hommes, Massart, Dubois et Sossiondo, avaient été libérés l'année précédente.

Il ajouta qu'un autre fabricateur de fausse monnaie, Dolne de La Neuville, plus heureux que Poullain, — tous deux avaient été incarcérés en même temps, — avait été libéré en juin, sur la requête du duc de Lauzun. François-Marie admirait que ce personnage, emprisonné six mois à la Bastille sous Louis XIV, et ensuite neuf ans à Pignerol, eût fait désembastiller un faussaire sous la Régence. Par ses amis les ducs, il avait entendu parler de lui, mais ne l'avait jamais vu : Lauzun, maréchal de France, chevalier du Saint-Esprit et de la Jarretière, vivait retiré avec sa seconde femme, Mlle de Durfort, fille du maréchal de Lorge, qu'il avait épousée quand elle avait seize ans et lui soixante-quatre. Son premier mariage secret avec la Grande Mademoiselle, —

Mlle de Montpensier, fille de Gaston d'Orléans, — avait été cause de son exil à Pignerol, où il avait eu le droit de s'entretenir avec Foucquet, condamné à perpétuité, après son séjour à Vincennes. La Grande Mademoiselle avait fini par faire rendre la liberté à l'homme qu'elle aimait, en cédant au duc du Maine, non seulement la principauté de Dombes, mais le comté d'Eu et le duché d'Aumale, qu'elle avait donnés à Lauzun.

Le gouverneur montra à François-Marie la copie d'une lettre de Louis XIV au comte d'Estrades, — le futur maréchal, — alors ambassadeur à La Haye, copie adressée à l'avant-dernier prédécesseur de M. de Bernaville, M. de Besmaus : il y s'agissait de Lauzun, sorti de la Bastille quelques mois auparavant. Sa maîtresse, la princesse de Monaco, fille du maréchal de Gramont, l'ayant trompé avec le roi, il avait fait à celle-ci une scène de jalousie ; puis, sous prétexte que le roi avait manqué à la promesse de le nommer grand maître de l'artillerie, il avait rompu son épée devant lui. Louis XIV leva sa canne pour le frapper ; mais il la jeta par la fenêtre en disant qu'il aurait trop de regret d'outrager un gentilhomme et il se contenta d'envoyer celui-ci à la Bastille. Lauzun recouvra la faveur royale dès qu'il fut libéré ; mais, à Versailles, il ne put s'empêcher de tirer une petite vengeance de Mme de Monaco : c'est ce que racontait cette lettre curieuse, datée de Saint-Germain-en-Laye, le 19 mai 1666. Le gouverneur de la Bastille se croyait permis d'en donner connaissance au poète prisonnier, la princesse de Monaco étant morte depuis une quarantaine d'années. « C'est, dit-il, la seule lettre du roi que nous ayons dans les archives du château et il est plaisant de voir une affaire privée prendre figure d'une affaire d'État, au milieu d'une scène de cour. »

« M. le comte d'Estrades, mandait Louis XIV par la plume d'un de ses secrétaires, Je vous dépêche ce courrier exprès auquel j'ai recommandé de faire une diligence extraordinaire, afin qu'il puisse se rendre auprès de vous avant que le prince de Monaco, qui partit hier de Paris en poste pour aller à La Haye, y puisse être arrivé. Le sujet qui m'y oblige n'est autre que la seule amitié et bonté que j'ai pour le maréchal de Gramont et pour toute sa maison, et vous remarquerez aisément vous-même qu'en ce rencontre, j'agis comme un particulier et non pas comme roi...

« Vous saurez donc que, lundi dernier, étant à Versailles, on jouait dans le salon un bijou de douze cents pistoles et que les dames étaient toutes assises à terre sur un plancher fort net pour y être plus fraîchement. J'étais debout et regardais le jeu avec quelque application pour voir qui le gagnerait. Il arriva que, m'étant retiré de deux pas pour mieux voir, ceux qui se trouvèrent entre moi et le mur furent obligés de quitter ce poste et entre autres Puyguilhem (Antonin Nompar de Caumont, comte, puis duc de Lauzun, était connu à cette époque comme marquis de Puyguilhem), lequel, sortant de ce lieu-là avec quelque hâte pour me faire place, marcha malheureusement, par hasard, sur la main de Mme la princesse de Monaco, qu'elle avait, comme j'ai dit, sur le plancher, pour l'appuyer, mais qui était couverte de sa jupe en sorte qu'on ne pouvait pas même la voir, circonstance fort remarquable pour tout ce que vous apprendrez dans la suite. Ladite princesse fut quelque temps à regarder ses doigts et à les montrer aux dames qui étaient près d'elle, se plaignant qu'on lui avait fait mal et tout d'un coup, ayant haussé la vue et remarqué que c'était Puyguilhem qui lui avait marché sur la main, elle se prit à pleurer, se leva de là, jeta par terre avec colère un livre qu'elle tenait et se retira dans une autre chambre où elle fondit longtemps en larmes, en présence de plusieurs personnes qui ne purent jamais l'apaiser ni lui faire comprendre que ç'avait été un pur malheur, sans aucun dessein imaginable de la fâcher et bien moins de l'offenser. Puyguilhem, de l'autre côté, n'oublia rien pour témoigner le désespoir où il était de ce qui lui était arrivé et offrit, non seulement de faire toutes les satisfactions qu'on voudrait, quoique ce n'eût été qu'une pure disgrâce, mais de se jeter lui-même par les fenêtres sur-le-champ, si cela pouvait contenter ladite princesse et lui faire mieux connaître qu'il avait été bien éloigné d'avoir aucune intention de la fâcher.

« Pendant ce temps, le maréchal de Gramont fut averti de ce qui se passait ; mais, avant qu'on lui eût bien dit les circonstances, il s'emporta beaucoup, témoignant qu'il y avait certaines occasions où l'honneur obligeait de sortir des termes de la prudence et qu'il fallait nécessairement se venger, quoi qu'il en pût arriver et quand on devrait périr et toute une famille. Je parlai aux uns et aux autres en termes de bonne amitié pour leur faire entendre raison et même je crus devoir le faire pour empêcher qu'une bagatelle, où il n'y avait eu ni offense ni dessein de la faire, ne produisît un grand malheur, qui m'obligeât moi-même à venger, contre une famille que j'aime et que je considère, les violences qu'elle aurait pu commettre par trop de précipitation et d'emportement. Et il me parut que l'esprit du maréchal se remit assez sur ce que je lui en dis, de sorte que je crus que la chose en pourrait être au moins demeurée là, sans faire d'autre éclat que celui qui avait déjà été fait et qui n'était déjà que trop grand... Mais je viens d'apprendre que l'on a conseillé, à Paris, au prince de Monaco, d'aller consulter, à La Haye, les comtes de Guiche et de Louvigny (les deux fils exilés du maréchal de Gramont) sur ce qu'il y avait à faire en ce rencontre, pour ne laisser pas impuni l'affront qu'on prétend que Puyguilhem lui a fait en la personne de sa femme.

« Voilà la narration de tout le fait, sur quoi je vous dirai maintenant qu'il me semble que jamais conseil n'a été plus mal digéré que celui qu'on a donné au prince, de faire ce voyage qui le met, si vous n'y pouvez remédier à temps par votre prudence, dans une espèce d'engagement, pour un rien, où l'offense est imaginaire, d'en faire de grands ressentiments et peut-être de commettre des violences qui me nécessiteraient moi-même, bien contre mon gré, à les venger bien sévèrement contre ledit prince et contre tous ceux qui y auraient eu quelque part... »

Il y avait encore une grande page où le roi indiquait au comte d'Estrades ce qu'il devait dire, tant à Guiche et à Louvigny qu'au prince de Monaco, pour assoupir leur querelle et les convaincre de ne pas provoquer Lauzun en duel. Si le prince avait couru à La Haye pour trouver des vengeurs, plutôt que de courir sus à Lauzun, c'est qu'il était gros comme un muid, et incapable de se battre. Louis XIV confirmait à son ambassadeur ce qu'il avait déjà dit : que l'incident était arrivé « par un pur malheur ». Il précisait : « Vous ajouterez que je les assure tous de cette vérité, en foi et parole de roi. » En outre, à la fin de cette lettre dictée, figurait cette addition de sa propre main : « J'oubliais de vous dire que si, dans la recherche que j'ai faite, j'eusse pu avoir le moindre soupçon que Puyguilhem eût été assez impertinent pour faire une chose comme celle-là à dessein, je l'aurais châtié sévèrement, parce que l'injure aurait été faite à ma personne plus qu'à aucune autre et puisque je suis content, avec connaissance, tout le monde le doit être. »

M. de Bernaville dit à François-Marie qu'il avait déjà fait voir cette lettre au duc de Richelieu, non pas évidemment lors de son premier emprisonnement sous Louis XIV, mais au second, sous le Régent. Le duc avait ri de cette expression : « En foi et parole de roi. » « Elle prouve bien, avait-il dit, qu'un roi ne doit point la vérité à ses sujets. Mon père m'avait raconté cette histoire et m'a affirmé que Lauzun, après ses protestations d'innocence, s'était vanté d'avoir fait volontairement cette méchanceté à la princesse de Monaco. Mais le roi tenait à pacifier tout le monde, en prenant un mensonge à son compte. »

Dès lors que le gouverneur initiait François-Marie aux secrets de la Bastille, il était naturel que celui-ci l'interrogeât sur le plus mystérieux des prisonniers jamais détenus dans ce château particulier : l'homme au masque de fer, mort en novembre 1703. « Je suis, dit-il, ami du duc de La Feuillade, gendre de M. de Chamillart, qui est le dernier ministre de Louis XIV à savoir ce secret, en dehors du Régent. J'ai suggéré au duc de se le faire avouer par son beau-père ; mais M. de Chamillart lui a déclaré, d'un ton de plaisanterie, qu'il le lui confierait peut-être à son lit de mort, comme l'a fait Louis XIV au Régent. Cela m'intéresse, parce que je tiens à raconter l'histoire de l'homme au masque de fer dans le livre que je veux écrire sur le siècle du roi défunt. »

« Sachez tout de suite, répondit M. de Bernaville, que le masque n'était que de velours noir, muni d'une mentonnière d'acier qui laissait la liberté de manger. Mais son nom a toujours été inconnu au gouverneur de la Bastille. Si Louis XIV, vous le savez, l'a confié au duc d'Orléans avant de mourir, Son Altesse Royale le dira à Louis XV le jour de sa majorité, à treize ans accomplis. Voyez donc à qui vous vous devez adresser, en cas que le duc de La Feuillade ne puisse vous satisfaire. » François-Marie sourit.

« Vous avez avec l'homme au masque de fer un lien que vous ne soupçonnez pas, reprit M. de Bernaville : il a occupé, mais seulement l'espace d'un après-midi, la première chambre, qui est la vôtre, dans la tour de la Bazinière. Le journal de M. de Junca, lieutenant de roi à la Bastille en 1698 quand ce prisonnier y arriva, l'indique d'une manière très exacte : Il descendit de litière avec M. de Saint-Mars, mon prédécesseur immédiat, qui venait d'être nommé gouverneur de la Bastille, après l'avoir été de Pignerol, — il eut sous sa garde Foucquet et Lauzun, — puis des îles Saint-Honorat et Sainte-Marguerite, où il emmena avec lui l'homme au masque de fer, dont il répondait. C'est lorsque le mystérieux personnage était dans le fort Sainte-Marguerite qu'il lança, par sa fenêtre, une assiette d'argent sur laquelle il avait écrit avec son couteau ; un pêcheur la rapporta à M. de Saint-Mars, qui lui demanda s'il avait lu ce qui était écrit ou s'il l'avait fait voir à quelqu'un. « Je ne sais pas lire, dit le pêcheur, et personne n'a vu cette assiette entre mes mains. — Allez, lui dit le gouverneur, vous êtes bien heureux de ne savoir pas lire. »

« Le jour même de son arrivée à la Bastille, le prisonnier fut, à la nuit, transféré dans la troisième chambre de la tour de la Bertaudière. — Ah ! dit François-Marie, je vois à quoi employer le séjour que je dois au Régent : je vais sonder les murs de ma chambre pour découvrir s'il n'y a pas un message laissé par l'homme au masque de fer. — Ne prenez pas cette peine, dit le gouverneur. Après son passage dans la chambre de la Bazinière et après son décès dans celle de la Bertaudière, on a sondé, regratté et blanchi les murailles, démoli et refait le plafond, démaçonné les carreaux du pavement, de même qu'on avait reçu l'ordre de brûler tout ce qui avait été à son usage, — linge, habits, matelas, couvertures... On a fondu ses assiettes, sa fourchette et sa cuillère d'argent. Il est le seul prisonnier qu'on ait jamais servi avec de la vaisselle plate. Il fut enterré au cimetière Saint-Paul, où l'on met les morts de la Bastille, — le plus illustre est Biron, — qui vont troubler le repos de Rabelais et de Mansard. Deux officiers de la prison, le major de Rosarge et le chirurgien Reilhe, assistèrent à son inhumation, qui coûta quarante livres. Le nom de Marchialy, qui lui est donné sur le registre et qui peut se confondre avec celui d'un sujet du duc de Mantoue, dont Louis XIV avait eu à se plaindre, ne signifie probablement rien : c'est une fausse piste, comme l'âge qu'on lui donne de " quarante-cinq ans ou environ ". A Pignerol, il était inscrit sous le nom de Lestang. Ne croyez pas la légende selon laquelle, le lendemain de l'enterrement, quelqu'un suborna le fossoyeur pour faire déterrer le cadavre et constata qu'il y avait une pierre à la place de la tête. On a prétendu également que des substances dissolvantes avaient été mises dans son cercueil. Vous devriez cependant raconter tout cela pour mieux entretenir le mystère de l'homme au masque de fer. »

Le gouverneur lui dit que la Bastille évoquait encore une autre affaire célèbre du règne de Louis XIV : celle des poisons. En effet, c'est là que Sainte-Croix, ex-capitaine de cavalerie dans le régiment de Tracy, l'amant de la marquise de Brinvilliers, connut l'Italien Exili, membre d'une société romaine d'empoisonneurs, qui lui apprit à préparer la « poudre de succession ». Sainte-Croix avait été embastillé un an à la requête du père de la marquise, messire Antoine Dreux d'Aubray, comte d'Offemont, lieutenant civil de la ville, prévôté et vicomté de Paris, qui voulait mettre un terme à la liaison de l'ex-capitaine avec sa fille. Les deux amants se vengèrent en l'empoisonnant, lui et ses deux fils, — ils manquèrent sa fille. Leurs crimes furent découverts parce que Sainte-Croix, pour fabriquer son poison, — de l'arsenic raréfié, — mettait un masque de verre qui, un jour, se brisa et les exhalaisons le firent mourir sur-le-champ. La marquise de Brinvilliers, après s'être sauvée en Angleterre et à Liège, où elle fut capturée, demeura prisonnière à la Conciergerie du Palais, pendant qu'on instruisait son procès. Ayant fait amende honorable devant Notre-Dame, « nu-pieds, la corde au col, tenant en ses mains une torche ardente du poids de deux livres », elle fut décapitée place de Grève.

M. de Bernaville avait l'art de peupler d'ombres la sinistre Bastille. Mais, dans sa solitude, François-Marie retrouvait un peu de son ancienne passion pour Pimpette, la maîtresse fugitive de sa dix-neuvième année. Il enrageait que la jolie lettre constellée de fautes d'orthographe eût été saisie le jour de son arrestation.

Le 1er septembre, on célébra à Saint-Denis, le second anniversaire de la mort de Louis XIV. On avait été scandalisé que, dans la famille royale, seuls le duc du Maine et son fils le comte d'Eu, âgé de seize ans, se fussent dérangés. Il y eut même un incident : les évêques, à qui, selon l'usage en vogue sous le roi défunt, quand on était en sa présence, on avait refusé des coussins, quittèrent la basilique. M. de Bernaville était indigné. Au contraire, il s'attendrissait, en octobre, que le jeune roi eût créé un ordre de chevalerie, pour ses compagnons de jeux et ses principaux domestiques : on l'appelait l'ordre du Pavillon, et cela donnait droit à ceux qui en étaient revêtus, d'entrer dans la tente que l'on avait placée sur la terrasse des Tuileries, où il jouait.

A l'automne, François-Marie eut une distraction à laquelle il fut plus sensible qu'aux entretiens du gouverneur : la marquise de Mimeure, revenue de Bourgogne, avait été autorisée par M. d'Argenson à le visiter. Les liens que le prisonnier avait avec elle, mettaient cette visite au rang de celles que le duc de Richelieu avait reçues de Mlle de Valois ; mais les facilités n'étaient pas les mêmes ; la conversation eut lieu, comme les autres, dans l'appartement du gouverneur. Néanmoins, c'étaient les ailes de l'Amour qui étaient venues caresser François-Marie dans sa prison. Il demanda à la marquise d'être son interprète auprès des Caumartin, dont il n'escomptait pas la visite, après les échos de son séjour à Saint-Ange, mais dont il espérait conserver l'estime.

L'Amitié reparut à la Bastille sous les espèces d'Antoine Ferrand, le conseiller de la cour des aides et complice de ses premières débauches secrètes. Comme le président Hénault, il n'avait pu faire de zèle, attendu sa qualité de magistrat ; mais Thiériot lui avait apporté, chaque fois, des nouvelles du prisonnier. Ferrand glissa à celui-ci le texte du *Noël* de cette année 1717, qu'il achevait de composer, en avance sur la date. La lecture de cette chanson vengea François-Marie du prince qui l'avait mis à la Bastille, et de son entourage : « Toute la cour de France, — Les grands et les petits, — Apprenant la naissance — Du dieu du paradis, — S'en vont à Bethléem, le Régent à leur tête, — Qui, voyant le poupon, don don : — Est-ce donc pour cela, la la, — Qu'on fait si grande fête ?... — — Roi, pendant ton enfance, — Si je suis ton Régent, — En Judée comme en France, — Je raflerai l'argent. — Je mettrai du conseil le bœuf, l'ânon, Noailles, — L'embryon Saint-Simon... — — Sur le bruit que des anges — Paraissaient en ces lieux — Et chantaient les louanges — Du souverain des cieux, — Canillac, empressé d'aller à leur rencontre : — Où sont ces beaux garçons, don don ? — Je ne les vois point là, la la, — Vite, qu'on me les montre. — — ... Grosse à pleine ceinture, — La féconde Berry — Dit, en humble posture — Et le cœur bien marri : — Seigneur, je n'aurai plus de mœurs aussi paillardes, — Je ne veux que Riom, don don (le comte de Riom, son mari secret), — Quelquefois le papa, la la, — Par-ci, par-là, mes gardes. »

Les habitudes du prince de Conti avaient inspiré à Ferrand un couplet fort irréligieux : « J'ai vécu sans reproche, — Dit Conti ; jusqu'ici, — Ma Minerve la Roche (sa sœur, Mlle de La Roche-sur-Yon) — Au moins le dit ainsi (ils avaient des relations incestueuses) ; — J'ai vaincu Crèvecœur, La Moussaye et tant d'autres. — S'il faut, pour votre nom, don don, — Livrer de tels combats, la la, — Seigneur, je suis des vôtres. » Le marquis de Crèvecœur, pédéraste connu, avait fait partie, avec sa femme, de la maison du prince ; le marquis de La Moussaye, cité à titre historique, avait été le compagnon de débauche pédérastique du Grand Condé. Les « exploits » dont le prince de Conti se targuait devant l'Enfant Jésus, étaient donc du même ordre. Comme membre du conseil de régence, ce prince y avait accueilli cette année un autre éminent chevalier de la manchette, le maréchal duc de Tallard.

Un couplet de ces *Noëls* se moquait de « la petite du Maine », à qui l'on prêtait ces mots, plus graves que tout le reste :

« La France révoltons, don don, — Et faisons dans l'État, la la, — Une guerre civile. » Nul n'ignorait que la cour de Sceaux était un foyer d'intrigues contre le Régent. Enfin, l'abbé d'Auvergne, neveu du défunt cardinal de Bouillon, rappelait à François-Marie les jours du Temple : « Suivi de ses deux pages — Et vêtu de velours, — D'Auvergne, avant les mages, — Vint se mettre à genoux. — *Confiteor,* Seigneur, mes péchés de jeunesse, — J'en demande pardon, don don, — J'en dis *mea culpa,* la la, — Je quitte mes maîtresses. » Ses maîtresses, c'étaient ses pages et il ne les quittait pas. Une chanson prétendait d'ailleurs qu'il avait fait vœu de ne plus les quitter, depuis qu'il était guéri de la vérole : il avait dû ce présent à la marquise d'O, sa maîtresse d'un jour.

François-Marie ne se bornait pas à lire et à chantonner dans sa chambre ces *Noëls,* malins cantiques qui lui apportaient un écho de Paris et de Versailles. Il travaillait toujours *la Ligue* et retravaillait *Œdipe.* Les comédiens et les comédiennes lui avaient fait parvenir leurs ultimes observations sur cette pièce : il était impatient de la voir jouer ; ce serait le couronnement de sa liberté. Aussi, par l'entremise des Mimeure, sollicitait-il ses protecteurs, les ducs de Brancas et de La Feuillade, d'obtenir du Régent un geste de clémence.

Ces deux ducs (La Feuillade était revenu du Dauphiné et de Nice et Brancas était revenu de Metz) lui firent savoir que, s'ils voulaient bien consentir un jour à cette intervention, ils ne le visiteraient pas à la Bastille ; plus intimes du Régent que Sully et Richelieu, ils s'estimaient plus touchés par son insolence à l'égard du chef du royaume. Un autre intime, le marquis de Canillac, auprès duquel il avait tenté une démarche semblable par le marquis de Mimeure, avait répondu de même. On laissait Arouet réfléchir en paix aux conséquences de ses actes.

Durant cet hiver, le prisonnier, qui était si frileux, avait au moins la consolation d'être bien chauffé, — il avait déjà fait du feu en été. Il songeait à une phrase de Voiture, écrivant à la marquise de Sablé, qui se plaignait de courir les routes de Flandre à la suite de Gaston d'Orléans : « Sans Mme du Tremblay, je souhaiterais de passer l'hiver dans une chambre de la Bastille, pourvu qu'on me la donnât bien chaude. » Il ne s'agissait que de la chaleur de la chambre et non de celle de Mme du Tremblay, femme du gouverneur de cette prison, qui ne lui paraissaient sans doute pas plus attrayantes l'une que l'autre.

Chaque jour, la pile de bois destinée à chaque prisonnier, était placée dans la cour, selon un ordre immuable, d'après la situation des chambres, où les gardiens transportaient ensuite ces bûches. Le lieutenant de roi avait découvert que certains détenus s'en servaient comme moyen de correspondre : ceux qui avaient le droit de se promener, inséraient des billets dans les fentes ou sous l'écorce, afin de communiquer avec ceux qui étaient au secret et de les aider dans leurs interrogatoires. La solitude aiguisait l'imagination pour ces artifices de correspondance : d'autres avaient un système de signaux par des coups frappés sur le sol des chambres, — François-Marie entendait parfois ces signaux, sans se soucier de savoir ce qu'ils signifiaient. Un janséniste logé à l'étage au-dessus, lui jeta, par la cheminée, des morceaux de plâtre, où il avait tracé son nom et résumé son histoire (la plupart des prisonniers n'ayant pas de quoi écrire, celui-là avait utilisé sa fourchette, trempée dans de la suie humide). La grille de la cheminée pouvait livrer passage à du courrier rudimentaire. Un gardien dit à François-Marie que la marquise d'Esclainvilliers s'était plainte de recevoir des billets et des plâtres obscènes.

Vers la fin de l'année, Arouet sut, par M. de Bernaville, que l'abbé de Caumartin, en disgrâce depuis qu'il avait ridiculisé l'évêque de Noyon, Clermont-Tonnerre en le recevant à l'Académie française, avait été nommé évêque de Vannes. Le Régent avait également nommé évêque de Clermont le fameux Massillon, et archevêque de Cambrai l'abbé d'Estrées, amant de la marquise de Créquy, fille du duc d'Aumont et d'une Le Tellier de Louvois, — elle avait été d'abord la maîtresse de son propre oncle Le Tellier, archevêque de Reims. Pour l'évêché de Clermont, c'est l'abbé de Louvois qui avait été désigné ; mais, comme beaucoup de paroisses ne s'en pouvaient visiter qu'à cheval, cet abbé, incapable de chevaucher, n'avait pu accepter. Le père Massillon était plus leste. Cependant, il n'avait pas de quoi payer ses bulles, le banquier de la cour de Rome ne les lâchant qu'à prix d'or : Crozat « le pauvre », — frère de Crozat « le riche » et qu'on appelait ainsi afin de le distinguer de l'autre, bien qu'il fût aussi riche, — paya pour l'évêque de Clermont. Ce dernier avait été sacré, dans la chapelle des Tuileries, en présence du roi, par Mgr de Fleury, évêque de Fréjus. Mais, si les nominations de Massillon et de l'abbé d'Estrées illustraient la galanterie orthodoxe, celle de son prédécesseur à l'évêché de Clermont et qui, en octobre, avait été nommé à l'évêché de Lectoure, l'abbé d'Entragues, illustrait la manchette : c'était le seul évêque à s'habiller parfois en femme, à mettre du rouge et des mouches, à faire de la tapisserie, à manier l'éventail. Malgré les nombreux exils qu'il avait subis sous Louis XIV pour ses scandales de mœurs, le Régent l'avait nommé, dès janvier 1716, à l'évêché de Clermont. La faveur de Madame, qui n'avait pu toujours le préserver de l'exil, lui avait valu sa promotion. Mais il se démit de cet évêché, que venait de recevoir Massillon, comme lui-même avait reçu ensuite celui de Lectoure.

Quant à Massillon, si ses galanteries avaient amusé les chansonniers, ce n'est pas ce qui l'avait desservi auprès de Philippe. Le nouvel évêque de Clermont reçut un hommage aussi curieux que piquant des marchandes de mode : elles appelèrent « massillons » les mouches de velours que les femmes se mettaient entre les seins. Il y avait là de quoi faire sursauter les ossements du bon abbé Boileau, qui avait dit, dans son *Traité sur l'abus des nudités de gorge* : « Bientôt sans doute d'impudentes mouches viendront là aussi provoquer le regard. » Mais, si Massillon avait donné son nom aux mouches de la gorge, Bourdaloue avait donné le sien à un cordon de chapeau et même à un pot de chambre.

D'Argental, qui n'avait pas de secret pour François-Marie et pour qui sa tante, la chanoinesse de Tencin, n'avait pas de secret non plus, confia au prisonnier, durant une visite, qu'elle avait accouché d'un fils, en novembre : c'était des œuvres du chevalier Destouches-Canon. La chanoinesse avait exposé l'enfant sur les marches de la petite église Saint-Jean-le-Rond, près de Notre-Dame. Comme il était trop faible pour être mis aux Enfants-Trouvés, le lieutenant général de police l'avait confié à la famille d'un vitrier. Le chevalier avait disposé, en faveur de ce garçon, d'une pension de douze cents livres qui assurerait son existence [1].

On informait également le poète prisonnier que l'évêque de Fréjus, André-Hercule de Fleury (il trouvait curieux ce prénom d'Hercule, qui n'était pas dans le calendrier grégorien et qui détonnait pour un évêque), précepteur du jeune Louis XV, venait d'entrer à l'Académie française ; qu'au bal de l'Opéra, le cardinal de Polignac, déguisé, avait fait une scène de jalousie à la duchesse du Maine, qui s'y trouvait, déguisée aussi ; que le système de Law, dans lequel agiotait fructueusement Mme de Tencin, faisait

1. C'est le futur Jean Le Rond d'Alembert, l'encyclopédiste ami de Voltaire et secrétaire perpétuel de l'Académie française.

florès ; que le financier organisait la colonisation de la Louisiane, laissée en suspens par la Compagnie d'Occident d'Antoine Crozat et dont le capital était de deux millions. Law fondait pour cet objet la Compagnie des Indes Occidentales au capital de cent millions, composé de deux cent mille actions de cinq cents francs chacune, sous forme de billets au porteur, transmissibles par endossement. Un édit autorisait les actionnaires à verser le montant de leur souscription, un quart en espèces et le reste en billets d'État, sur le modèle de la Banque Générale. Mais les frères Pâris créaient « l'antisystème » en fondant, de leur côté, une banque au même capital que la Compagnie de Law. Celle-ci ne prévalait pas moins. Le gouverneur de la Louisiane, Le Moyne de Bionville, s'apprêtait à y bâtir une cité qu'il nommerait La Nouvelle-Orléans en l'honneur du Régent.

Il y avait un nouveau cardinal, Alberoni, Premier ministre et grand d'Espagne, qui attirait l'attention de l'Europe. Le petit abbé, dont la fortune avait commencé par un baiser appliqué sur le derrière du duc de Vendôme, était devenu le maître des volontés de Philippe V, depuis qu'il l'avait remarié à une Farnèse, comme il avait imaginé. Et Anne-Marie de la Trémoille-Noirmoutier, princesse de Chalais par un premier mariage, puis épouse de Flavio Orsini, duc de Bracciano, de qui elle prit le titre de princesse des Ursins, avait été évincée et s'était retirée à Rome : faute de gouverner l'Espagne, elle y gouvernait la petite cour des Stuarts. Cela n'avait pas l'importance de ce que faisait le nouveau cardinal, archevêque de Séville : voulant rendre à l'Espagne son ancienne splendeur, il avait enlevé à l'empereur la Sardaigne et la Sicile ; mais la flotte anglaise avait détruit la flotte espagnole devant Syracuse. Il fomentait la révolte en Hongrie, par l'entremise du prince Ragotzi ; il rapprochait les deux anciens ennemis, le roi de Suède Charles XII et le czar Pierre le Grand, pour de vastes projets contre l'Angleterre. Piqué de l'alliance de ce pays avec la France, la Hollande et l'Autriche, il voulait créer une coalition de l'Espagne, de la Russie, de la Suède et de la Porte ottomane. Le marquis de Ferriol, oncle de d'Argental, avait accompagné son neveu, qui allait voir le prisonnier de la Bastille, et l'ancien ambassadeur avait déroulé ce tableau. L'ancien secrétaire de l'ambassadeur de France à La Haye ne pouvait que s'y intéresser.

Le marquis de Mimeure, tout fier d'avoir contribué à l'élection de Mgr de Fleury à l'Académie française, parla à François-

Marie du testament de Rouillé de Meslay, conseiller honoraire au Parlement de Paris, mort en 1715, qui léguait une grande partie de sa fortune à l'Académie des sciences. Ce legs était destiné à récompenser des recherches sur des sujets plus ou moins extravagants, — entre autres, la quadrature du cercle et la trisection de l'angle. Son fils avait attaqué en justice ces dispositions, comme renfermant une clause inexécutable ; or, l'Académie avait obtenu, à la fin de 1717, l'envoi en possession du legs et un arrêt de la grand-chambre allait bientôt, disait-on, le confirmer.

François-Marie avait eu le loisir, non seulement de travailler, mais de réfléchir dans ces longs mois passés à la Bastille. Il dit à M. de Mimeure que ces problèmes de mathématiques ou de géométrie, imaginés par les anciens, n'étaient peut-être pas insolubles. N'a-t-on pas prétendu que le philosophe Anaxagore avait trouvé la quadrature du cercle et Archimède n'en avait-il pas laissé une solution approximative ? Les savants du Moyen Age se passionnaient aussi pour ce sujet. François-Marie déclarait qu'il y avait d'autres questions, propres aux sciences, qu'il voudrait tâcher de résoudre un jour, sa curiosité étant universelle : par exemple, la nature du feu et sa propagation, problème qui lui avait traversé l'esprit en tisonnant à sa cheminée grillée. Il lui semblait aussi que la mesure des forces motrices était mal calculée. Le marquis de Mimeure lui dit en riant que l'Académie des sciences, — où le czar avait demandé d'être inscrit, — l'accueillerait peut-être avant l'Académie française, s'il passait encore quelque temps sous les verrous. « Grand merci, monsieur d'Assoucy », répliqua le poète.

L'année 1718 avait commencé pour lui dans les mêmes conditions. Mais on lui faisait espérer sa libération au printemps. Le gouverneur l'instruisit du moyen que les jésuites, toujours interdits par le cardinal de Noailles comme confesseurs et prédicateurs, avaient imaginé pour se remettre en crédit : sous prétexte que Louis XIV, lorsqu'il était à Paris le 1er janvier, allait entendre le salut dans leur église de la rue Saint-Antoine, ils avaient fait en sorte que Louis XV s'y rendît le 1er janvier de cette année. Le maréchal de Villeroy, qui leur restait fidèle, leur avait procuré ce plaisir. M. de Bernaville apprit également à François-Marie la disgrâce du chancelier d'Aguesseau, qui avait été exilé dans son château de Fresnes, pour s'être opposé au système de Law. D'autre part, d'Argenson, à la fin de janvier, avait quitté la lieutenance générale de police : il devenait président du conseil des Finances et garde des Sceaux. Le nouveau chef de la police était le maître des requêtes Machault-d'Arnouville : les prisonniers de la Bastille passaient donc sous son autorité.

Il y avait une place vacante à l'Académie française : l'abbé d'Estrées, archevêque de Cambrai, était mort subitement, avant d'avoir reçu ses bulles. D'après ce que dit M. de Mimeure à Arouet, au cours d'une nouvelle visite, cette mort avait converti sa maîtresse, la marquise de Créquy : elle ne faisait plus que visiter les églises, les prisons et les hôpitaux. Mimeure disait à François-Marie qu'on la verrait peut-être venir évangéliser la Bastille, si on lui en donnait la permission. En revanche, François-Marie apprenait avec fureur que la place de l'abbé d'Estrées à l'Académie française allait être donnée au marquis d'Argenson. « C'est la première fois que la police entrera chez les Quarante, ajouta M. de Mimeure. Vous ne vous préparez pas à avoir un jour sa voix par les derniers vers de votre poème *la Bastille.* — "D'ici là, le roi, l'âne ou moi..." », répondit François-Marie, citant La Fontaine. Il imaginait, d'autre part, l'enivrement de la marquise d'Argenson qui, grâce à la dignité ministérielle de son mari, aurait droit à un tabouret à la cour, comme les duchesses : c'était le privilège de la femme du garde des Sceaux et de la femme du chancelier.

Pour divertir le prisonnier aux dépens du prochain immortel, le marquis de Mimeure lui raconta que tout Paris suivait le progrès de ses amours avec une prieure de couvent. D'Argenson, en qualité de lieutenant général de police, avait eu la surveillance des cloîtres et les visitait. Au cours d'une de ces visites, il avait pris feu pour la mère d'Arbouze de Villemont, prieure de la Madeleine du Traisnel, communauté de bénédictines installée dans le quartier Paincourt ou Popincourt, non loin de la Bastille — c'est dans ce couvent que Mlle de Vichy-Chamrond, la jeune amie des Ferriol, avait été élevée. La prieure était aussi jolie que d'Argenson était affreux. Elle avait eu un enfant du flûtiste Descoteaux, ce qui avait inspiré une chanson intitulée *la Bergerette,* — ce flûtiste rappelait à François-Marie celui qui avait eu des rapports avec Mlle de Charolais et dont Richelieu lui avait relaté l'histoire. Le garde des Sceaux inspirait, à cette heure, un rondeau, où l'on disait à la prieure : « Le pipeau du garde des Sceaux — Vous fait-il danser en cadence ? — Villemont, va-t-il comme il faut ? — Le pipeau du garde des Sceaux, — Sur la flûte de Descoteaux, —

Mérite-t-il la préférence ? » Il y avait aussi un petit poème, *D'Argenson à Paincourt*: « A Paincourt, beau d'Argenson (l'épithète était outrageante par son ironie), — Vous prenez votre bouillon, — Vous y faites votre cas, — Du moins vous pouvez l'y faire, — Car, que n'y fait-on pas ? — — Dans cet aimable couvent, — Autrefois si indigent, — Vous avez acquis le nom — De bienfaiteur et de père... » Le ministre, sur le produit des loteries, se faisait construire une maison contiguë à ce couvent et disait qu'il y finirait ses jours dans la paix et l'oraison, si sa femme mourait avant lui. Un passage secret était ménagé à l'intérieur des murs. « A la Bastille, dit François-Marie à M. de Mimeure, je suis entre les amours de Richelieu, dans sa petite maison du faubourg Saint-Antoine, et les amours de mon bourreau dans son couvent. »

En février, la duchesse de Berry donna une grande fête au Luxembourg pour le duc et la duchesse de Lorraine (Élisabeth-Charlotte d'Orléans, fille de Monsieur). M. de Bernaville en avait su le détail et le fit savoir à son commensal. Le palais avait été entièrement illuminé, au-dedans et au-dehors ; il y avait eu pour les dames une table de cent vingt-cinq couverts, une autre pour autant d'hommes. Le souper se composait, au premier service, de trente et un potages, de soixante-quinze entrées et de cent trente-deux hors-d'œuvre ; aux deuxième et troisième services, de cent trente-deux entremets chauds, de soixante entremets froids, et de soixante-douze plats ronds. Les viandes comprenaient trois cent vingt-sept poulets, chapons, poulardes, dindons, canards..., trois cent quatre-vingt-deux pigeons, trois cent soixante-dix faisans, perdreaux, bécasses, pluviers, mauviettes..., cent vingt-six ris de veau. Le dessert ou fruit était de cent corbeilles de fruits crus, quatre-vingt-quatorze de fruits secs, cinquante soucoupes de fruits glacés et cent six compotes. Les plats étaient portés par deux cents Suisses ; cent trente-deux domestiques versaient à boire. « L'ordinaire de la Bastille ne va pas jusque-là », dit François-Marie. La duchesse avait voulu égaler le pantagruélique menu offert à Anet par le duc de Vendôme au dauphin ou celui du mariage du feu prince de Conti. Cette fête inspira un poème flatteur, intitulé *A propos d'un souper chez la duchesse de Berry*: « Savez-vous, divine princesse, — Que ce souper qu'a donné Votre Altesse, — Repas si grand, si somptueux, — Contre Comus a révolté les dieux ? » Jupiter était censé reprocher au dieu des festins de servir dans l'Olympe des mets dignes du *Repas ridicule* de Boileau ou de « l'Auberge des Sept-Moineaux », et le priait d'aller au Luxembourg apprendre à préparer « Des filets mincés d'aloyau, — Des gendarmes (une espèce d'oille espagnole) au jus de veau, — Petits dindons aux ciboulettes — Et des anchois en allumettes ; — Poulets de grain, mets excellent, — Cuits derrière le pot cassant, — Pigeons au soleil, chose exquise, — Des côtelettes en surprise... » François-Marie, à qui le gouverneur avait communiqué ce poème, se disait que seul le goût de la bonne chère était parvenu à dicter un éloge de la « divine princesse », vilipendée depuis tant d'années par tant de chansons et d'épigrammes, auxquelles il avait apporté son regrettable concours. Cette fête, la plus brillante qui eût été encore donnée sous la Régence, avait coûté vingt mille écus. Elle avait été dirigée par la duchesse de Saint-Simon, dame d'honneur de la duchesse de Berry, — et c'était une des étrangetés de la vie de cour que la fille incestueuse et débauchée du Régent eût pour dame d'honneur la femme du duc le plus pointilleux sur les questions de conduite et de morale.

Ces festivités eurent une suite imprévue : elles furent cause que Foucault de Magny, introducteur des ambassadeurs, arriva comme prisonnier à la Bastille le 2 mars. La duchesse de Berry et la duchesse de Saint-Simon avaient bien spécifié que nul ne pouvait se rendre au souper du Luxembourg sans y être expressément invité : c'est seulement au bal, après le souper, que les gens de la cour pouvaient venir sans invitation. L'introducteur des ambassadeurs, qui n'avait pas été invité au souper, estima que sa qualité l'y invitait de droit, puisque la fête avait lieu en l'honneur d'un souverain étranger ; mais celui-ci voyageait incognito, pour s'épargner les ennuis et les dépenses d'une entrée officielle. C'est pourquoi M. de Saumery, premier maître d'hôtel de la duchesse de Berry, fit à M. de Magny une réprimande publique, à laquelle l'introducteur des ambassadeurs répondit insolemment. Saumery le saisit par la cravate pour le mener à la duchesse ; mais l'interpellé s'échappa du Luxembourg. La duchesse de Berry parla d'abord de cette insolence à Madame, qui protégeait ce Foucault de Magny, fils d'un sieur Foucault qui s'occupait de ses affaires. Madame en parla au Régent et c'est ainsi que l'introducteur des ambassadeurs connaissait la Bastille. François-Marie avait vu au Temple ce chevalier de la manchette et le rencontra à la table de M. de Bernaville. Foucault de Magny fut libéré le surlendemain. Ses fonctions exigeaient sa présence aux Tuileries.

A cette même table du gouverneur, le 2 avril, le poète retrouvait un prisonnier qui avait été libéré en juin 1717 et que l'on renvoyait à la Bastille : le marquis de Bauffremont. Il eut droit, comme Richelieu et comme Foucault de Magny, à l'un des appartements. Le marquis subissait les conséquences d'une lettre un peu vive écrite au maréchal de Villars, membre du conseil de régence ; mais le Régent, en lui infligeant cette sanction, lui avait assuré qu'elle n'excéderait pas une semaine. L'algarade du marquis avec le maréchal duc se reliait encore aux mouvements de cette partie de la noblesse, appelée par Saint-Simon une « prétendue noblesse », contre les privilèges des ducs et pairs. Villars, en tant que chef du conseil de la Guerre, avait écrit aux colonels des divers régiments pour leur donner des ordres qui, sous Louis XIV, émanaient seulement du secrétaire d'État à la Guerre, et Bauffremont avait protesté, en leur nom, d'une manière piquante. François-Marie se plut à mettre sur le tapis le duc de Saint-Simon. Le marquis s'enflamma à ce nom, qu'il écrasa de son mépris. Il n'ignorait pas l'appellation de « prétendue noblesse » par laquelle le duc flétrissait les trente-neuf signataires de l'appel aux États généraux, et dont Bauffremont avait été le protagoniste. Il énuméra ses titres qui, à vrai dire, rendaient bouffonne la vanité de Saint-Simon : sa maison remontait au XIe siècle ; il était, non seulement marquis de Bauffremont, mais marquis de Listenois, de Meximieux et de Marnay, vicomte de Marigny et de Salins, prince du Saint-Empire et, par sa femme, qui était la dernière princesse de Courtenay, avec un frère sans enfant, l'héritier de cette maison capétienne. « Bien plus, dit-il, j'ai un titre de duc que je ne porte pas, bien qu'il ait été conféré à mon grand-père par Louis XIII : duc de Pont-de-Vaux ; mais, s'il m'élève à la hauteur gigantesque du nabot Saint-Simon, il me rendrait aussi risible que lui. »

Le Régent tint parole au marquis de Bauffremont : il lui envoya son ordre de sortie dès le 4 avril. Sa prison aurait duré quarante-huit heures, comme celle du chevalier de Rohan. Cela fit espérer à François-Marie qu'on tiendrait, à lui aussi, la promesse de le libérer bientôt. Il chargea Bauffremont de donner de ses nouvelles au président de Nicolaï et aux Caumartin, — il se serait bien gardé de lui nommer ses amis les ducs. Mais on se demanda, à la Bastille, si l'on n'allait pas revoir le marquis de Bauffremont : M. de Bernaville sut que le maréchal de Villars attendait du prisonnier libéré une visite d'excuse ; or, celui-ci avait déclaré qu'on ne lui avait pas parlé, en le libérant, d'une telle visite au petit-fils d'un greffier et qu'il aimait mieux être rembastillé que de la faire.

Vers ce moment-là, François-Marie en reçut une de son frère Armand, qui eut ensuite une aventure dont les échos amusèrent le poète. Le « janséniste », toujours célibataire, se vêtait d'une manière si austère qu'on le prenait parfois pour un abbé sans petit-collet. En revenant de la Bastille, il entra à l'église des jésuites de la rue Saint-Antoine pour y faire une prière, s'attarda, et ne s'aperçut pas qu'on avait fermé les portes. Il y avait encore, du reste, une trentaine de dames, occupées elles aussi à leurs dévotions. Quand « l'abbé » Arouet et les dévotes se virent prisonniers, comme l'était François-Marie dans le château du roi, ils firent des cris et le portier accourut pour les délivrer. Il s'étonna de voir ce personnage au milieu de ces femmes. Des jésuites furent appelés. Lorsque Armand Arouet se fut nommé, ils le soupçonnèrent immédiatement de s'être enfermé dans leur église pour endoctriner ces dévotes à la doctrine de Jansénius, car ses opinions leur étaient connues. La renommée équivoque de son frère ne le leur rendait pas plus recommandable. Il réussit néanmoins à se justifier. Le scandale semblait uni au nom des deux frères, avec des aspects fort contrastants.

Le 10 avril, M. de Bernaville lut enfin à François-Marie ses nouvelles instructions, signées du jeune Louis XV : « Je vous écris cette lettre, de l'avis de mon oncle le duc d'Orléans, pour vous dire que mon intention est que vous mettiez en liberté le sieur Arouet, que vous détenez, par mon ordre, dans mon château de la Bastille. » Une note jointe précisait : « L'intention de Son Altesse Royale est que le sieur Arouet fils, prisonnier à la Bastille, soit rendu libre et relégué au village de Châtenay, près de Sceaux, où son père, qui a une maison de campagne, offre de le retenir. » Une fois de plus, les instances de Me Arouet et des grands seigneurs pédérastes de l'entourage du Régent, protégeaient François-Marie. Bien que son ordre de liberté fût daté du 11 avril, sa sortie n'eut lieu que le 14.

Il retrouva tout ce qui avait été saisi chez lui ou sur lui le 16 mai de l'année précédente, sauf ses papiers, et il ne regretta que la lettre de Pimpette. Il s'arrêta un instant chez son père pour le remercier et l'embrasser, laissa des affaires, en prit d'autres et, par le même fiacre, gagna le lieu de son exil. Son aspect n'avait pas épouvanté ses proches, comme celui de quelques prisonniers libérés de la Bastille, au début de la Régence, et qui sortaient des cachots. Bien chauffé, trop bien nourri, n'ayant fait que peu d'exercice, il avait presque une croupe de chanoine.

10

François-Marie Arouet libéré devient Arouet de Voltaire et l'auteur d'*Œdipe*

A peine arrivé à Châtenay, il écrivit au nouveau lieutenant général de police, Machault d'Arnouville. La lettre est datée du 15 avril 1718, « ce vendredi saint », précision qui tendait sans doute à faire effet de pécheur repenti : « Monsieur, Souffrez que le premier usage que je fasse de ma liberté soit de vous remercier de me l'avoir procurée. Je ne pourrais vous marquer ma reconnaissance qu'en me rendant digne, par ma conduite, de cette grâce et de votre protection. Je crois avoir profité de mes malheurs et j'ose vous assurer que je n'ai pas moins d'obligations à Monseigneur le Régent de ma prison que de ma liberté. J'ai fait beaucoup de fautes, mais je vous conjure, Monsieur, d'assurer Son Altesse Royale que je suis ni assez méchant ni assez imbécile pour avoir écrit contre elle... Je ne puis m'empêcher de me féliciter d'être entre vos mains et de vous dire que votre intégrité m'assure du bonheur de ma vie... »

En lisant cette lettre, le lieutenant général de police dut sourire de la pieuse évocation du vendredi saint : elle cadrait mal avec l'épître de François-Marie *A M. le prince de Vendôme,* rimée peu avant son arrestation et où il parlait des « faisans et des perdrix » qui composaient « son carême au château Saint-Ange ». Machault dut sourire également de le voir répéter à satiété qu'on l'avait injustement puni.

Malézieu, qui était dans sa propre maison de Châtenay et qui félicita Arouet d'avoir quitté la Bastille, lui donna quelques lumières sur ce lieutenant de police dont il avait loué « l'intégrité ». Machault d'Arnouville était, en effet, un homme « intègre » en matière de deniers, ce qui le distinguait déjà de son prédécesseur d'Argenson, pourtant président du conseil des Finances ; mais, tandis que celui-ci avait été la terreur des courtisanes, celui-là les protégeait et en était presque entouré dans son hôtel. De plus, on venait de le surnommer « le Néron du Petit-Pont », parce qu'on le soupçonnait d'avoir provoqué l'incendie de ce pont en vue de faire disparaître une inscription latine, tout autre que celle dont avait pâti Arouet. Elle était gravée, sur l'une des maisons qui bordaient ce pont et il y était dit « qu'un juif du nom de Machaut, — *Judaeus nomine Machaut...,* — avait été condamné, pour avoir brisé une image sainte, à édifier plusieurs maisons de ce pont ». Les ennemis des Machault prétendaient que c'était l'ancêtre de leur famille. La référence était désagréable pour le lieutenant général de police, de qui dépendait notamment « l'inspection des escrocs et des juifs ». On veillait, en effet, à empêcher ces derniers, non munis de lettres patentes, de séjourner à Paris sans passeport. Ce passeport leur était délivré pour un temps limité, sur la vue d'un certificat du syndic de leur communauté, — juifs de Bordeaux, juifs d'Alsace, juifs d'Avignon... — répondant de leur bonne conduite et précisant les affaires qui les appelaient dans la capitale. Le fait même que le service chargé de leur surveillance, fût en même temps chargé de surveiller les escrocs, en marquait bien le caractère insultant et diffamatoire. Machault d'Arnouville ne voulait frayer qu'avec le chevalier Samuel Bernard, comte de Coubert.

Par Malézieu, académicien, François-Marie fut mieux informé d'une aventure académique survenue depuis la dernière visite de M. de Mimeure à la Bastille. Elle touchait un de leurs collègues, l'abbé de Saint-Pierre, premier aumônier de Madame, fils du marquis de Saint-Pierre, son premier écuyer. Au début de cette année, il avait publié un ouvrage intitulé la *Polysynodie,* où l'on se plaisait à voir une satire indirecte du règne de Louis XIV : il y faisait l'éloge de la pluralité des conseils, aux dépens du pouvoir absolu. « La nation, disait-il, n'est pas assurée d'avoir toujours un souverain d'une santé ferme, d'un esprit élevé et pour qui le travail du cabinet soit un plaisir. Un conseil supérieur suppléerait à ses faiblesses, à sa vieillesse, à son enfance. » En d'autres termes, il faisait l'éloge du système de la régence ; mais l'Académie se jugea offensée dans la personne du défunt roi, son protecteur. Le cardinal de Polignac demanda que l'abbé de Saint-Pierre fût déposé de l'Académie française et son avis fut adopté à l'unanimité, sauf la voix de Fontenelle. Malézieu disait qu'il regrettait d'avoir dû prendre cette décision, mais qu'il avait été obligé d'adopter l'avis du cardinal de Polignac, si affectionné à la duchesse du Maine. Il ajoutait que l'on avait découvert, à cette occasion, que l'abbé de Saint-Pierre vivait entouré de jolies gouvernantes, et que Mgr de Fleury, précepteur du roi, tout-puissant dans la coulisse, avait allégué ces secrets d'alcôve pour contrebalancer les efforts de Madame en faveur de son premier aumônier. Le Régent avait accepté qu'on le déposât, mais interdit qu'un successeur fût nommé à la place de l'abbé : elle demeurerait vacante jusqu'à sa mort, comme cela était arrivé pour Furetière, lorsqu'il eut publié son *Dictionnaire* avant celui de l'illustre compagnie.

Le 2 mai, François-Marie écrivit au marquis de La Vrillière qui avait donné, le 16 mai de l'année précédente, l'ordre de l'arrêter, mais qui avait aussi transmis à Bernaville, de la part du roi, celui de le libérer, — la fille de La Vrillière et de Mlle de Mailly venait d'épouser le comte de Maurepas, secrétaire d'État, l'ancien camarade de François-Marie à Louis-le-Grand. La lettre du poète était à peu près semblable à celle qu'il avait envoyée au lieutenant général de police. Il rougissait d'avoir à se montrer aussi plat envers deux personnages qui lui étaient aussi odieux et qui étaient aussi laids l'un que l'autre : La Vrillière était, en outre, tout petit, — le Régent le surnommait « son bilboquet ». François-Marie lui écrivait : « Monseigneur, Mes malheurs et mon innocence m'assurent de votre protection et je me flatte que la lettre que j'ai l'honneur de vous écrire sera bien reçue, puisque je vous demande une grâce. Je ne vous importune point pour abréger le temps de mon exil, ni pour avoir la permission de passer une seule heure à Paris. L'unique grâce que j'ose vous demander, c'est de vouloir bien assurer Son Altesse Royale que je lui aurai autant d'obligation de ma prison que de ma liberté et que j'ai beaucoup profité de l'une et que je n'abuserai jamais de l'autre. Je puis vous assurer qu'il n'y a pas un seul homme en France qui puisse prouver, je ne dis pas que j'ai fait cette abominable inscription dont on m'accuse et que je n'ai jamais vue, mais que j'aie jamais eu la moindre part à aucune des chansons contre la Cour... » L'impudence d'un tel mensonge ne devait pas inspirer grande estime à celui auquel il s'adressait : l'espion Beauregard et l'espion d'Argenteuil, en déposant le contraire, n'avaient aucune raison de charger François-Marie Arouet. Celui-ci devait bien se douter qu'on ne croirait pas ses dénégations, pas plus que d'Argenson ne les avait crues ; mais il pensait que c'était son droit de les répéter sans cesse. A ses yeux, quand il s'agissait de la liberté de l'esprit, il n'y avait pas d'autre ressource que le mensonge pour se défendre contre les plus forts. Somme toute, il adoptait le même procédé que Rousseau, acharné, jusque de Vienne, à nier d'être l'auteur des *Couplets* et à poursuivre Saurin de sa vindicte. En outre, François-Marie, en parlant des « chansons contre la Cour », que nul ne lui avait jamais attribuées, cherchait à brouiller les cartes.

Le 29 mai, il récrivit à La Vrillière afin de solliciter « la permission de venir à Paris pour deux heures seulement », — le 2, il n'avait pas réclamé « une seule heure ». Il ajoute : « Je ne veux qu'avoir l'honneur de vous entretenir un moment et me jeter aux pieds de Son Altesse Royale... L'intérêt de mon honneur et de ma vie, et j'ose dire celui du public, m'engagent à vous presser de m'accorder cette grâce. » Cette permission fut accordée généreusement pour une journée. Il visita La Vrillière, mais n'eut pas accès auprès du Régent.

Le 12 juin, il écrit de Châtenay à son voisin sir John Ashburnham, baronet à qui il donne abusivement le titre de comte : « Milord... » Il sollicite le prêt d'un cheval, en souvenir du temps où ce même voisin lui en avait prêté deux. « Si vous ne pouvez point me prêter de cheval, dit-il, pardonnez-moi du moins la liberté que je prends de vous le demander. » Que de flagorneries ! Et il y a encore ce post-scriptum : « Comment faut-il faire pour avoir l'honneur de vous voir ? » La signature était : « Arouet de Voltaire. » C'est la première fois qu'il signait ainsi, — et c'était en écrivant à un « milord ». Il avait forgé ce nom pour ne plus s'entendre appeler « A rouer », ou confondu avec le mauvais poète Roy, — dont on prononçait le nom « Roué », mot qui n'était honorable que lorsqu'il désignait les compagnons d'orgie du Régent. Quant au nom de Voltaire, François-Marie l'avait tiré de l'anagramme de son propre nom : Arouet (Arovet) l (le) j (jeune), — j = i. Parfois, dans son enfance, son père le surnommait « le petit volontaire », ce qui l'avait mis également sur la voie de ce pseudonyme. Enfin, il avait lu une tragédie du père Jobert, *Balde, reine des Sarmates,* dédiée au président de Maisons, grand-père de son ami, et dont le principal héros, un blasphémateur, se nommait Voltare. C'était pour lui une autre suggestion. Se donner du même coup une particule, lui semblait tout naturel, comme une marque de supériorité qu'il avait approuvée chez d'autres. Il avait donc la joie de s'être créé un nom à sa convenance et il ne doutait pas de le rendre illustre.

Maintenant qu'il était libre et que ses malheurs étaient oubliés, il s'apercevait qu'ils avaient servi à quelque chose : d'abord, à lui permettre de composer ses poèmes plus vite qu'il ne l'aurait pu au milieu des distractions du monde ; ensuite, comme il l'avait espéré, que cette prison lui avait donné du prestige. Il était quelqu'un que l'on craignait, au point de lui avoir infligé une leçon. Pour embellir son auréole de prisonnier d'État, il cédait au préjugé de noircir le tableau de la prison, voire d'augmenter le nombre des prisonniers jusqu'au ridicule, afin de communiquer une impression de tyrannie et d'horreur. Il disait, — au moins à ceux qui n'avaient pas eu l'occasion de visiter la Bastille ou le désagrément d'y séjourner, — qu'il y avait peut-être cinq cents malheureux qui gémissaient entre ses murs [1], au lieu qu'il n'y en avait jamais, tout au plus, qu'une trentaine. Mais il se disait peut-être que les chiffres n'avaient qu'une valeur relative, ou mieux, une valeur de propagande.

Des échos lui venaient de Paris. La duchesse de Berry, qu'il avait épigrammatisée en français et en latin, continuait à faire parler d'elle, soit par ses retraites chez les carmélites du faubourg Saint-Germain, soit par ses orgies au Luxembourg. Comme elle voulait profiter de la belle saison pour aller, la nuit, se promener avec ses amants sous les ombrages du jardin, elle en fit fermer les portes. Cela lui valut cette chanson, sur l'air *Ton humeur est, Catherine,* que Thiériot envoya à François-Marie : « Elle a fait fermer les portes — Du jardin du Luxembourg. — C'est cette grosse joufflotte — Qui nous a joué ce tour. — Elle eût mieux fait, la drôlesse, — De faire boucher le trou — Le plus voisin de ses fesses — Par où elle fait joujou. » Thiériot, qui fréquentait parfois ce jardin, avait sans doute des raisons particulières de se plaindre. « Un clou chasse l'autre », dit François-Marie.

Profitant d'une visite du baron de Breteuil à Malézieu, il fait tenir une nouvelle lettre à La Vrillière le 4 juillet : « ... Vous concevez bien ce que c'est que le supplice de l'homme qui voit Paris de sa maison de campagne et qui n'a pas la liberté d'y aller. Je vous supplie de me permettre d'y passer trois jours pour des affaires très importantes pour moi et parmi lesquelles une des

1. C'est le chiffre qu'il indique dans l'*Ingénu* (1767), ch. 19. L'action se passe en 1689-1690 ; mais l'exagération est la même. Comme les livres de Voltaire eurent une grande influence sur ses contemporains, ils contribuèrent à accréditer cette légende que la Bastille recelait des prisonniers innombrables : le 14 juillet 1789, il y en avait sept, ce qui étonna « les conquérants ».

plus intéressantes est de vous faire ma cour et de vous remercier de toutes vos bontés... M. le baron de Breteuil, qui doit vous rendre cette lettre, vous dira peut-être que je ne suis point tant indigne de la clémence de Monseigneur le Régent... » Il fait allusion ensuite à la parabole du mauvais riche qui, dans l'enfer, demande vainement de l'eau pour y tremper « le bout de ses doigts et en rafraîchir sa langue ». Ces benoîtes paroles faisaient pendant à la date du « vendredi saint » dans la lettre au lieutenant général de police. C'était une bouffonnerie de comparer à la géhenne ses jours à Châtenay, agrémentés de libres visites, tout près de Nicolas de Malézieu et de sir John Ashburnham.

Le 11 juillet, La Vrillière lui envoyait ce mot : « Je vous adresse avec plaisir la permission que le roi vous a accordée de venir et rester huit jours à Paris. »

L'exilé partit aussitôt. Il employa ce délai à visiter tous ses protecteurs pour faire changer la permission d'une semaine en retour définitif. Aux trois ducs, La Feuillade, Brancas et Sully, il ajoutait Richelieu qui avait, avec le Régent, le lien de la vie galante, sinon celui de ses soupers au Palais-Royal ou à Saint-Cloud, n'étant pas au nombre de ses roués. Tous avaient salué en riant la naissance d'Arouet de Voltaire, premier pas vers celle de M. de Voltaire tout court. Mais François-Marie cultivait surtout maintenant le marquis de Canillac qu'il avait fini par gagner, grâce à M. de Mimeure : cet autre intime du Régent était, comme les trois premiers ducs et comme un peu aussi le quatrième, un notable pédéraste qu'il avait, à l'instar de La Feuillade, Brancas et Sully, connu au Temple. Le marquis étant d'humeur sombre, sauf quand il avait bu, le duc de Brancas, toujours hilare, disait de lui : « Canillac est la caillette triste, et moi je suis la caillette gaie. » Grâce à toutes ces caillettes du Régent, François-Marie obtint, le 23 juillet, la permission de rester à Paris un mois. Elle lui fut renouvelée le 8 août pour un mois de plus. Le 2, il avait assisté à un mariage dans la société des Ferriol : Mlle de Vichy-Chamrond, maintenant âgée de vingt-deux ans, épousait le marquis de La Lande du Deffand, lieutenant général de l'Orléanais.

Ce mois-là et le suivant absorbèrent l'attention de Philippe : la guerre ouverte entre le Parlement et le pouvoir, par les conséquences du système de Law, était arrivée à un point décisif. Ce corps s'opposait en vain, par une série d'arrêts qui étaient cassés, à l'édit du mois de mai ordonnant une nouvelle refonte des espèces d'or et d'argent. Le 17 juin, ce même corps avait décidé que l'on suspendît cette mesure et qu'on lui envoyât l'édit pour l'enregistrer avec les modifications qu'il jugerait à propos d'y apporter. De plus, par un arrêt du 12 août, qui visait Law, il faisait « défense à tous étrangers, même naturalisés, de s'insérer, directement ou indirectement, et de participer avec des noms interposés au maniement et dans l'administration des deniers royaux ». La réponse du Régent fut de prescrire aux troupes de la maison du roi de se tenir prêtes à marcher contre le Parlement et d'avoir de la poudre et des balles. La Monnaie procédait à la fonte des anciennes pièces et à la frappe des nouvelles, sous la protection des baïonnettes.

Le Parlement fut convoqué à un lit de justice qui se tiendrait le 26 août aux Tuileries, pour l'enregistrement forcé de l'édit. Les troupes étaient à leur poste : les parlementaires, au nombre de cent soixante-dix magistrats, se rendirent au château en robes rouges, à pied, sur deux files. En tête, étaient arrivés, dans un carrosse, le premier président de Mesmes et le président d'Aligre, qui avaient la goutte. Les pairs, les maréchaux, les gouverneurs des provinces, avaient été pareillement convoqués. Au début de la séance, le premier président ayant voulu examiner l'édit, le garde des Sceaux d'Argenson fit semblant d'aller prendre tout bas l'ordre du roi et revint dire, d'un ton sec : « Le roi veut être obéi, et obéi sur-le-champ. » Cela fait, la surintendance de l'éducation du roi, déclarée en faveur du duc du Maine par le testament de Louis XIV, fut déférée au duc de Bourbon : c'était confirmer l'humiliation infligée par la cour du Palais-Royal à la cour de Sceaux. Humiliation supplémentaire : on priva le duc des honneurs de prince du sang et on les conserva à son frère, le comte de Toulouse, qui se tenait en dehors des intrigues. Les laquais de la duchesse du Maine qui, inquiète, les avait envoyés pour savoir ce qui se tramait, — le bruit avait couru qu'il se préparait quelque chose de fâcheux contre les princes légitimés, — étaient suspendus par les mains, au-dehors des fenêtres ouvertes de la chambre du dais, et coururent l'informer de cette triste nouvelle. Malézieu, qui vint à Châtenay en septembre, dit à François-Marie la consternation, la fureur, le désespoir de « Ludovise » : après avoir approché du trône de France, elle n'était plus que « la reine des abeilles ». « Mais que l'on y prenne garde, ajouta l'académicien ; sa devise dans l'ordre de la Mouche à miel est : “Petite, oui, mais elle fait pourtant de graves blessures.” »

Ces querelles des princes et du Parlement laissaient François-Marie assez indifférent : il ne songeait qu'à retourner à Paris en vue d'y faire jouer son *Œdipe.* Le 12 octobre, il est avisé qu'il peut y aller à son gré ; mais on ne lui accorde pas encore son pardon absolu, afin de le tenir en respect. Il n'avait cure de cette restriction, ayant hâte, non seulement de revoir ses amis, mais de s'aboucher avec les comédiens-français pour mettre en scène cette pièce, objet de tous ses vœux. Les compliments qu'il en avait reçus, dans ses rapides voyages à Paris, le remplissaient d'espoir. Quittant Châtenay une fois de plus, il se réinstalla dans sa chambre du *Panier Vert*, rue de la Calandre.

Mlle de Livry, honteuse de son infidélité, n'osa paraître. François-Marie lui fit dire qu'il ne lui en voulait pas et qu'il le lui prouverait quand elle le désirerait. L'amour était, du reste, en ce moment, pour Arouet de Voltaire, une préoccupation mineure : sur les espoirs que lui avait donnés Canillac, il tournait ses batteries vers le Régent, auprès duquel il comptait se rapatrier.

Louis Racine était également de retour, bien que d'Aguesseau demeurât exilé ; mais la préparation de son poème sur *la Grâce* avait rappelé le fils de l'auteur de *Britannicus.* François-Marie avait pris rendez-vous avec lui, juste le jour où, par l'entremise de Canillac, il devait aller au Palais-Royal. C'était à midi le dimanche 12 octobre. Le poète se résigna à faire antichambre : on lui avait appris que S.A.R. ne pouvait le recevoir qu'après dîner.

Il contemplait avec admiration les scènes de l'*Énéide* peintes par Coypel dans cette salle et les tapisseries de *l'Histoire de Don Quichotte,* tissues d'après les tableaux de cet artiste. Canillac vint un moment lui tenir compagnie. Arouet demanda où étaient les trente tableaux que le Régent avait faits sur *Daphnis et Chloé*; Canillac lui répondit qu'ils se trouvaient au château de Bagnolet. Il promit de lui montrer un exemplaire du livre que Philippe venait de faire imprimer, sous le titre *Amours particulières de Daphnis et Chloé,* — les deux héros qui avaient donné lieu à l'*Épithalame* écrit par François-Marie pour le duc de Brancas. Ce livre renfermait les illustrations gravées par Philippe d'Orléans lui-même, ou par Audran ou par Vidal, d'après ses propres tableaux. L'édition, faite à ses frais, ne comportait que deux cents exemplaires, qu'il s'était réservés comme présents pour ses amis. « La gravure libertine dite " des petits pieds ", — " pour laquelle on assure, dit Canillac en souriant, que la duchesse de Berry a posé ", — est un cadeau plus rare ; je suis un de ceux qui en ont été honorés. »

Ouvrant une porte et mettant un doigt sur sa bouche pour signifier qu'il lui faisait une faveur dont il ne fallait point parler, le marquis introduisit le poète dans un cabinet, que décoraient des portraits de Mme de Parabère. L'un d'eux, peint par Santerre, la représentait avec le Régent comme *Adam et Ève,* l'un et l'autre nus. Le même peintre avait figuré la comtesse en Minerve, donnant des conseils à Philippe, revêtu de son armure, avec le cordon du Saint-Esprit. De plus, Coypel l'avait peinte environnée d'une guirlande de roses, tandis qu'un négrillon lui porte une corbeille de fleurs. Un tableau de Largillière, — le portraitiste des Arouet, — faisant voir le prince, en tenue négligée, la main posée sur l'effigie de sa maîtresse, complétait ce petit musée secret, où régnait la comtesse de Parabère.

Enfin, le poète fut introduit au saint des saints. Philippe, pour lui faire oublier son emprisonnement, lui dit tout de suite qu'il lui accordait une pension de douze cents livres : Canillac et les trois ducs de la manchette, ses intercesseurs, lui avaient attiré ce bienfait. François-Marie répondit : « Monseigneur, je remercie Votre Altesse Royale de vouloir bien continuer à se charger de ma nourriture ; mais je la prie de ne plus se charger de mon logement. » Ce dernier mot s'inspirait de ce qu'il avait dit, dans *la Bastille,* qu'il remerciait le roi « de son logis ». Une médaille d'or de six cent soixante-quinze livres, montrant d'un côté le jeune souverain, de l'autre le duc d'Orléans, fut, de la part de ce dernier, une amabilité de plus.

La générosité du Régent à l'égard de l'écrivain qu'il avait libéré, n'était pas une exception : il témoignait à plusieurs hommes de lettres son goût des choses de l'esprit. Il logeait au Palais-Royal trois académiciens : Fontenelle, l'abbé de Saint-Pierre et l'abbé Mongault, — celui-ci était précepteur de son fils, le duc de Chartres ; il avait été nommé à la place de l'abbé Abeille en juin dernier. Le Régent ne faisait pas subir à l'abbé de Saint-Pierre les conséquences de son exclusion de l'Académie. En outre, le baron de Longepierre, poète, helléniste et auteur dramatique, en même temps que chevalier de la manchette, était l'un de ses gentilshommes. L'abbé Girard, chapelain de la duchesse de Berry et grammairien, publiait *la Justesse de la langue française ou les différentes significations des mots qui passent pour synonymes*: il avait été frappé d'une remarque de Fénelon dans ses *Dialogues sur l'éloquence,* disant qu'il n'y a point de mots parfaitement synonymes. Le physicien Dortous de Mairan, autre protégé du

Régent, était entré dernièrement à l'Académie des sciences. Philippe s'apprêtait à fonder l'université de Dijon et dotait celle de Paris. Il attachait vingt-deux érudits à la bibliothèque du roi, parmi lesquels l'abbé Alary. Il recevait les délégations des diverses Académies royales, en leur manifestant l'intérêt le plus vif pour leurs travaux, et s'enquérait des savants les plus retirés. Fréquemment, il assistait aux séances de l'Académie des sciences, intervenait dans les discussions et y apportait des commentaires ; il déclarait qu'à la majorité du roi, il ne lui demanderait que la présidence de cette académie. L'Académie française lui avait remis un exemplaire, en maroquin rouge, relié à ses armes, de sa seconde édition du *Dictionnaire* publié cette année, avec une épître introductive de l'abbé de Massieu. C'est l'abbé Régnier-Desmarais, l'ancien amant de Ninon de Lenclos, mort en 1713 et remplacé par La Monnoye, qui avait le plus collaboré au travail de cette édition.

La libéralité de Philippe d'Orléans à l'égard des artistes était égale à sa générosité envers les écrivains : il doubla la pension de deux mille livres que Louis XIV avait faite à Nicolas Coustou ; il donna à Coypel, en récompense des peintures de l'*Énéide*, un carrosse, des chevaux et une pension de quinze cents livres pour l'entretien de cet équipage ; il nomma Oppenord directeur des manufactures de France et intendant général des jardins royaux. Il commandait à Coysevox deux bustes de Louis XV, l'un pour la chambre du conseil, où le roi présiderait bientôt, et l'autre pour le grand salon du Palais-Royal.

En vue de faire pièce au duc du Maine, dont on avait publié, sous Louis XIV, les *Œuvres diverses d'un auteur de sept ans*, le Régent fit éditer, cette année, *le Cours des principaux fleuves de l'Europe*, ouvrage du jeune Louis XV, alors âgé de huit ans. On présumait que le véritable auteur était son maître de géographie, M. Delisle ; mais les courtisans se disputaient ce livre, tiré à cinquante exemplaires.

Revenu au *Panier Vert*, François-Marie écrivit à Louis Racine pour s'excuser du rendez-vous manqué. Il date sa lettre : « Dimanche, minuit », ce qui donne un air un peu dramatique. « Je rentre chez moi, Monsieur, avec des remords infinis de n'avoir point été chez vous. M. de Canillac m'est venu prendre à midi pour me mener chez Monseigneur le duc d'Orléans. J'y suis resté jusqu'à trois heures et je suis si honteux d'avoir préféré le métier de courtisan à l'amitié que j'ai pour vous que je fais vœu, pour m'en punir, d'entendre quelque jour *Sémiramis* (la tragédie de Crébillon) ou bien de lire, d'un jour à l'autre, quelque recueil de l'Académie française... » La missive, adressée « A Monsieur Louis Racine de Lionval, près Sainte-Geneviève », était signée Arouet de Voltaire, comme pour sir John Ashburnam. Les deux écrivains étaient donc maintenant appariés grâce à une particule factice. Néanmoins, il y avait entre eux une différence : Racine avait obtenu de Louis XIV la survivance de la charge de gentilhomme ordinaire du roi qu'avait eue son père et qui lui donnait le privilège de la noblesse. Voltaire admirait d'ailleurs ce geste du souverain qui avait honoré ainsi le fils du plus grand dramaturge de son règne en reportant sur son fils une qualité de son père, comme il le faisait pour les fils des grands seigneurs. C'était un exemple unique dans le monde de la littérature.

Comme François-Marie jalousait toujours la réputation de Rousseau, qui survivait à sa disgrâce, il lut avec chagrin la nouvelle ode écrite à Vienne par le banni : *Au prince Eugène, après la paix de Passarowitz.* Le traité avait été signé le 21 juillet dans cette ville de la Serbie, dont Eugène avait conquis la capitale, Belgrade, l'année précédente ; le sultan avait accepté la paix pour lui fermer le chemin de Constantinople. Ce second poème de Rousseau dépassait encore le premier par la beauté du style et des images.

Ce n'est pas seulement à la campagne qu'Arouet cultivait les Anglais. Leur philosophie et leur littérature l'attiraient ; mais elles étaient mal connues en France. Il n'y existait aucune traduction de Milton ni de Shakespeare. Les professeurs de Louis-le-Grand n'en avaient cité quelques extraits à leurs élèves que pour mieux leur faire admirer Malherbe et Racine. Cela, du reste, semblait secondaire aux yeux de François-Marie, qui était bien convaincu de la supériorité en tout de la littérature française, — il pouvait la comparer à la littérature italienne et à la littérature espagnole, ayant appris ces deux langues. Mais, ce qui l'intéressait surtout, c'était la philosophie anglaise, née dans un pays où n'existait pas l'absolutisme et qui n'était pas soumis à l'influence de la religion catholique. Lord Bolingbroke, l'ancien garde des Sceaux de la reine Anne, qu'il revoyait chez la comtesse de Ferriol, louait les écrits de l'Irlandais Swift, esprit caustique, auteur notamment du *Conte du Tonneau.* Il louait également les poèmes et les idées de Pope, chétif bossu plein d'intelligence. Il fit lire au jeune Arouet les *Œuvres diverses* de Locke, traduites en français, où était un commentaire de son *Essai sur l'entendement*, et lui procura la *Philosophie naturelle* de Newton, rédigée en latin. D'autre part, François-Marie rencontra, chez ses amis les ducs, lord Stair, l'ambassadeur de Grande-Bretagne à Paris, qui était fort cultivé, chevalier de la manchette et dans les meilleurs termes avec l'abbé Dubois.

Un Écossais, le chevalier Ramsay, fixa aussi l'attention du poète. Il avait été précepteur de deux La Tour d'Auvergne, le duc de Château-Thierry et le prince de Turenne. Il l'était maintenant des enfants du comte de Sassenage qui, depuis le temps où un *Noël* le célébrait comme « bourgeois de Sodome », avait épousé une Luynes, veuve du comte de Morstin. Ramsay, le premier, parla à François-Marie d'une institution idéaliste, initiatique et secrète, la franc-maçonnerie, créée en Angleterre à la fin du siècle précédent : selon le chevalier, elle remontait à des origines très anciennes et venait d'être refondue à Londres sur des bases nouvelles. Bien qu'exilé, il savait qu'en 1717, les quatre loges subsistantes, — tel était le nom de ces aréopages, — s'étaient unies pour former la Grande Loge d'Angleterre. Ce chevalier, passionné de questions spirituelles, avait été converti du protestantisme au catholicisme par Fénelon, avec lequel il s'était lié à Cambrai. Il préparait une histoire de la vie du défunt archevêque et de ses ouvrages. Pour son propre compte, il avait publié deux ans auparavant, un *Discours sur la poésie épique.* François-Marie, ayant en perpétuelle gestation son épopée sur Henri IV, avait lu ce discours avec une vive curiosité. Enfin, Ramsay avait eu des liens d'amitié avec Jean-Baptiste Rousseau et en avait avec Louis Racine.

Quelque temps après avoir forcé les portes du Palais-Royal, Arouet, qui cherchait des hospitalités plus brillantes que celle du *Panier Vert*, séjourna chez le duc de Richelieu, en son hôtel. Cela lui inspira d'écrire d'une telle adresse à un autre duc, éloigné de nouveau dans son gouvernement du Dauphiné et son commandement de Nice, La Feuillade, veuf depuis septembre 1716. François-Marie ne doutait pas que cette adresse n'affermît leurs relations, en lui prouvant qu'il avait pot et rôt chez un de ses très nobles collègues.

Les mœurs « italiennes » de Louis d'Aubusson, duc de La Feuillade, — il avait été, en réalité, reçu au Parlement sous le titre, passé dans sa maison, de duc de Roannez, — étaient héritées de son père le maréchal. Mais elles ne l'avaient pas encore incité, depuis trois ans qu'il avait été nommé ambassadeur à Rome, à rejoindre son poste. Il continuait d'en toucher le traitement et de recevoir des avances pour ses frais d'équipage : jusqu'à présent, il n'avait fait faire qu'un carrosse. Ayant appris par François-Marie que le grammairien Dumarsais avait commencé, pour feu le président de Maisons, une *Exposition de la doctrine de l'Église gallicane par rapport aux prétentions de la cour de Rome*, il pria l'auteur de continuer ce travail à ses frais. Cela lui permettrait de justifier un peu ses émoluments d'ambassadeur.

La lettre d'Arouet, — une de ces lettres en vers et en prose, mitonnées autant pour le public que pour le destinataire, — était d'une rare impertinence, en daubant La Feuillade sur son peu de virilité : ... « Conservez précieusement — L'imagination fleurie — Et la bonne plaisanterie — Dont vous possédez l'agrément, — Au défaut du tempérament — Dont vous vous vantez hautement — Et que tout le monde vous nie. — Adieu, Monsieur le gouverneur, — Non pas de province frontière — Mais d'une beauté singulière, — Qui par son esprit, par son cœur, — Malgré son humeur libertine, — De jour en jour fait grand honneur — Au gouverneur qui l'endoctrine. »

Arouet ne doutait plus de rien, depuis qu'il avait, dans son *Épître à M. le prince de Vendôme,* parlé de la vérole de l'ancien grand prieur, en oubliant, il est vrai, celle qu'avait eue son frère le duc. Mais sous couleur de frivolité, il gardait le même ton cavalier avec le duc de La Feuillade. Par « beauté singulière », il semblait désigner une conquête niçoise ou dauphinoise du gouverneur commandant : « Mais priez le ciel seulement — Qu'il empêche que Cythérée — Ne substitue incessamment — Quelque jeune et frais lieutenant — Qui ferait sans vous son entrée — Dans un si beau gouvernement. » La lettre se terminait en prose : « Monsieur le duc de Richelieu me surprend dans le moment où je vous écris toutes ces folies et me gronde très fort parce qu'il prétend qu'il ne s'en fasse point sans lui dans sa maison. » Et la lettre était signée, naturellement, « Arouet de Voltaire ».

Richelieu, parfois compagnon de débauche « italienne » de La Feuillade, fit observer à l'épistolier qu'il aurait pu modifier sa dernière strophe : suggérer à ce duc et pair de prier plutôt le ciel que Cythérée donnât l'envie « A quelque jeune et frais lieutenant — D'entrer dans un si beau gouverneur ». Si la pédérastie de La Feuillade s'exerçait désormais discrètement sous le ciel du Dauphiné ou de la Provence, celle de Richelieu était aussi discrète à Paris, grâce aux bons soins et aux complaisances de son valet de chambre Rafé. François-Marie savait, d'autre part, qu'il lui avait pris la fantaisie d'avoir quelquefois des aventures passives avec un officier de son régiment, le marquis de Saillans ou Saillant, qui avait seize ans de plus que lui. Mais un incident singulier témoignait au contraire les ardeurs qu'il inspirait aux femmes : la marquise de Polignac, née Mailly (elle avait vingt-trois ans) et la marquise de Nesle, née La Meilleraye (vingt-sept ans), qui étaient cousines, venaient de se battre en duel au pistolet, dans le bois de Boulogne, pour les beaux yeux du jeune duc. La première, en possession de lui depuis longtemps, avait défié la seconde qui courait sur ses brisées, et c'est la seconde qui avait blessé l'autre d'une balle, en lui effleurant une épaule. La marquise de Polignac, rencontrée par François-Marie d'abord aux Tuileries, puis à Sully, était la « sainte Éveillée » de la chanson *les Saintes de la Cour*: « Sainte Éveillée — Vingt fois d'amant changeait — Dans la journée... » Apparemment tenait-elle à conserver celui-là.

Richelieu, qui, dans l'esprit de leurs anciennes complicités de Louis-le-Grand, se plaisait à faire ses confidences les plus intimes à François-Marie, lui dit que Mlle de Charolais avait découvert ses relations avec Mlle de Valois et lui narra comment cela était arrivé. Les deux princesses jouaient avec lui au biribi, le jeu à la mode, et Richelieu, sous la table, jouait des pieds avec Mlle de Valois ; mais celle-ci, un instant, se trompa de pieds et se mit à jouer avec ceux de sa cousine. Mlle de Charolais, devinant tout, eut la patience d'achever la partie de cartes ; mais, aussitôt après, elle se leva, furibonde, et le regard qu'elle jeta aux deux amants, leur fit comprendre qu'ils s'étaient trahis. Elle ne provoqua pas sa rivale en duel ; mais elle avertit le Régent. Celui-ci était mal placé pour redresser la morale ; cependant, quelques jours après, voyant sa fille assise, au bal de l'Opéra, à côté d'un domino qu'il prit pour Richelieu, il se pencha à l'oreille dudit et lui murmura : « Masque, prenez garde à vous, si vous ne voulez pas retourner à la Bastille. » Le domino n'était pas Richelieu, mais son ami de cœur Montconseil, qui se crut obligé d'ôter son masque pour détromper le prince. Philippe, irrité de sa bévue, ne lui dit pas moins : « Répétez à votre ami Richelieu ce que je viens de vous dire à son intention. »

Le duc se contenta d'inspirer à Mlle de Valois un peu plus de réserve. Il loua une maison attenante au Palais-Royal, près du cabinet de la princesse : il y fit percer un trou, par lequel il lui était juste possible de passer, et que dissimulait une armoire. Mais une femme de chambre, dont il ne paya pas assez le silence, dénonça le subterfuge. La chatière fut murée.

Pour se venger de Philippe, Richelieu lui enleva une de ses maîtresses du second rang, la Souris, actrice de l'Opéra, au cours d'une festivité villageoise que donnait à cette fille, dans une petite maison d'Auteuil, son confrère, l'acteur Thévenard. Le duc avait offert deux cents louis à ce dernier pour le défrayer et pour faciliter l'enlèvement : la Souris fut conduite à un phaéton, où on lui avait dit qu'un grand seigneur voulait lui parler ; des laquais l'y jetèrent et elle fut menée à toute bride dans une des alcôves de Richelieu. Le Régent, qui avait d'abord songé à mettre Richelieu à la Bastille pour ce nouveau défi, prit seulement le parti de rire. Il lui fit savoir qu'il lui interdisait sa fille, mais qu'il lui laissait la Souris, dont il commençait à se fatiguer : il la remplaça par une autre actrice, Émilie. Mais le duc ne devait-il pas se moquer d'enlever à un tel père aussi bien sa fille que sa maîtresse ?

Voltaire, pour son *Œdipe*, ne réussit pas à donner un rôle à la jeune Livry, avec laquelle il s'était réconcilié : elle fut jugée trop médiocre par les comédiens. Après tout, c'était la revanche de la destinée contre l'infidélité. Le rôle de Jocaste fut confié à la Desmares, l'ancienne maîtresse du Régent et actuellement celle du banquier suisse Hoguère, ami de l'auteur. La Duclos, peu satisfaite sans doute de l'épigramme parodique qu'il lui avait lancée, ne manifesta aucun intérêt pour cette tragédie. Dufresne incarnerait Œdipe, et son frère aîné, Quinault, Philoctète. Mais, au milieu de la fièvre des répétitions, dont se mêlaient la marquise de Mimeure, maîtresse de Quinault, et le marquis de Courcillon, amant des deux frères, François-Marie avait d'autres soucis, plus inattendus.

Chez Hoguère, les années précédentes, il avait connu le baron franconien de Goertz, que le roi de Suède, Charles XII, avait chargé de rétablir ses finances. Hoguère lui-même, ainsi que son père, avait rendu des services financiers à ce roi, qui lui avait donné des terres et des titres en Suède. C'est en cette qualité qu'il appuyait Goertz, venu mener, en Hollande et en France, plusieurs intrigues politiques, visant au rétablissement des Stuarts sur le trône d'Angleterre, avec l'appui de la Suède et de la Russie.

Le cardinal Alberoni fomentait ce projet et François-Marie n'ignorait pas que le Régent, devenu l'allié de l'Angleterre, — et tenu, d'ailleurs, de respecter le traité d'Utrecht, — était hostile à la restauration des Stuarts. On savait qu'Alberoni avait manigancé le mariage du Prétendant avec la princesse Clémentine Sobieska, fille du roi de Pologne, et qu'elle lui donnait vingt mille écus de dot: « la cavalerie de Saint-Georges » était ce qui manquait le plus à celui que l'on appelait le chevalier de Saint-Georges. Mais cette princesse fut arrêtée, le 25 octobre, par ordre de l'empereur, tandis qu'elle traversait l'Allemagne, et enfermée dans un couvent d'Innsbruck. Au demeurant, on ne doutait pas que Jacques III ne fût sur le point de quitter Rome et de gagner l'Espagne, pour une dernière tentative de débarquement en Angleterre.

Voltaire, instruit de ces choses par le comte de Ferriol, trembla que ses relations avec Hoguère et avec Goertz ne l'eussent compromis. Il ne les avait cultivées que dans l'espoir d'écrire un jour l'histoire de Charles XII, après avoir écrit celle de Louis XIV: ce roi, qui avait battu la Russie, envahi la Saxe, fait proclamer roi de Pologne Stanislas Leczinski et repoussé dix mille Turcs avec ses seuls domestiques, excitait en lui une légitime admiration. Il n'était pas le seul à en éprouver: le musicien Mouret, ami d'Hoguère et de la duchesse du Maine, avait composé une marche pour un régiment de Charles XII ; cet air avait été joué à l'Opéra et applaudi. Ainsi François-Marie ne fut pas peu inquiet lorsque l'on sema le bruit que lui, Voltaire, était mandé à Stockholm par le roi de Suède, sur les instances de Goertz. Brossette, l'ancien ami de Boileau, annonça cette nouvelle à Jean-Baptiste Rousseau, le 8 novembre. François-Marie ne s'occupait pas du roi de Suède, mais du roi de Thèbes. Il vouait le premier à tous les diables, tremblant que quelque péripétie ne retardât encore l'apparition du second sur la scène parisienne.

Tout à coup, il se sentit enivré d'orgueil et de joie, en même temps que rassuré, indépendamment des raisons qui lui faisaient escompter un succès tragique: Mlle Desmares, à qui il avait avoué ses appréhensions pour cette rumeur de son voyage à Stockholm, — la comédienne l'avait vu souvent chez Hoguère avec Goertz, — lui confia que ce projet avait des chances de s'accomplir et qu'il serait peut-être un émissaire secret du Régent. Ce qu'il avait su des tractations du baron, n'en était que l'écorce: il avait ignoré que, par l'entremise d'Hoguère et d'un envoyé d'Alberoni, le chef du gouvernement de la France songeait à renverser les alliances. C'est la Desmares, prête-nom d'Hoguère, qui servait d'intermédiaire à Philippe d'Orléans pour sa correspondance avec la Suède. François-Marie se voyait, par *Œdipe,* au milieu d'une intrigue de portée internationale et il ne louait que plus la comédienne d'avoir appris si bien son rôle, tout en travaillant au bouleversement de l'Europe. Elle espérait une récompense de son entremise : que Philippe, ayant simplement reconnu la fille qu'elle avait eue de lui, la légitimerait, comme il avait légitimé le fils de Mlle de Séry, devenu le chevalier d'Orléans et grand prieur de France. Cette fille, on la lui avait enlevée aussitôt après sa naissance, pour la mettre dans un couvent de Saint-Denis, où l'on faisait son éducation : elle ne l'avait jamais revue.

Le rêve de Voltaire était de s'insinuer toujours plus dans les bonnes grâces du Régent. Le fait que certains de ses amis, — Canillac, Brancas, La Feuillade, — étaient les familiers de l'homme qui gouvernait la France, lui semblait autoriser cet espoir, dont il avait eu des gages à sa sortie de la Bastille. Maintenant, les confidences de la Desmares et ses propres relations avec Goertz, lui paraissaient une autre promesse de haute fortune. En attendant, il voyait déjà deux fruits à cueillir : pardonné et même récompensé par Philippe d'Orléans, il ambitionnait la faveur de lui dédier *Œdipe* et de lui lire *la Ligue.* Ainsi eût-il été mis à couvert des « intentions » charitables de tous les lieutenants généraux de police.

Ne doutant pas d'avoir un esprit qui lui permettait de tout affronter, il se posta dans l'antichambre du Régent, afin, pour ainsi dire, de forcer sa porte. Mais le prince, si bienveillant qu'il fût, avait la longue habitude de se débarrasser des quémandeurs. Lorsqu'il aperçut le poète, qui lui dit avoir une faveur à lui demander, il se contenta de répondre, sans écouter la suite : « Je te nomme au département de mes niaiseries. — Merci, Monseigneur, répliqua Voltaire à mi-voix en désignant quatre secrétaires d'État qui le suivaient. J'aurais trop de rivaux ; en voilà déjà quatre derrière moi. » Le Régent rit beaucoup de ce mot, mais ce n'est pas ce qui l'engagea à s'attacher le poète. Il en conclut que c'était bien lui l'auteur d'un autre mot qu'on lui avait rapporté : comme il avait, par mesure d'économie, diminué de moitié le nombre des chevaux du roi, on assurait que le petit Arouet avait dit qu'il « eût été plus convenable de supprimer la moitié des ânes dont Sa Majesté était entourée ». Pendant qu'il faisait inutilement le siège du Régent, Voltaire avait vu passer Fontenelle, tout rengorgé d'habiter au Palais-Royal. « Philippe d'Orléans voudrait se familiariser avec moi, lui dit l'auteur de *la Pluralité des mondes*; mais je le repousse par le respect. » Voltaire estima que seule une vanité d'académicien était capable d'une telle remarque.

N'ayant pu parler au Régent aussi longtemps qu'il le voulait, il lui écrivit cette lettre, au début de novembre : « Monseigneur, Faudra-t-il que le pauvre Voltaire ne vous ait d'autres obligations que de l'avoir corrigé par une année de Bastille ?... Il prend la liberté de vous demander trois grâces : la première, de souffrir qu'il ait l'honneur de vous dédier la tragédie qu'il vient de composer, la seconde de bien vouloir entendre quelque jour des morceaux d'un poème épique sur celui de vos aïeux auquel vous ressemblez le plus, et la troisième de considérer que j'ai l'honneur de vous écrire une lettre où le mot de souscription ne se trouve point... » Sa signature de : « Voltaire » tout court, était précédée de ces mots : « Je suis avec un profond respect, Monseigneur, de Votre Altesse Royale, le très humble et très pauvre secrétaire des niaiseries. » Il semblait prendre au mot le titre que le Régent lui avait donné. Si Fontenelle prétendait que Philippe avait voulu « se familiariser » en vain avec lui, Philippe détestait ceux qui n'étaient pas d'un certain monde et qui tentaient de se familiariser avec lui. La lettre du sieur Arouet, soi-disant Voltaire, ne pouvait donc que froisser sa délicatesse. François-Marie ne réfléchissait jamais à ce qui lui passait par la tête. Sinon il n'aurait pas plaisanté le duc de La Feuillade sur son impuissance, ni le prince de Vendôme sur sa vérole.

La tragédie, dont le Régent ne daigna pas accepter la dédicace, c'était évidemment *Œdipe.* Mais afin de ne pas tout refuser, il fit dire au poète qu'on l'inviterait un jour à Saint-Cloud pour entendre la lecture de *la Ligue.* Philippe, qui, outre le sentiment de sa dignité, avait l'esprit le plus fin, dut trouver grotesque cette flatterie boursouflée de le comparer à Henri IV, unificateur et pacificateur du royaume. N'ignorant pas les bruits qui couraient sur ses relations avec sa fille la duchesse de Berry, il dut également trouver un peu fort qu'on le priât d'accepter la dédicace d'*Œdipe.* Même s'il s'était placé au-dessus de cette médisance, il ne voulait pas la braver. Enfin, il jugea certainement aussi misérable cette fausse excuse qui prétendait ne pas lui demander de souscription et qui trahissait un homme affamé d'argent : cela signifiait bien que le « pauvre » poète, tout en ne sollicitant pas sa souscription pour l'ouvrage qu'il allait imprimer, l'espérait fermement. Cette pratique des souscriptions pour les livres à publier, était nouvelle et venait des usages financiers répandus par le système de Law.

Voltaire, déçu auprès du Régent, cherchait à quel personnage relativement aussi considérable il pourrait dédier son *Œdipe* : il voulait faire mieux que Corneille, qui avait précédé sa tragédie homonyme d'une longue épître au surintendant Foucquet, sur les conseils de qui il avait choisi ce sujet. Or, la seconde duchesse de Sully, — la veuve du frère aîné du duc vivait encore, — n'avait-elle pas épousé en premières noces le fils de Foucquet ? Cela inspira l'idée à François-Marie de recourir au duc, qui était en bons termes avec Madame, la princesse Palatine, mère du Régent, pour lui demander de consentir à être l'objet de cette dédicace. Il eut la joie d'être agréé.

Aussitôt, il rédigea cette épître, *A Madame,* qui lui donnait l'orgueil ou du moins l'illusion d'être l'égal de Racine qui, lui aussi, avait dédié *Andromaque* à Madame, — la première Madame, Henriette d'Angleterre ; mais il l'enviait d'avoir pu dédier *Alexandre le Grand* au roi. La flagornerie de la dédicace d'*Œdipe* à Élisabeth-Charlotte de Bavière imitait celle des poètes du siècle passé, qui cherchaient ainsi des protecteurs, voire des bienfaiteurs : « Si l'usage de dédier ses ouvrages à ceux qui en jugent le mieux n'était pas établi, il commencerait par Votre Altesse Royale. La protection éclairée dont vous honorez les succès ou les efforts des auteurs, met en droit ceux mêmes qui réussissent le moins, de mettre sous votre nom des ouvrages qu'ils ne composent que dans le dessein de vous plaire. Heureux si, encouragé par vos bontés, je puis travailler longtemps pour Votre Altesse Royale, dont la conservation n'est pas moins précieuse à ceux qui cultivent les beaux-arts qu'à toute la France, dont elle est les délices et l'exemple... Arouet de Voltaire. »

Du moins y avait-il quelque vérité dans les qualités d'esprit qu'il attribuait à cette princesse : des lettres d'elle, — et que Louis XIV avait fait intercepter pour savoir à qui et sur quoi elle écrivait tant, car elle écrivait toute la journée, même pendant qu'elle recevait et jusqu'à dix heures du soir, — prouvaient sa lucidité et sa malice. Elle disait en avoir expédié de quinze à vingt mille, qui formeraient vingt volumes in-folio. Son intelligence était également attestée par le commerce épistolaire qu'elle avait eu avec le fameux philosophe et mathématicien Leibniz, mort en 1716 ; mais ses correspondantes régulières étaient la fille née du premier mariage de son époux, feu Monsieur, la princesse de Piémont, depuis reine de Sicile, ou bien sa propre fille, la duchesse de Lorraine, sa nièce, la duchesse de Modène, sa cousine l'électrice de Hanovre, ainsi que la reine de Prusse et son ancienne institutrice, Mme de Harling. Toutes ces lettres étaient écrites en allemand ; on avait traduit les plus curieuses de celles qui avaient été interceptées. Madame elle-même n'ignorait pas ces interceptions qui, en somme, la flattaient, augmentaient sa renommée de femme d'esprit et témoignaient son inviolabilité, autant que sa liberté absolue. Elle disait que, sous la Régence, son propre fils était aussi friand de ce qu'elle écrivait. « Je lui donne des conseils sans en avoir l'air », disait-elle. Sous le règne précédent, elle avait eu, par ce moyen, le plaisir de faire savoir à Louis XIV tout le mal qu'elle pensait de Mme de Maintenon et François-Marie n'avait pas oublié les incroyables lignes scatologiques lues au Temple, avec la digne réponse de l'électrice de Hanovre. Les bougres lui savaient gré d'une phrase d'une de ses lettres : « S'il fallait détester ceux qui aiment les mâles, on ne pourrait aimer ici que bien peu. » Elle savait, certes, ce qui en était à ce sujet. Et Voltaire trouvait piquant de dédier sa première tragédie à l'épouse de celui qui avait été le roi des bougres. Mais il avait un autre point commun avec Madame : d'après le duc de Sully, la pièce qu'elle préférait entre toutes était *Tartufe*, admiration qu'il partageait. Protestante de naissance, convertie au catholicisme lors de son mariage, elle avait pour confesseur un jésuite, le père Tachereau de Linières ; mais on disait qu'il était aussi peu occupé que celui de son fils le Régent, le père du Trévou. Elle avait été grande chasseresse, courant le cerf, vêtue en homme, avec la casaque bleue des chasseurs du roi, et assez grande pécheresse, ce qui lui avait donné une morale indulgente. Louis XIV avait obtenu ses faveurs : on disait que le Régent et la duchesse de Lorraine n'étaient pas de Monsieur, mais de lui. Quand on parlait à Madame des désordres de son fils, elle répondait : « Il est bien heureux de pouvoir y suffire. » A soixante-six ans, elle avait un dernier soupirant : Law, qui s'était épris d'elle et qui la visitait mystérieusement à Saint-Cloud.

Son amour-propre l'ayant emporté sur sa lucidité, elle fut conquise par la dédicace d'*Œdipe*. Sully l'avait présentée à son suffrage, de la part de l'auteur : personne ne lui avait dit encore qu'elle était « les délices et l'exemple » de toute la France, alors qu'elle vivait très retirée, qu'elle était d'une laideur repoussante et qu'elle parlait assez mal le français, même si elle honorait ceux qui le parlaient bien. Elle fit donc le meilleur accueil à Voltaire lorsque Sully le lui amena, au Palais-Royal. Elle était avec son amie intime, la maréchale de Clérambault, née Bouthillier de Chavigny, veuve elle aussi depuis longtemps, qui avait la même vivacité d'esprit et qui avait été gouvernante des filles de Monsieur. Le duc de Sully, sûr de trouver là cette maréchale, avait dit à François-Marie qu'elle avait inspiré, peu après son veuvage, un couplet assez fort : « Maréchale de Clérambault, — Vous tranchez bien de la divine ; — Mais vous avez le con plus chaud — Que fraîche vous n'avez la mine ; — Vous quêtez à tous venants, — Malgré la laideur et les ans. » Elle était, dit le duc, la seule femme à porter un masque de velours noir à l'intérieur de la cour. C'était, prétendait-elle, pour protéger son teint, quoique ce fût surtout pour cacher cette laideur, égale à celle de Madame. Elle ôtait le masque en faisant la révérence, quand on la saluait. Elle l'avait posé sur ses genoux, dans la pièce où elle était assise, près de la princesse.

Pour être assuré que celle-ci assisterait à la première représentation d'*Œdipe*, fixée au 18 novembre, le poète la visita quelque temps avec assiduité dans son appartement du Palais-Royal. Il alla même la voir à Saint-Cloud, qui était le lieu de prédilection d'Elisabeth-Charlotte. Il connaissait déjà le parc, dessiné par Le Nôtre, avec ses magnifiques cascades et ouvert au public. Mais il contemplait maintenant du dedans ce somptueux château édifié par Monsieur, à la place de l'ancien, dont subsistait la chambre où Henri III avait été assassiné par le frère prêcheur Jacques Clément. Il voyait cette suite de salons qu'avait surtout décorés l'art gracieux de Mignard, *la Galerie d'Apollon,* avec les portraits de Monsieur et de Madame, du duc d'Orléans et de Mlle de Valois, de Louis XIII et de Louis XIV, d'Anne et de Marie-Thérèse d'Autriche... Détail que Voltaire apprit à cette occasion : les archevêques de Paris étaient ducs de Saint-Cloud, en vertu de lettres patentes de Louis XIV.

Madame, dans son jargon franco-allemand, amusa le poète en lui disant qu'à la cour de Louis XIV, l'étiquette était négligée par rapport à celle des cours allemandes. Elle faisait des sorties contre les prétentions des ducs français d'avoir le pas sur les princes allemands, qui étaient des souverains au sein de l'Empire. François-Marie se vit encouragé à se moquer du duc de Saint-Simon, et Madame lui conta, sur ce sujet, une anecdote qui manquerait probablement aux *Mémoires* de ce duc. Un jour, Saint-Simon, assistant au grand couvert du roi, s'était mis devant le prince palatin de Deux-Ponts. Madame, qui était assise à la table royale, avec d'autres princes et princesses du sang, fut outrée de cette insolence, que l'Allemand souffrait sans rien dire. Elle s'écria : « D'où vient que Monsieur le duc de Saint-Simon, presse tant Son Altesse le duc de Deux-Ponts ? A-t-il envie de le prier de prendre un de ses fils pour page ? » Elle avait rétabli par ces mots les distances entre un prince régnant et un duc français. Tous les assistants, à commencer par le roi, s'étaient mis tellement à rire que Saint-Simon avait quitté la pièce.

A la date prévue, les comédiens-français donnèrent la première représentation d'*Œdipe*. Elle fut un triomphe. Cette scène du théâtre du Palais-Royal que François-Marie n'avait pu encore débarrasser de ses importuns et des bardaches de Courcillon, retentissait maintenant de vers qui faisaient oublier ceux de ses lettres, de ses odes, de ses contes et du *Bourbier*.

Le premier acte produisit cependant deux effets contradictoires. Tout au début, on applaudit avec transport ces deux alexandrins : « L'amitié d'un grand homme est un bienfait des dieux. — Qu'eussé-je été sans lui ? Rien que le fils d'un roi. » Ce qui était un hommage au Régent, de même que ce vers du second acte : « J'ai fait des souverains et n'ai point voulu l'être... » Mais, à la deuxième scène du premier acte, le parterre avait éclaté de rire à la pompe excessive de ces vers du chœur : « O monts, écrasez-nous ! Cieux, tombez sur nos têtes ! — O mort, viens nous sauver, viens terminer nos jours ! » Ce qui était du mauvais Crébillon. Dans l'esprit d'impiété qui prévalait sous la Régence, ces vers d'Araspe, le confident d'Œdipe, ne pouvaient passer inaperçus : « Ne nous condamnons point sur la foi de nos prêtres... — Ne nous fions qu'à nous ; voyons tout par nos yeux : — Ce sont là nos trépieds, nos oracles, nos dieux... » Et ces vers de Jocaste elle-même : « Nos prêtres ne sont point ce qu'un vain peuple pense, — Notre crédulité fait toute leur science. »

Le personnage de Philoctète, prince d'Eubée, faussement accusé d'être l'assassin du roi de Thèbes Laïus, était le porte-parole de Voltaire, obsédé de la préoccupation de s'innocenter, aux yeux du Régent, des motifs qui l'avaient conduit à la Bastille : « Je sais de quels forfaits on veut noircir ma vie ; — Seigneur, n'attendez pas que je me justifie. — J'ai pour vous trop d'estime et je ne pense pas — Que vous puissiez descendre à des soupçons si bas. » Plus loin, Philoctète disait encore à Œdipe : « Si sur les mêmes pas nous marchons l'un et l'autre, — Ma gloire d'assez près est unie à la vôtre... — C'est aux hommes communs, aux âmes ordinaires — A se justifier par des moyens vulgaires ; — Mais un prince, un guerrier, tel que vous, tel que moi, — Quand il a dit un mot, en est cru sur sa foi. » Certes, c'étaient de belles paroles ; l'auteur faisait entendre qu'un « guerrier de la plume », un « prince de l'intelligence », dans ses combats, ne pouvait se parjurer. Ceux qui savaient à quoi s'en tenir sur ce point, ne pouvaient qu'admirer son imperturbable audace.

Il y avait également des mots de Philoctète à consonance républicaine : « Un roi pour ses sujets est un dieu qu'on révère, — Pour Hercule et pour moi, c'est un homme ordinaire. » Ces accents soulevaient l'enthousiasme du parterre, toujours frondeur, et soulageaient de la retenue que le long règne du Roi-Soleil avait imposée à la scène. Un autre vers paraissait la prophétie d'un lointain avenir : « Tremblez, malheureux rois, votre règne est passé. » Enfin, les derniers mots de la pièce, dans la bouche de Jocaste, furent jugés aussi sublimes pour le fond que pour la forme : « J'ai fait rougir les dieux qui m'ont forcée au crime. »

Ce n'était évidemment pas une tragédie que les jésuites joueraient dans leur théâtre de Louis-le-Grand. Le sujet de la pièce, l'inceste, autrement caractérisé que dans *Phèdre,* avait aussi de quoi frapper les spectateurs. Voltaire ne s'était pas trompé en espérant que leur malignité y verrait un piquant de plus et cela ne fut pas, en effet, une raison de moins pour le succès. Toutefois, l'inceste d'Œdipe et de Jocaste s'était commis à leur insu. Œdipe ignorait être le fils de celle qu'il avait épousée, non plus qu'il ne savait que l'homme qu'il avait tué, Laïus, était son père : « Inceste et parricide, et pourtant vertueux. » L'austère Me Arouet, partagé entre la joie et l'anathème, s'exclamait à voix basse, dans un coin de la salle : « Ah ! le coquin ! Ah ! le coquin ! » Son fils Armand, respectueux des principes jansénistes qui proscrivaient les spectacles, n'était pas venu.

La recette de ce jour fut de 2743 livres, et il y eut quarante-cinq représentations de suite. A l'une des dernières de novembre, la duchesse de Berry, couverte de diamants et de perles, avait tenu à défier ses concitoyens : du haut de sa loge, elle affecta d'applaudir les vers qu'on aurait pu lui appliquer. C'était comme si elle avait voulu rappeler au vulgaire ce que feu M. le Duc avait écrit à sa sœur la duchesse du Maine, avec qui il avait eu le même commerce que le Régent avait avec ses filles : « L'inceste, entre deux divinités, n'est que galanterie. »

La duchesse de Berry, pour rehausser encore l'éclat de sa présence, avait fait installer, à l'intérieur de sa loge, le dais que l'on mettait seulement dans celle du roi ou du Régent ; quatre de ses gardes étaient en faction au-dessous, et quatre autres à l'entrée du parterre. Enfin, l'éclairage de la salle était assuré, non par des chandelles, mais par des bougies, comme pour le souverain ou son remplaçant. Philippe avait souvent reproché à sa fille ce déploiement d'orgueil qui la faisait critiquer ; mais il n'était en mesure de contrarier aucun de ses caprices. A cette soirée d'*Œdipe*, la présence de la duchesse avait été la réponse de l'aristocratie de la naissance à l'aristocratie de l'esprit. Lorsque, à la fin de la dernière scène, Jocaste, avant de se frapper, prononce ce vers : « Par un pouvoir affreux, réservé à l'inceste, — La mort est le seul bien, le seul dieu qui me reste », tous les regards s'étaient tournés vers la duchesse : elle inclina la tête vers les spectateurs, comme pour les remercier d'un hommage.

Le surlendemain du jour où elle était allée voir *Œdipe*, le Régent se rendit à son tour au théâtre : il avait Madame dans sa loge. C'était pour prouver qu'il était aussi intrépide que sa fille aînée et qu'il se tenait pour étranger au sujet. Quand le lieutenant général de police lui avait déclaré que d'aucuns estimaient le choix de cette tragédie une perfidie à son égard et qu'il serait peut-être sage de l'interdire, il s'était borné à répondre : « Vous verrez que c'est pour me jouer que Sophocle a imaginé ce sujet. »

Les honneurs que valaient à François-Marie le succès de sa pièce, eurent pour contrepartie, non seulement un *Œdipe travesti*, à la Comédie-Italienne, mais un petit poème épigrammatique, dont il supposa que l'auteur était Roy ou Gacon, inspirateurs fréquents des brevets de la Calotte. Ce poème, intitulé *la Naissance d'Arouet*, — il lui était désagréable que l'on continuât de l'appeler de ce nom, — visait moins *Œdipe* que ses précédents littéraires et sa soif de se faire remarquer : « Apollon prit un jour — Du goût pour la Folie... — Grossesse vint, au bout de quelque temps... — "Je veux, dit Apollon, — Que cet enfant prime au sacré vallon..." — "Puisque vous m'obstinez, dit l'autre, — Je prétends qu'il soit fol, même fol furieux"... — Et, pour les accorder tous deux, — Le grand maître des destinées — De chacun remplit le souhait : — La Folie au Parnasse accoucha d'Arouet. » Au fond, cette longue épigramme ne lui parut pas si déplaisante : on reconnaissait que sa « folie » confinait au génie et qu'il était, selon le mot de l'abbé de Chaulieu, « un sommet du Parnasse ». Mais l'*Œdipe travesti* l'avait piqué.

A la fin de novembre, Voltaire avait assisté au mariage du fils aîné du garde des Sceaux, René-Louis d'Argenson, avec Mlle de Méliand, fille de l'intendant de Lille. Le beau-père, qui avait reçu deux mille écus de pension, céda sa charge de maître des requêtes à son gendre. François-Marie trouva assez drôle de coudoyer le garde des Sceaux, qui l'avait interrogé à la Bastille et qui avait fait même inspecter les latrines de son domicile pour y découvrir les preuves de son esprit satirique. Le succès d'*Œdipe*, sous les auspices de Madame, et avec les bénédictions du Régent et de la duchesse de Berry, lui permettait de narguer et même de morguer, non seulement le marquis d'Argenson, mais son successeur, Machault d'Arnouville, qui était invité. Cela ramenait à sa juste valeur la lettre obséquieuse qu'il lui avait écrite de Châtenay après sa libération. C'étaient les revanches de la vie.

Sur les droits d'auteur qu'il empocha, Voltaire alla faire faire son portrait par Largillière, auteur des portraits de ses parents. Ce peintre au pinceau élégant, membre de l'Académie de peinture et de sculpture, habitait dans la fangeuse rue Sainte-Avoye ; près de son atelier, il tenait une boutique de brocante picturale. A Voltaire, qui s'étonnait de ce petit commerce d'un si grand portraitiste, il répondit que des amateurs distingués exerçaient le même métier et que leurs noms figuraient dans l'*Almanach ou livre commode des adresses de Paris*, par du Pradel : « L'abbé du Plessis, près le Puits d'Amour ; le sieur d'Alençon, rue Chapon ; le sieur Paris, près la rue Jussienne. » Le poète, avide d'argent, retint ce que disait le peintre : « qu'on gagnait gros avec cette brocante ». Il imaginait d'acheter des tableaux pour les revendre à des seigneurs étrangers, à des rois. N'était-il pas déjà introduit auprès de Charles XII ?

Il fut ravi de son portrait : la perruque poudrée, les yeux étincelants, les lèvres fermées ; il était en habit de soie, avec un gilet brodé et un jabot de dentelle. Ce portrait était la consécration de son succès actuel et une promesse de sa grandeur future, car il s'y voyait déjà l'égal des jeunes gens de la cour dont Largillière achevait les effigies. Mais où le placer ? Il n'avait aucune envie de l'offrir à son père et le jugeait ridicule aux murs de sa chambre garnie rue de la Calandre. Il le donna à Mlle de Livry, pour la consoler de n'avoir pas eu de rôle dans *Œdipe.*

Un jour de décembre, Mlle Desmares accueillit Voltaire dans sa loge, gravement, par les premiers vers de son rôle de Jocaste : « Seigneur, quand le destin, me réservant à vous, — Par un coup imprévu m'enleva mon époux, — Lorsque, de ses États parcourant les frontières, — Ce héros succomba sous des mains meurtrières... » Ce n'était plus de Laïus qu'il était question : Charles XII avait été tué, le 30 novembre, au siège de Fredrickshall en Norvège, et Hoguère venait d'en apprendre la nouvelle à sa maîtresse. On pensait que le roi avait été assassiné. « Je n'ai pas perdu Philippe, mon époux de la main gauche, ajouta la comédienne ; mais nous perdons tous l'espoir qui reposait sur ce grand secret d'État. Les négociations étaient à la veille de se conclure : le Régent promettait cinq mille écus par mois à la Suède et Hoguère, chargé de signer l'accord, devait partir pour Stockholm. Il comptait vous emmener : cela aurait donné à son voyage diplomatique un air de littérature. » Par un étrange concours de circonstances, le baron de Goertz, qui venait d'une conférence dans l'île d'Aland avec le czar et l'avait convaincu d'adhérer aux projets de Charles, arriva au quartier général suédois quand le roi avait cessé de vivre : le plénipotentiaire, l'ami d'Hoguère et de Voltaire, avait été arrêté comme prisonnier d'État et conduit à Stockholm où l'on préparait son procès. Charles XII n'avait pas d'enfant ; la dynastie de Deux-Ponts, à laquelle il appartenait, était combattue par celle de Hesse-Cassel, qui prétendait au trône. Cette faction avait décidé la Diète suédoise à frapper le ministre étranger auquel Charles XII avait livré tous ses secrets.

Voltaire se félicita d'avoir échappé à des négociations qui se terminaient si dramatiquement. Il pouvait continuer de cueillir en paix les lauriers d'*Œdipe.* A une représentation, il se divertit de jouer le rôle d'un page en portant sur la scène, dans son habit de ville, la queue de la robe du grand prêtre. La maréchale de Villars, une des spectatrices de ce soir-là, demanda quel était ce facétieux jeune homme. Quand on lui dit que c'était l'auteur, elle souhaita le connaître et l'admit bientôt dans sa société.

L'hôtel de Villars, rue de Grenelle, était enrichi des dépouilles du Palatinat. Voltaire ne pouvait se choquer de tels pillages, puisque Louis XIV les avait tolérés de la part du maréchal.

Lorsque des jaloux, masqués en moralistes, les lui eurent dénoncés, le roi répondit : « S'il fait bien ses affaires, il fait encore mieux les miennes. »

Cette pièce avait également resserré les liens de Voltaire avec le prince de Conti, touché d'avoir été consulté pour une tragédie que l'on applaudissait. Il avait assisté à la première représentation, et adressa à l'auteur une épître en vers où il disait de lui : « Ayant puisé ses vers au cours de l'Aganippe, — Pour son premier projet, il fait le choix d'*Œdipe* — Et quoique dès longtemps le sujet fût connu, — Par un style plus beau, cette pièce changée — Fit croire des enfers Racine revenu. — Ou que Corneille avait la sienne corrigée. » Voltaire, en lisant ces vers rocailleux, qu'il aurait moqués sous la plume d'un autre, se voyait obligé d'en faire l'éloge. Il pensait à ce que Molière avait noté : « Tous les discours sont des sottises, — Partant d'un homme sans éclat ; — Ce seraient paroles exquises — Si c'était un grand qui parlât. » Et, rencontrant le prince de Conti peu de temps après, il lui dit ces mots : « Monseigneur, vous êtes un grand poète, il faut que je vous fasse donner une pension par le roi. » Il maniait dorénavant avec moins de scrupule que jamais la familiarité, la flatterie et l'impertinence que lui inspiraient ses instincts bourgeois. Il traitait de pair à compagnon un prince du sang et avait l'air de traiter ainsi même le monarque. Les vapeurs du théâtre égaraient sa vanité. Il avait désormais, il est vrai, avec le prince de Conti le lien supplémentaire de son ancien camarade de Louis-le-Grand, René Hérault de Fontaine-l'Abbé, devenu seigneur de Vaucresson et secrétaire intime du prince.

Cependant, l'auteur d'*Œdipe* s'était déclaré le chevalier servant de la maréchale. Il affectait de s'en dire éperdument amoureux, ce qui parut une autre facétie, à laquelle elle voulut bien se prêter. La maréchale duchesse gardait, à quarante-trois ans, une grande beauté. Sa mère était sœur de l'abbé Courtin, que François-Marie avait connu au Temple et retrouvé à Sully ; sa sœur, la marquise de Maisons, femme du président mort en 1715, père de l'ami d'Arouet. Elle avait été passagèrement la maîtresse du duc de Richelieu, avec le souvenir duquel le poète semblait vouloir entrer en concurrence. Il savait bien que sa chance était illusoire ; mais il s'enflammait à l'idée de persuader qu'il était l'amant d'une femme dont le mari avait sauvé la France. Il pensait à Saint-Évremond qui avait été, dans des conditions aussi platoniques, l'amant de la belle duchesse de Mazarin, Hortense Mancini.

Néanmoins, de même qu'il se mettait à proclamer ses ardeurs pour la maréchale duchesse, il voulut trompeter ses relations poétiques avec le prince de Conti. Être protégé par celui dont le grand-père avait protégé Molière, lui semblait flatteur. C'est pourquoi il le remercia, par une épître en vers, de celle qu'il en avait reçue. Elle débutait comiquement : « Conti, digne héritier des vertus de ton père... » Les principales vertus de son père avaient été, en effet, la pédérastie et l'inceste. Le fils ne l'imitait que pour la première. Voltaire lui disait ensuite, afin de le montrer comme un successeur possible du Régent : « Toi que l'honneur conduit, que la justice éclaire, — Qui sais être à la fois un prince et citoyen — Et peux, de la patrie, être un jour le soutien... » En attendant d'être le soutien de la patrie, ce prince du sang en était une sangsue : cette même année 1718, avec le duc et la duchesse de Bourbon, il avait gagné des sommes immenses dans le système de Law, d'où sortaient autant de fortunes que de ruines. C'était l'un des spéculateurs les plus éhontés. Il avait fait échanger ses billets contre trois fourgons d'or et d'argent. Enfin, il fallait avoir toute honte bue dans le métier de panégyriste pour louer, comme le faisait Voltaire, « la justice » d'un prince que son rang avait, en 1716, fait échapper à la justice, après la torture et l'assassinat d'une courtisane.

Impavide, l'auteur d'*Œdipe* continuait : « Entends mêler ton nom dans les vœux de la France. — Vois nos cœurs, aujourd'hui justement enchantés, — Au-devant de tes pas voler de tous côtés. » La métaphore des cœurs qui volent au passage de quelqu'un, et qui était empruntée à Racine, où elle concerne le jeune et beau Néron, était profondément ridicule si l'on regardait ce prince avorton : elle pouvait même passer pour une charge. Une chanson, sur l'air *l'Année est bonne,* disait à sa femme, dont la beauté contrastait avec lui : « Vous avez, divine Conti, — Un fort vilain mari, — Bran de l'hymen qui vous le donne, — Belle mignonne. — Quoi ! ce nabot dans votre lit — Passe donc le jour et la nuit ?... » Une autre chanson, sur l'air *Il a battu son petit frère,* le peignait « tordu d'esprit et de corps », et ajoutait : « Ton vieux maquereau La Chapelle — Te mène à la gloire immortelle — Et fait valoir tes grands talents. » Il s'agissait de Jean de La Chapelle, poète et auteur dramatique, membre de l'Académie française et secrétaire des commandements du prince de Conti. Boileau, dans une épigramme célèbre, demandait « Qui, du fade Boyer ou du sec La Chapelle, — Excita plus de sifflements », celui-ci avec sa *Cléopâtre,* et celui-là avec sa *Judith.* C'est probablement La Chapelle qui avait écrit les vers du prince adressés à Voltaire ou qui au moins les avait corrigés, sans les rendre meilleurs. « Poursuis avec un tel ministre, continuait la chanson, — Tout l'avenir t'admirera, — De l'État tu tiendras les rênes, — Le Régent te le cédera, — Ton dos le soutiendra sans peine. » Allusion blessante au fait qu'il était bossu.

Voltaire, insensible à toutes ces railleries qu'il connaissait fort bien, ainsi qu'à celles que lui vaudrait son dithyrambe, se prosternait encore devant ce pitoyable prince : « Eh ! que sont en effet le rang et la naissance, — La gloire des lauriers, l'éclat de la puissance, — Sans le flatteur plaisir de se voir estimé ? — Un grand, bouffi d'orgueil, enivré de délices, — Croit que le monde entier doit honorer ses vices. » On ne pouvait aller plus bas dans l'ignominie de l'éloge. Et le poète trouve encore moyen de célébrer certains des grands seigneurs qui étaient ses amis : il en fait des parangons de vertu qui refuseraient de fréquenter cet objet d'abomination, ce « grand » plongé dans les « vices » et les « délices ». Ce grand-là, dit-il, « ... Ne voit point chez lui Villars ni La Feuillade ». Or, La Feuillade et Villars étaient les coryphées de la pédérastie, comme le prince de Conti lui-même. Voltaire ajoutait, parlant toujours de ce grand de malheur : « Sully ni Villeroy ne sont point ses amis. » Sully était le digne émule de La Feuillade et de Villars ; mais le poète masquait cette particularité en le faisant voisiner avec le maréchal duc de Villeroy, le vieil et respectable gouverneur de Louis XV. « C'est à de tels esprits qu'il importe de plaire », assurait-il. La chute de cette épître *A S.A.R. Mgr le prince de Conti* était digne du début et du reste. Voltaire célébrait derechef ses vertus : « Les vertus qu'à ton cœur inspire la nature »... sans oublier la contre-nature. « ... C'est à toi, que tout Paris contemple, — A nous en parler moins qu'à nous donner l'exemple. » Paris ne contemplait le prince de Conti que pour s'indigner ou en rire.

Ainsi, Arouet, impitoyable pour ses confrères du Parnasse, n'avait pas hésité à faire le métier de valet. Tout en s'abaissant, il avait le regret de se dire que cela ne lui rapporterait pas ce qu'il aurait pu espérer : l'emploi de favori de ce prince. La place était doublement prise par le médiocre académicien La Chapelle et par Hérault de Fontaine-l'Abbé.

Sans doute caressait-il surtout ce petit singe de Conti pour flatter indirectement la duchesse du Maine qui était, comme la princesse de Conti, une Bourbon-Condé. Il voulait, afin de capter leur confiance, prouver qu'il était aveugle quand il s'agissait de faire l'éloge des personnes de leur rang. Le désir de plaire à la cour de Sceaux n'était pas incompatible avec celui de plaire au Palais-Royal : leurs rapports semblaient redevenus normaux. La réconciliation s'était faite dans l'euphorie du système de Law, l'Écossais ayant l'habileté de faire couler l'or chez tous les petits-enfants de France et tous les princes du sang, sauf à bouleverser la fortune des autres. Le 9 décembre, la Banque Générale avait été déclarée Banque Royale.

Voltaire, bien accueilli de Madame, ne manquait pas d'aller la saluer au Palais-Royal lorsqu'elle revenait de Saint-Cloud. Il y rencontra un jour son premier aumônier, l'abbé de Saint-Pierre, chassé de l'Académie française à cause de *la Polysynodie.* L'auteur d'*Œdipe* se fit un plaisir de louer cet ouvrage, ainsi que le *Projet de paix perpétuelle,* publié par l'abbé après les négociations du traité d'Utrecht, auxquelles il avait participé comme adjoint du cardinal de Polignac, l'un des plénipotentiaires de la France. Ce projet semblait chimérique à Madame ; mais elle n'avait pas assez d'éloges pour *la Polysynodie.* Elle en lut cette phrase à Voltaire : « Les femmes sont destinées à l'ornement de la société et non pas à l'administration de l'État et ce règlement exclurait les maîtresses. » François-Marie comprit que l'abbé n'avait fait qu'exprimer, sur ce point, l'opinion de sa protectrice : elle parla avec animosité des maîtresses de Louis XIV et reparla encore plus violemment de son épouse morganatique, la marquise de Maintenon. Voltaire savait combien elle avait souffert d'être obligée de donner son fils à l'une des bâtardes du roi. Elle appelait Mme de Maintenon « la vieille guenon », « la méchante bête sauvage ». Elle dit à son visiteur que la marquise, pour ne pas laisser le roi seul un instant, l'accompagnait même à sa chaise percée. Madame en voulait à cette femme d'avoir tenté de détourner le roi d'augmenter sa pension : la princesse, en effet, avait été fort incommodée dans ses affaires par suite de la banqueroute de son trésorier. François-Marie ouvrait de grandes oreilles en lui entendant dire qu'elle joignait à peine les deux bouts avec cinq cent mille livres de rente. Elle en voulait aussi à Mme de Maintenon pour un autre motif : celle-ci avait empêché la marquise de Dangeau d'avoir un tabouret à la cour, alors qu'elle était de la maison de Bavière. « Il est vrai, dit la princesse, qu'elle avait eu l'indiscrétion de se nommer Sophie de Bavière sur son contrat de mariage, ce qui excita le courroux de la dauphine, fille de l'électeur de Bavière. Celle-ci, qui était enceinte, poursuivit Madame, et dans l'antichambre de qui s'étaient faites les fiançailles de Dangeau, en eut une véritable rage, au point que l'on craignit une fausse couche. Elle se fit apporter le registre de la paroisse de Versailles en vue de le brûler ; mais le roi l'en empêcha. Le registre des baptêmes, mariages et sépultures d'une paroisse est un document officiel. Il fallut une lettre de cachet signée Louis et contresignée Colbert pour ordonner la destruction de la page incriminée, en présence du bailli de la ville, du curé Turpin de Soulié et d'un autre prêtre de la même congrégation de la Mission. Le nouveau contrat fut au nom de "Sophie de Löwenstein". Et la grossesse de la dauphine reprit son cours paisible. »

Madame, qui conservait sa malice d'ancienne protestante pour les mœurs du clergé catholique, — malice qui enchantait Voltaire et elle le savait, — mit la conversation sur la comédie qu'avait donnée, ces temps-ci, l'évêque de Beauvais, Mgr de Beauvillier, frère aîné du duc de Saint-Aignan : il s'était amouraché d'une de ses pénitentes, Mlle Lacroix, fille d'un exempt des gardes du corps, l'avait installée à l'évêché et l'emmenait dans ses tournées pastorales. Les plaisants du diocèse disaient que leur évêque était un saint, puisqu'il passait tous ses jours aux pieds de la croix. Le scandale avait retenti à Paris, en France et jusqu'à Rome. La mère de l'évêque, la duchesse de Beauvillier, née Colbert, sa belle-sœur, la duchesse de Saint-Aignan, fille du marquis de Besmaus, ancien gouverneur de la Bastille, et sa cousine la marquise de l'Aubespine, intervinrent auprès du Régent. Mlle Lacroix fut mise aux Madelonnettes ; mais Mgr de Beauvillier importunait le prince et les ministres pour obtenir la liberté de sa concubine, en se disant victime d'atroces calomnies. « Dire, conclut Madame, que c'est lui qui officia et prêcha à Versailles, en 1713, l'avant-dernière Toussaint à laquelle le roi eût assisté ! L'évêque de Beauvais nous avait tiré des larmes. »

11

Voltaire témoin de son temps et jouissant de sa renommée. Il voit de près, par ses amis, la conspiration de Cellamare et le système de Law

DES événements extraordinaires absorbèrent soudain l'attention. Le cardinal Alberoni, déçu dans ses projets militaires en Méditerranée et qui ne pardonnait pas à la France d'avoir conclu la Triple Alliance, changée en Quadruple Alliance par l'adhésion de la Savoie, avait entrepris d'autres intrigues, venues à la connaissance du Régent. Philippe V, s'il révoquait les engagements réciproques du traité d'Utrecht, pouvait prétendre au trône de France, dont il était l'héritier, comme petit-fils de Louis XIV, au même titre que Louis XV. Il n'en fallait pas plus pour enflammer l'imagination d'Alberoni.

Un copiste de la bibliothèque du roi, Buvat, avait averti l'abbé Dubois, devenu, cette année, ministre et secrétaire d'État aux Affaires étrangères, que le prince napolitain de Cellamare, ambassadeur d'Espagne, lui avait demandé de transcrire des dépêches faisant allusion à des menées secrètes, et il avait livré, en septembre et en octobre, le double de ces copies. L'abbé crut rêver quand il vit que Cellamare avait chargé un employé du roi de copier des dépêches contenant de pareils mots : « Je fais en sorte que nos ouvriers n'abandonnent pas le travail ; mais je n'entends pas qu'ils s'exposent à l'ardeur du soleil. Je veux qu'ils attendent la bonne action... Le chef qui dirige, commence à dire qu'il a fait de grandes dépenses et que sa bourse est vide... Je donne à nos ouvriers de bonnes paroles et je tâche de les maintenir en fidélité. » Le prince napolitain devait juger le sieur Buvat une mécanique à copier, privée de toute réflexion.

Le 3 décembre, l'ambassadeur fit distribuer aux négociants français une déclaration du roi d'Espagne les rassurant sur leur commerce « en cas de rupture avec la France ». L'abbé Dubois signala le jour même au maréchal de Berwick, commandant de Guyenne et grand d'Espagne, — il avait sauvé le trône de Philippe V par la victoire d'Almanza en 1707, ainsi que le duc de Vendôme le sauva une seconde fois, en 1712, par celle de Villaviciosa — que l'on distribuait « ces feuilles aux passants comme des billets de danseurs de corde ». Le 4 décembre, un secrétaire de l'ambassade d'Espagne à Paris, qui avait rendez-vous avec l'une des pensionnaires de la Fillon, arriva en retard : il donna comme excuse qu'il avait eu des dépêches à copier pour Madrid et qu'on venait de les confier à deux gentilshommes espagnols, partis en carrosse. La Fillon avertit aussitôt l'abbé Dubois, dont elle était à la fois l'entremetteuse et l'espionne, comme pour le lieutenant général de police : au premier, elle rendait compte de ses clients étrangers ; au second, des Français. Dubois dépêcha immédiatement l'officier Dumesnil avec des mousquetaires, à la poursuite des deux gentilshommes espagnols. L'officier portait un ordre du roi d'arrêter le chevalier de Mira, débiteur fugitif qui était avec eux et qui fournissait le prétexte de cette infraction aux immunités diplomatiques. L'ordre était, en effet, d'arrêter les personnes qui l'accompagnaient et dont on n'indiquait pas les noms ni la qualité. C'étaient l'abbé de Portocarrero, secrétaire de l'ambassade d'Espagne, et le marquis de Monteleone. Dumesnil les rejoignit dans une auberge de Poitiers, en pleine nuit, le lundi 5 décembre. Les papiers qu'il trouva sur eux, et qui n'étaient même pas en chiffre, dévoilaient le plan d'une conspiration. Le prince de Cellamare en était le chef ; le duc et surtout la duchesse du Maine, les principaux artisans.

Le Blanc, ministre de la Guerre, et Dubois, dirigèrent eux-mêmes la perquisition à l'ambassade d'Espagne, où l'ambassadeur fut mis en état d'arrestation. Ils y firent, en sa présence, de nouvelles découvertes : le plan d'action des troupes espagnoles, — « la bonne action » ; trois manifestes signés de Philippe V « roi d'Espagne, régent de France », — l'un « au roi Très-Chrétien », l'autre, circulaire aux divers parlements, le dernier au « Tiers-État du royaume », cet appel aux États généraux étant destiné à donner un aspect populaire à ce bouleversement ; la liste des officiers et des seigneurs de la cour qui offraient leurs services à l'Espagne ; les originaux de lettres du duc et de la duchesse du Maine. La nabote de Sceaux avait imaginé, pour satisfaire sa rancune et conquérir le pouvoir, d'allumer à la fois la guerre civile et la guerre étrangère. Déjà, peu avant la mort de Louis XIV, elle et son époux avaient tenté de se concilier l'appui des pairs, de crainte que le testament du roi ne fût contesté. Saint-Simon s'était dérobé à une invitation du duc. La duchesse ayant voulu renouer en invitant les ducs à Sceaux, seuls y étaient allés le duc d'Aumont et le duc de La Force ; mais celui-ci se dérobant à son tour et plus vivement que celui-là, au nom de tous, elle avait déclaré, dans un moment de colère, qu'on n'abandonnait pas le droit de succéder à la couronne « sans mettre le feu aux forteresses du royaume ».

François-Marie, à qui Richelieu avait répété ces propos, comprenait maintenant le sens des menaces voilées, proférées à Châtenay par Malézieu. Cela expliquait aussi des mouvements étranges qui, depuis quelques mois, avaient surpris les ministres : des bandes de faux-sauniers, faites de plusieurs milliers d'hommes armés, se livraient à cette contrebande du sel dans les provinces de France et jusqu'aux environs de Paris. Elles livraient de véritables batailles aux archers envoyés à leurs trousses. C'étaient des milices soudoyées pour s'exercer à une guerre de partisans avant de passer à des opérations plus importantes. Le 14 décembre, le maréchal de Berwick avait surpris, à Bordeaux, ce billet d'Alberoni à Cellamare : « Ne quittez Paris que lorsque vous y serez contraint par la force, et ne partez pas avant d'avoir mis le feu à toutes les mines. » C'étaient presque les paroles de la duchesse du Maine aux ducs d'Aumont et de La Force, quelques mois auparavant.

Le 11 décembre, avait été arrêté, sous un déguisement, l'abbé Brigault, prêtre de l'Oratoire, l'un des complices de Cellamare : le lendemain, il fit des aveux précisant ses responsabilités, ses rapports avec cet ambassadeur et avec l'introducteur des ambassadeurs Foucault de Magny, qui lui avait vendu quatre mille livres le cheval sur lequel il fuyait quand on l'avait arrêté. Il ne mettait pas en cause le duc et la duchesse du Maine, mais c'était bien superflu.

Le 29 décembre, le duc du Maine fut respectueusement arrêté à Sceaux, vers dix heures du matin, par le marquis de La Billarderie, major des gardes du corps, alors qu'il sortait d'entendre la messe dans sa chapelle. Il fut conduit à la citadelle de Doullens, en Picardie. Bernay de Favancourt, maréchal des logis dans la première compagnie de mousquetaires, les avait accompagnés et était chargé de la surveillance ultérieure du prince. Pendant le parcours, celui-ci ne cessa de marmonner des prières et se signait devant toutes les églises et les croix de tous les carrefours. Ce même 29 décembre, la duchesse, qui avait soupé à sa petite maison de la rue Saint-Honoré et qui en sortait à six heures du matin avec un de ses amants, fut arrêtée par le marquis d'Ancenis, capitaine des gardes du corps, fils du duc de Charost, et menée à la citadelle de Dijon. Elle était donc placée sous l'autorité du duc de Bourbon, — M. le Duc, — gouverneur de Bourgogne, son neveu et ennemi, fils de son défunt amant incestueux. Le comte de La Billarderie, lieutenant des gardes du corps, frère cadet de celui à qui était confié le duc du Maine, accompagnait aussi la duchesse, auprès de laquelle il demeurerait. Les ordres donnés pour la détention du duc et de la duchesse étaient très stricts ; mais on prescrivit aussi d'aménager du mieux possible les logements qu'ils occuperaient et de mettre à leur disposition ce qui pouvait servir à leurs commodités, en attendant, comme le disait la dépêche de La Vrillière à Chauvelin de Beauséjour, intendant d'Amiens, que « les malles, le linge de table, la vaisselle destinés pour le service de M. le duc du Maine, fussent arrivés ». Une dépêche de Le Blanc à M. de La Briffe, intendant de Bourgogne, précisait la même chose pour la duchesse du Maine : deux officiers de la bouche du roi assureraient « la dépense de sa table ». Comme elle se plaignait que la berline dans laquelle on l'emmenait était très mauvaise, Le Blanc écrivit à l'archevêque de Sens, Bouthillier de Chavigny, de lui prêter la sienne jusqu'à Dijon.

Voltaire continuait d'être informé de tous ces détails par le duc de Richelieu qui était désormais dans les transes. Alors que les paroles de la duchesse du Maine que François-Marie lui avait rapportées d'après Malézieu, n'avaient pas semblé le troubler, à présent, il ne cachait plus en quoi elles le concernaient. Se fiant à la discrétion de son ancien camarade, il lui confessa que, par l'intermédiaire d'un certain comte Marini, il était entré en rapport avec Cellamare et qu'il craignait de s'être compromis. Il était aussi inquiet pour son ami et compagnon de débauche, le marquis de Saillant, qu'il avait entraîné dans cette affaire. Le duc disait n'être pas le seul de sa qualité à attendre sa destinée avec anxiété ou résignation : les trois maréchaux de Villars, d'Humières et d'Uxelles, étaient en proie aux mêmes angoisses. Le maréchal de Villeroy n'en était pas exempt, mais se rassurait par sa position de gouverneur du roi. L'introducteur des ambassadeurs, Foucault de Magny, dès le début de décembre, enfui en Espagne, — avait présenté Jacques III à Cellamare dans une entrevue secrète au bois de Boulogne, lorsque le Prétendant était revenu de sa tentative de débarquement en 1716. L'humiliation qu'il avait subie, au souper de la duchesse de Berry, en février 1718, et son séjour, même bref, à la Bastille, avaient jeté Magny, à corps perdu, dans le parti du duc et de la duchesse du Maine. En fuite également le comte d'Aydie, beau-frère de Riom et qui avait été l'un des amants de la duchesse de Berry : c'était le seul membre de la conspiration à avoir eu un logement au Luxembourg.

Cellamare fut reconduit à la frontière avec tous les honneurs dus à son rang, après qu'on l'eut fait attendre à Blois jusqu'à ce que le duc de Saint-Aignan, ambassadeur de France à Madrid, eût passé la frontière. Il avait failli ne pas la franchir de sitôt. Le 13 décembre, jour même où Cellamare quittait Paris, le duc de Saint-Aignan et sa femme furent arrêtés dans leur lit, à Madrid, et mis dans un carrosse en direction des Pyrénées. Heureusement pour lui qu'il rencontra un courrier du Régent, l'informant de l'arrestation de Cellamare, qu'on ignorait encore. Il changea aussitôt de route et, au lieu de passer par Pampelune, où il se doutait qu'on l'arrêterait d'une façon plus désagréable, il prit, déguisé, le chemin de la montagne et sur des mules, conduit par des paysans qui croyaient guider un contrebandier, réussit à gagner Saint-Jean-Pied-de-Port. En récompense des dangers qu'il avait courus avec sa femme, enceinte, il obtint un siège au conseil de régence. La rupture des relations diplomatiques entre la France et l'Espagne était le résultat de cette conspiration, aux entrelacements si multiples.

Malézieu et son fils, qui avaient fait office de secrétaires pour la duchesse du Maine, étaient à la Bastille depuis le 28 décembre, ainsi que Mlle de Montauban, fille d'honneur de la duchesse, et Mlle de Launay, la femme de chambre promue au rang de secrétaire. M. de Bernaville, gouverneur depuis 1708, étant mort quelques jours avant la découverte de la conspiration, il fut remplacé par M. de Launay, lieutenant de roi, qui avait déjà remplacé feu Anquetil. Le prince de Dombes et le comte d'Eu, fils du duc et de la duchesse du Maine, étaient assignés à résidence, le premier à Moulins, le second à Gien, ville dont le duc de Sully était gouverneur et le jeune prince y fut placé sous la garde de M. de La Salle, major du régiment de Piémont. Mlle du Maine, la sœur des deux princes, fut mise à l'abbaye royale de Maubuisson. Le cardinal de Polignac, commandeur de l'ordre du Saint-Esprit, membre de l'Académie française comme Malézieu, et président de l'Académie des sciences, fut exilé en son abbaye d'Anchin, près de Douai, dans l'Artois. Le marquis de Saint-Geniès, aide de camp du maréchal de Villeroy ; le marquis de Pompadour, lieutenant général de Guyenne, beau-père du marquis de Courcillon ; un autre officier, le marquis de Bonrepos ; Davisard, avocat général au parlement de Toulouse, et l'abbé Lenglet Dufresnoy, compilateur que Voltaire connaissait, rejoignirent les deux Malézieu à la Bastille. En dehors de cette prison, le château de Vincennes et la Conciergerie se remplirent d'autres personnages. Mais on apprenait tous les jours que le Régent en épargnait autant qu'il en faisait arrêter. Sur les instances de cette même Mlle de La Chausserais, qui avait empêché naguère l'enlèvement du cardinal de Noailles, il consentit à recevoir, en grand secret, le premier président de Mesmes, qui voulait l'assurer de son indéfectible fidélité. Le prince lui montra une lettre, signée de lui, où il répondait au cardinal Alberoni de l'appui du Parlement. M. de Mesmes tomba à ses genoux pour implorer son pardon et Philippe estima plus habile de le lui accorder, afin de le tenir à sa merci. On avait su cette scène par Mlle de La Chausserais, que le Régent n'avait pas été fâché d'avoir pour témoin.

Terré dans son hôtel, Richelieu n'osait remuer ni pied ni patte et cherchait à se faire oublier. Il ne voyait plus Mlle de Valois, pour ne pas fournir au Régent d'autres motifs d'irritation. Jusque-là, elle avait été sa discrète informatrice. Dorénavant, c'était Voltaire son informateur, par l'entreprise du duc de La Feuillade et du marquis de Canillac. On avait également arrêté le baron de Schlieben, aventurier allemand, marié en Languedoc, et agent d'Alberoni : il était porteur d'une lettre, en allemand, de Mme de la Framboisière, femme du commandant du château neuf de Bayonne. C'était la place occupée par le régiment dont Richelieu était colonel. L'autre régiment en garnison à Bayonne avait pour colonel le marquis de Saillant. Le duc comprit que les jours de sa liberté étaient comptés, lorsqu'il sut, par François-Marie, que le comte Marini, par lequel il avait été gagné aux vues d'Alberoni, était un agent double, recevant de la France une pension de trois mille livres.

Le Régent fit répandre malicieusement les copies d'une lettre de la duchesse du Maine, que l'on avait trouvée dans les papiers du cardinal de Polignac et où elle disait à celui-ci : « Nous allons demain à la campagne, j'arrangerai les appartements de façon que votre chambre soit près de la mienne. Tâchez de faire aussi bien que la dernière fois, et nous nous en donnerons à cœur joie. » Deux collègues de ce prince de l'Église, le cardinal de Rohan, grand aumônier de France, et le cardinal de Bissy, évêque de Meaux, étaient compromis, à un degré mineur ; mais le Régent voulait se concilier l'Église, comme le Parlement. De plus, le cardinal de Bissy, champion des jésuites et de la bulle *Unigenitus,* était en faveur à Rome. Dorénavant, Philippe, qui travaillait chaque semaine avec les deux cardinaux pour les affaires ecclésiastiques, souriait de leur docilité à ses moindres volontés.

Un manifeste rédigé par Fontenelle, à la demande de Dubois, — le gouvernement utilisait volontiers cet académicien pour la pureté de son style, — fut publié. Les griefs de la France à l'égard de l'Espagne y étaient exposés. On avait déjà lu, dans *le Mercure* de décembre 1718, les deux lettres de Cellamare à Alberoni, saisies à Poitiers et dont l'une indiquait les officiers français, membres du complot et qui mériteraient des faveurs spéciales : le Régent avait seulement fait supprimer leurs noms. Le lundi 9 janvier 1719, les hérauts du roi annoncèrent, à son de trompe, à travers Paris, la guerre avec l'Espagne : la rupture des relations diplomatiques et l'ampleur de la conspiration n'avaient pu avoir que cette conséquence.

La vie continuait. Le 11 février, Voltaire reçut un grand honneur auquel il n'était pas présent, mais qui ne fut pas moins connu : *Œdipe* avait été joué chez le roi. La duchesse de Berry était assise, en grand habit, à côté du souverain. Étaient également en grand habit toutes les dames placées sous les yeux de Louis XV ; celles qui occupaient les tribunes ou des gradins derrière lui, revêtaient les habits de cour ordinaires. Les ambassadeurs de l'empereur, du roi de Portugal et du roi de Sardaigne, étaient dans l'assistance. La pièce avait été fort applaudie. A un moment, la duchesse de Berry fut incommodée. Elle dit que c'était à cause de la grande chaleur des poêles ; on ouvrit une fenêtre, on lui fit respirer des flacons d'odeurs et elle se remit au bout de quelques instants. On ne manqua pas de prétendre que sa tenue d'apparat montrait son affectation à narguer encore une fois le sujet de la pièce, mais que, malgré elle, un mouvement de pudeur l'avait suffoquée.

Peu après, il y eut, chez la comtesse de Fontaines, — à qui

François-Marie avait adressé, en 1713, une épître en vers, — la répétition d'un petit opéra auquel Antoine Ferrand et elle avaient travaillé : c'était un centon d'anciennes poésies françaises. La musique était de Colin. Voltaire avait été invité par Mme de Mimeure. Le prince de Conti était là, en compagnie de sa femme. Ce divertissement eut grand succès.

Le même mois, Mlle Desmares, la Jocaste de Voltaire, éprouva une émotion, dont elle s'épancha auprès du poète. Elle avait revu à la Comédie-Française, pendant une représentation d'*Œdipe,* cette fille — baptisée Philippe-Angélique de Froissy — qu'elle avait eue du Régent et qu'on avait élevée dans un couvent de Saint-Denis, où elle ne fut jamais autorisée à la visiter. Le duc d'Orléans venait de la marier au marquis de Ségur, sans que la mère eût été priée à la cérémonie. Ce Ségur était fils de celui qui avait fait un enfant à la fille du duc de Saint-Aignan, abbesse de La Joye, enfant dont elle accoucha à Fontainebleau. Comme dot, Philippe-Angélique avait reçu deux cent mille francs, et son mari, la surintendance du gouvernement du pays de Foix, avec la lieutenance générale de Brie. Mlle Desmares, en apercevant la blonde marquise, avait eu les yeux baignés de larmes, ce que l'on pouvait attribuer aux vers qu'elle récitait ; mais, incapable de continuer son rôle, elle dut gagner les coulisses quelques instants.

Encore au mois de février, le père Le Tellier, qui avait été exilé à Amiens et qui avait recommencé des intrigues, fut envoyé, pour y rester définitivement, à la maison des jésuites de La Flèche. Voltaire était navré que son ancien recteur encourût tant de persécutions ; mais c'était bien pour lui un « juste retour des choses d'ici-bas ».

Au début du mois suivant, le marquis de Mimeure mourut tout à coup dans sa terre de Bourgogne. François-Marie s'installa chez la marquise, dont le bel hôtel, rue des Saints-Pères, était évidemment préférable à la chambre du *Panier Vert,* rue de la Calandre. Depuis la découverte de la conspiration de Cellamare, il lui était difficile de continuer d'accepter l'hospitalité, — du reste provisoire, — de son ami Richelieu, sur qui planait le glaive de la justice. Il n'était pas non plus très désiré à l'hôtel de Villars, où le maréchal, dans la frayeur d'être arrêté, avait une suppuration au cou, ressemblant à un cancer : ce n'était pas, pour le poète, le moment de pincer la lyre aux pieds de sa dulcinée, la maréchale. Sous le toit plus tranquille de Mme de Mimeure, il prenait, en quelque sorte, la place laissée vacante par l'académicien pédéraste. Massillon avait été reçu, en février, à celle qu'avait laissée, parmi les Quarante, l'abbé de Louvois, et Mimeure allait y avoir pour successeur l'abbé Gédoyn. François-Marie avait connu jadis chez son père ce chanoine de la Sainte-Chapelle, collègue du défunt abbé Boileau. Faute de celle du marquis disparu, c'était une voix sur laquelle Arouet pouvait compter un jour, pour autre chose que le prix de poésie.

La situation « d'amant logé », mais peu effectif, ne l'inquiétait pas outre mesure, car Mme de Mimeure conservait ses autres amants, nécessaires à sa vive sensualité. Il remplissait donc plutôt un rôle de mari, selon les normes de l'époque.

C'est chez Mme de Mimeure, qu'en ce mois de mars, il rencontra pour la première fois Alexis Piron, le Dijonnais dont l'*Ode à Priape* avait causé tant de délices secrètes à Louis-le-Grand. Ce poète venait d'arriver à Paris, recommandé par des protecteurs que sa licence juvénile n'avait pas indisposés et qui faisaient confiance à son talent : le marquis de Montmain et M. de Rerbizey, président du parlement de Dijon. Ayant cherché un emploi, il n'était pas content de celui que lui avait offert le chevalier de Belle-Isle, petit-fils de Foucquet, et qui consistait à copier, moyennant quatre sols par jour, les manuscrits du chevalier sur l'art militaire. Aussi s'était-il présenté chez Mme de Mimeure, connue pour son amour des lettres et qui avait des attaches en Bourgogne. Voltaire était dans une de ces périodes où il se plaisait à gémir sur sa santé : au vrai, il n'était pas robuste ; mais il s'était aperçu que cette manie de se plaindre faisait qu'effectivement on le plaignait, et cela consolidait les amitiés qu'il inspirait dans le monde. Cela servait aussi d'excuse à sa mollesse dans l'intimité amoureuse. La vue de Piron lui évoquait, par le souvenir de cette *Ode à Priape,* une virilité digne de celle de Thiériot, plus que de la sienne. Cette rencontre des deux poètes avait lieu dans le salon, où l'on attendait Mme de Mimeure et où François-Marie était seul. En robe de chambre, au fond d'un grand fauteuil, il se chauffait devant la cheminée. Le Dijonnais l'avait salué après avoir dit son nom, sans recevoir de réponse, bien qu'il eût cinq ou six ans de plus que l'auteur d'*Œdipe.* Voltaire tira sa montre, Piron sa tabatière. Voltaire prit un croûton de pain dans sa poche et se mit à manger ; Piron tira de la sienne un petit flacon de vin et le vida. « Monsieur, lui dit Voltaire, quelle plaisanterie est-ce là ? — Ce n'est pas une plaisanterie, dit Piron, c'est une bouteille de vin. — Je mange, Monsieur, parce que je suis malade, dit Voltaire. — Et moi, Monsieur, dit Piron, je bois parce que j'ai soif. » Ce dialogue ne servit pas à introduire Piron dans les bonnes grâces de la marquise de Mimeure, au moins par le truchement d'Arouet.

Les jeux de l'amour et le système de Law ne souffraient pas de la conspiration de Cellamare. Un nouvel astre s'était levé à la cour, dans le ciel de Vénus : Jeanne-Agnès, marquise de Prie, âgée de vingt et un ans. Fille de l'ancien premier commis de la guerre, Berthelot de Pléneuf, l'une des victimes de la chambre de justice, elle avait épousé, à quinze ans, l'ambassadeur de France à Turin et venait de regagner Paris. Pléneuf et sa fille avaient imaginé de faire marier Mlle de Valois avec le prince de Piémont. Mais ce projet dérangeait ceux de l'abbé Dubois, qui n'avait en tête que la Quadruple Alliance, parachevée en 1718 : afin d'avantager l'empereur, l'abbé voulait lui faire céder la Sicile par le duc de Savoie, créé roi de cette île au traité d'Utrecht, et celui-ci eût reçu en échange le royaume de Sardaigne. D'ailleurs, l'histoire de « la chatière » entre Mlle de Valois et le duc de Richelieu avait traversé les Alpes et la cour de Turin avait rompu les négociations. Madame, qui était, chaque semaine, en correspondance avec la reine de Sicile, lui avait, la première, déconseillé un tel mariage. Il n'en resta pas moins que ce projet avait rétabli le crédit de Berthelot de Pléneuf et mis en vedette sa fille. Belle comme le jour, elle avait décidé de conquérir le Régent : elle y parvint sans difficulté, obtint un logement pour son mari au Louvre, en attendant qu'il y en eût un de libre aux Tuileries, cent mille écus sur le renouvellement des fermes et gagna un million cinq cent mille francs sur les actions du système de Law. Tout cela, dans le peu de temps qu'elle fut la maîtresse du chef du royaume. Elle se consola de l'avoir perdu en devenant celle de M. le Duc, amant attitré de la marquise de Nesle, et qui mena cette double intrigue d'une manière dont s'amusaient les initiés : il allait la voir dans une voiture de place, d'extérieur banal, dont l'intérieur était revêtu de brocart et rehaussé d'or. Voltaire l'avait aperçue au théâtre et, selon son usage, était devenu amoureux d'elle.

L'Université de Paris avait chargé son ancien recteur, Rollin, de remercier le Régent d'avoir établi la gratuité de l'enseignement. Voltaire n'ignorait pas que ce savant célèbre était un ami de Jean-Baptiste Rousseau. Il visita Rollin en lui apportant un exemplaire d'*Œdipe* et il lui dit avoir écouté jadis une de ses leçons au collège de Beauvais.

Œdipe était, en effet, publié, avec une approbation flatteuse de La Motte, chargé de la censure des pièces de théâtre. « Le public, à la représentation de cette pièce, s'est promis un digne successeur de

Corneille et de Racine et je crois qu'à la lecture, il ne rabattra rien de ses espérances. » L'académicien avait eu la générosité d'oublier les railleries du *Bourbier*. Peut-être voulait-il faire honneur à un poète qui avait été reçu à la cour de Sceaux, maintenant persécutée et dispersée.

En revanche, cette approbation n'eut pas l'heur de plaire à l'abbé de Chaulieu : l'octogénaire poète, qui avait hissé « sur le sommet du Parnasse » le jeune Arouet pour *le Bourbier*, semblait moins content de ses lauriers plus nobles. Aussi « l'Anacréon du Temple » lui lança-t-il cette venimeuse épigramme, qui faisait coup double contre La Motte : « Oh ! la belle approbation ! — Qu'elle nous promet de merveilles ! — C'est la plus sûre prédiction — De voir Voltaire un jour remplacer les Corneilles ! — Mais où diable, La Motte, as-tu pris cette erreur ? — On te connaît fort bien pour un très plat auteur — Et surtout très méchant poète, — Mais non pour un lâche flatteur, — Encor moins pour un faux prophète. » François-Marie fut affligé de surprendre cet accès de jalousie et de méchanceté chez un homme qu'il avait nommé « son maître ». Mais son succès le consolait de ces pointes, dont il y eut d'autres exemples. On publia plusieurs pamphlets contre sa tragédie : *Lettre d'un gentilhomme suédois* (ce qui paraissait une allusion aux rapports de l'auteur avec le baron de Goertz), *Lettre d'un abbé à un gentilhomme de province...* Et les comédiens italiens continuaient de jouer, au milieu des rires, l'*Œdipe travesti*.

En tête de sa pièce imprimée, Voltaire plaça six commentaires, dont le titre s'inspirait de celui de ces libelles : *Lettres contenant la critique de l'Œdipe de Sophocle, de celui de Corneille et de celui de l'auteur*. Dans la première, écrite au sujet des « calomnies » dont on l'avait chargé, il parlait de la satire des *J'ai vu*, comme si c'était celle qui l'avait conduit à la Bastille, et il disait : « Celui qui m'avait calomnié et qui avait souhaité ma disgrâce, a signé lui-même, les larmes aux yeux, les aveux de sa calomnie, en présence de deux personnes de condition, qui ont signé après lui. Monsieur le marquis de La Vrillière a eu la bonté de faire voir ce certificat à Monseigneur le Régent. » François-Marie pouvait faire signer des certificats de complaisance tant qu'il voulait sur les *J'ai vu*, puisqu'il n'avait pas été emprisonné pour ces vers, mais pour l'inscription latine *Regnante puero*, — inscription dont il avait reconnu être l'auteur auprès de l'espion Beauregard. Ce prétendu calomniateur signant « les larmes aux yeux », n'offrait pas une image attendrissante, mais burlesque, Arouet travestissait grossièrement la vérité aux yeux de ceux qui avaient lu la déposition de Beauregard, celle du comte d'Argenteuil et son propre interrogatoire à la Bastille. Mais il savait que les documents officiels de ce genre demeuraient secrets et qu'il ne risquait rien, du moins auprès du public, à raconter ce qu'il lui plaisait. Bref, il continuait de mentir par la plume, après avoir menti par la parole.

Il invoquait, contre « la calomnie », — l'abus de ce mot était criant, au milieu d'une telle affabulation, — une *Épître de l'abbé de Chaulieu au marquis de La Fare* : « On m'impute des vers que je n'ai jamais faits, — C'est assez que j'en susse faire. » Mais, se rappelant que Chaulieu venait de se moquer d'*Œdipe*, il ajouta que ces vers de l'abbé, — qu'il citait plus au long, — étaient « bien plats et aussi remplis de fautes que d'une vanité ridicule ». Et il aima mieux invoquer ensuite l'*Épître VI* de Boileau : « Vient-il de la province une satire fade... — Pour la faire courir on dit qu'elle est de moi — Et le sot campagnard le croit de bonne foi. » Il ne se lassait pas d'entasser les citations et les mauvais arguments pour se disculper de ce que personne ne lui avait reproché : les *J'ai vu*. Mais, comme cette fameuse satire de Lebrun avait eu le plus grand retentissement, il n'était pas fâché de s'associer à cette œuvre et à ce scandale dans l'esprit du lecteur.

Cette lettre fastidieuse se terminait par l'éloge du Régent. Le poète apprenait, à ceux qui l'ignoraient, la faveur qu'il en avait reçue à sa sortie de la Bastille : « Ne croyez pas, Monsieur, que je compte parmi les preuves de mon innocence le présent dont M. le Régent a daigné m'honorer ; cette bonté pourrait n'être qu'une marque de sa clémence... C'est un grand bonheur pour les lettres que nous vivions sous un prince qui aime les beaux-arts autant qu'il hait la flatterie. » En somme, Voltaire ressassait ce qu'il avait écrit au Régent lui-même et il répétait, en les lui appliquant, les termes de la dédicace d'*Œdipe* à sa mère, la princesse Palatine.

Dans la *Lettre II*, qui était très brève, il raillait les auteurs dramatiques dont les préfaces « comptent les princes et les princesses venus pleurer aux représentations ». C'était une pointe à l'égard de ce même Racine, qu'il était si fier d'avoir imité par sa dédicace « A Madame » : dans la préface d'*Andromaque*, cette pièce que le grand tragique dédiait justement à la première femme de Monsieur, Racine parlait de S.A.R., qui avait « honoré de quelques larmes la première lecture » qu'il lui en avait faite.

La *Lettre III*, sur l'*Œdipe* de Sophocle, était pleine de traits acerbes contre le poète athénien. Dacier avait pensé d'abord lui répliquer : il s'en abstint, à la demande de sa femme, sa digne émule dans la science et dans l'amour du grec. Néanmoins, Voltaire reconnaissait ce qu'il devait à Sophocle. La *Lettre IV*, relative à l'*Œdipe* de Corneille, ne ménageait pas davantage son prédécesseur français : il s'agissait de démontrer que c'était son propre *Œdipe* qui méritait la palme. Il avouait, cependant, avoir plagié deux vers de Corneille.

Dans la *Lettre V*, qui le concernait en personne, il faisait preuve de sagacité en déclarant s'efforcer d'assouplir les rimes, car ses aristarques prétendaient qu'il faut rimer, non seulement pour l'oreille, mais pour les yeux. Voltaire protestait, par exemple, contre l'usage qui permet de faire rimer « abhorre » qui a deux « r », avec « encore » qui n'en a qu'un, tandis qu'on ne peut faire rimer « tonnerre » ou « terre » avec « père » et « mère ». Il ajoutait : « Donner aux auteurs de nouvelles rimes, ce serait leur donner de nouvelles pensées. » Ainsi défendait-il son *Œdipe* parce qu'on lui reprochait, dans les brochures, d'avoir fait rimer « frein » et « rien », « héros » et « tombeaux », « contagion » et « poison ». Déjà, pour son ode sur *la Chambre de justice*, Rousseau avait relevé la faiblesse des rimes « prophète » et « apprête », « maux » et « troupeaux ». Mais François-Marie aurait pu répliquer que Racine a fait rimer « grâce » avec « fasse » et avec « place », « disgrâce » avec « trace », avec « audace » et avec « embrasse » ; « trône » avec « Babylone » et avec « Antigone » ; « âme » avec « Madame »... Enfin, oubliant qu'il s'était moqué plus haut des auteurs qui se prévalaient auprès du public du suffrage des princes, il louait le prince de Conti qui lui avait fait sur sa pièce « les critiques les plus judicieuses et les plus fines », et il le suppliait « d'accorder sa protection aux belles-lettres dont il avait tant de connaissance ». Voltaire semblait bien ambitionner désormais le rôle et les appointements des poètes de cour, en tressant toutes ces couronnes aux vertus littéraires de Madame, du Régent et du prince de Conti. Mais, par ce soin de montrer ses relations avec eux, il tendait à se présenter, devant le public, comme une sorte de chef de la littérature française. C'était sa riposte aux libelles et aux parodies.

Dès le début de ce mois de mars où il s'était installé chez Mme de Mimeure, il avait envoyé sa pièce à Jean-Baptiste Rousseau, à Vienne, avec une lettre pleine de cajolerie, comme il savait les faire. Le lyrique, qui avait continué de repousser avec hauteur les lettres de rappel proposées par le baron de Breteuil, espérait suivre à Bruxelles la sœur de Charles VI, nommée gouvernante des Pays-

Bas à la place du prince Eugène. Voltaire, qui avait manqué d'aller auprès du roi de Suède, voyait quel était l'avantage de Rousseau d'être auprès de l'empereur : à la cour de Vienne, tout le monde parlait français ; à la cour de Stockholm, il n'y avait plus personne. Le baron de Goertz avait été décapité le 2 mars. Le tribunal extraordinaire qui l'avait condamné à mort, ne lui avait pas accordé le droit de se défendre. Mais on l'avait laissé aller au supplice en carrosse, entouré de ses domestiques et de ses pages, décoré de ses ordres. Arrivé sur l'échafaud, il s'était fait déshabiller par ses valets, et avait tendu la tête à l'exécuteur.

Voltaire avait eu connaissance de la réponse de Rousseau à Brossette sur le bruit qu'il allait à Stockholm, à la fin de l'année précédente : « Vous avez bien raison de dire, Monsieur, qu'il n'y a nulle vraisemblance à la nouvelle qui a couru, que le roi de Suède voulait avoir le petit Arouet. C'est une des plus absurdes imaginations qui puissent sortir des cafés de Paris. Le roi de Suède n'a jamais su ce que c'était qu'un poète et ne parle pas un mot de français... Un poète ne ferait pas jolie figure à une pareille cour. » « Le petit Arouet ! » C'est donc ainsi qu'on le nommerait toujours ! Il avait été piqué du ton de cette lettre, relative à un projet qui pourtant avait été sérieux ; mais il avait hâte de faire savoir à l'hôte choyé de la cour de Vienne qu'il était devenu auteur dramatique et qu'il s'appelait désormais M. de Voltaire.

Il lui avait écrit : « Je renoue enfin, Monsieur, un commerce que mes malheurs m'avaient fait interrompre et que l'admiration et l'amitié que j'ai pour vous me font renouveler. » Il affectait la modestie sur la pièce qu'il lui adressait pour assener un autre compliment : « Le vrai moyen de me corriger, serait de vous aller voir à Bruxelles, où l'on dit que vous allez tenir votre cour. » Il traitait le fils de cordonnier en altesse royale. Plus loin : « Il n'est bruit que de vos nouvelles poésies. » Cette phrase n'était certainement qu'à demi sincère, au moins en ce qu'elle prétendait avoir d'élogieux : l'*Apologie de la Chambre de justice* n'avait pas été fort agréable à l'auteur de *la Chambre de justice*, qui n'y était pas flatté ; mais il savait que la règle du métier littéraire était de manier l'encensoir, sans se priver des coups de griffes. Il fallait ménager les puissants, — et Rousseau avait une réputation internationale, alors que celle d'Arouet ne commençait qu'à poindre avec son *Œdipe*, — sauf à les dauber quand on est devenu leur égal. C'est la morale que le maréchal de Villeroy édictait à l'égard des ministres : « Leur tenir le pot de chambre quand ils sont au pouvoir et le leur renverser sur la tête quand ils n'y sont plus. »

François-Marie poursuivait : « On regarde comme des élus ceux qui ont le bonheur de vous voir et de vous entendre dans leur voyage d'Allemagne. Franchement, les Français doivent être bien honteux d'avoir laissé aux Allemands l'honneur d'avoir parmi eux un homme qui fait la gloire de sa patrie. » Voltaire apprenait ensuite à Rousseau que l'*Electre* de Longepierre, avait été sifflée, que le parterre avait chanté : « Vivent les Grecs ! » allusion à l'*Electre* de Sophocle, à celle d'Euripide, et à la pédérastie de leur imitateur.

Par ce trait de malice, Voltaire se vengeait qu'une des critiques publiées sur son *Œdipe,* — et qui était mordante, — fût de Longepierre. L'*Electre* de cet helléniste avait été créée avec faveur en 1702 à l'hôtel de Condé ; mais sa reprise sur la scène du Palais-Royal avait eu moins de succès, bien que la Duclos y eût le principal rôle... « Le public, malgré ces héros (les grands qui soutenaient Longepierre), — Malgré les cris de la Duclos, — A sifflé le grand Longepierre », disait une épigramme qui confirmait le mot de Voltaire. Dans sa lettre, celui-ci donnait à Rousseau l'explication de sa nouvelle signature : « J'ai été si malheureux sous le nom d'Arouet, que j'en ai pris un autre, pour ne plus être confondu avec le poète Roy. » Ce qu'il ajoutait, était assez bouffon : « Si vous me faites l'honneur de m'écrire, adressez votre lettre à M. de Voltaire, chez M. Arouet, cour du Palais. » Il lui semblait difficile de donner l'adresse de Mme de Mimeure et il était obligé de s'acoquiner encore avec le nom d'Arouet. Enfin, il disait qu'il envoyait *Œdipe* au prince Eugène, et chargeait Rousseau de « procurer à cette pièce une réception favorable ». C'était sans doute le véritable objet de sa lettre : cultiver l'un des princes les plus importants de l'Europe par l'entremise d'un poète que lui-même n'estimait guère, quelle que fût sa célébrité.

Voltaire ne négligeait rien pour circonvenir ce grand personnage auquel il avait envoyé une épître de Sully, en 1716, et auprès de qui il s'ingéniait à supplanter Rousseau, ne fût-ce que de loin. Par l'une de ces manœuvres obliques dont il était coutumier, il avait, dans ce dessein, flatté l'abbé Lenglet Dufresnoy, qui était maintenant à la Bastille pour les intérêts du duc du Maine, et qui, antérieurement, avait obtenu un sauf-conduit du prince Eugène sur tout le territoire de l'Empire, où il était censé lui chercher des livres rares. On le soupçonnait d'être un espion de ce prince, tout en publiant *la Vie de la Sainte Vierge,* un *Traité historique et dogmatique sur le secret inviolable de la confession* et une *Méthode pour étudier la géographie.*

Jean-Baptiste Rousseau répondit à Voltaire le 25 mars, après avoir reçu la pièce. Les éloges qu'il lui renvoyait, rappelaient le dialogue de Vadius et Trissotin. Il lui rendait même ses propres paroles : « Il y a longtemps que je vous regarde comme un homme destiné à faire un jour la gloire de ce siècle » (Voltaire, il est vrai, n'ayant déclaré Rousseau que « la gloire de la patrie », l'autre renchérissait) « et j'avais la satisfaction de voir que toutes les personnes qui me font l'honneur de m'écouter, en ont fait le même jugement que moi sur les divers ouvrages que je leur ai souvent lus de vous. » On sait de quelle manière il avait lu l'ode sur *la Chambre de justice*, dont il avait traité l'auteur d' « artisan de vaines paroles », de « rimeur de maltôtière engeance », d' « apologiste du forfait », à l'esprit « pétri de fiel ». Arouet n'avait guère été plus tendre pour son contempteur dans sa lettre de Sully à La Faye.

Rousseau faisait ensuite état des « malheurs » dont parlait son correspondant, malheurs qui ne l'avaient pas ému outre mesure lorsqu'il en avait été informé par Mme de Ferriol. « Dans le temps que je jouissais du plaisir de voir croître une réputation qui m'est si chère, j'ai eu la douleur d'apprendre les traverses » — le mot était délicieux : des « traverses », pour désigner la Bastille ! — « et je puis vous assurer que je ne les ai guère moins senties que les miennes propres. » En tout cas, Rousseau avait échappé à la prison.

Il félicitait Voltaire d'avoir « lutté si avantageusement contre ce fameux moderne » (Corneille) et « ne doutait pas que l'avantage ne fût de son côté ». Il n'oubliait pas non plus le « fameux ancien » : « Je ne m'attendais pas que vous sortissiez si glorieusement du combat avec Sophocle ; et malgré la juste prévention où je suis pour l'antiquité, je suis obligé d'avouer que le Français de vingt-quatre ans a triomphé en beaucoup d'endroits du Grec de quatre-vingts. Ce qui m'a le plus surpris dans un auteur de votre âge, c'est l'économie admirable de votre pièce et la manière judicieuse et adroite avec laquelle vous avez évité les écueils presque inévitables d'une action aussi difficile à traiter que celle que vous avez choisie. J'aurais une infinité de choses à vous dire sur l'excellent ouvrage que vous m'avez envoyé et sur les observations qui l'accompagnent. Je suis du même avis que vous sur plusieurs des choses qu'elles renferment et, dans celles où je ne suis pas de votre sentiment, j'admire la netteté de votre style et l'agrément de vos expressions. J'espère que nous nous verrons à Bruxelles et que nous aurons le loisir de nous y entretenir de plusieurs choses qui seraient trop longues à écrire. »

Le compliment sur le style fit plaisir à Voltaire, qui était particulièrement attentif à le mériter. Il avait la certitude que l'admiration de Rousseau pour sa pièce n'était pas feinte. On lui avait communiqué une lettre de l'exilé à Brossette, où il disait de cette tragédie : « Je vous avouerai ingénument et sans prévention, que je l'ai trouvée encore plus belle que je ne me l'étais figurée et je ne m'attendais pas à trouver si peu de fautes dans la conduite d'un ouvrage où Corneille lui-même a échoué. » En dépit de la restriction sur les « fautes », restriction indispensable dans l'éloge que fait un écrivain d'un autre écrivain devant des tiers, Voltaire ne pouvait qu'être satisfait.

Oui, mais peu après, circulait une épigramme de Rousseau contre l'auteur d'*Œdipe,* à propos de sa théorie sur la rime, et contre La Motte, qui l'avait discutée : « Houdard n'en veut qu'à la raison sublime, — Qui, dans Homère, enchante le lecteur ; — Mais Arouet veut encore de la rime — Désabuser le peuple des auteurs. — Ces deux rivaux, érigés en docteurs, — Des poésies ont fait un mauvais code ; — Et bannissant toute règle incommode, — Vont produisant ouvrages à foison, — Où nous voyons que, pour être de mode, — Il faut n'avoir ni rime ni raison. » Rousseau, comme Voltaire, alternait le chaud et le froid.

Pour compenser les épigrammes et faire, de nouveau, figure de poète chéri des grands, François-Marie colporta un quatrain, joint à l'envoi de son *Œdipe, Au duc de Lorraine Léopold et à Madame son épouse,* sœur du Régent : « O vous, de vos sujets l'exemple et les délices ! — Vous qui régnez sur eux en les comblant de biens, — De mes faibles talents acceptez les prémices. — C'est aux dieux qu'on les doit et vous êtes les miens. » Certes, un tel hommage ne pouvait que plaire à Madame, mère de la duchesse de Lorraine ; mais il n'était pas moins ridicule, en laissant supposer que l'auteur connaissait cette duchesse régnante et son époux. Or, il ne les avait jamais vus, si ce n'est en peinture chez Madame : ils étaient venus à Paris une seule fois, au début de 1718, où la duchesse de Berry leur avait offert au Luxembourg un banquet mémorable, — et Arouet était alors à la Bastille. Ses ennemis, bien renseignés, car Paris n'est jamais dupe, brocardèrent à souhait cette fallacieuse dédicace.

Cependant, le duc de Richelieu, pour mettre un peu plus de distance entre lui et la Bastille, avait décidé de se rendre à son château de Richelieu, comme le duc de Villars s'était rendu à son château de Vaux-le-Vicomte, l'ancienne propriété de Foucquet, que l'on appelait désormais Vaux-Villars. Et Richelieu avait invité

Voltaire à l'accompagner. Celui-ci avait accepté l'invitation, rassuré de voir que, trois mois après la découverte de la conspiration de Cellamare, le duc était toujours en liberté. De Richelieu, le poète irait ensuite à Sully.

Le 20 mars, il alla à l'Opéra avec d'Argental. On savait que le Régent s'y trouverait et le poète voulait se montrer à lui, autant que se montrer au public en train de le saluer. La duchesse de Berry avait renouvelé sa provocation en se faisant placer un fauteuil dans l'amphithéâtre, au lieu d'aller dans sa loge. Le Régent et Mlle de Valois étaient sur des sièges, à ses côtés. Lorsque Voltaire s'inclina devant Philippe, il fut frappé de l'air triste et égaré qu'avait eu tout à coup Mlle de Valois. Sans doute savait-elle ses relations avec Richelieu, dont la liberté était peut-être menacée. Mais, si elle en avait entendu parler par son père, elle n'avait plus la possibilité d'avertir son amant. Dans de telles conjonctures, il eût été d'ailleurs impossible au duc de quitter la France.

A ce moment, Voltaire écrivit à Louis Racine pour s'excuser de n'avoir pu le rejoindre à une partie de campagne, où celui-ci l'avait prié en compagnie de M. de Valincour, — Jean du Trousset de Valincour, historiographe de France, successeur de Jean Racine à l'Académie française et dédicataire de la *IXe Satire* de Boileau. François-Marie se disait « mortifié » de manquer cette réunion. Il indiquait les motifs de son absence : « Je vais incessamment à Richelieu et à Sully. » Prévoyant que cette absence serait longue, — il comptait travailler à une nouvelle tragédie, *Artémire*, dans ces hospitalités ducales, — il assurait Racine que « l'idée » de leur rencontre « à Paris l'hiver prochain avec M. de Valincour » suffisait à lui rendre « ses voyages plus agréables ». Il ajoutait : « J'ai toujours la plus forte envie du monde d'avoir l'honneur de vivre avec vous ; je pense combien j'en ai besoin. J'ai abandonné depuis un temps les belles-lettres, j'espère que vous me raccommoderez avec elles et que votre conversation me sera aussi utile que vos ouvrages. » A noter que Louis Racine n'avait encore rien publié. Voltaire espérait aussi « convertir » M. de Valincour, qui le regardait « comme un téméraire » de vouloir composer un poème épique.

Le voyage à Richelieu n'eut pas lieu, car le duc fut, le 28 mars, conduit pour la troisième fois à la Bastille. Il avait été arrêté dans son hôtel à dix heures du matin, par Duchevron, lieutenant de la prévôté, que douze archers accompagnaient. Cette fois, le Régent ne s'était pas borné, comme après son duel avec le comte de Gacé, à le prier de se mettre le lendemain à la Bastille : on l'y avait conduit *manu militari.* Ce manque d'égards pour un duc souleva les protestations des ducs et pairs auprès de l'abbé Dubois, qui avait ordonné de le traiter ainsi et de l'enfermer quelque peu dans une mauvaise chambre au-dessus des cachots, en lui laissant, il est vrai, son fidèle et charmant valet de chambre Rafé. Le Régent avait dit aux protestataires, pour réponse : « Si Monsieur de Richelieu avait quatre têtes, j'ai dans ma poche de quoi les lui faire toutes couper. »

Canillac expliqua ces mots à Voltaire. On avait vu, dans les papiers de l'ambassade d'Espagne, la preuve de la part que le duc avait prise à la conspiration. De plus, on découvrit chez lui, parmi ses lettres d'amour, cette missive du cardinal Alberoni : « Monsieur le duc de Richelieu aura la bonté d'ajouter foi au porteur du présent et pourra s'y fier entièrement pour tout ce dont il voudra le charger. » Après son interrogatoire, on montra également au prisonnier deux billets de sa main à l'intendant Sandrier, émissaire du ministre espagnol : « Trouvez-vous à sept heures précises chez moi demain. Vous n'aurez qu'à demander mon intendant et il vous mènera par un escalier où pas un de mes gens ne vous apercevra. » Le second billet remerciait le cardinal : « J'ai reçu le petit diamant que vous m'avez envoyé par le présent porteur. Il vous rendra compte du troc que je suis à portée de faire avec vous. » Le « troc », c'était la livraison à l'Espagne de la ville de Bayonne, dont les deux régiments étaient, l'un sous ses ordres, l'autre sous ceux de son ami Saillant. Enfin, une des lettres saisies sur le baron de Schlieben, n'était pas adressée à Mme de la Framboisière, mais au duc de Richelieu lui-même et celle-là aussi était d'Alberoni. Le cardinal lui disait : « Vous serez le bienfaiteur de votre patrie en donnant vos soins à cette grande révolution. Vous la remettrez dans son état de gloire et dans toute sa splendeur. Écrasée d'impôts, elle ne peut que succomber sous un tel fardeau. La nation assemblée peut seule délibérer et choisir les moyens de payer ses dettes. »

Richelieu protesta que le cardinal espagnol avait pris ses désirs pour des réalités et qu'il y avait loin entre de vagues conciliabules, appuyés de minces cadeaux, et une « grande révolution » pour laquelle les moyens du duc étaient nuls, autant que ses intérêts y étaient étrangers. Malgré ces échappatoires, un autre document attestait que Richelieu avait sollicité et obtenu, outre des sommes considérables pour la livraison de Bayonne, la charge de colonel du régiment des gardes du corps, charge que remplissait le duc de Guiche, dont sa défunte femme était la cousine germaine.

François-Marie frémissait à de telles confidences : la trahison de Richelieu dépassait ce qu'il avait imaginé : son imprudence d'avoir laissé traîner un billet d'Alberoni, le confondait. Canillac répéta le mot du Régent sur « les quatre têtes qu'on pourrait faire couper à Richelieu, s'il les avait ». Son ancêtre le cardinal avait fait couper la tête de Cinq-Mars pour une trahison moins grave et, s'il avait fait également décapiter le maréchal de Montmorency, c'était, il est vrai, pour avoir pris les armes contre Louis XIII ; mais le duc de Richelieu n'avait-il pas été à la veille de les prendre ? Arouet évoquait aussi le maréchal duc de Biron, décapité pour avoir conspiré contre Henri IV et il avait vu, dans la cour de la Bastille, les crampons de fer de l'échafaud où l'on avait exécuté ce personnage. Enfin, Louis XIV avait fait décapiter le duc de Montbazon, qui avait formé le projet de livrer Quillebeuf aux Hollandais pour leur donner accès en Normandie. Mais Canillac rassurait Voltaire : Richelieu avait la meilleure avocate auprès du Régent, Mlle de Valois. Elle n'avait pas été assez forte pour l'empêcher d'être arrêté ; mais elle l'était suffisamment pour le sauver, comme elle l'avait été pour faire tant différer son arrestation. La tête de Richelieu resterait sur ses épaules.

Le marquis du Saillant avait été embastillé le même jour que le duc et que Sandrier. Un autre conspirateur, Bertel, compléta le quatuor ce jour-là. La semaine précédente, la Bastille avait accueilli plusieurs complices de Cellamare et de la duchesse du Maine : les abbés Lecamus, Lecolet et Thouvenin, le chevalier de Ménil, la veuve Chauvigny du Blot, un M. de Bussy, les sieurs Baquié, Castellot, Tottet, Malogé, Natucci, Delagrange... François-Marie ne put envoyer au duc de Richelieu aucune lettre de sympathie et encore moins le visiter : tous les prisonniers compromis dans cette affaire étaient au secret. Noiel de la Jonquière, mestre de cavalerie, arrêté à Liège, fut embastillé en avril. Le marquis de Boisdavid ou Boisdavy avait été arrêté et incarcéré à La Rochelle.

Par les ducs de Brancas, de La Feuillade et de Sully, quand ce n'était par le marquis de Canillac, Voltaire avait des nouvelles du duc et de la duchesse du Maine, dont la prison causait une active correspondance entre Doullens, Dijon et la capitale. Le Blanc avait prescrit à Favancourt, garde de ce duc, que, si celui-ci était malade, il faudrait lui envoyer un médecin de Paris, dûment choisi, et non pas un médecin du lieu ; que, s'il demandait à écrire, on pouvait lui « donner de l'encre et du papier », mais « être présent pendant qu'il écrirait et recevoir sa lettre tout ouverte ». Le ministre de la Guerre ajoutait : « Il est inutile de vous dire que, lorsqu'il aura achevé d'écrire, vous devrez lui ôter l'encre et le papier. » Les livres qu'on lui enverrait, seraient soigneusement visités. Ces détails intéressaient l'ancien prisonnier de la Bastille : il voyait qu'un prince du sang était soumis au même régime de stricte surveillance. Encore Voltaire avait-il pu garder jusqu'au bout de l'encre et du papier. Mais enfin, l'épigraphe *Regnante puero* n'avait pas menacé la sûreté du royaume. La duchesse du Maine étant « incommodée d'une dent », Le Blanc avisait La Billarderie qu'on lui envoyât le médecin Falconnet fils et, un peu plus tard, pour d'autres soins, ses médecins Séron et Landumier. Ce dernier avait notamment « ordre de S.A.R. d'aller travailler aux dents de cette princesse ». On ajoutait : « Il faudra le renvoyer sitôt qu'il aura fait ce qu'on exige de lui. Si cependant Mme la duchesse du Maine souhaitait qu'il restât quelque temps au château, il faudrait trouver le moyen de l'y loger, de manière qu'il ne puisse avoir aucune conversation extérieure. A l'égard du confesseur qu'elle demande, vous lui proposerez un prêtre dont vous serez sûr ; il est inutile de vous dire qu'il ne conviendrait pas de lui en donner un qui fût capable d'intrigues. » Les mêmes ordres étaient valables pour sa correspondance, et pour l'étroite visite de ses livres. Mais l'intendant de Bourgogne, M. de La Briffe, devait mettre à sa disposition tout l'argent dont elle avait besoin pour ses dépenses. On lui trouva un confesseur sur mesure, l'abbé Desplannes ou des Plannes, ancien aumônier du dauphin, qui eut surtout le rôle d'espion. Il écrivait régulièrement au ministre tout ce que lui disait la duchesse et en profitait pour se recommander aux bienfaits du pouvoir.

Les ultimes instructions (en date du 1er mai) concernaient la résidence du duc du Maine : « Le défaut de latrines, dans la citadelle de Doullens, y cause dès à présent une incommodité qui pourrait augmenter pendant l'été, jusqu'au point d'y causer des maladies. Ainsi, il est absolument nécessaire que vous donniez des ordres au sieur Pilot pour y en faire construire deux incessamment, l'une pour les officiers, l'autre pour les soldats. »

A la même époque, fut répandue dans tout Paris et dans toute la France, avec une célérité incroyable, un terrible pamphlet en vers contre le Régent : *les Philippiques,* — trois odes, respectivement de trois cent quarante, deux cent quarante et cent trente vers. Voltaire trembla, car on les lui avait immédiatement attribuées, en souvenir de ses épigrammes et peut-être aussi en hommage à son talent, parce que ce long poème n'en était certes pas dépourvu. Mais l'enquête permit tout de suite d'en découvrir l'auteur : François-Joseph de La Grange-Chancel, ancien page de la princesse douairière de Conti, ancien maître d'hôtel ordinaire de Madame, et qui avait été relégué en Périgord, d'où il était originaire. Les causes de cet exil étaient honorables : auteur d'une tragédie, *Ino et Mélicerte*, il s'en était vu dérober le texte par le duc de La Force, dont il était l'ami, et qui, en 1715, la fit représenter sous son nom. Le duc, se piquant de littérature, avait obtenu, l'année précédente, que Louis XIV créât l'Académie de Bordeaux et il en était le protecteur. Depuis 1715, il était membre de l'Académie française. Mais pendant que l'on jouait *Ino et Mélicerte*, l'auteur véritable avait fait imprimer la tragédie et, dans la préface, dénonça la trahison du duc de La Force. Celui-ci l'avait fait exiler par le Régent. Lié avec la cour de Sceaux, La Grange-Chancel en avait épousé toutes les haines contre ce dernier et avait trempé dans la conspiration de Cellamare, sans qu'on eût pu toutefois l'y compromettre. Mais c'est pour venger le duc et la duchesse du Maine, emprisonnés depuis la fin de 1718, qu'il avait écrit ce pamphlet d'une violence inouïe, en y donnant pour titre celui des fameux discours de Démosthène contre Philippe de Macédoine, puisqu'il s'attaquait à Philippe d'Orléans.

Voltaire avait entendu parler de La Grange-Chancel au Temple : à l'âge de quatorze ans, ce garçon y avait habité avec sa mère, qui le produisait comme une merveille dans des improvisations poétiques. Élevé chez les jésuites de Bordeaux, et encore plus précoce qu'Arouet, il y avait, à neuf ans, écrit une comédie satirique, qui avait causé du scandale. Quelques années après, il était parti pour Paris. Mme de La Grange-Chancel ne s'était pas trompée d'adresse en s'installant avec lui au Temple. Le feu prince de Conti le présenta à sa femme, qui en fit un de ses pages, tandis qu'il en faisait un de ses mignons. Le jeune prodige fut présenté à Louis XIV. Racine l'aida pour sa première tragédie, *Jugurtha*, appelée plus tard *Adherbal*, qui eut un vif succès, quand l'auteur avait dix-sept ans ; il y était assis entre le prince de Conti et l'auteur de *Phèdre* : c'était l'année de la naissance d'Arouet. Il composa ensuite des tragédies moins heureuses, notamment celle qui le brouilla avec le duc de La Force. Il avait une sœur des plus galantes et qui avait eu des enfants du baron de Pointis, chef d'escadre. Une épigramme de Jean-Baptiste Rousseau unissait le frère et la sœur : « Petit noble à chaumière, — Poudré d'amidon... — Si l'esprit de Linière (ou Lignières, mauvais poète, raillé par Boileau) — Te vient agiter, — Ta sœur poulinière

— T'offre une matière, — Tu peux la chanter. » Mais *les Philippiques* de La Grange-Chancel n'avaient rien de commun avec des épigrammes ou des chansons : elles étaient du vitriol. Ces vers affreux avaient d'abord été distribués par un aveugle, qui se tenait sous le portail de l'église Saint-Roch. On lui avait remis un paquet des trois odes, en lui disant que c'étaient les exemplaires d'un cantique en l'honneur du saint et qu'il devait les vendre six sous. Les fidèles les achetèrent et l'on en tira des milliers de copies, nul n'ayant osé les imprimer. La vigilance du lieutenant général de police et des intendants n'était pas parvenue à en arrêter la diffusion à Paris et dans les provinces.

A force d'en entendre parler, le Régent avait demandé à son ami Saint-Simon de les lui lire tête à tête. Par Canillac et ses amis les trois ducs, Voltaire eut le compte rendu de cette lecture. La première ode commence ainsi : « Vous, dont l'éloquence rapide, — Contre deux tyrans inhumains, — Eut jadis l'audace intrépide — D'armer les Grecs et les Romains, — Contre un monstre encor plus farouche, — Versez votre fiel dans ma bouche, — Je brûle de suivre vos pas... » « Voilà de beaux vers », dit le Régent, qui voyait passer, non seulement l'ombre de Démosthène, mais celle de Cicéron, défiant Catilina. Saint-Simon reprit : « A peine il ouvrit les paupières — Que, tel qu'il se montre aujourd'hui — Il fut indigné des barrières — Qu'il vit entre le trône et lui... » La Grange-Chancel exposait ensuite le projet qu'on avait attribué au duc d'Orléans, pendant la guerre de la succession d'Espagne, de détrôner Philippe V pour se mettre à sa place. « ... S'il perd l'espoir d'une couronne — Ce malheur n'a rien qui l'étonne. — Il a de quoi le réparer. » Et l'auteur s'adressait à Caron : « Nocher des ondes infernales — Prépare-toi, sans t'effrayer, — A passer les ombres royales — Que Philippe va t'envoyer... — Ainsi, les fils, le père (le Grand Dauphin, mort en 1711) pleurant, — Tombent, frappés des mêmes coups. — Le frère (le duc de Bourgogne, mort en 1712) est suivi par le frère (le duc de Berry, 1714), — L'épouse devance l'époux (la duchesse de Bourgogne, morte six jours avant son mari). — ...Royal enfant, jeune monarque, — Ce coup a réglé ton destin : — Pour toi, l'inévitable Parque — Ne lâchera plus son butin. — Tant qu'on te verra sans défense, — Dans une assez paisible enfance — On laissera couler tes jours ; — Mais, quand, par le secours de l'âge, — Tes yeux s'ouvriront davantage, — On les fermera pour toujours... » Philippe, qui avait écouté jusque-là avec sang-froid, pleura tout à coup d'émotion et s'écria : « C'en est trop, cette horreur est trop forte pour moi. » Et il n'avait pas voulu en entendre un mot de plus.

Toute sa politique était passée au crible le long de cette ode. D'Argenson était déchiré pour son rôle d'inquisiteur des maltôtiers, lors de l'institution de la chambre de justice, et, à propos de ceux de ses exempts, qui avaient été condamnés, il était qualifié de « receleur de leurs larcins ». On exaltait les nobles mis à la Bastille pour avoir défendu les droits de la noblesse. On vitupérait même le retour de la Comédie-Italienne, « rivale obscène » de la Comédie-Française. Une allusion à *Œdipe* fit pâlir Voltaire : « Il (le Régent) craint que vos jeux dramatiques — N'étalent sous des noms antiques — Ce qu'il voudrait ensevelir. » Philippe ne s'était soucié que de ne pas se laisser dédier la tragédie. La Grange-Chancel, au passage, se décernait des lauriers qui signaient le poème. « ... L'imitateur des Corneilles — Gémit au fond du Périgord. » Il condamnait les alliances extérieures contractées par le Régent (« Des traités honteux sont conclus »). Il s'attaquait enfin à ses mœurs : « Infâmes Héliogabales, — Votre temps revient parmi nous ! — Voluptueux Sardanapales, — Philippe vous surpasse tous... » La strophe suivante concernait la duchesse de Berry : « Toi qui joins au nœud qui vous lie — Des liens dont tu n'as pas d'effroi, — Ni Messaline ni Julie (la fille incestueuse d'Auguste) — Ne sont plus rien auprès de toi. — De ton père amante et rivale, — Avec une fureur égale, — Tu poursuis les mêmes plaisirs — Et toujours plus insatiable, — Quand le nombre même t'accable, — Il n'assouvit point tes désirs. » L'ode finissait par un hommage au duc du Maine : « Vous dont, par un arrêt injuste, — Le grand cœur n'est pas abattu... — La France... vous implore ; — Par ses cris laissez-vous gagner... » L' « arrêt injuste », les arrêts injustes, étaient ceux qui avaient ôté au duc, successivement la présidence du conseil de régence, la surintendance de l'éducation du roi et le rang de prince légitimé. Cette ode confirmait son rôle dans la conspiration de Cellamare qui, certes, empêchait de qualifier d'« injuste » son emprisonnement à Doullens.

La deuxième *Philippique* réprouvait la refonte des monnaies : « ... Sacrilège faim des richesses, — Osez-vous inventer des lois. — Pour donner un prix aux espèces — Trois fois au-dessus du poids ? » Le poète reprochait au Régent son langage brutal à un dirigeant du Parlement, qu'il avait envoyé « faire foutre » : « Quelle réponse et quel blasphème ! — Des Mézence et des Polyphème (Mézence, le tyran monstrueux de l'*Énéide* ; Polyphème, le Cyclope de l'*Odyssée*) — La bouche vomit moins d'horreurs... » Sans doute ces exagérations, éternel défaut des satiriques et que François-Marie n'avait pas évité, auraient-elles fait rire le Régent, si le duc de Saint-Simon lui avait lu ce passage. Le lit de justice, dans lequel furent enregistrés l'édit proclamant la déchéance du duc du Maine et l'édit de finances, était peint sous de sombres couleurs : « J'y vois un innocent monarque — Conduit par la main de la Parque — Comme une victime à l'autel... » Ces vers aussi étaient risibles. La Grange-Chancel ne trouvait pas d'autre rime que « Parque » à « monarque » et laissait entendre que l'on menait Louis XV dans la chambre du dais aux Tuileries pour l'y sacrifier, telle Iphigénie en Aulide. Le duc de Bourbon — M. le Duc — et le Régent, unis dans cette affaire, étaient appelés « les deux Cyclopes », parce qu'ils étaient borgnes l'un et l'autre ; Saint-Simon, inspirateur de l'édit contre les princes légitimés, était, à cause de sa petite taille, « un avorton de la nature », sorti d'une « naissance obscure ». Le conseil que donnait La Grange-Chancel à la duchesse du Maine était étrange, à la lumière de son incarcération : « Tandis que la mort et la crainte — Assiègent tes persécuteurs, — Fuis, princesse... » Et l'auteur des *Philippiques* saluait Philippe V qui allait venir au secours de la prisonnière : « Cependant, un grand roi s'apprête — A te rétablir dans tes droits ; — L'Espagne forme une tempête, — Vengeresse du sang des rois. — Objet de notre idolâtrie, — Cher prince, sauve ta patrie ; — Songe qu'elle fut ton soutien, — Et que, dans un besoin extrême, — Tu dois rendre à son diadème — Tout ce qu'elle a fait pour le tien. » C'était ce que le cardinal Alberoni avait écrit au duc de Richelieu, diadème à part.

La troisième *Philippique* invitait la Muse à stigmatiser les bacchanales du Palais-Royal et de la Muette : « Suis-le (le Régent) dans cette autre Caprée... — Vers cet impudique Tibère, — Conduis Sabran et Parabère,... — Mène Priape à la princesse (la duchesse de Berry)... — Que plus d'une infâme posture, — Plus d'un outrage à la nature, — Excitent d'impudiques ris... — Dans ces saturnales augustes, — Mettez au rang de vos égaux — Et vos gardes les plus robustes — Et vos esclaves les plus beaux. » La Grange-Chancel se dévoilait encore par une strophe contre le duc de La Force, qui avait abjuré le protestantisme et qui lui avait ravi la paternité d'*Ino et Mélicerte* : « Déserteur de ton Évangile, — Geai paré de vers empruntés... » Et il terminait sur le Régent et ses conseils par une imitation de ce que dit Agrippine dans *Britannicus* : « Poursuis, Néron ; de tels ministres — Sont propres à te signaler. » Bref, *les Philippiques* étaient l'éloquent et redondant commentaire de l'inscription latine d'Arouet : *Regnante puero...*

La Grange-Chancel fut décrété de prise de corps. Sur les indications fournies par le duc de La Force, le maréchal de Berwick, commandant en Guyenne, envoya immédiatement un prévôt pour l'arrêter à Périgueux. Mais le poète s'était déjà enfui en Avignon. Un espion, nommé Paul, l'attira hors du territoire du Comtat Venaissin et l'emmena à Arles, où l'arrestation eut lieu. D'abord conduit au château de Tarascon, La Grange-Chancel fut relégué aux îles Sainte-Marguerite, comme l'homme au masque de fer. Voltaire avait admiré le courage de l'auteur et ne s'était pas étonné qu'on le lui eût fait payer, ainsi que lui-même avait payé le sien. Il était cependant un peu fâché que l'éclat des *Philippiques* mît au second plan le succès d'*Œdipe*.

Son propre exemple et celui de ce poète ayant mis en sommeil sa verve satirique, il repensait, par contraste, au doux métier d'auteur bien en cour, préférable cent fois aux « douceurs de la Bastille » ou à celles du climat des îles Sainte-Marguerite. Il conçut l'idée de gagner la faveur du Régent par le biais de l'Angleterre, en flattant, à sa façon, l'alliance anglaise, objet de l'animadversion des *Philippiques*. La dédicace d'*Œdipe*, acceptée par Madame, lui donnait une soif d'honneurs et de protections. Faute d'avoir été chargé d'une mission en Suède, pourquoi ne le serait-il pas d'une mission en Angleterre ? Il conçut un moyen de se ménager d'abord la sympathie de l'ambassadeur d'Angleterre à Paris et de son souverain. Il lut à lord Stair les passages de *la Ligue* où il imaginait la visite d'Henri de Navarre, le futur Henri IV, à la reine Élisabeth et il le chargea d'offrir au roi George Ier un exemplaire d'*Œdipe*. Ce Stair, qui s'était attaché la haute société française et les gens de lettres en tenant table ouverte, avait, cinq ans auparavant, tenté de faire assassiner le Prétendant, Jacques III Stuart, lorsque celui-ci traversait incognito la France. Cela avait causé une grande indignation ; mais il n'en fut ni plus ni moins pour l'ambassadeur.

François-Marie accompagna l'envoi d'*Œdipe* d'un hommage poétique *A George Ier* : « Toi que la France admire, autant que l'Angleterre, — Tu règnes sur l'Anglais par le droit de naissance, — Par tes vertus, sur l'univers. — Daigne donc de ma muse accepter cet hommage... — Ce n'est point au roi, c'est au sage, — C'est au héros que je le rends. » Ce roi, ce « sage », d'origine hanovrienne, arrière-petit-fils de Jacques II Stuart, avait moins de « droit de naissance » à « régner sur l'Anglais » que le Prétendant. Il signalait ses « vertus », en vivant avec deux maîtresses rapaces, la duchesse de

Kendall et la comtesse de Darlington, en condamnant à une dure prison sa femme, Sophie-Dorothée de Zell, et en vouant une haine inexorable à son fils, le prince de Galles. François-Marie n'était jamais heureux quand il louait les vertus d'un prince.

Le ciel ne continuait pas moins à repousser d'Angleterre les entreprises du vertueux Jacques III. Son « Armada », partie de Cadix le 7 mars, sous les auspices d'Alberoni, fut, une fois de plus, dispersée par la tempête. L'amiral anglais Michels brûla, sur les côtes d'Espagne, les vaisseaux rescapés. Alberoni renonça définitivement à ses projets de restauration des Stuarts, comme Louis XIV y avait renoncé. Il accompagna jusqu'à quelques lieues de Madrid le Prétendant battu. Et celui-ci alla trouver à Bologne son épouse, la princesse Clémentine Sobieska, délivrée des prisons de l'empereur.

Le 2 avril, lord Stair avait envoyé *Œdipe* à James Cragg Jr., secrétaire d'État de S.M. britannique, avec la dédicace rimée et avec une lettre très flatteuse où il parlait de Voltaire comme de « son petit poète, peut-être le meilleur que la France eût jamais eu ». Ce compliment excessif ne prouvait pas une grande connaissance de la littérature française ; mais le bénéficiaire devait se résigner à être « le petit Arouet » en France et à l'étranger. L'ambassadeur suggérait que le roi remerciât l'auteur par « un présent ». Il faisait encore allusion au « poème épique *Henri le Grand* », — le titre était toujours incertain, — dont les vers étaient « merveilleusement beaux ». Dans une autre lettre du 24 avril, il disait au même destinataire, qui avait proposé « cent guinées » : « Je vous remercie du présent que le roi veut bien faire à Arouet. Je crois qu'une médaille d'or du roi, avec une montre d'or à répétition, sera un présent plus agréable que de lui donner cent guinées », — ce qui était d'ordinaire le présent du secrétaire d'État. Cette civilité de l'ambassadeur témoignait que Voltaire, malgré ses besoins, ne faisait pas figure d'auteur famélique.

Le 15 avril, Mme de Maintenon était morte à Saint-Cyr. Elle avait près de quatre-vingt-quatre ans. C'est à peine si l'on parla de cette disparition, qui aurait fait tant de bruit sous Louis XIV. Le Régent lui avait rendu visite six jours après la mort du roi et lui avait fait payer très exactement sa pension de quatre mille francs, fondée sur la ferme du tabac. Pendant ses années de retraite, elle n'avait reçu que le duc du Maine, dont la disgrâce, puis l'arrestation, l'avaient fort affectée, quelques évêques, le cardinal de Rohan, les Noailles, deux ou trois dames, notamment la marquise de Dangeau et la reine mère d'Angleterre, Marie-Béatrice-Éléonore d'Este, épouse de Jacques II, morte une année avant, — ce fut sa commensale habituelle à Saint-Cyr. Voltaire recueillait des anecdotes sur cette femme célèbre, dont il devrait faire le portrait dans *le Siècle de Louis XIV.* On lui avait raconté un détail de la visite qu'elle avait reçue du czar Pierre Ier, en juin 1717 : lorsqu'il eut tiré brusquement les rideaux du lit où elle était couchée et qu'il l'eut regardée, sans lui parler, avec ce tic qu'il avait dans les yeux, elle se cacha, épouvantée, sous ses draps. Voltaire estimait assez curieux les derniers mots que cette grande dévote avait dits au duc de Noailles, le matin du jour de sa mort : « Adieu, mon cher duc, je vais apprendre bien des choses. » Elle avait régné trente-deux ans.

Mlle de Livry n'ayant pu être casée dans la première représentation d'*Œdipe,* le poète obtint qu'elle jouât le rôle de Jocaste dans une reprise de la pièce en avril à la Comédie-Française. L'actrice fut aussi mauvaise qu'elle l'avait paru aux répétitions du début. L'orgueil de prétendre éclipser la Desmares, rendit son échec encore plus lamentable, sans diminuer sa beauté. Afin de lui donner une revanche avec le répertoire comique, Voltaire la fit engager pour le rôle de Lisette dans *les Folies amoureuses,* la comédie de Regnard, créée en 1704, cinq ans avant la mort de l'auteur. Il professait une grande admiration pour ce comédiographe et disait qu'on n'était pas digne d'admirer Molière si l'on n'admirait pas Regnard. En cela, il suivait l'opinion de Boileau qui jugeait ce poète « non médiocrement plaisant ». La représentation où intervenait la jolie Suzanne-Catherine, maintenant maîtresse de Genonville, eut lieu le 23 avril, sans que Lisette y fût beaucoup appréciée. Sa carrière galante semblait promise à plus de fortune que sa carrière dramatique.

Voltaire eut la douleur, au sortir de la représentation, d'entendre Poisson fils, qui avait été l'un des interprètes d'*Œdipe,* faire sur elle un cruel lardon, auquel il avait répliqué aussi cruellement en faisant allusion à sa qualité publique de chevalier de la manchette. Ce dernier, qui était grand bretteur, et qui n'admettait pas une telle raillerie, rattrapa le poète et lui en demanda raison. Voltaire lui répliqua hautement qu'il ne se battait pas contre un comédien ; l'autre lui demanda, en présence des gens qui sortaient, s'il préférait les coups de bâton et, en attendant, lui appliqua un soufflet. Voltaire, indigné de cette insulte qui dépassait la sienne, chargea ses amis Caumartin (Caumartin de Saint-Ange et Caumartin de Boissy) de porter plainte pour lui auprès du lieutenant général de police, Machault d'Arnouville. Sinon, il guetterait Poisson avec deux spadassins et il aurait deux pistolets dans sa poche pour lui casser la tête. Mais les Caumartin obtinrent du lieutenant général de police que Poisson fût mis en prison pour quelques jours, afin de venger la dignité des lettres. Machault d'Arnouville exigea que Voltaire, de son côté, écrivît une lettre pour solliciter la grâce du comédien. Le poète, à qui l'on avait dicté les termes de cette missive, y ajouta des choses piquantes et montra ensuite des copies de cette demande de grâce, ce qui était un nouvel affront. De plus, il lacéra une peinture où figuraient son agresseur et Beauregard, l'espion qui l'avait dénoncé pour l'inscription *Regnante puero.* Un brevet du régiment de la Calotte mentionna les deux événements. On y déclarait qu' « Arouet, avec un dard », avait balafré « Poisson le fils et Beauregard, — En troc de certaine blessure — Que son visage eut de leur part. » L'incident pourtant en demeura là. Mais Voltaire fut irrité de ce brevet : on avait l'air de dire que, non seulement Poisson, mais Beauregard, l'avaient souffleté.

Le 3 mai, pour lui faire oublier ces tracasseries, il fut invité au mariage du fils cadet du marquis d'Argenson, Marc-Pierre, mariage qui suivait de peu celui de son aîné : le jeune homme épousait Mlle Larcher, fille très riche, dont le père était conseiller au Parlement. Elle était âgée de treize ans. Le poète se demandait ce qu'un mari pouvait faire avec une femme qui n'était encore qu'une enfant ; mais il avait vu d'autres mariages identiques, consommés après quelques années d'existence luxurieuse en commun. C'était la seconde fois qu'il rencontrait le garde des Sceaux, son ancien persécuteur, et c'était encore aux épousailles d'un d'Argenson : autant la rencontre était cordiale avec les fils, autant elle demeurait glaciale avec le père.

Ce même printemps, François-Marie n'eut pas à jouer le malade ou le valétudinaire : il eut réellement une fluxion de poitrine. L'esprit lui servant toujours de remède, cette épreuve lui inspira une épître en vers à l'heureux possesseur de Mlle de Livry, son ancien camarade de Louis-le-Grand, Nicolas Le Fèvre de la Faluère de Genonville : « Ne me soupçonne point de cette vanité — Qu'a notre ami Chaulieu de parler de lui-même... » Il fait allusion ensuite à la « calomnie », « les noirs serpents », qui l'ont fait aller « dans une injuste prison ». Toutes les occasions lui étaient bonnes pour mentir et pour susciter un défenseur bénévole dans la personne d'un ami. Il parle des « larmes » que lui a fait verser « l'Amour », et poursuit : « Fripon, tu le sais trop bien, — Toi dont l'amoureuse adresse — M'ôta mon unique bien, — Toi dont la délicatesse, — Par un sentiment fort humain, — Aima mieux ravir ma maîtresse — Que de la tenir de ma main. » Il y avait longtemps qu'il avait pardonné à Genonville de lui avoir enlevé Mlle de Livry ; mais ce n'était pas témoigner beaucoup d'attachement pour elle que d'imaginer de la lui céder, presque aussi volontiers que celui-ci la lui avait prise. Les mœurs autorisaient, il est vrai, de telles libertés et le portrait de Largillière offert à la belle et médiocre infidèle servait à les excuser. Voltaire continue : « Mais je t'aimai toujours, tout ingrat et vaurien ; — Je te pardonnai tout avec un cœur chrétien — Et ma facilité fit grâce à ta faiblesse. — Hélas ! pourquoi parler encore de mes amours ? — Quelquefois ils ont fait le charme de ma vie : — Aujourd'hui, la maladie — En éteint le flambeau peut-être pour toujours. — De mes ans passagers la trame est raccourcie ; — Mes organes lassés sont morts pour les plaisirs ; — Mon cœur est étonné de se voir sans désirs... » Il prouvait bien, dans cette lettre, comment il exagérait ses malheurs de santé, et qu'il ne les décrivait qu'en étant déjà guéri. A le croire, il ne lui restait qu' « un assemblage vain de sentiments confus, — Un présent douloureux, un avenir funeste, — Et l'affreux souvenir d'un bonheur qui n'est plus ». Il ajoutait : « Pour comble de malheur, je sens de ma pensée — Se déranger les ressorts : — Mon esprit m'abandonne et mon âme éclipsée — ... meurt avant mon corps... » C'étaient les vers d'un mourant qui s'analyse et qui ressuscite. Néanmoins, il voulait espérer que l'esprit survivait après la mort, et il terminait par une profession de foi que ses anciens maîtres auraient approuvée : « Dieu conserve pour lui le plus pur de notre être — Et n'anéantit point ce qu'il daigne éclairer. »

Un des seigneurs du Temple venait d'attraper la vérole. Ces jeux de Vénus étaient toujours, pour François-Marie, des sujets de divertissement et il l'avait attesté déjà en raillant là-dessus le grand prieur de Vendôme dans son *Épître* de 1717. Il en rima donc une nouvelle, plus courte, pour l'ami affligé, en commençant par un emprunt à Rabelais, qui avait dédié *Gargantua* aux « buveurs très illustres » et aux « vérolés très précieux » : « O vérolé très précieux, — N'espérez pas que je vous voie. — Je n'en goûterai pas la joie, — Grâce au frisson très ennuyeux — De la fièvre où je suis en proie. — Salut, très boutonné reclus, — Connaisseur en pièce nouvelle ; — Salut, ma dévote Vénus, — Des sœurs du pot parfait modèle. — Soyez toujours gai, doux, content, — Goûtez bien des douceurs complètes. — Salut. Je claque fort des dents, — Mais je suis heureux si vous l'êtes. » La « dévote Vénus », déguisée en « sœur du pot », était la marquise de Chaulieu, belle-sœur de l'abbé, qui régentait l'hôtel de Boisboudran et était habituée à en soigner les malades. La philosophie de Voltaire supposait une philosophie égale chez ceux qu'il tâchait de consoler ; mais il prouvait, pour son compte, que la fièvre ne lui ôtait rien de sa joyeuseté et de son esprit.

Il sut qu'un troisième de ses amis, M. de Rezé, séduisant personnage, souffrait de la froideur d'une maîtresse. François-Marie, d'un ton plus enjoué, car il allait mieux, lui envoya cette épître en vers sur deux rimes : « Mais vous, mon aimable Rezé, — Dites-nous s'il vous est aisé — De mettre fin à l'aventure. — Votre cœur n'est pas trop usé, — Mais le reste toujours ne dure. — Vous sentez-vous bien disposé ? — Avez-vous bien connu l'allure — De ce Rezé que la nature — A de ses dons favorisé ?... — Aviez-vous bien apprivoisé — L'appétissante créature — A qui, de votre esprit rusé — La tendre et charmante imposture, — En doux propos promet et jure — La chaleur éternelle et pure — D'un feu par l'Amour attisé ? — Auriez-vous quelque conjecture — Que son cœur se soit embrasé ? — Moins scrupuleuse, a-t-elle osé, — De son bec tendrement baisé, — Rendre baisers avec usure ? — Et sur sa gorge ronde et dure — Avez-vous un peu reposé — Votre frétillante figure ? — Je veux sur l'heure être écrasé — Si je ne serais amusé — De me voir en telle posture. »

Pour rattraper un rendez-vous manqué avec Louis Racine, Arouet, aussitôt guéri, lui écrivit de « venir dîner le jour même ; après quoi ils iraient ensemble à la Comédie ». Il ajoutait qu'il ne parlerait point, parce que sa fluxion de poitrine lui avait « ôté tout net l'usage de la voix, mais qu'il entendrait ». Il terminait par ces mots : « Songez qu'Horace et Virgile dînaient quelquefois ensemble. » Une telle comparaison dut faire rire Louis Racine, qui s'était fait peindre, les œuvres de son père à la main, et les yeux fixés sur ce vers de *Phèdre* : « Et moi, fils inconnu d'un si glorieux père. » Si le fils de Jean Racine était modeste, le fils de Me Arouet l'était peu.

Convalescent, mais toujours épris des beaux visages hors de sa portée, il enviait à son ami Ferrand l'amour d'une femme de la cour, la comtesse de Rupelmonde, fille du marquis d'Alègre, lieutenant général du haut Languedoc. Elle était veuve d'un maréchal de camp, d'origine flamande, tué dans la guerre d'Espagne. Elle avait trente ans et une éclatante beauté. Son fils était un des compagnons de jeux de Louis XV ; sa sœur, la marquise de Maillebois qui, en couchant avec le Régent, avait sauvé de la potence Desmaretz, le « financier », père du marquis ; ses deux nièces étaient la duchesse d'Albret et la maréchale duchesse d'Harcourt. Son dernier amant avait été le marquis de Villequier, fils du duc d'Aumont. D'esprit libertin, elle s'était engouée du conseiller à la cour des aides, qui lui disait des épigrammes érotiques et qui la célébrait : « Quand Apollon, avec le dieu de l'onde, — Vint autrefois habiter ces bas lieux, — L'un sut si bien cacher sa tresse blonde, — L'autre ses traits, qu'on méconnut les dieux. — Mais c'est en vain qu'abandonnant les dieux, — Vénus comme eux veut se cacher aux cieux : — On la connaît au pouvoir de ses yeux, — Lorsque l'on voit paraître Rupelmonde. » Voltaire était un peu étonné qu'avec de si mièvres galanteries, — Ferrand était meilleur dans l'épigramme que dans le madrigal, — celui-ci eût fait une telle conquête. Du reste, cette blondeur tant célébrée tirait terriblement sur le roux : à la cour, on appelait les deux sœurs « les belles Roussettes ».

François-Marie n'employait pas seulement les loisirs de sa convalescence à limer son poème sur Henri IV, mais à corriger sa nouvelle tragédie, *Artémire*, dans l'élan du succès d'*Œdipe*. Ce sujet, qui était de son cru, n'avait pas le soutien de Sophocle et de Corneille : c'était une intrigue, à la cour de Macédoine, entre la reine Artémire, femme de Cassandre, — l'ancien compagnon d'Alexandre le Grand, — Pallante, favori du roi, le ministre Philotas et trois confidents. La scène n'était pas à Égée, capitale du royaume, mais à Larisse, en Thessalie, sans qu'aucune explication en fût donnée, et l'on pouvait penser que la géographie grecque de Voltaire manquait de précision.

Il lut des passages de cette nouvelle tragédie à Adrienne Lecouvreur, l'actrice qui lui paraissait la plus appropriée pour remplir le rôle principal. Il l'avait admirée à la Comédie-Française, la veille du jour où il avait été envoyé à la Bastille ; il l'avait revue ensuite sur cette scène dans plusieurs occasions. Comme naguère de la Duclos et comme de tant d'autres femmes, il en était devenu amoureux, ce qui, de sa part, ne tirait jamais à conséquence. C'est bien pourquoi d'Argental, toujours idéalement épris de cette actrice, n'était pas jaloux de lui. Mais Voltaire saisissait ce prétexte d'afficher devant le public un amour distingué de plus et de poser en homme à la mode, en héros de bonnes fortunes. Le duc de Sully l'avait invité à passer l'été à Sully-sur-Loire pour continuer son travail. Avant de partir, il envoya ces vers à Mlle Lecouvreur : « Adieu, divinité du parterre adorée, — Vous que le ciel envoya parmi nous — Pour unir à jamais

Minerve et Cythérée — Et la vertu sincère aux plaisirs les plus doux ! — Faites le bien d'un seul et le désir de tous ; — Et puissent vos amours égaler la durée — De la pure amitié que mon cœur a pour vous. »

Si l'actrice lui accorda ces menues faveurs qu'on appelait « la petite-oie », il sut que, même avant son départ pour Sully, il était déjà remplacé plus substantiellement par lord Peterborough, général des forces navales de l'Angleterre, qui avait brillamment combattu les forces françaises en Espagne contre Philippe V. Ce lord lui avait succédé aussi rapidement auprès de Mlle Lecouvreur, que Genonville auprès de Mlle de Livry. On rapporta à Voltaire le mot qu'il avait dit à la comédienne en prenant ses fonctions d'entreteneur officiel : « Madame, montrez-moi beaucoup d'amour et beaucoup d'esprit. » Comme il montrait « beaucoup d'argent », il pouvait se permettre de telles paroles. Ce n'était pas le cas de François-Marie Arouet de Voltaire.

Au même moment, avait été publié un ouvrage anonyme, intitulé *la Métaphysique de l'amour*, qu'il avait offert à une grisette. Il le lui commenta par un quatrain qui avouait plus sincèrement son insuffisance dans le domaine intime : « De l'amour la métaphysique — Est, je vous jure, un froid roman. — Fanchon, reprenons le physique : — Mais, las ! que j'y suis peu savant ! » Au moins en cela avait-il la consolation de ressembler à Corneille. Celui-ci, en effet, avait dit de l'amour, dans ses vers à Pellisson : « J'en écris assez bien et le fais assez mal. »

François-Marie avait demandé à ses amis La Feuillade, Brancas et Canillac où en étaient les mesures prises à l'égard des complices de Cellamare. On lui dit que la libération de Richelieu était loin d'être envisagée : le Régent, pour terminer cette affaire, attendait les aveux de la duchesse du Maine, qui n'y semblait pas disposée. Cependant, au début du mois de mai, on l'avait transférée, de la citadelle de Dijon, dont le séjour lui était insupportable, à celle de Chalon-sur-Saône, sous la surveillance du brigadier Renard-Desangles, lieutenant de roi à Calais : des réparations avaient été faites d'urgence pour son logement. Le ministre ajoutait : « ... En continuant de faire votre devoir avec exactitude et ne manquant à rien de tout ce qu'exige la naissance de Mme la duchesse du Maine, vous ne devez pas vous inquiéter de l'humeur qu'elle fait paraître à votre égard. La situation où se trouve cette princesse, ne lui permet pas, comme je vous l'ai déjà mandé, de n'être pas souvent mécontente. » Et l'on avait envoyé un cheval au duc du Maine, à Doullens, pour qu'il pût se promener dans l'enceinte de la citadelle ; on avait prescrit de visiter la selle avec soin, afin d'empêcher qu'on ne se servît de ce moyen pour faire tenir des lettres.

Les grands seigneurs de la manchette, que visitait Voltaire, lui apprirent la mort, au début de juin, du marquis d'Effiat, membre du conseil de régence et ancien mignon de Monsieur. On relatait une chose étrange de cet homme, qui avait fait fortune en empoisonnant Madame, Henriette d'Angleterre. Ses valets, — et cela avait été confirmé par l'un de ses intimes, le comte de Comminges, — racontaient que, chaque soir, il s'enfermait seul dans sa chambre et l'on entendait ensuite le bruit d'une discussion, des cris et des coups. On en concluait que c'était le démon venant réclamer sa proie. Le marquis ne la lui avait lâchée qu'à l'âge de quatre-vingt-un ans. Si cette histoire était vraie, il avait eu plus de courage devant le Malin que le maréchal de Montrevel devant une salière renversée : celui-ci, affreusement superstitieux, n'avait pu survivre au renversement d'une salière dans un dîner chez le marquis de Biron, en octobre 1716. Le marquis d'Effiat laissait au Régent son beau château de Chilly, qu'il devait à la munificence de Monsieur. Mais Philippe d'Orléans ne voulut pas l'accepter et le rendit à la famille. Law acheta le marquisat d'Effiat.

Avant de partir pour Sully, Voltaire répondit à une autre invitation plus proche de la capitale : au château d'Issy, chez le maréchal et la maréchale d'Estrées. C'est à Sully, en 1716, que la maréchale duchesse, — la « sainte Chanteuse » ou « sainte Contente » des *Saintes de la Cour,* — avait chanté cette chanson et François-Marie, qui lui avait été présenté chez les Mimeure, avait apprécié alors sa largeur d'esprit. Son amant actuel était le président Hénault, dans l'hôtel de qui Voltaire l'avait revue à Paris. Le poète avait ainsi un lien de complicité avec elle, en dehors de celui qu'il avait eu fugitivement au Temple avec le maréchal. Victor-Marie, ex-maréchal de Cœuvres, maréchal duc d'Estrées depuis 1707, chevalier de la manchette comme l'avait été le maréchal son père, était un des plus grands seigneurs du royaume : vice-amiral de France, en même temps que lieutenant général des flottes d'Espagne, — titre que lui avait donné Philippe V, avec la Toison d'or, pour ses victoires maritimes, en compagnie de Tourville, sur les Anglais et les Hollandais, — vice-roi d'Amérique, gouverneur de Nantes et président du conseil de Marine. Ami des lettres et des arts, fort savant et fort lettré lui-même, il entassait, dans son hôtel parisien et surtout dans son château d'Issy, livres, manuscrits, plans, cartes, médailles, pierres gravées, bas-reliefs, statues antiques : il était membre de l'Académie française, de l'Académie des sciences et de l'Académie des inscriptions. Le czar avait visité avec le plus vif plaisir ses collections d'Issy. Voltaire les déclara dignes de celles du Régent.

Il s'intéressa vivement à un ouvrage rarissime de la bibliothèque du maréchal, — rarissime, assurément, puisque c'en était le seul exemplaire sauvé du feu : *la Béatitude des chrétiens ou le Fléau de la foi,* par Geoffroi Vallée, qui fut pendu, puis brûlé, place de Grève à Paris, en 1574, comme auteur de cet écrit, jugé un brevet d'athéisme. Voltaire avait, depuis son enfance, un attrait naturel pour des écrits de ce genre. Celui-ci possédait une note de l'académicien La Monnoye, qui l'avait acheté par hasard : il en définissait la doctrine, « non pas l'athéisme proprement dit, mais un déisme commode qui consiste à reconnaître un Dieu sans le craindre et sans appréhender aucune peine après la mort ». C'était la doctrine même de Voltaire. Il fut, après sa lecture, de l'avis de La Monnoye. Ce dernier avait fait don de l'ouvrage à son collègue de l'Académie, l'abbé d'Estrées, archevêque de Cambrai, mort au début de 1718, et le maréchal, frère aîné de l'abbé, en avait hérité. François-Marie trouvait curieux que ce livre damnable, qui avait coûté la vie à son auteur, fût transmis d'académicien en académicien. On y avait joint l'arrêt du Parlement qui avait condamné Geoffroi Vallée à la peine de mort et ses livres à être « ars et brûlés » devant Notre-Dame ; tout possesseur d'autres exemplaires devait les « apporter dedans vingt-quatre heures au greffe criminel de ladite cour, pour être à l'instant ars et brûlés, sous peine à ceux qui en retiendraient aucun, d'être punis de pareille peine que ledit Vallée ». Voltaire voyait, dans ce supplice et dans ces menaces de 1574, une suite de ce qui lui semblait une des dates les plus honteuses de l'histoire de France : la Saint-Barthélemy de 1572.

Le maréchal avait l'esprit aussi libre que la maréchale. Pour preuve, leur familier était l'abbé de Grécourt, dont les poésies lubriques étaient célèbres. On les goûtait infiniment au Temple, bien qu'il n'y fréquentât pas et qu'il fût, en quelque sorte, un rival outrancier de Chaulieu. Leurs destinées se ressemblaient. Le premier était, cependant, moins bien pourvu d'abbayes et de prieurés que le second, faute d'avoir eu les Vendômes pour protecteurs : il ne détenait, mais depuis l'âge de treize ans, qu'un canonicat de l'église Saint-Martin de Tours, sa ville natale, et le bénéfice d'une chapelle parisienne. Comme Chaulieu, il avait sacrifié toute ambition à l'épicurisme. Ayant pour devise : « Courte messe, long repas », il partageait sa vie entre les résidences du maréchal d'Estrées, du comte d'Agenois, — fils du marquis de Richelieu, — et de la princesse douairière de Conti.

Law s'était entiché de Grécourt au point de vouloir se l'attacher en lui proposant de le rendre millionnaire. L'abbé lui avait répliqué par l'apologie *le Solitaire et la Fortune* : « Un solitaire, ennemi de la gêne — Et sectateur de toutes voluptés... — Vivait content, sans embarras ni crainte, — Avec un livre, un verre et son Aminte. (Ce nom rappelait à François-Marie sa chanson à Pimpette.) — Avint un soir qu'il entend un grand bruit, — Gros équipage et tout le train qui suit — Dame Fortune. Elle-même en personne — Frappe à la porte en lui criant : "C'est moi. — C'est vous ! qui, vous ? Ouvrez, je vous l'ordonne", — Il n'en fit rien. "Comment ! dit-elle, quoi ! — Vous n'ouvrez pas ? Vous refusez un gîte — A la Fortune ? et n'accourez pas vite — La recevoir ?" Je ne vous connais pas, — Répondit-il. Elle crie, elle gronde ; — Le tout en vain. — "Vous êtes sourd ? De grâce, ayez pitié, — Mon cher ami, de la Magnificence, — Qui se morfond"... — J'en suis fâché, mais je ne sais qu'y faire... — Je n'ai qu'un lit, que je garde au Plaisir. » Voltaire était touché de cette philosophie de la Volupté ; mais il avait d'autres principes.

Le maréchal demanda au chanoine de réciter son *Épître à Manon.* Il obéit avec joie : « ... Je sais bien, ma chère Manon, — Que tu n'es point une duchesse... — Quatorze ans à peine comptés, — Quatorze ans, ce sont bien des choses ; — Deux petits tétons que Dieu fit — Pour qu'aussitôt la main désire — De toucher ce que l'œil admire... — Une bouche où l'amour sourit, — Où le baiser même respire... — Pour ajouter les derniers traits, — Un cul, ah ! quel cul ! ma princesse : — Le blanc satin noircit auprès, — Il est fait pour moi tout exprès ; — Non, jamais Vénus Belle-Fesse — N'eut un cul si rempli d'attrait ; — Celui de la charmante Hélène — Méritait moins d'honneur ; — Ce cul divin, ce cul vainqueur — N'a point tabouret chez la reine ; — Mais de ces marques de faveur, — Qu'il dédaigne la pompe vaine ! — Il a des autels dans mon cœur... » Cette épître faisait les délices du maréchal et de la maréchale. Grécourt déclara qu'il avait voulu rivaliser avec l'*Éloge du cul,* écrit par l'abbé de Chaulieu et auquel il enviait ces vers : « Dieux ! qu'une coutume sage — Cache à nos yeux tes attraits ; — Sans cela, qui d'un visage — Aurait regardé les traits ?... » Les deux abbés encensaient bien les mêmes autels.

Après sa visite au château d'Issy, Voltaire partit pour la Touraine. L'abbé de Grécourt devait s'y rendre un peu plus tard, au château de Véret, chez le comte d'Agenois. Il vantait la vie de province pour ses plaisirs cachés et toutes les Manons, toutes les Amintes, qu'elle procurait.

L'auteur d'*Œdipe* revoyait le château de Sully ; mais cette fois, en homme libre et non pas en exilé, comme il y avait été de mai à octobre 1716, après ses deux épigrammes sur le Régent et la duchesse de Berry.

Le 20 juin, il écrivit à lord Stair, de la tour qu'on lui réservait pour la tranquillité de son travail. L'ambassadeur lui avait fait voir « la belle montre » qui lui était destinée, mais que le roi d'Angleterre n'avait pas encore donné l'ordre de lui remettre. Stair venait de lui annoncer qu'elle était maintenant à sa disposition. Jadis, la reine Elizabeth avait envoyé à Ronsard, qu'elle admirait, « un diamant d'excellente valeur », et Marie Stuart, quoique prisonnière, lui avait fait remettre « un buffet de deux mille écus », avec « un vase en forme de rocher, représentant le Parnasse et un Pégase », où était cette inscription : « A Ronsard, l'Apollon de la source des Muses. » Voltaire avait lu ces détails dans la *Vie* de ce poète, par Claude Binet. Il pouvait se dire que, plus modestement, il renouait une tradition.

Il priait l'ambassadeur de faire porter la montre chez son père « dans la cour du Palais, à la chambre des comptes ». Cette attention prouvait qu'il gardait les sentiments d'un bon fils, puisqu'il pensait au plaisir que cela ferait à M. Arouet. Il disait ensuite à lord Stair que, de Londres, on lui proposait une ligue, qui n'avait rien de politique, « pour bannir la rime de la poésie française ». C'était peut-être à la suite de l'épigramme où Jean-Baptiste Rousseau lui attribuait l'intention de « désabuser » de la rime « le peuple des auteurs » : il n'avait réclamé que l'assouplissement de la rime et en rien sa suppression. Dans cette lettre, il affirmait la chose impraticable, à moins que l'ambassadeur ne s'en mêlât. « Vous avez su si bien accorder l'esprit de ces deux peuples, ajoutait-il, qu'il y a grande apparence que vous pourriez accorder aussi les poètes des deux nations. »

Cette proposition de « ligue contre la rime », lui donna envie de faire une préface pour une future édition d'*Œdipe,* où il traiterait ce point. Il y répondrait également à La Motte qui avait qualifié la versification « un travail mécanique et ridicule ». Il récita au duc et à la duchesse de Sully les vers de *Phèdre* : « Où me cacher ? Fuyons dans la nuit infernale. — Mais que dis-je ? Mon père y tient l'urne fatale : — Le sort, dit-on, l'a mise en ses sévères mains ; — Minos juge aux Enfers tous les pâles humains. » Puis, il mit, à la place de « l'urne fatale », l'urne funeste, et « les pâles mortels », au lieu de « les pâles humains ». Il concluait qu'il n'est pas difficile de savoir si ce morceau ferait le même plaisir, en étant dépouillé de l'agrément de la rime. Il voulait utiliser également, pour la défense de celle-ci, des vers par lesquels La Faye avait combattu la théorie de La Motte. Cette stance réunissait, disait Voltaire, tous les arguments que sa préface développerait : « De la contrainte rigoureuse — Où l'esprit semble resserré, — Il reçoit cette force heureuse — Qui l'élève au plus haut degré, — Telle, dans des canaux passée, — Avec plus de force élancée, — L'onde s'élève dans les airs : — Et la règle, qui semble austère, — N'est qu'un art plus certain de plaire, — Inséparable des beaux vers. » François-Marie assurait n'avoir « jamais vu de comparaison plus juste, plus gracieuse, ou mieux exprimée ».

Avec sa lettre, il envoya à lord Stair un court poème qu'il venait de faire, après une partie du jeu en vogue : *le Biribi.* Il le priait de montrer ces vers à Mme de Rémond, « parce qu'ils auraient dû être faits pour elle ». C'était la femme, grande joueuse, du nouvel introducteur des ambassadeurs, qui avait succédé à Foucault de Magny, impliqué dans la conspiration de Cellamare. Fils d'un traitant, il venait d'épouser la fille du joaillier Rondé, et recevait à sa table la meilleure compagnie. Voltaire savait se ménager des alliés partout. Rémond était pédéraste et allait quelquefois au Temple, où il l'avait rencontré sans sa femme.

Cependant, des hostilités, le moins sanglantes possible, avaient éclaté entre la France et l'Espagne. Le maréchal de Berwick, nommé commandant en chef des troupes françaises, avait franchi la frontière pour faire quelques déprédations : il formait à loisir le siège de Saint-Sébastien et de Fontarabie. Le marquis de Cilly, lieutenant général, s'était emparé du port du Passage à la mi-avril, avait brûlé des vaisseaux de guerre qui s'y trouvaient en chantier et avait transporté à Bayonne cinquante pièces de canon.

L'incendie de ces éléments de la flotte espagnole, opéré sur l'ordre du cardinal Dubois, était un service qu'il rendait à la couronne d'Angleterre, dont il était l'obligé, — il en recevait une pension de neuf cent mille livres. Toutefois, Le Blanc, ministre de la Guerre, avait prescrit à Berwick de ne pas faire prisonnier le roi d'Espagne, si les choses s'envenimaient, mais, au contraire, Alberoni. De même laissait-on passer les robes et colifichets que la reine d'Espagne recevait de Paris et que les avant-postes français livraient aux avant-postes espagnols. Ceux-ci, en récompense, dès que les chaleurs eurent commencé, apportaient de la neige des Pyrénées, pour rafraîchir la boisson du maréchal de Berwick. Alberoni l'en faisait priver quand il était de mauvaise humeur. Une autre étrangeté de cette guérilla est que Berwick, fils naturel de Jacques II Stuart, prenait ainsi position contre le défenseur du Prétendant, Jacques III Stuart, qui était son demi-frère, et que son fils, le duc de Liria, servait dans les troupes espagnoles : le maréchal lui fit intimer, par un trompette, d'accomplir son devoir d'Espagnol, sans se soucier de ses sentiments filiaux. Le duc de Sully disait que cela évoquait une singularité déjà advenue au maréchal de Berwick dans la guerre de la succession d'Espagne : il avait, lui Anglais, commandé les troupes françaises contre les troupes anglaises, commandées par l'ex-marquis de Ruvigny, protestant français devenu anglais et titré lord Galloway.

En mai, le prince de Conti, l'ami et laudateur de Voltaire, rejoignit le maréchal, sur l'ordre du Régent, pour partager avec lui le commandement des troupes françaises. Par ses relations, comme naguère à la Bastille, le poète avait ainsi l'illusion d'être mêlé à la politique générale du royaume.

Les chansonniers avaient raillé *le Départ du prince de Conti* : « Accourez tous, peuple françois, — Admirez le sang de vos rois, — Louis-Armand, plein de courage, — En Espagne va faire rage, — Partout il porte la frayeur, — Philippe (Philippe V) même en aura peur. — Ce fut mardi, neuvième mai, — Que, du matin s'étant levé, — Avec une équivoque mine, — Il monta dedans la berline, — Accompagné du cher Marton (un de ses mignons), — De Lanoue (Lanoue-Langey, brigadier du régiment de cavalerie Conti) et de Clermont (le marquis de Clermont, capitaine des suisses du duc d'Orléans)... —— Le lundi, veille du départ, — Il fut, en habit de soudard, — A l'Opéra, la Comédie — Et puis après aux Tuileries. — Chacun disait, tout à l'entour, — Qu'il a de l'air de Luxembourg (le défunt et glorieux maréchal). —— Il dit : Monsieur le Régent, — Vous en aurez pour votre argent. — Par le calcul de La Chapelle (l'académicien qui était à son service). — Je connais le prix de mon zèle — Et combien, pour mille ducats, — Pour vous je dois faire de pas... »

La chanson amusa beaucoup le duc et la duchesse de Sully ; mais Voltaire fut un peu peiné de voir ridiculiser l'un de ses protecteurs, dont il avait fait un éloge si emphatique. Ce que le public reprochait au prince de Conti, c'était moins de trancher du matamore que d'avoir soutiré au Régent cent mille francs pour ses équipages, après avoir obtenu déjà dix mille écus de gratification. Du reste, dès son arrivée sur la frontière espagnole, le prince ne tarda pas à se brouiller avec le maréchal de Berwick et regagna la France avant d'avoir eu l'occasion de se signaler.

François-Marie alla, de Sully-sur-Loire, au château du Bruel, où le duc de La Feuillade l'avait invité. Ce duc, depuis son second veuvage, avait auprès de lui deux maîtresses : la comtesse de Coligny-Saligny, qui était passée à Sully en 1716, et la marquise de Seignelay, fille du prince de Furstenberg, veuve du petit-fils de Colbert. Elles vivaient en bonne intelligence, n'ayant pas à être jalouses de cet impuissant, qui devait ses principaux plaisirs à son valet de chambre.

Voltaire avait espéré d'être encore plus tranquille dans ce château pour mettre au point son poème épique et sa tragédie d'*Artémire.* Il ne s'était pas trompé. La Feuillade l'avait installé à l'extrémité d'une aile : sa chambre était chauffée par un bon poêle et meublée avec un luxe qui manquait dans la tour de Sully, froide et austère. Le poète était également invité à Vaux-Villars ; mais cette hospitalité était celle qu'il souhaitait le moins : il savait que le maréchal et la maréchale y tenaient habituellement une véritable cour et il présumait que le travail y serait difficile. Il s'entendait à merveille avec les deux dames du Bruel, qu'il ne voyait guère qu'à table et qui ne demandaient pas de nuits blanches ni d'impromptus. Mais l'arrivée de nouveaux hôtes abrégea son séjour.

Il s'apprêtait à regagner Sully, où sa tour restait libre, lorsqu'il se vit obligé de se rendre à Vaux-Villars, comme il l'écrivit du Bruel à la marquise de Mimeure : « On ne peut vaincre sa destinée ; je comptais, Madame, ne quitter la solitude délicieuse où je suis que pour aller à Sully ; mais Monsieur le Duc et

Madame la Duchesse de Sully vont à Villars et me voilà, malgré moi, dans la nécessité de les y aller trouver. » Faisant allusion aux sentiments qu'il avait voués à la maréchale, il ajoutait qu' « on ne l'y ferait point perdre son repos ». Il témoignait, par ces mots, d'une fatuité déconcertante : pour se rehausser sans doute aux yeux de la marquise, dont il était l'amant, il feignait presque de dire que la maréchale de Villars en serait pour ses frais dans son intention de le conquérir, comme s'il était un Adonis. Il avouait pourtant que le physique lui en manquait : il priait Mme de Mimeure de lui envoyer « le petit emplâtre qu'elle lui avait promis pour le bouton qui lui était venu sur l'œil ». Il précisait que ce n'était point « coquetterie », s'il voulait « paraître à Villars avec un désagrément de moins ». Il affirmait « ne craindre plus même les yeux de personne », et n'éprouver que « deux seuls sentiments vifs » : celui qu'il portait à son poème sur Henri IV et celui qu'il portait à la marquise.

Voltaire, de retour à Sully, qui était son étape avant le voyage de Vaux-Villars, répondit à une lettre de son ami Genonville, où il mêlait, selon son habitude, les vers et la prose : « Ami, que je chéris de cette amitié rare — Dont Pylade a donné l'exemple à l'univers — Et dont Chaulieu chérit La Fare (qui était mort depuis 1712 !)... — Votre épître a charmé le pasteur de Sully. » Le duc avait apprécié les vers de Genonville et aurait été heureux de l'accueillir. « Il est bon, mon cher ami, de venir à la campagne, poursuivait Voltaire en prose, tandis que Plutus tourne toutes les têtes à la ville. Êtes-vous réellement devenus tous fous à Paris ? Je n'entends parler que de millions. On dit que tout ce qui était à son aise est dans la misère et tout ce qui était dans la mendicité nage dans l'opulence... La moitié de la nation a-t-elle trouvé la pierre philosophale dans les moulins à papier ? Law est-il un dieu, un fripon ou un charlatan qui s'empoisonne de la drogue qu'il distribue à tout le monde ? M. le Régent est-il de bonne foi ou est-il trompé ? Veut-il avoir tout l'argent du royaume ou se contentera-t-on de richesses imaginaires ? C'est un chaos que je ne puis débrouiller et auquel je m'imagine que vous n'entendez rien. Pour moi, personnellement, je ne me livre à d'autres chimères qu'à celles de la poésie. »

Le « système » battait son plein, et l'on ne parlait, en effet, que de cela dans les châteaux, comme dans les chaumières. En mai, Law, cumulant les privilèges des Compagnies des Indes, de la Chine et d'Occident, avait créé la nouvelle Compagnie des

Indes occidentales, pour laquelle il lança vingt-cinq millions d'actions à cinq cents livres. Afin de s'assurer l'appui des membres influents du conseil de régence, il leur avait distribué des actions de sa compagnie : Saint-Simon et Villars furent les seuls à refuser. Une chanson, intitulée *le Missisipi* racontait l'événement : « Aujourd'hui il n'est plus question — De parler de Constitution — Ni de la guerre avec l'Espagne. — Un nouveau pays de Cocagne, — Que l'on nomme Missisipi, — Roule à présent sur le tapis. —— Sans charbon, fourneau ni souffle, — Un homme a trouvé le secret — De la pierre philosophale — Dans cette terre occidentale... —— Ils font de petits billets, — Qui sont parfaitement bien faits, — Avec de petites dentelles... —— Il a, pour les achalander, — A quelques seigneurs assuré — Que, pour leurs dettes satisfaire, — Son projet était nécessaire... —— Mais depuis que les grands seigneurs — Sont devenus agioteurs, — On voit, avec grande surprise, — Gens vendre jusqu'à leurs chemises — Pour avoir des soumissions — Et de nouvelles actions. —— Les femmes vendent leurs bijoux — Pour mettre à ce nouveau Pérou, — Les filles mettent tout en gage, — Même jusqu'à leur pucelage, — Quand elles n'ont rien de meilleur — A donner à l'agioteur... —— Écoutez-moi, pauvres badauds, — Vous êtes tous de grands nigauds. — Vous meniez tous la vie tranquille — En allant à l'Hôtel-de-Ville (pour toucher les rentes sur l'État). — Vous changerez bientôt de lieu, — Car vous irez à l'Hôtel-Dieu (asile de la mendicité). » Cette chanson semblait commenter la lettre de Voltaire.

Law avait fait conférer à sa compagnie, par un arrêt du mois de juillet, le bénéfice de la refonte et de la fabrication des monnaies, pour neuf ans, moyennant le paiement au roi de cinquante millions. La valeur des actions avait décuplé et l'agiotage florissait dans la rue Quincampoix où, depuis la fin du règne de Louis XIV, habitaient des juifs et des courtiers. Ils y achetaient à perte les ordonnances de paiement ; des banquiers voisins leur prêtaient les fonds pour chaque affaire : on appelait ce commerce « les prêts à la pendule », parce qu'ils étaient faits à deux pour cent l'heure. Les spéculations entraînées par le système de Law, ne pouvaient que se concentrer en un tel lieu. Le capital de la compagnie avait été élevé à dix milliards. La liste des « Missipissiens » (nom des actionnaires enrichis) comprenait une dame Chaumon, de Namur, — étant venue solliciter pour un procès qui la menaçait de ruine, elle avait gagné plus de cent millions rue

Quincampoix ; un peaussier de Montélimar, André, — criblé de dettes en 1718, il avait gagné cinquante millions ; un frotteur savoyard en avait gagné vingt ; un garçon de cabaret, Bourdon, en avait gagné trente ; un petit bossu avait gagné cent cinquante mille livres en offrant sa bosse pour que l'on y signât les billets ; un soldat aux larges épaules avait fait fortune en les offrant de même comme pupitre ambulant. La précipitation était si grande pour souscrire qu'un abbé escroc livra, en guise d'actions, des billets d'enterrement. Ceux qui ne spéculaient pas, allaient là comme au spectacle, afin de voir ce tourbillon de folie collective, où se mêlaient tous les rangs.

Au Palais-Royal, le Régent, par ses prodigalités, avait l'air de montrer que le Mississipi, devenu le Pactole, était inépuisable : il venait de donner deux cent mille écus d'actions au marquis de La Fare, son capitaine des gardes (fils du défunt poète du Temple) ; deux cent mille livres d'actions à la comtesse de Fontaine-Martel, qui en avait déjà reçu. C'est elle pour qui François-Marie avait, naguère, rimé une épître *A Samuel Bernard,* dont cette dame espérait s'ouvrir les coffres. Ceux de Law commençaient à se fermer : le prince de Conti s'était fâché qu'il refusât de lui fournir encore de l'argent.

L'Ecossais, obligé de faire la sourde oreille aux princes du sang, était véritablement assiégé par les femmes de la cour : une duchesse lui avait baisé les mains, et Madame disait que d'autres seraient prêtes à lui baiser le derrière. Trois ou quatre duchesses, auxquelles il disait qu'il devait les quitter parce qu'il éprouvait un besoin pressant, s'étaient écriées : « Eh ! si ce n'est que cela, sonnez pour qu'on vous apporte votre pot, pissez et nous écoutez. » Quand le financier donna un bal pour sa fille, qui n'avait que douze à treize ans, toute la cour s'y pressa et Mgr Bentivoglio, archevêque de Carthage, nonce apostolique à Paris, qui entretenait une fille de l'Opéra dont il avait un enfant, jouait à la poupée avec Mlle Law. Ses empressements étaient d'autant plus remarquables que la religieuse Sorbonne, comme le Parlement, s'opposait au système : les casuistes voyaient, dans ces spéculations, le péché d'avarice et une œuvre démoniaque.

Loin de ce tohu-bohu, Voltaire continuait sa lettre en vers pour l'ami auquel il écrivait : « Avec l'abbé Courtin, je vis ici tranquille, — Sans aucun regret pour la ville — Où certain Écossais malin, — Comme la vieille Sibylle — Dont parle le bon Virgile, — Sur des feuillets volants écrit notre destin. — Venez nous voir un bon matin, — Venez, aimable Genonville. » Il termine en lui disant que « Deux jésuites en ce lieu, — Ouvriers de l'Évangile, — Viennent, de la part de Dieu, — Faire un voyage inutile. — Ils veulent nous prêcher demain ; — Mais pour nous défaire soudain, — De ce couple de chattemites, — Il ne faudra, sur leur chemin, — Que mettre un gros Saint-Augustin : — C'est du poison pour les jésuites. » (Le jansénisme, que les jésuites avaient fait persécuter, prétendait tirer sa doctrine de celle de saint Augustin sur la grâce.) L'abbé Courtin, dont parlait Voltaire, ne se souciait pas plus que lui des prédicateurs : c'est avec lui que, trois ans auparavant, il avait écrit, de ce même château, une épître en vers au grand prieur de Vendôme.

Peu après, il envoya une nouvelle lettre à la marquise de Mimeure en vue de lui annoncer qu'il partait enfin pour Villars. Il y répondait à des remarques qu'elle lui avait faites sur sa « présomption » des sentiments de sécurité qui l'accompagnaient dans ce nouveau séjour. Elle voulait parler de la passion qu'il était censé nourrir envers la maréchale de Villars et qui n'était qu'un badinage dont il s'était entiché, quand il ne l'intervertissait pas pour l'attribuer à la maréchale. Ce débat avec la marquise sur un pareil sujet était, par conséquent, du dernier comique. Il lui disait, comme un véritable Céladon qui doit vaincre l'objet de son amour avant de se vaincre lui-même : « Je vous réponds par avance que, si je remporte la victoire, je ne serai pas fort enorgueilli. » Ces mots n'étaient pas flatteurs à l'égard de la maréchale. Mais on voit bien que la marquise se plaisait à donner du poids à cette aventure pour flatter un homme auquel elle avait accordé ses faveurs. En d'autres termes, Charlotte-Madeleine de Carvoisin, marquise de Mimeure, jouait à la rivale de la maréchale duchesse de Villars. Voltaire ajoutait, du reste, fort raisonnablement : « Vous me faites sentir que l'amitié est d'un prix plus estimable mille fois que l'amour. » Emporté par cet aveu, il en commettait un plus cuisant : « Je trouve qu'il y a en moi du ridicule à aimer, et j'en trouve encore davantage dans celle qui m'aimerait. Voilà qui est fait, j'y renonce pour la vie. » Son bouton sur l'œil le rendait pessimiste.

Le 21 juillet, mourut la duchesse de Berry. C'était des suites de ses couches au Luxembourg, où elle mit au monde derechef une fille. Cet événement, pendant lequel sa vie fut en danger, avait produit une scène scandaleuse. Le curé de Saint-Sulpice, Languet de Gergy, — qui n'était pourtant pas un pasteur sans reproche, — refusa de l'administrer si elle ne chassait son amant en titre, le comte de Riom, ainsi que le marquis et la marquise de Mouchy, complices de ses désordres. L'attitude de l'Église à l'égard de Riom prouvait que son mariage avec la duchesse n'avait été que fictif : ils avaient semé ce bruit pour donner une apparence de respectabilité à leurs relations quasiment publiques. Le cardinal de Noailles, archevêque de Paris, et le Régent lui-même, étaient venus demander en vain à la duchesse de se résoudre à cette séparation ; elle leur avait interdit l'entrée de sa chambre et ces débats avaient eu lieu par l'entrebâillement de la porte. Après ses relevailles, elle avait soupé sur la terrasse du château de Meudon, où elle prit froid, et s'était fait transporter, pour y mourir, à celui de la Muette. La mort de cette fille si chérie n'affligea que quelques jours le Régent.

C'est l'une de ses autres filles, Mlle de Valois, et sa cousine, Mlle de Charolais, qui obtinrent de lui, le 29 août, la libération du duc de Richelieu. (Le marquis du Saillant, considéré seulement comme un séide, avait été libéré après un mois de détention.) Les deux princesses, follement amoureuses du duc, avaient étouffé leur jalousie pour intercéder ensemble. Si elles n'avaient rien pu faire pour l'empêcher d'être arrêté, elles avaient su se rattraper. Grâce à elles, il avait été, depuis longtemps, transféré dans une cellule plus saine et pouvait se promener une heure par jour sur une des tours de la Bastille. A cette heure-là, les femmes de la cour, à commencer par les deux princesses, allaient, en carrosse, devant le château, afin d'apercevoir le prisonnier, et encombraient la rue Saint-Antoine.

Libéré, le duc fut exilé au château de Conflans, chez le cardinal de Noailles : il y coucha le 30 août, mais s'en échappait toutes les nuits pour aller à Paris. Le Régent le mit alors à Saint-Germain-en-Laye. Sa clémence envers ce duc était d'autant plus remarquable que les recherches des complices de Cellamare n'étaient pas suspendues et que les Espagnols, battus par le maréchal de Berwick, — Fontarabie avait été prise en juin, — cherchaient à attiser une révolte en Bretagne. Elle y couvait depuis que les états de cette province, indociles aux volontés du gouvernement et invoquant les droits de leurs anciens ducs, avaient été congédiés, en 1717, par le maréchal de Montesquiou, commandant de cette région. Il y faisait surveiller un certain nombre de gentilshommes, soupçonnés d'avoir reçu des commissions au nom du « roi d'Espagne, régent de France ». Il était aidé par Mgr de La Vieuville, grand vicaire de Nantes, qui avait simulé une visite diocésaine pour espionner de presbytère en presbytère.

Le fameux Dugay-Trouin, — que l'on disait faussement avoir quitté Brest pour emmener sa flotte aux Espagnols, — écrivit au Régent la lettre indignée d'un grand citoyen, fidèle à sa patrie. Mais deux Bretonnes, Mmes de Kaukoën et la comtesse de Bonamour, tenaient un bureau de correspondance entre les conjurés, activité heureusement contrebalancée par une Mme d'Égoullas, qui envoyait des messages à Le Blanc, enveloppés d'un étui de cuivre dans des bouteilles de vin d'Alicante. Sur la frontière espagnole, le succès des opérations que le maréchal de Berwick conduisait, s'était marqué, en août, par la prise de Saint-Sébastien : un *Te Deum* fut chanté à Paris.

Le marquis de Boisdavid, ayant été transféré à la Bastille, y avait fait des aveux dès le 14 mai. Toutefois, ce même mois, avaient été libérés Mlle de Montauban, le fils de Malézieu, l'avocat Bargeton et le secrétaire de Davisard. Mais, le 11 juillet, le comte de Laval, un autre des principaux affidés de la duchesse du Maine, avait été envoyé à la Bastille. Pour se procurer des nouvelles, car il était au secret, il déclara, — plus exigeant que ne l'avait été Arouet, — avoir besoin de deux clystères par jour. L'abbé Dubois prétendait les lui interdire. « Eh ! fit observer le Régent, puisqu'ils n'ont que ce divertissement, ne le leur ôtons pas. » Ce Laval, déguisé en cocher, avait conduit Cellamare en fiacre chez la duchesse du Maine, pour des colloques dans sa petite maison de l'Arsenal. Colonel du régiment de Mortemart, il était surnommé « Mentonnière » parce qu'il portait un bandage de cuir au menton, par suite d'une blessure au siège de Fribourg.

Arrivé à Villars, François-Marie ne manqua pas d'écrire au duc de Richelieu pour le féliciter d'avoir recouvré la liberté. De même félicita-t-il le duc de La Feuillade, à qui le Régent venait d'accorder de nouvelles faveurs : il lui achetait pour son fils, le duc de Chartres, le gouvernement de Dauphiné, dont il lui donnait cinq cent cinquante mille francs ; il lui faisait payer, outre cela, les cent mille francs de brevet de retenue que le duc avait sur ce gouvernement. De surcroît, il continuait de lui faire verser son traitement pour son ambassade de Rome, sans qu'il fût jamais question de s'y rendre. Voltaire admirait, encore une fois, le privilège d'être un grand seigneur et d'être un ami du Régent.

Il était aussi bien placé pour apprécier l'avantage d'être duc et maréchal lorsqu'on trahissait l'État, au moins sous la Régence. Il jugeait, en effet, assez étrange d'envoyer au duc de Richelieu ses félicitations de Vaux-Villars, c'est-à-dire de chez un des premiers personnages de l'État, membre du conseil de régence, et aussi compromis que Richelieu dans cette trame, d'où était sortie une guerre. A ses yeux, Villars était encore plus coupable que Richelieu, puisqu'il avait eu des fonctions encore plus hautes et qui représentaient, pour Alberoni et Philippe V, tout autre chose que la défection d'un ou deux régiments de frontière. Le maréchal, guéri de sa plaie au cou, était à peine remis d'une terrible jaunisse qui avait succédé à ce mal : elle aussi lui avait été causée par la crainte de suivre le sort de Richelieu. La libération de ce dernier l'avait rassuré. Comme il avait avoué son imprudence à ses intimes, il louait le sens politique du Régent qui avait respecté le vainqueur de Denain, deux autres maréchaux de France et deux princes de l'Église.

Voltaire, qui avait redouté de trouver auprès de lui sa cour ordinaire, put constater que les rangs s'en étaient éclaircis : le monde ne se risquait pas encore à frayer avec un homme dont la liberté dépendait des révélations que pouvait faire la duchesse du Maine. Un hôte sans conséquence était l'abbé Deshalles, cousin du maréchal, qui lui avait obtenu, en 1717, l'abbaye de Brantôme. De même y avait-il deux autres de ses proches parents : sa sœur, la comtesse Jacques de Vogüé, et M. de Boissieux, colonel d'infanterie. Une invitée, la marquise de Saint-Germain-Beaupré, née Doublet de Persan, — belle-fille de Saint-Germain-Beaupré, l'un des seigneurs sodomites du Temple, mort au début de l'année, — était partie, peu de jours après l'arrivée de Voltaire.

Celui-ci s'émerveillait du château de Foucquet. La demeure dépassait en magnificence tout ce qu'il avait entendu dire. La porte et le seuil n'en avaient pas été peints en jaune, comme on le faisait autrefois aux maisons des traîtres. Le Régent avait également épargné cette injure à l'hôtel de Richelieu. La décoration pittoresque, de Le Brun et de Mignard, semblait réunir la splendeur de Saint-Cloud et celle de Versailles. Les jardins immenses, dessinés par Le Nôtre, et les bâtiments, avaient coûté à Foucquet dix-huit millions. Villars avait encore embelli tout cela, comme son hôtel de Paris, avec le fruit de ses campagnes d'Allemagne. Il avait, non seulement pillé palais et châteaux, mais tiré des sommes énormes par le mal même qu'il n'avait pas fait : c'était en délivrant des sauvegardes qui, moyennant finance, dispensaient de loger ses troupes. Ce mot de « sauvegarde » était une épigramme que, quelques mois plus tôt, le public avait fait sonner à ses oreilles. Le maréchal, dans son carrosse, était retardé aux abords de la rue Quincampoix, par la foule qui affluait et refluait. Comme il était un des rares ducs à ne pas spéculer, — il n'en avait pas besoin ! — il se crut permis d'apostropher les agioteurs pour leur faire de la morale. « Le système est un opprobre, cria-t-il en se penchant à la portière, une honte qui vous ruinera un jour, si elle vous enrichit aujourd'hui. Pour moi, je suis, Dieu merci, bien intact avec l'argent. — Et les sauvegardes ? Et les sauvegardes ? » lui répondit-on, ce qui termina sa harangue.

Voltaire, toujours si court d'argent, calculait, par-devers lui, ce que Villars avait de revenus, en dehors de ses conquêtes de guerre : treize mille livres comme maréchal ; vingt mille comme membre du conseil de régence ; une pension comme ancien gouverneur de Metz ; une autre comme ancien gouverneur de Provence ; une autre comme Grand d'Espagne ; mille écus comme membre de l'ordre du Saint-Esprit... Cependant, il ne laissait pas de penser au brevet de « commandant en chef de la brigade des Audacieux », que le régiment de la Calotte avait expédié au maréchal. Ce brevet s'appuyait sur le titre de « bravache », que lui donnaient ses ennemis. On débutait en ayant l'air de chanter la gloire de « Ce vaillant et grand capitaine, — Illustre favori de Mars, — Que des rimeurs à la douzaine — Ont voulu décorer du nom — De bravache et de fanfaron. » Le brevet lui attribuait « une belle et noble marotte, — Pour croiser avec son bâton (son bâton de maréchal), — Afin d'en charger le fronton — De Vaux-le-Villars, sa retraite, — Où ce grand phénix des guerriers — Goûte, à l'abri de ses lauriers, — Une tranquillité parfaite, — S'enveloppe de sa vertu — Et se rit du siècle tortu — Qui lui fait sottement un crime — D'avoir su trouver le moyen — De faire, par art légitime, — Le bien de son maître et le sien. » Le dernier vers commentait un propre mot de Villars : quand le roi, après sa campagne de Bavière, lui dit en riant qu'on l'accusait d'être un peu pillard : « Il est vrai », répondit-il ; mais je n'ai jamais pillé que les ennemis de Votre Majesté. » Ne savait-il pas qu'une autre fois, le roi lui-même avait justifié ses pillages ?

Voltaire avait découvert récemment un exemple aussi historique d'un de ces grands serviteurs du roi et du royaume qui n'avaient pas oublié de se servir. A Sully, où il continuait de compulser les *Mémoires* du grand Sully, rédigés d'une façon si curieuse, il avait admiré avec quelle franchise le ministre d'Henri IV avouait son enrichissement : avant d'être en fonction, son revenu, tant de son côté que de celui de sa femme, avait été de quinze à seize mille livres et, à la mort du roi, de deux cent deux mille deux cents livres. Cette précision de comptable sentait la rigidité du parpaillot, déguisant le cynisme du prévaricateur.

La gloire et la fortune de Villars lui avaient fait bien des jaloux : il disait que le duc de Saint-Simon, dont la valeur militaire ne s'était jamais démontrée, ne lui pardonnait pas la victoire de Denain et cherchait à en attribuer le mérite au maréchal de Montesquiou, qui était le commandant en second. Villars, généreusement, reconnaissait le mérite de son collègue dans le gain de cette bataille, qui sauva le royaume. Il avait été le premier à en faire part au roi. La lettre que celui-ci lui avait écrite le 27 juillet 1712, de Fontainebleau, et que Villars conservait comme un trésor, lui rendait l'hommage qui lui était dû pour « cette action » et pour « la manière dont il en avait formé le dessein, de concert avec le maréchal de Montesquiou ». Mais ce qui stupéfia Voltaire, c'est que le maréchal faisait remonter l'idée de l'action elle-même à Louis XIV qui, de Versailles, lui envoyait ses instructions, durant tout le cours de la campagne, par l'entremise de Voysin, ministre de la Guerre. Il disait que, le 23 juillet, veille de la bataille, ce dernier lui avait écrit pour lui reprocher de fuir le combat. Mais, du camp de Cateau-Cambrésis, Villars lui avait expliqué d'avance, le 21 juillet, les motifs de sa temporisation : « De cette bataille, lui avait-il écrit, dépend le salut ou la perte de l'État, et je serais un mauvais Français et un mauvais serviteur du roi, si je ne faisais pas les réflexions convenables. » Voltaire, qui avait tant de goût pour Louis XIV, était heureux d'apprendre ce détail sur son rôle dans la victoire de Denain, rôle qui lui confirmait le génie de ce roi. Louis le Grand avait vraiment été grand en toutes choses : son erreur au sujet de Port-Royal et des protestants était due aux préjugés de son éducation et aux influences qu'il avait subies.

François-Marie, ayant l'œil exercé pour reconnaître les mignons des grands seigneurs dans leur entourage, devina promptement que deux laquais picards tenaient auprès du maréchal le rôle de Rafé auprès du duc de Richelieu. Mais il put s'apercevoir, en outre, que son fils, le marquis, âgé de dix-sept ans, chassait de race et avait, lui aussi, pour mignon, un jeune et beau laquais. Il y avait également deux grenadiers avantageux, qui servaient peut-être au fils et au père. La maréchale duchesse riait toujours aux éclats lorsque Voltaire lui faisait la cour. Il négligea de dire à Mme de Mimeure qu'il n'avait pas eu à repousser ses assauts.

En vue de conserver au moins ses bonnes grâces, il écrivit, de sa part, une longue épître en vers à la marquise de Saint-Germain-Beaupré : « A vous de qui les sentiments, — L'esprit, la probité, la douceur et les charmes, — Font que tous les mortels, en vous rendant les armes, — Sont vos amis ou vos amants. — Nous vous avions promis un récit très fidèle — De ce qu'on fait dans ce séjour, — Bâti par un ministre adoré de la cour — Et qui sera la demeure éternelle — Et de la Gloire et de l'Amour. — Monsieur le Maréchal est allé dans la ville, — D'où sûrement il reviendra — Tout aussitôt qu'il le pourra... (Il tâtait le terrain auprès du Régent, afin de voir où en étaient ses affaires.) — Pour la dame du château, — A qui les dieux portent envie, — Elle a très peu de compagnie. (C'était bien la preuve que l'on fuyait encore plus ou moins Vaux-Villars depuis la conspiration espagnole.) — Vous savez que ses agréments — Lui tiennent lieu de tout le monde : — Elle sait égayer par cent amusements — Cette solitude profonde. (Solitude relative, puisqu'il y avait, outre la parenté et l'auteur de l'épître, le duc et la duchesse de Sully.) — Nous qui voyons tous les jours ses beaux yeux — Nous la trouvons toujours nouvelle — Et, si nous désirons quelque chose en ces lieux, — Nos désirs ne sont que pour elle. (La maréchale duchesse n'en demandait pas tant.) — — Pour le jeune marquis, j'avouerai franchement — Que le long du jour il s'ennuie et qu'il bâille très fréquemment. — Vous en êtes la cause, encore qu'innocente, — C'est vous qui lui donnez cette mélancolie. — Votre absence est souvent la source de l'ennui ; — Et son bonheur serait extrême, — S'il se pouvait que, loin de lui, — Vous vous ennuyassiez de même. » Vrais ou faux, ces sentiments étaient de rigueur dans le tableau d'un jeune homme manifestement plus occupé à lorgner les laquais que les dames. « Madame de Vogüé vient en ce moment — De faire une parodie — Que l'on trouve très jolie — Et qui mérite assurément — Que, dans *le Mercure galant*, — Au mois prochain, on la publie, — Avec un petit compliment. — Boissieux, doux, poli, complaisant... — A l'esprit d'autant plus plaisant — Qu'il semble moins songer à l'être... — A l'égard du pauvre Voltaire (il se donnait toujours à plaindre), — On ne vous en écrira rien. — Il est comme à son ordinaire, — Passant un peu pour un vaurien — Et ne s'en embarrassant guère, — Car il est très homme de bien — Et très occupé de vous plaire. — — Les Muses partagent son temps ; — Seulement, tout ce qui l'étonne, — C'est qu'il passe toujours, parmi les médisants, — Pour avoir chansonné les gens — Et que c'est lui que l'on chansonne. » C'était sa tactique de se présenter comme un « homme de bien » qui passe à tort pour « médisant », un éternel calomnié. Il répétait, d'une autre façon ce qu'il avait dit dans l'une des *Lettres d'Œdipe.* Et il terminait ainsi : « Adieu. La dame de céans — Souhaiterait que se pût faire — Que Germaine (c'est-à-dire Mme de Saint-Germain-Beaupré) troquât Persan (le château de Persan, où elle se trouvait) — Pour son beau château solitaire, — Car vous êtes bien son affaire — Et surtout celle de l'enfant — Dont cette Vénus est la mère. — Chacun vous fait son compliment. — Signé Villars, plus loin, Voltaire. » S'il était vrai que l'enfant (de dix-sept ans) s'intéressât à la marquise, il était attiré par les fruits mûrs : elle avait quarante ans.

Débarrassé de cette petite corvée poétique, François-Marie, qui était allé à la campagne dans l'espoir de travailler, était à même de conclure, entre les trois châteaux de Vaux-Villars, de Sully et du Bruel, que c'était bien le troisième où il était le plus à son aise. Peu lui importait que ce fût le moins beau : c'est d'ailleurs là qu'il était le mieux logé. Avant de quitter Vaux-Villars pour retourner au Bruel, il offrit ce quatrain à la maréchale, qui se distrayait à faire des nœuds. « On fait des nœuds avec indifférence ; — Le tendre Amour en forme de plus doux ; — Ceux dont mon cœur se sent joint avec vous, — Ont plus de force avec plus de constance. »

Ensuite, il ne demeura qu'une dizaine de jours chez le duc de La Feuillade, où la place était libre et où il put avancer les corrections de *la Ligue.* Les deux maîtresses ne l'avaient pas dérangé davantage. Mais il dut revenir à Vaux-Villars : le maréchal, rasséréné par sa visite à Paris, était de retour et le réclamait pour jouer *Œdipe.* En attendant la construction d'un théâtre, que l'on projetait, on jouait comédies ou tragédies au salon. François-Marie, doué d'un certain talent d'acteur, l'y avait déjà exercé. Au moins ce divertissement l'entretenait dans l'atmosphère du travail. En tout cas, il était bien fondé à écrire de Vaux-Villars à la marquise de Mimeure, vers la fin d'août : « Je passe ma vie de château en château. » Le revers de cette belle existence est qu'il ne pouvait jamais rester assez longtemps dans le château qu'il préférait. Cela ne lui était arrivé qu'une fois et par force, à Sully, et il s'en était plaint souvent. Son mal venait d'une perpétuelle inquiétude, fondée sur la débilité de sa santé, aggravée par son imagination, et sur son manque d'indépendance. Il allait « de duc en duc », comme « de château en château » ; mais quand le maréchal duc le rappelait, il lui fallait obéir tambour battant.

Il ajoutait à la marquise : « Si vous aviez pris une maison à Passy, je lui donnerais la préférence sur tous les châteaux du monde. » C'était l'aveu qu'il était devenu, comme aurait dit Malézieu, « le galérien de la vie de château ». Il vantait à Mme de Mimeure le duc de La Feuillade, son hôte précédent : « N'est-il pas vrai que c'est bien là un homme ? Et que, si quelqu'un approche de la perfection, il faut absolument que ce soit lui ? » C'était beaucoup dire à propos d' « un homme » qu'il avait traité d'impuissant dans son épître de 1718 et dont la réputation militaire avait été anéantie par la défaite de Turin en 1706. Le futur historien de Louis XIV oubliait l'histoire. Et le maréchal de Villars n'était-il pas « un homme », lui aussi ?

Voltaire s'inquiète, pour sa correspondante et bonne amie, des conséquences de l'argent qu'elle perd dans le système de Law. Au contraire de la chanoinesse, Mme de Tencin, qui, du fruit de son agio, venait d'acquérir un hôtel rue de Bourbon, au faubourg Saint-Germain, la marquise se demandait si elle n'allait pas être obligée de mettre le sien en vente. Elle avait été mal inspirée ou mal conseillée pour ses spéculations. Le poète la console par un de ces truismes qui ne remontent pas nécessairement les courages : « Quelque chose qui arrive, on ne vous ôtera pas les agréments de l'esprit... » Il dut se rendre compte que cette consolation était un peu mince ; mais il fit un délayage qui était encore pire : « On pourra bien ne vous laisser que cela et, franchement, ce n'est pas assez pour vivre commodément et pour avoir une maison de campagne où je puisse avoir l'honneur de passer quelque temps avec vous. » Il était difficile d'énoncer des souhaits plus bassement intéressés ni de se déclarer avec plus de cynisme un parasite de profession. Sans doute Voltaire pensait-il que le trompe-l'œil de l'amitié et même de l'amour ferait passer tout cela. Au surplus, il disait qu'il jouait au « biribi » et qu'il « y perdait son bonnet », — son bonnet de nuit. Autre résultat de cette vie « de château en château » : « Notre poème n'avance guère. » *Henri IV* n'avait pas fait un pas depuis le séjour au Bruel.

Les Villars furent agités en septembre par un événement advenu à l'abbaye de Chelles : l'installation, comme abbesse, de l'ex-Mlle de Chartres, seconde fille du Régent, à la place de la sœur du maréchal. L'ancienne abbesse, qui n'avait pu s'entendre avec Louise-Adélaïde d'Orléans, fut obligée de lui laisser son sceptre pastoral : elle s'était retirée, avec douze mille livres de pension, chez les bénédictines du Cherche-Midi, près de l'hôtel du maréchal. La nouvelle abbesse avait reçu de Rome ses bulles canoniques et avait été installée solennellement à Chelles le 14 septembre. Les Villars étaient outrés ; mais ils n'étaient plus à même de protester. Ils dévoraient cet affront.

A la fin du mois, le marquis de Courcillon mourut à Paris de la petite vérole. Arouet regrettait un homme qui avait si généreusement accepté la plaisanterie de *l'Anti-Giton* et que pleuraient tous les chevaliers de la manchette. Le maréchal de Villars ne rappela pas cette particularité de ses mœurs, mais loua sa bravoure sur les champs de bataille. La maréchale raconta une folie qu'il avait commise à un souper au Luxembourg, chez la duchesse de Berry. Il y jouait au biribi et avait déclaré que, s'il avait un plein, — le maximum de points, — il ferait l'amour aussitôt avec l'une des dames présentes. Il eut un plein, sauta sur le seul bon pied qui lui restait et culbuta la marquise de Bellegarde, — fille unique de M. de Verthamon, marquis de Manœuvre, premier président du grand conseil, — dont la jeunesse et la modestie allumaient sa convoitise. Ils tombèrent sous la table, où ils se débattirent un moment. Mme de Bellegarde reparut, échevelée, chiffonnée, hagarde, honteuse, et Courcillon s'éloigna, toujours sautillant sur son pied, béquillant et riant. Étrange coïncidence, on apprit, une quinzaine plus tard, que la marquise de Bellegarde, malheureuse héroïne de cette aventure, était morte également de la petite vérole au château de Bellegarde.

Une lettre de Charles-Augustin d'Argental instruisit Voltaire d'une grande nouvelle, qui n'était pas encore publique, mais qui répandait l'allégresse dans toute la famille Ferriol : l'abbé de Tencin, abbé de Vézelay et grand vicaire de Sens, oncle de d'Argental et de Pont-de-Veyle, frère de la chanoinesse, avait converti Law en septembre. François-Marie avait été averti de ce projet depuis longtemps ; mais c'était désormais une réalité. L'abjuration de l'Écossais avait eu lieu à Melun, dans l'église de l'abbaye de Saint-Père, pour éviter les rieurs parisiens. Cela permettrait à Law d'être nommé bientôt contrôleur général des finances et lancerait son catéchiste vers les plus grandes dignités de l'Église. Les Villars étaient assez éberlués que l'on eût choisi, pour amener l'Écossais à la foi catholique, un prêtre incestueux, mêlé aux micmacs de l'agiotage.

François-Marie, en vue de faire « avancer son poème », gagna bientôt Sully. Il y était depuis peu lorsqu'on l'avisa, de Paris, d'un incident singulier. Mme Thomas, la regrattière à qui, à l'âge de treize ans, il avait souscrit un billet de cinq cents livres dont il n'avait touché que cent, et qui lui avait dit avoir jeté ce billet au feu, — comme si son âme d'usurière avait pu s'attendrir pour le jeune Arouet ! — avait mis ce billet entre les mains d'un nommé Texier, marchand de bois à Paris. Et celui-ci, sachant que le signataire était majeur puisqu'il entrait dans sa vingt-cinquième année, intentait des poursuites contre lui afin d'obtenir le paiement. Voltaire fut assez humilié de recevoir une pareille sommation chez son ami le duc de Sully ; mais elle était trop vaine pour ne pas le rassurer. Cependant, le 19 octobre, il dut comparaître « par-devant le notaire royal de la ville, duché et pairie de Sully-sur-Loire, Maître Frogier », pour déclarer, comme à son interrogatoire de la Bastille, qu'il était « fils du sieur Arouet, trésorier de la chambre des comptes » (il abrégeait et embellissait un peu le titre de son père). Puis, il taxait de nullité le billet qu'il avait signé à treize ans, étant mineur, de même qu'il s'indignait des poursuites dont il était l'objet. Le débat tomba à l'eau, que ce fût celle de la Loire ou de la Seine.

Pour bien établir sa qualité de poète mondain, amant platonique d'une maréchale duchesse, il composa une épître rimée *A Madame la maréchale de Villars.* Les sentiments qu'il lui avait exprimés et dont elle se divertissait, pouvaient toujours fournir un thème poétique. Et c'était une façon de la remercier de son hospitalité, si ce n'est de sa complaisance. Il lui disait : « Divinité que le ciel fit pour plaire, — Vous qu'il orna des charmes les plus doux, — Vous que l'Amour prend toujours pour sa mère, — Quoiqu'il sait bien que Mars est votre époux (« quoique », suivi de l'indicatif, était une tournure du XVIIe siècle), — Qu'avec regret je me vois loin de vous ! » Il lui parle avec attendrissement « des bords de l'Arcueil » (la petite rivière qui traverse les jardins, s'appelle exactement l'Anqueuil). Il compte les revoir « quand Sully quittera ce rivage », c'est-à-dire les bords de la Loire, où il se trouvait avec lui.

Il ajoute, en évoquant à titre gratuit ces « bords de l'Arcueil » : « C'est là que je dirai tout ce que vos beautés — Inspirent de tendresse à ma muse éperdue : — Les arbres de Villars en seront enchantés ; — Mais vous n'en serez point émue. — N'importe : c'est assez pour moi de votre vue — Et je suis trop heureux si jamais l'univers — Peut apprendre un jour dans mes vers — Combien pour vos amis vous êtes adorable... — Vos bontés, vos vertus, ce charme inexprimable... » Il finit par une pointe irrespectueuse, autant que présomptueuse ; mais c'était sur ce pied de semi-insolence qu'il s'était fait admettre dans la haute société : « Cet auteur, dira-t-on, qui peignit tant d'attraits, — N'eut jamais d'eux pour son partage — Que de petits soupers où l'on buvait très frais ; — Mais il mérita davantage. »

La chronique parisienne vint distraire les hôtes de Sully, en leur apprenant deux mésaventures qu'avait eues le garde des Sceaux d'Argenson, l'ancien inquisiteur d'Arouet. Un jour d'orage, quand il allait en carrosse à l'église Saint-Nicolas-du-Chardonnet, il fut reconnu par les dames de la place Maubert, — ces terribles « dames de Paris » qui, à l'instar de celles de la halle, avaient le droit imprescriptible de se permettre ce qu'elles voulaient. Elles firent à l'ancien lieutenant général de police, haï pour ses vingt et un ans de magistrature, une escorte tout autre que celle de ses laquais : elles bombardèrent carrosse et accompagnateurs avec des trognons de légumes, obligèrent l'occupant à descendre, le mirent sous une gouttière, où il fut trempé jusqu'aux os, et firent voler sa perruque loin de son crâne chauve. Et elles scandaient : « Voilà le démon ! Voilà d'Argenson ! » Il eut assez d'esprit pour ne pas les châtier de cette algarade, qui fit un certain plaisir à Voltaire.

La seconde histoire concernait ses amours avec la révérende mère Gilberte-Françoise de Villemont, prieure de la Madeleine de Traisnel. Le cardinal de Noailles, ayant visité le couvent, pour vérifier les bruits qui couraient, remarqua la porte de communication ouverte entre la sainte maison et celle que l'ancien lieutenant général de police, veuf depuis cette année, avait fait bâtir tout auprès : la porte fut murée, en présence du cardinal. Mais le garde des Sceaux était plus fort que lui : la porte fut démurée. Il en résulta une chanson, qu'un visiteur du duc de Sully chanta dans une nuit blanche, — *la Porte murée* : « Le garde des Sceaux, dit : — Je ne crains pas la Sorbonne (d'Argenson venait de s'en faire apporter les registres, qui contenaient plusieurs propositions contre la bulle *Unigenitus*, et il les raya toutes, devant les docteurs de Sorbonne et les cinq secrétaires d'État) ; — Quand le Régent me l'ordonne, — Je fais valoir mon crédit. — Qu'on m'apporte le registre... — Le feuillet fut effacé. — — Puis, le regard adouci, — Il court à la Madeleine. — Villemont est une Hélène, — Elle en fait son beau Pâris (on sait qu'il était d'une affreuse laideur) — Et, par une fausse porte, — Entrant, ressortant souvent, — Là sa finance il transporte (il avait gagné au système de Law, comme tous les ministres) — Et couche dans le couvent. — — Content d'un si beau succès, — Il dormait en assurance ; — Mais soudain Son Éminence — Va visiter la nonnette — Et fait venir un maçon ; — La chose fut bientôt faite, — La porte devint cloison. — — Hé quoi ! métamorphoser, — Dit Villemont en colère, — Une porte nécessaire ! — Cardinal, c'est trop oser ; — Je devrais, dans l'occurrence, — D'une lettre de cachet, — Pour telle impertinence, — Vous faire éprouver l'effet (d'Argenson passait pour avoir inventé les lettres de cachet). — Le ministre n'en fit mine, — Mais fit tout jeter à bas — Et malgré Son Éminence, — Contre droit, règle et raison, — Par cette porte, en silence, — Il console Villemont. »

L'abbé de Grécourt était arrivé au château de Véret, chez le comte d'Agenois. Voltaire reçut une invitation de ce futur duc d'Aiguillon, qu'il s'empressa d'aller visiter. Ce serait un château de plus : tout ce qui étoffait sa réputation de poète recherché des grands, lui paraissait devoir être saisi, puisque c'était augmenter le nombre de ses protecteurs et intimider ses adversaires.

Le comte d'Agenois avait épousé, l'année précédente, une Crussol-Florensac, âgée de dix-huit ans et riche de cent mille écus. Il était aussi beau que son cousin le duc de Richelieu, — on l'appelait « le bel Agenois » — mais était son aîné de treize ans. A la mort de sa tante, la duchesse d'Aiguillon, il avait demandé au roi de le substituer à ce duché ; Louis XIV, sur la protestation des autres ducs, jaloux de leur petit nombre, s'y était refusé. Le comte d'Agenois ne doutait pas d'avoir un jour plus de succès avec

Louis XV, qui avait signé son contrat de mariage. Il s'était même assuré déjà l'appui du Parlement, où il avait beaucoup d'amis. C'est pourquoi, malgré l'interdiction de prendre le nom et les insignes de duc faite à son père, il était, pour ainsi dire, un duc d'Aiguillon en puissance. Son mariage avec la nièce du duc d'Uzès semblait un pas de plus pour parvenir à ce but. La jeune comtesse marquait le même goût que lui des choses de l'esprit et, à cet égard, sa précocité était charmante. Voltaire était, en outre, recommandé à leurs yeux par son amitié avec le duc de Richelieu.

Lorsqu'il parla du marquis d'Ussé, voisin de tous ses hôtes, Grécourt lui dit être allé récemment à Ussé. Le chanoine vantait la beauté de la nouvelle marquise, dont la sagesse était éprouvée ; mais il avoua lui avoir fait perdre contenance dans une partie de chasse. Elle était en habit de cavalier et l'avait prié d'improviser un couplet en son honneur. Il lui chanta, après quelques instants de réflexion, sur l'air *Oh regingué!*: « Je voudrais bien, belle d'Ussé, — Mettre mon v dans votre c, — Oh regingué, lon lon la, — Mais avec votre habit de chasse, — Le q du c prendra la place. » « Ah ! dit la comtesse d'Agenois, notre chanoine n'oublie pas de réciter ses heures même à la chasse. » Grécourt ajouta que la marquise d'Ussé avait merveilleusement goûté le calembour fait sur son nom. Si, à son âge, la comtesse d'Agenois parut ne pas moins l'apprécier, c'est qu'elle avait fait son éducation sous la Régence. Comme elle avait été orpheline de bonne heure, rien n'avait entravé sa curiosité.

Les vers de l'abbé firent ressouvenir François-Marie de ceux que lui-même avait composés, jadis, à La Haye, en l'honneur de Pimpette, quand elle était allée le voir, à l'ambassade de France, en costume d'adolescent. Il pensait aussi, comme il l'avait fait alors, aux vers de Voiture sur un sujet semblable, qui avaient inspiré les siens. Pour achever d'émoustiller la jeune comtesse, il récita les uns et les autres.

L'abbé de Grécourt était en train d'achever un long poème contre les jésuites. Il les incarnait dans un démon auquel il donnait le nom très offensant de *Philotanus,* qui était le titre du poème. Ce nom hybride, — « ami de l'anus », — alternait avec Philopode, qui avait la même hybridité et le même sens : « ami du podex ». L'abbé en lut quelques passages : ... « Dans nos maisons nous faisons maigre chère — Et notre vie, au fond, est très austère. — Le recteur n'est commode ni bénin : — Nous renonçons au sexe féminin ; — Et si, parfois, nous tâtons d'un jeune homme,

— C'est seulement pour nous unir à Rome. » Voltaire souriait de ces traits classiques contre la Société de Jésus : ils lui rappelaient les poèmes et les chansons dont il s'était délecté à Louis-le-Grand. Grécourt dépeignait ensuite les intrigues des jésuites sous Louis XIV en faveur de la bulle *Unigenitus* et contre les jansénistes, intrigues qui avaient recommencé. Allant plus loin, il les montrait ennemis du Régent, qui les avait écartés du pouvoir. « Pour le punir et venger la déroute — De tout notre ordre », disait Philotanus à son père, — « Je vais, je viens et je suis en campagne — Depuis six mois, pour soulever l'Espagne — Contre la France... » L'abbé, à Paris, avait lu des extraits de son poème, — et notamment celui-là, — au Régent et au cardinal de Noailles, qui l'en avaient félicité. Qui plus est, un des amis de Grécourt, l'abbé Bizot, grand latiniste, traduisait cette satire en latin : l'édition dans les deux langues était prévue pour l'année prochaine. Les d'Estrées et les d'Agenois-d'Aiguillon s'en occupaient.

Voltaire voyait, dans le suffrage de Philippe d'Orléans en faveur de ce poème, une preuve de sa double attitude à l'égard des jésuites : au fond de lui-même, il était ravi de les chatouiller ; mais il savait qu'il avait toujours à les redouter. Il les secondait malgré lui, en cherchant à faire enregistrer la constitution *Unigenitus* pour avoir la paix avec le pape : l'abbé Dubois y tenait, afin de parvenir au chapeau. Clément XI, afin de l'y décider, refusait, sur les conseils du nonce Bentivoglio, les bulles des derniers évêques et archevêques nommés par Philippe, tel que l'abbé de Castries, archevêque de Narbonne. Philotanus vaincrait.

Quand Voltaire revint à Paris, on y chantait encore *la Porte murée.* Il alla voir tout de suite Madame, ce qui était une manière de franchir les portes du Palais-Royal et de se rapprocher du Régent. Il la complimenta de l'installation de Louise-Adélaïde, sa petite-fille, comme abbesse de Chelles, cérémonie à laquelle elle avait assisté. C'est dans ce couvent que Mlle de Valois et l'ex-Mlle de Charolais avaient été élevées ; c'est là que Mlle de Chartres avait prononcé ses vœux en août 1717 et que maintenant, à l'âge de vingt et un ans, elle était devenue abbesse. Voltaire rappela à Madame les vers que Louis Racine avait écrits sur la profession religieuse de la princesse : « Plaisir, beauté, jeunesse, honneurs, gloire, puissance, — Ambitieux espoir que permet la naissance,

— Tout au pied de l'Agneau fut par elle immolé... » La princesse Palatine s'était rendue à Chelles avec la duchesse de Brancas et quelques autres dames. Elle dit que sa belle-fille, la duchesse d'Orléans, s'était fait saigner tout exprès pour n'y pas aller. Le prie-Dieu de l'abbesse, dans le chœur de la chapelle, était de velours violet, à fleurs de lis d'or. Le Régent et Mlle de Valois avaient pris place derrière la chaise de Madame ; la musique du roi résonnait dans la tribune ; le cardinal de Noailles dit la messe. A son entrée, la jeune abbesse, conduite par le cérémoniaire et suivie par les abbesses du Val-de-Grâce et de Montmartre, fit une grande révérence à l'autel, puis à Madame. Elle s'agenouilla devant le cardinal et récita la profession de foi. Son austère tenue faisait contraste avec celle de sa sœur cadette, Mlle de Valois, qui avait une coiffure semée de perles et de diamants. Trente abbesses et plusieurs évêques étaient présents, ce qui fit dire à une dame, éblouie par cette pompe ecclésiastique et par les tentures de la couronne : « N'est-ce pas ici le paradis ? — Eh non, Madame, lui répondit quelqu'un ; il n'y a pas tant d'abbesses ni tant d'évêques ! » La princesse Palatine riait encore de cette réponse. Elle dit qu'en voyant, à la fin, les religieuses, deux par deux, faire leur soumission à leur abbesse, assise, avec la crosse, dans une espèce de trône, surmonté d'un dais de princesse du sang, elle avait pensé aux honneurs rendus à Athys, dans l'opéra de Lulli et de Quinault, lorsque ce jeune homme devient grand prêtre de Cybèle. Voltaire était enchanté de retrouver là l'esprit frondeur et irréligieux de Madame.

L'abbesse avait bien fait les choses : on avait, dans le monastère, dressé des tables pour six cents personnes, le Régent et les membres de sa famille étant à part. Aussitôt le banquet fini, on ouvrit les portes au peuple de Chelles, qui se précipita à l'assaut des restes.

Ce dont Madame ne parla pas, mais que Voltaire avait su dès son retour à Paris, c'est que la nouvelle abbesse menait une conduite qui lui avait déjà valu les honneurs d'une chanson, intitulée *l'Abbaye de Vénus.* « De l'abbaye — Où réside Vénus, — Nonne jolie, — Disant peu d'*oremus,* — Loin des soins superflus, — Ne songe tout au plus — Qu'à bien passer la vie... — Du monastère, — L'amoureux directeur (le père Le Doux), — En l'art de plaire — Vient instruire les sœurs... — — Pour tout office, — On goûte tous les jours — Mille délices, — Qu'assaisonne l'amour... — — Dans la clôture, — Folâtrent les plaisirs ; — La gaieté pure — Y règle les désirs... »

Après avoir visité Madame, François-Marie alla visiter Richelieu. Le duc venait de vendre son hôtel de la place Royale à la fille de Gaston d'Orléans, Marguerite-Louise, grande-duchesse de Toscane, qui habitait la France depuis une quarantaine d'années. Elle lui en donnait quatre-vingt mille livres et l'hôtel retournerait à Richelieu quand elle mourrait — elle était septuagénaire. En outre, elle lui prêtait, pour deux ans, la maison qu'elle avait sur la même place.

Voltaire reprocha amicalement à Richelieu son imprudence d'avoir laissé une lettre d'Alberoni au milieu de ses lettres d'amour et cela, trois mois après la découverte de la conspiration. « Cette lettre, dit le duc, je l'avais oubliée, comme j'oublie mes lettres d'amour. Mais, si l'amour m'a perdu, l'amour m'a sauvé, puisque tu n'ignores pas à qui je dois mon salut. Je te confierai un autre trait de mon caractère : la lettre d'Alberoni trouvée dans ma cassette n'était rien au prix d'une autre, que je gardais toujours dans ma poche. J'estimais glorieux et peut-être utile un jour de pouvoir prouver ce que le roi d'Espagne, par l'entremise de son premier ministre, attendait de moi. Cette lettre, je la mettais, la nuit, sous mon chevet. Lorsque le lieutenant de la prévôté, Duchevron, arriva tout à coup dans ma chambre, avec l'escorte d'archers, pour m'arrêter, me fouiller et faire une perquisition, il me fut impossible d'escamoter ce papier, que je tenais serré à l'intérieur d'une main. Je dis que j'avais envie de pisser. Quand je pris mon pot de chambre, en levant ma chemise, tous détournèrent les yeux par pudeur, et j'avalai la lettre. » Voltaire lui dit qu'il avait entendu conter quelque chose de semblable par M. de Caumartin sur Daniel de Cosnac, évêque de Valence, et, depuis, archevêque d'Aix, aumônier de Monsieur, qui avait pris le parti de la première Madame, — Henriette d'Angleterre —, contre le chevalier de Lorraine. Il était en correspondance secrète avec cette princesse et Monsieur avait donné l'ordre de saisir les papiers qu'il avait d'elle et qui pouvaient accabler l'infortunée. L'auberge où l'évêque s'était arrêté, fut découverte, on entra dans sa chambre. Il s'écria qu'il avait une colique subite, envoya chercher un apothicaire, s'assit sur un bassin que l'on plaça au milieu du lit, déposa au fond des papiers qu'il avait, lui aussi, sous son chevet et ils passèrent ensuite sous les yeux de ses gardes, qui étaient surtout occupés à se boucher le nez.

« Le drôle, pour mes lettres d'amour, est qu'un grand nombre étaient chiffrées, comme je te l'ai dit, continua Richelieu.

Quand le Régent déclara que, si j'avais quatre têtes, il avait de quoi me les faire couper, c'est qu'il était en train de déchiffrer ces lettres, car tu sais qu'un déchiffreur parvient à tout déchiffrer. Philippe fut bien surpris, quand il dut constater que ces lettres chiffrées ne livraient pas le secret de mes manigances avec l'Espagne, mais de mes amours avec sa fille et avec sa cousine Charolais. Je suis sûr que cette découverte, même si elle l'a choqué, l'a attendri à mon égard. D'ailleurs, à compter de ce moment, Mlle de Valois s'estima permis d'intervenir ouvertement pour moi. »

Il y avait, sur le bureau de Richelieu, deux lettres d'un autre genre, qu'il montra à son visiteur. Voltaire vit ainsi en quels termes le roi, même âgé de neuf ans, écrivait à un duc. Le premier message était la lettre de cachet du 30 août, qui avait exilé Richelieu à Conflans-l'Archevêque. Elle était d'un style enfantin, comme si le roi l'avait dictée : « Mon cousin, Ayant jugé à propos, de l'avis de mon oncle le duc d'Orléans, de vous permettre de sortir de mon château de la Bastille, où vous étiez détenu en conséquence de mes ordres, je donne ceux nécessaires à cet effet au gouverneur de mondit château et je vous écris en même temps cette lettre pour vous dire qu'en sortant de mondit château de la Bastille, vous ayez à vous rendre sur-le-champ et sans délai dans celui de Conflans-l'Archevêque, dans lequel mon intention est que vous restiez ensuite, sans en désemparer sous quelque prétexte que ce soit. Ne doutant pas que vous ne vous conformiez à ce qui est en cela ma volonté, je ne vous ferai la présente plus longue que pour prier Dieu qu'il vous ait en sa sainte et digne garde. » Signé « Louis », et, plus bas : « Le Blanc ». Les exils de François-Marie, à Sully et à Châtenay, n'avaient été honorés d'aucun message semblable.

La lettre suivante, datée du 10 septembre, qui transféra le duc à Saint-Germain, était du même ton : « Mon cousin, Ayant jugé à propos, pour des raisons particulières, que vous vous rendiez incessamment en ma ville de Saint-Germain-en-Laye, je vous écris cette lettre, de l'avis de mon oncle le duc d'Orléans..., etc. » L'exil du duc à Conflans avait duré quinze jours ; il ne resta pas davantage à Saint-Germain, par les bons soins de Mlle de Valois, qui obtint sa grâce entière.

Elle avait dû, en échange, accepter d'épouser le prince de Modène, fils du duc de ce nom. Cela avait, pour le Régent, l'avantage de la déterminer à quitter Paris et de l'éloigner de son irrésistible amant. Quand elle avait protesté, il lui avait cité les vers d'Hermione : « L'amour ne règle pas le sort d'une princesse. — La gloire d'obéir est tout ce qu'on nous laisse. » Le contrat avait été signé en novembre ; le départ était prévu pour le début de l'année prochaine. C'était un grand sacrifice que sa liaison avec Richelieu imposait à Mlle de Valois, car elle répugnait à s'expatrier. Sachant qu'elle ne pourrait épouser celui-ci, elle avait cherché à épouser du moins le comte de Charolais, qui était un prince de la maison royale et avec qui elle avait eu un commencement d'intrigue. Le peu de goût des princesses françaises à se marier hors de France, remettait en mémoire à Voltaire, ce que la Grande Mademoiselle rapporte, dans ses *Mémoires.* Lorsque Louis XIV vint lui annoncer qu'il allait « la faire reine du Portugal », elle répondit aussitôt : « Fi ! je n'en veux point ! » Mlle de Valois n'avait pas été libre de répliquer ainsi.

Le duc évoqua son dernier embastillement. Un soir qu'il respirait derrière les barreaux de sa chambre, — il était au secret, — il entendit une voix féminine chanter un passage de l'opéra d'*Iphigénie* : c'était, à ce que lui apprit un gardien, Mlle de Launay, la confidente de la duchesse du Maine. Richelieu répondit à la prisonnière l'air que chante Oreste dans la même scène. « Je ne m'étais pas douté que je chanterais à la Bastille, dit Richelieu ; mais j'y eus d'autres distractions, comme à mon premier séjour. Mlle de Valois s'était fait indiquer, par Mlle de Charolais, le moyen de me visiter. Habillée en homme et se donnant pour émissaire du curé de Saint-Paul, elle avait un prétexte pour entrer à la Bastille. Mais cela ne lui aurait servi de rien sans la pluie d'or qu'elle avait fait tomber sur les gardiens. Elle avait employé à les corrompre une somme de deux cent mille livres que son père lui avait donnée en billets. Ses visites n'étaient pas seulement des séances de volupté, que son habit rendait plus piquantes. Comme elle savait, par l'entourage de Philippe, les progrès des interrogatoires relatifs à la conspiration, ce qu'elle m'apprenait m'inspirait les réponses que je faisais à Le Blanc lorsqu'il venait m'interroger. Peut-être n'y a-t-il jamais eu de comédie plus délicieuse en matière plus grave.»

Le duc parla ensuite de la sœur de Mlle de Valois, la nouvelle abbesse de Chelles.

Raconter ses aventures galantes, était chez Richelieu une sorte de besoin. Il dit que, « si une impératrice, belle comme un ange, eût été éprise de lui et eût mis pour condition de son amour qu'il n'en parlerait jamais, il aurait préféré la planter là ». « Nous sommes une nation littéraire, lui répondit Arouet. Vous me dites que le Régent a cité Racine à Mlle de Valois pour se justifier ; à moi de vous citer Molière pour vous justifier vous-même : "Voilà de nos Français l'ordinaire défaut : — Dans la possession d'une bonne fortune, — Le secret est toujours ce qui les importune." » Richelieu se justifiait d'une autre façon par un mot du Régent à sa mère, qui lui reprochait de semblables indiscrétions : « Vous ne connaissez pas les femmes d'à présent : dire que l'on couche avec elles, c'est leur faire plaisir. » La seule discrétion de Richelieu consistait à ne pas raconter ces choses à l'époque où elles se passaient.

Il expliqua à Voltaire qu'il avait visité le couvent de Chelles, mais en qualité de musicien, bien avant que Mlle de Chartres en fût devenue abbesse : dès qu'elle eut pris l'habit. Comme elle était séparée de ses amants, le ténor Cochereau et le page Saint-Maixent, — Richelieu avait décidé de les remplacer. Elle était férue de musique, et le bruit des instruments qu'elle faisait jouer par les religieuses, avait été la première cause de sa brouille avec son abbesse. Au reste, elle raffolait de tous les arts et de toutes les sciences, comme son père. Pour la perfectionner dans la pratique de la flûte, Richelieu, déguisé, alla lui donner des leçons. Il avait été agréé sans peine, quand elle l'eut reconnu. L'ex-Mlle de Chartres était enchantée de se voir la rivale de sa sœur, Mlle de Valois. Ces leçons de flûte ressemblaient à celles que Mlle de Charolais avait décrites à Richelieu. Lorsque le duc était dans la chambre de la recluse, les nonnes, ingénues ou complices, raclaient le violon dans une pièce voisine, pour donner le change à la vieille abbesse. Maintenant que la mère Sainte-Bathilde régnait sur l'abbaye, les leçons de Richelieu étaient sans le moindre risque, à la faveur du même déguisement. Voltaire repensait au poème de Louis Racine : « Plaisir, beauté, jeunesse... — Tout, au pied de l'Agneau, fut par elle immolé. » Rien n'amusait plus l'auteur d'*Œdipe* que l'envers des choses. Mais il pouvait conclure que la chanson *l'Abbaye de Vénus* n'avait rien exagéré.

Richelieu et l'un de ses amis s'étaient un jour déguisés en moines, pour aller rejoindre deux jeunes duchesses, gardées étroitement par leurs époux et dont ils étaient amoureux. Ayant su qu'elles devaient assister à une prise de voile dans un couvent, ils s'y rendirent, sous ce saint habit, en se donnant pour confesseurs des deux dames. Leur capuce dissimulait un peu leur visage, auquel une fausse barbe prêtait plus de sérieux. Quand la cérémonie fut terminée, les deux duchesses dirent à la supérieure qu'elles voulaient profiter de la présence de leurs confesseurs pour se recueillir avec eux et elle mit une pièce à la disposition du quatuor. Néanmoins, elle trouva que la conférence était bien longue et, constatant que la porte de la pièce était fermée à clé, elle tambourina d'une manière qui obligeait à ouvrir. Les deux duchesses se remettaient à peine de leurs dévotions et les deux moines se hâtèrent vers la sortie, en rajustant leurs barbes et en marmottant des orémus.

Au sujet de ses déguisements, Richelieu conta le plus extraordinaire qu'il eût jamais osé : c'était à la cour de Louis XIV, quand il avait quinze ans et qu'il était « la jolie poupée » de la duchesse de Bourgogne. Or, elle se faisait donner un lavement à une certaine heure, qui ne correspondait pas toujours à ses moments de liberté. De plus, la jeune princesse était dans l'usage, l'hiver, de tenir compagnie au roi et à Mme de Maintenon, assis devant le feu dans la chambre de celle-ci. Se plaisant à joindre ses commodités à ses devoirs, autant qu'à faire une espèce de crime de lèse-majesté, destiné à rester secret, elle avait chargé une de ses petites femmes de chambre de venir dans la pièce, sous prétexte de ranimer le feu, mais avec un clysoir sous sa robe. La duchesse, qui se plaignait du froid, s'accoudait à l'écran, placé devant la cheminée, et se chauffait le derrière tout en parlant. La femme de chambre lui soulevait les jupes et, toutes deux cachées par l'écran, le lavement était, en un tournemain, donné et reçu. Richelieu avait appris ce mystère par l'opératrice et réussit à la suborner pour obtenir d'être une fois à sa place : ils avaient la même taille, la même sveltesse. Elle lui prêta ses habits, le coiffa d'une perruque de femme, l'enveloppa un peu mieux dans la guimpe ; mais il clystérisa moins lestement que la préposée : il contemplait des trésors qu'il n'avait entrevus que voilés. Ni le roi ni la marquise n'avaient jamais le moindre regard pour la femme de chambre ; la duchesse, ce jour-là, eut l'impression que c'était une main nouvelle qui lui écartait les fesses : elle jeta un coup d'œil de côté, lorsque le petit diable se retira, et elle le devina sous son déguisement. Elle en rit beaucoup avec lui, en lui faisant jurer le secret, secret qui incita Fronsac à aller ensuite jusque dans son lit, où il fut découvert par le marquis de Cavoye. Ce clystère inimaginable fut donc à l'origine de son premier séjour à la Bastille, en 1711. Il va de soi que ni lui ni la femme de chambre, si ce n'est la duchesse, n'avaient su garder le secret. « Voilà la plus belle histoire de la cour de Louis XIV, dit François-Marie, et je parierais qu'elle n'est pas dans le *Journal* de Dangeau. — Pas plus qu'elle ne se trouvera dans les *Mémoires* de Saint-Simon, dit le duc. Ou du moins, comme il a su l'histoire, ne parlera-t-il que de la femme de chambre.»

Pour terminer les confidences, Richelieu montra le cabinet où il avait fait faire les portraits de ses principales maîtresses, anciennes et nouvelles, vêtues de costumes religieux : Mlle de Charolais en récollette, Mlle de Valois en dominicaine, les maréchales d'Estrées et de Villars en capucines, Mme de Parabère en carmélite. C'étaient, dit-il, les déguisements auxquels il les soumettait dans ses petites maisons. Il y avait aussi un second portrait de Mlle de Charolais en cordelier, particulièrement charmant et sur lequel était écrit le nom de frère Ange. Voltaire improvisa ce quatrain, qui charma le duc : « Frère Ange de Charolois, — Dis-moi par quelle aventure — Le cordon de Saint-François — Sert à Vénus de ceinture. »

Si, en écoutant ses amis les gens de cour, François-Marie avait l'impression de vivre la vie de cour, il lui semblait, en écoutant Richelieu, vivre le roman du plaisir. Ni la naissance ni la nature ne lui avaient donné les moyens d'en vivre un pareil ; mais il savait que les Muses lui tiendraient lieu toujours de maîtresses. Il n'en convenait pourtant qu'avec lui-même : aussi bien à l'égard du public que de son entourage, il lui fallait faire l'amoureux, faute de faire l'amour. Sans quoi, il eût passé pour un pauvre homme.

L'ami Thiériot étant à Melun, il lui envoya une lettre, — la seconde qu'il lui eût écrite depuis 1716. Elle commençait en vers, selon un usage qu'il jugeait gracieux et conforme à une certaine tradition littéraire : « Le dieu des bons vers m'a quitté — Pour aller dans la solitude — Et, pour comble d'inquiétude, — Hélas ! l'amour seul m'est resté. » Ce n'était pas l'amour de Mme de Mimeure, amour si dispersé qu'il n'y songeait presque plus. D'ailleurs, la marquise, ayant perdu presque toute sa fortune au système de Law, restreignait son train de vie et ne lui cachait pas qu'il devrait bientôt déloger. Mais Voltaire persistait dans le ridicule de vouer une sombre passion à la maréchale de Villars. Après l'épître en vers qu'il lui avait adressée de Sully, il prenait Thiériot comme propagateur de sa gloire galante, autant qu'il l'avait comme propagateur de sa gloire poétique. Il continuait : ... « Ah ! trop inégale Clarice, — Il faudra que j'en meure, ou bien — Que du moins je me rafraîchisse. — — Mais, sans rien dire, je m'apprête — A me détacher de son char. — Je quitte ma maîtresse, car — Elle m'a trop tourné la tête. » Le mot « se rafraîchir » était malheureux par rapport à la maréchale : un couplet du *Noël* de 1717, mais qui n'était pas de Ferrand, disait que ses secrets appas étaient « un ruisseau » de fleurs blanches. Voltaire, avec tout son esprit, n'avait jamais l'esprit de malice. « Se rafraîchir » demeurait du reste sa grande préoccupation de santé : ses entrailles, trop souvent resserrées, continuaient d'avoir besoin de lavements. Il alternait les clystères au savon avec les clystères au sucre. Son sac de voyage, renfermant plusieurs seringues, était digne du *Malade imaginaire.*

Ses rapports avec Thiériot, qui était toujours chez Me Alain, s'étaient évidemment relâchés, depuis qu'il avait cessé toute collaboration à l'étude « proche des degrés de la place Maubert » ; mais, bien que le poète et le clerc eussent cessé de se tutoyer, ils gardaient les liens que comportaient leurs anciennes complicités et leurs rencontres occasionnelles. François-Marie surnommait Nicolas-Claude « son petit pot », ou « son potet », pour toute une série de raisons, érotiques et comiques, dont ils étaient seuls à percer le sens, comme l'allusion à « M. de Sully bandant » et à « M. du Palais au vit flasque », dans sa lettre de 1716.

Cependant, Voltaire avait présenté ses condoléances à la marquise de Courcillon, dont la beauté ne s'était pas altérée. Elle était dans son salon avec son amant le plus fidèle, le duc d'Arenberg. Son père, le marquis de Pompadour, mis à la Bastille pour la conspiration de Cellamare, s'y trouvait encore, ainsi que le comte de Laval et le marquis de Saint-Geniès.

Cette conspiration avait au moins profité à quelqu'un : l'abbé Alary, prieur de Gournay-sur-Marne, fils d'un apothicaire. Il avait été compromis, mais s'était tout de suite blanchi et n'avait pas été arrêté. Il connut le Régent à ce propos et aussi l'évêque de Fréjus, qu'il intéressa par son caractère et ses connaissances. Mgr de Fleury lui fit donner une pension de deux mille francs et se l'attacha pour être sous-précepteur du roi, place promise jadis au père Le Tellier. Cet abbé n'avait rien écrit, mais était en relation avec beaucoup de gens de lettres et Voltaire l'avait rencontré chez Fontenelle. Leurs relations n'en étaient pas meilleures, car l'abbé avait été instruit de l'épigramme où le jeune Arouet le qualifiait de « bardache » à très juste titre, quoique ce mot le rajeunît. D'autre part, en novembre, Dubois avait fait donner l'évêché de Sisteron au jésuite Lafitau, qui lui avait été utile, à Rome, pour ses ambitions ecclésiastiques, près d'être couronnées. Le Temple voyait l'un des siens, l'abbé d'Auvergne, nommé archevêque de Tours, à la place de l'abbé de Castries, qui avait enfin reçu ses bulles et qui était nommé archevêque d'Albi.

Le 18 novembre, une mort, après celle du marquis de Mimeure et du marquis de Courcillon, désola Voltaire, les chevaliers de la manchette et les hommes d'esprit : celle d'Antoine Ferrand, conseiller à la cour des aides et rival de Jean-Baptiste Rousseau pour l'âcreté de ses épigrammes. François-Marie, à son enterrement, se répétait l'une d'elles : « Lorsque les deux anges blondins — Aux Sodomites apparurent, — Deux des plus nobles citadins — En rut aussitôt accoururent. — Les anges eurent beau voler, — Les bougres, pour les enculer, — A leur dos si fort se lièrent — Qu'emportés là-haut tout brandis, — En déchargeant ils s'écrièrent : — Ah ! nous sommes en paradis ! » C'était une des épigrammes les plus fêtées par les seigneurs du Temple.

La comtesse de Rupelmonde, maîtresse de Ferrand, n'avait pas jugé convenable d'assister à ses obsèques ; mais Voltaire la visita pour la réconforter, car elle était fort abattue. Toutefois, il lui sembla qu'il en obtenait une œillade. Il lui était pourtant difficile de mettre si vite à l'épreuve avec elle l'histoire de la matrone d'Ephèse. Mais le sort paraissait les rapprocher : « la belle roussette », déjà veuve de mari, était veuve d'amant et Voltaire était à la veille de quitter sa maîtresse. Ils résolurent de se revoir pour parler poésie et commenter les événements.

En octobre, était mort, à La Flèche, le père Le Tellier. Bien que l'ancien recteur de François-Marie à Louis-le-Grand et ancien confesseur de Louis XIV fût resté en disgrâce, sa pension de quatre mille livres lui avait toujours été payée. Le grand persécuteur des jansénistes, le grand défenseur de la constitution *Unigenitus,* s'éteignait dans la même indifférence que s'était éteinte son alliée, Mme de Maintenon.

Les suites de la conspiration de Cellamare approchaient de leur dénouement, au moins pour les principaux inculpés : la duchesse du Maine, avant de passer aux aveux, manda M. de La Billarderie au Régent, pour s'assurer qu'elle serait pardonnée. Philippe voulut bien le lui promettre. Elle lui écrivit alors le

3 décembre pour lui dire qu'elle allait « lui donner tous les éclaircissements qu'il pouvait désirer ». La « déclaration » qu'elle dicta à M. de La Billarderie, était de dix-huit pages. Sa lettre d'envoi reflétait le langage d'une dévotion affectée, digne de la maîtresse d'un cardinal. Elle disait : « ... Je puis vous assurer que l'examen (de mes fautes) a été des plus rigoureux et que je ne l'aurais pas fait avec plus d'attention s'il s'était agi de me confesser à Dieu même... Ayez donc la bonté de m'accorder l'absolution que vous m'avez fait la grâce de me promettre... Le repentir est fort sincère ; j'ai fait une pénitence très rude et très longue. » La responsabilité de chacun était dûment établie par elle, qui réduisait à néant celle du duc du Maine. Elle implorait la rémission pour tout le monde et le droit pour elle de rentrer à Sceaux. Elle avait ajouté : « L'affaire de Bretagne est absolument indépendante des choses dont je me suis mêlée, à moins que les personnes qui étaient dans ma confidence, n'en aient abusé à mon insu, ce que je ne crois pas. M. le duc d'Orléans peut être assuré que je lui avouerais cette affaire avec les autres, si j'y avais eu la moindre part. »

Néanmoins, les gentilshommes bretons, que les échecs militaires de l'Espagne laissaient imperturbables, attendaient encore le débarquement de ses troupes sur les côtes de leur province. Se sachant surveillés et peut-être trahis, ils circulaient déguisés, se fortifiaient dans leurs châteaux, faisaient endosser à leurs valets des habits de paysans, armaient leurs vassaux pour des chasses aux loups, enrôlaient des bûcherons sous prétexte d'abattages dans leurs forêts. Un de leurs ambassadeurs, Hervieux de Mélac, avait été accueilli avec empressement en Espagne, d'où il leur apporta trente mille livres et une lettre de Philippe V. Cinq cents d'entre eux se réunirent dans les bois de Noé, avec le projet d'enlever le maréchal de Montesquiou ; mais, le 3 octobre, la création d'une chambre royale d'enquête et de justice, installée à Nantes le 30, avait suffi à les mettre en fuite. Voltaire fut très intéressé d'apprendre qu'elle était présidée par le marquis de Châteauneuf, son ancien chef à La Haye, qui, revenu en France l'année précédente, avait été nommé conseiller d'État, avec une pension de quatre mille écus. Dubois l'avait connu et apprécié. D'autre part, Montesquiou, en novembre, repoussa une tentative de débarquement de la flotte espagnole : cela marqua la fin de l'entreprise. Seize gentilshommes bretons se réfugièrent en Espagne ; cent cinquante-quatre autres, y compris des ecclésiastiques et des femmes, furent arrêtés. La date de leur arrestation prouvait bien qu'elle était antérieure à la confession de la duchesse du Maine et donc étrangère à ses aveux. Cette chambre de justice, dans cette même ville, avait, sous Richelieu, condamné à la décapitation Henry de Talleyrand, prince de Chalais.

En Espagne, les événements se précipitaient. L'irréalité de la politique du cardinal Alberoni était démontrée aux yeux de Philippe V et de son épouse. Le roi avait aussi follement espéré que les troupes françaises, après avoir franchi les Pyrénées, se rallieraient à lui. Elles étaient, au contraire, prêtes à pénétrer au cœur de l'Espagne. Alberoni avait eu le tort supplémentaire de se mettre mal avec la nourrice de la reine, Laura Piscatori : toute-puissante sur l'esprit d'Elisabeth Farnèse, elle la décida de persuader le roi qu'il fallait se débarrasser du premier ministre. D'ailleurs dans les négociations secrètes ouvertes entre la France, l'Angleterre et l'Espagne pour arriver à la paix, les conditions posées par le Régent et par George Ier étaient le renvoi du cardinal. Il reçut, le 5 décembre, l'ordre de quitter Madrid à l'instant même : sa chute avait été aussi rapide que celle de la princesse des Ursins, à qui il avait succédé. Le Régent chargea le comte de Marcieu de l'accompagner dans sa traversée du sud de la France, sans lui faire rendre aucun honneur. De Montpellier, Alberoni lui écrivit pour lui offrir les moyens de réduire le roi d'Espagne. On ne répondit pas à cette proposition déshonorante. Le cardinal alla se réfugier à Rome. Il avait emporté tous ses papiers, que l'on n'avait pas pensé à saisir, et des sommes immenses en argent et en pierreries. On s'aperçut qu'il avait même soustrait le testament de Charles II, par lequel Philippe V avait été nommé roi d'Espagne.

Si les affaires d'Espagne fournissaient à Voltaire un sujet d'entretien, pour avancer dans l'intimité de Mme de Rupelmonde, — la comtesse, en tant que veuve d'un officier tué au service de Philippe V, recevait une pension de ce roi, — il n'avait guère à parler que de Law avec la triste Mme de Mimeure. Il regrettait presque qu'elle n'eût pas embauché ou débauché Piron, dont la muse l'aurait peut-être ragaillardie. Le désespoir de la marquise était accru par le bruit des fortunes qui continuaient de s'édifier grâce au Mississipi et qui empêchaient de voir les ruines, venues de ces bords prestigieux.

A Paris, le système semblait à l'apogée, — deux milliards sept cents millions de billets étaient en circulation. Law avait les équipages et les meubles d'un souverain. Il avait acheté la terre et le château de Roissy douze cent cinquante mille livres au marquis de La Carte ; un million de livres l'hôtel de Mazarin au duc de Mazarin et cinq cent cinquante mille livres la maison du comte de Tessé, pour y loger le duc de Mazarin deux ans, jusqu'à ce que celui-ci se fût fait construire un nouvel hôtel. Il était membre honoraire de l'Académie des sciences. Il avait donné à l'Opéra l'argent nécessaire pour qu'il y eût désormais des bougies, comme à la cour, et non plus des chandelles. Il était marquis d'Effiat, de Charleval et de Toucy, comte de Valençay et de Tancarville, seigneur de Saint-Supplix et de Guermandes. La plus haute noblesse s'était mise chez lui à l'encan. S'il avait acheté le marquisat d'Effiat en 1719, après la mort du favori du Régent, qui en avait le titre, c'est au comte d'Evreux qu'il avait payé huit cent mille francs le comté de Tancarville en Normandie. Voltaire avait appris du duc de Sully que Law lui avait offert dix-sept cent mille francs pour son marquisat de Rosny ; mais le duc avait refusé. L'ancien grand prieur de Vendôme, à soixante-trois ans, imaginait d'oublier ses goûts en vue d'épouser la fille de Law, qui avait treize ans, et de tenter un jour de s'assurer une postérité. La mariée aurait eu dix-sept millions de dot. Mais il fallait, au préalable, faire relever le postulant de son vœu de chasteté, prononcé à son entrée dans l'ordre de Malte. Le pape se montra rétif pour accorder un indult. Law proposait de donner trois millions au cardinal neveu. Mais Philippe de Vendôme abandonna son projet de mariage et, conséquemment, ses instances romaines : il dit que ce serait « payer trop cher des plaisirs légitimes ». C'était bien un mot du Temple.

En ce moment, Law faisait faire son portrait par la grande pastelliste vénitienne Rosalba Carriera, qui était venue faire celui du roi et ceux de personnes de la cour ou de membres de la famille royale. Elle faisait également ceux du fils et de la fille de Law. *Le Mercure* de décembre avait annoncé que l'abjuration de ce dernier avait eu lieu à Melun le 8 de ce mois, bien qu'elle eût été effectuée en septembre, comme Voltaire l'avait su par d'Argental. Le dimanche 10 décembre, l'Écossais avait entendu la messe à Saint-Roch. Sa femme et ses enfants ne l'accompagnaient pas, car ils étaient restés protestants. Il donna cent mille francs pour achever les travaux de cette église, où était la dépouille de Corneille. Il en avait même été nommé marguillier, en substitution du duc de Noailles, qui lui céda sa place au banc de la fabrique.

Ayant appris, par le président de Maisons, que Dumarsais avait laissé en plan son *Exposition sur la doctrine de l'Église gallicane par rapport aux prétentions de la cour de Rome,* Law engagea le grammairien à sa solde pour terminer cet ouvrage. En effet, le duc de La Feuillade, se contentant plus que jamais d'être ambassadeur à Paris, plutôt que de l'être à Rome, avait discontinué de payer Dumarsais. Par toutes ces bonnes œuvres, le chemin de Law était aplani vers le contrôle général des Finances, que lui préparait déjà sa conversion.

12

Voltaire, auteur d'*Artémire*, et plus mondain que jamais

Le 1er janvier 1720, la duchesse du Maine redevint libre. De Sens, elle écrivit au Régent, le 6, pour le remercier de la permission de regagner Sceaux. Elle disait : « Cette bonté que vous avez pour moi augmenterait, s'il était possible, mon repentir, et serait encore plus capable de me corriger que le souvenir de tous les maux que j'ai soufferts. J'étais prête à mourir... Vous m'avez rendu la vie ; mais elle me serait bien plus cruelle que la mort sans le retour de vos bonnes grâces... Je n'emploierai la liberté que vous m'avez rendue qu'à vous marquer ma reconnaissance et à me conduire d'une manière qui puisse vous être agréable... » C'était un peu le style qu'avait adopté Voltaire, à sa sortie de la Bastille. Le Régent fut assez content de cette lettre pour en faire courir des copies, afin de prouver que la réconciliation était faite dans la famille royale, après cette aventure espagnole. Le duc du Maine avait été libéré, lui aussi, le 1er janvier ; mais, ne voulant pas vivre avec sa femme, à qui il reprochait ses malheurs, il se retira au château de Clagny avec ses deux fils, le prince de Dombes et le comte d'Eu. Le Régent lui accorda de chasser aux environs et même dans le parc de Versailles.

Rentrée à Sceaux le 12 janvier, la duchesse marqua une joie enfantine, tant elle avait craint de perdre le siège de son empire et le sanctuaire de ses plaisirs. En dehors de ses laquais, elle n'y était pas moins dans la solitude. Ses galants attitrés étaient assignés à résidence et nombre de ses complices encore sous les verrous. Le marquis de Pompadour et le chevalier de Ménil avaient quitté leur prison ; mais on les avait exilés. La « guerre de famille », issue des conciliabules et des trames de Sceaux, continuait entre la France et l'Espagne, chaque partie s'efforçant cependant de faire à l'autre le moins de mal possible. Louis XV portait le deuil pour la mort de l'infant don Philippe.

Le 5 janvier, Law était devenu contrôleur général des Finances, ainsi qu'on l'avait prévu. On chansonna sa conversion sur l'air de *Biribi* : « ... L'abbé Tencin l'a converti, Biribi, — A la façon de Barbari, mon ami... » Et le régiment de la Calotte décerna à l'abbé un brevet de « convertisseur en chef et de primat de la Louisiane ».

En ce même mois, l'abbé d'Entragues, cet abbé sodomite, fardé et souvent habillé en femme, que François-Marie avait connu à Sceaux, occupa la chronique d'une étrange façon. Le Régent l'avait nommé évêque de Vence en 1716, puis évêque de Lectoure l'année suivante, pour être agréable à Madame, à la princesse douairière de Conti et aussi à la duchesse du Maine, puisqu'il était le familier de toutes les trois. Il n'était jamais allé dans aucun de ses évêchés. Or, en décembre dernier, il avait adhéré publiquement au protestantisme. L'archevêque de Paris priait le Régent de le mettre à la Bastille et le Parlement voulait lui faire son procès. Madame lui conseilla de s'échapper en Allemagne. Elle y écrivit même pour qu'on lui donnât l'hospitalité. Mais, en passant à Lille, son attitude suspecte et ses propos contre le gouvernement le firent arrêter. Par égard pour Madame, le Régent ordonna à Méliand, intendant de la ville, qu'on le traitât avec bienveillance. On l'enferma à la citadelle, sous la garde du comte de Lille, qui remplissait les fonctions de gouverneur à la place du très jeune duc de Boufflers. On donna des poupées à l'abbé, car il aimait jouer à la poupée, comme le nonce du pape avec la fille de Law.

Voltaire était instruit de ces détails par Madame, qu'il courtisait de nouveau en faveur de son *Artémire*. Il recueillait toujours chez elle quelque trait piquant sur les choses de religion. Les sentiments qu'elle soupçonnait à son visiteur, l'encourageaient à ne pas feindre avec lui : malgré sa conversion, elle gardait un faible pour tout ce qui était protestant et une pointe pour beaucoup de ce qui était catholique. Ainsi raconta-t-elle à Voltaire ce qu'elle tenait du maréchal de Villeroy, père du maréchal actuel, qui, disait-il, ne pouvait s'habituer à donner le nom de saint à François de Sales, fondateur des visitandines : « J'ai été ravi, déclarait-il, quand j'ai vu M. de Sales un saint ; il aimait à dire des gravelures et trompait au jeu. Le meilleur gentilhomme du monde, au reste, mais le plus sot. »

Madame était ravie du mariage de sa petite-fille, Mlle de Valois, avec le prince de Modène. Elle détestait le duc de Richelieu et prouvait sa partialité en comparant ce grand séducteur à un « vilain crapaud ». Les fiançailles de la nouvelle princesse de Modène avaient été célébrées le 11 février dans le cabinet du roi. Le duc de Chartres, âgé de dix-sept ans, avait la procuration du prince. Le lendemain, eut lieu le mariage, à la messe du roi, sans autre assistance que la famille royale. Suivant l'usage, le petit Louis XV donna la main à la princesse pour la conduire à son carrosse, et dit au cocher : « A Modène. » « En réalité, ajouta Madame à Voltaire, elle est revenue au Palais-Royal et, comme pour retarder son départ, a attrapé la rougeole. »

Le 26 janvier, le comte Marc-Pierre d'Argenson, baron des Ormes de Saint-Martin et comte de Weil, maître des requêtes, fils cadet du garde des Sceaux, avait été nommé lieutenant général de police à la place de Machault d'Arnouville. Un incident survenu au maréchal de Villars avait causé la disgrâce de celui-ci. Le carrosse du maréchal duc avait été attaqué par des malandrins, au milieu du Cours-la-Reine, et le sang-froid du cocher, qui fouetta les chevaux, épargna au vainqueur de Denain la honte d'avoir à livrer sa bourse aux gens du fameux brigand Cartouche, l'ancien camarade des d'Argenson et de François-Marie à Louis-le-Grand. Déjà humilié par les invectives des agioteurs de la rue Quincampoix, Villars se plaignit, au conseil de régence, qu'il n'y eût plus de sûreté dans Paris. Le nouveau lieutenant général de police fut sacrifié. C'est le fils du prédécesseur qui en profita : son nom semblait répondre qu'il serait aussi vigilant que son père.

François-Marie se réjouit de voir à une pareille charge ce jeune homme qui avait le même âge que lui, c'est-à-dire vingt-quatre ans, et avec qui il avait fait ses premières fredaines dans l'allée noire. L'aspect de ce chef de la police était bien différent de celui de son père et lui valut une flatteuse épigramme. François-Marie n'en était pas l'auteur, mais il fut heureux de la lui réciter, puisqu'il était la mémoire poétique de ses amis : « D'Argenson, ton air gracieux — N'est pas fait pour ta place ; — Il faut y froncer les yeux, — Ne faire aucune grâce. — Comment pourrais-tu, chaque jour, — D'une rigueur extrême, — Défendre de faire l'amour — En l'inspirant toi-même ? » On créait pour son père la charge d'agent général de la police du royaume. C'était une manière d'indiquer qu'il aurait un œil sur son fils, nommé si jeune à des fonctions si importantes et si délicates.

Voltaire envoya une lettre, moitié vers, moitié prose, à la duchesse du Maine, pour la féliciter de son retour à Sceaux : « On admire sur vos traces — Minerve auprès de l'Amour. — Ah ! ne leur donnez plus ce Chalon pour séjour — Et que les Muses et les Grâces — Jamais plus loin que Sceaux n'aillent fixer leur cour. » A vrai dire, l'amour avait fort manqué à la duchesse dans ses trois détentions successives de Dijon, de Chalon et de Chamlay, où elle avait été transférée en septembre pour des raisons de santé. En dehors de son garde, M. de La Billarderie, de Desgranges, commandant de Dijon, de Desangles, commandant de Chalon, et de l'abbé Desplannes, son confesseur espion dans cette forteresse, elle n'avait eu que la compagnie de quatre femmes de chambre ou de garde-robe, n'avait reçu que la visite des médecins Falconnet, Landumier et Séron, puis, à Chamlay, celles de Mlles de Langeron et de Guitaut, à qui elle avait parlé en présence de M. de La Billarderie. Sa principale distraction avait été, outre la lecture de *la Gazette de Paris,* un âne, qu'elle fit suivre de Dijon dans ses deux autres résidences, puis jusqu'à Sceaux, sans qu'on lui eût attribué les goûts de la défunte marquise d'Ussé, la fille de Vauban.

C'est à ce quadrupède que Voltaire faisait allusion en prose : « Vous avez, dit-on, Madame, trouvé dans votre château, le secret d'immortaliser un âne. » Il continuait en vers : « Dans ces murs malheureux, votre voix enchantée — Ne put jamais charmer qu'un âne et les échos. » La prose réapparaissait : « Puissiez-vous mener désormais une vie toujours heureuse et que la tranquillité de votre séjour à Sceaux ne soit jamais interrompue que par de nouveaux plaisirs. Les agréments seuls de votre esprit peuvent suffire à faire votre bonheur. » Suivaient quelques vers où il évoquait « le savant Malézieu » qui « joignit toujours l'utile à l'agréable. — On admira, dans le tendre Chaulieu, — De ses chansons la grâce inimitable. » Curieuse bévue : à l'inverse de ce qu'il avait fait pour La Fare il parlait d'eux comme s'ils étaient morts : Malézieu était très vivant à la Bastille et Chaulieu, âgé de quatre-vingt-un ans, au Temple. La duchesse du Maine rit sans doute de cette erreur, si elle n'en fut pas choquée : l'âge de l'abbé de Chaulieu le lui avait rendu un peu lointain ; mais elle était attachée à Malézieu, qui remplissait auprès d'elle la double fonction d'amuseur et d'amant. L'auteur d'*Œdipe* continuait tranquillement : « Il nous fallait les perdre un jour tous deux, — Car il n'est rien que le temps ne détruise ; — Mais ce beau dieu qui les arts favorise, — De ses présents vous enrichit comme eux, — Et tous les deux vivent dans Ludovise. » Ce dernier nom, qui était celui de la duchesse, dictatrice perpétuelle de l'ordre de la Mouche à Miel, ne pouvait recevoir un couronnement plus grotesque.

Le maladroit fut bientôt renseigné : le soin qu'il avait de faire distribuer, dans les cafés et dans le monde, les copies de ses lettres importantes, lui permit de savoir très vite combien il s'était ridiculisé en enterrant Malézieu et l'Anacréon du Temple. Il ne pouvait écrire au premier, qui était au secret ; mais il s'empressa d'aller saluer l'abbé de Chaulieu. Celui-ci était averti de sa méprise. Il l'excusa sur le bruit qu'en effet, il avait été si malade qu'il avait reçu l'extrême-onction et qu'on l'avait cru mort. « Il y a trente ans, dit-il, j'ai chanté *la Retraite,* dans une pièce de vers qui se termine ainsi : "J'accoutume mes sens à l'horreur du tombeau." Vous voyez que je suis l'un de ces sages que la mort ne surprend pas, selon le précepte de La Fontaine : il est "toujours prêt à partir" ; mais il est content parfois de revenir. »

Peu de temps après, Voltaire écrivit à Louis Racine, qui habitait alors rue Sainte-Anne, près des Nouvelles Catholiques : « Je me suis présenté, Monsieur, deux fois à votre porte pour vous embrasser, pour avoir le plaisir de vous voir et ensuite pour vous dire quelque chose qui est de conséquence pour vous. Mandez-moi à quelle heure je pourrai vous trouver aujourd'hui... Je vous embrasse en Apollon. » La formule terminale de courtoisie était bizarre et même insultante : « Si j'écrivais à un autre homme, je mettrais votre très humble Voltaire. » En vérité, les premières lettres de Voltaire, en 1720, étaient mal inspirées par Apollon : le « beau dieu » lui faisait dire le contraire de ce qu'il voulait dire d'obligeant au fils de Racine. Il affichait sa supériorité, après avoir feint de le traiter d'égal à égal. Sans doute ce dont il désirait lui parler, concernait son poème de *la Grâce* qui, non encore publié, était connu par des copies et passait pour refléter des opinions jansénistes. Quand Racine en avait lu des passages à Voltaire, ce n'est évidemment pas ce qui avait pu provoquer des observations de ce dernier, même si, par attachement pour ses anciens maîtres les jésuites, il n'avait jamais épousé les préjugés de son frère « le janséniste ». Tout ce qui sentait l'hétérodoxie, était fait pour lui plaire. Racine, élu à l'Académie des inscriptions l'année précédente, comptait postuler une place à l'Académie française. Et Voltaire avait su, par le maréchal de Villars, que Mgr de Fleury entendait s'opposer à l'élection d'un poète, suspect d'opinions hétérodoxes.

Artémire fut représentée à la Comédie-Française le 15 février, jour où le roi reçut le compliment de son entrée dans sa onzième année. Quinault jeune, dans le rôle de Philotas, Quinault-Dufresne dans celui de Pallante, Adrienne Lecouvreur dans celui d'Artémire, ne réussirent pas à soutenir une pièce que l'on attendait peut-être avec trop d'impatience après le succès d'*Œdipe.* L'amour professé par Voltaire pour la belle Adrienne, n'avait pas suffi non plus à faire de sa pièce un chef-d'œuvre. Pourtant, les comédiens l'avaient reçue avec un tel enthousiasme qu'ils s'étaient embrassés les uns les autres après en avoir entendu la lecture. Le public n'avait guère applaudi qu'un vers du début : « Soldats sous Alexandre et rois après sa mort. » Mais il y avait trop de platitudes et de vers parodiques : « Cassandre, en ce palais arrive dans une heure... — Il faut sans balancer m'épouser ou périr... — Suivez de ce palais les détours écartés... — Hélas ! à ma fureur connaissez ma tendresse... — Hélas ! mon sang versé me fait trop de reproches. » On jugea saugrenues les paroles de la reine au favori du roi : « J'accepte votre main, mais c'est pour me frapper. » La pompe de nombreux vers sembla creuse : « Tranche mes tristes jours, mais respecte ma gloire... — Et la voix de mon sang s'élevant vers les cieux, — Ira, pour ton supplice importuner les dieux. » On siffla comme un plagiat : « La honte est dans le crime et non dans le supplice. » Le public était lettré et savait que Thomas Corneille avait dit, dans *le Comte d'Essex* : « Le crime fait la honte et non pas l'échafaud. » La recette fut de 5 167 livres ; mais l'accueil avait été glacé. On vit cependant, à la fin, une scène inouïe : l'auteur, de sa loge, apostropher le parterre pour lui reprocher de ne pas acclamer son nom et sauter ensuite sur la scène pour proférer des invectives. Il n'excita que les rires et les huées. « Le petit Arouet » montrait moins d'esprit que Crébillon n'en avait eu, le soir de l'échec de *Xerxès* : l'auteur avait paru, lui aussi, sur la scène, mais avec le manuscrit de sa pièce à la main et il le jeta dans un brasier, apporté tout exprès. « Je me suis trompé, dit-il ; le public vient de m'éclairer, je complète la justice qu'il m'a faite. » *Artémire* fut retirée de l'affiche dès le lendemain.

Cependant, Madame prétendit, le surlendemain, que la pièce fût rejouée, parce qu'elle souhaitait la voir. Désenivré de son outrecuidance et conscient de la médiocrité de son œuvre, Voltaire regimba, s'excusa. Madame insista, car elle avait pris de l'intérêt pour lui. Le dimanche au soir, 25 février, où cette représentation devait avoir lieu, mais où Madame n'avait pu venir, Voltaire, entouré de ses intimes — Thiériot, Genonville, Dumoulin et Cassegrain dit Dubreuil, deux anciens commis de son père — força la garde qui voulait lui interdire l'entrée, pénétra dans la salle et invita tout le monde à se retirer. Il allait d'une extrémité à l'autre : après avoir fait scandale pour l'échec de sa pièce, il faisait scandale pour en empêcher la reprise. Mais la garde revint, expulsa l'intrus, et la seconde représentation eut lieu. La pièce fut même applaudie. Il n'y eut pourtant que sept représentations et enfin une ultime, le 6 mars, cette fois en l'honneur et en présence de Madame. Malgré ce haut patronage, on fit cette épigramme : « En voyant la pauvre Artémire — Prête à périr par les bourreaux, — Le parterre, éclatant de rire, — Avec plaisir lui dit ces mots : — Consolez-vous, mademoiselle, — Vous n'aurez point d'exécuteur — Car, pour mieux vous prouver son zèle, — Il est allé pendre l'auteur. »

Voltaire ne fit pas éditer cette malheureuse tragédie. Il en mettait les défauts sur le compte de ses amis, qui, disait-il, l'avaient surestimée. Il annonçait qu'il se rattraperait bientôt en donnant une autre version *d'Artémire,* intitulée *Mariamne.* C'était la revanche qu'il désirait procurer à la belle Lecouvreur. Toutefois, il ne se remit qu'avec plus de passion à son poème sur Henri IV : il espérait flatter l'amour-propre national et conquérir ainsi non seulement le Régent, mais le jeune roi.

Le 24 février, au milieu des soucis d'*Artémire,* un joli spectacle l'avait distrait : celui de Louis XV en train de danser. C'était la dernière représentation d'un ballet auquel on le préparait depuis plusieurs semaines et qui avait commencé le 7. Il en avait été si content lui-même qu'il y avait eu quatre ou cinq représentations, par intervalles. Le maréchal de Villeroy avait tenu à lui inculquer ce goût, que Louis XIV eut dès l'enfance et conserva jusque dans les années où il ne dansait plus. L'arrière-grand-père ayant débuté à treize ans avec le ballet de *Cassandre,* composé par Benserade, le maréchal était heureux de faire danser l'arrière-petit-fils encore plus jeune. La liste de ceux qui danseraient avec lui, avait été publiée dès le 4 janvier : elle comprenait, outre Balon (ou Ballon), le danseur de l'Opéra, les compagnons de jeu du roi, tels que le duc de Boufflers, âgé de quinze ans, — frère cadet de l'ancien camarade de François-Marie à Louis-le-Grand, mort de rage pour avoir été fouetté, — le comte de Lorge, âgé de seize ans, le duc de Chartres, le marquis de Villars, le duc de Montmorency, âgé de dix-huit ans, le marquis d'Alincourt, âgé de vingt ans, petit-fils du maréchal de Villeroy, le comte de Tressan, qui avait le même âge et qui était déjà connu comme bougre. Un des plus jeunes était le comte de Rupelmonde, fils de l'ancienne maîtresse du conseiller Ferrand, devenue l'amie de Voltaire : c'est par elle qu'il avait été invité.

Les danses eurent lieu dans les entractes de *l'Inconnu,* comédie héroïque en cinq actes et en vers, de Thomas Corneille et de Donneau de Visé. Le roi dansa avec une grâce qui enchanta les spectateurs. On lui sut gré de n'avoir pas dissimulé son charmant visage derrière un masque : Louis XIV, même enfant, n'avait jamais dansé que masqué. Cela rappela à François-Marie les ballets de Louis-le-Grand, où il avait dansé jadis avec Fronsac, aujourd'hui duc de Richelieu, Maurepas, aujourd'hui secrétaire d'État, et Marc-Pierre d'Argenson, aujourd'hui lieutenant général de police. Mais, au lieu qu'à Louis-le-Grand, c'étaient des garçons qui jouaient les rôles féminins, des filles de l'Opéra participaient au ballet du roi, ce que les rigoristes réprouvaient.

Voltaire eut tout à coup des nouvelles de ses anciennes amours de La Haye, par les soins de Mme Dunoyer elle-même : l'aventurière venait d'y publier deux volumes de plus de ses *Lettres historiques et galantes,* dont le dernier renfermait celles qu'il avait écrites jadis à Pimpette. L'éditrice parlait de lui en ces termes : « Il s'était avisé d'en conter à une jeune personne de condition qui avait une mère difficile à tromper et que pareille intrigue n'accommodait nullement. Et ce fut sur les plaintes de cette mère très incommode et pour rompre un commerce qui ne convenait ni aux uns ni aux autres, qu'on jugea à propos de renvoyer notre amoureux d'où il était venu... Puisqu'on est curieux de ses vers à Paris, on ne le sera peut-être pas moins de la prose que je vous donne en échange de son *Bourbier.* » (Allusion à son poème, qui avait été publié dans *les Nouvelles littéraires* de La Haye, en 1715.) Ce commentaire était assez piquant pour l'amour-propre de François-Marie et pour son premier amour de jeunesse. C'est le cœur serré qu'il relut les lettres dévoilées par Mme Dunoyer.

Peu après, il sut qu'elle était morte, que le mariage de sa fille avec le prétendu comte de Winterfeld n'avait pas été heureux, et que l'orpheline, dénuée de ressources, avait regagné la France. Elle avait habité quelque temps chez son oncle paternel, ex-commissaire aux vivres, devenu greffier au Parlement de Paris. Puis, elle était allée à l'établissement des Nouvelles Catholiques, où François-Marie, jadis, avait voulu la faire entrer. La sœur aînée, séparée de son mari Jacob Constantin, vivait dans la communauté des filles de Sainte-Agnès, fondée pour les filles pauvres et où l'on recevait aussi des femmes mariées. Pimpette, pensionnée du roi en tant que convertie, se retira ensuite dans une petite terre appartenant à sa famille. François-Marie l'avait revue, par l'entremise du père de Tournemine. Sans regretter de ne pas l'avoir épousée, il ne fut pas moins attendri de leur rencontre et lui dit que, lorsqu'il avait été emprisonné à la Bastille, on avait saisi sa plus jolie lettre.

En même temps qu'il voyait publier les messages d'amour de sa dix-neuvième année, on publiait, sans lui en demander la permission, *l'Anti-Giton* sous un nouveau titre : *la Courcillonade.* La mort du marquis de Courcillon avait donné aux éditeurs clandestins le courage d'afficher son nom. Voltaire se hâta d'assurer à la marquise qu'il n'était pour rien dans cette indécence ; mais elle semblait fort indifférente à la mémoire du « beau marquis ». En revanche, ce qui était bien conforme au désir de Voltaire, la poésie était dédiée, non plus à Mlle Duclos, comme en 1714, mais à Adrienne Lecouvreur. Il était sans scrupule pour les changements de ses inclinations et de ses hommages : il imitait les anciens Romains, qui décapitaient les statues de l'empereur défunt pour y mettre une tête de l'empereur nouveau.

Le 10 mars, une parodie d'*Artémire* fut jouée à la Comédie-Italienne. On eut beau dire à Voltaire que c'était une consécration, même pour un échec, il prenait très mal toute plaisanterie sur son œuvre. L'auteur était Dominique fils, né à Paris, d'un auteur et acteur italien qui avait eu lui-même la plus grande vogue sous Louis XIV. C'est le Dominique actuel, qui avait fait l'*Œdipe travesti,* parodie que Voltaire n'avait pas appréciée. Et cette fois, il n'avait pas la consolation de se dire que l'on se moquait d'un succès.

Durant ce carême, le poète, qui dînait un jour chez le duc de Sully, fut témoin d'un incident curieux : le commissaire du quartier, M. Labbé, surgit, en plein repas, pour s'assurer, disait-il, si l'on observait bien le jeûne quadragésimal, ce qui était un des droits de sa charge. Il va sans dire que le duc le mit à la porte et l'on continua de banqueter, aussi joyeusement que François-Marie avait banqueté à Saint-Ange durant le carême de 1717. Le commissaire ne discuta pas le droit des pairs, dont la maison était inviolable, à moins d'un arrêté signé du roi. Voltaire admira ce nouveau privilège des grands seigneurs et en félicita son ami. « C'est chez vous qu'il faut venir observer le carême, lui dit-il. — Mais ce n'est pas vous qu'il faut avoir alors à sa table, lui dit le duc. Je suis sûr que je vous dois la visite du commissaire. Tout le monde, même à la lieutenance générale de police, a lu votre épître en vers *A M. le prince de Vendôme, grand prieur de France,* où vous observiez si bien le carême au château Saint-Ange, "fait avec faisans et perdrix". Dès que le commissaire du faubourg Saint-Antoine a su que vous dîniez chez moi, il n'a pas douté que vous n'eussiez réclamé le même menu. » Sully fut le premier à rire de son explication.

La duchesse, d'ailleurs, lui fit remarquer que leur carême n'était pas en bonne odeur auprès des autorités : durant celui, peu orthodoxe, que leur ami avait passé à Saint-Ange, ils avaient reçu la visite d'archers qui voulaient vérifier si l'on ne vendait pas de la viande dans leur cuisine. C'était, en effet, l'Hôtel-Dieu qui avait seul le droit de recevoir de la viande en carême pour ses malades et d'en vendre aux personnes dont l'état de santé nécessitait une nourriture carnée, — cet établissement faisait de ce monopole un véritable trafic. Quoi qu'il en fût, le duc de Sully avait, de même, chassé les archers, en leur disant que cela ne les regardait pas, et M. Labbé lui avait présenté ses excuses pour cette perquisition illégale, ce qui n'avait pas empêché l'officier de police de recommencer. Voltaire sourit qu'un duc et pair, sous la Régence, s'avisât de faire le boucher, comme l'ancêtre des Capétiens et des La Rochefoucauld.

Le tourbillon du système de Law persistait. Le financier, en dépit de toutes les attaques de ses adversaires, dont les principaux demeuraient les frères Pâris, et de toutes les épigrammes et chansons qui l'assaillaient *(les Méfaits de Law, Stances à Law, le Diable banquier...)*, gardait son crédit auprès du Régent : son fils, honneur inouï, avait, le 21 février, dansé au ballet du roi. L'effervescence des ruines et des fortunes dont le récit défrayait l'opinion, entretenait une soif de jouissances que rien ne semblait pouvoir tarir. Le bal de l'Opéra avait lieu désormais chaque jour et s'étendait même ailleurs : on avait été jusqu'à changer en salle de bal celle où se réunissait, au Louvre, l'Académie française.

Cependant, la paix avait été conclue entre la France et l'Espagne, le 17 février, à La Haye : le départ d'Alberoni avait terminé les litiges entre les deux pays. Philippe V adhérait à la Quadruple Alliance. De plus, le Régent avait substitué l'ancien « pacte de famille » à la « guerre de famille » en décidant un double mariage entre Louis XV et l'infante Marie-Anne-Victoire, d'une part, le prince des Asturies et Mlle de Montpensier d'autre part, quatrième fille du Régent lui-même. C'étaient, à vrai dire, des mariages dont la conclusion et la consommation étaient éloignées : le roi de France n'avait que dix ans accomplis, sa future épouse deux ans, le prince des Asturies trois ans et la future princesse onze. Mais le confesseur de Philippe V, le père Daubenton, jésuite, qui régentait ce roi depuis une vingtaine d'années, — sauf une interruption due à la princesse des Ursins, — avait fait exiger, par des articles secrets, le retour en faveur des jésuites, l'éloignement progressif des jansénistes qui avaient des charges, et l'adoption de la bulle *Unigenitus.* Le duc de Brancas avait instruit Voltaire de cette clause, qui le stupéfiait.

Si la conspiration de Cellamare s'était terminée au mieux pour les grands coupables, quelques adhérents du duc et de la duchesse du Maine demeuraient en prison : alors que Malézieu avait quitté la Bastille en février après avoir fait sa confession le 12 janvier, Mlle de Launay, le comte de Laval et le marquis de Boisdavid y étaient encore. De plus, en ce qui concernait les complices directs de l'Espagne, la chambre royale installée à Nantes pour juger les gentilshommes bretons, prononça son arrêt le 26 mars : quatre des accusés, — le marquis de Pontcallec, le chevalier de Talhouët, les sieurs de Montlouis et de Couëdic, — furent condamnés à mort. On leur trancha la tête le même soir, à la lueur des flambeaux. Ils avaient été convaincus de s'être préparés à livrer les ports de Bretagne à l'Espagne, pour y recevoir ses troupes et les conduire à travers la France. La même peine fut prononcée contre seize autres par contumace. Ils furent effigiés. Voltaire songeait au duc de Richelieu, qui était convenu de livrer à Philippe V la ville de Bayonne placée sous son commandement. Il était gêné de penser que l'auteur de ces condamnations était le marquis de Châteauneuf. La dureté que lui avait montrée, à La Haye, son ancien ambassadeur, ne lui avait pas fait prévoir qu'il remplirait plus tard ce rôle cruel. Le procès des cent vingt-quatre Bretons qui restaient à juger, fut déféré à l'Arsenal de Paris. Le roi d'Espagne versa des larmes quand on lui annonça l'exécution des quatre gentilshommes.

Ce même 26 mars, mardi saint, où eurent lieu les exécutions de Nantes, fut roué vif, en place de Grève, à Paris, le comte de Horn, âgé de dix-neuf ans, fils du prince de ce nom et d'une princesse de Ligne, membre d'une des premières familles de l'Allemagne, apparenté à l'empereur, à Madame, au Régent et à plusieurs grandes maisons françaises. Aidé de deux complices, il avait assassiné, à coups de poignard, un commis de la banque de Law dans un cabaret de l'impasse de Venise, derrière la rue Quincampoix, pour lui voler cent vingt mille francs d'actions et se refaire ainsi d'une perte au jeu.

Éludant tous les subterfuges juridiques présentés par les avocats, le Régent fit nommer commissaires du procès, pour décider en dernier ressort, les conseillers du Châtelet : ils condamnèrent Horn et le Piémontais Mille, son complice, à être rompus vifs en place de Grève. Le troisième assassin, Lestang, fils d'un banquier des Flandres, avait réussi à prendre la fuite. Philippe d'Orléans resta sourd aux prières de sa propre mère, Madame. Lorsque les suppliants lui parlaient de ses liens avec les Horn, il répondait : « Je partagerai leur honte avec vous. » Il avait aussi refusé de faire interner le coupable aux Petites-Maisons comme dément. Il refusa même de changer le supplice de la roue en exécution capitale, privilège funèbre réservé à la noblesse ; il refusa de le faire exécuter dans la cour de la Bastille, où avait été décapité jadis le maréchal de Biron. Animé par Law et par Dubois, il voulait la peine publique la plus infamante, sans se soucier si cela empêcherait les filles des maisons de Horn et de Ligne d'être chanoinesses. Il la pressa et ne consentit pas non plus à la remettre après Pâques : il savait que la famille cherchait à gagner du temps pour faire intervenir l'empereur, intervention qu'il lui eût été difficile de ne pas considérer.

Cette affaire affligeait le prince de Vendôme et tous ses amis, parce que le jeune Horn, qui était d'une très jolie figure et qui, engagé dans les troupes de Philippe V, avait été réformé pour cause de sodomie, avait reçu le meilleur accueil au Temple. Du reste, le nouveau grand prieur, le chevalier d'Orléans, bien qu'adonné aux femmes, était, lui aussi, un chevalier de la manchette. Antoine-Joseph, comte de Horn, n'avait pas eu la sagesse de se limiter à cette haute société : il s'était acoquiné avec les plus scélérats de tous les dévoyés. Il n'avait eu davantage la patience d'attendre le messager que sa famille lui avait envoyé pour payer ses dettes. Le duc d'Arenberg, — un Ligne, — était accouru des Pays-Bas et s'était joint vainement aux intercesseurs. Voltaire, qui le rencontra chez le duc de La Feuillade, lui exprima ses condoléances. L'affaire du comte de Horn était trop terrible pour inspirer au poète une nouvelle épître en vers, comme celle qu'il avait adressée à ce duc, en 1715 : « D'Arenberg, où vas-tu ? Penses-tu m'échapper ? »... Il se dit seulement que le marquis de Courcillon, dont il avait parlé avec la même gaieté dans cette épître, avait, comme le jeune comte de Horn, définitivement « quitté la débauche et la table ». Les derniers vers prenaient même, à la lumière de ce drame, un ton effroyablement ironique : « ... Ah ! cher duc, aujourd'hui, — Si tu ne viens pour toi, viens par pitié pour lui ! — Viens le sauver ; dis-lui qu'il s'égare et s'oublie... »

Un autre scandale affecta le Temple. Il avait pour héros l'ancien grand prieur lui-même, mais ne provoqua que l'amusement de Voltaire. Philippe de Vendôme avait tenté, dans un accès d'ivresse, de sodomiser le duc de Chartres. Le Régent, pour fêter la dix-septième année de son fils, avait conduit celui-ci au bal de l'Opéra et l'avait laissé ensuite avec une actrice. Le prince de Vendôme estimait cela révoltant et avait prétendu y remédier. Le jeune duc s'en était tiré de justesse.

Voltaire était allé faire sa cour à Madame, au moment où l'on ne parlait que de cette aventure et de celle, plus tragique, du comte de Horn, avec le même détail de mœurs particulières. Les familiers de la princesse Palatine avaient dit au poète qu'elle s'insurgeait volontiers contre les mœurs grecques de la cour et quelques expressions de ses lettres interceptées le confirmaient. Probablement ignorait-elle les liens de Voltaire avec le Temple pour l'accueillir si bienveillamment. Mais il était impossible que les mœurs de son défunt époux ne lui eussent pas inspiré un minimum de sympathie secrète à l'égard des infâmes. Ce jour-là, ayant fait allusion à ces désordres de la cour et tonné contre Philippe de Vendôme, elle s'échappa à dire que certaines cours allemandes ne valaient pas mieux, sur ce point, que la cour de France. Elle en donna cette preuve : son frère, le prince Palatin Charles II de Bavière, avait sauvé le duc de Brunswick-Wolfenbüttel, que le jeune prince d'Eisenbach jurait de tuer parce qu'il avait tenté de le violer. Elle ajouta que les trois héros étaient morts, le dernier à la guerre, les autres, dans leurs lits. En sortant, le duc d'Arenberg confia à Voltaire que le petit prince d'Eisenbach, lorsqu'il était venu en France, avait manqué de faire donner des coups de bâton au maréchal de Villars, qui avait été un peu trop familier avec lui.

François-Marie, ayant soupé chez le lieutenant général de police, demeura à bavarder, après le départ des autres convives. Marc-Pierre d'Argenson lui confia les craintes qu'il avait de voir son héritage et celui de son frère, séquestré par la prieure de la Madeleine de Traisnel. Le garde des Sceaux, depuis son veuvage, habitait la maison qu'il avait fait construire à côté de ce couvent et on le surnommait « le serviteur de la Madeleine ». Il n'y recevait personne et, hormis le temps qu'exigeaient ses fonctions, vivait là comme dans une nouvelle abbaye de Thélème. Sa famille n'y pouvait rien. On avait affiché cet avis : « Il a été perdu un grand chien noir avec un collier rouge (le cordon de l'ordre de Saint-Louis) et les oreilles plates. Ceux qui le trouveront, s'adresseront à l'abbesse de Traisnel et on les récompensera. »

Ce n'étaient pas seulement ses confidences que Marc-Pierre voulait faire à son ancien camarade. Il lui dit qu'il tenait à lui montrer un rapport singulier, dont il avait trouvé la copie dans les archives de son père. C'était un long texte, originalement de la main du marquis d'Argenson, à qui Le Tellier, l'ancien recteur de Louis-le-Grand, avait demandé un *Rapport universel sur l'état de la cour et de Paris,* lorsque, au début de 1709, il avait été nommé confesseur du roi. Marc-Pierre précisa que son père avait été, comme on l'avait dit du roi, affilié à l'ordre des jésuites par ce confesseur. Voltaire, assis dans un fauteuil Régence en bois doré, sous un grand flambeau d'argent à plusieurs branches, lut attentivement ce qui suit :

« Mon révérend père. Serviteur passionné de votre admirable zèle, membre fervent de votre ordre illustre, je m'enorgueillis de la confiance que vous me témoignez et vais, pour vous obéir, vous retracer un fidèle tableau du monde que vous désirez connaître. Je diviserai cet exposé en quatre points. Je comprends, sous cette dénomination : 1o) la cour, 2o) la ville, 3o) le clergé, 4o) les sectaires, les protestants et les jansénistes. »

Voltaire, dès cet exorde, fut touché que l'allée noire de leur collège eût créé entre lui et le lieutenant général de police une complicité assez durable pour livrer à son camarade un tel document, dont son propre père était l'auteur. Mais il s'interrompit pour dire à Marc-Pierre, qui examinait d'autres papiers relatifs aux affaires courantes : « En vérité, le marquis semble prendre pour modèle, un exposé de nos classes à Louis-le-Grand, qui était toujours en tant ou tant de points. — Ayez patience, dit le lieutenant général : un de ces points vous réserve une surprise et c'est pour cela que je vous fais l'amitié de vous donner connaissance de ce texte secret. » Intrigué, François-Marie continua sa lecture.

L'exposé concernant la cour était un dithyrambe de Louis XIV (« le grand roi sous lequel nous avons le bonheur de vivre... »), de Mme de Maintenon (« l'Esther de ce royaume, la femme forte de Salomon »...), de Monseigneur, — le dauphin chanté par Arouet —, des ducs du Maine et du comte de Toulouse. Puis, d'Argenson énumérait les princes et finissait en disant ceci : « Mais, mon père, que la vraie piété est peu commune parmi les seigneurs ! Tous presque sont vendus au jansénisme ; mais on feint d'un autre côté une piété parfaite, qui recouvre un libertinage impatient de se montrer, des goûts indignes, des fantaisies coupables, que MM. de Conti, de Vendôme, d'Auvergne et d'autres ont renouvelées des anciennes orgies de Monsieur, du chevalier de Lorraine, du marquis d'Effiat. Cette dépravation s'accroît de jour en jour : les valets jeunes et beaux, les garçons perruquiers, sont les victimes les plus communes d'une aussi infâme passion. »

Voltaire sourit en lisant cette diatribe : il n'avait pas oublié une chanson, que faisaient gloire de chanter, à Louis-le-Grand, les deux fils du marquis d'Argenson et où celui-ci était taxé d'être sodomite. D'ailleurs, ses vieilles habitudes au couvent de la Madeleine de Traisnel ne lui conféraient guère le droit de rédarguer les mœurs des autres.

Plus loin, il parlait des poisons, de la sorcellerie, des « mariages inégaux » : « On affirme que Monseigneur a épousé Mlle Chouin ; le maréchal de l'Hospital et, après lui, le roi de Pologne, auraient épousé tour à tour la fille d'une blanchisseuse, déjà veuve de je ne sais qui. » Voltaire demanda à Marc-Pierre quel était le nom de la maréchale de l'Hospital. « Françoise Mignot, dit le lieutenant général de police. Mon père, quand elle mourut en 1711, comme femme, en troisièmes noces, de Jean Casimir V, roi de Pologne, nous dit qu'elle était parente du cuisinier illustré par la troisième *Satire* de Boileau : « Car Mignot, c'est tout dire, et, dans le monde entier, — Jamais empoisonneur ne sut mieux son métier. »

Une page manquait dans le rapport. « Elle a trait au duc d'Orléans, dit Marc-Pierre, répondant à une question de François-Marie. Ne soyons pas trop indiscrets. »

Voltaire parcourut les lignes qui décrivaient « la ville ». Il fut flatté de voir que la cour des comptes, à laquelle appartenait son père, était, comme la cour des aides, la cour des monnaies, la cour du Parlement, le grand conseil du Châtelet..., composée de « familles riches, du moins aisées, de négociants, de financiers... Tout ce monde a pignon sur rue, bien établi, vit grandement, aime les belles-lettres, les sciences, les arts... Plus loin, on trouve les orfèvres, joailliers, marchands de drap, mégissiers, la grosse pharmacie, l'épicerie ; puis, les marchands qui vendent au détail, portion active, tracassière, remuante, de la société parisienne... Il y a, en outre, les laquais, écuyers, pages, domestiques, coureurs, grisons, piqueurs, suisses, valets de chiens, d'écurie, palefreniers, apprentis, marmitons. La surveillance doit être vigilante envers eux, car, débauchés par les exemples que leurs maîtres leur donnent, ils finissent souvent par la potence, la roue, le bûcher, bien heureux qu'on est quand le dénouement n'amène qu'aux galères. »

Soudain, Voltaire sursauta : son nom apparaissait dans un paragraphe. C'était la surprise annoncée par son ami : « Les libertins sont en nombre. Ils sont soutenus d'un côté par le duc d'Orléans, de l'autre par M. de Vendôme. On professe au Temple des principes dangereux. M. de Chaulieu, l'abbé de Châteauneuf, le jeune Arouet, fils de l'ex-notaire de ce nom, garçon pétillant d'esprit et enclin aux mauvaises mœurs, affichent une incrédulité dangereuse. La jeunesse du dernier, qui a seize ans à peine, le rend digne d'indulgence ; mais les autres, dont l'un se dit son parrain, mériteraient d'être réprimandés sévèrement. »

« Je suis sensible au compliment de votre père sur mes qualités d'esprit, dit Voltaire ; mais je suis gêné qu'il ait eu connaissance de mes "mauvaises mœurs". — Il se piquait de tout savoir, grâce à ses espions, dit Marc-Pierre, et c'est parce qu'ils continuent d'être à mon service, eux ou leurs remplaçants, que j'ai voulu vous avertir d'être prudent. On ne taxe pas de "mauvaises mœurs" ceux qui ne courent que les femmes. » François-Marie se souvint de ce que lui avait déjà recommandé l'inspecteur Symonnet. « Votre père, reprit-il, cite l'abbé de Châteauneuf, "se disant mon parrain", et qui l'était bien en réalité, mais qui se trouvait dans l'autre monde depuis décembre 1708. Or, le rapport est évidemment postérieur à la fin de janvier 1709, date de la nomination de Le Tellier au poste de confesseur du roi. Voilà donc le marquis en flagrant délit d'inexactitude. — La mort de l'abbé de Châteauneuf est passée inaperçue, dit Marc-Pierre : la lieutenance de police l'a sans doute ignorée pendant quelques semaines. Ce n'est pas le seul exemple que j'aie constaté dans les retards d'information biographique. Mais il vaut mieux être absent de nos rapports, même si l'on y loue nos "qualités d'esprit".

« En tout cas, vous voyez que le père Le Tellier n'a pas suivi les recommandations du lieutenant général de police : aucune "réprimande sévère" ne vous a été faite, non plus qu'à vos amis du Temple. Je ne sache pas davantage qu'on en ait envoyé une au grand prieur, alors exilé à Lyon. »

La partie consacrée au clergé était croustillante. Les noms de plusieurs évêques et archevêques ne comportaient, dans cette copie, que l'initiale de leur nom ou de leur siège. La fin visait « le cardinal d'A. (de B.) », — Voltaire, grâce à ce qu'il avait appris au Temple, devinait sans peine qu'il s'agissait du cardinal d'Auvergne (de Bouillon) qui, pour éviter le scandale, disait d'Argenson, « ne s'adresse qu'à ses pages ». (Ainsi faisait également l'abbé d'Auvergne.) Le lieutenant général de police racontait ensuite le meurtre, commis dans l'hôtel du cardinal à Paris, d'un jeune garçon perruquier, Julien, que « le sieur Boletti, âme damnée du cardinal », avait corrompu pour le faire entrer au service de celui-ci. Pris de remords, ce garçon, armé d'un couteau, était allé, une nuit, dans la chambre de son maître, par un escalier secret qu'il connaissait ; mais le prince de l'Église était couché avec son écuyer, qui tua Julien de cinq coups de couteau. On prétendit que le garçon perruquier avait essayé de voler le cardinal.

En revanche, d'Argenson vantait la régularité des curés de Paris, non sans citer celui de Saint-Sulpice qui, après avoir engrossé la fille de la blanchisseuse de la duchesse du Maine, et, de plus, filleule de cette princesse, dut acheter son silence moyennant quarante mille livres. C'était le prédécesseur de Languet de Gergy devenu curé de Saint-Sulpice en 1714 et qui avait pour maîtresse la marquise de Cavoye.

« Vous avez des fonctions où il est impossible de s'ennuyer, dit Voltaire, qui avait terminé sa lecture. — Certes, dit Marc-

Pierre ; mais elles ne nous donnent pas une grande considération pour la nature humaine. »

C'est à Châtenay que Voltaire retrouva Malézieu : l'académicien, au sortir de la Bastille, avait été exilé dans sa maison de campagne, comme François-Marie l'avait été. Ce dernier s'excusa, comme il l'avait fait auprès de Chaulieu, de l'avoir cru mort avant la date. « C'est mourir que d'entrer à la Bastille », dit Malézieu. S'il n'avait pas eu « les douceurs » de sa prison, attendu qu'il était au secret, on lui avait, néanmoins, permis d'avoir, dans sa chambre, toutes sortes d'instruments scientifiques, avec lesquels il avait travaillé pour préparer quelques mémoires à l'intention de l'Académie des sciences. Voltaire lui dit avoir fait également des observations semblables dans sa tour de la Bazinière, et compter les mettre un jour en forme.

Cette année, il allait passer les fêtes de Pâques, non plus à Caumartin, mais à Sully. Son ami Genonville, également invité, fut retenu à Paris par la fièvre et lui écrivit, en vers et en prose, pour lui reprocher son silence : « Ami très cher, si l'humeur noire — Que dans l'esprit jettent les maux, — N'a point obscurci ma mémoire, — En vers faciles et nouveaux — Tu nous avais promis l'histoire — De ton voyage et quatre mots — Du coche et des maigres chevaux — Qui t'ont conduit aux bords de Loire. — Je t'y crois en un plein repos, — Entre ton duc et ton héros (entre Sully et Henri IV),... — Quitte Anacréon pour Virgile, — Laisse là ce voluptueux ; — Il fit le portrait de Bathylle, — Mais jamais son pinceau facile, — N'eût su peindre des demi-dieux... » Il est curieux que Genonville, en parlant d'Anacréon à Voltaire, — et non plus de l'Anacréon du Temple, — fasse précisément allusion à son mignon Bathylle, plutôt qu'à l'une des jeunes filles, il est vrai, anonymes, chantées par « le vieillard de Téos ».

Le conseiller finissait en priant Voltaire de brûler sa lettre, prière qui est si rarement exaucée et que, du reste, rien ne semblait nécessiter.

C'est à peine si les deux amis eurent le loisir de se rejoindre à Sully : le séjour du duc fut écourté par les bouleversements que le système de Law imposait tout à coup à la France. Il fallait être à Paris pour veiller à sa fortune, si l'on en avait une, et celle du duc et de la duchesse de Sully était considérable, même s'ils l'avaient tenue aussi loin que possible des rives du Mississipi. Le Régent, ainsi que le public, commençait à perdre confiance dans les opérations de l'Écossais. Le discrédit menaçait les billets, après tant de vogue, et Law persuada le conseil que cela venait de la stagnation des douze cents millions d'espèces d'or et d'argent : un édit du 27 février avait interdit à toute personne, de quelque qualité qu'elle fût, de garder plus de cinq cents livres en monnaie métallique, à peine de dix mille livres d'amende et de la confiscation des espèces, dont moitié irait aux dénonciateurs. C'étaient les principes vexatoires de la chambre de justice qui ressuscitaient. Ils ne servirent pas à grand-chose : la plupart des riches enfouirent leurs richesses. Ceux qui ne voulaient pas livrer leur or à la banque, achetaient, bien au-dessus de leur valeur, des bijoux, des pierreries, de la vaisselle plate, des meubles précieux, de la soie, des brocarts. Le gouvernement défendit alors la vente et l'achat de bijoux et d'argenterie. Des espions étaient chargés d'assurer l'exécution de cette tyrannie nouvelle. Cela fit dire à lord Stair, l'ambassadeur d'Angleterre : « On ne saurait douter de la catholicité de Law, il établit l'inquisition après avoir réalisé la transsubstantiation par le changement des espèces en papier. » Un édit du 5 mars mit le comble à cet échafaudage d'expédients : il assimilait les billets de la Banque aux actions de la Compagnie des Indes, c'est-à-dire des valeurs obtenues en échange d'espèces sonnantes, à des valeurs fictives et problématiques. C'était l'équivalent d'une banqueroute.

Au désordre financier, s'ajouta l'accaparement des denrées par des spéculateurs qui vendaient leurs actions pour des marchandises. Aucun édit, en effet, ne limitait des achats de ce genre, comme ceux des matières précieuses. Tout enchérit, au point qu'il fallait des liasses de billets pour payer des objets usuels. Trois ducs se distinguèrent dans ces opérations commerciales, qui auraient pu provoquer leur déchéance et qui, en tout cas, les déshonoraient : le duc d'Antin, qui avait monopolisé les étoffes et porté l'aune de drap de douze francs à quatre-vingts ; le maréchal duc d'Estrées, qui avait fait main basse sur le sucre, le café et le chocolat ; et le principal de ces trafiquants pairs de France, le duc de La Force, qui accaparait, outre toutes sortes d'épiceries, le suif et la cire, — on ne trouvait plus, sans lui, de bougies ni de chandelles. Voltaire avait connu le premier au Temple et connaissait à peine le dernier ; mais il était stupéfait d'apprendre que le maréchal duc d'Estrées, le mari de « sainte Chanteuse », son hôte du château d'Issy, ce collectionneur, ce lettré, cet artiste, n'eût pas résisté au torrent de « la marchandise ». Eh quoi, le duc de Sully ne faisait-il pas de même, lorsqu'il débitait de la viande, en carême, dans sa cuisine, à l'abri de ses immunités de duc et pair ? En somme, dès qu'intervenait l'appât du gain, les nobles les plus sourcilleux descendaient au tiers état.

Le 21 mai, sur la proposition du garde des Sceaux d'Argenson, un arrêt ordonna la réduction graduelle, de mois en mois, des billets et des actions, jusqu'à la moitié de la valeur. Le public s'assembla si bruyamment aux abords du Palais-Royal, que l'édit fut rapporté. Le 29 mai, Law faillit être déchiré par la populace. Il offrit sa démission de contrôleur général : le Régent la lui refusa, mais nomma, au titre nouveau de « principal commissaire des finances », Peletier des Forts, ancien membre du conseil des finances et membre du conseil de régence. Un major des gardes suisses fut chargé de veiller à la sûreté de Law. D'Argenson, soupçonné d'avoir inspiré l'arrêt du 21 mai pour faire tomber l'Écossais, fut disgracié et d'Aguesseau rappelé de Fresnes.

Ni les mesures violentes imposées par le système, ni les craintes qui se développaient, ne diminuaient la folie des transactions. Il y avait toujours plus de deux milliards de billets sur le marché, et beaucoup de gens couraient encore après la fortune. Les agioteurs avaient été chassés de la rue Quincampoix, après le crime du comte de Horn ; mais ils s'étaient transportés place Vendôme, où Law avait un hôtel, et ils opéraient sous des tentes. Le bruit dérangeait les travaux de la Chancellerie, installée dans l'ancien hôtel du traitant Bourvalais, — c'était l'une des confiscations opérées par la chambre de justice. Alors le prince de Savoie-Carignan, propriétaire de l'hôtel de Soissons, près de Saint-Eustache, fut autorisé par le Régent à faire construire dans ses jardins de petites baraques, louées cinq cents livres par mois, qui lui donnèrent un revenu d'un demi-million. Ce prince, dont tout le monde savait le nom, bien qu'il fût venu incognito en France sous celui de M. de Basque, était le fils de la comtesse de Soissons et le cousin germain du prince Eugène : il avait épousé une bâtarde que le duc de Savoie, Victor-Amédée II, devenu roi de Sardaigne, avait eue de la comtesse de Verrue. De nombreux commis d'agio s'installèrent sous ses ombrages et la place Vendôme recouvra un peu du calme que souhaitait le chancelier d'Aguesseau.

Quel que fût le lieu où opérait le système, l'exemple des enrichis était là pour stimuler encore les espoirs et les imaginations : le marquis d'Oise, âgé de trente-deux ans, frère cadet du duc de Brancas-Villars, l'ami de Voltaire, épousait la fille du « Mississipien » André, le peaussier de Montélimar qui avait gagné cinquante millions. Mlle André avait deux ans et demi ; son mari recevait cent mille écus pour la dot, et une pension de vingt mille francs jusqu'au jour où le mariage serait consommé, quand elle aurait douze ans. Voltaire félicita le duc de Brancas, parce que le contrat de mariage de son frère lui garantissait une donation ; mais le duc avait eu la prudence de s'en faire verser déjà le montant.

Cependant, le Régent cherchait à soutenir le système en interdisant la spéculation sur les bijoux, refuge de ceux qui commençaient à douter du génie de Law. Déjà, en février, un arrêt avait défendu à qui que ce fût, sauf aux évêques, de porter des bagues avec des pierreries, de même qu'on en avait interdit la vente et l'achat. On avait ensuite permis aux chevaliers du Saint-Esprit, de Malte et de Saint-Lazare de continuer à avoir des diamants à leurs croix. Un autre arrêt singulier déclara la vente des bijoux obligatoire hors des frontières : le Régent, M. le Duc (veuf depuis mars), les princesses, firent semblant d'envoyer les leurs en Hollande ; mais nul ne fut dupe de ce simulacre. Les gens se contentèrent de cacher les bijoux qu'ils avaient, comme ils avaient caché leurs espèces.

On avait mandé de Lille que Mgr d'Entragues, évêque de Lectoure, — on l'appelait encore, par la force de l'habitude, l'abbé d'Entragues, — avait abjuré le protestantisme dans la citadelle de Lille, entre les mains de l'abbé de Champigny. Le Régent, qui avait empêché le Parlement de lui faire son procès et qui l'avait jugé bon plutôt pour « les Petites-Maisons », le transféra au château d'Angers. L'abbé avait espéré, par ce changement d'attitude, obtenir le droit de se rendre à Paris, où Madame le réclamait. Philippe d'Orléans différait ce retour, afin de ne pas trop scandaliser le public.

Pont-de-Veyle, fils aîné de la comtesse de Ferriol et frère d'Augustin d'Argental, devenait lecteur du roi. Son père, président à mortier au parlement de Metz, avait acheté pour lui cette charge à l'abbé de Vaubrun, qui en était titulaire. François-Marie mesurait, là encore, l'avantage d'être riche et d'être noble. Mais enfin, il ne pouvait que féliciter les Ferriol. Pont-de-Veyle était enorgueilli d'avoir, à vingt-trois ans, des fonctions qui lui donnaient l'entrée chez le roi.

C'était, au contraire, un triomphe de l'âge que remportait le fameux comédien Baron. Après avoir quitté depuis trente ans le théâtre, où il avait interprété avec un égal talent Molière et Racine, il reparaissait, à soixante-sept ans, sur la scène du Palais-Royal. Voltaire fut un des premiers à l'applaudir. On admirait le courage qui lui faisait rechercher les rôles les plus juvéniles, comme une espèce de défi, pour prouver que l'essentiel du métier d'acteur est dans l'art de déclamer et de persuader. En jouant Rodrigue dans *le Cid,* il se jeta fort lestement aux genoux de Chimène ; mais deux valets de théâtre durent l'aider à se relever : il n'en reprit pas moins sa fière allure. Le même public, qui n'avait pu s'empêcher d'éclater à sa réplique : « Je suis jeune, il est vrai... », l'acclama ensuite pour la flamme qu'il communiquait à ces mots.

François-Marie s'amusa d'une *Épître à Baron* que quelque janséniste, ennemi de Melpomène, fit circuler et où figurait une allusion à *Œdipe*: « As-tu bien réfléchi sur le pas téméraire — Que d'imprudents amis t'ont conseillé de faire ?... — Autrefois, il est vrai, tu brillais sur la scène... — Ta retraite au théâtre éternisait ta gloire... — Aujourd'hui que ton sang dans tes veines se glace, — Aux deux jeunes Quinault laisse remplir ta place. — Laisse-les sur un champ difficile et scabreux — Exercer sans scrupule un talent dangereux ; — Mais plutôt qu'à jamais le théâtre se ferme ! — Les dogmes qu'il contient, les leçons qu'il renferme, — Loin de nous corriger et nous rendre meilleurs, — Séduisent l'innocence et corrompent les mœurs... — J'y vois l'ambition, l'amour et la vengeance — En tyran suborneur faire agir leur puissance... — J'y vois... — Œdipe incestueux, Oreste parricide... » Ce dernier trait visait *Oreste et Pylade,* vieille tragédie de La Grange-Chancel.

Il y avait un triomphe de l'âge et de l'esprit qui excitait un peu l'envie de Voltaire : La Motte, La Motte-Houdard, à quarante-huit ans, était l'amant de la duchesse de Louvigny, âgée de vingt-huit ans, fille du duc d'Humières. La réputation des moyens physiques du poète, si faussement mis en doute par l'épigramme de Chaulieu, piquait la curiosité des épouses insatisfaites et le mettait à même d'ajouter en ce moment cette duchesse à la duchesse du Maine, parmi ses conquêtes de haut parage. Le mari, qui était à la veille de s'appeler le duc de Guiche, — tous ces titres étaient de la maison de Gramont, — passait pour benêt et ne se doutait de rien. Étant à la banque de Law, il entendit quelqu'un dire à un autre : « Ce pendard de La Motte est bien heureux de baiser une aussi jolie femme que Mme de Lou... » Le quidam n'acheva pas, s'étant aperçu que le duc de Louvigny, qu'il connaissait, avait entendu. Celui-ci, un peu plus tard, rencontra un ami de La Motte et lui demanda s'il savait qui était la maîtresse du poète. L'ami, inquiet, répondit que non. « Vous allez le deviner, ajouta le duc: la première lettre de son nom est L. » L'ami devint encore plus inquiet. « La seconde lettre est O, poursuivit le duc, et la troisième est U. » L'ami était près de défaillir, quand il fut rassuré: « C'est Mme de Louvois », dit le duc, que depuis, on surnomma Loulou. Mais Voltaire estimait très glorieux pour un poète de pouvoir alimenter de telles histoires.

Au début de juin, il accompagna le prince de Conti à la Comédie-Française: Adrienne Lecouvreur y jouait Hermione dans *Andromaque*. Dès qu'elle parut, le prince battit des mains et le parterre en fit autant. « Monseigneur, dit Voltaire au prince, vous ne croyiez pas avoir tant de crédit. » Cette allusion aux commentaires que faisait le public sur les profits éhontés qu'il avait tirés du système de Law et sur sa bravacherie dans la campagne d'Espagne, était fort insolente; mais Voltaire traitait constamment les princes d'égal à égal. Il ne s'étonnait pas, en revoyant la belle Adrienne, de n'avoir gardé son cœur que l'espace d'un moment. Après le départ de lord Peterborough, elle inspirait un vif amour à un autre grand seigneur étranger, récemment entré au service de France: le comte Maurice de Saxe, fils des amours d'Auguste II, électeur de Saxe, roi de Pologne, et de la comtesse Aurore de Kœnigsmarck, issue d'une des premières familles de la Suède.

Richelieu donna à Voltaire quelques renseignements sur ce personnage qui, avec le grade de maréchal de camp, commandait le régiment allemand de Sparre. Le duc le dépeignait comme un homme de génie, aussi extraordinaire dans la débauche que dans l'art militaire. Il estimait n'avoir désormais de plus redoutable rival auprès des femmes que ce comte de Saxe, né la même année que lui. Ils avaient, l'un et l'autre, le goût aussi bien des femmes du monde que des bourgeoises, des actrices et des grisettes, goût que partageait d'ailleurs le Régent. Celui-ci l'avait admis au nombre de ses roués et, parfois, leurs aventures se croisaient. Un jour que Richelieu se rendait en fiacre à sa petite maison du faubourg Saint-Antoine, il était tombé sur Philippe d'Orléans qui, avec la seule escorte de son page de confiance, le chevalier de Ravanne, allait chez des bourgeoises sous le nom de M. Nicolas. Le même jour, Richelieu, un peu plus loin, vit le comte de Saxe monter au dernier étage de la maison d'un tapissier, où il sut ensuite qu'habitait une jolie chambrière. C'était la cour déguisée, chez les belles du tiers état.

Le cardinal de la Trémoille, archevêque de Cambrai et fameux pédéraste, était mort à Rome à la fin de mai. L'abbé Dubois, dès qu'il eut reçu la nouvelle, imagina d'avoir cet archevêché. Immédiatement, il organisa une véritable conspiration pour arracher l'agrément du Régent, qu'il savait peu enclin à créer archevêque le plus ancien de ses corrupteurs et compagnon, parfois, de ses orgies. Il écrivit à Néricault-Destouches, — l'auteur comique qui l'avait accompagné dans sa mission à Londres et qu'il y avait laissé en qualité de chargé d'affaires, — de prier George Ier d'être son intercesseur auprès de Philippe d'Orléans. « Comment voulez-vous, répondit ce roi, qu'un prince protestant, roi d'Angleterre et électeur de Hanovre, se mêle de faire un archevêque catholique en France ? Le Régent rira de moi. — Pardonnez-moi, Sire, reprit Destouches, il rira ; mais il fera ce que vous lui demanderez. » Et le chargé d'affaires présenta au roi une lettre, toute rédigée. George Ier la signa. Cet homme sans entrailles était capable de facéties.

Pourvu de cette royale missive anglicane, Dubois sollicita victorieusement l'archevêché. « Mais, si je te nomme, dit le Régent, quel évêque sera assez hardi pour te sacrer ? — Votre propre ancien aumônier, M. de Tressan, évêque de Nantes », répliqua Dubois, qui avait mis d'avance ce prélat dans ses intérêts. L'abbé n'avait eu garde de négliger une autre démarche, encore plus importante. Il s'était marié, tout jeune, avec une paysanne du Limousin et l'avait abandonnée pour venir chercher fortune à Paris. Sur ses instructions, le marquis de Breteuil, intendant de Limoges, acheta le silence de Mme Dubois, fit supprimer le contrat chez le notaire, passa une nuit chez le curé du lieu, sous prétexte d'une tournée, l'enivra et, pendant son sommeil, arracha la page du registre où figuraient les époux Dubois. Voltaire fut mis au courant de ce manège par le duc de Brancas, qui l'avait découvert et qui en avisa le Régent, prêt à rire de tout. On s'attendait à une promotion brillante du marquis de Breteuil.

Le dimanche 9 juin, l'abbé Dubois fut sacré archevêque de Cambrai. Cet archevêché lui donnait le titre de duc et de prince, pair de France. La cérémonie eut lieu dans l'église du Val-de-

Grâce, superbement parée. Le consacrant fut le cardinal de Rohan, grand aumônier de France, évêque de Strasbourg, membre de l'Académie française, assisté par l'évêque de Clermont, Mgr Massillon, académicien lui aussi, et, comme Dubois l'avait annoncé au Régent, par l'évêque de Nantes, Mgr de Tressan. C'est celui-ci qui avait conféré au nouvel archevêque, dans le même jour, le sous-diaconat, le diaconat et la prêtrise, car Dubois, comme beaucoup d'autres, portait le petit-collet sans avoir été ordonné. Tout ce qu'il y avait de considérable dans l'État avait été convié à la cérémonie. Des loges grillées avaient été établies pour les ambassadeurs protestants ; une autre, la plus magnifique, pour le Régent et pour la comtesse de Parabère, et l'on assura qu'ils y avaient fait l'amour. La présence, dans la même loge, de son fils, le duc de Chartres, n'était pas pour retenir un père tel que lui. Après le sacre, un repas somptueux fut servi au Palais-Royal. « Savez-vous pourquoi j'ai fait l'abbé Dubois archevêque ? disait Philippe. Pour l'obliger à faire sa première communion. »

Une chanson, sur l'air de *Joconde*, lança de nouvelles flèches contre le Régent, que l'on comparait à Néron, prêt à empoisonner Britannicus — c'était une redite de *Regnante puero* et des *Philippiques* — et se terminait par ce couplet sur le nouvel archevêque : « Je ne trouve pas étonnant — Que l'on fasse un ministre — Et même un prélat important — D'un maquereau, d'un cuistre. — Rien ne me surprend en cela, — Car un chacun sait comme, — De son cheval, Caligula — Fit un consul de Rome. »

Le 14 juin, Law avait été nommé secrétaire du roi. C'était une dernière bravade du Régent, au moment où, pour empêcher la faillite du système, la Banque venait d'être fermée. Les actions du Mississipi étaient tombées de moitié. On remettait en circulation des espèces d'or et d'argent, à un cours nouveau. Autre bravade : Law achetait un million huit cent mille livres le duché de La Valette aux héritiers de la duchesse d'Elbeuf.

Le 1er juillet, Marc-Pierre d'Argenson dut céder sa place de lieutenant général de police à Taschereau de Baudry, membre du conseil des finances. Il n'avait exercé sa charge que cinq mois. C'est la disgrâce de son père qui avait, bientôt après, entraîné la sienne.

A Voltaire, qui le visitait, il dit ces mots, dont l'auteur d'*Œdipe* se montra jaloux : « Je ne sais pourquoi ils m'avaient donné cette charge, je ne sais pourquoi ils me l'ont ôtée. » Le Régent lui attribuait, en échange, l'intendance de Tours.

A la même date, le marquis de Châteauneuf devint prévôt des marchands à Paris. François-Marie n'avait pas gardé un assez bon souvenir de son ancien chef à La Haye pour avoir songé à le féliciter quand on l'avait nommé conseiller d'État, encore moins quand on l'avait envoyé à Nantes pour juger et faire exécuter des gentilshommes bretons. Mais enfin, Châteauneuf était, non seulement un protégé de Dubois, mais le frère d'un abbé qui avait compté dans la vie du jeune Arouet, depuis le premier jour de sa naissance, et maintenant il était investi, à Paris, d'importantes fonctions. Elles avaient, du reste, soulevé quelques difficultés, qui n'avaient pas concerné ses fonctions antérieures : il lui avait fallu une dispense parce qu'il était savoyard et qu'on devait être parisien pour être prévôt des marchands de Paris. Voltaire, en allant le congratuler, lui apporta le volume des *Lettres historiques et galantes* où Mme Dunoyer publiait ses lettres à Pimpette. C'était sa vengeance pour les précautions que l'ambassadeur avait prises jadis, d'accord avec la mère, afin de lui interdire de correspondre avec la jeune fille.

En juin, le Régent consentit à recevoir la duchesse du Maine. Elle lui sauta au cou et l'embrassa plusieurs fois : la réconciliation définitive était faite. Elle pria Philippe de la réconcilier également avec son mari. Il lui répondit que cela dépendait d'elle plus que de lui. Lorsque le duc du Maine eut la certitude que leur rapatriage ne déplaisait pas à Philippe, il quitta Clagny avec ses deux fils pour retourner à Sceaux. La duchesse avait plaidé la cause des conspirateurs qui demeuraient en prison, notamment celle du marquis de Laval. En attendant de la satisfaire sur ce point, le Régent lui accorda le retour à Paris de l'abbé d'Entragues, qu'elle n'avait pas oublié et qui était également un protégé de la princesse Palatine et de Marie-Thérèse de Bourbon-Condé. Ainsi l'abbé, deux fois apostat, revint d'Angers, avec son fard, ses éventails et ses poupées, retrouver ses revenus d'abbé de Bellefontaine, et d'évêque de Lectoure, ses mignons et ses princesses.

Le 27 de ce même mois de juin, l'abbé de Chaulieu mourut à l'hôtel de Boisboudran. Le prince de Vendôme lui fit de nobles funérailles, auxquelles Voltaire participa. Sa disparition semblait annoncer le déclin de la société du Temple.

Le 17 juillet, un édit du roi ordonna de suspendre le paiement des billets de banque. Le même jour, on porta au Parlement un autre édit par lequel la Compagnie des Indes s'obligeait à rembourser pour six cents millions de billets en un an, à condition d'être déclarée perpétuelle. Le Parlement, qui avait, en 1716, enregistré l'édit relatif à la Banque, s'était refusé à enregistrer celui-là. Le 21, une lettre de cachet l'exilait à Pontoise. C'était, du même coup, pour tenter de lui arracher l'enregistrement de la bulle *Unigenitus,* auquel il continuait de s'opposer et que la France avait promis à l'Espagne. Law, dont la foule avait brisé le carrosse et qu'elle avait assiégé jusqu'aux portes du Palais-Royal, osa reparaître à l'Opéra dans la loge du Régent.

La translation du Parlement qui, à une autre époque, aurait soulevé le peuple, s'était opérée sans le moindre obstacle, tellement les esprits demeuraient absorbés par les effets du système. La ville s'était accrue de plusieurs centaines de mille habitants, — étrangers ou nationaux, — attirés par la spéculation, éblouis par ces changements de fortune : on avait dû surélever les maisons pour loger tout ce monde. Les gardes du corps et les mousquetaires occupaient le siège du Parlement, afin d'en empêcher l'entrée. Ils s'y livraient à des farces dignes de la comédie des *Plaideurs,* en pendant Pince-Maille, le chien du buvetier, avec sa grâce au cou. Ils tenaient des séances ridicules, où les uns jouaient le rôle de présidents, les autres de conseillers, d'avocats et de greffiers : la dérision et l'obscénité régnaient dans le sanctuaire de la justice.

Cependant, les exilés de Pontoise triomphaient aux yeux de la France. La chambre des comptes, la cour des aides et la cour des monnaies avaient envoyé leurs huissiers en chef complimenter le Parlement. Les présidents à mortier tenaient table ; on recherchait surtout les invitations du président de Maisons, qui faisait la chère la plus délicate. Voltaire, un peu fâché de se compromettre aux yeux de la cour, fut obligé d'aller assister au mariage de son ami et ancien camarade de Louis-le-Grand, le jeune président, avec Mlle de Ménars, petite-fille du président de ce nom et fille du marquis, colonel de cavalerie. Ce mariage fut célébré dans le magnifique château de Maisons.

Une invitation qu'il jugea également agréable d'accepter, eut lieu le 7 août, à Louis-le-Grand, où l'on jouait, pour la distribution des prix, un ballet dont les bons pères parlaient avec des sous-entendus et qui était intitulé *l'Industrie.* Comme ils étaient heureux de montrer à leurs élèves ceux de leurs anciens qui étaient devenus célèbres, l'auteur d'*Œdipe* les flattait au moins autant que les avait flattés la présence de Jean-Baptiste Rousseau à la distribution des prix de 1710.

Il fut amusé par ce ballet, qui était une satire de la société actuelle. Le premier acte symbolisait « l'industrie pour vivre » : marchands de fleurs, montreurs d'animaux, chantres du Pont-Neuf, faux estropiés. Le deuxième était « l'industrie pour s'enrichir » : Européens allant aux Amériques, faux-monnayeurs, alchimistes, paysans chicaneurs, cabaretiers frelateurs. Le troisième, « l'industrie pour s'élever » : plagiaires, faux nobles, fausses armoiries, ruses de guerre. Le quatrième, « l'industrie pour sortir de danger » : Ulysse qui crève l'œil de Polyphème, Grotius qui sort de prison dans un coffre, sages qui contrefont les fous, vivants qui contrefont les morts. Au ballet final, Apollon, Minerve, Cérès, venaient rappeler aux hommes les voies de l'art, du travail et de l'honneur. Voltaire félicita avec plaisir les interprètes, ainsi que leurs maîtres.

Il avait entretenu ces liens avec les jésuites, tant par reconnaissance de leur éducation que par intérêt pour sa carrière. Après leur éclipse au début de la Régence, ils étendaient partout leur influence, si ce n'est leurs intrigues. Ces rapports ne privaient Voltaire d'aucune de ses libertés de plume ; mais il avait le sentiment qu'ils les lui pardonnaient, à cause de sa fidélité à leur égard, comme ils les avaient pardonnées à Rousseau. Il se rendait compte également qu'il y avait sans cesse quelque chose à apprendre avec eux. Il continuait de voir, de temps en temps, le père Daniel, qui n'avait pas été un de ses maîtres, mais qui le captivait comme historiographe de France pour sa future histoire de Louis XIV... et parce que François-Marie se flattait d'être un jour historien de Louis XV et historiographe de France.

N'abandonnant pas non plus son projet d'écrire une histoire de Charles XII, le héros du siècle, il avait appris que Mgr Huet, l'ancien évêque d'Avranches, toujours retiré à la maison professe des jésuites de la rue Saint-Antoine, avait été, dans sa jeunesse, invité à Stockholm par la reine Christine et ce fond de tableau suédois lui parut digne d'intérêt. Il alla visiter ce grand savant, dont on lui avait parlé naguère à Caen, et qui était membre de l'Académie française. Il s'était fait précéder par une copie du manuscrit de *la Ligue*, aussi bien à titre d'hommage que pour recueillir les avis d'un si éminent lecteur.

Quoique nonagénaire, la vue basse et un peu sourd, l'ancien sous-précepteur du dauphin conservait toute sa lucidité et toute son agilité d'esprit. Des livres et des manuscrits grecs, latins, hébreux, des ouvrages d'arithmétique, de physique, de géométrie, de chimie, d'astronomie et de jurisprudence, encombraient sa chambre. Par son érudition universelle, cet homme était le dernier des humanistes de la Renaissance. Voltaire le charma en lui parlant de son poème latin sur le thé. Huet lui dit qu'il en avait aussi composé un sur les propriétés du sel.

A propos de *la Ligue,* l'ancien évêque lui fit un compliment qui lui arracha un sourire : il lui dit que ce serait le chef-d'œuvre de la poésie épique en langue française, digne de *la Pucelle* de Chapelain. « Cet académicien avait été, ajouta Mgr Huet, raillé par des poétereaux jaloux, incapables de comprendre le sublime. » Cette manière de désigner Boileau, justement traducteur et commentateur du *Traité du sublime* de Longin, divertit Voltaire ; mais il l'excusa sur la chaleur de l'amitié et pensa également que l'on peut être un érudit extraordinaire et n'avoir aucun goût. Toutefois, cet éloge de *la Pucelle* l'avait frappé et il se promit de lire en détail le poème épique de Chapelain, auquel même les bons pères de Louis-le-Grand, ennemis de Boileau, n'épargnaient pas les sarcasmes.

Mgr Huet fit une brève allusion à l'ode de François-Marie sur *le Vœu de Louis XIII,* en confessant qu'il avait donné son suffrage à l'abbé du Jarry ; mais il avait apprécié la spirituelle critique que son visiteur avait faite du poème couronné. Comme il savait, par les jésuites de Louis-le-Grand, que la première œuvre de Voltaire avait été une ode *A Sainte Geneviève,* il ajouta : « Vous vouliez imiter l'ode latine du père Le Jay ; mais vous ne saviez pas que vous m'imitiez moi-même : je suis l'auteur d'une ode latine à notre sainte patronne. Vous voyez que je n'ai pas épargné le latin, pour le sacré et pour le profane. En ce moment, du reste, j'écris mes mémoires en latin. Sans doute serai-je l'ultime mémorialiste latin de notre époque. »

Ce qui l'avait attiré à Stockholm, c'est que la bibliothèque de la reine Christine renfermait une partie de celle de Mazarin, vendue sous la Fronde, et les dépouilles des bibliothèques de couvents allemands, pillés par Gustave-Adolphe. Sa plus grande joie, — et ce détail émerveillait l'ironique Voltaire, comme un trait unique d'amour de l'érudition, — avait été d'y trouver les commentaires d'Origène sur saint Matthieu, qu'il avait publiés depuis, ce qui l'avait recommandé aux bienfaits de Colbert. Il avait été fort ému de voir, au cimetière non luthérien de Stockholm, le tombeau de Descartes en simples planches de sapin, mais revêtu d'inscriptions magnifiques.

L'ancien évêque d'Avranches félicita Voltaire de songer à célébrer Charles XII, qui avait renouvelé la gloire de Gustave-Adolphe. Il parla avec respect du chancelier Oxenstiern, qui avait été ministre de ce dernier roi et qui réservait le meilleur accueil aux étrangers. Toutefois, bien que la reine et lui voulussent retenir le jeune Huet, celui-ci ne laissait pas de s'apercevoir que les Suédois voyaient d'un mauvais œil tous ces Français que l'on faisait venir à grands frais et qui semblaient capter les faveurs royales, — Bourdelot, le médecin français de Christine, la gouvernait. De plus, Huet craignait de perdre trop longtemps le contact avec un pays catholique. En regagnant la France, il avait visité les bibliothèques de Gottorp, de Hambourg et de la Hollande.

Voltaire ayant dit qu'il avait brièvement séjourné à La Haye, dans des fonctions semi-diplomatiques, le prélat lui demanda si les aubergistes hollandais exigeaient encore le paiement du bruit que l'on faisait chez eux. Le poète répondit qu'il n'y avait pas pris garde. Mgr Huet raconta qu'il avait pu le vérifier avec son compagnon de voyage, mais il y avait un demi-siècle. « A Workum, dit-il, l'aubergiste mit sur la note à payer les aboiements de notre chien et les éclats de rire de notre domestique. Comme nous protestions, l'aubergiste appela des gens du voisinage qui arrivèrent avec des faux pour obliger ces " canailles de Français " à payer ce supplément. » Voltaire trouvait plus gracieux ses propres souvenirs du crocheteur Van Bergen et de l'*Hôtel de Paris* à La Haye, avec sa chère Pimpette.

Il avait admiré dans ce vieillard la soif inextinguible de l'étude. L'ancien évêque lui avait dit cette belle phrase : « Ni le feu de la jeunesse, ni l'embarras des affaires, ni la diversité des emplois, ni la société de mes égaux, ni le tracas du monde, n'ont pu modérer cet amour de l'érudition qui m'a toujours possédé. » Or, Voltaire se sentait appelé aussi à de grands travaux et à des recherches considérables, parce qu'il ne concevait pas seulement une œuvre de poète ou d'historien, mais d'encyclopédiste. Huet, dans un domaine un peu limité, lui demeurerait un exemple.

François-Marie alla saluer la duchesse de Brancas-Villars qui revenait de Gênes, où elle avait accompagné, avec trois autres dames, Mlle de Valois, devenue princesse de Modène. En route, la princesse s'était attardée de nouveau à plaisir, fêtée par toutes les villes qu'elle traversait. Elle jouait un jeu si effréné qu'une voiture pleine d'argent suivait son train et il fallait sans cesse lui envoyer des fonds. La duchesse de Villars, en racontant à Voltaire ce voyage, ne cacha pas qu'elles s'étaient vite brouillées pour une question de protocole : la princesse avait soutenu que personne, en sa présence, sauf un prince ou une princesse du sang, n'avait droit aux honneurs de la soucoupe, c'est-à-dire le droit de boire dans un verre à pied, présenté sur une soucoupe. Et la duchesse affirmait que c'était également un droit attaché à son titre ; Voltaire l'avait constaté quand il était à sa table. Pour régler ce conflit, elle avait cessé de prendre ses repas en compagnie de la princesse. Lorsqu'elles avaient été dans le cas de se trouver ensemble, l'une et l'autre s'abstenaient de boire. A Antibes, le 1er juin, Mlle de Valois et sa suite avaient trouvé le chevalier d'Orléans, son demi-frère adultérin, grand prieur de Malte, qui les avait embarquées sur ses galères, chargées de musiciens et décorées de guirlandes. Il les conduisit à Gênes, où le ministre de Modène accueillit la princesse et où les dames la quittèrent. Il y avait eu quelques contestations du ministre parce que la dot, qui était de deux millions, n'était pas encore payée, malgré les clauses du contrat ; mais tout s'était terminé heureusement.

Après cet entretien, Voltaire songeait à la dispute de la duchesse de Villars et de Mlle de Valois pour une soucoupe. Elle lui semblait la plus comique, mais aussi la plus caractéristique de toutes celles qu'engendre la vie de cour et dont il apercevait incessamment tant d'exemples, à commencer par la querelle du bonnet, entre les ducs et le Parlement. Il comprenait ces pointilleries, car lui-même aspirait aux distinctions : sa famille lui avait montré la voie en ayant un blason ; il s'était donné une particule pour feindre la noblesse (troisième acte du ballet de *l'Industrie*) ; son père était conseiller du roi, qualité qui permettait d'échapper aux charges de la roture, — la taille, le logement des troupes... François-Marie ambitionnait d'être un jour gentilhomme ordinaire de la chambre du roi, comme l'avait été Racine. Il voyait que l'effort de la bourgeoisie était d'obtenir un privilège, quel qu'il fût. Dans les hauteurs de la cour, il y avait le droit à la soucoupe ; au dernier niveau de la maison du roi, il y avait l'office de marmiton ou de rôtisseur, qu'achetaient des gens riches, sauf à le faire exercer par des gagistes, mais qui les exemptait des contraintes roturières.

C'est quelques semaines après le passage de Mlle de Valois à Marseille, au milieu de splendides réjouissances, que la peste avait commencé à ravager cette ville. Ce fléau y avait été apporté, fin mai, par un navire venu de Syrie, et y avait déjà fait des milliers de victimes. Le chevalier Roze, commissaire général de la Porte-Neuve, qui se dévouait corps et biens, et l'évêque de Marseille, Mgr de Belsunce de Castelmoron, dont l'héroïsme rappelait celui de l'archevêque Charles Borromée durant la peste de Milan, faisaient l'admiration de tous. On regrettait seulement que le prélat vît dans ce fléau un châtiment du ciel contre les adversaires de la bulle *Unigenitus* : ses prêtres demandaient aux mourants de signer un billet d'adhésion. Des forçats, de qui l'on avait brisé les chaînes et que l'on frottait de vinaigre, aidaient à secourir les malades. Le Régent avait envoyé à Marseille les médecins de Montpellier, ainsi que son propre médecin, Chirac, qui avait fait un *Mémoire* sur la terrible maladie. On recourut même, pour se préserver, à la « poudre de senteur » inventée par Nostradamus dans la peste de 1546. La contagion ne gagnait pas moins les cités voisines.

Afin d'éviter l'exode qui la propageait, le parlement d'Aix, réfugié à Saint-Rémy-de-Provence, avait, le 31 juillet, enfermé Marseille et son territoire dans une ligne que l'on ne pouvait franchir sous peine de mort. Trois mille paysans en armes empêchaient le passage de la Durance. Le 3 août, une entrevue se fit à la limite de la ville, entre les consuls de la ville et les procureurs de la province : l'on convint, à l'aide de porte-voix, que des vivres seraient déposés au-delà des barrières, à deux lieues de la ville. Law fit parvenir cent mille livres. Samuel Bernard et les Pâris fondèrent une société de bienfaisance qui avança trois cent mille livres par mois, sans intérêts, pour tout le temps que durerait le mal.

Voltaire, que son état de santé intéressait aux choses de la médecine, s'apitoyait sur les récits qu'on lisait de ce fléau. Il les comparait aux descriptions de la peste d'Athènes dans Thucydide, comme à celles de la peste de Florence dans Boccace. Il s'émerveillait, mais il ne s'étonnait pas, que ce licencieux et charmant conteur eût choisi pour cadre de son *Décaméron* l'époque de ce fléau : les sept jeunes femmes et les trois jeunes hommes qui, pour oublier de telles tristesses, se retirent à la campagne afin de ne parler que d'amour, symbolisaient la force et la permanence de la vie.

Le roi, qui était dans sa onzième année, montait à cheval et tirait, à la Muette ou au bois de Boulogne. Cela plaisait mieux aux Parisiens que le millier de moineaux lâchés, pour le divertir, dans un manège et qui avaient été déchirés par les oiseaux de proie de la fauconnerie. Il faisait toujours l'exercice militaire, sur sa terrasse des Tuileries, avec ses petits compagnons du régiment Royal-Terrasse, qu'il avait étoffé. Chaque compagnie avait un capitaine, un lieutenant, un enseigne, un sergent et un caporal. On en publiait quelques règlements poétiques, conçus en manière de facéties : « A l'égard de l'habillement, — L'uniforme étant nécessaire, — Voulons que, dans le régiment, — Chacun s'habille à sa manière. —— Le soldat chez soi par billet — Logera, vivra sans reproche... — Et pour sa solde, s'il lui plaît, — Il la cherchera dans sa poche. —— Pour le pain de munition, — Le soldat, sans tant de mystère, — Le prendra de son propre fond — Chez son boulanger ordinaire... »

Le Régent ayant donné au roi le château de la Muette, qui semblait lui plaire, Louis XV s'y rendait pour d'autres plaisirs que la chasse : il y jardinait avec les instruments que lui avait envoyés son grand-père, le roi de Sardaigne ; il trayait une petite vache, faisait des potages. Le duc de Villeroy, qui exigeait que l'on ne servît au souverain que du beurre de la Muette, dont il gardait la clé sur lui, pouvait veiller sur ce beurre de plus près. Il avait fait des scènes, parce qu'on lui avait servi d'un autre beurre et qu'on lui avait donné d'autres mouchoirs que ceux qu'il tenait également sous clé. Il y avait des empoisonnements par les mouchoirs.

Les précautions que le gouverneur affectait d'observer autour de Louis XV, comme si ses jours étaient perpétuellement menacés, exaspéraient de plus en plus Philippe d'Orléans. Villeroy prétendait même, au nom de sa charge, interdire à celui-ci de parler à l'enfant royal si ce n'est en sa présence. Le duc de Brancas avait révélé à Voltaire que le Régent avait failli nommer Saint-Simon en remplacement du maréchal duc ; mais Saint-Simon, à genoux, l'avait supplié de n'en rien faire : Villeroy était chéri du peuple comme garant de la sécurité du jeune Louis XV. Les harengères, alarmées par un accès de goutte qui clouait au lit le maréchal, lui avaient député deux d'entre elles. Si on l'écartait du roi, c'eût été donner prise aux bruits calomnieux. Saint-Simon apaisa le Régent en le faisant rire de ce « duc des harengères », aussi imbécile que méfiant : « Il garde sous clé le beurre et les mouchoirs et laisse aux empoisonneurs les aliments, les boissons, les draps, les caleçons et les chemises. Gardez le maréchal-duc comme un monument du ridicule. »

Chaque duc avait son tour. Comme quelqu'un se scandalisait du projet, souvent annoncé et toujours démenti, du mariage de Mlle de Charolais et du duc de Richelieu, le fils du duc de Saint-Simon, qui était aussi enivré que son père de son titre ducal, — il portait celui de vidame de Chartres et allait porter celui de duc de Ruffec —, avait dit au président de Maisons, dont il était l'ami : « La voilà bien malheureuse d'épouser un duc et pair. Mlle de Valois ne vient-elle pas d'épouser un gentilhomme de campagne ? » Ce mépris pour un prince étranger, dont la tante, morte à Saint-Germain il y a deux ans, avait épousé Jacques II, roi d'Angleterre, rappelait à François-Marie la leçon que Madame avait infligée au duc de Saint-Simon lui-même, à Versailles, quand il avait pris le pas sur le duc de Deux-Ponts. Richelieu, qui n'aimait pas le fidèle ami du Régent, — ami et surtout censeur, car Saint-Simon ne participait en rien aux petits soupers et aux orgies, — chanta à l'auteur d'*Artémire* une chanson qu'on avait faite contre lui, sur l'air des *Boudrillons* : « D'où te vient tant de gloire, — Dis-moi, petit Simon, Boudrillon ? — Nous n'avons dans l'histoire, — Jamais trouvé ton nom. —— Régent, que veux-tu faire — De ce petit Simon, Boudrillon, — Vil insecte de terre, — Vrai gibier de lardon ?... » Il était plaisant de voir contester la noblesse d'un homme qui contestait celle de presque tous ses égaux.

François-Marie fut heureux d'une autre invitation qui devait le ramener sur les bords de la Loire, au château de Sully. Toutefois, bien qu'invité, il lui fallait un peu d'argent. L'échec d'*Artémire* n'avait pas arrangé ses finances et ses revenus personnels restaient fort minces. Il était donc réduit à la triste nécessité de mettre des objets en gage, comme il avait fait avec un de ses livres de prix, au temps du collège. Mais il ne pouvait certes pas s'adresser à Mme Thomas, la regrattière, ni au marchand de bois Texier, dont il s'était moqué l'été dernier pour l'emprunt de sa treizième année. Il apporta chez un usurier juif les objets les plus précieux qu'il eût reçus en cadeaux, — la médaille d'or offerte par le Régent, la montre envoyée par le roi d'Angleterre en remerciement d'*Œdipe*. L'homme avait deux crucifix sur la table. Voltaire lui demanda si c'étaient des gages laissés par un autre emprunteur. L'usurier lui dit que non, mais que, quoique juif, il avait affaire à des chrétiens et qu'il ne concluait de marché avec eux qu'en présence d'un crucifix. Voltaire lui répondit qu'en ce cas, un seul suffisait et qu'il lui conseillait de « le placer entre les deux larrons ». Le juif le traita d'impie et assura qu'il ne lui prêterait pas d'argent. Mais, quand le poète eut pris congé, l'homme courut après lui sur l'escalier en lui disant qu'il était à ses ordres. Il lui prêta à dix du cent pour six mois, en retenant les intérêts pardevers lui. Voltaire, la bourse garnie de louis un peu rognés, pouvait annoncer son arrivée au duc de Sully.

Il lui écrivit d'abord, le 18 août, une épître en vers : « J'irai chez vous, duc adorable, — Vous dont le goût, la vérité, — L'esprit, la candeur, la bonté, — Et la douceur inaltérable, — Font respecter la volupté — Et rendent la sagesse aimable. » L'éloge était indiscret en ce qui concernait « la volupté » : ces mots disaient, en langage chiffré, que toutes les qualités du duc rendaient sa pédérastie respectable. Il est vrai que son mariage secret avec la fille de Mme Guyon, non encore déclaré, avait jeté un voile sur ces particularités. Plus loin, Voltaire vantait ce « charmant séjour », où il se faisait d'avance « un plaisir extrême — De parler, sur la fin du jour, — De vers, de musique, d'amour — Et pas un seul mot du système ! » Mais il avait une étrange façon d'évoquer la mort de l'abbé de Chaulieu, leur ami commun, au duc et à lui : « L'autre jour » (« l'autre jour ! » c'était le 27 juin) « à son agonie, — Son curé vint, de grand matin, — Lui donner en cérémonie, — Avec son huile et son latin, — Un passeport pour l'autre vie... — Il reçut ce que vous savez — Avec beaucoup de bienséance. » Cette dérision de la mort et des sacrements ne faisait pas honneur au poète : rien de plus lourd que cette apparente légèreté.

A Sully, en septembre, Genonville, François-Marie et leur hôte commentèrent à loisir le mandement du cardinal de Noailles, archevêque de Paris, qui avait prescrit des prières pour les calamités publiques. Le cardinal les divisait en deux : les physiques et les morales. Il disait de celles-ci : « L'autorité de l'Église est méprisée, ses lois ne sont plus respectées, le jour du Seigneur est publiquement profané par des travaux mercenaires et des trafics illicites, par des plaisirs criminels et des débauches honteuses. On se livre à une avarice et à une avidité insatiables que Dieu condamne si fortement dans les livres saints. Le luxe, porté aux derniers excès, a corrompu les mœurs, dérangé, confondu toutes les conditions, fait oublier les bienséances et les devoirs. Le vice, soutenu et fortifié par la multitude, triomphe et se produit avec audace... » Le mandement finissait par des prières pour le roi et pour le Régent.

Voltaire, ayant trouvé dans la bibliothèque du château, un exemplaire de *la Pucelle* de Chapelain, le lut avec attention, en souvenir de sa visite à Mgr Huet. Il y découvrit de très beaux vers, ce qui justifiait les louanges de cet érudit, et il en nota plus d'un, pour les adapter à son propre poème épique. Mais, en sortant de ce dithyrambe sacré, il se demanda si, un jour, il n'écrirait pas une autre *Pucelle,* fort différente, sur le mode héroï-comique et même libertin. Il la devrait à l'ancien évêque d'Avranches.

On apprit la mort du marquis de Dangeau, décédé à Paris le 9 septembre à quatre-vingt-quatre ans, presque une année après son fils Courcillon, dont la perte l'avait beaucoup affecté. Il était doyen de l'Académie française et honoraire de l'Académie des sciences. Voltaire connaissait à peine la marquise de Dangeau ; mais il écrivit ses condoléances à la marquise de Courcillon. Le duc de Sully raconta que Dangeau avait été un des joueurs les plus heureux de la cour de Louis XIV : il gagnait jusqu'à cent mille écus par mois et se fit deux millions de biens en dix ans. Sa réputation d'honnêteté ne fut jamais prise en défaut ; mais, sur un soupçon de Colbert, le roi qui, du reste, avait Dangeau en haute estime (il lui avait donné sa succession comme lieutenant du régiment royal d'infanterie et comme grand maître de l'ordre royal de Notre-Dame du Mont-Carmel et de Saint-Lazare de Jérusalem), se mit un jour derrière lui, sans en être aperçu, pendant que celui-ci jouait gros jeu. Il put se convaincre qu'il n'y avait nul tour de passe-passe dans son extraordinaire habileté. Dangeau lui en avait révélé le secret : étant sans fortune et n'ignorant pas que le jeu est une bonne recommandation, il l'avait étudié scientifiquement avant de venir à la cour. Il s'était fait des règles mathématiques et algébriques de tous les jeux de cartes, avec toutes les combinaisons, et les avait trouvées presque infaillibles. Quand la bassette devint à la mode, il consulta, pour calculer les avantages du banquier contre les pontes, le savant géomètre, physicien et mathématicien Jacques Sauveur, à qui il avait déjà parlé de son système et qui l'en avait félicité. C'est en unissant leurs lumières que Dangeau était parvenu à maîtriser également la bassette. Louis XIV, stupéfait de cette confidence, voulut voir Sauveur, qui était en relation d'expériences avec le Grand Condé. Le roi et la reine se firent expliquer par lui les règles des divers jeux qu'il avait transformées en opérations algébriques, comme Dangeau, et qu'ils entendirent plus ou moins. Peu après, Sauveur fut nommé maître de mathématiques des pages de la dauphine, puis professeur au Collège de France, et il était entré à l'Académie des sciences.

Voltaire écoutait, avec la passion qu'il avait pour les choses de la cour et pour l'argent, ces détails amenés à sa connaissance par la mort de Dangeau. « Le marquis fut aussi un homme d'esprit, continua son hôte. C'est lui qui présenta Boileau à Louis XIV. Il fut un ami de Ninon de Lenclos et un dialogue facétieux les a mis en scène. Il échangea des épîtres en vers avec l'abbé de Chaulieu. Il réunissait, dans son hôtel de la place Vendôme, à jour fixe, une compagnie de gens de lettres et de savants : le cardinal de Polignac, les abbés de Saint-Pierre, de Longuerue, de Choisy et Raguenet, le marquis de l'Hospital, à qui il succéda à l'Académie des sciences. Son frère et collègue à l'Académie française, l'abbé de Dangeau, vivait avec lui.

« Voulez-vous une autre preuve de son esprit ? poursuivit le duc. Au début de l'installation de Louis XIV à Versailles, il y avait peu d'appartements et Dangeau rêvait d'y en avoir un. En jouant avec le roi, il fit exprès d'en parler à voix basse, mais de manière à être entendu de lui et de Mme de Montespan. Ils s'amusèrent aussitôt à écrire une série de cent bouts-rimés, les plus bizarres et les plus difficiles du monde, et le roi lui dit que, s'il composait les cent vers avant la fin du jeu, sans discontinuer de jouer, il aurait l'appartement. Dangeau compléta les cent bouts-rimés, en tenant toujours les cartes, et il eut l'appartement. »

Sully avait assisté, une fois, à l'assemblée annuelle des chevaliers de l'ordre royal dont le marquis de Dangeau était grand maître. Ils se réunissaient à l'abbaye de Saint-Germain-des-Prés et le coup d'œil était superbe, de tous ces hommes à justaucorps de velours amarante, brodé d'or et d'argent. Dangeau avait chez lui son portrait par Rigaud dans le manteau de sa dignité, fleurdelisé et doublé de vert, avec le cordon du Saint-Esprit que l'on entrevoyait sur sa poitrine. Il avait consacré les revenus de sa grande maîtrise à fonder un établissement de charité, destiné à l'éducation des gentilshommes pauvres. C'était un protestant converti : son convertisseur avait été l'abbé Bossuet, le futur évêque de Condom et de Meaux. Fait curieux, une sœur des Dangeau, réfugiée à La Haye comme protestante, lors de la révocation de l'Édit de Nantes, avait également fondé deux pensionnats pour les jeunes personnes de qualité, et Voltaire apprit avec stupeur, quand le duc eut cité les noms de ces couvents, que l'un d'eux avait été celui où Pimpette Dunoyer avait été élevée. Cela lui créait avec les Dangeau un autre lien que feu Courcillon.

Le duc lui dit qu'il aurait le plus grand intérêt, pour son histoire de Louis XIV, à consulter le fameux *Journal* du marquis de Dangeau. On savait que, non seulement le roi avait parcouru ce texte, mais que Mme de Maintenon l'avait eu entre les mains, dans sa retraite, et l'avait parfois corrigé. « C'est le seul amusement que j'ai », écrivait-elle à son amie la marquise de Dangeau. Voltaire rapporta un exemple que le maréchal de Villars lui avait cité de l'exactitude de ce *Journal.* Dangeau ayant parlé un jour au maréchal d'une lettre de cent quarante-sept pages que le roi avait envoyée au feu maréchal de Boufflers pour lui donner ses instructions à propos du siège de Mons, Villars, étonné d'un tel nombre, fit vérifier la chose au dépôt de la guerre. Or, il y avait cent soixante-treize pages : mais, en soustrayant celles qui étaient biffées ou restées blanches, cela faisait cent quarante-sept. Sully apprit, quelque temps après, que le manuscrit du *Journal* était légué au petit-fils du défunt, le duc de Luynes, qui avait été le camarade de François-Marie à Louis-le-Grand.

Les nouvelles de Marseille restaient préoccupantes. L'évêque, Mgr de Belsunce de Castelmoron, n'avait pas soutenu son rôle de saint Charles Borromée : épouvanté de l'inefficacité de ses prières contre la peste, — il avait fait une procession en l'honneur de saint Roch et lancé un anathème du haut du clocher des Accoules, — il s'était enfermé avec des vivres dans son palais, dont il avait fait murer les portes. Le peuple y traîna, tout autour, des cadavres de pestiférés et on lui en jeta même par-dessus les murs. La décision de se cloîtrer lui avait peut-être été inspirée par les moines de Saint-Victor : ils s'étaient barricadés dans leur abbaye avec leur médecin, obligé par contrat de demeurer avec eux en cas de peste.

Quand Voltaire revint à Paris, en octobre, il trouva la ville bouleversée par l'arrêt tout récent qui supprimait les billets de banque. C'était le renversement du système. On publiait qu'on avait brûlé plus de sept cents millions de billets. Le Régent, qui avait, au mois d'août, assumé le gouvernement général de la Compagnie des Indes, dont Law était directeur général, refusa les billets que les États de Languedoc présentaient pour le don gratuit. Voltaire fit ce mot : « On réduit le papier à sa valeur intrinsèque. »

Toutefois, comme il est d'usage en France, de plaisanter même dans la ruine générale, une histoire amusait Paris. On disait que, le Régent étant à table avec la comtesse de Parabère, Mgr Dubois, archevêque de Cambrai, et Law, on lui présenta, à la fin du repas, lorsqu'il était ivre, un papier à signer. Incapable de tenir la plume, il la donna à Mme de Parabère en lui disant : « Signe, putain. » Elle lui répliqua que ce n'était pas à elle de signer ; il dit ensuite à Dubois : « Signe, maquereau. » Dubois s'excusa aussi et le prince donna la plume à Law : « Signe donc, voleur. » Law non plus ne signa pas et le Régent parvint à signer en faisant cette réflexion : « Voilà un foutu royaume, gouverné par une putain, un maquereau, un voleur et un ivrogne. »

L'esprit encore occupé de ce que lui avait dit Sully, Voltaire se soucia de rentrer en relation avec le jeune duc de Luynes, qui avait épousé une Bourbon-Soissons-Neuchâtel et qui venait d'hériter les précieux *Mémoires*, le précieux *Journal*, de son grand-père maternel, le marquis de Dangeau. Le duc déclara qu'il mettrait volontiers à sa disposition cette œuvre monumentale, dont il lui fit voir les trente-quatre volumes in-folio et qui constituait, en effet, une source unique de renseignements pour un historien de Louis XIV. Il ajouta au poète, que, du reste, sa demande n'était pas la première et que le duc de Saint-Simon voulait également consulter le *Journal* pour ses propres *Mémoires*.

Luynes montra un tableau, peint par Pezet, où l'on voyait le marquis nommé grand maître de l'ordre de Notre-Dame du Mont-Carmel et de Saint-Lazare par Louis XIV. Tous deux étaient agenouillés, vis-à-dis, dans la chapelle de Versailles, le roi sur une estrade, Dangeau juste au-dessous. Monseigneur avait un genou en terre, la main appuyée sur sa canne. Derrière, des prêtres, des courtisans, des gardes, des chevaliers. Au premier plan, à gauche, la marquise de Dangeau et sa fille, alors duchesse de Montfort, et, entre leurs visages, celui d'un jeune garçon blond au sourire moqueur : le petit marquis de Courcillon. Voltaire était ému d'apercevoir, enfant, le héros de *la Courcillonade*.

Après avoir raconté à son hôte que le maréchal de Villars avait eu l'occasion de vérifier la scrupuleuse exactitude du *Jour-*

nal, il dit qu'il serait heureux de voir, d'ores et déjà, ce que le marquis avait pu dire à son sujet. Il savait, en effet, que Dangeau avait fait mention de son séjour à la Bastille. Le duc de Luynes eut la complaisance de chercher son nom dans l'index général. « Vous êtes cité plusieurs fois », dit-il. Voltaire eut un mouvement de vanité. Il put lire d'abord ceci, dans le tome de 1716 : « 13 mai. Le petit Arouet, poète fort satirique et fort imprudent, a été exilé. On l'a envoyé à Tulle et il est déjà hors de Paris. » « Première inexactitude », dit-il, piqué de se voir qualifié de « petit Arouet » par Dangeau, comme par Jean-Baptiste Rousseau et par lord Stair, — sa taille n'avait pas changé, mais il lui semblait avoir grandi. Il précisa : « J'ai bien été exilé à Tulle, mais cet exil fut immédiatement transformé en exil à Châtenay, dans la maison de campagne de mon père. »

Le duc chercha la deuxième mention : c'était dans le volume de 1717. « Dangeau corrigeait parfois ses inexactitudes, dit le duc ; mais il a laissé celle que vous signalez. Sans doute a-t-il jugé qu'elle n'avait pas d'importance. » Voltaire sentit la pointe qu'il avait cherchée. Sous la date du mercredi 19 mai 1717, il lut cette mention : « Arouet a été mis à la Bastille. C'est un jeune homme accusé de faire des vers fort imprudents ; il avait déjà été exilé il y a quelques mois, il paraît incorrigible. » « En vérité, dit-il, votre grand-père m'aimait un peu moins que son fils. — C'est peut-être parce que son fils vous aimait trop », répondit le duc. Voltaire fut obligé de rire à ce nouveau trait. En 1718, il y avait, le vendredi 18 novembre, la notice de la première représentation d'*Œdipe,* « la nouvelle comédie faite par Arouet, qui a changé de nom parce qu'on était fort prévenu contre lui, à cause qu'il a offensé beaucoup de gens dans ses vers. Cependant, malgré la prévention, la comédie a fort bien réussi et a été fort louée ». « Ah ! reprit le duc, vous voyez que le marquis savait vous rendre justice quand vous le méritiez. — Je me demande, dit Voltaire, s'il ne me prenait pas pour un auteur comique : il parle de comédie, quand il s'agissait d'une tragédie. — Oh ! c'est toujours le dieu Comus », répondit le duc.

Une autre mention, la même année, le 30 novembre, concernait des reprises d'*Œdipe* : « Les comédiens-français qui jouent tous les mercredis sur le théâtre de l'Opéra, y jouèrent *Œdipe,* où il y avait un monde prodigieux. Madame y était dans sa loge avec Monsieur le Duc d'Orléans. Madame la duchesse de Berry n'y était point parce qu'elle l'avait vue il n'y a que deux jours. »

« Rien de plus exact cette fois », dit Voltaire avec satisfaction. Le duc de Luynes sourit : il devait connaître l'amour-propre des poètes. Ensuite, le 14 décembre : « M. le duc d'Orléans n'a eu qu'un léger ressentiment de fièvre ; il prend du quinquina. Il entendit, l'après-dînée, la tragédie d'*Œdipe*, que l'auteur a fort bien corrigée, à ce qu'on dit. » « Voilà donc un éloge de plus, fit le duc de Luynes. — Mais qui n'a pas inspiré au marquis de Dangeau l'envie de voir ma pièce. Il savait du moins enfin que c'était une tragédie. — Et voici la dernière mention, dit le duc : "Jeudi 15 février 1720 : On joua la nouvelle tragédie d'Arouet, qui ne réussit point. Il avoue lui-même qu'elle n'est pas bonne et se plaint de ses amis à qui il l'avait montrée, qui l'avaient flatté là-dessus. Il l'a retirée des comédiens." Croyez-moi, conclut le duc de Luynes : avoir trois fois son nom et quatre fois celui d'une de ses œuvres dans le *Journal* de Dangeau, c'est déjà un titre de gloire. — Comment ! s'écria Voltaire, mais j'y suis toujours Arouet ! Le nom que je tâche d'illustrer, n'a jamais franchi les portes du *Journal*. — Consolez-vous dit le duc : il y a d'autres registres de l'immortalité. »

Cette visite avait laissé au poète un goût doux-amer : le fait que Dangeau eût persisté à le nommer Arouet, lui prouvait que, malgré tous ses efforts pour s'aristocratiser, il resterait un bourgeois aux yeux d'un membre de la noblesse, et surtout de la noblesse de cour ; nul ne pouvait rien contre le rang donné par la naissance. Cette pensée, qu'il n'avait jamais eue, parmi la petite griserie que lui donnaient ses relations nobiliaires, lui faisait brusquement haïr la noblesse, comme à un homme du tiers état. De même que, le jour anniversaire de la Saint-Barthélemy, il sentait passer en lui l'âme de cet Arouet poitevin, massacré en 1572, il sentait revivre l'âme de plus lointains ancêtres qui, à l'époque des jacqueries, avaient détruit les castels et pendu les seigneurs aux créneaux pour rétablir l'égalité. Et cependant, à quoi tendait-il, lui, M. de Voltaire, si ce n'est à s'éloigner le plus possible de l'égalité, soit par rapport à sa naissance, soit par rapport à son métier ? N'avait-il pas fait en sa faveur le raisonnement sur les privilèges, après sa conversation avec la duchesse de Brancas-Villars ? Et il continuait. Dernièrement, dans un salon où l'on parlait du remuant peuple de Paris, il avait dit qu' « il faut au peuple un aiguillon et du foin ». C'était un propos de seigneur et de seigneur peu éclairé. Mais y avait-il autre chose qu'une aristocratie de l'esprit ? Qui pouvait se flatter d'être noble, depuis l'origine de son nom ? Voltaire pensait au *Mémoire* du Parlement *sur les pairs*, où l'on désignait ceux d'entre eux qui descendaient de simples bourgeois et notamment d'apothicaires. Il semblait que cette dernière profession eût été exercée par beaucoup de gens qui n'étaient pas tous devenus ducs : il y avait un Jean Arouet, « marchand apothicaire à Saint-Loup », dans la généalogie des Arouet, avant les tanneurs, les drapiers et le notaire. Ces sentiments échauffaient d'autant plus François-Marie qu'il ne pourrait jamais les exprimer, si ce n'est à Thiériot, son triste acolyte.

En le retrouvant au *Panier Vert*, rue de la Calandre, il s'écria que le marquis de Dangeau n'avait été qu' « un vieux valet de chambre imbécile, qui se mêlait de faire, à tort et à travers, des gazettes de toutes les sottises qu'il entendait dans les antichambres ; un frotteur de maison qui se glissait derrière les laquais pour écouter ce que l'on disait à table ». Thiériot, naturellement, riait et applaudissait. Lui aussi, il descendait de la race des jacques. Cependant, après avoir épanché sa bile, Voltaire déclara que ce *Journal* insipide ne lui serait pas moins utile un jour. Il voulait même reprendre l'avantage sur Thiériot le jacques en témoignant qu'Arouet le jacques, « le petit Arouet », avait pourtant ses entrées dans ce monde où Thiériot n'aurait pu, précisément, pénétrer qu'en qualité de frotteur, de valet ou de laquais. Il parla du tableau montrant Louis XIV qui remet à Dangeau la grande maîtrise de l'ordre du Mont-Carmel et de Saint-Lazare et il récita les vers de Boileau : « Toi donc qui, de mérite et d'honneurs revêtu, — Des écueils de la cour as sauvé ta vertu, — Dangeau, qui dans le rang où notre roi t'appelle, — Le vois toujours orné d'une gloire immortelle — Et plus brillant par soi que par l'éclat des lis, ... — Sers un si noble maître et fais voir qu'aujourd'hui — Ton prince a des sujets qui sont dignes de lui. » François-Marie comptait prouver cela, non par des colliers, des brevets et des titres, mais par sa plume, sous le règne de Louis XV.

Le 20 novembre il alla à l'Opéra où, par exception, l'on jouait *le Comte d'Essex*, de Thomas Corneille ; Baron interprétait le principal rôle. Le Régent assistait au spectacle avec la comtesse de Parabère, et M. le Duc avec la marquise de Prie. Certains vers étaient sans doute agréables à Philippe d'Orléans par rapport aux choses dont il avait été accusé : « Un homme tel que moi, sur l'appui de son nom, — Devrait, comme du crime, être exempt du soupçon... — Et j'ai trop bien servi pour pouvoir redouter — Ce que mes ennemis ont osé m'imputer. » C'est aussi dans cette pièce qu'était le vers fameux plagié par Voltaire dans *Artémire.* Malgré la désolation des temps, les hommes étaient en habits magnifiques et les femmes couvertes de pierreries. Elles prenaient leur revanche sur les édits de février et de juillet qui avaient interdit « à toute personne, de quelque état et sexe qu'elle fût, de porter des diamants, perles et pierres précieuses » et qui défendaient même d'en garder chez soi, édits qui avaient été révoqués le 14 novembre.

Cinq jours après la représentation de l'Opéra, François-Marie retourna à Pontoise, où l'invitaient le président et la présidente de Maisons. C'était pour fêter leur prochain retour à Paris. Le Parlement, en effet, menacé d'être transféré à Blois, baissait pavillon et consentait à registrer la bulle. Le cardinal de Noailles lui en donnait l'exemple, en préparant un *Corps de doctrine* qui équivalait à une acceptation. C'est ce jour du 25 novembre que le Parlement fit célébrer la messe rouge, par laquelle il commençait la reprise des travaux. On donnait ce nom à un tel office parce que tous les parlementaires y étaient en robe rouge, — il y en avait ce jour-là cent soixante dans l'église des Cordeliers de Pontoise. Ce n'était d'ailleurs pas seulement une messe, mais un ballet : les présidents à mortier, parmi lesquels figurait le jeune Maisons, dansaient quelques pas devant le maître-autel, en vertu d'un antique usage. Au demeurant, tous vivaient à Pontoise au milieu des fêtes et des plaisirs. Le Régent envoyait au premier président de Mesmes les sommes nécessaires pour soutenir son train.

Au début de décembre, celui-ci maria sa fille au duc de Lorge, ce qui était un autre rapprochement avec la cour. Ce duc, un des grands seigneurs pédérastes du Temple, où François-Marie l'avait connu, était veuf de Mlle de Chamillart, sœur de la défunte duchesse de La Feuillade. C'était un des ducs qui n'étaient pas pairs : ils avaient les honneurs du Louvre, mais non ceux du Parlement. La revanche fut, pour le duc de Lorge, d'avoir plus de cent robes rouges au mariage de sa fille. Voltaire y représentait les Muses.

Ce mariage amusait les initiés, car le premier président avait, en 1715, marié sa fille cadette au comte de Lautrec, fils du marquis d'Ambres, lieutenant général de Guyenne, et que Lautrec avait les mêmes inclinations que le duc de Lorge. On disait qu'on n'avait jamais vu de beau-père si bien pourvu de gendres pris au Temple.

Le jeudi 12 décembre, Voltaire assista, pour la première fois, à une réception à l'Académie française : celle de son ami le duc de Richelieu, qui avait été élu, d'une voix unanime, au fauteuil du marquis de Dangeau. Le duc n'avait rien écrit, — qu'un millier de billets doux, disait-il, et encore, d'une orthographe toute personnelle. Les deux académiciens qui avaient promu sa candidature, à laquelle son nom paraissait un titre suffisant, Fontenelle et Campistron, rivalisèrent à lui composer chacun son remerciement. Il fit un amalgame de leurs textes, auxquels il prêta son tour d'esprit, formé par l'usage du grand monde. On goûta son éloge du maréchal de Villars. En lui répondant, l'abbé Gédoyn le loua de n'avoir point oublié son rang et sa qualité pour songer à des gains sordides. Cette claire allusion au duc de La Force, confrère et collègue du nouvel académicien et qui était présent, fut moins goûtée par l'intéressé que par le reste de l'auditoire. Après la séance, le duc de La Force fit son compliment au duc de Richelieu, mais ne complimenta pas l'abbé Gédoyn. Voltaire avait apprécié la liberté d'esprit de cet abbé qui demeurait un ami de son père.

A la même réception, l'abbé de Roquette succédait à l'abbé Eusèbe Renaudot, savant orientaliste, fils du fameux Théophraste Renaudot. L'abbé de Roquette était le neveu de l'ancien évêque d'Autun, pour qui c'était « tout un — De baiser quelqu'une ou quelqu'un », et qui avait été le modèle du *Tartufe.* Excellent prédicateur, — il avait prononcé l'oraison funèbre de Jacques II,— il n'avait eu besoin de personne pour écrire son discours.

François-Marie avait improvisé un petit poème sur la réception de son cher Richelieu : « Vous que l'on envie et qu'on aime, — Entrez dans la savante cour ; — L'on vous prend pour Apollon même — Sous la figure de l'Amour. — Déjà vers vous l'Académie — A député l'abbé Gédoyn, — Directeur de la compagnie, — Pour avoir en son nom le soin — D'enculer Votre Seigneurie. — Heureux ceux qu'en pareil besoin — On traite avec cérémonie ! » L'abbé Gédoyn, chanoine de Notre-Dame, avait eu quelques aventures d'enfants de chœur, ce qui permettait cette allusion risquée. Aussi bien l'illustre compagnie comptait-elle plusieurs autres chevaliers de la manchette : La Motte, l'abbé de Choisy, le maréchal duc de Villars, l'abbé Bignon, le cardinal de Rohan, Mgr de Coislin, Mgr de Fleury, — leur nombre était constant depuis l'époque où François-Marie les recensait pour *le Vœu de Louis XIII.* Comme Richelieu venait renforcer leur cohorte, il trouva la plaisanterie justifiée ; mais il dit qu'il ne se voyait pas servant de bardache à ce chanoine de cinquante-trois ans, qui avait couché avec Ninon de Lenclos quand elle avait quatre-vingts ans.

Toutes ces plaisanteries sur les triomphateurs de la manchette estompaient les flammes du bûcher qui, peu auparavant, place de Grève, avaient brûlé deux bougres, — deux pauvres bougres, — nommés Basse et Mocmanesse. Comme ils étaient, de surcroît, accusés de blasphèmes, on leur avait préalablement coupé la langue. François-Marie s'était souvenu de ce que le père Bauchez, lors de la dernière conférence de retraite à Louis-le-Grand, avait dit du châtiment des sodomites et des blasphémateurs. Il songeait que l'abbé Servien aurait sûrement assisté, dans un esprit charitable, à cette affreuse exécution.

« Je vous précède sous ces voûtes du Louvre », avait déclaré le duc à Voltaire. Il se réjouissait, d'autre part, d'avoir recouvré son hôtel de la place Royale : la grande duchesse de Toscane était morte d'une apoplexie, au mois d'août. Le duc s'était réinstallé chez lui, après cette vente viagère qui avait duré moins de deux ans et qui lui avait rapporté quatre-vingt mille livres.

Le soir de la réception académique, François-Marie l'accompagna à l'Opéra, où l'on reprenait la *Thésée* de Quinault et Lulli. La présence de Law, de sa femme, de sa fille et de son fils, surprit tout le monde, car on avait annoncé la disgrâce de l'ancien contrôleur général. Le duc de La Force, à qui Law avait fait gagner quarante millions, leur tenait courageusement compagnie.

Richelieu relata à son ancien camarade de Louis-le-Grand, une extraordinaire équipée qu'il avait faite, au cours de l'été, moment où il avait mystérieusement disparu. Il avait dit qu'il allait dans sa terre de Richelieu et, de fait, ses amis et surtout ses maîtresses avaient continué à recevoir des lettres, datées de ce château, sans toutefois qu'il semblât se soucier de répondre exactement à ce qu'on lui mandait. La poste y était assurée par son fidèle valet de chambre Rafé, qui expédiait ces lettres, à des délais convenus. C'était pour faire croire au Régent et à son entourage qu'il était effectivement à Richelieu. Pendant ce temps, il courait en calèche vers Modène, avec un de ses affidés, Lafosse, tous deux munis de faux papiers. Ils contournèrent la Provence ravagée par la peste et arrivèrent sains et saufs à destination. Mlle de Valois y était parvenue le 21 juin et avait reçu, le même soir, la bénédiction nuptiale. Elle fut avisée, quelques semaines après, qu'un colporteur souhaitait lui montrer des livres français. Elle le fit introduire, ne le reconnut pas d'abord, tant il était bien déguisé, — aussi bien que lorsqu'il allait, en musicien, voir sa sœur Mlle de Chartres à l'abbaye de Chelles ; mais, dans la visite suivante, il sut lui ouvrir les yeux. Et, tandis que le duc de Modène, beau-père de la princesse, et le prince son époux étaient à la chasse, les deux amants retrouvèrent leurs plaisirs de Paris, Bastille comprise. Un jour, le mari rentra plus tôt que prévu ; le bruit de son équipage les avertit à temps. Il vint se mêler à leurs propos en matière de livres. Richelieu l'amusa beaucoup par son baragouin franco-italien, par les petites histoires qu'il lui raconta de la cour de France, — il prétendait avoir vendu des livres à de grands seigneurs, ennemis du Régent. Il chanta même quelques couplets sur le compte de ce dernier. Le prince de Modène lui demanda s'il avait vendu des livres au duc de Richelieu, que le Régent avait fait mettre deux fois à la Bastille et dont sa femme lui avait parlé. Richelieu lui répondit qu'il avait vendu plus d'une fois des nouveautés à ce duc et qu'il avait conversé avec lui aussi familièrement qu'il avait l'honneur de le faire avec Son Altesse. La princesse étouffait l'envie de rire. Cependant, le pseudo-colporteur pensa que ce jeu était bien téméraire, dans un pays où les maris trompés se vengent cruellement, et, après une ou deux nouvelles visites, il se hâta de quitter Modène. Voltaire admirait ce héros de l'amour : Richelieu était vraiment ce que François-Marie aurait voulu être.

Le 14 décembre, Law quitta Paris clandestinement. Il avait dit au Régent, en prenant congé : « Monseigneur, j'ai fait de grandes fautes ; je les ai faites parce que je suis un homme ; mais vous ne découvrirez ni malice ni friponnerie dans ma conduite. » Des trois millions que l'Écossais avait apportés en France et des quatorze terres seigneuriales qu'il avait acquises depuis, il ne lui restait que trente-six mille livres, provenant d'un remboursement inattendu, et deux bagues de dix mille écus, dont il fit remettre l'une à Mme de Prie. Il se retira dans sa terre de Guermandes, où il ne passa que cinq jours. Le duc de Bourbon, qui avait obtenu pour lui un passeport au nom du roi, lui envoya une de ses voitures et son capitaine des chasses pour l'accompagner jusqu'à Bruxelles. Lorsqu'il passa par Valenciennes, le comte René-Louis d'Argenson, intendant du Hainaut et du Cambrésis, crut devoir l'arrêter, mais le relâcha aussitôt, sur le vu de son passeport. Mme Law était encore à Paris et affirmait qu'elle ne partirait pas sans avoir payé ses dettes. Le 15, sa fille était allée à l'Opéra : un garde du corps souffleta le négrillon qui lui servait de page. Le 17, une déclaration du roi rappelait le Parlement à Paris. Le trésorier de la Banque, Bourgeois, le contrôleur, du Revest, et Fromaget, un des directeurs, furent mis à la Bastille. C'était la fin du système.

Indépendamment de la marquise de Mimeure, Law avait fait une autre victime connue de Voltaire : l'abbé Terrasson, raillé naguère par le poète en même temps que La Motte, comme partisan des modernes. Enthousiaste de Law, il avait publié, cette année, un *Mémoire pour justifier la Compagnie des Indes contre la censure des casuistes qui la condamnent.* Après avoir fait, en un an, une énorme fortune qui justifiait cette apologie, il perdit tout, avec un détachement philosophique. Pour les appauvris, c'étaient les casuistes de la Sorbonne qui avaient eu raison. Une chanson, *le Départ de Law,* et une pluie d'épigrammes consolèrent les Français. L'une de ces épigrammes résumait les rapides vicissitudes de nombre d'agioteurs : « Lundi, je pris des actions ; — Mardi, je gagnai des millions ; — Mercredi, je pris équipage ; — Jeudi, j'arrangeai mon ménage ; — Vendredi, je m'en fus au bal — Et samedi, à l'hôpital. » Ce n'était heureusement pas encore le sort de l'abbé Terrasson ni de la marquise de Mimeure ; mais, par les intérêts de celle-ci, Voltaire était mêlé aux suites de ce cyclone financier. La médiocrité de ses finances l'avait préservé, quant à lui, des pièges de Law.

Les Parisiens furent distraits par l'apparition d'une nouvelle maîtresse du Régent : la duchesse de Falari, ou Phalaris, — Marie-Thérèse de Blomel de Rancourt, âgée de vingt-trois ans, femme de Pierre-François Gorge d'Entraigues, qui avait reçu du pape ce titre ducal. C'était un aventurier adonné à la pédérastie, détestant les femmes, condamné à mort pour complicité avec des faux-monnayeurs et des voleurs de grand chemin. Il s'était enfui en Espagne. Sa femme, malgré les efforts de la comtesse de Parabère et de la comtesse de Sabran, — c'est celle-ci, dont elle était la parente, qui l'avait présentée, — réussit à se maintenir dans la place qu'elle venait d'enlever. Le prince s'afficha au spectacle entre elle et Mme de Vauvray, femme d'un membre du conseil de la Marine. Voltaire connaissait cette Vauvray, qui recevait des gens d'esprit dans sa maison, voisine du Jardin Royal : Fontenelle et l'abbé de Bussy étaient ses habitués ; le conseiller Ferrand avait été l'un d'eux. Elle avait logé quelque temps la jolie Mlle de Launay, avant que celle-ci devînt secrétaire de la duchesse du Maine. Au moins la duchesse de Falari ne demanderait-elle pas au

Régent, comme la comtesse de Sabran, un poste de chambellan pour son mari. Elle ne se souciait que de le faire cloîtrer à la Bastille, s'il rentrait en France.

La peste subsistait dans quelques localités de France ; mais elle était enfin jugulée à Marseille, ce qui incita l'évêque à dédier la ville au Sacré-Cœur de Jésus. Cela provoqua une polémique dans toute la France. Le royaume, en effet, avait été dévoué à la Vierge par Louis XIII, et c'est d'ailleurs ce vœu que devait célébrer, en 1714, le prix de poésie de l'Académie française. La dévotion au Sacré-Cœur de Jésus avait été imaginée, à la fin du XVIIe siècle, par le père jésuite de La Colombière, ancien confesseur de la duchesse d'York, qui était allé s'établir à Paray-le-Monial, dans une maison de la société. Il y devint le directeur d'une visitandine, sœur Marie Alacoque, à laquelle la Vierge apparut pour lui ordonner de rendre un culte au cœur de son divin fils. Les docteurs de l'Église de France, craignant les railleries des jansénistes et des réformés, blâmèrent cette dévotion, qui ne put s'introduire que furtivement, dans quelques églises. Les jésuites la poussaient de toutes leurs forces, et c'était l'un des leurs, Mgr de Belsunce de Castelmoron, l'évêque de Marseille, qui avait osé la proclamer de cette manière solennelle, sous le couvert de l'épidémie heureusement terminée. Ils s'employaient, à Rome, à faire béatifier Marie Alacoque et préparaient l'élection à l'Académie française de Mgr Languet de Gergy, évêque de Soissons, frère du curé de Saint-Sulpice et qui était en train d'écrire la vie de cette religieuse.

Ce que l'on savait déjà par lui des extases de la visitandine, analogues à celles qu'avait eues sainte Thérèse d'Avila, avait inspiré une chanson, sur l'air des *Ormessons* : « Tel l'évêque de Soissons, — Jésus était un bon garçon — Qui dit à Marie Alacoque : — Mon cœur est peut-être trop grand ? — Bon, bon, dit-elle, tu te moques, — Enfonce-le, enfonce-le bien plus avant, — Enfonce-le le plus souvent, — Enfonce-le bien plus avant. » L'air de cette chanson, relative à un pareil sujet, était surprenant, car le marquis de Coulanges, fils d'une Le Fèvre d'Ormesson et si célèbre pour ses propres chansons, avait daubé un de ses parents, Le Fèvre d'Ormesson d'Amboille, qui avait marqué une ignorance bouffonne du métier conjugal (il n'était pas nommé dans le texte, mais dans le titre) : « Le soir de ses noces, un garçon, — Mais un garçon déjà barbon, — Fit cette demande à son père : — Dites-moi ce que c'est qu'un con, — A quoi sert-il ? Qu'en faut-il faire ?

— Dites-le-moi, papa mignon. — — Mon fils, j'approuve ta pudeur. — Tu seras béni du Seigneur — Pour une si sainte ignorance. — Qu'un con ne te fasse pas peur, — Fais tout doucement connaissance — Et tu seras bientôt docteur. — — Mon fils, tu feras comme moi ; — J'étais ignorant comme toi — Le jour que j'épousai ta mère. — Je redoutais ce premier pas ; — Mais sa main conduisant l'affaire — Me tira de cet embarras. — — Aussitôt il se mit au lit ; — Mais, se sentant roidir le vit, — Il se crut possédé du diable... — Et pria Dieu toute la nuit. » Voltaire supposait que les Le Fèvre d'Ormesson n'étaient pas élevés à Louis-le-Grand. Il n'aimait pas cette famille de robins, parce que l'un de ses membres, Le Fèvre d'Ormesson de Chéré, maître des requêtes ordinaire au Châtelet du roi, avait été l'un des commissaires les plus rigoureux de la chambre de justice. Il est vrai que, parmi ces inquisiteurs de la finance, il y avait eu également un Nicolaï, conseiller au Parlement, fils du premier président de la chambre des comptes. Il est vrai aussi qu'un autre Le Fèvre d'Ormesson, rapporteur du procès contre Foucquet, était l'un de ceux qui l'avaient sauvé de la peine capitale.

Le 29 décembre, François-Marie, grâce à Pont-de-Veyle, lecteur du roi, put voir le nouveau ballet de Louis XV. Le spectacle avait lieu dans la salle des machines des Tuileries, avec la comédie *les Folies de Cardénio.* Cette pièce, médiocre, était de Charles Coypel, la musique de Lalande, et le ballet de Balon, le danseur bien-nommé, puisqu'il composait les ballets de la cour. L'annonce avait été charmante, comme le fut l'exécution : « Nouvelle fête : le roi danse en Amour. Amours de la suite du roi... » Ceux qui l'accompagnaient, étaient à peu près les mêmes que pour le ballet de janvier. Mais il y avait en plus le duc de La Trémoille, premier gentilhomme de la chambre, et le comte de Brancas, âgés de douze ans ; il y avait en moins le comte de Tressan, peut-être parce que ses mœurs l'avaient décrédité. Le duc de Chartres représentait l'Hymen ; il précédait le jeune grand prieur, à qui son vœu interdisait pourtant le mariage. Les déesses avaient été choisies dans le corps de l'Opéra, comme au ballet précédent. Francine, le gendre de Lulli, dirigeait le spectacle, où figurèrent des quadrilles d'Espagnols, de Maures, d'Indiens, de Chinois, de bergers, de bergères, de matelots. Puis, apparurent des seigneurs gaulois, à la tête desquels étaient le roi et le duc de Chartres. Cette fois, le grand prieur conduisait le quadrille d'Indiens. Les pagodes étaient personnifiées par des acteurs. Le livret avait pour point de départ une allusion au désastre de Law : le Chagrin, sous le masque de la Raison, tentait vainement d'établir son empire dans le palais du roi.

Voltaire avait été enchanté, une fois de plus, d'être mêlé à ce spectacle, où toute la cour était présente. Les ducs qu'il connaissait, pouvaient croire qu'il avait été l'objet d'une invitation supérieure, alors que c'était seulement celle d'un fils de la comtesse de Ferriol. Il avait revu Mme de Rupelmonde, dont le fils avait dansé, comme l'autre fois. Son amitié avec elle prenait un peu plus de consistance, au gré des occasions. Sachant que les femmes étaient déçues, quand il poussait trop loin ses avantages, — ce n'avait été certes pas le cas de son défunt ami Ferrand, — il aimait mieux filer le parfait amour que précipiter un dénouement, bientôt suivi d'une rupture. L'ombre de son prédécesseur l'incitait à la prudence auprès de quelqu'un qui n'aimait les vers que s'ils étaient corroborés d'une prose solide. La comtesse de Rupelmonde était plus exigeante que la maréchale de Villars.

La manchette, parmi laquelle étaient de si nombreux amis de Voltaire, s'intéressait, en cette fin d'année, aux exploits d'un de ses membres les plus distingués, le comte de Charolais. Charles de Bourbon-Condé, frère cadet de M. le Duc et de Mlle de Charolais, maintenant âgé de vingt ans, avait fait de longs voyages à travers l'Europe. Comme on avait cru, vers la fin de 1719, qu'il se proposait d'aller en Espagne, on s'était demandé s'il n'avait pas un lien avec la conspiration de Cellamare. Le ralliement d'un prince du sang à Philippe V aurait été de quelque poids. Le bruit courut ensuite, parmi les Français réfugiés en Espagne, qu'Alberoni lui avait offert la vice-royauté de Catalogne. Le comte de Charolais ne songeait qu'à ses plaisirs. Il était revenu à Chantilly au mois de mai, après trois ans d'absence. M. le Duc l'avait mené chez le roi et, le 16 juin, le jeune prince avait pris place au conseil de régence. En juillet, cédant aux sollicitations de son aîné, qui voulait le marier, il avait envoyé son gouverneur, M. de Billy, qui l'avait escorté dans ses voyages, demander pour lui la main de la seconde fille du duc de Modène : il eût été le beau-frère de l'ex-Mlle de Valois. Mais ce duc avait entendu parler de ses aventures hétérodoxes et, bien que prince italien, il déclara cette union impossible. Le comte de Charolais jura qu'il ne se marierait jamais.

Ce qui intéressait la manchette, c'est que, pour être plus à portée d'assouvir ses goûts, il s'était établi à Paris, rue des Francs-

Bourgeois, dans le Marais. Non seulement il se faisait livrer de petits garçons par des entremetteuses, mais il s'exhibait à sa fenêtre et accomplissait mille obscénités devant les sœurs hospitalières de Saint-Antoine et Saint-Gervais, dont le jardin était contigu à son hôtel. Ces religieuses, sachant toute plainte inutile contre un prince du sang, avaient élevé un grand mur qui bouchait la vue de l'hôtel. Le comte de Charolais prétendait le faire abattre, sous prétexte que cela gênait sa vue. Il voulait imiter d'Argenson, qui avait fait rouvrir, entre sa maison et le couvent de la Madeleine de Traisnel, la porte murée par l'archevêque de Paris. Les sœurs de Saint-Antoine et Saint-Gervais redoutaient aussi la férocité du jeune prince, égale à sa lubricité : il avait tué, d'un coup de fusil, sur un toit voisin, un couvreur trop bruyant. La haute manchette craignait qu'à la longue, les excès du comte de Charolais ne produisissent des inconvénients pour les membres les plus distingués, comme pour les plus modestes de l'ordre. Voltaire avait su quelques-unes de ses frasques pédérastiques par l'exempt Symonnet.

L'abbé ou Mgr d'Entragues, évêque de Lectoure, n'avait pas porté ses extravagances et son retour en grâce au-delà de la fin de l'année : il mourut, regretté de Madame, de la duchesse du Maine, de la princesse douairière de Conti et des chevaliers de la manchette. Autrement dit, la même année avait vu sa conversion au protestantisme, sa réconciliation avec le catholicisme, son incarcération à Lille et à Angers, et sa réintégration dans sa dignité épiscopale.

Au dernier de l'an, Voltaire songea à retirer chez son prêteur les objets qu'il avait mis en gage au mois d'août. Son père lui avait avancé une certaine somme et François-Marie tenait à récupérer la montre de George Ier et la médaille du Régent. Il ne trouva plus personne. Le juif avait disparu avec les gages, qui valaient quatre ou cinq fois l'argent prêté : il avait laissé les crucifix.

François-Marie était né vindicatif. Aussi, en constatant ce vol, souhaitait-il presque à son voleur le sort d'un autre juif, Joseph Lévy, qui, le 28 novembre, avait été roué place de Grève : il avait assassiné un coreligionnaire, marchand de diamants, dans des conditions qui rappelaient le crime du comte de Horn, et qui le firent condamner au même supplice.

Le lecteur trouvera un index
des noms cités en fin du volume 2
de *Voltaire, sa jeunesse et son temps*

Table

Ouvrages de

ROGER PEYREFITTE

aux Éditions Albin Michel

TABLEAUX DE CHASSE
ou la vie extraordinaire de Fernand Legros

LA JEUNESSE D'ALEXANDRE

LES CONQUÊTES D'ALEXANDRE

ALEXANDRE LE GRAND

PROPOS SECRETS, 1

PROPOS SECRETS, 2

L'ENFANT DE CŒUR

ROY, *roman*

L'ILLUSTRE ÉCRIVAIN, *roman*

VOLTAIRE
Sa jeunesse et son temps
(2 vol)

En préparation :

PROPOS SECRETS, 3

VOLTAIRE ET FRÉDÉRIC II

OUVRAGES DU MÊME AUTEUR

chez d'autres éditeurs

Aux Éditions Flammarion

LES AMITIÉS PARTICULIÈRES, roman.
LE PRINCE DES NEIGES, drame.
LES AMOURS PARTICULIÈRES, roman.
MADEMOISELLE DE MURVILLE, roman.
L'ORACLE, roman.
LA MORT D'UNE MÈRE.
LES AMBASSADES, roman.
LA FIN DES AMBASSADES, roman.
DU VÉSUVE A L'ETNA.
LES CLÉS DE SAINT PIERRE, roman.
JEUNES PROIES.
CHEVALIERS DE MALTE.
L'EXILÉ DE CAPRI.
LE SPECTATEUR NOCTURNE, dialogue dramatique.
LES AMBASSADES, comédie (adaptation d'A. P. Antoine).
LES FILS DE LA LUMIÈRE, roman.
LA NATURE DU PRINCE.
LES JUIFS.
NOTRE AMOUR.
LES AMÉRICAINS, roman.
DES FRANÇAIS, roman.
LA COLOQUINTE, roman.
MANOUCHE.

Éditions à tirage limité, chez le même éditeur :

LES AMOURS, de Lucien de Samosate (traduit du grec).
LES SECRETS DES CONCLAVES.
L'ENFANT AMOUR.
LA MUSE GARÇONNIÈRE, textes traduits du grec.

Aux Éditions La Vue (Pauvert)

QUELQUES IMAGES POUR LA JEUNESSE D'ALEXANDRE
(illustrations érotiques de Gilbert Garnon).

Aux Éditions du Rocher

UN MUSÉE DE L'AMOUR.
Illustré de photographies de Marianne Haas.

Aux Éditions du Mercure de France

LA SOUTANE ROUGE (collection « Crime Parfait »)

Aux Éditions Sun

PARIS (présentation d'un album sur)

La composition
et l'impression de ce livre ont été effectuées
par l'imprimerie Aubin à Ligugé
pour les Éditions Albin Michel

AM

Achevé d'imprimer en octobre 1985
N° d'édition 8972. N° d'impression L 20508
Dépôt légal : octobre 1985

Imprimé en France